R&B

Woody Allen
Nebenwirkungen
(Side Effects)

Aus dem Amerikanischen von
Benjamin Schwarz

Rogner & Bernhard

Titel der Originalausgabe: Side Effects

Teile des Werkes wurden zuerst von *The Kenyon Review, The New Republic* und *The New Yorker* veröffentlicht.
Diese Ausgabe erscheint in Zusammenarbeit mit Random House, Inc., New York

Satz: Maschinensetzerei Max Vornehm, München
Druck und Bindung: Ebner Ulm
Printed in Germany
ISBN 3 8077 0162 1

Inhalt

So war Nadelmann

Nun ist es schon vier Wochen her, und noch immer kann ich es kaum fassen, daß Sandor Nadelmann tot ist. Ich war bei seiner Einäscherung und brachte auf Bitten seines Sohnes die Zuckerwatte mit, aber wenige von uns waren imstande, an anderes als unseren Schmerz zu denken.

Nadelmann hatte sich beständig damit herumgeplagt, wie er beigesetzt werden wolle, und hatte einmal zu mir gesagt: »Ich ziehe die Feuerbestattung der Erdbestattung entschieden vor, und beides einem Wochenende mit Frau Nadelmann.« Zu guter Letzt beschloß er, sich verbrennen zu lassen und seine Asche der Universität Heidelberg zu stiften, die sie in alle vier Winde verstreute und die Urne in Zahlung gab.

Ich sehe ihn noch vor mir in seinem zerknitterten Anzug und dem grauen Pullover. Von schwerwiegenden Problemen in Anspruch genommen, vergaß er häufig, den Kleiderbügel aus dem Jackett zu nehmen, das er gerade trug. Ich machte ihn einmal während einer Promotionsfeier in Princeton darauf aufmerksam, aber er lächelte sanft und sagte: »Sehr gut, sollen doch die, die mit meinen Theorien nicht einverstanden sind, wenigstens denken, ich hätte breite Schultern.« Zwei Tage später brachte man ihn ins Bellevue, weil er mitten in einem Gespräch mit Strawinsky einen Salto rückwärts gemacht hatte.

Nadelmann war kein Mensch, der leicht zu begreifen war. Seine Zurückhaltung hielt man fälschlich für Kälte, aber er war zu tiefem Mitgefühl imstande, und nachdem er einmal Zeuge eines besonders gräßlichen Grubenunglücks gewesen war, bekam er den Rest seiner zweiten Portion Waffeln einfach nicht mehr runter. Auch sein Schweigen machte die Leute kopfscheu, aber er hatte das Gefühl, Sprechen sei die verkehrte Art, mit Menschen umzugehen, und selbst seine vertraulichsten Gespräche führte er mit Hilfe von Signalflaggen.

Als er aus seiner Fakultät an der Columbia University wegen einer Meinungsverschiedenheit mit dem damaligen Dekan, Dwight Eisenhower, hinausgeworfen wurde, lauerte er dem berühmten Ex-General mit einem Teppichklopfer auf und drosch auf ihn ein, bis Eisenhower in einem Spielzeugladen Deckung suchte. (Die beiden hatten eine erbitterte öffentliche Auseinandersetzung darüber, ob die Schulglocke das Zeichen zum Ende einer Stunde oder zum Beginn der nächsten gab.)

Nadelmann hatte immer gehofft, eines friedlichen Todes zu sterben. »Inmitten meiner Bücher und Papiere, wie mein Bruder Johann.« (Nadelmanns Bruder war in einem Rollschrank erstickt, als er nach seinem Reimlexikon suchte.)

Wer hätte aber gedacht, daß Nadelmann, als er in seiner Mittagspause bei einem Hausabriß zusah, von einer Rammkugel der Kopf eingeschlagen würde? Der Schlag bewirkte einen schweren Schock, und Nadelmann verschied mit einem strahlenden Lächeln. Seine letzten rätselhaften Worte waren: »Nichts zu danken, ich habe schon einen Pinguin.«

Wie stets, so war Nadelmann auch zur Zeit seines Todes mit verschiedenen Dingen beschäftigt. Er arbeitete gerade an einer Ethik, die auf seiner Theorie beruhte, daß »gutes und richtiges Benehmen nicht nur moralischer ist, sondern auch per Telefon erledigt werden« könne. Er war auch mit einer neuen Untersuchung zu Semantik halb fertig, in der er bewies (worauf er so leidenschaftlich beharrte), daß der Satzbau angeboren, das Wimmern aber erlernt sei. Schließlich noch ein Buch über den Holocaust. Dieses aber mit Ausschneidefiguren. Nadelmann hatte das Problem des Bösen stets gequält, und er argumentierte recht geschickt, das wahre Böse sei nur möglich, wenn der Täter Blackie oder Pete heiße. Sein Flirt mit dem Nationalsozialismus erregte in akademischen Kreisen Anstoß, obwohl Nadelmann trotz aller Anstrengungen von Gymnastik bis hin zu Tanzstunden den Stechschritt nicht hinbekam.

Der Nazismus war für ihn lediglich eine Reaktion auf die schulmäßige Philosophie, eine Meinung, die er Freunden ständig aufzudrängen suchte, woraufhin er mit gespielter Gereiztheit nach ihren Gesichtern zu grapschen und zu sagen pflegte: »Ätsch! Da hab' ich deine Nase!« Es ist einfach, an seiner Einstellung zu Hitler erst einmal Kritik zu üben, aber man muß dabei doch seine philosophischen Schriften berücksichtigen. Er lehnte die zeitgenössische Ontologie ab und betonte, der Mensch habe schon vor der Unendlichkeit existiert, allerdings ohne allzu viele Möglichkeiten, gute Geschäfte zu machen. Er unterschied zwischen der Existenz an sich und der Existenz als solcher und wußte, eine sei besser, entsann sich aber nie, welche. Die Freiheit des Menschen hieß für Nadelmann, sich der Absurdität des Lebens bewußt zu sein. »Gott schweigt«, sagte er gern, »wenn wir jetzt bloß die Menschen dazu brächten, die Klappe zu halten.«

Das wahre Sein, so führte Nadelmann aus, sei nur an Wochenenden zu erlangen, und selbst dann gehe es nicht ohne Leihwagen. Nadelmann zufolge ist der Mensch kein »Ding« abseits von der Natur, sondern »in die Natur verflochten«, und er kann seine eigene Existenz nicht wahrnehmen, ohne erst mal so zu tun, als ginge ihn alles gar nichts an, um dann schnell in die gegenüberliegende Zimmerecke zu rennen in der Hoffnung, rasch einen Blick auf sich zu werfen.

Sein Ausdruck für den Lauf des Lebens war »Angstzeit«, was darauf hindeutete, daß der Mensch ein Geschöpf sei, das dazu verdammt ist, in der »Zeit« zu existieren, obwohl da nun wirklich nichts los ist. Es war Nadelmanns intellektuelle Redlichkeit, die ihn davon überzeugte, daß er nicht existiere, daß seine Freunde nicht existierten und daß das einzig Wirkliche die sechs Millionen Mark seien, die er der Bank schulde. Von da an faszinierte ihn die nationalsozialistische Philosophie der Macht, oder wie Nadelmann es ausdrückte: »Ich habe eben Augen, die ein Braunhemd betört.« Als sich herausstellte, daß der Nationalsozialismus genau die Bedrohung war, der Nadelmann Widerstand leistete, floh er aus Berlin. Als Busch verkleidet und sich mit jeweils drei raschen Schritten nur seitwärts bewegend, überschritt er unbemerkt die Grenze.

Wohin Nadelmann in Europa auch kam, überall waren Studenten und Intellektuelle voller Ehrfurcht vor seinem Ruf erpicht darauf, ihm zu helfen. Auf der Flucht fand er die Zeit, sein Werk *Die Zeit, das Sein und die Wirklichkeit – Eine systematische Neubestimmung des Nichts* und die ergötzliche, leichtere Abhandlung *Wo man am besten ißt, während man sich verborgen hält* zu veröffentlichen. Chaim Weizmann und Martin Buber veranstalteten Geld- und Unterschriftensammlungen, um Nadelmann die Möglichkeit zu verschaffen, in die Vereinigten Staaten zu emigrieren, aber ausgerechnet zu der Zeit war das Hotel, das er sich ausgesucht hatte, besetzt. Als die deutschen Soldaten nur Minuten von seinem Versteck in Prag entfernt waren, entschloß sich Nadelmann endlich doch, nach Amerika zu gehen, aber da ereignete sich eine Szene auf dem Flughafen, weil sein Gepäck zu viel wog. Albert Einstein, der mit demselben Flugzeug fliegen wollte, erklärte ihm, wenn er lediglich die Schuhspanner aus seinen Schuhen nähme, könne er alles mitnehmen. Die beiden korrespondierten danach häufig. Einstein schrieb ihm einmal: »Ihr Werk und mein Werk sind sich sehr ähnlich, auch wenn ich immer noch nicht ganz genau weiß, was Ihr Werk ist.«

Als Nadelmann schließlich in Amerika war, stand er selten außerhalb öffentlicher Diskussionen. Er veröffentlichte sein berühmtes Buch *Das Nichtvorhandensein: Was tut man, wenn es einen plötzlich überfällt.* Ebenso das klassische sprachphilosophische Werk *Semantische Formen unwesentlichen Wirkens*, das zu dem Kinohit *Sie flogen bei Nacht* verarbeitet wurde.

Bezeichnenderweise bat man ihn, sich wegen seiner Beziehungen zur Kommunistischen Partei von Harvard zurückzuziehen. Er war der Meinung, nur in einem System ohne jede ökonomische Ungerechtigkeit könne es wahre Freiheit geben, und führte als Modellgesellschaft den Ameisenstaat an. Er konnte Ameisen stundenlang zusehen und grübelte immer wieder gedankenverloren: »Sie leben wirklich harmonisch. Wenn bloß ihre Frauen hübscher wären, hätten sie es geschafft.« Als Nadelmann vor den Ausschuß für Unamerikanische Umtriebe zitiert wurde, nannte er interessanterweise Namen und rechtfertigte das seinen Freunden gegenüber mit seiner philosophischen Maxime: »Politische Handlungen haben keine moralischen Auswirkungen, sondern wesen außerhalb des Reichs des wahren Seins.« Für diesmal wurde die akademische Gemeinschaft zur Rechenschaft gezogen, und erst Wochen später beschloß die Fakultät in Princeton, Nadelmann zu teeren und zu federn. Nadelmann benutzte übrigens dasselbe Argument auch zur Rechtfertigung seines Begriffs der freien Liebe, aber keine von zwei jungen Schülerinnen wollte es ihm abkaufen, und die Sechzehnjährige drohte, ihn zu verpfeifen.

Nadelmanns Leidenschaft war es, Atombombenversuche zu stoppen, und so flog er nach Los Alamos, wo er und ein paar Studenten sich weigerten, sich vom Gelände einer geplanten Kernexplosion zu entfernen. Als die Minuten so vertickten und sich herausstellte, daß der Versuch weiterginge wie geplant, hörte man Nadelmann »Uh-oh« murmeln, und dann rannte er drauf zu. Was die Zeitungen nicht schrieben, war, daß er schon den ganzen Tag nichts gegessen hatte.

Es ist leicht, sich den allgemein bekannten Nadelmann in Erinnerung zu rufen. Brillant, engagiert, der Verfasser von *Die Stilmoden der Modestile.* Aber der private Nadelmann ist es, dessen ich immer liebevoll gedenken werde: Sandor Nadelmann, den man nie ohne irgendeinen Lieblingshut sah. Und tatsächlich ist er mit einem Hut auf dem Kopf verbrannt worden. Seinem ersten, glaube ich. Oder der Nadelmann, der Walt-Disney-Filme so leidenschaftlich liebte und trotz einleuchtender Erklärungen der Trickfilmtechnik durch Max Planck nicht davon abzubringen war, sich telefonisch mit Minnie Mouse persönlich verbinden zu lassen.

Einmal wohnte Nadelmann als Gast in meinem Haus, und ich wußte, er mochte eine ganz bestimmte Marke Thunfisch. Ich stattete die Gästeküche damit aus. Er war zu schüchtern, mir seine Schwäche einzugestehen, aber als er sich einmal alleine glaubte, machte er alle Dosen auf und murmelte: »Ihr seid alle meine Kinder.«

Als Nadelmann mit meiner Tochter und mir einmal in der Mailänder Oper war, beugte er sich aus seiner Loge und fiel in den Orchestergraben. Zu stolz zuzugeben, daß das ein Mißgeschick war, besuchte er die Oper einen Monat lang jeden Abend und wiederholte jedesmal den Sturz. Bald zog er sich eine leichte Gehirnerschütterung zu. Ich machte ihm klar, daß er damit aufhören könne, da er seinen Zweck erreicht habe. Er sagte: »Nein. Noch ein paarmal. Er ist wirklich gar nicht übel.«

Ich erinnere mich an Nadelmanns siebzigsten Geburtstag. Seine Frau kaufte ihm einen Schlafanzug. Nadelmann war offensichtlich enttäuscht, denn er hatte durchblicken lassen, daß es auch ein neuer Mercedes täte. Es spricht noch immer für die Persönlichkeit dieses Mannes, daß er sich in sein Arbeitszimmer zurückzog und seinen Koller ganz allein mit sich ausmachte. Er kehrte lächelnd zu der Party zurück und trug den Pyjama zur Premiere von zwei Arabalschen Einaktern.

Der zum Tode Verurteilte

Brisseau lag schlafend im Mondlicht. Wie er so auf dem Rücken im Bett lag (sein fetter Bauch ragte in die Luft und sein Mund war zu einem albernen Lächeln verzogen), wirkte er eher wie ein unbeseelter Gegenstand, wie ein großer Fußball oder zwei Opernbilletts. Als er sich einen Augenblick später umdrehte und ihn das Mondlicht aus einem anderen Winkel zu treffen schien, sah er genau wie ein siebenundzwanzigteiliges silbernes Aussteuerservice aus, komplett mit Salatschüssel und Suppenterrine.

Er träumt, dachte Cloquet, als er, einen Revolver in der Hand, sich über ihn beugte. *Er* träumt, und *ich* existiere wirklich. Cloquet haßte die Wirklichkeit, war sich aber klar darüber, daß sie noch immer der einzige Ort war, wo man ein anständiges Steak bekam. Er hatte noch nie einem Menschen das Leben geraubt. Sicher, er hatte einmal einen verrückten Hund erschossen, aber erst, als er von einem Psychiaterteam für verrückt erklärt worden war. (Sie stellten fest, der Hund sei manisch-depressiv, denn er hatte versucht, Cloquet die Nase abzubeißen, und sich dann nicht mehr das Lachen verkneifen können.)

In seinem Traum war Brisseau an einem sonnenbeschienen Strand und lief freudig seiner Mutter in die ausgestreckten Arme, aber als er die weinende, grauhaarige Frau gerade umarmen wollte, verwandelte sie sich in zwei Kugeln Vanilleeis. Brisseau stöhnte, und Cloquet ließ den Revolver sinken. Er war durch das Fenster hereingekommen und hatte länger als zwei Stunden reglos über Brisseau gebeugt dagestanden, unfähig abzudrücken. Einmal hatte er sogar den Hahn gespannt und die Pistolenmündung Brisseau genau ins linke Ohr gehalten. Dann gab es an der Tür ein Geräusch, und Cloquet sprang hinter die Kommode und ließ die Pistole in Brisseaus Ohr stecken.

Madame Brisseau trat in einem geblümten Bademantel ins Zimmer, schaltete eine kleine Lampe an und bemerkte die Waffe, die ihrem Gatten einfach so seitlich aus dem Kopf ragte. Sie seufzte beinahe mütterlich, zog sie heraus und legte sie neben das Kopfkissen. Sie stopfte einen herausgerutschten Zipfel der Bettdecke fest, knipste das Licht aus und ging hinaus.

Cloquet, der ohnmächtig geworden war, erwachte eine Stunde später. Einen fürchterlichen Augenblick lang bildete er sich ein, er sei wieder ein Kind und daheim an der Riviera, aber als eine Viertelstunde vergangen war und er keine Touristen sah, fiel ihm ein, daß er immer noch hinter Brisseaus Kommode saß. Er ging zum Bett zurück, griff zur Pistole und richtete sie wieder auf den Kopf Brisseaus, aber nach wie vor war er außerstande, den Schuß abzugeben, der das Leben des berüchtigten faschistischen Denunzianten beendet haben würde.

Gaston Brisseau entstammte einer wohlhabenden,

rechtsgerichteten Familie und beschloß schon früh in seinem Leben, Berufsdenunziant zu werden. Als junger Mann nahm er Sprachunterricht, um noch deutlicher denunzieren zu können. Einmal hatte er Cloquet gestanden: »Mein Gott, ich genieße es, über Leute zu tratschen.«

»Und wieso?« fragte Cloquet.

»Ich weiß nicht. Damit sie sich in die Haare geraten, sich verpetzen.«

Brisseau verpfeift seine Freunde aus bloßem Spaß an der Sache, dachte Cloquet. Ein nicht wiedergutzumachender Frevel! Cloquet hatte einmal einen Algerier gekannt, dem es Freude machte, Leuten einen Klaps auf den Hinterkopf zu geben und dann zu lächeln und es abzustreiten. Es schien, als sei die Welt in gute und böse Menschen aufgeteilt. Die Guten schliefen besser, dachte Cloquet, und die Bösen hatten offenbar viel mehr Freude an den Stunden, die sie wachten.

Cloquet und Brisseau waren sich vor Jahren unter dramatischen Umständen begegnet. Brisseau hatte sich eines Abends im »Deux Magots« betrunken und war in Richtung Fluß getorkelt. In der Annahme, er sei schon zu Hause in seiner Wohnung, legte er die Kleider ab, aber statt ins Bett zu steigen, stieg er in die Seine. Als er versuchte, sich die Decken über den Kopf zu ziehen und dabei etwas Wasser abkriegte, fing er an zu schreien. Cloquet, der zufällig gerade in dem Moment seinem Toupet über den Pont Neuf nachjagte, hörte einen Schrei aus dem eisigen Wasser. Die Nacht war windig und dunkel, und Cloquet hatte in Sekundenschnelle zu entscheiden, ob er sein Leben aufs Spiel setzen wolle, um einen Unbekannten zu retten. Weil er keine Lust hatte, eine so folgenschwere Entscheidung auf nüchternen Magen zu treffen, ging er in ein Restaurant essen. Von Gewissensbissen geplagt, erstand er dann diverses Angelzeug und ging zurück, um Brisseau aus dem Fluß zu fischen. Zunächst probierte er es mit einer künstlichen Fliege, aber Brisseau war zu schlau, um anzubeißen, und schließlich sah sich Cloquet gezwungen, Brisseau mit einer Offerte kostenloser Tanzstunden ans Ufer zu locken und mit einem Netz an Land zu ziehen. Während Brisseau noch gemessen und gewogen wurde, wurden die beiden Freunde.

Cloquet trat nun näher an die schlafende, massige Gestalt Brisseaus und hob wieder die Pistole. Ein Schwindelgefühl überkam ihn, als er den tieferen Sinn seiner Tat überdachte. Es war ein existentielles Schwindelgefühl, das durch die unabweisbare Einsicht in die Ungewißheit des Lebens hervorgerufen wurde und nicht mit einer gewöhnlichen Alka-Seltzer zu beheben war. Was hier vonnöten war, das war ein Existentielles Alka-Seltzer – ein Präparat, das in vielen Drogerien auf dem linken Seineufer verkauft wurde. Es war eine riesige Pille von der Größe einer Autoradkappe, die, in Wasser aufgelöst, das ekelerregende, von zu viel Einsicht ins Leben ausgelöste Gefühl beseitigte. Cloquet hatte sie auch nach dem Genuß mexikanischen Essens ganz hilfreich gefunden.

Wenn ich beschließe, Brisseau zu töten, überlegte Cloquet jetzt, dann mache ich mich zum Mörder. Ich werde zu Cloquet, der tötet, statt einfach zu bleiben, was ich bin: Cloquet, der an der Sorbonne Hühnerpsychologie lehrt. Indem ich die Tat auf mich nehme, nehme ich sie für die ganze Menschheit auf mich. Was aber, wenn sich jeder auf der Welt so benähme wie ich und hierherkommt und Brisseau ins Ohr schießt? Das wär' ein Durcheinander! Ganz zu schweigen vom Lärm der Türklingel, die die ganze Nacht schellt. Und natürlich brauchten wir einen bewachten Parkplatz. Du lieber Gott, wie unschlüssig der Geist ist, wenn er sich moralischen oder ethischen Überlegungen zuwendet! Besser nicht viel denken! Sich mehr auf den Körper verlassen – der Körper ist verläßlicher. Er erscheint zu Verabredungen, sieht in einem Sportsakko gut aus, und wo er wirklich fabelhaft zu gebrauchen ist, das ist, wenn man eine Massage möchte.

Cloquet fühlte plötzlich das Bedürfnis, sich seiner eigenen Existenz zu versichern, und sah in den Spiegel über Brisseaus Kommode. (Er konnte nie an einem Spiegel vorübergehen, ohne einen schnellen Blick hineinzuwerfen, und einmal hatte er in einem Saunaklub so lange auf sein Spiegelbild im Swimmingpool gestarrt, daß die Direktion sich genötigt sah, das Wasser abzulassen.) Es hatte keinen Sinn. Er konnte keinen Menschen erschießen. Er ließ die Pistole fallen und floh.

Auf der Straße beschloß er, auf einen Brandy ins »La Coupole« zu gehen. Er mochte das »La Coupole», weil es immer hell und voller Menschen war und er normalerweise einen Tisch bekam – ganz im Gegensatz zu seiner Wohnung, wo es dunkel und trübselig war und seine Mutter, die auch dort wohnte, sich beharrlich weigerte, ihm einen Platz anzubieten. Aber an dem Abend war das »La Coupole« brechend voll. Wer sind alle diese Gesichter, fragte sich Cloquet. Sie scheinen zu etwas Abstraktem zu verschwimmen: »Die Leute«. Aber es gibt keine Leute, dachte er – nur Individuen. Cloquet hatte das Gefühl, das sei eine brillante Erkenntnis, eine, die er eindrucksvoll auf irgendeiner schicken Dinnerparty loswerden könne. Wegen Äußerungen wie dieser war er seit 1931 zu keiner Geselligkeit mehr eingeladen worden.

Er beschloß, zu Juliet zu gehen.

»Hast du ihn getötet?« fragte sie, als er ihre Wohnung betrat.

»Ja«, sagte Cloquet.

»Bist du sicher, daß er tot ist?«

»Er schien tot zu sein. Ich brachte meine Maurice-Chevalier-Nummer, die normalerweise großartig ankommt. Diesmal Fehlanzeige.«

»Gut. Dann wird er die Partei nie wieder hintergehen.«

Juliet gehörte zu den Marxisten, das rief Cloquet sich wieder in Erinnerung, obendrein zu den allerinteressantesten Marxisten – denen mit langen, sonnengebräunten Beinen. Sie war eine der wenigen Frauen, die er kannte, die zwei verschiedene Gedanken gleichzeitig im Kopf behalten konnten, zum Beispiel Hegels Dialektik und warum ein Mann, wenn man ihm die Zunge ins Ohr steckt, während er eine Rede hält, sofort wie Jerry Lewis klingt. Sie stand jetzt vor ihm in engem Rock und Bluse, und er wünschte sich, sie zu besitzen – sie so zu besitzen, wie er alle anderen Dinge besaß, sein Radio zum Beispiel oder die Schweinemaske aus Gummi, die er während der Okkupation getragen hatte, um die Nazis zu ärgern.

Plötzlich wälzten er und Juliet sich im Liebesspiel –

oder war es bloß ein Sexspiel? Er wußte, es gab einen Unterschied zwischen Sex und Liebe, aber er war der Meinung, beides sei wundervoll, solange nicht einer der Partner zufällig ein Hummerlätzchen umhatte. Frauen, überlegte er, sind etwas Weiches, das einen umhüllt. Das Dasein ist auch was Weiches, das einen umhüllt. Irgendwann wickelte es einen total ein. Dann kam man nicht wieder raus, es sei denn zu irgendwas wirklich Wichtigem, wie Mutters Geburtstag oder einer Geschworenensitzung. Cloquet dachte oft, es bestehe ein großer Unterschied zwischen dem Sein und dem In-der-Welt-Sein, und er meinte, egal, zu welcher Gruppe er gehöre, die andere amüsiere sich zweifellos besser.

Nach seinem Liebesdienst schlief er wie üblich gut, aber am nächsten Morgen wurde er zu seiner großen Überraschung wegen Mordes an Gaston Brisseau verhaftet.

Im Polizeipräsidium beteuerte Cloquet seine Unschuld, man eröffnete ihm jedoch, man habe seine Fingerabdrücke überall in Brisseaus Zimmer und auf der dort sichergestellten Pistole entdeckt. Als Cloquet in Brisseaus Haus eingebrochen war, hatte er außerdem den Fehler begangen, sich ins Gästebuch einzutragen. Es war hoffnungslos. Der Fall war von vornherein klar.

Der Prozeß, der die ganze folgende Woche über stattfand, glich einem Zirkus, obwohl es einige Schwierigkeiten bereitete, die Elefanten in den Gerichtssaal zu bekommen. Schließlich erklärten die Geschworenen Cloquet für schuldig, und er wurde zum Tod auf der Guillotine verurteilt. Ein Gnadengesuch wurde wegen eines Formfehlers abgelehnt, als herauskam, daß Cloquets Anwalt es eingereicht hatte, als er einen Pappschnurrbart trug.

Sechs Wochen später, am Vorabend seiner Hinrichtung, saß Cloquet allein in seiner Zelle, noch immer außerstande, den Ereignissen der vergangenen Monate Glauben zu schenken – besonders der Sache mit den Elefanten im Gerichtssaal. Am nächsten Tag um diese Zeit würde er tot sein. Cloquet hatte an den Tod immer als etwas gedacht, das anderen Leuten widerfuhr. »Ich stelle fest, dicken Menschen geschieht es oft«, sagte er zu seinem Anwalt. Cloquet selbst schien der Tod nur eine weitere abstrakte Vorstellung zu sein. Menschen sterben, dachte er, aber stirbt auch Cloquet? Diese Frage gab ihm zu denken, aber ein paar simple Strichzeichnungen auf einem Schreibblock, die einer der Wärter angefertigt hatte, machten die Sache ganz klar. Es gab keinen Ausweg. Bald würde er nicht mehr existieren.

Ich werde nicht mehr da sein, dachte er wehmütig, aber Madame Plotnick, die im Gesicht wie irgendwas auf der Speisekarte eines Fischrestaurants aussieht, wird es noch geben. Cloquet geriet langsam in Panik. Er wäre am liebsten weggelaufen und hätte sich versteckt oder, besser noch, wäre etwas Festes und Dauerhaftes geworden – ein solider Sessel zum Beispiel. Ein Sessel hat keine Probleme, dachte er. Er ist da, niemand geht ihm auf die Nerven. Er muß keine Miete zahlen oder sich politisch engagieren. Ein Sessel kann sich niemals den Zeh stoßen oder seine Ohrenschützer verkehrt aufsetzen. Er braucht nicht zu lächeln oder sich die Haare schneiden zu lassen, und man braucht sich keine Sorgen zu machen, daß er plötzlich zu husten anfängt oder eine Szene macht, wenn man ihn zu einer Party mitnimmt. Die Leute sitzen halt in einem Sessel, und wenn diese Leute sterben, dann sitzen andere darin. Seine Logik tröstete Cloquet, und als die Gefängniswärter im Morgengrauen kamen, um ihm den Nacken zu rasieren, tat er so, als sei er ein Sessel. Als sie ihn fragten, was er als Henkersmahl wolle, sagte er: »Ihr fragt ein Möbelstück, was es essen will? Warum polstert man mich nicht einfach auf?« Als sie ihn anstarrten, gab er nach und sagte: »Bloß etwas russische Tunke.«

Cloquet war immer Atheist gewesen, aber als der Priester, Pater Bernard, zu ihm kam, fragte er, ob er noch Zeit habe, zu konvertieren.

Pater Bernard schüttelte den Kopf. »Zu dieser Jahreszeit, glaube ich, sind die meisten besseren Religionen ausgebucht«, sagte er. »Das beste, was ich in so kurzer Zeit eventuell machen könnte, wäre vielleicht anzurufen und Sie in was Hinduistischem unterzubringen. Dazu brauche ich allerdings ein Paßfoto.«

Zwecklos, überlegte Cloquet. Ich werde meinem Schicksal allein gegenübertreten müssen. Es gibt keinen Gott. Es gibt keinen Sinn im Leben. Nichts hat Dauer. Selbst die Werke des großen Shakespeare werden vergehen, wenn das Weltall ausglüht – kein so schrecklicher Gedanke natürlich, wenn man an ein Stück wie *Titus Andronicus* denkt, aber wie steht es mit den anderen? Kein Wunder, daß sich verschiedene Leute umbringen! Warum diese Absurdität nicht beenden? Warum in diesem sinnlosen Maskentreiben namens Leben fortfahren? Warum, es sei denn, irgendwo in uns sagt eine Stimme: »Lebe!« Immer hören wir von irgendwoher aus unserem Inneren den Befehl: »Lebe weiter!« Cloquet erkannte die Stimme: es war sein Versicherungsvertreter. Natürlich, dachte er – Fischbein will bloß nicht auszahlen.

Cloquet sehnte sich, frei zu sein – aus dem Gefängnis entlassen zu sein und über eine weite Wiese zu hüpfen. (Cloquet hüpfte immer, wenn er glücklich war. Ja, diese Angewohnheit hatte ihn vor dem Militärdienst bewahrt.) Der Gedanke an die Freiheit ließ ihn sich zugleich heiter und ängstlich fühlen. Wenn ich wirklich frei wäre, dachte er, könnte ich meine Möglichkeiten restlos ausleben. Ich könnte vielleicht Bauchredner werden, wie ich es mir immer gewünscht habe. Oder in Reizwäsche und mit falscher Nase und Brille im Louvre aufkreuzen.

Ihm wurde ganz schwummerig, als er seine Möglichkeiten überdachte, und war dabei, in Ohnmacht zu fallen, als ein Wärter seine Zellentür öffnete und ihm sagte, der wahre Mörder Brisseaus habe soeben gestanden. Cloquet sei frei und könne gehen. Cloquet fiel auf seine Knie und küßte den Zellenfußboden. Er sang die Marseillaise. Er weinte! Er tanzte! Drei Tage später war er wieder im Gefängnis: er war in Reizwäsche und mit falscher Nase und Brille im Louvre aufgekreuzt.

Des Schicksals kalte Schulter

(Notizen zu einem Achthundert-Seiten-Roman – dem großen Buch, auf das alle warten)

Die Vorgeschichte: Schottland 1823.

Ein Mann wird verhaftet, weil er einen Kanten Brot gestohlen hat. »Ich mag bloß den Kanten«, erklärt er und wird als der Dieb entlarvt, der kürzlich mehrere Speiselokale damit in Schrecken versetzte, daß er lediglich das Endstück des Roastbeefs stahl. Der Beschuldigte, Solomon Entwhistle, wird vor Gericht gezerrt, wo ihn ein gestrenger Richter zu fünf bis zehn Jahren (je nachdem, was eher kommt) Zwangsarbeit verurteilt. Entwhistle wird in ein Verlies gesperrt, und der Schlüssel dazu wird in einem frühen Akt aufgeklärter Gefangenenbehandlung weggeworfen. Verzweifelt, doch entschlossen macht Entwhistle sich an die mühevolle Aufgabe, sich einen Tunnel in die Freiheit zu graben. Sorgsam mit einem Löffel buddelnd gräbt er sich unter den Gefängnismauern durch und bohrt sich dann Löffel für Löffel unter Glasgow weg Richtung London. Er hält inne, um in Liverpool wieder aufzutauchen, stellt aber fest, daß ihm der Tunnel lieber ist. Als er in London ist, schmuggelt er sich an Bord eines Frachters, der in die Neue Welt ausläuft, und träumt davon, das Leben nochmal von vorn zu beginnen, diesmal als Frosch.

Als er nach Boston kommt, lernt er Margaret Figg kennen, eine anmutige neu-englische Schullehrerin, deren Spezialität es ist, Brot zu backen und es sich dann auf den Kopf zu legen. Fasziniert heiratet Entwhistle sie, und die beiden machen einen kleinen Laden auf, wo sie in einem sich ständig steigernden Kreislauf sinnloser Betriebsamkeit Häute und Walfett gegen Elfenbeinschnitzereien tauschen. Der Laden ist sogleich ein Erfolg, und 1850 ist Entwhistle wohlhabend, gebildet und angesehen und betrügt seine Frau mit einer ausgewachsenen Beutelratte. Er hat mit Margaret Figg zwei Söhne – der eine ist normal, der andere einfältig, allerdings ist der Unterschied schwer festzustellen, bevor nicht jemand beiden einen Jo-Jo in die Hand drückt. Seine kleine Handelsniederlassung entwickelt sich weiter und wird zu einem gigantischen modernen Warenhaus, und als er mit fünfundachtzig an den Blattern und einem Tomahawk im Schädel stirbt, ist er glücklich.

(Beachte: Daran denken, Entwhistle liebenswert zu gestalten.)

Schauplätze und Beobachtungen 1976.

Wenn man die Alton Avenue nach Osten spaziert, kommt man am Lagerhaus der Brüder Costello, Adelmans Tallis Reparaturwerkstatt, dem Beerdigungsinstitut Chones und Higbys Spielhalle vorbei. John Higby, der Besitzer, ist ein stämmiger Mann mit buschigem Haar, der mit neun Jahren von einer Leiter fiel, und dem man zwei Tage im voraus Bescheid geben muß, wenn er aufhören soll zu grinsen. Wendet man sich von Higbys Laden aus in Richtung Norden oder Stadtrand (in Wirklichkeit ist es der Stadtkern, und der wirkliche Stadtrand liegt jetzt quer durch die ganze Stadt in entgegengesetzter Richtung), dann kommt man zu einem kleinen grünen Park. Hier spazieren die Bürger umher und plaudern miteinander, und wenn hier auch keine Raubüberfälle und Vergewaltigungen vorkommen, so wird man doch oft von Schnorrern oder Leuten angesprochen, die behaupten, Julius Caesar zu kennen. Jetzt läßt der kalte Herbstwind (hier bekannt als Santana, denn er kommt jedes Jahr zur gleichen Zeit und fegt die meisten älteren Leute aus ihren Schuhen) das letzte Sommerlaub von den Bäumen fallen und weht es zu dürren Haufen zusammen. Es überfällt einen das geradezu existentielle Gefühl von Sinnlosigkeit – besonders seit die Massagesalons zu haben. Es herrscht ausgesprochen das Gefühl metaphysischen »Andersseins«, das man nicht erklären kann, außer man sagt, es ist ganz anders, als was sonst so in Pittsburgh passiert. Auf ihre Weise ist die Stadt eine Metapher, aber wofür? Sie ist nicht nur eine Metapher, sie ist ein Gleichnis. Sie ist »wo was los ist«. Sie ist »jetzt«. Sie ist auch »später«. Sie ist jede Stadt in Amerika und wieder auch keine. Das bringt die Briefträger völlig durcheinander. Und das große Kaufhaus heißt Entwhistle.

Blanche (Meiner Kusine Tina nachgestalten!).

Blanche Mandelstam, mädchenhaft, doch kräftig, mit nervösen, knubbeligen Fingern und einer Brille mit dicken Gläsern (»Ich wollte Olympiaschwimmerin werden«, sagt sie zu ihrem Arzt, »aber ich hatte Schwierigkeiten mit dem Obenbleiben«), wird von ihrem Radiowecker geweckt.

Vor Jahren hätte Blanche als hübsch gegolten, allerdings nicht länger zurück als bis zum Pleistozän. Für ihren Mann, Leon, jedoch ist sie »das schönste Geschöpf der Welt, wenn man von Ernest Borgnine absieht«. Blanche und Leon lernten sich vor langer Zeit auf einem Highschool-Ball kennen. (Sie ist eine ausgezeichnete Tänzerin, auch wenn sie beim Tango ständig auf einem Schaubild, das sie bei sich trägt, einige Tanzschritte nachsehen muß.) Sie sprachen offen miteinander und fanden, daß sie an vielen Dingen gemeinsam Vergnügen hatten. Zum Beispiel schliefen beide gern auf Speckwürfeln. Blanche war davon beeindruckt, wie Leon sich kleidete, denn sie hatte noch niemanden gesehen, der sein Mäntelchen auf drei Schultern gleichzeitig trug. Das Paar wurde getraut, und es ist noch nicht lange her, da hatten sie ihre erste und einzige sexuelle Erfahrung. »Es war absolut phantastisch«, erinnert sich Blanche, »allerdings entsinne ich mich, daß Leon versuchte, sich die Pulsadern zu öffnen.«

Blanche sagte zu ihrem soeben Angetrauten, obwohl er als menschliches Versuchskaninchen ganz annehmbar verdiene, wolle sie ihre Stellung in der Schuhabteilung bei Entwhistle behalten. Zu stolz, sich aushalten zu lassen, gab Leon widerstrebend seine Zustimmung, bestand aber darauf, daß sie sich mit fünfundneunzig pensionieren lassen müsse. Nun setzte sich das Paar zum Frühstück nieder. Das bestand für ihn aus Saft, Toast und Kaffee. Für Blanche aus dem üblichen: einem Glas heißem Wasser, einem Hühnerflügel, süßscharfem Schweinefleisch und Cannelloni. Dann machte sie sich zu Entwhistle auf.

(Beachte: Blanche sollte beim Herumgehen singen, genauso wie meine Kusine Tina, bloß nicht andauernd die japanische Nationalhymne.)

Carmen (Eine psychopathologische Studie, die auf Charaktermerkmale zurückgreift, wie sie bei Fred Simdong, seinem Bruder Lee und ihrem Kater Sparky zu beobachten sind).

Carmen Pinchuck, untersetzt und glatzköpfig, trat aus der dampfenden Dusche und nahm seine Badekappe ab. Obwohl er vollkommen ohne Haare war, haßte er es, einen nassen Kopf zu bekommen. »Warum auch?« sagte er zu Freunden. »Dann hätten mir meine Feinde etwas voraus.« Irgend jemand wandte ein, diese Einstellung könne als seltsam betrachtet werden, aber er lachte, ließ seine Blicke aufmerksam durchs Zimmer schweifen, um zu sehen, ob er beobachtet werde, und küßte dann schnell ein paar Sofakissen. Pinchuck ist ein nervöser Mann, der in seiner Freizeit angelt, aber seit 1923 nichts mehr gefangen hat. »Ich nehme an, es beißt auch keiner«, kichert er vergnügt. Aber als ein Bekannter ihn darauf aufmerksam machte, daß er die Angelschnur in einem Topf mit süßer Sahne hängen hatte, wurde er verlegen.

Pinchuck hat schon viel hinter sich. Er wurde aus der Highschool geworfen, weil er im Unterricht stöhnte, darauf arbeitete er als Schafhirt, Psychotherapeut und Pantomime. Gegenwärtig ist er bei der Fisch- und Wildbretgesellschaft beschäftigt, wo er dafür bezahlt wird, daß er Eichhörnchen Spanischunterricht erteilt. Menschen, die ihn lieben, haben Pinchuck als »Strolch, Einsiedler und Psychopathen mit Apfelbäckchen« geschildert. »Er sitzt gern in seinem Zimmer und gibt dem Radio freche Antworten«, sagte ein Nachbar. »Er kann sehr anhänglich sein«, bemerkte ein anderer. »Als Mrs. Monroe einmal auf dem Eis ausrutschte, rutschte er aus Zuneigung auch auf ein bißchen Eis aus.« Politisch ist Pinchuck nach eigenem Eingeständnis unabhängig, und bei der letzten Präsidentenwahl schrieb er auf seinen Stimmzettel den Namen Luis Somoza.

Pinchuck setzte sich nun seine Chauffeursmütze aus Tweed auf, nahm ein in braunes Papier eingeschlagenes Paket in die Hand und ging aus seiner Pension auf die Straße. Da bemerkte er, daß er abgesehen von seiner Chauffeursmütze aus Tweed nackt war, kehrte um, zog sich an und machte sich zu Entwhistle auf den Weg.

(Beachte: Daran denken, Pinchucks Feindseligkeit seiner Mütze gegenüber genauer auf den Grund zu gehen.)

Das Zusammentreffen (in groben Zügen).

Die Türen des Warenhauses öffneten sich Punkt zehn, und obwohl der Montag normalerweise ein flauer Tag war, sorgte ein Sonderangebot an radioaktivem Thunfisch im Nu dafür, daß das unterste Stockwerk verstopft war. Eine Stimmung wie unmittelbar vor dem Weltuntergang lag über der Schuhabteilung wie eine nasse Zeltbahn, als Carmen Pinchuck Blanche Mandelstam sein Paket überreichte und sagte: »Ich möchte diese Hushpuppies zurückgeben, sie sind mir zu klein.«

»Haben Sie den Kassenbon?« entgegnete Blanche, die versuchte, gleichmütig zu bleiben, obgleich sie später gestand, ihre Welt sei plötzlich langsam in Scherben gegangen. (»Ich kann seit meinem Unfall nicht mehr mit Leuten umgehen«, erzählte sie Freunden. Vor sechs Monaten hatte sie beim Tennisspielen einen Ball verschluckt. Seither ist ihre Atmung unregelmäßig.)

»Äh, nein«, erwiderte Pinchuck nervös. »Den habe ich verloren.« (Das zentrale Problem seines Lebens ist, daß er ständig Dinge verlegt. Einmal ging er schlafen, und als er aufwachte, war sein Bett nicht da.) Als nun Kunden hinter ihm ungeduldig eine Schlange bildeten, brach ihm der kalte Schweiß aus.

»Sie müssen sich das vom Abteilungsleiter genehmigen lassen«, sagte Blanche und verwies Pinchuck an Mr. Dubinsky, mit dem sie bereits seit Allerheiligen eine Affäre hatte. (Lou Dubinsky, Absolvent der besten Maschinenschreibschule Europas, war ein Genie, bis der Alkohol seine Schreibgeschwindigkeit auf ein Wort pro Tag herabsetzte und er gezwungen war, in einem Kaufhaus zu arbeiten.)

»Haben Sie sie angehabt?« fuhr Blanche fort und kämpfte gegen ihre Tränen an. Die Vorstellung von Pinchuck in seinen Hushpuppies war ihr unerträglich. »Mein Vater trug immer Hushpuppies«, gestand sie. »Beide am selben Fuß.«

Pinchuck wand sich. »Nein«, sagte er, »äh – ich meine, ja. Ich hatte sie ganz kurz an, aber nur in der Badewanne.«

»Warum haben Sie sie denn gekauft, wenn sie zu klein

sind?« fragte Blanche, sich nicht bewußt, daß sie damit ein menschliches Grundparadox aussprach.

Die Wahrheit war, daß Pinchuck sich in den Schuhen nicht wohlgefühlt hatte, aber sich nie dazu überwinden konnte, zu einem Verkäufer nein zu sagen. »Ich möchte *geliebt* werden«, bekannte er Blanche. »Einmal habe ich ein lebendes Gnu gekauft, weil ich nicht nein sagen konnte.« (Beachte: O. F. Krumgold hat einen exzellenten Aufsatz über bestimmte Stämme auf Borneo geschrieben, die in ihrer Sprache kein Wort für »nein« haben und demzufolge Bitten damit abschlagen, daß sie mit dem Kopf nikken und sagen: »Ich komme auf dich zurück.« Das bestätigt seine frühere Theorie, daß der Drang, um jeden Preis geliebt zu werden, sich nicht nach der Umwelt richtet, sondern Veranlagung ist, genauso wie die Fähigkeit, Operetten durchzustehen.)

Um zehn nach elf hatte der Abteilungsleiter Dubinsky den Umtausch genehmigt, und Pinchuck erhielt ein größeres Paar Schuhe. Pinchuck gestand später, der Vorfall habe bei ihm eine schwere Depression und leichte Benommenheit ausgelöst, was er auch auf die Nachricht zurückführte, daß sein Papagei geheiratet habe.

Kurze Zeit nach dieser Affäre bei Entwhistle gab Carmen Pinchuck seine Stellung auf und wurde chinesischer Kellner im Kantonrestaurant Sung Ching. Blanche Mandelstam erlitt kurz darauf einen ziemlichen Nervenzusammenbruch und versuchte, mit einem Foto von Dizzy Dean durchzubrennen. (Beachte: Bei näherem Nachdenken wäre es vielleicht das beste, Dubinsky zu einer Handpuppe zu machen.) Ende Januar schloß das Kaufhaus Entwhistle zum letzten Mal seine Tore, und Julie Entwhistle, die Eigentümerin, nahm ihre Familie, die sie von ganzem Herzen liebte, und schaffte sie in den Zoo von Bronx.

(Dieser letzte Satz sollte so bleiben, wie er ist. Er kommt mir sehr, sehr bedeutend vor. Ende der Notizen zu Kapitel 1.)

Die UFO-Gefahr

UFOs machen mal wieder Schlagzeilen, und es wird höchste Zeit, daß wir dieses Phänomen einmal ernsthaft ins Auge fassen. (Im Augenblick ist die Zeit zehn nach acht, wir kommen also nicht nur ein paar Minuten zu spät, sondern ich habe auch Hunger.) Bis jetzt ist das ganze Thema Fliegende Untertassen meist mit Wirrköpfen und Spinnern in Verbindung gebracht worden. Häufig werden Leute, die UFOs gesehen haben, auch wirklich zugeben, zu beiden dieser Gruppen zu gehören. Dennoch hat der Umstand, daß verantwortungsbewußte Menschen sie immer wieder sichten, die Air Force und die Wissenschaft dazu gebracht, ihre einstmals skeptische Haltung zu überprüfen, und nun ist ein Betrag von zweihundert Dollars für eine erschöpfende Untersuchung dieses Phänomens bereitgestellt worden. Die Frage ist: Gibt's da draußen irgendwas? Wenn ja, haben sie Strahlenkanonen?

Es mag sich erweisen, daß nicht alle UFOs extraterrestrischer Herkunft sind, aber die Experten sind sich darüber einig, daß jedes leuchtende, zigarrenförmige Flugobjekt, das imstande ist, einfach so mit zwanzigtausend Sachen pro Sekunde nach oben zu schießen, eine Wartung und Zündkerzen erfordert, wie es sie bloß auf dem Pluto gibt. Wenn diese Objekte wirklich von einem anderen Planeten stammen, dann muß die Zivilisation, die sie gebaut hat, unserer um Millionen von Jahren voraus sein. Entweder das, oder sie haben großes Glück gehabt. Professor Leon Speciman geht von einer Zivilisation im Weltall aus, die unserer etwa fünfzehn Minuten voraus ist. Das, meint er, läßt sie uns gewaltig überlegen sein, weil sie sich nicht beeilen müssen, um pünktlich zu Verabredungen zu erscheinen.

Dr. Brackish Menzies, der in der Beobachtungsstation auf dem Mount Wilson arbeitet oder aber im Nervensanatorium auf dem Mount Wilson unter Beobachtung steht (das ist nicht einwandfrei zu entziffern), behauptet, Weltraumreisende, die sich annähernd mit Lichtgeschwindigkeit bewegten, brauchten viele Millionen Jahre, um zu uns zu kommen, selbst aus dem nächstgelegenen Sonnensystem, und das würde die Fahrt, wenn man sich die Shows am Broadway vor Augen führte, kaum lohnen. (Es ist unmöglich, sich schneller als das Licht vorwärts zu bewegen, und bestimmt auch nicht wünschenswert, weil es einem ständig den Hut vom Kopf pusten würde.)

Interessanterweise ist nach Meinung moderner Astronomen der Weltraum endlich. Das ist ein sehr tröstlicher Gedanke – besonders für Leute, denen nie einfällt, wo sie ihre Sachen hingelegt haben. Der Kerngedanke aller Überlegungen über das Universum ist aber, daß es sich ausdehnt und eines Tages auseinanderplatzt und verschwindet. Darum ist es das beste, einen Kompromiß zu machen, wenn das Mädchen in dem Büro am Ende des Korridors zwar ein paar gute Seiten hat, aber vielleicht nicht all die Vorzüge, die man sich in den Kopf gesetzt hat.

Die am häufigsten gestellte Frage über UFOs ist: Wenn Fliegende Untertassen aus dem Weltraum kommen, warum haben dann ihre Piloten nicht versucht, Kontakt mit uns aufzunehmen, anstatt geheimnisvoll über menschenleeren Gegenden herumzuschwirren? Meine Theorie dazu ist, daß für Wesen aus einem anderen Sonnensystem das »Schwirren« durchaus eine gesellschaftlich annehmbare Form der Kontaktaufnahme sein könnte. Es könnte sogar angenehm sein. Ich selber schwirrte einmal sechs Monate um eine achtzehnjährige Schauspielerin herum, und das war die schönste Zeit meines Lebens. Man sollte sich auch vor Augen führen: wenn wir von »Leben« auf anderen Planeten sprechen, dann meinen wir oft Aminosäuren, die nie sehr gesellig sind, nicht mal auf Parties.

Die meisten Menschen neigen dazu, UFOs für ein Problem von heute zu halten, aber könnten sie nicht ein Phänomen sein, das der Mensch schon seit Jahrhunderten kennt? (Uns kommt ein Jahrhundert recht lang vor, besonders wenn man auf einem Schuldschein sitzt, aber nach astronomischen Maßstäben ist es in einer Sekunde vorbei. Aus diesem Grund ist es immer das beste, eine Zahnbürste bei sich zu haben und jederzeit zum Aufbruch bereit zu sein.) Die Gelehrten berichten uns nun, daß unerkannte Flugobjekte schon in biblischen Zeiten gesichtet wurden. Zum Beispiel gibt es eine Stelle im

3. Buch Moses, wo es heißt: »Und es erschien ein großer und silberiger Ball über den assyrischen Heerscharen, und in ganz Babylonien war Heulen und Zähneklappern, bis daß die Propheten den Haufen Volks geboten, sich zusammenzureißen und im Halbkreis aufzustellen.«

Hing diese Erscheinung vielleicht mit einer anderen zusammen, die Jahre später Parmenides folgendermaßen beschrieb: »Drei orangefarbene Gegenstände erschienen mit einemmal am Himmelszelt und kreisten über der Stadtmitte Athens, schwebten über den Thermen und ließen einige unserer weisesten Philosophen zu den Handtüchern greifen«? Und ähnelten wiederum diese »orangefarbenen Gegenstände« dem, was in einer kürzlich entdeckten sächsischen Kirchenhandschrift des 12. Jahrhunderts geschildert wird: »Ain lach lacht er / wô rîht lag zu nassan ain kork-gehaltan schône / diwîlen ain rôt balle ser hôhe swam oben. Ich danke Ihnen, meine Damen und Herren«?

Dieser Bericht bedeutete nach Meinung des mittelalterlichen Klerus, daß das Ende der Welt nahe bevorstünde, und es herrschte große Enttäuschung, als der Montag kam und alle wieder zurück an die Arbeit mußten.

Schließlich und höchst überzeugend notierte Goethe persönlich 1822 eine seltsame Himmelserscheinung. »*En route* heim vom Angstfestspiele zu Leipzig«, schrieb er, »wollte ich eben den Weg über eine Wiese nehmen, da wandte ich mein Auge zufällig himmelwärts und sah mehrere feurigrote Bälle plötzlich am südlichen Firmamente erscheinen. Sie stürzten mit großer Schnelligkeit hernieder und begannen, Jagd auf mich zu machen. Ich rief, ich sei ein Genie und demzufolge nicht sehr schnell zu Fuße, doch meine Worte wurden nicht gehört. Ich geriet in Zorn und schleuderte ihnen meine Verwünschungen entgegen, worauf sie erschreckt von dannen flohen. Beethoven erzählte ich von diesem Vorfalle, mir nicht vergegenwärtigend, daß er bereits ertaubt war, und er lächelte, nickte und sagte: ›Sehr richtig‹.«

In der Regel ergeben sorgfältige Untersuchungen an Ort und Stelle, daß die meisten »unerkannten« Flugobjekte ganz normale Erscheinungen sind, wie zum Beispiel Wetterballons, Meteoriten, Satelliten und einmal sogar ein Mann namens Louis Mandelbaum, den es vom Dach des Welthandelszentrums geweht hatte. Ein typischer »aufgeklärter« Fall ist der, von dem Sir Chester Ramsbottom am 5. Juni 1961 in Shropshire berichtete: »Ich fuhr um zwei Uhr morgens die Straße entlang und sah ein zigarrenförmiges Ding, das meinen Wagen zu verfolgen schien. Ganz gleich, wie ich auch fuhr, es blieb mir auf den Fersen, wobei es mit mir zusammen scharf um alle Ecken bog. Es war von grellem, leuchtendem Rot, und obgleich ich im Zickzack fuhr und den Wagen bei hoher Geschwindigkeit wendete, konnte ich es nicht abschütteln. Ich bekam Angst und fing an zu schwitzen. Ich stieß einen Schreckensschrei aus und wurde offenbar ohnmächtig, kam aber wunderbarerweise unversehrt in einem Krankenhaus wieder zu mir.« Bei Nachforschungen fanden Fachleute heraus, daß das »zigarrenförmige Ding« Sir Chesters Nase war. Natürlich konnte er sie mit all seinen Ausweichmanövern nicht abschütteln, da sie ja an seinem Gesicht festsaß.

Ein anderer aufgeklärter Fall nahm Ende April mit dem Bericht von Generalmajor Curtis Memling vom Luftwaffenstützpunkt Andrews seinen Anfang: »Ich spazierte eines Abends gerade über ein Feld, da sah ich plötzlich am Himmel eine große silberne Scheibe. Sie flog über mich weg, keine fünfzehn Meter über meinem Kopf, und beschrieb wiederholt aerodynamische Figuren, zu denen kein normales Flugzeug imstande ist. Mit einemmal erhöhte sie die Geschwindigkeit und schoß in atemberaubendem Tempo davon.«

Die Untersuchungskommission wurde mißtrauisch, als sie bemerkte, daß General Memling diesen Vorfall nicht schildern konnte, ohne zu kichern. Später gab er zu, er sei gerade aus dem Garnisonskino von einer Vorstellung des Films »Der Krieg der Welten« gekommen und habe »einen irren Spaß daran gehabt«. Ironischerweise berichtete General Memling 1976 noch einmal, ein UFO gesichtet zu haben, aber man kam bald dahinter, daß auch er sich von Sir Chester Ramsbottoms Nase hatte irreführen lassen – ein Umstand, der in der Air Force Bestürzung hervorrief und schließlich dazu führte, daß General Memling vor ein Kriegsgericht kam.

Wenn die meisten Beobachtungen von UFOs zufriedenstellend aufgeklärt werden können, wie steht es dann mit den wenigen, bei denen das nicht der Fall ist? Es folgen nun einige der rätselvollsten Beispiele »ungelöster« Begegnungen, von denen die erste ein Mann aus Boston im Mai 1969 zu Protokoll gab: »Ich ging mit meiner Frau am Strand entlang. Sie ist keine sehr reizvolle Frau. Ziemliches Übergewicht. Vielmehr zog ich sie damals auf einem Wägelchen hinter mir her. Plötzlich blickte ich nach oben und sah eine riesige weiße Untertasse, die offensichtlich mit hoher Geschwindigkeit herunterkam. Ich nehme an, ich kriegte Panik, denn ich ließ den Strick vom Wägelchen meiner Frau einfach fallen und machte mich aus dem Staub. Die Untertasse flog direkt über meinen Kopf weg, und ich hörte eine unheimliche metallische Stimme sagen: ‚Ruf den Auftragsdienst an.' Als ich nach Hause kam, rief ich den Auftragsdienst an und bekam mitgeteilt, daß mein Bruder Ralph umgezogen sei und seine ganze Post zum Neptun nachgeschickt werden solle. Ich sah ihn nie wieder. Meine Frau erlitt bei dem Vorfall einen schweren Nervenzusammenbruch und kann sich jetzt nicht mehr unterhalten, ohne eine Handpuppe zu benutzen.«

Und I. M. Axelbank aus Athens, Georgia, im Februar 1971: »Ich bin ein erfahrener Pilot und flog meine private Chessna von New Mexico nach Amarillo, Texas, um ein paar Leute zu bombardieren, deren religiöse Überzeugung mir nicht richtig paßt, als ich bemerkte, daß etwas neben mir flog. Zuerst dachte ich, es wäre ein anderes Flugzeug, bis ein grüner Lichtstrahl davon ausging, der mein Flugzeug zwang, in vier Sekunden dreitausend Meter runterzugehen, wodurch mir das Toupet vom Kopf zischte und ein Loch von einem halben Meter Durchmesser ins Kabinendach riß. Immer wieder rief ich über Funk um Hilfe, bekam aber aus irgendwelchen Gründen nur die alte Sendung *Mr. Anthony beantwortet Hörerfragen* rein. Wieder kam das UFO sehr nahe an mein Flugzeug heran und sauste dann in aberwitzigem Tempo davon. Inzwischen hatte ich mich verflogen und war gezwungen, auf der Autobahn notzulanden. Ich setzte die Reise per Flugzeug auf dem Erdboden fort und bekam erst Scherereien, als ich bei einer Mautstelle durch wollte und mir die Flügel abbrach.«

Eines der unheimlichsten Erlebnisse hatte im August 1975 ein Mann am Montauk Point auf Long Island: »Ich lag in meinem Sommerhaus im Bett, konnte aber nicht schlafen, weil ich meinte, auf etwas Brathuhn im Kühlschrank Anrecht zu haben. Ich wartete, bis meine Frau eingeschlafen war, dann schlich ich auf Zehenspitzen in die Küche. Ich weiß noch, daß ich auf die Uhr sah. Es war genau Viertel nach vier. Das weiß ich ganz genau, weil unsere Küchenuhr schon seit einundzwanzig Jahren nicht mehr geht und immer diese Zeit zeigt. Mir fiel auch auf, daß unser Hund, Judas, sich komisch benahm. Er stand auf seinen Hinterbeinen und sang: ›Wie herrlich ist's, ein Weib zu sein.‹ Plötzlich wurde das ganze Zimmer hellorange. Zuerst dachte ich, meine Frau hätte mich dabei erwischt, daß ich zwischen den Mahlzeiten was esse, und das Haus angezündet. Dann guckte ich aus dem Fenster, und da sah ich zu meinem Erstaunen genau über den Wipfeln der Bäume im Hof ein riesiges zigarrenförmiges Luftschiff schweben, von dem ein orangerotes Licht ausging. Ich stand wie angewurzelt da, und das muß mehrere Stunden gedauert haben, obwohl unsere Uhr immer noch Viertel nach vier zeigte und sich das also schwer feststellen läßt. Schließlich kam ein großer mechanischer Greifer aus dem Luftschiff hervor, schnappte sich die beiden Brathuhnstücke aus meiner Hand und zog sich schnell wieder zurück. Dann erhob sich die Maschine in die Lüfte, bekam ein Mordstempo drauf und verschwand am Himmel. Als ich den Vorfall der Air Force meldete, wurde mir gesagt, was ich gesehen hätte, wäre ein Vogelschwarm gewesen. Als ich Einspruch erhob, versicherte mir Colonel Quincy Bascomb persönlich, die Air Force werde mir die zwei Stücke Brathuhn erstatten. Bis heute habe ich aber bloß ein Stück zurückbekommen.«

Schließlich ein Bericht von zwei Fabrikarbeitern aus Louisiana vom Januar 1977: »Roy und ich, wir warn auf Katzenfisch im Moor. Mir gefällts im Moor und Roy auch. Wir hatten nicht getrunken, aber natürlich hatten wir ne dicke Pulle Methylenchlorid dabei, das wir beide gern mögen, entweder mit m Spritzer Zitrone oder ner kleinen Zwiebel. Egal, ungefähr um Mitternacht kucken wir nach oben und sehen, wie ne hellgelbe Kugel ins Moor runterkommt. Zuerst hält Roy das für n Schreikranich und ballert drauf, aber ich sage: ›Roy, das ist kein Kranich, weils keinen Schnabel hat.‹ Daran kann man n Kranich erkennen. Roys Sohn Gus hat n Schnabel, nich, und denkt, er is n Kranich. Egal, mit einmal flutscht da ne Tür auf und n paar Figuren komm da raus. Die sehn aus wie kleine Kofferradios mit Zähnen und kurzen Haaren. Sie hatten auch Beine, aber wo normalerweise die Zehen sind, da hatten sie Räder. Sie gaben mir n Wink, näherzukommen, was ich auch tat, und da gaben sie mir ne Spritze mit ner Flüssigkeit, die machte, daß ich lächelte und mich wie Mary Poppins aufführte. Sie sprachen in ner fremden Sprache miteinander, die klang, wie wenn man mit m Auto rückwärts über ne dicke Person wegfährt. Sie nahmen mich mit in das Luftschiff und machten mit mir so was Ähnliches wie ne komplette ärztliche Untersuchung. Ich war einverstanden, denn ich hatte mich schon zwei Jahre nicht mehr richtig durchkucken lassen. Inzwischen hatten sie meine Sprache gelernt, aber sie machten immer noch einfache Fehler, wie zum Beispiel, daß sie »Hermeneutik« sagten, wenn sie »Heuristik« meinten. Sie erzählten mir, sie wärn von ner anderen Galaxis gekommen, um der Erde mitzuteilen, daß wir lernen müßten, in Frieden zu leben, oder sie würden mit Spezialwaffen wiederkommen und alle erstgeborenen Knaben laminieren. Sie sagten, das Ergebnis meiner Bluttuntersuchung kriegten sie in n paar Tagen zurück, und wenn ich nichts von ihnen hörte, könnte ich Clair in aller Ruhe heiraten.«

Meine Apologie

Von allen berühmten Männern, die je gelebt haben, wäre ich am liebsten Sokrates gewesen. Nicht bloß, weil er ein großer Denker war, denn ich bin dafür bekannt, selbst über einige ziemlich tiefgründige Einsichten zu verfügen, wenn sich meine auch beständig um eine schwedische Stewardeß und ein Paar Handschellen drehen. Nein, was mir diesen Weisesten aller Griechen so anziehend machte, war sein Mut im Angesicht des Todes. Er war entschlossen, seine Grundsätze nicht aufzugeben, sondern lieber sein Leben dafür zu opfern, eine Überzeugung unter Beweis zu stellen. Ich persönlich bin dem Sterben gegenüber nicht ganz so furchtlos und werfe mich bei jedem unangenehmen Geräusch, wie etwa der Fehlzündung eines Autos, augenblicklich demjenigen in die Arme, mit dem ich mich gerade unterhalte. Schließlich gab Sokrates' mutiger Tod seinem Leben eine wirkliche Bedeutung, was man von meinem Dasein absolut nicht sagen kann, wenngleich es eine minimale Bedeutung für die staatliche Steuerbehörde besitzt. Ich muß gestehen, daß ich viele Male versucht habe, in die Sandalen dieses großen Philosophen zu schlüpfen, aber ganz gleich, wie oft ich das tue, immer nicke ich auf der Stelle ein und habe den folgenden Traum.

(Schauplatz ist meine Gefängniszelle. Gewöhnlich bin ich allein und knobele an irgendeinem tiefgründigen Problem des rationalen Denkens herum, wie zum Beispiel: Kann ein Gegenstand ein Kunstwerk genannt werden, wenn man ihn auch zum Ofensaubermachen benutzen kann? Alsbald werde ich von Agathon und Simmias besucht.)

AGATHON: Ach, mein guter Freund, du weiser alter Denker. Wie gehen dir die Tage der Gefangenschaft dahin?

ALLEN: Wie kann man von Gefangenschaft denn reden, Agathon? Kann doch mein Körper nur gefangen sein. Mein Geist streift frei, von den vier Wänden unbeschränkt umher, und darum wahrlich frage ich, gibt es Gefangenschaft denn überhaupt?

AGATHON: Nun, und wie steht's, wenn du spazierengehen willst?

ALLEN: Sehr gut gefragt. Das kann ich nicht.

(Wir drei sitzen in klassischen Posen da, ganz ähnlich wie auf einem Fries. Schließlich spricht Agathon.)

AGATHON: Ich fürchte sehr, die Nachricht ist von Übel. Du bist zum Tod verurteilt worden.

ALLEN: Ach, es macht mich traurig, daß Streit ich im Senat verursacht haben sollte.

AGATHON: Kein Streit. Man war sich einig.

ALLEN: Tatsächlich?

AGATHON: Beim ersten Wahlgang.

Allen: Hmmm. Ich hatte mit etwas mehr Beistand doch gerechnet.

Simmias: Der Senat ist wütend über deine Ideen zu einem utopischen Staat.

Allen: Ich nehme an, ich hätte nie einen Philosophen als König vorschlagen sollen.

Simmias: Besonders, als du immer wieder auf dich aufmerksam machtest und dich diskret räuspertest.

Allen: Und dennoch sehe ich meine Henker nicht als böse an.

Agathon: Auch ich nicht.

Allen: Äh, tja also ... denn was ist böse anderes als gut im Übermaß?

Agathon: Wie das?

Allen: Besieh es so. Wenn ein Mensch ein hübsches Liedlein singt, so ist das schön. Wenn er immer weiter singt, beginnt einem der Kopf zu schmerzen.

Agathon: Wahr ist's.

Allen: Und will er absolut nicht enden den Gesang, möcht' schließlich Socken in den Rachen man ihm stopfen.

Agathon: Ja, sehr wahr.

Allen: Wann soll der Urteilsspruch vollstreckt denn werden?

Agathon: Wie spät ist's jetzt?

Allen: Heute!?

Agathon: Die Kerkerzelle wird benötigt.

Allen: So soll es sein! Laßt sie mir doch das Leben nehmen. Doch soll verzeichnet werden, daß ich lieber starb als aufzugeben die Prinzipien von Wahrheit und ungestörter Wahrheitssuche. Weine nicht, Agathon.

AGATHON: Ich weine nicht, das ist 'ne Allergie.

ALLEN: Denn für den Mann des Geistes ist der Tod nicht Ende, sondern ein Beginn.

SIMMIAS: Wie das?

ALLEN: Tja, laß einen Augenblick mich überlegen.

SIMMIAS: Laß dir Zeit.

ALLEN: Es ist doch wahr, o Simmias, daß der Mensch vor der Geburt nicht existiert, nicht wahr?

SIMMIAS: Sehr wahr.

ALLEN: Noch existiert er nach dem Tode.

SIMMIAS: Ja, da stimm' ich zu.

ALLEN: Hmmm.

SIMMIAS: Also?

ALLEN: Also, warte mal. Ich bin ein bißchen durcheinander. Ihr wißt ja, sie geben einem hier bloß Lamm zu essen, und nie ist es gut zubereitet.

SIMMIAS: Die meisten Menschen sehn den Tod als absolutes Ende an und fürchten ihn darum.

ALLEN: Der Tod ist ein Zustand des Nichtseins. Was nicht ist, existiert nicht. Also existiert der Tod nicht. Nur die Wahrheit existiert. Wahrheit und Schönheit. Beide sind austauschbar, doch sind sie Erscheinungen ihrer selbst. Äh – haben sie gesagt, was genau sie mit mir vorhaben?

AGATHON: Den Schierlingstrank.

ALLEN: (*verwirrt*) Den Schierlingstrank?

AGATHON: Du weißt doch, diese schwarze Flüssigkeit, die sich durch deinen Marmortisch gefressen hat.

ALLEN: Tatsächlich?

AGATHON: Nur einen Becher voll. Allerdings haben sie noch einen Reservebecher, falls du was verschütten solltest.

ALLEN: Ich frag' mich, ob's wohl wehtut.

AGATHON: Sie fragten an, ob du wohl versuchen könntest, keine Szene zu machen. Es stört die Mitgefangenen.

ALLEN: Hmmm ...

AGATHON: Ich habe allen gesagt, du würdest lieber sterben als deinen Grundsätzen untreu werden.

ALLEN: Ganz recht, ganz recht ... äh, kam der Begriff »Verbannung« je zur Sprache?

AGATHON: Sie hörten letztes Jahr mit dem Verbannen auf. Zu viel Verwaltungskram.

ALLEN: Ganz recht .. jaaa ... (*Verwirrt und beunruhigt, versucht aber, gelassen zu sein*) Ich äh ... also äh ... also – sonst noch was Neues?

AGATHON: O ja, ich traf Isosoles. Er hat eine phantastische Idee zu einem neuen Dreieck.

ALLEN: Sehr schön ... sehr schön ... (*Gibt plötzlich die ganze mutige Verstellung auf*) Seht, ich will zu euch ganz ehrlich sein – ich will nicht fort! Bin noch zu jung!

AGATHON: Aber das ist deine Chance, für die Wahrheit zu sterben!

ALLEN Versteht mich nicht falsch. Ich habe nichts gegen die Wahrheit. Andererseits bin ich für nächste Woche in Sparta zum Essen verabredet, und ich hätte was dagegen, es zu verpassen. Ich bin mit der Einladung dran. Ihr wißt, diese Spartaner prügeln sich so schnell.

SIMMIAS: Ist unser weisester Philosoph ein Feigling?

ALLEN: Ich bin kein Feigling und ich bin kein Held. Ich bin dazwischen irgendwo.

SIMMIAS: Ein Wurm, der kriecht.

ALLEN: Das trifft's beinahe.

AGATHON: Aber du warst es doch, der uns bewies, daß der Tod nicht existiert.

ALLEN: Na, hör mal – ich habe vielerlei bewiesen. So bezahl' ich meine Miete. Theorien und Bemerkungen am Rande. 'ne witzige Äußerung so hin und wieder. Gelegentlich Maximen. Da braucht' ich wenigstens Oliven nicht zu pflücken, doch wir wollen uns nicht hinreißen lassen.

AGATHON: Aber du hast viele Male bewiesen, daß die Seele unsterblich ist.

ALLEN: Und das ist sie! Auf dem Papier. Nicht wahr, das ist der Haken an der Philosophie – sie klappt nicht ganz so logisch, wenn man die Universität erst mal verlassen hat.

SIMMIAS: Und die ewigen »Urformen«? Du sagtest, jedes Ding habe immer schon existiert und werde immer existieren.

ALLEN: Ich sprach im wesentlichen von schweren Gegenständen. Einer Statue oder so. Mit Menschen ist es ganz was anderes.

AGATHON: Aber das ganze Gerede, der Tod sei genau dasselbe wie der Schlaf.

ALLEN: Ja, aber der Unterschied ist der, wenn man tot ist und jemand schreit: »Alles aufstehen, es ist schon Morgen«, ist es sehr schwierig, seine Pantoffeln zu finden.

(Der Henker tritt mit einem Becher Schierling ein. Im Gesicht sieht er dem irischen Komiker Spike Milligan sehr ähnlich.)

HENKER: Also – da wären wir. Wer kriegt das Gift?

AGATHON: *(zeigt auf mich)* Der da.

ALLEN: Oje, das ist aber ein großer Becher. Muß das denn so dampfen?

HENKER: Ja. Und trink alles aus, denn oft ist das ganze Gift unten am Boden.

ALLEN *(An dieser Stelle weicht mein Verhalten total von dem Sokrates' ab, und man sagt mir, ich schriee im Schlaf.)* Nein – ich will nicht! Ich will nicht sterben! Hilfe! Nein! Bitte!

(Er reicht mir das brodelnde Gebräu, während ich schamlos um Hilfe winsele, und alles scheint verloren. Da nimmt der Traum aufgrund irgendeines angeborenen Überlebenstriebs eine Wendung, und ein Bote erscheint.)

BOTE: Man halte ein! Der Senat hat seine Meinung geändert. Er läßt die Anklage fallen. Dein Ansehen ist wiederhergestellt, und es ist beschlossene Sache, dich stattdessen hoch zu ehren.

ALLEN: Endlich! Endlich! Sie sind zur Vernunft gekommen! Ich bin ein freier Mensch! Frei! Um sogar geehrt zu werden! Schnell, Agathon und Simmias, holt mir meine Hosen. Ich muß eilen. Praxiteles wird mit meiner Büste bald beginnen wollen. Doch eh ich geh, geb ich euch noch ein kleines Gleichnis.

SIMMIAS: Oje, das war wahrhaftig eine scharfe Wendung. Ich frage mich, ob sie wohl wissen, was sie tun.

ALLEN: Eine Gruppe von Menschen lebt in einer dunklen Höhle. Sie wissen nicht, daß draußen die Sonne scheint. Das einzige Licht, das sie kennen, sind die flackernden Flammen von ein paar kleinen Kerzen, die sie benutzen, wenn sie umhergehen.

AGATHON: Wo hatten sie die Kerzen her?

ALLEN: Nun, sagen wir, sie haben sie.

AGATHON: Sie leben in einer Höhle und haben Kerzen? Das klingt nicht wahr.

ALLEN: Kannst du's nicht für den Augenblick mal glauben?

AGATHON: Okay, okay, doch komm zur Sache.

ALLEN: Und eines Tages dann wandert einer von den Bewohnern aus der Höhle hinaus und erblickt die Welt draußen.

SIMMIAS: In all ihrer Klarheit.

ALLEN: Genau. In all ihrer Klarheit.

AGATHON: Als er's den anderen erzählen will, glauben sie ihm nicht.

ALLEN: Äh nein. Er erzählt's den anderen nicht.

AGATHON: Nein?

ALLEN: Nein, er macht auf dem Markt einen Fleischstand auf, heiratet eine Tänzerin und stirbt mit zweiundvierzig am Gehirnschlag.

(Sie packen mich und trichtern mir mit Gewalt den Schierling ein. Hier wache ich normalerweise schweißgebadet auf, und nur ein paar Eier und Räucherlachs beruhigen mich wieder.)

Das Zwischenspiel mit Kugelmass

Kugelmass, Professor der klassischen Philologie am City College, war zum zweiten Mal unglücklich verheiratet. Daphne Kugelmass war eine dumme Gans. Außerdem hatte er von seiner ersten Frau, Flo, zwei beschränkte Söhne und steckte bis zum Hals in Unterhaltszahlungen für Frau und Kinder.

»Konnte ich wissen, daß es so schlimm käme?« jammerte Kugelmass eines Tages seinem Analytiker vor. »Daphne war so vielversprechend. Wer konnte ahnen, daß sie sich so gehen ließe und schwellen würde wie ein Strandball? Obendrein hatte sie ein bißchen Kohle auf der hohen Kante, was an und für sich kein hinreichender Grund ist, einen Menschen zu heiraten, aber es tut nicht weh bei den Betriebskosten, die ich habe. Wissen Sie, worauf ich hinauswill?«

Kugelmass war kahl und vital wie ein Bär, aber er hatte Gemüt.

»Ich muß eine neue Frau kennenlernen«, fuhr er fort, »ich muß unbedingt ein Verhältnis haben. Ich sehe vielleicht nicht so aus, aber ich bin ein Mensch, der Romantik braucht. Ich brauche Sanftmut, ich brauche den Flirt. Ich werde nicht jünger, und darum will ich, ehe es zu spät ist, in Venedig nochmal die Liebe spüren, im ›21‹ Bonmots austauschen und bei Rotwein und Kerzenlicht scheue Blicke wechseln. Verstehen Sie, was ich meine?«

Dr. Mandel rutschte in seinem Sessel hin und her und sagte: »Eine Affäre würde gar nichts lösen. Sie sind so unrealistisch. Ihre Probleme liegen viel tiefer.«

»Und diese Affäre müßte auch diskret vonstatten gehen«, fuhr Kugelmass fort. »Ich kann mir keine zweite Scheidung leisten. Daphne würde wirklich hemmungslos über mich herfallen.«

»Mr. Kugelmass –«

»Aber es darf niemand am City College sein, denn Daphne arbeitet auch dort. Nicht daß irgend jemand an der Fakultät im C.C.N.Y. der große Schlaganfall wäre, aber ein paar von den Studentinnen ...«

»Mr. Kugelmass –«

»Helfen Sie mir. Ich hatte letzte Nacht einen Traum. Ich hüpfte mit einem Picknickkorb in der Hand über eine Wiese, und auf dem Korb stand ›Alternativen‹. Und dann sah ich, daß der Korb ein Loch hatte.«

»Mr. Kugelmass, das Schlimmste, was Sie tun könnten, wäre, diese Sache auszuleben. Sie müssen Ihren Gefühlen einzig und allein hier Ausdruck geben, wo wir sie dann zusammen analysieren. Sie sind lange genug in Behandlung, um zu wissen, daß es keine Heilung über Nacht gibt. Ich bin schließlich Analytiker und kein Zauberer.«

»Dann brauche ich vielleicht einen Zauberer«, sagte Kugelmass und erhob sich aus seinem Sessel. Und damit beendete er seine Therapie.

Ein paar Wochen später, als Kugelmass und Daphne eines Abends gerade wieder einmal wie zwei alte Möbelstücke trübsinnig in ihrer Wohnung rumhingen, klingelte das Telefon.

»Ich geh' ran«, sagte Kugelmass. »Hallo?«

»Kugelmass?« sagte eine Stimme. »Kugelmass, hier spricht Persky.«

»Wer?«

»Persky. Oder sollte ich sagen: Der Große Persky?«

»Wie bitte?«

»Ich höre, Sie suchen in der ganzen Stadt nach einem Zauberer, der 'n bißchen was Exotisches in Ihr Leben bringt. Ja oder nein?«

»Schschsch«, flüsterte Kugelmass. «Legen Sie nicht auf. Von wo rufen Sie an, Persky?«

Am frühen Nachmittag des folgenden Tages stieg Kugelmass drei Treppen in einem heruntergekommenen Appartementhaus in dem Bushwick genannten Teil Brooklyns hinauf. Er spähte durch die Dunkelheit des Korridors, fand die Tür, die er suchte, und drückte auf die Klingel. Das werde ich noch bereuen, dachte er bei sich.

Augenblicke später wurde er von einem kleinen, dünnen, wachsgesichtigen Mann begrüßt.

»*Sie* sind Persky der Große?« fragte Kugelmass.

»Der Große Persky. Möchten Sie Tee?«

»Nein, ich möchte Romantik. Ich möchte Musik. Ich möchte Liebe und Schönheit.«

»Aber keinen Tee, hä? Erstaunlich. Okay, setzen Sie sich.«

Persky ging ins Hinterzimmer, und Kugelmass hörte, wie Kisten und Möbel herumgeschoben wurden. Persky erschien wieder und schob einen großen Gegenstand auf quietschenden Rollen vor sich her. Er nahm ein paar alte seidene Tücher ab, die darauf lagen, und blies etwas Staub weg. Es war ein billig aussehendes, schlecht lackiertes chinesisches Schränkchen.

»Persky«, sagte Kugelmass, »was führen Sie im Schilde?«

»Passen Sie auf«, sagte Persky. »Das ist eine wunderbare Erfindung. Ich habe sie mir letztes Jahr für ein Treffen der ›Ritter des Pythias‹ ausgedacht, aber das Engagement ist geplatzt. Steigen Sie in den Schrank.«

»Wieso denn? Damit Sie ihn mit lauter Schwertern oder sonstwas durchbohren können?«

»Sehen Sie irgendwelche Schwerter?«

Kugelmass zog ein Gesicht und kletterte grunzend in das Schränkchen. Wohl oder übel nahm er Notiz von ein paar häßlichen falschen Steinen, die genau vor seiner Nase auf das rohe Sperrholz geklebt waren. »Wenn das ein Witz sein soll«, sagte er.

»Jaja, ein Witz. Also hier ist der springende Punkt. Wenn ich irgendeinen Roman zu Ihnen in den Schrank werfe, die Tür zumache und dreimal draufklopfe, finden Sie sich in das betreffende Buch versetzt.«

Kugelmass verzog ungläubig das Gesicht.

»Das ist das Ding des Jahrhunderts«, sagte Persky. »Meine Hand drauf. Und nicht bloß ein Roman. Eine Kurzgeschichte, ein Drama, ein Gedicht. Sie können alle Frauen kennenlernen, die die besten Schriftsteller der

Welt geschaffen haben. Ganz gleich, von welcher Sie geträumt haben. Sie können mit 'ner richtigen Bestsellertante alles machen, was Sie wollen. Und wenn Sie dann genug haben, stoßen Sie einen Schrei aus, und ich sehe Sie im Bruchteil einer Sekunde wieder hier.«

»Persky, sind Sie aus einer Anstalt entwichen?«

»Ich sage Ihnen, es ist 'ne absolut ehrliche Sache.«

Kugelmass war immer noch skeptisch. »Was erzählen Sie mir hier – daß diese lumpige selbstgezimmerte Kiste mich auf eine Reise schicken kann, wie Sie sie mir schildern?«

»Für zwanzig Eier.«

Kugelmass griff nach seiner Brieftasche. »Ich glaub' das erst, wenn ich's sehe«, sagte er.

Persky steckte die Geldscheine in seine Hosentasche und drehte sich zu seinem Bücherschrank um. »Also, wen wollen Sie kennenlernen? Schwester Carry? Hester Prynne? Ophelia? Vielleicht irgendeine von Saul Bellow? He, wie wär's mit Temple Drake? Aber für einen Mann Ihres Alters wäre sie vielleicht 'ne zu große Schinderei.«

»Eine Französin. Ich möchte 'ne Geschichte mit 'ner französischen Geliebten haben.«

»Nana?«

»Ich will doch nicht dafür bezahlen.«

»Wie wäre es mit Natascha aus *Krieg und Frieden*?«

»Ich sagte Französin. Ich weiß was! Wie wäre es mit Emma Bovary? Die wäre vielleicht genau die Richtige.«

»Ausgezeichnet, Kugelmass. Rufen Sie mich, wenn Sie genug haben.« Persky pfefferte eine Taschenbuchausgabe von Flauberts Roman in die Kiste.

»Sind Sie sicher, daß das ungefährlich ist?« fragte Kugelmass, als Persky die Türen des Schränkchens schließen wollte.

»Ungefährlich? Gibt's was Ungefährliches auf dieser verrückten Welt?« Persky klopfte dreimal auf den Schrank und riß die Türen auf.

Kugelmass war weg. Im gleichen Augenblick tauchte er im Schlafzimmer in Charles und Emma Bovarys Haus in Yonville auf. Vor ihm stand eine schöne Frau mit dem Rücken zu ihm und legte Wäsche. Ich kann's nicht glauben, dachte Kugelmass und starrte auf des Landarzts hinreißende Frau. Das ist ja unheimlich. Ich bin hier. Es ist sie.

Emma drehte sich überrascht um. »Goodness, you startled me – du meine Güte, Sie haben mich aber erschreckt«, sagte sie. »Who are you – Wer sind Sie denn?« Sie sprach das gleiche feine Englisch wie das der Übersetzung der Taschenbuchausgabe.

Das ist einfach überwältigend, dachte er. Als er schließlich dahinterkam, daß er es war, den sie angeredet hatte, sagte er: »Entschuldigung. Ich bin Sidney Kugelmass. Ich bin vom City College. Professor der klassischen Philologie. C.C.N.Y. Beste Gegend. Ich – o Jungejunge!«

Emma Bovary lächelte kokett und sagte: »Hätten Sie gern etwas zu trinken? Vielleicht ein Gläschen Wein?«

Sie ist schön, dachte Kugelmass. Was für ein Unterschied zu dieser Neandertalerin, mit der er sein Bett teilte! Er verspürte plötzlich den Drang, diese Vision in die Arme zu nehmen und ihr zu sagen, daß er von einer Frau wie ihr schon sein ganzes Leben lang träume.

»Ja, etwas Wein«, sagte er heiser. »Weißen. Nein, roten. Nein, weißen. Ja, bitte weißen.«

»Charles ist den ganzen Tag fort«, sagte Emma, und ihre Stimme war voll mutwilligen Hintersinns.

Nach dem Wein machten sie sich zu einem kleinen Spaziergang über das liebliche französische Land auf. »Immer habe ich davon geträumt, es erschiene irgendein geheimnisvoller Fremdling und entrisse mich der Monotonie dieses unkultivierten Landlebens«, sagte Emma, die seine Hand umklammert hielt. Sie gingen an einer kleinen Kirche vorüber. »Mir gefällt, was Sie anhaben«, murmelte sie. »Ich habe hier in der Gegend noch nie so etwas gesehen. Es ist so ... so modern.«

»Es nennt sich Freizeitanzug«, sagte er romantisch. «Er war heruntergesetzt.« Plötzlich küßte er sie. Die nächste Stunde lagerten sie unter einem Baum, flüsterten miteinander und sagten sich ungeheuer bedeutungsvolle Dinge mit den Augen. Dann setzte Kugelmass sich auf. Ihm war gerade eingefallen, daß er mit Daphne bei Bloomingdale's verabredet war. »Ich muß gehen«, sagte er zu ihr, »aber sei unbesorgt, ich komme wieder.«

»Das hoffe ich«, sagte Emma.

Er umarmte sie leidenschaftlich, dann gingen sie zum Haus zurück. Er hielt Emmas Gesicht in seinen Händen, küßte sie nochmal und schrie: »Okay, Persky! Um halb vier muß ich bei Bloomingdale's sein!«

Es machte hörbar Peng, und Kugelmass war wieder in Brooklyn.

»Na, habe ich gelogen?« fragte Persky triumphierend.

»Ach Persky, nun komm' ich schon zu spät zur Lexington Avenue zur Verabredung mit meinem Klotz am Bein, aber wann kann ich wieder auf die Reise gehen? Morgen?«

»Es soll mir ein Vergnügen sein. Bringen Sie bloß einen Zwanziger mit. Und sagen Sie kein Wort zu irgend jemandem.«

»Klar. Rupert Murdoch werde ich anrufen.«

Kugelmass schnappte sich ein Taxi und raste in die Stadt. Sein Herz tanzte Spitze. Ich bin verliebt, dachte er, ich bin Besitzer eines wundervollen Geheimnisses. Was er nicht bemerkte, war, daß genau in diesem Augenblick Schüler in allen möglichen Klassenzimmern im ganzen Land zu ihren Lehrern sagten: »Wer ist denn bloß diese Figur auf Seite 100? Ein glatzköpfiger Jude küßt Madame Bovary?« Ein Lehrer in Sioux Falls in South Dakota seufzte und dachte, lieber Gott, diese Kinder mit ihrem Pot und LSD. Was geht nur in ihren Köpfen vor!

Daphne Kugelmass war bei Bloomingdale's in der Abteilung Badezimmer-Bedarf, als Kugelmass atemlos eintraf. »Wo bist du denn gewesen?« schnappte sie giftig. »Es ist halb fünf.«

»Ich bin im Verkehr aufgehalten worden«, sagte Kugelmass.

Kugelmass suchte Persky am nächsten Tag wieder auf und war schon in wenigen Minuten wieder auf magische Weise nach Yonville entschwunden. Emma konnte, als sie ihn sah, ihre Erregung nicht verbergen. Sie verbrachten Stunden miteinander, in denen sie lachten und sich gegenseitig ihre Geschichte erzählten. Ehe Kugelmass wieder ging, schliefen sie miteinander. »Mein Gott, ich treib's mit Madame Bovary!« flüsterte Kugelmass im stillen. »Ich, der ich im ersten Semester Englisch durchgefallen bin.«

Im Laufe der Monate sah Kugelmass Persky viele Male und bekam zu Emma Bovary ein enges, leidenschaftliches Verhältnis. »Sorgen Sie dafür, daß ich immer vor Seite 120 in das Buch komme«, sagte Kugelmass eines Tages zu dem Zauberer, »ich will ihr nur begegnen, bevor sie sich mit diesem Rodolphe einläßt.«

»Warum?« fragte Persky. »Können Sie ihn denn nicht ausstechen?«

»Ausstechen? Er ist Landadliger. Diese Burschen haben nichts Besseres zu tun als zu flirten und auf Pferden herumzureiten. Für mich ist er eins von diesen Gesichtern, die man in *Women's Wear Daily* sehen kann. Mit dieser Helmut-Berger-Frisur. Aber für sie ist er 'ne heiße Nummer.«

»Und ihr Mann hat keinen Verdacht?«

»Er weiß sich keinen Rat. Er ist ein farbloser kleiner Landarzt, der sein Schicksal mit einer total verrückten Nudel teilen muß. Um zehn ist er soweit, daß er schlafengeht, und da zieht sie sich gerade erst die Tanzschühchen an. Na schön ... bis später.«

Und wieder stieg Kugelmass in das Schränkchen und begab sich im Nu zum Anwesen der Bovarys in Yonville. »Wie geht's dir, Zuckertörtchen?« sagte er zu Emma.

»Oh, Kugelmass«, seufzte Emma. »Was muß ich erdulden! Gestern abend beim Essen fiel der Herr Göttergatte mitten beim Nachtisch in Tiefschlaf. Ich schütte mir gerade das Herz aus über Maxim's und das Ballett, da höre ich aus heiterem Himmel Schnarchen.«

»Es ist okay, Liebling. Ich bin ja jetzt da«, sagte Kugelmass und umarmte sie. Ich habe das verdient, dachte er, als er Emmas französisches Parfum roch und seine Nase in ihrem Haar vergrub. Ich habe genug gelitten. Ich habe genug Analytiker bezahlt. Ich habe gesucht bis zum Umfallen. Sie ist jung und hitzig, und ich bin hier ein paar Seiten hinter Léon und gerade vor Rodolphe. Dadurch, daß ich in den richtigen Kapiteln aufgekreuzt bin, habe ich die Situation genau in der Hand.

Emma war allerdings genauso glücklich wie Kugelmass. Es hatte sie nach Aufregungen gedürstet, und seine Erzählungen vom Nachtleben auf dem Broadway, von schnellen Autos und Hollywood- und Fernsehstars faszinierten die junge französische Schönheit.

»Erzähle mir doch wieder was von O. J. Simpson«, flehte sie an diesem Abend, als sie und Kugelmass an Abbé Bournisiens Kirche vorbeispazierten.

»Was soll ich sagen? Der Mann ist phantastisch. Er stellt alle Dribbelrekorde ein. Was für Spielzüge! Keiner kommt an ihn ran.«

»Und die Oscars?« fragte Emma schmachtend. »Ich gäbe sonstwas, wenn ich einen kriegen könnte.«

»Erst mußt du mal nominiert werden.«

»Ich weiß. Du hast es mir erklärt. Aber ich bin überzeugt, ich kann schauspielern. Natürlich würde ich gern ein oder zwei Jahre Unterricht nehmen. Vielleicht bei Strasberg. Wenn ich dann den richtigen Agenten hätte –«

»Mal sehn, mal sehn. Ich spreche mal mit Persky.«

An dem Abend brachte Kugelmass, als er wohlbehalten in Perskys Wohnung zurückgekehrt war, die Idee zur Sprache, Emma könne auch ihn einmal in der großen Stadt besuchen.

»Darüber muß ich nachdenken«, sagte Persky. »Vielleicht könnte es funktionieren. Es hat schon merkwürdigere Dinge gegeben.« Natürlich fielen beiden keine ein.

»Zum Teufel, wo gehst du eigentlich die ganze Zeit hin?« kläffte Daphne Kugelmass ihren Mann an, als er diesen Abend spät nach Hause kam. »Hast du irgendwo 'ne Pussy im Nest?«

»Na klar, ich bin genau der Typ dafür«, sagte Kugelmass müde. »Ich war bei Leonard Popkin. Wir haben über die sozialistische Landwirtschaft in Polen geredet. Du kennst doch Popkin. Er ist verrückt nach diesem Thema.«

»Also, du bist seit kurzem sehr komisch«, sagte Daphne. »Abweisend. Vergiß bloß den Geburtstag meines Vaters nicht. Sonnabend?«

»Na sicher, sicher«, sagte Kugelmass und steuerte aufs Badezimmer zu.

»Meine ganze Familie wird da sein. Wir können die Zwillinge sehen. Und Vetter Hamish. Du solltest höflicher zu Vetter Hamish sein – er mag dich.«

»Na sicher, die Zwillinge«, sagte Kugelmass und schloß die Badezimmertür, womit er das Geräusch der Stimme seiner Frau aussperrte. Er lehnte sich gegen die Tür und holte tief Atem. In ein paar Stunden, sagte er zu sich, wäre er wieder in Yonville, wieder bei seiner Geliebten. Und diesmal, wenn alles gutginge, brächte er Emma mit.

Am nächsten Nachmittag um Viertel nach drei ließ Persky seinen Zauber wieder wirken. Kugelmass erschien lächelnd und voll Ungeduld vor Emma. Sie verbrachten beide ein paar Stunden in Yonville bei Binet und bestiegen dann wieder die Kutsche der Bovarys. Perskys Anweisungen befolgend hielten sie sich aneinander fest, schlossen die Augen und zählten bis zehn. Als sie sie öffneten, fuhr die Kutsche gerade vor dem Nebeneingang des Plaza-Hotels vor, wo Kugelmass etwas früher an dem Tag voller Hoffnung sich hatte eine Suite reservieren lassen.

»Ich find's wundervoll! Alles ist, wie ich es mir erträumt habe«, sagte Emma, während sie fröhlich im Schlafzimmer herumwirbelte und durch das Fenster einen Blick auf die Stadt warf. »Da ist F. A. O. Schwarz. Und da ist der Central Park, und das Sherry ist welches? Ach dort – ach ja. Es ist ja so himmlisch.«

Auf dem Bett lagen Schachteln von Halston und Saint Laurent. Emma wickelte ein Paket auf und hielt ein Paar schwarze Samthosen gegen ihren makellosen Körper.

»Der Hosenanzug ist von Ralph Lauren«, sagte Kugelmass. »Du wirst darin wie 'ne Million Dollars aussehen. Komm her, Süße, gib uns 'n Kuß.«

»Ich war noch nie so glücklich!« quiekte Emma, als sie vor dem Spiegel stand. »Laß uns doch in die Stadt gehen. Ich möchte *Chorus Line* und das Guggenheim und diesen Jack Nicholson spielen sehen, von dem du immerfort erzählst. Gibt's irgendwelche von seinen Filmen?«

»Ich komm' da nicht nach«, sagte ein Professor in Stanford. »Erst eine unbekannte Gestalt namens Kugelmass, und jetzt ist *sie* plötzlich aus dem Buch verschwunden. Tja, ich nehme an, das ist das Kennzeichen eines Klassikers, daß man ihn tausendmal wiederlesen kann und immer was Neues findet.«

Die Liebenden verbrachten ein seliges Wochenende. Kugelmass hatte Daphne gesagt, er sei zu einer Tagung in Boston und komme am Montag wieder. Jeden Augenblick auskostend gingen er und Emma ins Kino, fuhren zum Essen nach Chinatown, verbrachten zwei Stunden in einer Diskothek und gingen mit einem Fernsehfilm ins Bett. Sie schliefen am Sonntag bis Mittag, besuchten SoHo und staunten im »Elaine's« Prominente an. Sonntagabend ließen sie sich in ihrer Suite Kaviar und Champagner servieren und unterhielten sich bis zur Morgendämmerung. Im Taxi, das sie am Morgen zu Perskys Wohnung fuhr, dachte Kugelmass, es war hektisch, aber die Sache wert. Ich kann sie nicht allzu oft herholen, aber dann und wann wird es eine reizende Abwechslung zu Yonville sein.

Bei Persky kletterte Emma in das Schränkchen, verteilte ihre neuen Kleiderschachteln ordentlich um sich herum und küßte Kugelmass liebevoll. »Bis bald bei mir«, sagte sie mit einem Augenzwinkern. Persky klopfte dreimal auf das Schränkchen. Nichts passierte.

»Hmmm«, sagte Persky und kratzte sich den Kopf. Er klopfte nochmal, aber immer noch kein Zauber. »Da muß was nicht stimmen«, murmelte er.

»Sie machen Witze, Persky«, schrie Kugelmass, »wie kann das denn nicht funktionieren?«

»Ruhig Blut, ruhig Blut. Sind Sie noch in der Kiste, Emma?«

»Ja.«

Persky klopfte wieder – diesmal lauter.

»Ich bin immer noch da, Persky.«

»Ich weiß, meine Liebe. Rühren Sie sich nicht.«

»Persky, wir *müssen* sie wegkriegen«, flüsterte Kugelmass. »Ich bin ein verheirateter Mann und habe in drei Stunden eine Vorlesung. Ich bin im Augenblick auf alles andere als eine unkalkulierbare Liebschaft eingestellt.«

»Ich begreif' das nicht«, sagte Persky, »das ist doch so ein verläßlicher kleiner Trick.«

Aber er konnte nichts machen. »Es wird ein kleines bißchen dauern«, sagte er zu Kugelmass. »Ich muß es auseinandernehmen. Ich rufe Sie später wieder an.«

Kugelmass packte Emma in ein Taxi und fuhr mit ihr zurück ins Plaza. Er kam gerade noch rechtzeitig zu seiner Vorlesung. Den ganzen Tag hing er am Telefon, mal mit Persky, mal mit seiner Geliebten. Der Zauberer sagte ihm, es könne vielleicht mehrere Tage dauern, bis er dem Übel auf den Grund käme.

»Wie war die Tagung?« fragte ihn Daphne an dem Abend.

»Schön, schön«, sagte er und zündete sich seine Zigarette am Filterende an.

»Was ist denn los? Du bist ja gereizt wie eine Katze.«

»Ich? Ha, das ist ja zum Lachen. Ich bin sanft wie eine Sommernacht. Ich geh' bloß mal eben ein bißchen spazieren.« Er flitzte zur Tür raus, schnappte sich ein Taxi und eilte zum Plaza.

»Das ist ja schrecklich«, sagte Emma. »Charles wird mich vermissen.«

»Sei mir nicht böse, Liebling«, sagte Kugelmass. Er war bleich und schwitzte. Er küßte sie nochmal, rannte zu den Fahrstühlen, schrie mit Persky durch einen Münzfernsprecher im Plaza-Foyer und schaffte es gerade noch vor Mitternacht nach Hause.

»Popkins Meinung nach sind die Gerstenpreise in Krakau seit 1971 schon nicht mehr so stabil gewesen«, sagte er zu Daphne und lächelte gezwungen, als er ins Bett stieg.

So verging die ganze Woche.

Freitagabend sagte Kugelmass zu Daphne, es gebe schon wieder eine Tagung, an der er unbedingt teilnehmen müsse, diesmal in Syracuse. Er eilte zum Plaza zurück, aber das zweite Wochenende dort war absolut nicht wie das erste. »Schaff mich in den Roman zurück oder heirate mich«, sagte Emma zu Kugelmass. »Inzwischen will ich was arbeiten oder Unterricht nehmen, denn den ganzen Tag vor der Glotze zu sitzen, ist ja die Hölle.«

»Sehr schön. Wir können das Geld gut gebrauchen«, sagte Kugelmass, »du verfrißt ja zweimal soviel wie du wiegst beim Zimmerservice.«

»Ich habe gestern im Central Park einen Off-Broadway-Regisseur getroffen, und der sagte, ich könnte für ein Projekt, an dem er arbeitet, genau die Richtige sein«, sagte Emma.

»Wer ist denn dieser Witzbold?« fragte Kugelmass.

»Das ist kein Witzbold. Er ist sensibel, freundlich und klug. Sein Name ist Jeff Sowieso, und er ist für die ›Tony‹ vorgeschlagen.«

Später am selben Nachmittag kreuzte Kugelmass betrunken bei Persky auf.

»Ruhig Blut«, sagte Persky zu ihm. »Sie kriegen noch 'n Herzinfarkt.«

»Ruhig Blut! Der Mensch sagt, ruhig Blut! Ich habe heimlich 'ne Romanfigur in einem Hotelzimmer sitzen und den Verdacht, meine Frau läßt mich von einem Privatschnüffler bespitzeln.«

»Okay, okay, wir wissen ja, daß es ein Problem gibt.« Persky krabbelte unter das Schränkchen und fing an, mit einem riesigen Schraubenschlüssel an irgendwas herumzuhämmern.

»Ich bin wie ein wildes Tier«, fuhr Kugelmass fort. »Ich schleiche in der Stadt herum, und Emma und ich haben uns gegenseitig satt bis hier. Ganz abgesehen von einer Hotelrechnung, die sich wie der Verteidigungshaushalt liest.«

»Was soll ich denn tun? Das ist die Welt der Zauberei«, sagte Persky, »da hängt alles von Kleinigkeiten ab.«

»Kleinigkeiten, verflucht nochmal. Ich schütte Dom Perignon und schwarze Eierchen in diese kleine Maus, obendrein ihre Garderobe, noch dazu ist sie dem Neighborhood Playhouse beigetreten und braucht mit einemmal professionelle Fotos. Außerdem, Persky, hat Professor Fivish Kopkind, der Komp Lit lehrt und schon immer eifersüchtig auf mich gewesen ist, mich als die Gestalt identifiziert, die hin und wieder in Flauberts Buch auftaucht. Er hat gedroht, zu Daphne zu gehen. Ich sehe den Ruin und Alimente vor mir, das Gefängnis. Wegen Ehebruchs mit Madame Bovary bringt meine Frau mich an den Bettelstab.«

»Was soll ich dazu sagen, Ihrer Meinung nach? Ich arbeite Tag und Nacht an der Geschichte. Was Ihre persönlichen Ängste angeht, da kann ich Ihnen nicht helfen. Ich bin Zauberer und kein Analytiker.«

Sonntagnachmittag schließlich war Emma soweit, daß sie sich ins Badezimmer eingeschlossen hatte und sich weigerte, auf Kugelmassens flehentliche Bitten zu antworten. Kugelmass starrte aus dem Fenster auf die Wollman-Eisbahn und dachte an Selbstmord. Zu blöde, daß das hier so ein niedriges Stockwerk ist, dachte er, sonst würde ich's auf der Stelle tun. Wenn ich mich vielleicht nach Europa absetzte und dort ein neues Leben anfinge ... Vielleicht könnte ich den *International Herald Tribune* verkaufen, wie's die jungen Mädchen immer gemacht haben.

Das Telefon klingelte. Kugelmass hob den Hörer mechanisch ans Ohr.

»Bringen Sie sie her«, sagte Persky, »ich glaube, ich habe die Laus im Mechanismus gefunden.«

Kugelmassens Herz machte einen Satz. »Ernsthaft?« sagte er. »Haben Sie's wieder hingekriegt?«

»Es war was in der Übersetzung. Nun machen Sie schon.«

»Persky, Sie sind ein Genie. Wir sind in einer Minute da. In weniger als einer Minute.«

Wieder eilten die Liebenden zur Wohnung des Zauberers, und wieder stieg Emma mit ihren Schachteln in das Schränkchen. Diesmal gab es keinen Kuß. Persky schloß die Türen, holte tief Atem und klopfte dreimal auf die Kiste. Es gab den beruhigenden Knall, und als Persky vorsichtig hineinlugte, war der Kasten leer. Madame Bovary war wieder in ihrem Roman. Kugelmass stieß einen tiefen Seufzer der Erleichterung aus und schüttelte dem Zauberer die Hand.

»Es ist vorbei«, sagte er. »Ich habe meinen Denkzettel weg. Nie wieder werde ich meine Frau betrügen, das schwöre ich.« Wieder schüttelte er Persky die Hand und notierte sich in Gedanken, ihm eine Krawatte zu schikken.

Drei Wochen später, am Ende eines wunderschönen Frühlingsnachmittags, klingelte es bei Persky, und er öffnete die Tür. Es war Kugelmass, der einfältig dreinschaute.

»Okay, Kugelmass«, sagte der Zauberer, »wohin diesmal?«

»Es ist ja bloß dies eine Mal«, sagte Kugelmass. »Das Wetter ist so herrlich, und ich werde ja auch nicht jünger. Hören Sie, Haben Sie *Portnoy's Complaint* gelesen? Erinnern Sie sich an das ›Äffchen‹?«

»Der Preis beträgt jetzt fünfundzwanzig Dollar, weil die Lebenskosten gestiegen sind, aber wegen all der Unannehmlichkeiten, die ich Ihnen gemacht habe, schicke ich Sie diesmal gratis auf die Reise.«

»Sie sind 'n netter Kerl«, sagte Kugelmass und kämmte

sich die wenigen ihm gebliebenen Haare, als er wieder in das Schränkchen stieg. »Wird's auch richtig funktionieren?«

»Ich hoffe. Ich habe seit dem ganzen Kummer nicht viel damit rumexperimentiert.«

»Sex und Romantik«, sagte Kugelmass aus dem Inneren des Kastens. »Was nehmen wir nicht alles für ein hübsches Gesicht in Kauf?«

Persky warf ein Exemplar von *Portnoy's Complaint* in den Kasten und klopfte dreimal darauf. Statt eines Peng gab es diesmal eine dumpfe Explosion, der eine Reihe von knisternden und prasselnden Geräuschen und ein Funkenregen folgten. Persky sprang zurück, bekam eine Herzattacke und fiel tot um. Das Schränkchen fing an zu brennen, und schließlich brannte das ganze Haus ab.

Kugelmass, der von dieser Katastrophe nichts ahnte, hatte seine eigenen Probleme. Er war nämlich nicht in *Portnoy's Complaint* gelandet oder überhaupt in einem Roman. Er befand sich in einem alten Lehrbuch, *Spanisch für alle Fälle*, und rannte in einem öden, felsigen Gelände um sein Leben, während das Wort *tener* (»besitzen«) – ein großes, haariges unregelmäßiges Verb – auf seinen spindeldürren Beinen ihm nachsetzte.

Meine Ansprache an die Schulabgänger

Deutlicher als je in der Geschichte steht die Menschheit an einem Kreuzweg. Der eine Weg führt in Verzweiflung und äußerste Hoffnungslosigkeit, der andere in die totale Vernichtung. Beten wir um die Weisheit, die richtige Wahl zu treffen. Ich spreche übrigens ohne jedes Gefühl der Sinnlosigkeit, vielmehr in der panischen Überzeugung von der absoluten Bedeutungslosigkeit des Daseins, was leicht als Pessimismus mißverstanden werden könnte. Es ist keiner. Es ist bloß die heilsame Sorge um die kritische Situation des modernen Menschen. (Der moderne Mensch wird hier als jede Person definiert, die nach Nietzsches Ausspruch »Gott ist tot«, aber vor dem Schallplattenhit »I Wanna Hold Your Hand« geboren wurde.) Diese »kritische Situation« kann als eine von zwei Möglichkeiten bezeichnet werden, allerdings reduzieren sie gewisse Linguistikprofessoren lieber zu einer mathematischen Gleichung, da kann sie leicht gelöst und sogar in der Brieftasche herumgetragen werden.

Auf seine einfachste Form gebracht, lautet das Problem so: Wie ist es möglich, in einer begrenzten Welt einen Sinn zu finden, wenn ich nur von meiner Taillenweite und Hemdengröße ausgehe? Das ist eine sehr schwierige Frage, wenn wir uns vor Augen führen, daß uns die Wissenschaft enttäuscht hat. Sicher, sie hat viele Krankheiten besiegt, den genetischen Kode entschlüsselt und sogar Menschen auf den Mond gebracht, und dennoch: wenn ein Achtzigjähriger mit zwei achtzehnjährigen Cocktail-Serviererinnen in einem Zimmer alleingelassen wird, passiert gar nichts. Denn die wirklichen Probleme ändern sich nie. Kann man schließlich die menschliche Seele durch ein Mikroskop sehen? Mag sein – aber man brauchte ganz ohne Frage ein sehr gutes mit zwei Okularen. Wir wissen, daß der modernste Computer der Welt kein so hochentwickeltes Gehirn hat wie eine Ameise. Klar, das könnten wir auch von vielen unserer Verwandten sagen, aber mit denen müssen wir ja bloß bei Hochzeiten oder besonderen Gelegenheiten auskommen. Die Wissenschaft ist etwas, wovon wir ständig abhängig sind. Wenn ich Schmerzen in der Brust bekomme, muß ich mich röntgen lassen. Aber wenn die Strahlung der Röntgenaufnahme mir größere Scherereien einträgt? Ehe ich's mich versehe, liege ich schon beim Chirurgen auf dem Tisch. Während sie mir Sauerstoff verabreichen, muß sich natürlich ein Assistenzarzt eine Zigarette anstecken. Als nächstes wird mir klar, daß ich im Bettzeug über das Welthandelszentrum fetze. Ist das Wissenschaft? Sicher, die Wissenschaft hat uns gelehrt, wie man Käse pasteurisiert. Und das kann natürlich in gemischter Gesellschaft großen Spaß machen – aber wie steht's mit der H-Bombe? Haben Sie mal gesehen, was passiert, wenn so ein Ding zufällig von einem Schreibtisch fällt? Und wo ist die Wissenschaft, wenn man über die ewigen Rätsel nachdenkt? Wie ist der Kosmos entstanden? Wie lange treibt er sich schon rum? Begann die Materie mit einer Explosion oder durch Gottes Wort? Und wenn durch dieses, hätte Er da nicht einfach zwei Wochen eher anfangen können, um ein bißchen Nutzen aus dem wärmeren Wetter zu ziehen? Was meinen wir eigentlich, wenn wir sagen, der Mensch ist sterblich? Ein Kompliment ist das offensichtlich nicht.

Zum Unglück hat uns ja auch die Religion im Stich gelassen. Miguel de Unamuno schreibt wohlgemut von der »ewigen Dauer des Bewußtseins«, aber das ist kein kleines Kunststück. Besonders, wenn man Thackeray liest. Oft denke ich, wie erfreulich das Leben doch für den ersten Menschen gewesen sein muß, denn er glaubte an einen mächtigen, gütigen Schöpfer, der sich um alles kümmerte. Man stelle sich seine Enttäuschung vor, als er sah, daß seine Frau Fett ansetzte. Der Mensch von heute hat natürlich keinen solchen Seelenfrieden. Er befindet sich mitten in einer Glaubenskrise. Er ist, wie wir das modisch nennen, »entfremdet«. Er hat die verheerenden Auswirkungen des Krieges gesehen, er hat Naturkatastrophen erlebt, er ist in Singlebars gewesen. Mein guter Freund Jacques Monod sprach oft von der Zufälligkeit des Kosmos. Er glaubte, alles im Leben ereigne sich durch puren Zufall, abgesehen möglicherweise von seinem Frühstück, von dem er das sichere Gefühl hatte, seine Wirtin mache es. Natürlich schenkt der Glaube an eine göttliche Intelligenz Gelassenheit. Aber das befreit uns nicht von unseren menschlichen Verpflichtungen. Bin ich meines Bruders Hüter? Ja. In meinem Fall teile ich diese Ehre interessanterweise mit dem Zoo im Prospect Park. Im Gefühl, ohne Gott zu sein, haben wir die Technik zum Gott gemacht. Aber kann die Technik denn wirklich die Lösung sein, wenn ein nagelneuer Buick, den mein Teilhaber Nat Zipsky steuert, im Fenster vom »Brathähnchentraum« landet und Hunderte von Kunden veranlaßt, sich in alle Winde zu zerstreuen? Mein Toaster hat in vier Jahren noch kein einziges Mal richtig funktioniert. Ich richte mich nach der Gebrauchsanweisung und schiebe zwei Scheiben Brot in die Schlitze, und Sekunden später kommen sie wieder rausgeschossen. Einmal haben sie einer Frau, die ich von ganzem Herzen liebte, das Nasenbein gebrochen. Wollen wir uns auf Schrauben und Muttern und auf die Elektrizität verlassen, um unsere Probleme zu lösen? Ja, das Telefon ist eine gute Sache – und der Kühlschrank – und das Klimagerät. Aber nicht jedes Klimagerät. Das von meiner Schwester Henny zum Beispiel nicht. Ihres macht einen Riesenlärm und kühlt trotzdem nicht. Wenn der Mann rüberkommt und es repariert, wird's noch schlimmer. Entweder das oder er sagt ihr, sie brauche ein neues. Wenn sie sich beschwert, sagt er, sie solle ihn in Ruhe lassen. Dieser Mann ist wirklich entfremdet. Und er ist nicht nur entfremdet, er kann auch nicht aufhören zu lächeln.

Der Kummer ist, unsere politischen Führer haben uns nicht ausreichend auf eine mechanisierte Gesellschaft vorbereitet. Unglücklicherweise sind unsere Politiker entweder unfähig oder korrupt. Manchmal beides am selben Tag. Die Regierung stellt sich nicht auf die Bedürfnisse des kleinen Mannes ein. Unter fünfsieben ist es unmöglich, seinen Abgeordneten ans Telefon zu kriegen. Ich will damit nicht bestreiten, daß die Demokratie immer noch die beste Regierungsform ist. In einer Demokratie werden wenigstens die Bürgerrechte geachtet. Kein Bürger kann willkürlich gefoltert, eingesperrt oder gezwungen werden, sich bestimmte Broadwayshows von Anfang bis Ende anzusehen. Und das ist noch immer weit von dem entfernt, was sich in der Sowjetunion abspielt. In ihrer Form des Totalitarismus wird jemand, der bloß beim Pfeifen geschnappt wird, zu dreißig Jahren Arbeitslager verurteilt. Wenn er nach fünfzehn Jahren immer noch nicht aufgehört hat zu pfeifen, wird er erschossen. Neben diesem brutalen Faschismus finden wir seinen Spießgesellen, den Terrorismus. Zu keiner Zeit in der Geschichte hat der Mensch solche Angst gehabt, sein Kalbskotelett anzuschneiden, aus Furcht, es könne in die Luft gehen. Gewalt zeugt neue Gewalt, und man hat vorausgesagt, daß 1990 die Kindesentführung die verbreitetste Art gesellschaftlichen Umgangs sein wird. Die Überbevölkerung wird die Probleme bis zum äußersten verschärfen. Die Zahlen sagen uns, daß es schon heute mehr Menschen auf der Erde gibt, als wir gebrauchen können, um selbst das schwerste Klavier zu heben. Wenn wir der Bevölkerungsexplosion nicht Einhalt gebieten, wird es im Jahr 2000 keinen Platz geben, wo einem ein Essen serviert werden kann, es sei denn, man ist bereit, den Tisch unbeteiligten Leuten auf den Kopf zu stellen. Sie müßten sich dann eine Stunde lang nicht rühren, während wir essen. Natürlich wird die Energie knapp sein, und jedem Autobesitzer wird nur soviel Benzin zugestanden, daß er ein paar Zentimeter zurücksetzen kann.

Statt diesen Herausforderungen ins Gesicht zu sehen, geben wir uns Ablenkungen wie Drogen und Sex hin. Wir leben in einer viel zu freizügigen Gesellschaft. Nie zuvor war die Pornografie so zügellos. Und diese Filme sind so miserabel beleuchtet! Wir sind ein Volk, dem es an klaren Zielen fehlt. Wir haben nie zu lieben gelernt. Uns fehlen politische Führer und klare Programme. Wir haben keinen geistigen Mittelpunkt. Wir treiben allein im Universum herum und fügen einander aus Enttäuschung und Schmerz ungeheure Gewalt zu. Zum Glück aber haben wir nicht unser Gefühl für das rechte Maß verloren. Alles in allem wird deutlich, daß die Zukunft große Chancen bereithält. Sie enthält auch Fallstricke. Der Trick dabei wird sein, den Fallstricken aus dem Weg zu gehen, die Chancen zu ergreifen und bis sechs Uhr wieder zu Hause zu sein.

Die Diät

Eines Tages brach F. ohne erkennbaren Grund seine Diät ab. Er war mit seinem Vorgesetzten, Schnabel, zum Mittagessen in ein Café gegangen, um bestimmte Angelegenheiten zu besprechen. Was für »Angelegenheiten« genau, darüber hatte Schnabel sich nur verschwommen geäußert. Schnabel hatte F. am Abend zuvor angerufen und vorgeschlagen, sie sollten sich zum Mittagessen treffen. »Es gibt verschiedene Fragen«, sagte er durch das Telefon zu ihm, »Probleme, die einer Klärung bedürfen ... Es kann natürlich alles warten. Vielleicht ein andermal.« Aber F. war von so nagender Angst ergriffen über die steife Art und den Ton von Schnabels Einladung, daß er darauf drang, sie sollten sich sogleich treffen.

»Essen wir doch heute abend Mittag«, sagte er.

»Es ist fast Mitternacht«, erwiderte Schnabel.

»Das geht schon in Ordnung«, sagte F., »wir werden natürlich in ein Restaurant einbrechen müssen.«

»Unsinn. Es kann warten«, gab Schnabel bissig zurück und legte auf.

F. atmete schwer. Was habe ich getan, dachte er. Ich habe mich vor Schnabel zum Narren gemacht. Bis Montag ist es in der ganzen Firma herum. Und es ist schon das zweite Mal in diesem Monat, daß man mich lächerlich macht.

Drei Wochen zuvor war F. im Fotokopierraum dabei überrascht worden, wie er sich wie ein Specht aufführte. Ständig machte sich jemand im Büro hinter seinem Rükken über ihn lustig. Manchmal, wenn er sich schnell umdrehte, ertappte er nur Zentimeter von sich entfernt dreißig oder vierzig Kollegen mit herausgestreckter Zunge. Zur Arbeit zu gehen, war ein Alptraum. Zum Beispiel stand sein Schreibtisch ganz hinten, weit vom Fenster entfernt, und was an frischer Luft überhaupt in das düstere Büro gelangte, das wurde erst von den anderen eingeatmet, ehe F. es inhalieren konnte. Jeden Tag, wenn er den Gang entlangtrottete, starrten ihn feindselige Gesichter hinter Hauptbüchern hervor an und taxierten ihn kritisch. Einmal hatte Traub, ein unbedeutender Buchhalter, höflich genickt, und als F. zurücknickte, warf Traub einen Apfel nach ihm. Zuvor hatte Traub die Beförderung, die F. versprochen worden war, und einen neuen Stuhl für seinen Schreibtisch erhalten. F.s Stuhl dagegen war vor vielen Jahren gestohlen worden, und es hatte aufgrund endloser Paragraphenreitereien den Anschein, daß er nie einen anderen für sich beanspruchen könne. Seither stand er jeden Tag an seinem Schreibtisch und bückte sich zum Tippen hinunter, während er wahrnahm, wie die anderen Witze über ihn machten. Als die Geschichte sich damals ereignete, hatte F. um einen neuen Stuhl gebeten.

»Tut mir leid«, sagte Schnabel zu ihm, »aber in der Sache müßten Sie sich an den Herrn Minister wenden.«

»Ja, ja, gewiß«, stimmte F. zu, aber als es soweit war, den Herrn Minister zu sprechen, wurde der Termin verschoben. »Er kann Sie heute nicht empfangen«, sagte ein Mitarbeiter. »Es sind gewisse vage Vermutungen aufgekommen, und er empfängt heute niemanden.« Wochen vergingen, und F. versuchte immer wieder, den Minister zu sprechen, doch ohne Erfolg.

»Alles, was ich möchte, ist ein Stuhl«, sagte er zu seinem Vater. »Es ist ja nicht so, daß es mir etwas ausmachte, mich zur Arbeit zu bücken, aber wenn ich mich ausruhe und meine Füße auf den Schreibtisch lege, kippe ich jedesmal nach hinten.«

»Quatsch«, sagte sein Vater ohne Mitgefühl. »Wenn sie mehr von dir hielten, säßest du inzwischen.«

»Du verstehst das nicht!« schrie F. »Ich habe versucht, den Herrn Minister zu sprechen, aber er ist ständig beschäftigt. Und trotzdem, wenn ich einen Blick in sein Fenster werfe, sehe ich ihn immer Charleston üben.«

»Der Herr Minister wird dich niemals empfangen«, sagte sein Vater und goß sich einen Sherry ein. »Für klägliche Versager hat er keine Zeit. Die Wahrheit ist, Richter hat, wie ich höre, zwei Stühle. Einen, auf dem er bei der Arbeit sitzt, und einen, dem er schöntut und was vorsummt.«

Richter! dachte F. Dieser alberne Langweiler, der jahrelang eine heimliche Liebesbeziehung zur Frau des Bürgermeisters unterhielt, bis sie dahinterkam! Richter hatte früher bei der Bank gearbeitet, doch da traten gewisse Fehlbeträge auf. Zunächst wurde er beschuldigt, Geld unterschlagen zu haben. Dann fand man heraus, daß er das Geld aß. »Es ist schwer verdaulich, nicht wahr?« fragte er unschuldig die Polizei. Er wurde aus der Bank hinausgeworfen und kam zu F.s Firma, wo man der Ansicht war, sein fließendes Französisch mache ihn zum idealen Mitarbeiter, die Pariser Geschäfte zu leiten. Nach fünf Jahren wurde offenkundig, daß er kein Wort Französisch konnte, sondern nur unsinnige Silben mit erfundenem Akzent näselte, während er die Lippen spitzte. Obwohl Richter auf einen niedrigeren Posten versetzt wurde, gelang es ihm, sich wieder in die Gunst des Chefs emporzuarbeiten. Diesmal überzeugte er seinen Arbeitgeber davon, daß die Gesellschaft ihre Gewinne verdoppeln könne, wenn sie einfach die Eingangstüren aufschlösse und die Kunden hereinließe.

»Das ist ein Mann, dieser Richter«, sagte F.s Vater. »Darum wird er in der Geschäftswelt auch stets vorankommen, und du wirst dich immer kümmerlich herumwinden wie ein widerliches, dürrbeiniges Insekt, das nur dazu da ist, zerquetscht zu werden.«

F. gratulierte seinem Vater dazu, daß er alles von so hoher Warte sehe, später am Abend jedoch fühlte er sich auf unerklärliche Weise deprimiert. Er beschloß, Diät zu halten und sich ein respektableres Äußeres zu geben. Nicht daß er fett gewesen wäre, aber versteckte Anspielungen in der ganzen Stadt erweckten bei ihm unwiderleglich den Eindruck, in gewissen Kreisen werde er vielleicht als »aussichtslos behäbig« angesehen. Mein Vater hat recht, dachte F. Ich wirke wie ein ekelhafter Käfer. Kein Wunder, daß Schnabel mich mit Flit besprühte, als ich um eine Gehaltserhöhung bat! Ich bin ein jämmerliches, nichtswürdiges Insekt, dem allgemeiner Abscheu gebührt. Ich verdiene es, totgetrampelt, von wilden Tieren in Stücke gerissen zu werden. Ich sollte unter dem Bett im Staube leben oder mir in abgrundtiefer Scham die Augen ausreißen. Morgen muß ich endgültig mit meiner Diät beginnen.

In dieser Nacht erschienen F. hoffnungsfreudige Bilder im Traum. Er sah sich schlank und imstande, in schicke neue Slacks hineinzupassen – solche, in denen nur Leute mit einem gewissen Ruf ungeschoren bleiben. Er träumte, er spiele graziös Tennis und tanze an eleganten Orten mit Mannequins. Der Traum endete damit, daß F. nackt zur Musik von Bizets »Auf in den Kampf« langsam durch den Saal der Börse schritt und sagte: »Nicht schlecht, nicht wahr?«

Er erwachte am nächsten Morgen im Zustand höchster Glückseligkeit und setzte seine Diät mehrere Wochen lang fort, in denen er sein Gewicht um sechzehn Pfund verringerte. Er fühlte sich nicht nur besser, auch sein Glück schien sich zu wandeln.

»Der Herr Minister möchte Sie sprechen«, wurde ihm eines Tages gesagt. F. war hingerissen, als er vor den großen Mann gebracht wurde, der ihn prüfend betrachtete.

»Ich höre, Sie setzen auf Proteine«, sagte der Minister.

»Mageres Fleisch und, natürlich, Salate«, erwiderte F. »Das heißt, gelegentlich ein Brötchen – aber keine Butter und selbstverständlich keine anderen Kohlehydrate.«

»Imponierend«, sagte der Minister.

»Ich bin nicht nur attraktiver geworden, ich habe auch

die Gefahr von Herzinfarkt und Diabetes außerordentlich verringert«, sagte F.

»Weiß ich alles«, sagte der Minister ungeduldig.

»Vielleicht könnte ich jetzt gewisse Angelegenheiten erfüllt bekommen«, sagte F., »das heißt, falls ich mein gegenwärtiges Trimmgewicht halte.«

»Mal sehen, mal sehen«, sagte der Minister. »Und Ihren Kaffee?« fuhr er mißtrauisch fort. »Trinken Sie ihn mit Kaffeesahne?«

»Oh nein«, sagte F. zu ihm, »nur mit Magermilch. Ich versichere Ihnen, Herr Minister, alle meine Mahlzeiten sind jetzt absolut freudlos.«

»Schön, schön. Wir sprechen uns bald wieder.«

An dem Abend löste F. seine Verlobung mit Frau Schneider. Er schrieb ihr ein paar Zeilen, in denen er ihr auseinandersetzte, daß durch den starken Abfall seines Triglyzeridspiegels an alle Pläne, die sie einmal gemacht hätten, jetzt nicht zu denken sei. Er bat sie um Verständnis und fügte hinzu, sollte sein Cholesterinspiegel jemals über einhundertneunzig ansteigen, dann rufe er sie an.

Dann kam das Mittagessen mit Schnabel – für F. ein bescheidenes Mahl, das aus Hüttenkäse und einem Pfirsich bestand. Als F. Schnabel fragte, weshalb er ihn habe kommen lassen, wich der Ältere aus. »Nur um verschiedene Zweifelsfragen zu erörtern«, sagte er.

»*Was* für Zweifelsfragen?« fragte F. Ihm fielen keine ungelösten Probleme ein, es sei denn, er erinnerte sich nicht daran.

»Ach, ich weiß nicht. Mir umnebelt sich jetzt alles, und auch den Anlaß unseres Essens habe ich völlig vergessen.«

»Ja, aber ich fühle, daß Sie mir etwas verbergen«, sagte F.

»Unsinn. Essen Sie einen Nachtisch«, antwortete Schnabel.

»Nein danke, Herr Schnabel. Ich will damit sagen, ich halte Diät.«

»Wie lange ist es denn schon her, daß Sie keinen Pudding mehr genossen haben? Oder ein Eclair?«

»Ach, mehrere Monate«, sagte F.

»Vermissen Sie sie nicht?« fragte Schnabel.

»Doch, ja. Natürlich, ich beschließe meine Mahlzeit gern damit, daß ich reichlich Süßspeisen zu mir nehme. Doch der Zwang der Enthaltsamkeit ... Sie verstehen.«

»Tatsächlich?« fragte Schnabel, der sich sein mit Schokolade überzogenes Gebäck schmecken ließ, so daß F. das Behagen des Mannes spüren konnte. »Schade, daß Sie so streng sind. Das Leben ist kurz. Möchten Sie nicht gern bloß ein Häppchen probieren?« Schnabel lächelte boshaft. Er reichte F. einen Bissen auf seiner Gabel.

F. fühlte, wie er wankend wurde. »Passen Sie auf«, sagte er, »ich kann ja wohl jederzeit morgen wieder zu meiner Diät zurückkehren.«

»Gewiß doch, gewiß doch«, sagte Schnabel. »Das finde ich völlig richtig.«

Obwohl F. sich hätte widersetzen können, gab er dennoch nach. »Ober«, sagte er zitternd, »auch ein Eclair für mich.«

»Bravo, bravo«, sagte Schnabel. »So ist es recht. Da merkt man doch den ganzen Kerl. Wenn Sie auch in der Vergangenheit nachgiebiger gewesen wären, dann wären mittlerweile gewisse Angelegenheiten abgeschlossen, die schon lange gelöst sein sollten – wenn Sie wissen, was ich meine.«

Der Kellner brachte das Eclair und stellte es vor F. hin. F. meinte, er sehe den Mann Schnabel zuzwinkern, war sich dessen aber nicht sicher. F. begann, das klebrige Dessert zu essen, und erschauerte bei jedem süßen Bissen.

»Gut, was?« fragte Schnabel durchtrieben schmunzelnd. »Es ist natürlich voller Kalorien.«

»Ja«, murmelte F. bebend und wild um sich blickend. «Das geht alles direkt auf meine Hüften.«

»Sie setzen an den Hüften an, was?« fragte Schnabel.

F. atmete schwer. Plötzlich durchströmte Reue alle Fasern seines Körpers. Gott im Himmel! Was habe ich getan! Ich habe die Diät gebrochen! Ich habe ein Stück Kuchen gegessen und kenne die Folgen doch nur zu gut! Morgen werde ich meine Anzüge weiter machen müssen!

»Stimmt etwas nicht, mein Herr?« fragte der Kellner, und er und Schnabel lächelten gemeinsam.

»Ja, was ist denn?« fragte Schnabel. »Sie sehen aus, als hätten Sie ein Verbrechen begangen.«

»Bitte, ich kann jetzt nicht darüber reden! Ich brauche Luft! Können Sie bitte zahlen, ich zahle das nächste Mal.«

»Gewiß doch«, sagte Schnabel. »Wir sehen uns im Büro wieder. Ich höre, der Herr Minister möchte Sie wegen gewisser Beschuldigungen sprechen.«

»Was? Was denn für Beschuldigungen?« fragte F.

»Ach, ich weiß nicht genau. Es hat ein paar Gerüchte gegeben. Nichts Bestimmtes. Auf einige Fragen hätte die Behörde gern eine Antwort. Es kann natürlich warten, wenn Sie noch hungrig sind, Klößchen.«

F. stürzte vom Tisch davon und lief durch die Straßen nach Hause. Er warf sich vor seinem Vater auf den Boden und weinte. »Vater, ich habe meine Diät gebrochen!« schrie er. »In einem Augenblick der Schwäche habe ich Nachtisch bestellt. Bitte, vergib mir! Gnade erflehe ich von dir!«

Sein Vater hörte ruhig zu und sagte: »Ich verurteile dich zum Tode.«

»Ich wußte, du würdest es verstehen«, sagte F., und dann umarmten die beiden Männer einander und erneuerten ihre Absicht, mehr von ihrer Freizeit mit Arbeit bei anderen zu verbringen.

Die Geschichte vom Verrückten

Wahnsinn ist ein relativer Zustand. Wer kann schon sagen, wer von uns wirklich verrückt ist? Und während ich in mottenzerfressenen Plünnen und mit einer Chirurgenmaske vorm Gesicht durch den Central Park schlendere, revolutionäre Parolen schreie und hysterisch lache, frage ich mich noch jetzt, ob das, was ich tat, wirklich so unbegreiflich war. Denn, lieber Leser, ich war nicht immer das, was man im Volksmund einen »New Yorker Straßenirren« nennt, der an Mülltonnen stehenbleibt, um seine Plastiktüten mit Bindfadenstückchen und Flaschenverschlüssen zu füllen. Nein, ich war einmal ein sehr erfolgreicher Arzt, wohnte in der Upper East Side, gondelte mit einem braunen Mercedes durch die Stadt und kleidete mich elegant in mehrererlei verschiedene Tweedanzüge von Ralph Lauren. Kaum zu glauben, daß man mich, Dr. Ossip Parkis, ein einstmals so vertrautes Gesicht bei Theaterpremieren, bei Sardi's, im Lincoln Center und in den Hamptons, wo ich mit imponierendem Witz und einer fabelhaften Rückhand brillierte, kaum zu glauben, daß man mich jetzt manchmal unrasiert, mit Rucksack und Windrädchen am Hut den Broadway hinunter Rollschuh laufen sieht.

Das Dilemma, das diesen verhängnisvollen Sturz aus dem Zustand der Gnade herbeiführte, war schlicht und einfach das folgende. Ich lebte mit einer Frau zusammen, an der ich mit großer Liebe hing, die persönlich und geistig einnehmend und reizend, sehr gebildet und humorvoll war und mit der seine Zeit zu verbringen großes Vergnügen machte. Aber (und dafür fluche ich dem Schicksal) sie riß mich sexuell einfach nicht vom Hocker. Und so schlich ich gleichzeitig in der Nacht quer durch die ganze Stadt zu Rendezvous mit einem Fotomodell namens Tiffany Schmiederer, deren das Blut gerinnen lassende Geistesgaben in absolut umgekehrtem Verhältnis zu der erotischen Ausstrahlung standen, die jeder ihrer Poren entströmte. Zweifellos hast du, lieber Leser, schon mal den Ausdruck »ein Körper streckt die Waffen« gehört. Also, Tiffanys Körper wollte nicht nur nicht die Waffen strecken, er nahm sich nicht mal fünf Minuten Zeit für eine Kaffeepause. Eine Haut wie Satin, oder sollte ich lieber sagen, wie der allerfeinste Lachs von Zabar's? Eine Löwenmähne aus kastanienbraunem Haar, lange, schlanke Beine und eine so kurvenreiche Figur, daß mit der Hand über jede x-beliebige Stelle ihres Körpers zu streichen wie der Ritt auf einem Zyklon war. Das soll nicht heißen, daß die, mit der ich zusammenlebte, die funkensprühende und doch unergründliche Olive Chomsky, physiognomisch eine welke Schrippe gewesen wäre. Ganz und gar nicht. Sie war im Gegenteil eine hübsche Frau mit all den Rechten und Freiheiten, die einer bezaubernden und geistreichen Kunstbegeisterten zukamen, und, grob gesagt, eine ausgebuffte Mieze im Bett. Vielleicht lag es daran, daß Olive, wenn das Licht aus einem ganz bestimmten Winkel auf sie fiel, unbegreiflicherweise meiner Tante Rifka ähnlich sah. Nicht daß Olive wirklich wie die Schwester meiner Mutter *ausgesehen* hätte. (Rifka hatte das Aussehen einer Gestalt der jiddischen Volkssage namens Golem.) Es war einfach so, daß irgendeine vage Ähnlichkeit um die Augen herum bestand, und dann auch nur, wenn die Schatten entsprechend fielen. Vielleicht also war es dieses Inzesttabu, oder vielleicht lag's einfach daran, daß ein Gesicht und ein Körperchen wie von Tiffany Schmiederer nur alle paar Jahrmillionen mal vorkommen und gewöhnlich eine Eiszeit oder den Weltuntergang durch Feuer ankündigen. Der springende Punkt ist einfach, meine Bedürfnisse pochten auf die Vorzüge von zwei Frauen.

Olive war es, der ich zuerst begegnete. Und das nach einer endlosen Reihe von Beziehungen, bei denen meine Partnerinnen ausnahmslos irgendwas zu wünschen übrig ließen. Meine erste Frau war hochintelligent, hatte aber keinen Sinn für Humor. Sie war überzeugt, von den Marx Brothers sei Zeppo der amüsanteste. Die zweite war schön, aber es fehlte ihr an wirklicher Leidenschaft. Ich weiß noch, als wir einmal miteinander schliefen, hatte ich eine merkwürdige optische Täuschung, bei der es mir für einen Sekundenbruchteil beinahe so schien, als bewegte sie sich. Sharon Pflug, mit der ich drei Monate zusammenlebte, war zu streitsüchtig. Whitney Weisglass war zu kompromißbereit. Pippa Mondale, eine muntere Geschiedene, beging den fatalen Fehler, Kerzen, die wie Laurel und Hardy geformt waren, schön zu finden.

Wohlmeinende Freunde deckten mich mit einer erbarmungslosen Flut von Verabredungen ein, alle unfehlbar aus den Büchern H. P. Lovecrafts. Inserate in der *New York Review of Books*, auf die ich aus Verzweiflung antwortete, erwiesen sich ebenfalls als sinnlos, denn die »Dichterin um die Dreißig« war um die Sechzig, die »Studentin mit Spaß an Bach und Beowulf« sah wie das Ungeheuer Grendel aus, und die »Bi-Frau aus der Bay Area« sagte mir, ich entspräche weder dem einen noch dem anderen ihrer Gelüste. Das soll nicht heißen, daß nicht doch hin und wieder irgendwie eine unverkennbare Rosine dabei zum Vorschein kam: eine schöne Frau, sensibel und gescheit, mit eindrucksvollen Empfehlungsschreiben und ansprechenden Manieren. Aber irgendeinem uralten Gesetz gehorchend, vielleicht aus dem Alten Testament oder dem ägyptischen *Totenbuch*, war *sie* es dann, die *mich* nicht wollte. Und so kam es, daß ich der unglücklichste Mensch auf Erden war. Nach außen anscheinend mit allen Gütern gesegnet, die ein angenehmes Leben ausmachen, darunter aber verzweifelt auf der Suche nach der erfüllenden Liebe.

Nächte voller Einsamkeit ließen mich über die Ästhetik der Vollkommenheit nachgrübeln. Ist alles in der Natur wirklich »vollkommen«, wenn man mal von der Blödheit meines Onkels Hyman absieht? Wer bin ich denn, daß ich Vollkommenheit verlange? Ich mit meiner Unmenge von Fehlern. Ich stellte eine Liste meiner Fehler auf, kam aber nicht über »1) Vergißt manchmal seinen

Hut« hinaus.

Hatte irgend jemand, den ich kannte, eine »bedeutende Beziehung«? Meine Eltern blieben vierzig Jahre beieinander, das aber aus reiner Bosheit. Grünglas, ein anderer Arzt am Krankenhaus, heiratete eine Frau, die aussah wie ein Schafskäse, »weil sie nett ist«. Iris Merman machte mit allen Männern rum, die im Dreistaateneck gemeldet waren. Niemandes Beziehung konnte wirklich glücklich genannt werden. Unverzüglich bekam ich schwere Alpträume.

Ich träumte, ich besuchte eine Singlebar, wo eine Rotte vagierender Sekretärinnen über mich herfiel. Sie fuchtelten mit Messern rum und zwangen mich, was Nettes über den Bezirk Queens zu sagen. Mein Analytiker riet mir zum Kompromiß. Mein Rabbi sagte: »Heirate, heirate! Wie wär's mit einer Frau wie Mrs. Blitzstein? Sie ist vielleicht keine große Schönheit, aber keine kann Essen und leichte Feuerwaffen besser aus einem Ghetto raus- und auch reinschmuggeln.« Eine Schauspielerin, die mir versicherte, ihr wahrer Ehrgeiz sei es, in einem Kaffeehaus als Kellnerin zu arbeiten, schien Anlaß zu Hoffnungen zu geben, aber während eines kurzen Essens war ihre einzige Antwort auf alles, was ich sagte: »Is das staaak!« Eines Abends dann ging ich, weil ich mich nach einem besonders anstrengenden Tag im Krankenhaus entspannen wollte, allein in ein Strawinsky-Konzert. In der Pause begegnete ich Olive Chomsky, und mein Leben änderte sich.

Olive Chomsky, gebildet und ironisch, die Eliot zitierte und Tennis sowie Bachs »Zweistimmige Inventionen« auf dem Klavier spielte. Und die nie »Oh wow« sagte oder irgendwas trug, worauf Pucci oder Gucci stand, oder sich Country-and-Western-Musik oder Interviewsendungen anhörte. Und die übrigens stets bei erster bester Gelegenheit dazu bereit war, das Unaussprechliche zu tun, und sogar damit den Anfang zu machen. Was für fröhliche Monate verbrachte ich nicht mit ihr, bis meine Sexenergie (ich glaube, sie ist in das *Guinness Buch der Weltrekorde* eingegangen) nachließ. Konzerte, Kinobesuche, Essen, Wochenenden, endlose wundervolle Diskussionen über alles von Pogo bis zur Rigweda. Und nie eine Banalität von ihren Lippen. Nur Erkenntnisse. Und Witz! Und natürlich die angemessene Feindseligkeit gegen alle lohnenden Zielscheiben: Politiker, Fernsehen, Gesichtsstraffungen, die Architektur des neuen Wohnungsbaus, Männer in Hausanzügen, Filmkurse und Leute, die Sätze mit »Im Grunde« beginnen.

Oh, verflucht der Tag, an dem ein mutwilliger Lichtstrahl diese unbeschreiblichen Gesichtszüge hervorkitzelte, die mir Tante Rifkas stumpfe Visage in Erinnerung riefen. Und verflucht auch der Tag, an dem auf einer Loftparty in SoHo ein erotischer Urtyp mit dem unwahrscheinlichen Namen Tiffany Schmiederer sich den karierten Wollkniestrumpf wieder hochzog und mit einer Stimme, die wie die einer Maus im Zeichentrickfilm klang, zu mir sagte: »Was bist 'nn du für 'n Sternbild?« Während sich Haare und Hauer in meinem Gesicht in der Art des klassischen Wolfsmenschen hörbar aufrichteten, fühlte ich mich genötigt, sie mit einer kurzen Ausführung über Astrologie zu unterhalten, ein Thema, das innerhalb meiner intellektuellen Interessen mit so schwerwiegenden Problemen wie Elektroschocktherapie, Alphawellen und der Fähigkeit von Trollen, Gold zu finden, konkurrierte.

Stunden später fand ich mich im Zustand wachsartiger Nachgiebigkeit wieder, als das letzte Stück der winzigen Dessous geräuschlos um ihre Knöchel zu Boden glitt und ich unfaßbarerweise in die holländische Nationalhymne ausbrach. Wir trieben's dann miteinander nach Art der »Fliegenden Wallendas«. Und so ging das los.

Ausreden gegenüber Olive. Heimliche Treffen mit Tiffany. Entschuldigungen gegenüber der Frau, die ich liebte, während ich meine Wollust woanders verausgabte. Tatsächlich verausgabte an ein nichtssagendes kleines Flittchen, dessen Berührung und Gewackele mir die Schädeldecke hochhob wie eine Frisbeescheibe und wie eine Fliegende Untertasse im Raum herumschweben ließ. Ich gab meine Verantwortung gegenüber der Frau meiner Träume für eine körperliche Leidenschaft auf, ganz ähnlich, wie Emil Jannings sie im *Blauen Engel* erfahren hatte. Einmal stellte ich mich krank und bat Olive, mit ihrer Mutter zu einem Brahms-Konzert zu gehen, nur damit ich die blödsinnigen Marotten meiner lüsternen Göttin befriedigen konnte, die darauf bestand, ich solle rüberkommen und mir im Fernsehen »Das ist dein Leben« ansehen, »denn sie bringen Johnny Cash!« Doch als ich meine Pflicht erfüllt und die Show überstanden hatte, belohnte sie mich damit, daß sie meine Widerstandsregler runterzog und meine Libido zum Planeten Neptun schoß. Ein andermal sagte ich ganz beiläufig zu Olive, ich ginge mal eben eine Zeitung kaufen. Dann spurtete ich die sieben Querstraßen zu Tiffany hoch, nahm den Fahrstuhl in ihre Etage, aber wie es das Pech wollte, blieb dieser infernalische Fahrstuhl stecken. Ich trottete wie ein eingesperrter Puma zwischen den Stockwerken herum, außerstande, meine glühenden Lüste zu stillen, ebenso außerstande aber auch, zu einer glaubhaften Zeit wieder zu Hause zu sein. Als ich endlich von zwei Feuerwehrmännern befreit wurde, saugte ich mir für Olive eine Geschichte aus den Fingern, in der ich selber, zwei Raubmörder und das Ungeheuer von Loch Ness vorkamen.

Zum Glück war das Schicksal auf meiner Seite, und sie schlief, als ich nach Hause kam. Der ihr angeborene Anstand ließ es Olive undenkbar erscheinen, daß ich sie mit einer anderen Frau betrügen könnte, und wie sich einerseits die Häufigkeit unserer körperlichen Beziehungen verringert hatte, so ging ich andererseits mit meiner Leistungskraft haushälterisch um, damit ich sie wenigstens teilweise befriedigen konnte. Beständig von Schuldgefühlen gequält, schob ich fadenscheinige Ausreden von Erschöpfung durch zu viel Arbeit vor, die sie mir mit dem Argwohn eines Engels abkaufte. Doch die ganze Plackerei forderte wahrlich ihren Tribut von mir, während die Monate vergingen. Denn ich glich langsam mehr und mehr der Gestalt aus Edward Munchs »Der Schrei«.

Habe Mitleid mit meiner Zwangslage, lieber Leser! Mit dieser Situation zum Verrücktwerden, mit der sich vielleicht recht viele meiner Zeitgenossen herumquälen müssen. Niemals alle Ansprüche, die man stellt, in einem einzigen Mitglied des anderen Geschlechts erfüllt zu finden! Auf der einen Seite der gähnende Abgrund des Kompromisses. Auf der anderen die nervenzerfetzende, verwerfliche Lüge aus Liebe. Hatten die Franzosen recht? Bestand der Trick, eine Frau und eine Geliebte zu haben, darin, daß man die Verantwortung für verschiedene Bedürfnisse zwischen zwei Parteien aufteilte? Mir war klar, wenn ich Olive dieses Arrangement offen vorschlüge, dann stünden bei all ihrem Verständnis die Chancen nicht schlecht, daß ich mich auf ihren britischen Regenschirm gespießt wiederfände. Ich wurde lustlos und schwermütig und dachte an Selbstmord. Ich hielt mir eine Pistole an den Kopf, verlor aber im letzten Moment die Nerven und schoß in die Luft. Die Kugel ging durch die Decke, worauf Mrs. Fitelson in der Wohnung über uns geradewegs auf ihr Bücherbord hopste, wo sie die ganzen Großen Ferien über hocken blieb.

Eines Abends dann löste sich die ganze Geschichte. Plötzlich und mit einer Klarheit, die man normalerweise dem LSD zuschreibt, ging mir auf, was ich zu tun hatte. Ich war mit Olive ins Elgin zur Wiederaufführung eines Films mit Bela Lugosi gegangen. In der entscheidenden Szene tauschte Lugosi als wahnsinniger Wissenschaftler das Hirn irgendeines unglücklichen Opfers gegen das eines Gorillas aus, während beide auf Operationstische geschnallt waren und draußen ein Gewitter niederging. Wenn ein Drehbuchautor in der Welt der Phantasie sich so etwas ausdenken konnte, dann war im wirklichen Leben ein Chirurg mit meinen Fähigkeiten mit Sicherheit in der Lage, es ebenso zu tun.

Tja, lieber Leser, ich will dich nicht mit den Einzelheiten langweilen, die äußerst technisch und für ein Laiengemüt nicht leicht verständlich sind. Es genügt zu sagen, daß man in einer dunklen, stürmischen Nacht hätte eine schemenhafte Gestalt dabei beobachten können, wie sie zwei narkotisierte Frauen (eine davon mit einer Figur, die Männer ihre Wagen auf die Bürgersteige kutschen ließ) in einen unbenutzten Operationssaal des Flower Fifth Avenue schmuggelte. Während die Blitzespfeile zickzackig durch den Himmel knatterten, führte dort der Unbekannte eine Operation aus, die zuvor nur in der Welt der Zelluloidillusionen gemeistert worden war, und da auch nur von einem ungarischen Schauspieler, der eines Tages Draculas Knutschfleck zur Kunstform erheben sollte.

Das Resultat? Tiffany Schmiederer, deren Geist nun in dem weniger sensationellen Körper Olive Chomskys wohnte, fand sich zu ihrer Freude vom Fluch erlöst, ein Sexobjekt zu sein. Wie Darwin es uns gelehrt hat, brachte sie es bald zu großer Intelligenz, die zwar vielleicht nicht gerade der von Hannah Arendt entsprach, ihr aber erlaubte, den Schwachsinn der Astrologie zu durchschauen und glücklich zu heiraten. Olive Chomsky, plötzlich Besitzerin einer geradezu kosmischen Oberflächenbeschaffenheit, die ihren anderen phantastischen Gaben entsprach, wurde meine Frau, so wie ich Gegenstand des Neids aller um mich herum.

Der einzige Haken an der Geschichte war, daß ich nach mehreren Monaten seliger Wonnen mit Olive, die denen der *Arabischen Nächte* in nichts nachstanden, völlig unbegreiflicherweise mit dieser Traumfrau nichts mehr anzufangen wußte und statt dessen ein Faible für Billie Jean Zapruder, eine Stewardeß, entwickelte, deren knabenhafte, flache Figur und näselnder Alabama-Akzent mein Herz Purzelbäume schlagen ließen. Das war der Augenblick, wo ich meine Stellung im Krankenhaus aufgab, mir meinen Hut mit den Windrädchen aufsetzte, den Rucksack schulterte und damit begann, den Broadway hinunter Rollschuh zu laufen.

Erinnerungen – Orte und Menschen

Brooklyn: Baumbestandene Straßen. Die Brücke. Kirchen und Friedhöfe überall. Und Süßwarenläden. Ein kleiner Junge hilft einem bärtigen alten Mann über die Straße und sagt: »Einen schönen Sabbath!« Der alte Mann lächelt und klopft seine Pfeife auf dem Kopf des Jungens aus. Das Kind läuft weinend nach Hause ... Stickige Hitze und Feuchtigkeit senken sich auf den Stadtteil herab. Die Bewohner stellen nach dem Essen Klappstühle auf die Straße, wo sie sitzen und sich unterhalten. Plötzlich fängt es an zu schneien. Verwirrung setzt ein. Ein Straßenhändler zieht die Straße entlang und verkauft heiße Brezeln. Hunde fallen über ihn her und jagen ihn auf einen Baum. Zu seinem Pech sind auf dem Baum noch mehr Hunde.

»Benny! Benny!« Eine Mutter ruft ihren Sohn. Benny ist sechzehn, hat aber schon ein Strafregister. Wenn er sechsundzwanzig ist, wird er zum elektrischen Stuhl geführt. Mit sechsunddreißig wird er gehenkt. Mit fünfzig besitzt er seine eigene chemische Reinigung. Nun trägt seine Mutter das Frühstück auf, und weil die Familie zu arm ist, um sich frische Brötchen zu leisten, streicht er die Marmelade auf die Zeitung.

Ebbets Field: Fans säumen die Bedford Avenue in der Hoffnung, *home-run*-Bälle zu ergattern, die über die Mauer an der rechten Spielfeldseite geschlagen werden. Nach acht Spielrunden ohne Punkte erhebt sich ein Schrei aus der Menge. Ein Ball kommt über die Mauer gesegelt, und eifrige Fans drängeln sich danach. Aber aus irgendeinem Grund ist es ein Fußball – niemand weiß, warum. Im Verlauf der Saison wird der Manager der Brooklyn Dodgers seinen *shortstop* für einen *left-fielder* nach Pittsburgh verhökern, und dann wird er im Tausch für den Manager der Braves und seine zwei jüngsten Kinder sich selber nach Boston verhökern.

Sheepshead Bay: Ein Mann mit gegerbtem Gesicht lacht herzhaft und zieht seine Krebsreusen aus dem Wasser. Ein Riesenkrebs nimmt die Nase des Mannes zwischen seine Zangen. Der Mann lacht nicht mehr. Seine Freunde ziehen an ihm von der einen Seite, und die Freunde des Krebses ziehen von der anderen. Es hilft nichts. Die Sonne versinkt. Sie ziehen weiter.

New Orleans: Eine Jazzband steht im Regen vor einem Friedhof und spielt traurige Choräle, während ein Leichnam in die Erde gesenkt wird. Nun stimmen sie einen lebhaften Marsch an, und der Trauerzug macht sich auf den Weg zurück in die Stadt. Auf halbem Wege bemerkt jemand, daß sie den Falschen beerdigt haben. Was schlimmer ist, sie waren nicht mal eng miteinander befreundet. Der, den sie beerdigt haben, war nicht tot oder auch nur krank, im Gegenteil, er jodelte in dem Augenblick. Sie eilen zum Friedhof zurück und exhumieren den armen Kerl, der droht, Anzeige zu erstatten, obwohl sie ihm versprechen, seinen Anzug reinigen zu lassen und die Kosten zu übernehmen. Mittlerweile weiß niemand, wer nun wirklich tot ist. Die Band spielt weiter, während nacheinander jeder Zuschauer einmal beerdigt wird, nach der Theorie, daß der Verstorbene am anstandslosesten nachgibt. Bald stellt sich heraus, daß überhaupt niemand gestorben ist, und nun ist es wegen des Ferienbetriebs zu spät, noch an eine Leiche zu kommen.

Es ist Mardi Gras. Überall Kreolisches zu essen. Kostümierte Menschenmengen verstopfen die Straßen. Ein als Garnele verkleideter Mann wird in einen Topf mit dampfendem Fischsud geworfen. Er protestiert, aber es glaubt ihm keiner, daß er kein Krustentier ist. Schließlich zieht er seinen Führerschein hervor und wird freigelassen.

Der Beauregard Square wimmelt von Schaulustigen. Einst praktizierte Marie Laveau hier ihren Wuduzauber. Jetzt verkauft ein alter haitianischer »Medizinmann« Puppen und Amulette. Ein Polizist sagt ihm, er solle weitergehen, und ein Streit beginnt. Als er vorüber ist, ist der Polizist zehn Zentimeter groß. Außer sich versucht er immer noch, die Verhaftung vorzunehmen, aber seine Stimme ist so hoch, daß keiner ihn versteht. Wenig später kommt eine Katze über die Straße, und der Polizist muß um sein Leben rennen.

Paris: Nasse Trottoirs. Und Lichter – überall sind Lichter! In einem Straßencafé stoße ich auf einen Mann.

Es ist Henri Malraux. Komischerweise denkt er, ich wäre Henri Malraux. Ich erkläre ihm, er sei Malraux und ich bloß ein Student. Darüber ist er erleichtert, denn er liebt Madame Malraux, und es gefiele ihm gar nicht, wenn sie meine Frau wäre. Wir sprechen über ernste Dinge, und er erzählt mir, dem Menschen stehe es frei, sich sein Schicksal zu wählen, und er könne das Dasein nicht wirklich begreifen, wenn ihm nicht klar sei, daß der Tod ein Teil des Lebens ist. Dann erbietet er sich, mir eine Hasenpfote zu verkaufen. Jahre später begegnen wir uns bei einem Essen, und wieder beharrt er darauf, ich sei Malraux. Diesmal bin ich damit einverstanden und muß seinen Obstsalat essen.

Herbst. Paris wird wieder einmal durch einen Streik lahmgelegt. Diesmal sind es die Akrobaten. Keiner schlägt mehr Purzelbäume, und die Stadt gerät ins Stokken. Bald weitet der Streik sich auch auf die Jongleure aus, dann auf die Bauchredner. Die Pariser sehen das als wichtige Dienstleistung an, und die Studenten werden rabiat. Zwei Algerier werden beim Handstand erwischt und bekommen die Köpfe rasiert.

Ein zehnjähriges Mädchen mit langen braunen Locken und grünen Augen versteckt Plastiksprengstoff in der Mousse au chocolat des Innenministers. Beim ersten Happen fliegt er durch das Dach vom »Fouquet's« und landet unverletzt in Les Halles. Nun gibt's Les Halles nicht mehr.

Durch Mexiko im Auto: Die Armut ist erschütternd. Sombrerotrauben lassen unwillkürlich an die Fresken von Orozco denken. Es sind über hundert Grad im Schatten. Ein armer Indio verkauft mir eine Enchilada mit gebratenem Schweinefleisch. Sie schmeckt köstlich, und ich spüle sie mit etwas Eiswasser hinunter. Ich fühle eine leichte Übelkeit im Magen und fange plötzlich an, Holländisch zu sprechen. Mit einemmal läßt mich ein sanfter Bauchschmerz mich zusammenkrümmen, als werde ein Buch zugeschlagen. Sechs Monate später wache ich in einem mexikanischen Krankenhaus auf, bin völlig kahl und halte krampfhaft einen Yale-Wimpel umklammert. Es war ein fürchterliches Erlebnis, und man sagt mir, als ich, nahe an der Schwelle des Todes, im Fieber phantasierte, hätte ich mir aus Hongkong zwei Anzüge bestellt.

Ich erhole mich in einer Abteilung voller prächtiger Leute vom Lande, von denen mehrere später gute Freunde von mir werden. Da ist Alonso, dessen Mutter wollte, daß er Matador wird. Er wird von einem Stier auf die Hörner genommen, später nimmt ihn auch seine Mutter auf die Hörner. Und Juan, ein einfacher Schweinezüchter, der nicht seinen Namen schreiben konnte, es aber irgendwie fertigkriegte, ITT um sechs Millionen Dollar zu betrügen. Und der alte Hernández, der jahrelang neben Zapata geritten war, bis der große Revolutionär ihn wegen fortwährenden Kickens nach ihm verhaften ließ.

Regen. Sechs Tage hintereinander Regen. Dann Nebel. Ich sitze mit Willie Maugham in einem Londoner *pub*. Ich bin bedrückt, weil mein erster Roman, *Ein stolzes Brechmittel*, von der Kritik kühl aufgenommen worden ist. Die einzige wohlwollende Rezension, in der *Times*, wurde durch den letzten Satz entwertet, in dem das Buch »ein Konglomerat eselhafter Klischees ohne Beispiel in der abendländischen Literatur« genannt wurde.

Maugham setzt mir auseinander, daß dieses Zitat auf viele Arten interpretiert werden könne, allerdings wäre es wohl das beste, es nicht für die Buchreklame zu verwenden. Wir schlendern jetzt die Old Brompton Road hinauf, und der Regen setzt wieder ein. Ich biete Maugham meinen Regenschirm an, und er nimmt ihn, obwohl er bereits einen Regenschirm hat. Maugham trägt nun zwei geöffnete Regenschirme, und ich gehe neben ihm her.

»Man darf die Kritik nicht zu ernst nehmen«, sagt er zu mir. »Meine erste Kurzgeschichte wurde von einem pingeligen Kritiker grausam lächerlich gemacht. Ich grübelte und machte sarkastische Bemerkungen über den Mann. Dann las ich eines Tages die Geschichte wieder und bemerkte, daß er recht gehabt hatte. Sie *war* seicht und schlecht gebaut. Niemals vergaß ich diesen Vorfall, und Jahre später, als die deutsche Luftwaffe London bombardierte, leuchtete ich das Haus des Kritikers an.«

Maugham unterbricht sich, um einen dritten Regenschirm zu kaufen und aufzuspannen. »Um Schriftsteller zu sein«, fährt er fort, »muß man Risiken auf sich nehmen und keine Angst haben, lächerlich zu erscheinen. Ich schrieb *Die Rasiermesserklinge* und trug dabei einen Papierhut. Beim ersten Entwurf von *Regen* war Sadie Thompson ein Papagei. Wir tasten herum. Wir nehmen Gefahren auf uns. Alles, was ich hatte, als ich *Über die humane Sklaverei* zu schreiben begann, war das Bindewort ›und‹. Ich wußte, eine Geschichte mit einem ›und‹ darin könnte entzückend sein. Nach und nach nahm alles übrige Gestalt an.«

Eine Windbö hebt Maugham hoch und schleudert ihn in ein Gebäude. Er kichert vergnügt in sich hinein. Dann erteilt Maugham den wichtigsten Rat, den jemand einem jungen Autor geben kann: »Setzen Sie ans Ende eines Fragesatzes ein Fragezeichen. Sie werden überrascht sein, wie wirkungsvoll das ist.«

In bösen Zeiten leben wir

Ja. Ich gestehe. Ich war es, Willard Pogrebin, einst sanftmütig und Anlaß zu großen Hoffnungen, der einen Schuß auf den Präsidenten der Vereinigten Staaten abgegeben hat. Zum Glück für alle Beteiligten stieß jemand in der Zuschauermenge gegen die Luger in meiner Hand, so daß die Kugel von einem McDonald's-Schild abprallte und in einer Bratwurst in Himmelsteins »Würstchendorado« steckenblieb. Nach einem kleinen Handgemenge, in dem ein paar Geheimagenten meine Luftröhre zu einem Palstek verknoteten, wurde ich überwältigt und zur Beobachtung abtransportiert.

Wie konnte das passieren, daß ich so wurde, fragen Sie? Ich, ein Mensch ohne bestimmte politische Überzeugungen, dessen Ehrgeiz als Kind es war, Mendelssohn auf dem Cello zu spielen oder vielleicht dereinst in den großen Kapitalen der Welt Spitze zu tanzen. Tja, es fing alles vor zwei Jahren an. Ich war gerade aus gesundheitlichen Gründen aus der Armee entlassen worden, und zwar auf gewisse medizinische Experimente hin, die ohne meine Kenntnis an mir vorgenommen worden waren. Genauer gesagt, eine Gruppe von uns hatte in einem Forschungsprogramm Brathühnchen, die mit Lysergsäure gemästet waren, zu essen bekommen, um festzustellen, wieviel LSD ein Mensch vertragen kann, ehe er versucht, über das Welthandelszentrum hinwegzuflattern. Die Entwicklung von Geheimwaffen ist für das Pentagon von großer Bedeutung, und die Woche zuvor war ich von einem Pfeil getroffen worden, dessen präparierte Spitze bewirkte, daß ich haargenau so aussah und sprach wie Salvador Dali. Hinzukommende Nebenwirkungen schränkten mein Wahrnehmungsvermögen ein, und als ich keinen Unterschied mehr feststellen konnte zwischen meinem Bruder Morris und zwei weichgekochten Eiern, wurde ich ausgemustert.

Eine Elektroschocktherapie im Veteranenkrankenhaus schlug an, obwohl die Drähte mit denen eines verhaltenspsychologischen Versuchs durcheinandergebracht wurden und ich zusammen mit mehreren Schimpansen den *Kirschgarten* in makellosem Englisch aufführte. Ich entsinne mich, daß ich nach meiner Entlassung pleite und allein in Richtung Westen trampte und von zwei aus Kalifornien stammenden Leuten mitgenommen wurde: einem charismatischen jungen Mann mit einem Bart wie Rasputin und einer charismatischen jungen Frau mit einem Bart wie Svengali. Ich sei genau, was sie suchten, erklärten sie mir, denn sie übertrügen gerade die Kabbala auf Pergament, und da sei ihnen das Blut ausgegangen. Ich versuchte, ihnen klarzumachen, daß ich eben auf dem Weg nach Hollywood und auf der Suche nach einer ernsthaften Tätigkeit sei, aber das Zusammenwirken ihres hypnotischen Blicks und eines Messers von der Größe eines Ruders überzeugten mich von ihren friedlichen Absichten. Ich entsinne mich, daß sie mich zu einem verlassenen Bauernhof fuhren, wo mehrere junge Frauen im Trancezustand mich mit organisch-biologischer Gesundheitskost vollstopften und dann versuchten, mir mit einem Lötkolben das Pentagramm auf die Stirn zu brennen. Dann nahm ich an einer Schwarzen Messe teil, bei der vermummte jugendliche Akolythen die Worte »Oh wow« auf Lateinisch intonierten. Ich weiß auch noch, daß ich gezwungen wurde, Meskalin und Kokain einzunehmen, und eine weiße Substanz zu essen bekam, die aus gekochtem Kaktus hergestellt wurde, worauf sich mein Kopf um sich selber im Kreis herum drehte wie eine Radarantenne. Weitere Einzelheiten sind mir entfallen, allerdings war mein Verstand wohl ziemlich mitgenommen, als ich zwei Monate später in Beverly Hills beim Versuch verhaftet wurde, eine Auster zu ehelichen.

Nach meiner Entlassung aus dem Polizeigewahrsam verlangte es mich nach ein wenig innerem Frieden, denn ich wollte versuchen, mir zu erhalten, was von meiner angegriffenen Gesundheit noch übrig war. Mehr als einmal war ich auf der Straße von eifrigen Sektenpredigern aufgefordert worden, mein Glaubensheil bei Reverend Chao Bok Ding zu suchen, einem mondgesichtigen Erwählten, der die Lehren Laotses mit der Weisheit Robert Vescos verband. Ein schönsinniger Mann, der allem weltlichen Besitz entsagt hatte, der den von Charles Foster Kane überstieg, verkündete Reverend Ding seine zwei bescheidenen Ziele. Das eine war, allen seinen Anhängern die Bedeutung des Gebets, des Fastens und der Brüderlichkeit einzutrichtern, das andere, ihr Anführer in einem Glaubenskrieg gegen die NATO-Staaten zu sein. Nachdem ich an mehreren Predigten teilgenommen hatte, kam ich dahinter, daß Reverend Ding Wert auf roboterhafte Unterwerfung legte und auf jedes Nachlassen religiöser Inbrunst mit hochgezogenen Augenbrauen reagierte. Als ich äußerte, ich hätte den Eindruck, die Anhänger des Reverend würden von einem verbrecherischen Marktschreier systematisch in geistlose Trottel verwandelt, wurde das als Kritik aufgefaßt. Augenblicke später wurde ich an meiner Unterlippe im Geschwindmarsch in einen Erbauungstempel geführt, wo unerschütterliche Jünger des Reverend, die Sumo-Ringkämpfern glichen, mir nahelegten, ich solle meine Einstellung ein paar Wochen lang ohne so bedeutungslose Zerstreuungen wie Wasser oder Brot überdenken. Um des weiteren das allgemeine Gefühl der Enttäuschung über meine Haltung zu verdeutlichen, wurde mir eine mit Vierteldollars gefüllte Faust mit pneumatischer Regelmäßigkeit aufs Zahnfleisch gedonnert. Ironischerweise war das einzige, was mich davor bewahrte, verrückt zu werden, die ständige Wiederholung meines persönlichen Mantras, das »Hussassa« lautete. Schließlich gab ich dem Terror nach und fing an zu halluzinieren. Ich erinnere mich, daß ich Frankenstein mit einem Hamburger auf Schiern durch Covent Gardens bummeln sah.

Vier Wochen später erwachte ich ziemlich okay in einem Krankenhaus, abgesehen von ein paar blauen Flekken und der festen Überzeugung, daß ich Igor Strawinsky sei. Ich erfuhr, Reverend Ding sei von einem fünfzehnjährigen Maharischi wegen der Streitfrage verklagt worden, wer von ihnen denn nun wirklich Gott sei und folglich das Recht auf Freikarten für Loew's Orpheum habe. Das Problem wurde schließlich mit Hilfe des Betrugsdezernats gelöst, das beide Gurus verhaftete, als sie versuchten, sich über die Grenze nach Nirvana, Mexiko, abzusetzen.

Mittlerweile hatte ich, obgleich körperlich unversehrt, die psychische Ausgeglichenheit Caligulas und meldete mich, in der Hoffnung, meinem zerrütteten Gemüt wieder aufzuhelfen, freiwillig zu einer Therapie mit der Bezeichnung PET – Perlemutters Ego-Therapie, benannt nach ihrem charismatischen Begründer, Gustave Perlemutter. Perlemutter war früher mal Jazz-Saxophonist gewesen und erst spät an die Psychotherapie geraten, aber seine Methode hatte viele berühmte Filmstars angelockt, die schworen, sie seien dadurch viel schneller und tiefgreifender verändert worden als selbst durch das Horoskop im *Cosmopolitan*.

Eine Gruppe von Neurotikern, von denen die meisten mit konventionelleren Behandlungen Schiffbruch erlitten hatten, wurde zu einem reizenden ländlichen Bad gefahren. Ich nehme an, mich hätten der Stacheldraht und die Schäferhunde etwas argwöhnisch machen sollen, aber Perlemutters Gehilfen versicherten uns, das Geschrei, das wir hörten, sei lediglich ein Anfangssymptom. Wir wurden gezwungen, zweiundsiebzig Stunden hintereinander ohne Pause kerzengerade auf Stühlen mit harten Lehnen zu sitzen, und als unsere Widerstandskraft nach und nach zusammenbrach, dauerte es gar nicht lange, bis uns Perlemutter Teile aus *Mein Kampf* vorlas. Im Laufe der Zeit wurde klar, daß er ein ausgewachsener Psychopath war, dessen Therapie darin bestand, uns ab und zu »Nur Mut!« zuzurufen.

Ein paar von den Enttäuschteren versuchten, sich davonzumachen, stellten aber zu ihrem Kummer fest, daß die Grundstückszäune elektrisch geladen waren. Obwohl Perlemutter betonte, er sei Seelenarzt, bemerkte ich, daß er ständig Telefonanrufe von Yassir Arafat erhielt, und hätte es nicht in letzter Minute einen Sturmangriff auf das Anwesen durch Agenten Simon Wiesenthals gegeben, man könnte gar nicht sagen, was noch alles passiert wäre.

Gereizt und begreiflicherweise zynisch geworden durch den Verlauf der Ereignisse, ließ ich mich in San Francisco nieder, wo ich Geld auf die einzige mir nun noch mögliche Weise verdiente, nämlich in Berkeley Krawall zu machen und für den FBI zu spionieren. Mehrere Monate verkaufte ich an Regierungsspitzel einmal und zweimal häppchenweise Informationen, bei denen es sich hauptsächlich um einen CIA-Plan drehte, die Widerstandsfähigkeit der Bewohner von New York City dadurch zu testen, daß man Zyankali in den Trinkwasserspeicher schüttete. Damit und mit einem Angebot, als Dialogregisseur bei einem Killerporno zu arbeiten, kam ich gerade so über die Runden. Eines Abends dann, als ich eben meine Tür aufmachte, um den Müll rauszuschaffen, kamen zwei Männer unauffällig aus dem Schatten gesprungen, zogen mir einen Möbelschoner über den Kopf und karrten mich im Kofferraum ihres Wagens davon. Ich erinnere mich noch, daß ich mit einer Nadel gepiekt wurde und, ehe ich schlappmachte, Stimmen hörte, die sich darüber ausließen, daß ich mich schwerer als Patty, aber leichter als Hoffa anfühlte. Als ich aufwachte, fand ich mich in einem dunklen Zimmerchen wieder, in dem ich drei Wochen aller Sinne beraubt zubringen mußte. Darauf wurde ich von Experten gekitzelt, und zwei Leute sangen mir Country-and-Western-Songs vor, bis ich einwilligte, alles zu tun, was sie wollten. Ich kann nicht schwören, was dann kam, denn es ist möglich, daß alles auf meine Gehirnwäsche zurückzuführen war, aber ich wurde dann in einen Raum gebracht, in dem Präsident Gerald Ford mir die Hand schüttelte und mich fragte, ob ich ihm nicht durchs ganze Land nachreisen und ab und zu mal auf ihn schießen wolle, sorgsam darauf bedacht, nicht zu treffen. Er sagte, das biete ihm die Möglichkeit, mutig zu wirken, und könne als Ablenkung von wirklichen Problemen dienen, mit denen fertigzuwerden er sich außerstande sehe. In meiner geschwächten Verfassung war ich mit allem einverstanden. Zwei Tage später passierte dann die Geschichte bei Himmelsteins »Würstchendorado«.

Ein Riesenschritt für die Menschheit

Als ich gestern zu Mittag Brathuhn im eigenen Blut aß – eine Spezialität des Hauses in meinem Lieblingsrestaurant in der Innenstadt –, war ich genötigt, einem mir bekannten Stückeschreiber dabei zuzuhören, wie er sein letztes Opus gegen eine ganze Kollektion von Kritiken verteidigte, die sich wie das tibetanische *Totenbuch* lasen. Während er diffizile Beziehungen zwischen Sophokles' Dialogen und seinen herstellte, schlang Moses Goldwurm sein Gemüsekotelett hinunter und wütete wie Carry Nations gegen die New Yorker Theaterkritiker. Ich konnte natürlich nicht mehr tun als ihm ein wohlwollendes Ohr zu leihen und zu versichern, daß die Formulierung »ein Dramatiker mit nicht vorhandenen Fähigkeiten« auf verschiedene Weise interpretiert werden könne. Darauf erhob sich in dem Sekundenbruchteil, den es dauert, von der Ruhe des Gemüts zum Irrsinn zu gelangen, der verhinderte Pinero halb von seinem Stuhl, plötzlich außerstande zu sprechen. Während er wild mit den Armen fuchtelte und seinen Hals umklammerte, nahm der arme Kerl eine Blauschattierung an, die man üblicherweise mit Thomas Gainsborough in Verbindung bringt.

»Mein Gott, was ist denn das?« schrie jemand, als Silberzeug zu Boden klirrte und sich von allen Tischen die Köpfe herdrehten.

»Er bekommt einen Herzinfarkt!« schrie ein Kellner.

»Nein, nein, das ist ein Schlaganfall«, sagte ein Mann in der Nische neben mir.

Goldwurm zappelte weiter und fuchtelte mit den Armen, wenn auch immer schwächer. Als dann verschiedene, sich gegenseitig ausschließende Rettungsvorschläge von mehreren wohlmeinenden Hysterikern im Raum in angstvollem Falsett vorgebracht wurden, bestätigte der Dramatiker die Diagnose des Kellners, indem er wie ein Sack Nieten zu Boden krachte. Zu einem Häufchen Elend zusammengesunken, schien Goldwurm für immer abtreten zu müssen, noch ehe ein Krankenwagen eintreffen konnte, als ein Fremder von einsachtzig Größe und der gelassenen Selbstsicherheit eines Astronauten in den Mittelpunkt des Geschehens vortrat und mit dramatischem Tonfall sagte: »Überlaßt alles mir, Leute. Wir brauchen keinen Doktor – das ist kein Herzproblem. Als er seinen Hals umklammerte, hat dieser Mann hier das gängige, in jedem Winkel der Welt bekannte Zeichen gemacht, das darauf hinweist, daß er sich verschluckt hat. Die Symptome mögen genauso aussehen wie bei einem Menschen, der einen Herzanfall hat, dieser Mann hier aber, das versichere ich Ihnen, kann durch den ›Kunstgriff Heimlich‹ gerettet werden!«

Und damit schlang der Held des Augenblicks seine Arme von hinten um meinen Begleiter und hob ihn in die Senkrechte. Er legte Goldwurm seine Faust genau unters

Brustbein und drückte fest zu, worauf ein zwischendurch bestellter Sojaquark dem Opfer aus der Speiseröhre flutschte und im Prallschuß auf der Hutablage landete. Goldwurm kam im Handumdrehen wieder zu sich und dankte seinem Retter, der sodann unsere Aufmerksamkeit auf eine gedruckte Mitteilung des Gesundheitsministeriums lenkte, die an der Wand hing. Auf dem Anschlag wurde vollkommen wahrheitsgetreu das oben erwähnte Drama geschildert. Wessen wir Zeugen gewesen waren, war tatsächlich »das gängige Verschluck-Signal«, das den dreiteiligen Leidensweg des Opfers ausdrückt: 1) Kann nicht sprechen oder atmen, 2) Läuft blau an, 3) Bricht zusammen. Den charakteristischen Merkmalen folgten auf dem Plakat klare Anweisungen, wie bei der Lebensrettung vorzugehen sei: eben dieser überraschende Griff und das hierdurch in der Gegend herumfliegende Eiweiß, die wir gesehen hatten und die Goldwurm vor den widerwärtigen Umständen des Langen Abschieds bewahrt hatten.

Als ich wenige Minuten später die Fifth Avenue entlang nach Hause schlenderte, fragte ich mich, ob Dr. Heimlich, dessen Name als Entdecker des erstaunlichen Kunstgriffs, dessen Anwendung ich gerade gesehen hatte, im nationalen Bewußtsein nun einen so festen Platz hat, wohl die geringste Ahnung davon habe, wie nahe er einmal daran war, von drei noch immer völlig unbekannten Wissenschaftlern ausgebootet zu werden, die monatelang ununterbrochen an der Erforschung eines Heilmittels gegen dasselbe gefährliche Essenstrauma gearbeitet hatten. Ich fragte mich auch, ob er wohl von der Existenz eines Tagebuchs wisse, das ein ungenanntes Mitglied dieses bahnbrechenden Dreigestirns geführt hatte – eines Tagebuchs, das auf einer Auktion ganz irrtümlich in meinen Besitz gelangt war, weil es in Farbe und Umfang einem illustrierten Werk mit dem Titel »Haremssklavinnen« glich, für das ich den Lohn läppischer acht Wochen Arbeit geboten hatte. Es folgen nun einige Auszüge aus dem Tagebuch, die ich hier lediglich im Interesse der Wissenschaft veröffentliche:

3. JANUAR. Begegnete heute meinen beiden Kollegen zum ersten Mal und fand sie alle beide bezaubernd, obwohl Wolfsheim nicht ganz so ist, wie ich ihn mir vorgestellt habe. Zum Beispiel ist er massiger als auf seinem Foto (ich glaube, er benutzt ein altes). Sein Bart ist mittellang, scheint aber so blödsinnig hemmungslos wie Queckengras zu wachsen. Hinzu kommen dicke, buschige Augenbrauen und Knopfaugen von Mikrobengröße, die hinter Brillengläsern von der Dicke kugelsicheren Glases argwöhnisch umherwandern. Und dann sein Zucken. Der Mann hat sich ein Repertoire an Gesichtsticks und -zuckungen zugelegt, die zumindest die komplette Vertonung durch Strawinsky erfordern. Und doch ist Abel Wolfsheim ein glänzender Wissenschaftler, dessen Werk über das Verschlucken bei Tisch ihn zu einer Legende in der ganzen Welt hat werden lassen. Er war sehr geschmeichelt, daß ich seinen Aufsatz »Die falsche Röhre – ein Zufall?« kannte, und er vertraute mir an, daß meine einst mit Skepsis betrachtete Theorie, der Schluckauf sei angeboren, jetzt am Massachusetts Institute of Techno-

logy allgemein anerkannt sei.

Wenn Wolfsheim exzentrisch aussieht, dann ist das andere Mitglied unserer Dreiergruppe genauso, wie ich es nach der Lektüre ihres Werks erhofft hatte. Shulamith Arnolfini, deren Experimente mit abgewandelter DNA zur Erschaffung einer Springmaus führten, die »Let My People Go« singen konnte, ist durch und durch britisch – locker und unverkrampft, wie es ihr zu einem Dutt geschlungenes Haar und die halb auf die gebogene Nase gerutschte Hornbrille voraussehen ließen. Außerdem hat sie gut hörbar einen so saftigen Sprachfehler, daß vor ihr zu stehen, wenn sie ein Wort wie »Zuckerdose« ausspricht, genauso ist, als befinde man sich mitten in einem Monsunregen. Ich mag sie beide und sage große Entdekkungen voraus.

5. Januar. Die Dinge kamen nicht ganz so reibungslos in Gang, wie ich das gehofft hatte, denn Wolfsheim und ich hatten eine kleine Meinungsverschiedenheit über unser Vorgehen. Ich schlug vor, unsere Vorbereitungsversuche an Mäusen vorzunehmen, aber er sieht das als unnötig zaghaft an. Seine Absicht ist, Sträflinge zu benutzen und ihnen im Fünf-Sekunden-Abstand große Fleischklumpen mit der Anweisung zu essen zu geben, sie vor dem Runterschlucken nicht zu kauen. Nur dann, behauptet er, könnten wir den Umfang des Problems in seiner wahren Bedeutung erkennen. Ich widersprach aus moralischen Gründen, und Wolfsheim wurde bockig. Ich fragte ihn, ob er der Meinung sei, die Wissenschaft stünde über der Moral, und verwahrte mich gegen seine Gleichsetzung von Mensch und Hamster. Auch stimmte

ich seiner etwas affektgeladenen Feststellung nicht zu, ich sei ein »Trottel ohnegleichen«. Zum Glück nahm Shulamith für mich Partei.

7. Januar. Der heutige Tag war für Shulamith und mich sehr fruchtbar. Rund um die Uhr arbeitend riefen wir bei einer Maus Würgegefühle hervor. Das erreichten wir damit, daß wir dem Nager gut zuredeten, mächtige Portionen Gouda zu sich zu nehmen, und ihn dann zum Lachen brachten. Wie vorauszusehen, ging die Nahrung in die verkehrte Röhre, und die Maus verschluckte sich. Ich packte sie fest bei ihrem Schwanz, ließ ihn knallen wie eine kleine Peitsche, und das Käsestückchen löste sich. Shulamith und ich machten umfangreiche Aufzeichnungen von dem Experiment. Wenn es uns gelänge, das Schwanz-Peitschenknall-Verfahren auf den Menschen zu übertragen, hätten wir vielleicht schon etwas. Zu früh, um etwas zu sagen.

15. Februar. Wolfsheim hat eine Theorie entwickelt, die er unbedingt ausprobieren will, obwohl ich sie für viel zu simpel halte. Er ist überzeugt, daß ein Mensch, der sich beim Essen verschluckt hat, damit gerettet werden kann, daß man (mit seinen Worten) »dem Opfer einen Schluck Wasser zu trinken gibt«. Zuerst dachte ich, er mache einen Witz, aber seine überspannte Art und die wilden Blicke deuteten darauf hin, daß er zu dem Plan fest entschlossen ist. Er ist offenbar schon seit Tagen auf und spielt mit dem Gedanken, und in seinem Labor stehen Gläser, verschieden hoch mit Wasser gefüllt, überall herum. Als ich skeptisch reagierte, beschuldigte er mich, negativ zu sein, und fing an zu zucken wie ein Discotän-

zer. Man sieht halt gleich, er haßt mich.

27. Februar. Heute hatten wir einen Tag frei, und Shulamith und ich beschlossen, aufs Land zu fahren. Kaum waren wir draußen in der freien Natur, da schien uns das ganze Verschlucken meilenweit entfernt. Shulamith erzählte mir, sie sei schon einmal verheiratet gewesen, und zwar mit einem Wissenschaftler, der bahnbrechende Untersuchungen an radioaktiven Isotopen vorgenommen und dessen Körper sich mitten im Gespräch vollkommen in nichts aufgelöst habe, als er vor einem Senatsausschuß aussagte. Wir sprachen über unsere persönlichen Vorlieben und Geschmäcker und entdeckten, daß wir beide dieselbe Bakterie mögen. Ich fragte Shulamith, was sie darüber dächte, wenn ich sie küßte. Sie sagte: »Klasse!«, womit sie den vollen Sprühregen auf mich niedergehen ließ, der ihrem Sprachproblem eigen ist. Ich bin zu dem Schluß gekommen, daß sie eine ziemlich schöne Frau ist, besonders wenn man sie sich durch eine strahlensichere Bleiabdeckung ansieht.

1. März. Jetzt glaube ich, daß Wolfsheim verrückt ist. Er testete seine »Glas Wasser«-Theorie ein dutzendmal, und keinmal erwies sie sich als wirksam. Als ich ihm sagte, er solle aufhören, wertvolle Zeit und teures Geld zu vergeuden, knallte er mir eine Petrischale aufs Nasenbein, und ich war gezwungen, ihn mit einem Bunsenbrenner in Schach zu halten. Wie stets, wenn die Arbeit schwieriger wird, nehmen die Frustrationen zu.

3. März. Außerstande, Versuchspersonen für unsere gefährlichen Experimente aufzutreiben, waren wir genötigt, durch Restaurants und Cafeterien zu ziehen in der

Hoffnung, wenn wir rasch handelten, dann sollten wir schon Glück genug haben, jemanden in Not zu finden. Im »Sans Souci Deli« versuchte ich, eine gewisse Mrs. Rose Moskowitz an den Knöcheln hochzuheben und zu schütteln, und obgleich es mir gelang, einen Riesenklumpen Mazze aus ihr rauszuschleudern, schien sie mir nicht dankbar zu sein. Wolfsheim schlug vor, wir sollten versuchen, Leuten, die sich verschluckt haben, auf den Rükken zu klopfen, und wies darauf hin, daß ihm von Fermi auf einem Verdauungskongreß vor zweiunddreißig Jahren in Zürich bedeutende Rückenklopf-Pläne empfohlen worden seien. Eine Subvention zur weiteren Erforschung dieser Erkenntnisse wurde jedoch verweigert, als die Regierung zugunsten nuklearer Prioritäten entschied. Es hat sich übrigens herausgestellt, daß Wolfsheim in meiner Affäre mit Shulamith ein Nebenbuhler ist, denn er hat ihr gestern im biologischen Labor seine Zuneigung gestanden. Als er sie zu küssen versuchte, schlug sie mit einem tiefgekühlten Affen zu. Er ist ein sehr schwieriger und bemitleidenswerter Mensch.

18. März. In »Marcello's Villa« trafen wir heute eine gewisse Mrs. Guido Bertoni zufällig dabei an, wie sie sich an etwas verschluckt hatte, was sich später entweder als Cannelloni oder Pingpongball herausstellte. Wie ich es vorausgesehen hatte, nutzte ihr auf den Rücken zu klopfen gar nichts. Wolfsheim, der sich von alten Theorien nicht trennen kann, versuchte, ihr ein Glas Wasser zu verabreichen, nahm es aber unglücklicherweise vom Tisch eines Herrn, der im Betonier- und Komprimiersyndikat eine wichtige Stellung hat, und alle drei wurden

wir zum Lieferanteneingang hinaus und gegen einen Laternenpfahl geführt, und das wieder und immer wieder.

2. April. Heute hatte Shulamith die Idee, eine Pinzette zu benutzen – das heißt, so etwas wie eine lange Zange oder einen Greifer, um damit Speisen herauszuziehen, die in die Luftröhre gerutscht sind. Jeder Bürger solle solch ein Instrument bei sich tragen und in seiner Anwendung und Handhabung vom Roten Kreuz ausgebildet werden. In gespannter Vorfreude fuhren wir zu »Belknap's Salt of the Sea«, um einer Mrs. Faith Blitzstein eine böse festsitzende Krabbenpizza aus der Speiseröhre zu ziehen. Unglücklicherweise wurde die schwer keuchende Frau furchtbar aufgeregt, als ich die ungeheure Pinzette hervorholte, und grub mir ihr Gebiß ins Handgelenk, worauf ich ihr das Instrument in den Schlund fallen ließ. Nur das schnelle Handeln ihres Gatten, Nathan, der sie an den Haaren in die Höhe hielt und auf und ab schnurren ließ wie ein Jo-Jo, verhinderte einen tragischen Ausgang.

11. April. Unser Projekt nähert sich seinem Ende – erfolglos, muß ich leider sagen. Die Gelder sind uns gestrichen worden, nachdem unser Gründungskomitee zu dem Beschluß gekommen ist, das noch verbliebene Geld könne doch vielleicht nutzbringender in ein paar Spielzeug-Summsumms angelegt werden. Als ich die Nachricht vom Ende unserer Bemühungen erhielt, mußte ich an die frische Luft, um in meinem Kopf etwas Ordnung zu schaffen, und wie ich so abends allein am Charles River entlangwanderte, dachte ich unwillkürlich über die Grenzen der Wissenschaft nach. Vielleicht sind

die Menschen dazu *bestimmt,* sich, wenn sie essen, hin und wieder zu verschlucken. Vielleicht ist das alles Teil irgendeines unergründlichen kosmischen Plans. Sind wir so eingebildet zu glauben, Forschung und Wissenschaft könnten alles kontrollieren? Ein Mensch schluckt ein zu großes Stück Steak und verschluckt sich. Was könnte einfacher sein? Was bedarf es weiterer Beweise der allerhöchsten Harmonie des Universums? Wir werden nie auf alles eine Antwort haben.

20. April. Gestern nachmittag war unser letzter Tag, und ich fand Shulamith in der Kantine, wo sie eine Abhandlung über den neuen Herpes vaccinus überflog und dabei einen Matjeshering reinschlang, um bis zum Abendessen durchzuhalten. Ich schlich mich leise von hinten an sie heran, denn ich wollte sie überraschen, legte still meine Arme um sie und spürte in dem Moment die Wonne, die nur ein Liebender empfindet. Sie verschluckte sich sofort, denn plötzlich war ihr ein Stück Hering in der Kehle steckengeblieben. Ich hatte meine Arme noch um sie geschlungen, und meine Hände waren, wie es das Schicksal wollte, gerade unter ihrem Brustbein verschränkt. Etwas – nennen Sie es blinden Instinkt, nennen Sie es wissenschaftliche *fortune* – ließ mich eine Faust machen und sie ihr fest gegen die Brust drücken. Im Nu löste sich der Hering, und einen Augenblick später war die entzückende Frau so gut wie neu. Als ich Wolfsheim davon erzählte, sagte er: »Ja, natürlich. Es funktioniert bei Hering. Aber klappt es auch bei Schwermetallen?«

Ich weiß nicht, was er meinte, und es interessiert mich auch nicht. Das Projekt ist beendet, und wenn vielleicht auch wahr ist, daß wir gescheitert sind, so werden andere unseren Spuren folgen und, auf unseren primitiven Vorarbeiten aufbauend, schließlich zum Erfolg gelangen. Ja, wir alle hier sehen schon den Tag kommen, an dem unsere Kinder, aber gewiß unsere Kindeskinder, in einer Welt leben, in der kein Mensch mehr, gleich welcher Rasse, Konfession oder Hautfarbe, von seiner Hauptmahlzeit tödlich zur Strecke gebracht wird. Um mit einer persönlichen Bemerkung zu schließen: Shulamith und ich werden heiraten, und bevor das Wirtschaftsleben sich wieder etwas aufzuheitern beginnt, haben sie, Wolfsheim und ich beschlossen, einer vielgefragten Aufgabe nachzukommen und einen wirklich erstklassigen Tätowiersalon zu eröffnen.

Der oberflächlichste Mensch, der mir je begegnet ist

Wir saßen im »Delicatessen« rum und redeten über oberflächliche Leute, denen wir begegnet waren, als Koppelmann den Namen Lenny Mendel in die Debatte warf. Koppelmann sagte, Mendel sei bei weitem der oberflächlichste Mensch, der ihm je über den Weg gelaufen sei, ohne jede Ausnahme, und dann machte er sich an die Erzählung der folgenden Geschichte.

Jahre lang schon fand wöchentlich einmal ein Pokerabend mit ungefähr immer denselben Leuten statt. Es handelte sich um Spiele mit kleinen Einsätzen, die man zum Spaß und zur Entspannung in einem gemieteten Hotelzimmer machte. Die Männer setzten und bluffonly, aßen und tranken und redeten von Sex und Sport und den Geschäften. Nach einer Zeit (aber keiner konnte präzise die genaue Woche sagen) bemerkten die Spieler nach und nach, daß einer von ihnen, Meyer Iskowitz, nicht sehr gesund aussah. Als sie Bemerkungen darüber machten, tat Iskowitz das alles als unbedeutend ab.

»Mir geht's prima, mir geht's prima«, sagte er, »wollen wir wetten?« Aber im Verlauf von ein paar Monaten sah er immer schlechter aus, und als er eine Woche nicht zum

Spielen erschien, hörten sie, daß er mit einer Gelbsucht ins Krankenhaus gekommen sei. Jedermann ahnte die schreckliche Wahrheit, und so kam es drei Wochen später nicht vollkommen überraschend, als Sol Katz Lenny Mendel bei der Fernsehshow anrief, wo er arbeitete, und sagte: »Der arme Meyer hat Krebs. Die Lymphknoten. Sehr bösartig. Es hat sich schon im ganzen Körper ausgebreitet. Er ist im Sloan-Kettering.«

»Wie schrecklich«, sagte Mendel erschüttert und plötzlich deprimiert, während er am anderen Ende der Leitung matt an seiner Malzmilch nippte.

»Phil und ich haben ihn heute besucht. Der arme Kerl hat keine Angehörigen. Und er sieht furchtbar aus. Er ist doch immer so robust gewesen. Aiweh, was für eine Welt. Na ja, er ist im Sloan-Kettering. 1275 York, und die Besuchszeit ist von zwölf bis acht.«

Katz legte auf und ließ Lenny Mendel in trüber Stimmung zurück. Mendel war vierundvierzig und gesund, soweit er wußte. (Er schränkte plötzlich seine Selbsteinschätzung ein, um sie nicht selber zu beschreien.) Er war nur sechs Jahre jünger als Iskowitz, und wenn die beiden auch nicht so furchtbar eng befreundet waren, so hatten sie doch fünf Jahre lang einmal die Woche beim Kartenspiel viel gemeinsam zu lachen gehabt. Der arme Kerl, dachte Mendel. Ich denke, ich sollte ihm ein paar Blumen schicken. Er beauftragte Dorothy, eine von den Sekretärinnen bei der NBC, den Blumenladen anzurufen und die Einzelheiten zu erledigen. Die Nachricht von Iskowitzens nahem Tod lastete den Nachmittag schwer auf Mendel, aber was ihn langsam noch mehr zermürbte und entnervte, das war der beharrliche Gedanke, man erwarte von ihm, daß er seinen Pokerfreund besuche.

Was für eine unangenehme Aufgabe, dachte Mendel. Er hatte ein schlechtes Gewissen angesichts seines Wunsches, der ganzen Angelegenheit aus dem Wege zu gehen, und doch fürchtete er, Iskowitz unter diesen Umständen zu sehen. Natürlich war sich Mendel darüber klar, daß alle Menschen sterben müßten, und er schöpfte sogar ein wenig Trost aus einer These, auf die er einmal in einem Buch gestoßen war und die besagte, der Tod stünde nicht im Gegensatz zum Leben, sondern sei ein naturbedingter Teil von ihm; doch wenn er über die Tatsache seiner eigenen Auslöschung in alle Ewigkeit genau nachdachte, jagte ihm das grenzenlose Furcht ein. Er war nicht religiös und kein Held und kein Stoiker, und in seinem täglichen Leben wollte er von Beerdigungen oder Krankenhäusern oder Sterbezimmern nichts hören. Wenn auf der Straße ein Leichenwagen vorbeifuhr, konnte ihm das Bild noch Stunden nachgehen. Nun stellte er sich Iskowitzens dahinsiechende Gestalt und sich selber vor, wie er verlegen versuchte, Witze zu reißen oder Konversation zu machen. Wie er Krankenhäuser haßte mit ihren zweckmäßigen Fliesen und der nüchternen Beleuchtung! Diese ganze heimlichtuerische, verschwiegene Atmosphäre. Und immer zu warm. Erdrückend. Und die Essentabletts und die Bettpfannen und die Alten und Lahmen, die in ihren weißen Nachthemden durch die Korridore schlurften in der drückenden, mit exotischen Keimen geschwängerten Luft. Und was ist, wenn alle die Theorien, daß Krebs ein Virus ist, stimmen? Ich mit Meyer Iskowitz im selben

Raum? Wer weiß, ob's nicht ansteckend ist? Seien wir ehrlich. Was zum Teufel wissen sie schon über diese gräßliche Krankheit? Nichts. Und eines Tages finden sie dann raus, daß eine ihrer zugegebenermaßen zigtausend Formen von Iskowitz übertragen wird, wenn er mich anhustet. Oder meine Hand an seine Brust drückt. Der Gedanke, Iskowitz könne vor seinen Augen den letzten Schnaufer tun, entsetzte ihn. Er sah seinen einst kraftstrotzenden, jetzt ausgemergelten Bekannten (plötzlich war er ein Bekannter, nicht wirklich ein Freund) seinen letzten Atemzug auskeuchen und mit den Worten »Verlaß mich nicht, verlaß mich nicht!« die Hände nach Mendel ausstrecken. Großer Gott, dachte Mendel, und auf seiner Stirn bildeten sich Schweißperlen. Ich habe keine Lust, Meyer zu besuchen. Und warum zum Teufel soll ich auch? Wir waren nie eng befreundet. Du liebe Güte, ich habe den Menschen einmal die Woche gesehen. Ausschließlich beim Kartenspiel. Wir haben kaum mehr als ein paar Worte miteinander gewechselt. Er war ein Pokerspieler. In fünf Jahren haben wir uns kein einziges Mal außerhalb des Hotelzimmers gesehen. Jetzt stirbt er, und mit einemmal ist es meine Pflicht, ihn zu besuchen. Ganz plötzlich sind wir alte Kumpels. Gut befreundet wohl auch noch. Ich meine, du liebe Güte, er war zu allen anderen in der Runde viel herzlicher. Wenn überhaupt, dann stand ich ihm am *wenigsten* nahe. Sollen sie ihn doch besuchen. Schließlich, wieviel Trubel hat so ein kranker Mensch denn nötig? Teufel nochmal, er liegt im Sterben. Er will Ruhe, keinen Aufmarsch hohlklingender Trostbringer. Sowieso kann ich heute nicht gehen, weil ich Kostümprobe habe. Was glauben sie eigentlich, was ich bin, ein Nichtstuer? Ich bin gerade Regieassistent geworden. Ich habe an eine Million Dinge zu denken. Und die nächsten paar Tage sind auch schon ausgebucht, denn da ist die Weihnachtsshow, und wir haben hier ein Irrenhaus. Also, ich mach's nächste Woche. Kommt's denn darauf an? Ende nächster Woche. Wer weiß? Lebt er überhaupt noch bis Ende nächster Woche? Na, wenn ja, bin ich da, und wenn nicht, was zum Teufel macht's dann? Wenn das 'ne hartherzige Einstellung ist, dann ist das Leben hartherzig. Inzwischen muß der erste Auftritt von der Show ein bißchen aufgemotzt werden. Zeitnaher Humor. Die Show braucht mehr zeitnahen Humor. Nicht so viele alte Hüte.

Mit der einen oder anderen Ausrede kam Lenny Mendel zweieinhalb Wochen darum herum, Meyer Iskowitz zu besuchen. Als ihm seine Verpflichtung immer drängender zu Bewußtsein kam, fühlte er sich sehr schuldig, und noch viel schlechter, als er sich dabei ertappte, daß er beinahe hoffte, er erhalte die Nachricht, es sei vorüber und Meyer gestorben, damit wäre er aus dem Schlamassel. Es ist doch sowieso sicher, argumentierte er, warum also nicht gleich? Warum soll der Mann denn noch weiter leben und sich quälen. Ich meine, ich weiß, es klingt herzlos, dachte er im stillen, und ich weiß, ich bin labil, aber manche Leute kommen halt mit sowas besser zurecht als andere. Sterbende besuchen ist sowas. Es ist niederschmetternd. Und als hätte ich nicht schon genug im Kopf.

Aber die Nachricht von Meyers Tod kam nicht. Nur

sein Schuldgefühl vergrößernde Bemerkungen seiner Freunde in der Pokerrunde.

»Ach, du hast ihn noch gar nicht besucht? Das solltest du aber wirklich. Er kriegt so wenig Besuch und ist so dankbar.«

»Er hat immer zu dir aufgesehen, Lenny.«

»Jaja, Lenny mochte er immer.«

»Ich weiß, du hast mit der Show ungeheuer viel zu tun, aber du solltest doch versuchen, es dir einzurichten, daß du Meyer mal besuchst. Schließlich, wieviel Zeit hat der Mann noch zu leben?«

»Ich geh' morgen«, sagte Mendel, aber als es soweit war, verschob er es wieder. Die Wahrheit ist, als er schließlich genug Mut gesammelt hatte, um im Krankenhaus einen zehnminütigen Besuch zu machen, geschah das mehr aus dem Bedürfnis nach einem Bild von sich, mit dem er leben könne, als aus dem auch nur geringsten Mitleid mit Iskowitz. Mendel war klar, wenn Iskowitz stürbe und er zu ängstlich oder angewidert gewesen wäre, ihn zu besuchen, da würde er seine Feigheit möglicherweise bedauern, und es wäre dann nichts mehr zu ändern. Ich werde mich dafür hassen, daß ich kein Rückgrat besitze, dachte er, und die anderen werden mich als das erkennen, was ich bin – eine eigensüchtige Laus. Andererseits, wenn ich Iskowitz besuche und handele wie ein Mann, werde ich in meinen Augen und in denen der Welt als ein besserer Mensch dastehen. Der springende Punkt jedenfalls ist, daß Iskowitzens Bedürfnis nach Trost und Gesellschaft nicht die treibende Kraft hinter dem Besuch war.

Nun nimmt die Geschichte eine Wendung, denn wir sprechen ja über Oberflächlichkeit, und die Ausmaße von Lenny Mendels alle Rekorde brechender Gedankenlosigkeit kommen eben erst nach und nach zum Vorschein. An einem kalten Dienstagabend um neunzehn Uhr fünfzig (da konnte er nicht länger als zehn Minuten bleiben, selbst wenn er wollte) erhielt Mendel von der Krankenhausaufsicht den laminierten Ausweis, der ihm den Zugang zu Zimmer 1501 gestattete, wo Meyer Iskowitz allein in seinem Bett lag, überraschend gut aussehend, wenn man das Stadium bedachte, zu dem die Krankheit vorgeschritten war.

»Wie geht's denn so, Meyer?« sagte Mendel leise und versuchte, einen beträchtlichen Abstand zum Bett einzuhalten.

»Wer ist denn da? Mendel? Bist du das, Lenny?«

»Ich hatte zu tun. Sonst wär ich schon eher gekommen.«

»Ach, wie nett von dir, daß du dir die Mühe machst. Ich freue mich so, dich zu sehen.«

»Wie geht's dir, Meyer?«

»Wie geht's mir? Ich werde die Sache schon kleinkriegen, Lenny. Denk an meine Worte. Ich werde die Sache schon kleinkriegen.«

»Klar machst du das, Meyer«, sagte Lenny Mendel mit leiser, von Anspannung gepreßter Stimme. »In sechs Monaten bist du wieder da und schummelst beim Kartenspiel. Haha, nein, im Ernst, du hast nie geschummelt.« Mach weiter so locker, dachte Mendel, laß die Pointen weiter so purzeln. Behandle ihn, als liege er nicht im Sterben, dachte Mendel und erinnerte sich eines Ratschlags, den er zu dem Thema mal gelesen hatte. In dem stickigen kleinen Zimmer, so kam es Mendel vor, atmete er Wolken bösartiger Krebskeime ein, die aus Iskowitz hervorströmten und sich in der warmen Luft vermehrten. »Ich habe dir 'ne *Post* gekauft«, sagte Lenny und legte das Mitbringsel auf den Tisch.

»Setz dich, setz dich. Wo rennst du denn hin? Du bist doch gerade erst gekommen«, sagte Meyer herzlich.

»Ich lauf nicht weg. Es ist bloß, in der Besuchsvorschrift heißt es, die Besuche sind zur Entlastung der Patienten kurz zu halten.«

»Und was macht das schon?« fragte Meyer.

Mendel, der sich damit abfand, daß er die ganze Zeit bis acht plaudern müsse, zog sich einen Stuhl ran (nicht zu nahe) und versuchte, sich über Kartenspielen, Sport, Schlagzeilen und die Finanzen zu unterhalten, sich ständig der alles überragenden, schrecklichen Tatsache peinlich bewußt, daß Iskowitz trotz seines Optimismus dieses Krankenhaus nie mehr lebend verließe. Mendel schwitzte und fühlte sich benommen. Das Bedruckende, die gezwungene Fröhlichkeit, das allgegenwärtige Gefühl von Krankheit und das Bewußtsein seiner eigenen wehrlosen Sterblichkeit ließen sein Genick steif werden und seinen Mund austrocknen. Er wollte gehen. Es war schon fünf nach acht, und er war noch immer nicht zum Gehen aufgefordert worden. Die Besuchsregeln waren lasch. Er wand sich auf seinem Stuhl, während Iskowitz zärtlich von den alten Zeiten sprach, und nach weiteren deprimierenden fünf Minuten meinte Mendel, in Ohnmacht zu fallen. Da, gerade als es schien, er könne es nicht mehr länger aushalten, trat ein folgenschweres Ereignis ein. Die Schwester, Miss Hill – die vierundzwanzigjährige, blonde, blauäugige Schwester mit ihrem langen Haar und dem wunderschönen Gesicht – kam herein und sagte, wobei sie Lenny Mendel mit einem warmen, gewinnenden Lächeln ins Auge faßte: »Die Besuchszeit ist zu Ende. Sie müssen leider Aufwiedersehen sagen.« Lenny Mendel, der in seinem ganzen Leben noch nie ein vollkommeneres Geschöpf gesehen hatte, verliebte sich just in dem Moment. So einfach ging das. Er glotzte mit offenem Mund und dem verblüfften Aussehen eines Mannes, der endlich die Frau seiner Träume zu Gesicht bekommen hat. Mendel schmerzte geradezu das Herz vor dem überwältigenden Gefühl höchsten Verlangens. Mein Gott, dachte er, es ist wie im Kino. Und da gab's auch gar keine Frage, Miss Hill war absolut entzückend. Sie war sexy und kurvenreich in ihrer weißen Tracht, hatte große Augen und üppige, sinnliche Lippen. Sie hatte schöne, ausgeprägte Wangenknochen und makellos geformte Brüste. Ihre Stimme war wohlklingend und bezaubernd, während sie die Laken glattzog, Meyer Iskowitz gutmütig neckte und doch herzliche Teilnahme für den Kranken erkennen ließ. Zum Schluß nahm sie das Essentablett und ging hinaus, wobei sie nur kurz innehielt, um Mendel zuzuzwinkern und zu flüstern: »Am besten Sie gehen jetzt. Er braucht Ruhe.«

»Ist das immer deine Krankenschwester?« fragte Mendel Iskowitz, nachdem sie gegangen war.

»Miss Hill? Die ist neu. Sehr erfreulich. Ich mag sie.

Nicht so mürrisch wie ein paar von den anderen hier. So hilfsbereit wie irgend möglich. Und viel Sinn für Humor. Na, du gehst jetzt besser. Es hat mich so gefreut, dich zu sehen, Lenny.«

»Tja, ganz recht, micht auch, Meyer.«

Verwirrt erhob Mendel sich und trottete den Korridor hinunter in der Hoffnung, Miss Hill noch einmal zu begegnen, bevor er an den Fahrstühlen ankam. Sie war nirgendwo zu sehen, und als Mendel hinaus auf die Straße in die kalte Nachtluft trat, da wußte er, er müsse sie wiedersehen. Mein Gott, dachte er, als ihn das Taxi durch den Central Park nach Hause fuhr, ich kenne Schauspielerinnen, ich kenne Mannequins, und diese junge Krankenschwester hier ist reizender als all die anderen zusammen. Warum habe ich nicht mit ihr geredet? Ich hätte sie in ein Gespräch hineinziehen sollen. Ob sie wohl verheiratet ist? Ach nein – nicht, wenn sie *Miss* Hill heißt. Ich hätte Meyer über sie ausfragen sollen. Natürlich, wenn sie neu ist ... Er ging alle »Ich-hätte-sollen« durch und hatte den Eindruck, er hätte sowas wie eine Riesenchance verpaßt, aber dann tröstete er sich damit, daß er zumindest wußte, wo sie arbeitete, und er sie ja wieder ausfindig machen könne, wenn er sein Gleichgewicht wiedergefunden hätte. Es ging ihm durch den Kopf, sie könne sich ja am Ende als unintelligent oder beschränkt erweisen wie so viele der schönen Frauen, die ihm im Showgeschäft über den Weg liefen. Allerdings ist sie Krankenschwester, das könnte bedeuten, daß ihre Interessen tiefer, menschlicher, weniger egoistisch sind. Oder es könnte bedeuten, daß sie, wenn ich sie erst besser kenne, nichts als eine phantasielose Überbringerin von Bettpfannen ist. Nein – so grausam kann das Leben nicht sein. Er spielte mit dem Gedanken, vor dem Krankenhaus auf sie zu warten, vermutete aber, daß ihr Schichtdienst wechsele und er sie verpasse. Auch, daß er sie vielleicht aus der Fassung brächte, wenn er sie anspräche.

Er ging am nächsten Tag Iskowitz wieder besuchen und brachte ihm ein Buch mit dem Titel *Berühmte Sportgeschichten* mit, von dem er meinte, es lasse seinen Besuch weniger verdächtig erscheinen. Iskowitz war überrascht und erfreut, ihn zu sehen, aber Miss Hill hatte an dem Abend keinen Dienst, stattdessen schwebte ein Dragoner namens Miss Caramanulis zum Zimmer rein und raus. Mendel konnte seine Enttäuschung kaum verbergen und versuchte, interessiert zu bleiben an dem, was Iskowitz zu sagen hatte, aber es gelang ihm nicht. Iskowitz, der ein bißchen unter Beruhigungsmitteln stand, bemerkte gar nicht, daß Mendel verwirrt nichts anderes im Kopf hatte als wegzugehen.

Mendel kam am nächsten Tag wieder und fand den himmlischen Gegenstand seiner Träume mit Isowitzens Pflege beschäftigt. Er machte stotternd etwas Konversation, und als er wegging, gelang es ihm, im Korridor ganz nahe an sie heranzukommen. Während Mendel ihrer Unterhaltung mit einer anderen jungen Schwester lauschte, meinte er den Eindruck zu gewinnen, sie habe einen Freund und die beiden sähen sich am nächsten Tag zusammen ein Musical an. Er versuchte, gleichgültig zu erscheinen, als er auf den Fahrstuhl wartete, hörte aber aufmerksam zu, um herauszukriegen, wie ernsthaft die

Beziehung sei, bekam aber keineswegs alle Einzelheiten mit. Er neigte zur Annahme, sie sei verlobt, und obwohl sie keinen Ring trug, meinte er, er höre sie von jemandem als »meinem Verlobten« sprechen. Er fühlte sich entmutigt und stellte sie sich als die vergötterte Gefährtin irgendeines jungen Arztes vor, eines glänzenden Chirurgen vielleicht, mit dem sie viele berufliche Interessen teilte. Seine letzte Wahrnehmung, als sich die Fahrstuhltüren schlossen, um ihn hinunter zur Straße zu transportieren, war, daß Miss Hill den Korridor entlangging und sich angeregt mit der anderen Schwester unterhielt, während sie verführerisch ihre Hüften schwenkte und ihr musikalisch bezauberndes Lachen durch das grimme Schweigen der Station schallte. Ich muß sie haben, dachte Mendel, von Verlangen und Leidenschaft verzehrt, und ich darf es mir nicht wieder verpatzen wie schon bei so vielen anderen. Ich muß mit Gefühl vorgehen. Nicht zu rasch, was ja immer mein Problem ist. Ich darf nicht vorschnell handeln. Ich muß mehr über sie erfahren. Ist sie wirklich so wunderbar wie ich sie mir vorstelle? Und wenn ja, wieweit ist sie an den anderen gebunden? Und wenn es ihn nicht gibt, hätte ich auch dann eine Chance? Ich sehe keinen Grund, weshalb ich, wenn sie frei ist, nicht um sie werben und sie bekommen sollte. Oder sie sogar diesem Mann ausspannen. Aber ich brauche Zeit. Zeit, um etwas über sie zu erfahren. Dann Zeit, um sie zu bearbeiten. Zu reden, zu lachen, ihr zu bringen, was ich an Gaben der Erkenntnis und des Humors zu bieten habe. Mendel rang die Hände beinahe wie ein Medicifürst und sabberte. Das logische Vorgehen ist, sie zu sehen, wenn ich Iskowitz besuche, und langsam, ohne zu drängen, Punkte bei ihr zu sammeln. Ich muß vorsichtig sein. Die harte Masche, das direkte Rangehen hat mir mittlerweile schon zu oft die Sache vermasselt. Ich muß zurückhaltend sein.

Nachdem das beschlossen war, kam Mendel nun Iskowitz jeden Tag besuchen. Der Kranke konnte sein Glück nicht fassen, so einen treuergebenen Freund zu haben. Mendel brachte immer ein ansehnliches und wohlüberlegtes Geschenk mit. Eines, das ihm helfen würde, in Miss Hills Augen Eindruck zu schinden. Hübsche Blumen, eine Tolstoi-Biografie (er hörte sie erwähnen, wie sehr sie *Anna Karenina* mochte), die Gedichte Wordsworths, Kaviar. Iskowitz war verblüfft über diese Auswahl. Er haßte Kaviar und hatte noch nie etwas von Wordsworth gehört. Mendel konnte sich gerade noch zurückhalten, Iskowitz ein Paar antike Ohrringe mitzubringen, obgleich er welche gesehen hatte, von denen er wußte, Miss Hill würde für sie schwärmen.

Der verliebte Freier ergriff jede Gelegenheit, Iskowitzens Krankenschwester in ein Gespräch zu ziehen. Ja, sie sei verlobt, erfuhr er, aber sie habe Kummer damit. Ihr Verlobter sei Rechtsanwalt, aber sie träume davon, einen mehr künstlerischen Menschen zu heiraten. Aber Norman, ihr Verehrer, war groß und dunkelhaarig und sah phantastisch aus, eine Schilderung, die den körperlich weniger reizvollen Mendel in Mutlosigkeit versetzte. Mendel posaunte seine Erkenntnisse und Beobachtungen dem langsam verfallenden Iskowitz stets mit so lauter Stimme vor, daß sie auch von Miss Hill vernommen werden konnten. Er hatte das Gefühl, er mache vielleicht

Eindruck auf sie, aber jedesmal, wenn ihm seine Position aussichtsreich erschien, mischte sie Zukunftpläne mit Norman in das Gespräch. Was für ein Glück dieser Norman hat, dachte Mendel. Er verbringt seine Zeit mit ihr, sie lachen zusammen, planen gemeinsam, er drückt seine Lippen auf ihre, er zieht ihr die Schwesterntracht aus – vielleicht nicht bis aufs allerletzte Fetzchen. O Gott! seufzte Mendel, blickte himmelwärts und schüttelte vor enttäuschter Hoffnung den Kopf.

»Sie können sich nicht vorstellen, was diese Besuche Mr. Iskowitz bedeuten«, sagte die Krankenschwester eines Tages zu Mendel, und ihr entzückendes Lächeln und die großen Augen brachten ihn fast an den Rand des Wahnsinns. »Er hat keine Angehörigen, und die meisten seiner anderen Freunde haben so wenig freie Zeit. Meine Meinung darüber ist natürlich, daß die meisten Menschen nicht das Mitgefühl oder den Mut haben, sehr viel Zeit mit einem aussichtslosen Fall zu verbringen. Die Leute schreiben Sterbenskranke ab und denken lieber nicht daran. Deswegen meine ich, Ihr Verhalten ist – ja – einfach großartig.«

Die Nachricht davon, wie sehr Mendel Iskowitz verwöhnte, verbreitete sich, und er wurde beim allwöchentlichen Kartenspiel von den Spielern sehr bewundert.

»Was du tust, ist fabelhaft«, sagte Phil Birnbaum beim Pokern zu Mendel. »Meyer erzählt mir, keiner komme so regelmäßig wie du, und er sagt, er denkt, du ziehst dich sogar für den Anlaß extra um.« Mendels Geist war in dem Moment mit Miss Hills Hüften beschäftigt, die er nicht mehr aus seinen Gedanken loswurde.

»Und was macht er? Ist er tapfer?« fragte Sol Katz.

»Ist wer tapfer?« fragte Mendel traumverloren.

»Wer? Von wem reden wir denn? Der arme Meyer.«

»Oh, äh – ja. Tapfer. Ganz recht«, sagte Mendel, der nicht mal bemerkte, daß er in dem Augenblick ein *full house* in der Hand hatte.

Im Laufe der Wochen siechte Iskowitz dahin. Einmal sah er entkräftet zu Mendel auf, der bei ihm stand, und murmelte: »Lenny, ich liebe dich. Wirklich.« Mendel nahm Meyers ausgestreckte Hand und sagte: »Danke, Meyer. Hör mal, war Miss Hill heute hier? Hä? Könntest du vielleicht ein bißchen lauter sprechen? Du bist so schwer zu verstehen.« Iskowitz nickte schwach. »Aha«, sagte Mendel, »und worüber habt ihr so geredet? Etwa auch über mich?«

Mendel hätte natürlich nie gewagt, sich Miss Hill zu erkennen zu geben, denn er sah sich in der mißlichen Lage, daß er nicht wollte, sie könne je den Gedanken haben, er sei aus irgendeinem anderen Grund, als Meyer Iskowitz zu besuchen, so häufig dort.

Manchmal brachte den Kranken sein Zustand an der Schwelle des Todes dazu, daß er philosophierte und dann Dinge sagte wie: »Wir sind hier, und wir wissen nicht, warum. Es ist vorbei, ehe wir wissen, was in den Karten liegt. Es kommt darauf an, sich des Augenblicks zu erfreuen. Leben heißt glücklich sein. Und doch glaube ich, daß Gott existiert, und wenn ich mich umsehe und das Sonnenlicht durch das Fenster hereinfluten oder abends die Sterne hervorkommen sehe, dann weiß ich, das Er irgendeinen endgültigen Plan hat und daß der gut ist.«

»Ganz recht, ganz recht«, pflegte dann Mendel zu antworten. »Und Miss Hill? Ist sie noch mit Norman zusammen? Hast du rausgekriegt, worum ich dich gebeten habe? Falls du sie siehst, wenn sie morgen diese Untersuchungen mit dir machen, finde es bitte raus.«

An einem regnerischen Apriltag starb Iskowitz. Ehe er das Zeitliche segnete, sagte er Mendel noch einmal, daß er ihn liebe und daß Mendels Teilnahme für ihn in diesen letzten Monaten die rührendste und innigste Erfahrung gewesen sei, die er je mit einem anderen Menschen gehabt habe. Zwei Wochen später trennten sich Miss Hill und Norman, und Mendel begann sich mit ihr zu verabreden. Sie hatten eine Affäre, die ein Jahr dauerte, und dann gingen sie ihrer Wege.

»Das ist ja 'ne dolle Geschichte«, sagte Moskowitz, als Koppelmann diesen Bericht über die Oberflächlichkeit Lenny Mendels schloß. »Das zeigt wieder mal, wie schlecht doch manche Leute sind.«

»So hab ich das nicht verstanden«, sagte Jake Fischbein. »Ganz und gar nicht. Die Geschichte zeigt, wie die Liebe zu einer Frau einen Mann dazu befähigen kann, seine Todesängste zu überwinden, und wenn auch bloß für eine Zeitlang.«

»Worüber redest du eigentlich?« mischte sich Abe Trochmann ein. »Der springende Punkt der Geschichte ist doch, daß ein Sterbender der Nutznießer der plötzlichen Leidenschaft seines Freundes für eine Frau wird.«

»Aber sie waren nicht Freunde«, wandte Lupowitz ein. »Mendel ging aus Pflichtgefühl hin. Und aus Egoismus ist er immer wieder hingegangen.«

»Was macht das schon?« sagte Trochmann. »Iskowitz bekam menschliche Nähe zu spüren. Er starb getröstet. Daß Mendels Gier nach der Krankenschwester der Beweggrund dafür war – was soll's?«

»Gier? Wieso denn Gier? Mendel kann doch trotz seiner Oberflächlichkeit zum ersten Mal in seinem Leben Liebe empfunden haben.«

»Was macht das schon? sagte Bursky. »Wen kümmert's, was der Knalleffekt der Geschichte ist? Falls sie überhaupt einen Knalleffekt hat. Es war eine unterhaltsame Anekdote. Bestellen wir doch was.«

Die Frage

Das folgende Stück ist ein Einakter, der auf einem Vorfall im Leben Abraham Lincolns beruht. Der Vorfall mag wahr sein oder auch nicht. Der springende Punkt ist, ich war müde, als ich das schrieb.

I

(Lincoln winkt mit jungenhaftem Eifer seinen Pressesekretär George Jennings zu sich ins Zimmer.)

JENNINGS: Mr. Lincoln, Sie haben mich holen lassen?

LINCOLN: Ja, Jennings. Kommen Sie rein. Setzen Sie sich.

JENNINGS: Ja, Mr. President?

LINCOLN: *(außerstande, ein Feixen zu unterdrücken)* Ich möchte mit Ihnen eine Idee besprechen.

JENNINGS: Natürlich, Sir.

LINCOLN: Wir haben das nächste Mal eine Konferenz für die Herren von der Presse …

JENNINGS: Ja, Sir …?

LINCOLN: Wenn ich um Fragen bitte …

JENNINGS: Ja, Mr. President …?

LINCOLN: … erheben Sie Ihre Hand und fragen mich:

Mr. President, was meinen Sie, wie lang sollten die Beine eines Menschen sein?

JENNINGS: Wie bitte?

LINCOLN: Sie fragen mich: was ich meine, wie lang die Beine eines Menschen sein sollten.

JENNINGS: Darf ich fragen, warum, Sir?

LINCOLN: Warum? Weil ich eine unheimlich gute Antwort darauf habe.

JENNINGS: Tatsächlich?

LINCOLN: So lang, daß sie bis zum Boden reichen.

JENNINGS: Pardon?

LINCOLN: So lang, daß sie bis zum Boden reichen. Das ist die Antwort! Kapiert? Was meinen Sie, wie lang sollten die Beine eines Menschen sein? So lang, daß sie bis zum Boden reichen!

JENNINGS: Ah ja.

LINCOLN: Meinen Sie nicht, daß das komisch ist?

JENNINGS: Darf ich ganz offen sein, Mr. President?

LINCOLN: *(verärgert)* Also, ich habe heute damit einen Riesenlacher kassiert.

JENNINGS: Wirklich?

LINCOLN: Natürlich. Ich war mit meinem Kabinett und ein paar Freunden zusammen, und ein Mann stellte sie mir, und ich feuerte diese Antwort ab, und der ganze Saal brach vor Lachen zusammen.

JENNINGS: Darf ich fragen, Mr. Lincoln, in welchem Zusammenhang er diese Frage stellte?

LINCOLN: Wie bitte?

JENNINGS: Haben Sie über Anatomie gesprochen? War der Mann Chirurg oder Bildhauer?

LINCOLN: Warum – äh-nein-ich-ich denke nicht. Nein. Ein einfacher Bauer, glaube ich.

JENNINGS: Und warum wollte er das wissen?

LINCOLN: Tja, ich weiß nicht. Ich weiß nur, er war jemand, der dringend um eine Audienz bei mir gebeten hatte …

JENNINGS: *(besorgt)* Ah ja.

LINCOLN: Was ist, Jennings, Sie sehen blaß aus.

JENNINGS: Es ist eine ziemlich merkwürdige Frage.

LINCOLN: Ja, aber ich habe damit einen Lacher kassiert. Es war eine Blitzantwort.

JENNINGS: Das leugnet niemand, Mr. Lincoln.

LINCOLN: Einen Riesenlacher. Das ganze Kabinett brach einfach zusammen.

JENNINGS: Und sagte der Mann dann noch etwas?

LINCOLN: Er sagte danke und ging.

JENNINGS: Sie haben überhaupt nicht gefragt, warum er das wissen wollte?

LINCOLN: Wenn Sie es unbedingt wissen wollen, ich war mit meiner Antwort außerordentlich zufrieden. So lang, daß sie bis zum Boden reichen. Das kam so fix raus. Ich habe nicht gezögert.

JENNINGS: Ich weiß, ich weiß. Es ist bloß, tja, diese ganze Geschichte macht mir Sorgen.

II

(Lincoln und Mary Todd in ihrem Schlafzimmer. Es ist mitten in der Nacht. Sie im Bett, Lincoln läuft nervös hin und her.)

MARY: Komm ins Bett, Abe. Was ist denn los?

LINCOLN: Dieser Mann heute. Die Frage. Ich bekomme sie nicht mehr aus meinem Kopf. Jennings hat in ein Wespennest gestochen.

MARY: Vergiß sie, Abe.

LINCOLN: Ich möchte ja, Mary. Großer Gott, meinst du, ich möchte das nicht? Aber dieser gehetzte Blick. Flehend. Was könnte ihn bewegt haben? Ich brauche einen Drink.

MARY: Nein, Abe.

LINCOLN: Ja.

MARY: Ich sagte, nein! Du bist in letzter Zeit so hippelig. Das ist dieser verdammte Bürgerkrieg.

LINCOLN: Das ist nicht der Bürgerkrieg. Ich habe dem Menschen nicht geantwortet. Ich war zu sehr darauf aus, einen schnellen Lacher zu kriegen. Ich ließ zu, daß mir eine komplizierte Frage entging, nur damit ich von meinem Kabinett ein paar Gluckser einheimsen konnte. Sie hassen mich sowieso.

MARY: Sie lieben dich, Abe.

LINCOLN: Ich bin eitel. Trotzdem, es war eine schlagfertige Antwort.

MARY: Das finde ich auch. Deine Antwort war geistreich. So lang, daß sie bis an den Rumpf reichen.

LINCOLN: Bis zum Boden reichen.

MARY: Nein, du hast es anders gesagt.

LINCOLN: Nein. Was ist denn daran komisch?

MARY: Für mich ist es so viel komischer.

LINCOLN: Das ist komischer?

MARY: Klar.

LINCOLN: Mary, du weißt nicht, wovon du redest.

MARY: Die Vorstellung, wie Beine zu einem Rumpf aufsteigen ...

LINCOLN: Vergiß es! Können wir das bitte vergessen! Wo ist der Bourbon?

MARY: *(hält die Flasche zurück)* Nein, Abe. Du trinkst heute nacht nicht! Das erlaube ich nicht!

LINCOLN: Mary, was ist los mit uns? Wir hatten doch immer so viel Spaß.

MARY: *(zärtlich)* Komm her, Abe. Heute nacht ist Vollmond. Wie an dem Abend, als wir uns kennenlernten.

LINCOLN: Nein, Mary. An dem Abend, als wir uns kennenlernten, war abnehmender Mond.

MARY: Vollmond.

LINCOLN: Abnehmender.

MARY: Vollmond.

LINCOLN: Ich hol' den Kalender.

MARY: O Gott, Abe, vergiß es!

LINCOLN: Tut mir leid.

MARY: Ist es die Frage? Die Beine? Ist es immer noch das?

LINCOLN: Was meinte er wohl?

III

(Die Hütte von Will Haines und seiner Frau. Haines kommt nach einem langen Ritt heim. Alice stellt ihr Nähkörbchen ab und läuft zu ihm.)

ALICE: Na, hast du ihn gefragt? Wird er Andrew begnadigen?

WILL: *(fassungslos)* O Alice, ich habe sowas Dummes gemacht.

ALICE: *(heftig)* Was? Erzähl mir nicht, er will unseren

Sohn nicht begnadigen!

WILL: Ich hab ihn nicht gefragt.

ALICE: Du hast was?! Du hast ihn nicht gefragt?!

WILL: Ich weiß nicht, was über mich kam. Da stand er, der Präsident der Vereinigten Staaten, umgeben von bedeutenden Leuten. Seinem Kabinett, seinen Freunden. Dann sagte jemand, Mr. Lincoln, dieser Mann da ist den ganzen Tag geritten, um Sie zu sprechen. Er möchte eine Frage stellen. Die ganze Zeit während des Reitens war ich die Frage im Geiste immer wieder durchgegangen. »Mr. Lincoln, Sir, unser Sohn Andrew hat einen Fehler gemacht. Ich kann mir vorstellen, wie gefährlich das ist, auf Wache einzuschlafen, aber so einen jungen Menschen hinzurichten, erscheint so grausam. Mr. President, Sir, könnten Sie sein Urteil nicht mildern?«

ALICE: Das war die richtige Art, es zu sagen.

WILL: Aber als all die Leute mich anstarrten und der Präsident sagte: »Ja, wie ist Ihre Frage?«, da sagte ich aus irgendeinem Grund: »Mr. Lincoln, was meinen Sie, wie lang sollten die Beine eines Menschen sein?«

ALICE: Was?

WILL: Genau. Das war meine Frage. Frag mich nicht, warum sie mir rausgerutscht ist. Was meinen Sie, wie lang sollten die Beine eines Menschen sein?

ALICE: Was ist denn das für eine Frage?

WILL: Ich sag's dir ja, ich weiß es nicht.

ALICE: Die Beine? Wie lang?

WILL: O Alice, verzeih mir!

ALICE: Wie lang sollten die Beine eines Menschen sein?

Das ist die dämlichste Frage, die ich je gehört habe.

WILL: Ich weiß, ich weiß. Erinnere mich bloß nicht dauernd daran.

ALICE: Aber warum die Beinlänge? Ich meine, Beine sind doch kein Thema, das dich besonders interessiert.

WILL: Ich grabbelte nach Worten. Ich vergaß mein ursprüngliches Anliegen. Ich konnte die Uhr ticken hören. Ich wollte nicht aussehen, als wäre ich auf den Mund gefallen.

ALICE: Hat Mr. Lincoln irgendwas gesagt? Hat er geantwortet?

WILL: Ja. Er sagte, so lang, daß sie bis zum Boden reichen.

ALICE: So lang, daß sie bis zum Boden reichen? Was zum Kuckuck soll das denn heißen?

WILL: Wer weiß? Aber er kassierte einen Riesenlacher. Diese Burschen sind natürlich aufs Reagieren geeicht.

ALICE: *(wendet sich plötzlich ab)* Vielleicht wolltest du gar nicht wirklich, daß Andrew begnadigt wird.

WILL: Was?

ALICE: Vielleicht willst du tief in dir drin gar nicht, daß das Urteil unseres Sohnes gemildert wird. Vielleicht bist du eifersüchtig auf ihn.

WILL: Du bist verrückt. Mir – mir ... Ich? Eifersüchtig?

ALICE: Warum nicht? Er ist stärker. Er geht eleganter mit Pickel, Axt und Hacke um. Er hat ein Gespür für den Boden, wie ich's noch bei keinem gesehen habe.

WILL: Hör auf! Hör auf!

ALICE: Sehen wir doch der Sache ins Gesicht, William, du bist ein miserabler Bauer.

WILL: *(zittert vor panischer Angst)* Ja, ich geb's zu! Ich hasse den Ackerbau! Die Samen sehen für mich alle gleich aus! Und der Boden! Ich kann ihn nie von Dreck unterscheiden! Ja du, aus dem Osten, mit deiner feinen Bildung! Du lachst über mich. Machst dich lustig. Ich säe Rüben, und es kommt Getreide raus! Du denkst wohl, das schmerzt einen Mann nicht?!

ALICE: Wenn du nur die Samentütchen an einem kleinen Stock befestigtest, wüßtest du, was du gesät hast!

WILL: Ich möchte sterben! Alles geht schief!

(Plötzlich wird an die Tür geklopft, und als Alice sie öffnet, ist es kein anderer als Abraham Lincoln. Er ist abgekämpft und hat rote Augen.)

LINCOLN: Mr. Haines?

WILL: Präsident Lincoln ...

LINCOLN: Diese Frage –

WILL: Ich weiß, ich weiß ... wie dumm von mir! Mir fiel einfach nichts anderes ein, ich war so nervös.

(Haines fällt weinend auf die Knie. Auch Lincoln weint.)

LINCOLN: Dann hatte ich recht. Es war eine Scherzfrage.

WILL: Ja, ja ... verzeihen Sie mir ...

LINCOLN: *(hemmungslos weinend)* Das tue ich, das tue ich. Erheben Sie sich. Stehen Sie auf. Ihr Sohn wird heute begnadigt. Wie allen Jungs, die einen Fehler gemacht haben, vergeben wird.

(Er schließt das Ehepaar Haines in seine Arme)

Durch Ihre dumme Frage ist mir ein neuer Sinn für mein Leben aufgegangen. Dafür danke ich Ihnen und liebe ich Sie.

ALICE: Uns ist ja auch ein bißchen was aufgegangen, Abe. Dürfen wir Sie so nennen ...?

LINCOLN: Ja, klar, warum nicht? Leute, habt ihr irgendwas zu essen? Ein Mann reist so viele Meilen, da bietet ihm wenigstens was an.

(Während sie Brot und Käse brechen, fällt der Vorhang.)

Wir aßen für Sie im „Fabrizio's"

(Ein Meinungsaustausch in einer der Zeitungen, die etwas mehr zum Denken anregen. Fabian Plotnick, unser anspruchsvollster Restaurantkritiker, berichtete darin über Fabrizio's Villa Nova Restaurant in der Second Avenue und forderte, wie gewöhnlich, einige tiefschürfende Erwiderungen heraus).

Auf Pasta als Ausdruck des italienisch-neorealistischen Stärkemehls versteht sich Mario Spinelli, der Küchenchef im »Fabrizio's«, ganz ausgezeichnet. Spinelli knetet seine Pasta langsam. Er gestattet, daß sich Spannung bei den Gästen entwickelt, während sie dabeisitzen und ihnen die Spucke im Munde zusammenläuft. Seine Fettuccine, die zwar auf eine nachgerade mutwillige Weise bissig und naseweis sind, verdanken vieles Barzino, dessen Verwendung von Fettuccine als einem Mittel sozialer Veränderung uns allen bekannt ist. Der Unterschied ist, daß bei Barzino der Gast dazu verführt wird, weiße Fettuccine zu erwarten, und sie auch bekommt. Hier im »Fabrizio's« bekommt er grüne. Warum? Das scheint alles so grundlos. Als Gäste sind wir auf die Änderung nicht vorbereitet. Folglich macht die grüne Nudel uns nicht froh. Sie ist bestürzend in einer Weise, die der Küchenchef nicht beabsichtigt hat. Die Linguine andererseits sind ganz köstlich und absolut undidaktisch. Gewiß, ihnen haftet etwas penetrant Marxistisches an, das wird aber durch die Soße überdeckt. Spinelli ist jahrelang ein hingebungsvoller italienischer Kommunist gewesen und hat sich außerordentlich erfolgreich für seinen Marxismus stark gemacht, indem er ihn auf raffinierte Weise in Tortellini füllte.

Ich begann das Essen mit einem Antipasto, das zunächst absichtslos wirkte, aber als ich die Anchovis näher in meine Überlegungen einbezog, wurde sein Kernanliegen klarer. Versuchte Spinelli damit zu sagen, daß das ganze Leben hier in diesem Antipasto abgebildet sei, wobei die schwarzen Oliven die unerquicklichen Mahnerinnen unserer Sterblichkeit sind? Wenn ja, wo war dann die Sellerie? War sie wegzulassen Vorsatz? Im »Jacobelli's« besteht das Antipasto ausschließlich aus Sellerie. Aber Jacobelli ist ein Extremist. Er möchte unsere Aufmerksamkeit auf die Absurdität des Lebens lenken. Wer kann seine Scampi vergessen: vier knoblauchdurchtränkte Garnelen, die so angerichtet waren, daß sie mehr über unser Debakel in Vietnam aussagten als unzählige Bücher zu diesem Thema? Welch empörendes Vergehen damals! Und wie zahm wirkt das jetzt neben Gino Finocchis (von Ginos Restaurant »Vesuvio«) ›Zarter Piccata‹, einer erschreckenden, ein Meter achtzig dicken Scheibe Kalbfleisch, an der ein Stück schwarzer Chiffon hängt. (Finocchi arbeitet stets besser mit Kalbfleisch als mit Fisch oder Huhn, und es war ein schreckliches Versehen von

Time, als in der Titelstory über Robert Rauschenberg vergessen wurde, auf ihn hinzuweisen.) Spinelli ist im Gegensatz zu diesen Avantgarde-Köchen selten die große Erfüllung. Er zögert, wie zum Beispiel bei seinen Spumoni, und wenn sie kommen, sind sie natürlich zergangen. Spinellis Stil haftete immer schon eine gewisse Vorläufigkeit an – besonders der Art, wie er Spaghetti Vongole behandelt. (Vor seiner Psychoanalyse stellten Muscheln für Spinelli ein großes Schrecknis dar. Er ertrug es nicht, sie zu öffnen, und wenn er gezwungen war hineinzusehen, drehte er durch. In seinen frühen Versuchen mit Vongole sehen wir ihn sich ausschließlich mit »Muschelsurrogaten« befassen. Er benutzte Erdnüsse, Oliven und schließlich, vor seinem Zusammenbruch, kleine Radiergummis.)

Ein reizender Zug an »Fabrizio's« ist Spinellis Hühnchen ohne Knochen alla Parmigiana. Die Bezeichnung ist ironisch, denn er füllt das Hühnchen zusätzlich mit Knochen, als wolle er damit sagen, das Leben dürfe man sich nicht zu schnell oder ohne Vorsicht einverleiben. Das ständige Entfernen der Knochen aus dem Mund und ihr Ablegen auf den Teller verleiht dem Gericht einen gespenstischen Klang. Man wird sogleich an Webern erinnert, der aus Spinellis Kochkunst ständig hervorzuschauen scheint. In seiner Arbeit über Strawinsky macht Robert Craft eine interessante Feststellung über den Einfluß Schönbergs auf Spinellis Salate und Spinellis Einfluß auf Strawinskys Concerto in D für Streichorchester. Tatsächlich ist die Minestrone ein fabelhaftes Beispiel für Atonalität. Da sie mit eigentümlichen Gemüsestückchen und -bröckchen durchsetzt ist, kann der Kunde nicht umhin, mit seinem Mund Geräusche zu machen, wenn er sie trinkt. Diese Töne werden nach einem bestimmten Muster zusammengestellt und wiederholen sich in Form einer Zwölftonreihe. Als ich den ersten Abend im »Fabrizio's« war, tranken zwei Gäste, ein kleiner Junge und ein dicker Mann, gleichzeitig ihre Suppe, und die Begeisterung darüber war so groß, daß man sie stehend mit Beifall überschüttete. Als Dessert hatten wir Tortoni, und ich wurde an Leibniz' bemerkenswerten Ausspruch erinnert: »Die Monaden haben keine Fenster«. Wie passend! Die Preise im »Fabrizio's« sind, wie Hannah Arendt mir einmal sagte, »vernünftig, ohne historisch unvermeidbar zu sein.« Dem stimme ich zu.

An die Redaktion:
Fabian Plotnicks Einblicke in Fabrizio's Villa Nova Restaurant sind verdienstvoll und klar. Der einzige Punkt, der in seiner scharfsinnigen Analyse fehlt, ist folgender: Obwohl das »Fabrizio's« ein von einer Familie geführtes Restaurant ist, entspricht diese nicht der klassischen Struktur italienischer Kernfamilien, sondern sie setzt sich nach dem Vorbild der Familien von Grubenarbeitern der walisischen Mittelschicht in der Zeit vor der Industriellen Revolution zusammen. Fabrizio's Beziehungen zu seiner Frau und seinen Söhnen sind kapitalistisch und bezugsgruppenorientiert. Das Sexualverhalten des Personals ist typisch viktorianisch – insbesonders das des Mädchens, das die Registrierkasse bedient. Die Arbeitsbedingungen spiegeln auch die Problematik englischer Fabrikarbeit,

und die Kellner müssen oft acht bis zehn Stunden am Tag bedienen, mit Servietten, die den allgemein üblichen Sicherheitsbestimmungen keineswegs entsprechen.

Dove Rapkin

An die Redaktion:
In seinem Bericht über Fabrizio's Villa Nova Restaurant nennt Fabian Plotnick die Preise »vernünftig«. Aber würde er Eliots Vier Quartette ebenfalls »vernünftig« nennen? Eliots Rückkehr zu einer früheren Stufe der Lehre vom Logos spiegelt die in der Welt immanente Vernunft wider, aber tun das auch 8,50 Dollar für Hühnchen Tetrazzini? Das ergibt keinen Sinn, selbst nicht aus katholischer Sicht. Ich weise Mr. Plotnick auf den Artikel in *Encounter* (2/58) hin, der den Titel »Eliot, Wiedergeburt und Zuppa di vongole« trägt.

Eino Schmiederer

An die Redaktion:
Was Mr. Plotnick bei seiner Besprechung von Mario Spinellis Fettuccine in Betracht zu ziehen unterläßt, ist natürlich die Größe der Portionen oder, um es deutlicher zu sagen, die Menge der Nudeln. Es gibt unverkennbar so viele Nudeln in ungerader Anzahl wie alle ungerade oder gerade zählenden Nudeln zusammen. (Deutlich ein Paradox.) Die Logik versagt im Linguistischen, und folglich kann Mr. Plotnick das Wort »Fettuccine« nicht mit der gebotenen Exaktheit verwenden. Die Fettuccine werden zum Symbol: das heißt, setzen wir Fettuccine = x, dann

ist $a = \frac{x}{b}$ (wobei b für eine konstant gleiche Menge im Verhältnis zur Hälfte jedes Zwischengerichts steht). Aufgrund dieser Logik würde man sagen müssen: Fettuccine *sind* Linguine! Wie lächerlich! Der Satz kann selbstverständlich nicht »Die Fettuccine waren köstlich« heißen. Er muß vielmehr lauten: »Fettuccine und Linguine sind keine Rigatoni«. Wie Gödel immer und immer wieder erklärt hat: »Alles muß in ein logisches Kalkül übertragen werden, ehe es gegessen wird.«

Prof. Word Babcocke
Massachusetts Institute of Technology

An die Redaktion:
Mit großem Interesse habe ich Fabian Plotnicks Bericht über Fabrizio's Villa Nova gelesen und halte ihn für ein weiteres bestürzendes Beispiel revisionistischer Geschichtsauffassung von heute. Wie rasch wir doch vergessen, daß in der schlimmsten Periode der stalinistischen Säuberungen »Fabrizio's« nicht allein für den Geschäftsbetrieb geöffnet war, sondern auch sein Hinterzimmer vergrößerte, um mehr Gästen Platz zu bieten! Niemand dort hat auch nur ein Wort über die politische Unterdrückung der Sowjets verloren. Ja, als das Komitee zur Befreiung sowjetischer Dissidenten »Fabrizio's« ersuchte, die Gnocchi aus der Speisekarte wegzulassen, bis die Russen Gregor Tomschinski, den bekannten trotzkistischen Schnellkoch, freigelassen hätten, weigerten sie sich. Tomschinski hatte bis dahin zehntausend Seiten Rezepte zusammengetragen, die sämtlich vom NKWD konfisziert wurden.

»Mitwirkung am Sodbrennen eines Minderjährigen« war der klägliche Vorwand, den der sowjetische Gerichtshof benutzte, um Tomschinski zur Zwangsarbeit zu schikken. Wo waren da alle die sogenannten Intellektuellen im »Fabrizio's«? Das Garderobenfräulein Tina unternahm nie auch nur den geringsten Versuch, ihre Stimme zu erheben, als die Garderobenmädchen in der gesamten Sowjetunion von ihren Wohnorten weggeholt und gezwungen wurden, für stalinistische Rowdies die Kleider aufzuhängen. Ich könnte noch hinzufügen, daß, als Dutzende sowjetischer Physiker beschuldigt wurden, zuviel zu essen, und darauf ins Gefängnis kamen, viele Restaurants aus Protest schlossen, nur »Fabrizio's« erhielt seinen normalen Betrieb aufrecht und führte sogar als Service ein, daß nach dem Essen gratis Pfefferminzbonbons gereicht wurden! Ich selbst aß in den dreißiger Jahren im »Fabrizio's« und sah, daß es eine Brutstätte kompromißloser Stalinisten war, die arglosen Leuten, die Pasta bestellt hatten, Blinis zu servieren versuchten. Zu sagen, daß die meisten Gäste nicht wußten, was in der Küche vor sich ging, ist absurd. Wenn jemand Scungilli bestellte und Blintze gereicht bekam, dann war doch ganz klar, was da lief. Die Wahrheit ist, die Intellektuellen zogen es einfach vor, den Unterschied nicht zu sehen. Ich speiste dort einmal mit Professor Gideon Cheops, dem ein komplettes russisches Menü serviert wurde, das aus Borschtsch, Huhn ›Kiew‹ und Halwa bestand – worauf er zu mir sagte: »Sind diese Spaghetti nicht köstlich?«

Prof. Quincy Mondragon
New York University

Fabian Plotnick antwortet:
Mr. Schmiederer gibt zu erkennen, daß er weder von Restaurantpreisen noch von den »Vier Quartetten« etwas versteht. Eliot war der Meinung, 7,50 Dollar für ein gutes Hühnchen Tetrazzini seien (ich zitiere aus einem Interview in der *Partisan Review*) »nicht unbillig«. Tatsächlich schreibt Eliot in »The Dry Salvages« gerade diesen Gedanken Krishna zu, wenn auch nicht genau mit diesen Worten.
Ich bin Dove Rapkin für seine Bemerkungen zur Kernfamilie dankbar, ebenso Professor Babcocke für seine scharfsinnige linguistische Analyse, obgleich ich seine Gleichung in Frage stellen und lieber das folgende Modell vorschlagen möchte:

a) einige Pastasorten sind Linguine

b) alle Linguine sind keine Spaghetti

c) alle Spaghetti sind keine Pasta, folglich sind alle Spaghetti Linguine.

Wittgenstein benutzte das obige Modell zum Beweis der Existenz Gottes, und Bertrand Russel benutzte es später, nicht nur um zu beweisen, daß Gott existiert, sondern auch, daß er Wittgenstein hat zu kurz wegkommen lassen.

Zum Schluß zu Professor Mondragon. Es stimmt, daß Spinelli in den dreißiger Jahren in der Küche des »Fabrizio's« arbeitete – vielleicht länger als er hätte sollen. Dennoch macht es ihm sicherlich Ehre, daß, als der berüchtigte Ausschuß zur Untersuchung Unamerikanischer Umtriebe ihn drängte, auf seinen Speisekarten die Formulierung »Schinken und Melone« in die politisch weniger heikle Benennung »Schinken und Feigen« umzuändern, er den Fall vor den Obersten Gerichtshof brachte und die mittlerweile berühmte Regelung erzwang: »Vorspeisen haben das Recht auf umfassenden Schutz durch den Ersten Satz der Menschenrechte«.

Die Vergeltung

Daß Connie Chasen meine verhängnisvolle Schwäche für sie im ersten Augenblick erwiderte, war ein Wunder ohnegleichen in der Geschichte von Central Park West. Groß, blond, mit hohen Wangenknochen, Schauspielerin, Gelehrte, Zauberin, unbestreitbar entfremdet, mit aggressivem, scharfsinnigem Witz begabt, der in seiner Anziehungskraft allein durch die laszive, schwüle Erotik in den Schatten gestellt wurde, die jede ihrer Rundungen ahnen ließ, war sie der konkurrenzlose Wunschtraum jedes jungen Mannes auf der Party. Daß sie auf mich verfiele, Harold Cohen, einen hageren, langnasigen, vierundzwanzigjährigen angehenden Dramatiker und Jammerer, war so unlogisch wie ein richtiger Schluß aus acht falschen Prämissen. Sicher, ich gehe gewandt mit der Pointe um und kann wohl ein Gespräch über viele verschiedene Themen in Gang halten, und doch war ich überrascht, daß dieses großzügig bemessene Geschöpf sich so schnell und vollständig auf meine mickrigen Gaben einlassen konnte.

»Du bist phantastisch«, sagte sie nach einem etwa einstündigen mitreißenden Gedankenaustausch zu mir, während wir an einem Bücherschrank lehnten und Valpolicella und Häppchen einwarfen. »Ich hoffe, du rufst mich mal an.«

»Dich anrufen? Ich würde gern auf der Stelle mit dir nach Hause gehen.«

»Na fabelhaft«, sagte sie und lächelte kokett. »Ehrlich gesagt habe ich gar nicht gedacht, ich machte Eindruck auf dich.«

Ich tat ganz gleichgültig, während das Blut durch meine Arterien auf voraussagbare Bestimmungsorte zu rollte. Ich wurde rot, eine alte Gewohnheit.

»Ich finde dich Spitze«, sagte ich, womit ich sie noch leuchtender zum Glühen brachte. Eigentlich war ich überhaupt nicht vorbereitet auf so eine plötzliche Einwilligung. Meine vom Wein befeuerte Dreistigkeit war ein Versuch gewesen, das Fundament für die Zukunft zu legen, so daß es, wenn ich wirklich auf ihr Boudoir anspielen würde, sagen wir, zu irgendeinem diskreten späteren Zeitpunkt, nicht ganz aus heiterem Himmel käme und irgendwelche leidvoll geknüpften platonischen Bande verletzte. Doch, zaghaft, schuldgeplagt, Schwarzmaler, der ich bin, diese Nacht mußte mir gehören. Connie Chasen und ich fühlten uns in einer Weise zueinander hingezogen, die nicht zu verleugnen war, und eine kleine Stunde später wanden wir uns in Ballettfiguren durch die Laken und vollführten mit totalem Gefühlsengagement die absurde Choreografie menschlicher Leidenschaft. Für mich war es die erotischste und befriedigendste Liebesnacht, die ich je erlebt hatte, und als sie hinterher entspannt und zufrieden in meinen Armen lag, dachte ich gründlich darüber nach, wie wohl das Schicksal mir seine unvermeidlichen Gegenforderungen abverlangen werde. Würde ich bald blind werden? Oder querschnittsgelähmt? Welchen gräßlichen Preis würde Harold Cohen zu blechen gezwungen sein, damit das Universum weiter seine harmonischen Runden zöge? Aber das sollte alles später kommen.

In den folgenden vier Wochen platzten keine Seifenblasen. Connie und ich erkundeten uns gegenseitig und freuten uns an jeder neuen Entdeckung. Ich fand sie temperamentvoll, aufregend und aufgeschlossen; ihre Phantasie war erfinderisch und ihre Bemerkungen gebildet und abwechlungsreich. Sie konnte über Novalis diskutieren und aus der Rigweda zitieren. Den Text jedes Liedes von Cole Porter wußte sie auswendig. Im Bett war sie unverkrampft und versuchsfreudig, ein echtes Kind der Zukunft. Auf der Minusseite mußte man schon kleinlich sein, um Fehler zu finden. Klar, sie konnte launenhaft sein wie eine kleine Göre. Im Restaurant änderte sie unweigerlich ihre Bestellung, und zwar immer viel später als es sich gehörte. Stets wurde sie wütend, wenn ich sie darauf hinwies, daß das dem Kellner oder Koch gegenüber nicht ausgesprochen nett sei. Ebenso wechselte sie jeden zweiten Tag ihre Diät; sie hing mit ganzem Herzen an einer und verwarf sie dann zugunsten irgendeiner neuen, neumodischen Theorie über das Abnehmen. Nicht daß sie auch nur im entferntesten zu viel gewogen hätte. Ganz im Gegenteil. Um ihre Figur hätte sie ein Vogue-Mannequin beneidet, und doch trieb sie ein Minderwertigkeitskomplex, der es mit dem Franz Kafkas aufnehmen konnte, in Ausbrüche quälender Selbstkritik. Wenn man sie so reden hörte, war sie ein pummeliges kleines Nichts, das kein Recht darauf hatte zu versuchen, eine Schauspielerin zu sein, und noch viel weniger, sich an Tschechow zu vergreifen. Meine Beteuerungen waren vorsichtig ermutigend, und ich ließ sie weiterplätschern, obgleich ich das Gefühl hatte, wenn Connies berückende Wirkung nicht aus meiner verzückten Freude über ihr Gehirn und ihren Körper ersichtlich würde, dann wäre alles Reden der Welt nicht überzeugend.

Im Laufe von etwa sechs Wochen einer herrlichen Romanze kam ihre Unsicherheit eines Tages in voller Größe zum Vorschein. Ihre Eltern wollten in Connecticut eine Grillparty veranstalten, und ich sollte endlich ihre Familie kennenlernen.

»Dad ist phantastisch«, sagte sie voll Verehrung, »und sieht phantastisch aus. Und Mom ist hübsch. Deine Eltern auch?«

»Hübsch würde ich nicht sagen«, gestand ich. Eigentlich hatte ich eine ziemlich vage Vorstellung vom körperlichen Äußeren meiner Familie, wobei mir die Verwandten von der Seite meiner Mutter wie etwas vorkamen, was normalerweise in Petrischalen gezogen wird. Ich war sehr streng gegen meine Familie, und wir neckten uns alle auch ständig gegenseitig und stritten uns, aber hingen aneinander. Wirklich, eine Nettigkeit war mein ganzes Leben lang nicht von den Lippen irgendeines Familienmitglieds gefallen, und ich nehme an, das geschah auch nicht, seit Gott seinen Bund mit Abraham geschlossen hatte.

»Meine Angehörigen streiten sich nie«, sagte sie. »Sie

trinken, sind aber wirklich höflich. Und Danny ist nett.« Ihr Bruder. »Ich meine, er ist komisch, aber lieb. Er schreibt Musik.«

»Ich freue mich, daß ich sie alle kennenlerne.«

»Ich hoffe, du verguckst dich nicht in meine kleine Schwester Lindsay.«

»Na klar.«

»Sie ist zwei Jahre jünger als ich und so gescheit und sexy. Jeder ist ganz verrückt nach ihr.«

»Klingt eindrucksvoll«, sagte ich. Connie streichelte mein Gesicht.

»Ich hoffe, du magst sie nicht lieber als mich«, sagte sie in halbwegs ernstem Ton, der ihr die Möglichkeit gab, dieser Furcht taktvoll Ausdruck zu geben.

»Ich würde mir keine Gedanken machen«, versicherte ich ihr.

»Nein? Drei heilige Eide?«

»Macht ihr beiden euch gegenseitig Konkurrenz?«

»Nein. Wir lieben uns. Aber sie hat ein Engelsgesicht und einen sinnlichen, rundlichen Körper. Sie geht nach Mom. Und sie hat einen wirklich irrsinnigen IQ und viel Sinn für Humor.«

»Du bist schön«, sagte ich und küßte sie. Aber ich muß zugeben, den Rest des Tages gingen mir Traumvorstellungen der einundzwanzigjährigen Lindsay Chasen nicht mehr aus dem Sinn. Gott im Himmel, dachte ich, was ist nur, wenn sie wirklich dieses Wunderkind ist? Was, wenn sie tatsächlich so unwiderstehlich ist, wie Connie sie beschreibt? Könnte ich mich vielleicht nicht doch verlieben? So wankelmütig wie ich bin – könnte nicht der süße Körperduft und das klingende Lachen eines sagenhaften angelsächsischen, protestantischen Mittelschichtskindes aus Connecticut mit dem Namen Lindsay – Lindsay auch noch! – diesen hingerissenen, doch nicht verpfändeten Kopf von Connie weg und neuem Unheil zuwenden? Schließlich kannte ich Connie erst seit sechs Wochen, und obwohl ich eine wundervolle Zeit mit dieser Frau erlebt hatte, so hatte sie mich doch wirklich noch nicht vor Liebe um meinen Verstand gebracht. Dennoch, Lindsay würde ganz schön verteufelt toll sein müssen, um in dem schwindelerregenden Getose aus Gekichere und Lust, das diese vergangenen Wochen zu so einem Festgelage gemacht hatte, ein kleines Wellengekräusel zu erregen.

An dem Abend schlief ich mit Connie, aber als ich einschlief, war es Lindsay, die durch meine Träume wanderte. Die süße kleine Lindsay, das bewundernswerte Phi-Beta-Kappa-Mädchen mit dem Gesicht eines Filmstars und dem Charme einer Prinzessin. Ich wälzte und drehte mich und wachte mitten in der Nacht mit einem seltsamen Gefühl der Erregung und Vorahnung auf.

Am Morgen legten sich meine Träume, und nach dem Frühstück machten Connie und ich uns mit Wein und Blumen im Gepäck nach Connecticut auf. Wir fuhren durch das herbstliche Land, hörten Vivaldi auf FM und tauschten unsere Beobachtungen über die »Feuilleton-und-Freizeit«-Beilage des Tages aus. Dann, Augenblikke, bevor wir durch das Haupttor des Chasen-Anwesens Lyme fuhren, fragte ich mich noch einmal, ob ich wohl drauf und dran sei, mich von dieser fabelhaften kleinen

Schwester aus der Fassung bringen zu lassen.

»Ist Lindsays Freund auch da?« fragte ich in forschendem, schuldersticktem Falsett.

»Sie haben Schluß gemacht«, erklärte Connie. »Lindsay verbraucht einen pro Monat. Sie ist eine Herzensbrecherin.« Hmm, dachte ich, zu allem anderen ist die junge Frau auch noch zu haben. Könnte sie wirklich aufregender als Connie sein? Mir schien das kaum glaublich, und doch versuchte ich, mich auf jede Eventualität vorzubereiten. Jede, natürlich bis auf die eine, die an dem frischen, klaren Sonntagnachmittag dann eintrat.

Connie und ich gingen hinüber zum Grillplatz, wo kräftig geschmaust und getrunken wurde. Ich lernte die Familie kennen, einen nach dem anderen, wie sie zwischen ihre eleganten, reizenden Grüppchen verteilt waren, und obgleich ihre Schwester Lindsay tatsächlich genauso war, wie Connie sie beschrieben hatte – hübsch, offenherzig, eine Freude, sich mit ihr zu unterhalten –, zog ich sie Connie nicht vor. Von den beiden fühlte ich mich nach wie vor von der älteren Schwester weit mehr hingerissen als von der einundzwanzigjährigen Vassar-Absolventin. Nein, die, an die ich an diesem Tage hoffnungslos mein Herz verlor, war keine andere als Connies bezaubernde Mutter, Emily.

Emily Chasen, fünfundfünfzig, mollig, sonnengebräunt, hinreißendes Pioniergesicht mit straff nach hinten gekämmtem ergrauendem Haar und runden, üppigen Kurven, die sich in makellosen Wölbungen kundtaten wie bei einem Brandcusi. Die attraktive Emily, deren imposantes unschuldiges Lächeln und ungeheures, aus der

Brust aufsteigendes Lachen sich vereinten, um unwiderstehliche Wärme und ein verführerisches Flair von ihr ausgehen zu lassen.

Was es für Protoplasma in dieser Familie gibt, dachte ich. Welche preiswürdigen Gene! Miteinander harmonisierende Gene obendrein, denn Emily Chasen schien mit mir genauso ungezwungen umzugehen wie ihre Tochter. Sie hatte deutlich Freude daran, sich mit mir zu unterhalten, und ich nahm ihre Zeit allein für mich in Anspruch und kümmerte mich nicht um die Bedürfnisse der anderen Gäste des Nachmittags. Wir sprachen über Fotografie (ihr Hobby) und Bücher. Sie las gerade mit großem Vergnügen ein Buch von Joseph Heller. Sie fand es lustig, und mit ihrem gewinnenden Lachen sagte sie, während sie mein Glas füllte: »Mein Gott, ihr Juden seid wirklich exotisch.« Exotisch? Sie sollte nur mal die Grünblatts kennenlernen. Oder Mr. und Mrs. Scharfstein, die Freunde meines Vaters. Oder vielleicht auch meinen Vetter Tovah. Exotisch? Ich meine, sie sind heikel, aber kaum exotisch mit ihrem endlosen Gezänk über die beste Art, Verdauungsstörungen zu bekämpfen, oder darüber, wie weit weg vom Fernseher man sitzen solle.

Emily und ich sprachen Stunden über Filme, erörterten meine Theaterhoffnungen und ihr neuerwachtes Interesse an der Herstellung von Collagen. Offensichtlich hatte diese Frau viele schöpferische und intellektuelle Bedürfnisse, die aus dem einen oder anderen Grund in ihr eingeschlossen blieben. Doch klar sichtbar war sie nicht unglücklich über ihr Leben, so wie sie und ihr Mann, John Chasen, eine ältere Spielart des Mannes, von dem man gern sein Flugzeug steuern ließe, wie verliebte Täubchen turtelten und tranken. Wirklich, im Vergleich zu meinen eigenen Eltern, die unbegreiflicherweise vierzig Jahre lang miteinander verheiratet waren (wahrscheinlich aus Trotz), erschienen Emily und John wie das Ehepaar aus dem Bilderbuch. Meine Familie konnte selbstverständlich ohne Beschuldigungen und Gegenbeschuldigungen unmittelbar vor der gegenseitigen Artilleriebeschießung noch nicht mal über das Wetter reden.

Als es Zeit wurde, nach Hause zu fahren, war ich recht bekümmert, und ich fuhr ab mit Träumen von Emily, die vollkommen von meinen Gedanken und Plänen beherrscht wurden.

»Sie sind doch lieb, nicht wahr?« fragte Connie, als wir in Richtung Manhattan rasten.

»Sehr«, stimmte ich bei.

»Ist Dad nicht unwiderstehlich? Er ist wirklich amüsant.«

»Hmm.« Ich mußte gestehen, ich hatte kaum zehn Sätze mit Connies Dad gewechselt.

»Und Mom sah heute phantastisch aus. Besser als lange schon. Sie hat mit Grippe krankgelegen.«

»Sie ist wirklich toll«, sagte ich.

»Ihre Fotos und Collagen sind sehr gut«, sagte Connie. »Ich wollte, Dad machte ihr mehr Mut, statt so altmodisch zu sein. Künstlerische Kreativität macht einfach keinen Eindruck auf ihn. Hat sie noch nie.«

»Zu schade«, sagte ich. »Ich hoffe, es ist für deine Mutter über all die Jahre nicht zu enttäuschend gewesen.«

»Aber ja«, sagte Connie. »Und Lindsay? Hast du dich

in sie verliebt?«

»Sie ist entzückend – aber nicht deine Klasse. Zumindest, wenn du mich fragst.«

»Ich bin erleichtert«, sagte Connie lachend und küßte mich leicht auf die Wange. Das himmelschreiende Miststück, das ich bin, konnte ich ihr natürlich nicht erzählen, daß es ihre unglaubliche Mutter war, die ich wiedersehen wollte. Ja selbst beim Fahren tickte und blinkte mein Verstand wie ein Computer voller Hoffnung, irgendeinen Plan auszuhecken, wie ich mehr Zeit für diese überwältigende, wundervolle Frau herausschinden könnte. Wenn man mich gefragt hätte, wohin das meiner Meinung nach führen sollte, ich hätte es wahrhaftig nicht sagen können. Ich wußte nur, als ich durch die kalte, nächtliche Herbstluft fuhr, daß irgendwo Freud, Sophokles und Eugen O'Neill ihre helle Freude hatten.

Die nächsten paar Monate über gelang es mir, Emily Chasen viele Male zu sehen. Normalerweise waren wir ganz unschuldig mit Connie zu dritt, wobei wir uns mit Emily in der Stadt trafen und in ein Museum oder Konzert gingen. Ein- oder zweimal machte ich mit ihr etwas allein, weil Conny zu tun hatte. Connie entzückte das – daß ihre Mutter und ihr Liebhaber so gute Freunde seien. Einmal oder zweimal richtete ich es so ein, daß ich »durch Zufall« auch dort aufkreuzte, wo Emily war, und erreichte so, daß ich mit ihr anscheinend unvorhergesehen einen Spaziergang machte oder Drinks nahm. Es war offenkundig, daß sie an meiner Gesellschaft Spaß hatte, da ich teilnehmend ihren künstlerischen Bestrebungen lauschte und herzlich über ihre Witze lachte. Wir sprachen über Musik und Literatur und das Leben, und meine Ansichten unterhielten sie durchweg köstlich. Es war auch offensichtlich, daß der Gedanke, mich als irgend etwas mehr als nur als neuen Freund zu betrachten, ihrem Bewußtsein nicht fern lag. Oder wenn, dann tat sie jedenfalls nie so als ob. Doch was konnte ich schon erwarten? Ich lebte mit ihrer Tochter zusammen. Lebte ehrbar mit jemandem in einer zivilisierten Gesellschaft zusammen, in der bestimmte Tabus beachtet werden. Was stellte ich mir schließlich eigentlich vor, was diese Frau sei? Irgendein verworfener Vamp aus dem deutschen Film, der den Liebhaber ihres eigenen Kindes verführt? Ehrlich, ich bin sicher, ich hätte allen Respekt vor ihr verloren, wenn sie Gefühle für mich gestanden oder sich irgendwie anders als unnahbar verhalten hätte. Und trotzdem war ich wahnsinnig vernarrt in sie. Das steigerte sich zu echtem Verlangen, und entgegen aller Logik betete ich um irgendeinen winzigen Fingerzeig, daß ihre Ehe doch nicht so vollkommen sei wie es schien, oder daß Emily, sollte sie auch widerstehen, sich unsterblich in mich verliebt hätte. Es gab Zeiten, da liebäugelte ich mit dem Gedanken, selber einen halbherzigen Angriff zu unternehmen, aber da formten sich vor meinem geistigen Auge Riesenüberschriften in der Regenbogenpresse, und ich zuckte entsetzt vor jeder Tat zurück.

In meiner Qual wünschte ich so dringend, ich könnte diese verworrenen Gefühle Connie offen und ehrlich auseinandersetzen und beim Ordnen dieses qualvollen Durcheinanders von ihr Hilfe erhoffen, aber ich fühlte, das führte nur zu einem Blutbad. Und statt mich männlich und aufrichtig zu benehmen, schnupperte ich wie ein Frettchen nach Winken und Zeichen herum, aus denen ich Emilys Gefühle mir gegenüber erschließen könnte.

»Ich bin mit deiner Mutter in der Matisse-Ausstellung gewesen«, sagte ich eines Tages zu Connie.

»Ich weiß«, sagte sie, »Es hat ihr großartig gefallen.«

»Sie ist eine beneidenswerte Frau. Scheint glücklich zu sein. Eine gute Ehe.«

»Ja.« Pause.

»Also, äh – hat sie irgendwas zu dir gesagt?«

»Sie sagte, ihr zwei hättet hinterher ein phantastisches Gespräch gehabt. Über ihre Fotografien.«

»Ja, richtig.« Pause. »Sonst noch was? Über mich? Ich meine, ich hatte das Gefühl, ich könnte ihr vielleicht auf die Nerven gehen.«

»Lieber Gott, nein. Sie betet dich an.«

»Ja?«

»Danny verbringt mehr und mehr Zeit mit Dad, da sieht sie dich halt irgendwie als einen Sohn an.«

»Ihren Sohn?!« sagte ich erschüttert.

»Ich denke, sie hätte gern einen Sohn gehabt, der so interessiert an ihrer Arbeit ist wie du. Ein echter Kamerad. Mehr dem Geistigen zugeneigt als Danny. Ein bißchen einfühlsamer ihren künstlerischen Bedürfnissen gegenüber. Ich denke, du erfüllt diese Rolle für sie.«

An dem Abend war ich miserabel gelaunt, und während ich mit Connie zu Hause vor dem Fernseher saß, sehnte sich mein Körper wieder schmerzlich danach, sich in leidenschaftlicher Zärtlichkeit gegen diese Frau zu drücken, die mich offenbar als nichts Gefährlicheres betrachtete denn als ihren Sohn. Oder doch nicht? War das nicht bloß eine vage Vermutung Connies? Könnte Emily nicht hingerissen sein, wenn sie dahinterkäme, daß ein Mann, viel jünger als ihrer, sie schön und sexy und bezaubernd finde und sich danach sehne, mit ihr eine Affäre zu haben, die etwas ganz anderes wäre als eine unbestimmte Sohnbeziehung? Bestand nicht die Möglichkeit, daß eine Frau in ihrem Alter, besonders eine, deren Mann nicht übermäßig empfänglich für ihre tiefsten Empfindungen war, die Aufmerksamkeit eines leidenschaftlichen Bewunderers willkommen hieße? Und könnte ich nicht vielleicht, in meiner kleinbürgerlichen Vergangenheit befangen, zu viel Wesens um den Umstand machen, daß ich mit ihrer Tochter zusammenlebte? Schließlich kommen merkwürdigere Dinge vor. Sicherlich unter Temperamenten, die mit tieferer künstlerischer Inbrunst begabt sind. Ich mußte die Angelegenheit lösen und endlich einen Schlußstrich unter diese Gefühlsregungen setzen, die die Ausmaße einer Zwangsvorstellung angenommen hatten. Die Situation forderte einen zu schweren Tribut von mir, und es war Zeit, daß ich handelte oder mir die Sache aus dem Kopf schlug. Ich beschloß zu handeln.

Vergangene erfolgreiche Feldzüge legten mir sogleich die geeignete Marschroute nahe. Ich würde sie ins »Trader Vic's« lotsen, diese dämmrige, narrensichere polynesische Vergnügungshöhle, wo es dunkle, verheißungsvolle Winkel in Hülle und Fülle gab und trügerisch milde Rumdrinks die wilde Lust aus ihrem Kerker freiließen. Ein paar Mai Tais, und es liefe wie gehabt. Eine Hand auf das Knie. Ein plötzlicher ungestümer Kuß. Ineinander verschlungene Finger. Der Wunderfusel würde seinen verläßlichen Zauber tun. Er hatte mich in der Vergangenheit noch nie im Stich gelassen. Selbst wenn das arglose Opfer mit hochgezogenen Augenbrauen zurückzuckte, konnte man sich mit Anstand aus der Affäre ziehen, indem man alles der Wirkung dieses Inselgebräus zuschob.

»Verzeih mir«, konnte ich mich herausreden, »ich bin einfach so bedudelt von dem Zeug. Ich weiß gar nicht, was ich tue.«

Ja, die Zeit für höflichen Schnickschnack sei vorbei, dachte ich mir. Ich bin in zwei Frauen verliebt, kein so schrecklich ungewöhnliches Problem. Daß sie zufällig Mutter und Tochter sind? Eine desto größere Herausforderung! Langsam wurde ich hysterisch. Doch von so glühender Zuversicht ich in dem Augenblick auch war, ich muß zugeben, daß sich die Dinge schließlich nicht ganz wie geplant ereigneten. Klar, wir verzogen uns eines kalten Februarnachmittags ins »Trader Vic's«. Wir sahen auch einander in die Augen und wurden poetisch angesichts des Lebens, während wir riesige, schaumig-weiße Gesöffe in uns reinkippten, in denen winzige hölzerne, in Ananaswürfel gepiekte Sonnenschirmchen schwammen – aber hier hörte es auch auf. Und das tat es, weil ich trotz der Freisetzung meiner unedleren Triebe fühlte, das werde Connie total vernichten. Am Ende war es mein eigenes Schuldbewußtsein – oder genauer, meine Rückkehr zur Vernunft –, die mich daran hinderte, die besagte Hand auf Emily Chasens Bein zu legen und meinen finsteren Begierden freien Lauf zu lassen. Daß ich mir plötzlich vor Augen führte, ich sei nur ein verrückter Schwärmer, der in Wahrheit Connie liebe und es niemals darauf ankommen lassen dürfe, sie auf irgendeine Weise zu verletzen, brachte mich zur Strecke. Ja, Harold Cohen war ein viel konventionellerer Typ, als er uns glauben machen wollte. Und viel verliebter in seine Freundin, als er Lust hatte zuzugeben. Diese Schwärmerei für Emily Chasen mußte abgeheftet und vergessen werden. So schmerzlich es vielleicht auch wäre, meine Regungen gegenüber Connies Mom unter Kontrolle zu bringen – Vernunft und bescheidene Rücksichtnahme würden den Vorrang haben.

Nach einem wunderschönen Nachmittag, dessen krönender Abschluß das wilde Küssen von Emilys ansehnlichen und einladenden Lippen hätte sein sollen, ließ ich die Rechnung kommen und machte Schluß mit der Geschichte. Lachend gingen wir in das leichte Schneetreiben hinaus, und als ich sie an ihren Wagen gebracht hatte, sah ich ihr nach, wie sie sich in Richtung Lyme auf den Weg machte. Ich dagegen kehrte nach Hause zu ihrer Tochter zurück, mit einem neuen, tieferen Gefühl der Wärme für diese Frau, die nächtens das Bett mit mir teilte. Das Leben ist wirklich verworren, dachte ich. Die Gefühle sind so unvorhersehbar. Wie schafft das jemand, vierzig Jahre verheiratet zu sein? Das, scheint's, hat mehr von einem Wunder als die Teilung des Roten Meeres, obwohl mein Vater in seiner Naivität diese für die bedeutendere Leistung hält. Ich küßte Connie und gestand ihr die Tiefe meiner Zuneinung. Sie antwortete darauf. Wir schliefen miteinander.

Überblendung, wie es beim Film heißt, auf ein paar

Monate später. Connie ist nicht mehr in der Lage, mit mir zu schlafen. Und warum? Ich selber habe es dahin gebracht, wie der tragische Held eines griechischen Schauspiels. Unser Sex begann vor Wochen, ganz allmählich nachzulassen.

»Was ist los?« fragte ich. »Hab ich was verkehrt gemacht?«

»Lieber Gott, nein, es liegt nicht an dir. Teufel nochmal.«

»Was dann? Sag's mir.«

»Ich habe einfach keine Lust dazu«, sagte sie. »Müssen wir denn *jede* Nacht?« Dieses ›jede Nacht‹, worauf sie anspielte, war in Wirklichkeit nur ein paar Nächte pro Woche und bald noch weniger.

»Ich kann nicht«, sagte sie schuldbewußt, wenn ich versuchte, sie in Stimmung zu bringen. »Du weißt doch, ich mach 'ne schlechte Zeit durch.«

»Was für eine schlechte Zeit?« fragte ich ungläubig. »Hast du noch jemand anderen?«

»Natürlich nicht.«

»Liebst du mich?«

»Ja. Ich wollte, ich tät's nicht.«

»Was dann? Warum dieses Abwenden? Und wird's nicht besser, wird's noch schlimmer.«

»Ich kann nicht mit dir schlafen«, gestand sie mir eines Nachts. »Du erinnerst mich an meinen Bruder.«

»Bitte?«

»Du erinnerst mich an Danny. Frag mich nicht, warum.«

»An deinen Bruder? Du machst doch einen Witz!«

»Nein.«

»Aber er ist ein dreiundzwanzigjähriger blonder protestantischer Angelsachse, der in der Anwaltspraxis deines Vaters arbeitet, und ich erinnere dich an ihn?«

»Es ist, als ginge ich mit meinem Bruder ins Bett«, weinte sie.

»Okay, okay, weine nicht, Wir kriegen das schon hin. Ich muß ein paar Aspirin nehmen und mich hinlegen. Ich fühl mich nicht gut.« Ich preßte die Hände auf meine pochenden Schläfen und tat, als wäre ich total von den Socken, aber mir war natürlich klar, daß meine starke Beziehung zu ihrer Mutter mich von Connie aus gesehen in gewisser Weise in die Bruderrolle gedrängt hatte. Das Schicksal übte Vergeltung. Qualen sollte ich leiden wie Tantalus, nur Zentimeter entfernt von Connie Chasens anmutigem, sonnengebräuntem Körper, doch außerstande, sie anzufassen, ohne aus ihr zumindest vorderhand die klassische Verwünschung »Ach Quatsch!« hervorzulocken. Bei der undurchschaubaren Rollenverteilung, die sich in allen unseren Gefühlsdramen ereignet, war ich plötzlich zum Geschwisterchen geworden.

Verschiedene Stadien des Schmerzes kennzeichneten die nächsten Monate. Zunächst der Schmerz, im Bett zurückgewiesen zu werden. Dann, daß wir uns sagten, der Zustand sei vorübergehend. Damit einher ging ein Versuch meinerseits, verständig zu sein, geduldig zu sein. Ich erinnerte mich, einmal im College nicht imstande gewesen zu sein, es mit einer aufregenden Mieze, mit der ich mich verabredet hatte, zu treiben, weil irgendeine undefinierbare Drehung ihres Kopfes mich an meine Tante

Rifka erinnerte. Dieses Mädchen war viel hübscher gewesen als die karnickelgesichtige Tante aus meiner Kinderzeit, aber die Vorstellung, mit der Schwester meiner Mutter zu schlafen, zerstörte den Augenblick unwiderruflich. Ich wußte, was Connie durchmachte, und dennoch steigerte und festigte sich meine sexuelle Frustration von ganz allein. Nach einer gewissen Zeit suchte sich meine Selbstbeherrschung in sarkastischen Bemerkungen Luft zu machen, und später in einem Gelüst, das Haus abzubrennen. Trotzdem versuchte ich nach wie vor, nicht unüberlegt zu handeln, mich aus dem Sturm der Unvernunft zu retten und zu erhalten, was in jeder anderen Hinsicht nach wie vor ein gutes Verhältnis zu Connie war. Mein Vorschlag an sie, einen Analytiker aufzusuchen, stieß auf taube Ohren, denn nichts war ihrer protestantisch-englischen Erziehung fremder als die jüdische Wissenschaft aus Wien.

»Schlaf mit anderen Frauen. Was soll ich sonst sagen?« schlug sie vor.

»Ich möchte nicht mit anderen Frauen schlafen. Ich liebe dich.«

»Und ich liebe dich. Das weißt du. Aber ich kann nicht mit dir ins Bett gehen.« Ich war wirklich nicht der Typ, der in der Gegend herumschlief, denn trotz meiner Traumepisode mit Connies Mutter hatte ich Connie nie hintergangen. Klar, ich hatte normale Wunschträume über mir zufällig begegnende Frauen – diese Schauspielerin, jene Stewardeß, irgendeine großäugige Studentin –, doch nie wäre ich meiner Geliebten untreu geworden. Und nicht etwa, weil ich das nicht hätte können. Bestimmte Frauen, mit denen ich in Berührung kam, waren ziemlich geradezu, um nicht zu sagen raubgierig gewesen, aber ich hatte Connie die Treue gehalten; und doppelt sogar in dieser quälenden Zeit ihres Unvermögens. Natürlich kam es vor, daß ich Emily wiederbegegnete, die ich nach wie vor mit oder ohne Connie auf unschuldige, kameradschaftliche Weise traf, doch war mir klar, daß die Funken zu schüren, die zu löschen ich mich erfolgreich bemüht hatte, nur jedermann ins Unglück führen würde.

Das heißt nicht, daß Connie treu war. Nein, die traurige Wahrheit ist, sie war bei zumindest mehreren Gelegenheiten fremden Tücken unterlegen und hatte heimlich mit Schauspielern und Autoren geschlafen.

»Was soll ich deiner Meinung nach sagen?« weinte sie eines Nachts früh um drei, als ich sie im Gewirr einander widersprechender Ausreden ertappt hatte. »Ich mach's bloß, um mich zu vergewissern, daß ich nicht irgendso eine Mißgeburt bin. Daß ich immer noch imstande bin, mit jemandem zu schlafen.«

»Du bist also imstande, mit jedem zu schlafen, außer mir«, sagte ich wütend bei dem Gefühl, mir geschehe Unrecht.

»Ja. Du erinnerst mich an meinen Bruder.«

»Ich will diesen Blödsinn nicht mehr hören.«

»Ich hab dir ja gesagt, du sollst mit anderen Frauen schlafen.«

»Das habe ich noch nicht versucht, aber es sieht ja so aus, als müßte ich's.«

»Bitte. Tu's. Es ist ein Fluch«, schluchzte sie.

Es war wahrhaftig ein Fluch. Denn wenn zwei Menschen sich lieben und wegen einer geradezu komischen Verirrung gezwungen sind, sich zu trennen, was könnte es da sonst noch sein? Daß ich es selbst dahin gebracht hatte durch die enge Beziehung zu ihrer Mutter, war nicht zu leugnen. Vielleicht war es meine verdiente Strafe dafür, daß ich dachte, ich könne Emily Chasen verführen und in mein Bett ziehen, nachdem ich mich schon mit ihrem Fleisch und Blut ausgetobt hatte.

Die Sünde der Selbstüberhebung vielleicht. Ich, Harold Cohen, der Selbstüberhebung schuldig. Ein Mensch, der sich nie einer höheren Gattung als der der Nagetiere zugeordnet hatte, angeprangert wegen Selbstüberhebung? Zu hart, um sich's gefallen zu lassen. Und doch trennten wir uns. Genau gesagt, wir blieben Freunde und gingen jeder seiner eigenen Wege. Sicher, nur zehn Querstraßen lagen zwischen unseren Wohnungen, und jeden zweiten Tag sprachen wir miteinander, aber unsere Beziehung war perdu. Da, und erst da begann ich mir klarzuwerden, wie sehr ich Connie wirklich verehrt hatte. Zwangsläufig steigerten akute Anfälle von Niedergeschlagenheit und Angst meine proustischen Qualen. Ich rief mir alle schönen Augenblicke, die wir zusammen erlebt hatten, in Erinnerung, unsere exzeptionellen Betterlebnisse, und in der Einsamkeit meiner großen Wohnung weinte ich. Ich versuchte, zu Rendezvous zu gehen, aber wiederum zwangsläufig erschien mir alles flach. Alle die kleinen Discomäuse und Sekretärinnen, die durch das Schlafzimmer stolzierten, ließen mich kalt, schlimmer noch als ein Abend allein mit einem guten

Buch. Die Welt erschien mir wirklich schal und unersprießlich, ein durchaus öder, grauser Ort, bis ich eines Tages die erstaunliche Nachricht erhielt, Connies Mutter habe ihren Mann verlassen und ließe sich scheiden. Stell dir das vor, dachte ich, während mein Herz zum ersten Mal seit Äonen schneller als normal schlug. Meine Eltern zanken sich wie Montagues und Capulets und bleiben ihr ganzes Leben beisammen. Und Connies Leute nippen an Martinis, hängen mit wahrer Höflichkeit einander und lassen sich peng! scheiden.

Was ich nun zu tun hatte, war klar. »Trader Vic's«. Nun konnte es keine lähmenden Hindernisse mehr auf unserem Wege geben. Obwohl es ja ein wenig peinlich wäre, weil ich Connies Liebhaber gewesen war, so gab es doch keine der unüberwindlichen Schwierigkeiten der Vergangenheit mehr. Wir waren jetzt zwei freie, selbständige handelnde Menschen. Meine schlummernden Gefühle für Emily Chasen, die immer geglimmt hatten, entbrannten aufs neue. Mag sein, daß eine grausame Schicksalsverkettung mein Verhältnis zu Connie zerstörte, aber nichts würde mich davon abhalten, die Mutter zu erobern.

Auf dem Gipfel meiner ungeheuren Selbstüberhebung im Sparformat rief ich Emily an und verabredete mich mit ihr. Drei Tage darauf saßen wir eng nebeneinander in der Dunkelheit meines polynesischen Lieblingsrestaurants, und von drei Bahias enthemmt schüttete sie mir ihr Herz über das Ableben ihrer Ehe aus. Als sie zu der Stelle kam, daß sie sich nach einem neuen Leben mit weniger Einschränkungen und mehr schöpferischen Möglichkeiten umsähe, küßte ich sie. Ja, sie war verdutzt, aber sie schrie nicht. Sie wirkte überrascht, aber ich gestand ihr meine Gefühle für sie und küßte sie nochmal. Sie schien verwirrt, aber lief nicht außer sich vom Tisch weg. Beim dritten Kuß wußte ich, sie werde nachgeben. Sie teilte meine Gefühle. Ich nahm sie mit in meine Wohnung, und wir schliefen miteinander. Am nächsten Morgen, als die Wirkung des Rums verflogen war, sah sie immer noch großartig aus, und wir schliefen noch einmal miteinander.

»Ich möchte, daß du mich heiratest«, sagte ich, und meine Augen wurden glasig vor Entzücken.

»Doch nicht wirklich«, sagte sie.

»Ja«, sagte ich. »Ich gebe mich mit nichts geringerem zufrieden.« Wir küßten uns und frühstückten unter Lachen und Pläneschmieden. Am selben Tag noch brachte ich die Neuigkeit Connie bei, auf einen Schlag gefaßt, der gar nicht kam. Ich hatte alle möglichen Reaktionen erwartet, vom höhnischen Gelächter bis hin zur unverhohlenen Wut, aber die Wahrheit war, Connie nahm es mit bezaubernder Gelassenheit auf. Sie selber führte ein rühriges, geselliges Leben, war mit mehreren attraktiven Männern zu sehen und hatte großes Interesse an der Zukunft ihrer Mutter gezeigt, als die Frau geschieden worden war. Und plötzlich war ein junger Ritter aufgetaucht, der für die reizende Dame sorgen wollte. Ein Ritter, der noch immer eine nette, freundschaftliche Beziehung zu Connie unterhielt. Es war ein Glücksfall auf der ganzen Linie. Connies Schuldgefühl darüber, mich durch die Hölle gejagt zu haben, würde sich geben. Emily wäre glücklich. Ich wäre glücklich. Ja, Connie nahm das alles mit der gleichmütigen, aufgeräumten Gelassenheit hin, die ihrer Erziehung entsprach.

Meine Eltern wiederum liefen augenblicklich ans Fenster ihrer Wohnung im zehnten Stock und stritten sich darüber, wer als erster rausspringt.

»Sowas hab ich ja noch nie gehört«, jammerte meine Mutter, während sie ihr Kleid zerriß und mit den Zähnen knirschte.

»Er ist verrückt. Du Idiot. Du bist meschugge«, sagte mein Vater und sah bleich und niedergeschlagen aus.

»A finfundfinfzickjährige Schickse?!« kreischte meine Tante Rose, nahm den Brieföffner und hielt ihn sich vor ihre Augen.

»Ich liebe sie«, protestierte ich.

»Sie ist mehr als zweimal so alt wie du«, schrie Onkel Louie.

»Na und?«

»So schickt sich das nicht«, schrie mein Vater, die Tora zitierend.

»Die Mutter seiner Freundin will er heiraten?« kläffte Tante Tillie, als sie bewußtlos zu Boden sank.

»Finfundfinfzick und 'ne Schickse«, zeterte meine Mutter und suchte jetzt nach einer Kapsel Zyankali, die sie eben für solche Gelegenheiten aufgehoben hatte.

»Was sind die denn, Mun-Leute?« fragte Onkel Louie. »Haben sie ihn hypnotisiert?!«

»Idiot! Schwachkopf!« schrie Dad.

Tante Tillie kam wieder zu Bewußtsein, starrte mich an, erinnerte sich, wo sie war, und kippte wieder um. In der entferntesten Ecke lag Tante Rose auf ihren Knien und stimmte »Sch'ma Yisroel« an.

»Gott wird dich strafen, Harold«, schrie mein Vater. »Gott wird dir die Zunge am Gaumen festkleben, und all dein Vieh und Gesinde sollen sterben, und ein Zehntel deiner ganzen Ernte soll verdorren und ...«

Aber ich heiratete Emily und keiner brachte sich um. Emilys drei Kinder nahmen dran teil und ungefähr ein Dutzend Freunde. Wir feierten in Connies Wohnung, und der Champagner floß in Strömen. Meine Familie konnte nicht, weil ein früher gegebenes Versprechen, ein Lamm zu opfern, Vorrang hatte. Wir tanzten und machten Witze miteinander, und der Abend war fabelhaft. Irgendwann fand ich mich mit Connie allein im Schlafzimmer wieder. Wir neckten uns und tauschten Erinnerungen an unsere Beziehung aus, an ihre Aufs und Abs, und wie sehr ich mich einmal sexuell zu ihr hingezogen gefühlt hatte.

»Das war sehr schmeichelhaft«, sagte sie herzlich.

»Na schön, ich konnte es nicht mit der Tochter hinschaukeln, dafür habe ich eben die Mutter gekriegt.« Als nächstes wurde mir klar, daß Connie ihre Zunge in meinem Mund hatte. »Was zum Teufel machst du denn?« sagte ich und schaltete auf Rückwärtsgang. »Bist du betrunken?«

»Du machst mich verrückt, du glaubst nicht, wie«, sagte sie und zog mich aufs Bett runter.

»Was ist denn in dich gefahren? Bist du nymphomanisch?« sagte ich und stand auf, aber unleugbar erregt durch ihre plötzliche Leidenschaftlichkeit.

»Ich muß mit dir schlafen. Wenn nicht jetzt, dann

bald«, sagte sie.

»Mit mir? Harold Cohen? Dem Jungen, der mit dir gelebt hat? Und dich geliebt hat? Der nicht mehr an dich rankam, nicht mal auf Riechweite, bloß weil ich eine Spielart von Danny wurde? Auf mich bist du geil? Dein Brudersymbol?«

»Es ist doch 'ne ganz neue Situation«, sagte sie und drückte sich eng an mich. »Daß du Mom geheiratet hast, hat dich zu meinem Vater gemacht.« Sie küßte mich wieder und sagte, kurz bevor sie zu der Fete zurückging: »Mach dir keine Gedanken, Dad, es wird genügend Gelegenheiten geben.«

Ich saß auf dem Bett und starrte aus dem Fenster in den unendlichen Raum. Ich dachte an meine Eltern und überlegte, ob ich das Theater aufgeben und wieder zur Rabbischule zurückgehen solle. Durch die halb geöffnete Tür sah ich Connie und Emily, beide lachten und plauderten mit den Gästen, und wie ich da so übriggeblieben rumsaß, eine schlappe, zusammengesunkene Gestalt, war alles, was ich vor mich hinmurmeln konnte, ein uralter Ausspruch meines Großvaters, der lautete: »Oi weh!«

Wer ist er? Wie ist er? Wie ernst ist es, komisch zu sein – und wie ernst ist es ihm? Was Sie schon immer über Woody Allen wissen wollten, erzählt Eric Lax in diesem Buch.

Eric Lax
WOODY ALLEN
Wie ernst es ist, komisch zu sein
Aus dem Amerikanischen von
Benjamin Schwarz
272 Seiten, 28 Abbildungen.

Keine Star-Biographie, ein Werkstattbericht. 30 Jahre Woody Allen: Wie alles anfing, wie Woody Allen Gags, Sketche für andere Entertainer schrieb, wie er selbst zum erstenmal auf der Bühne stand. Wie er seine ersten Filme dreht. Wie Komik entsteht: Sätze, Dialoge, Gesten und Szenen, die uns zum Lachen und Nachdenken bringen. Was Komik in Woody Allens Augen bewirken kann. Wie Woody Allen arbeitet und wie er lebt. Was er davon, von sich und seinem Publikum hält. Darüber berichtet dieses Buch. *Allen über Allen und Allen aus erster Hand:* Mit einer Fülle von Dokumenten, frühen Sketches, Gags, Aphorismen und Filmskript-Szenen, die am Schneidetisch geopfert wurden, ergänzt Eric Lax sein Porträt des »Stadtneurotikers, Moralisten, Hofnarren der modernen Kultur, Oscarpreisträgers, Jazzmusikers, Juden, Szenaristen und Regisseurs« (Cohn-Bendit).

Rogner & Bernhard

R&B

Woody Allen
Ohne Leit kein Freud

Aus dem Amerikanischen von
Benjamin Schwarz

Rogner & Bernhard

Umschlagfoto Brian Hamill, Photo Reporters Inc., New York

Titel der Originalausgabe: Without Feathers

Teile des Werkes wurden zuerst von *The New Yorker* veröffentlicht.
Die Aufführungsrechte für die Stücke »Tod« und »Gott«
liegen bei Samuel French Inc., New York
Diese Ausgabe erscheint in Zusammenarbeit mit
Random House, Inc., New York

Satz: Max Vornehm, München
Druck: Mohndruck Graphische Betriebe GmbH, Gütersloh
Printed in Germany
ISBN 3 8077 0127 3

Inhalt

"Hope is the thing with feathers . . ."

Emily Dickinson

Aus Allens Notizbüchern

Das Folgende sind Auszüge aus Woody Allens bisher geheimem persönlichem Tagebuch, das posthum oder nach seinem Tode veröffentlicht werden soll, je nachdem, was eher eintritt.

Die Nacht hinter mich zu bringen, wird immer schwieriger. Gestern abend hatte ich das beunruhigende Gefühl, ein paar Männer versuchten, in mein Zimmer einzubrechen, um mich zu shampoonieren. Warum nur? Immerzu bildete ich mir ein, ich sähe Schattengestalten, und um drei Uhr morgens ähnelte meine Unterwäsche, die ich über einen Stuhl gehängt hatte, dem Kaiser auf Rollschuhen. Als ich endlich einschlief, hatte ich wieder denselben gräßlichen Alptraum, in dem bei einer Tombola ein Murmeltier mir meinen Preis streitig zu machen versucht. Verzweiflung.

Ich glaube, meine Schwindsucht ist schlimmer geworden. Mein Asthma auch. Das Keuchen kommt und geht, und mir wird immer öfter schwindelig. Ich habe jetzt auch heftige Würgeanfälle und Schwächegefühle. Mein Zimmer ist feucht, und dauernd habe ich Schüttelfrost und Herzklopfen. Ich habe auch festgestellt, daß ich keine Servietten mehr habe. Will es denn niemals enden?

Idee für eine Geschichte: Ein Mann wacht auf und entdeckt, daß sein Papagei zum Landwirtschaftsminister ernannt worden ist. Er vergeht vor Eifersucht und erschießt sich, aber unglücklicherweise ist die Pistole so eine, wo eine kleine Fahne mit dem Wort »Peng« rausgeflutscht kommt. Die Fahne piekt ihm ein Auge aus, und er bleibt am Leben – ein geläuterter Mensch, der zum erstenmal die einfachen Freuden des Lebens genießt, wie den Acker zu pflügen und auf einem Luftschlauch zu sitzen.

Überlegung: Warum tötet der Mensch? Er tötet, um zu essen. Und nicht bloß, um zu essen: oft muß es auch was zu trinken sein.

Ob ich W. heirate? Nicht, wenn sie mir nicht auch die anderen Buchstaben ihres Namens sagt. Und was ist mit ihrer Karriere? Wie kann ich eine Frau von ihrer Schönheit darum bitten, das Preisboxen aufzugeben? Entscheidungen ...

Schon wieder habe ich versucht, Selbstmord zu begehen – diesmal, indem ich mir die Nase anfeuchtete und sie in die Steckdose steckte. Unglücklicherweise gab's einen Kurzschluß in der Leitung, und ich flog bloß gegen den

Kühlschrank. Weiterhin von Todesgedanken gequält, grüble ich fortwährend nach. Ich frage mich beständig, ob es ein Leben nach dem Tode gibt, und wenn es eins gibt, werden sie in der Lage sein, einen Zwanziger zu wechseln?

Heute lief ich bei einer Beerdigung meinem Bruder in die Arme. Wir hatten uns fünfzehn Jahre nicht gesehen, aber wie gewöhnlich zog er eine Schweinsblase aus seiner Tasche und fing an, mir damit auf den Kopf zu hauen. Die Zeit hat mir geholfen, ihn besser zu verstehen. Ich begreife endlich, daß er seine Äußerung, ich sei »irgendso ein ekelhafter Wurm, der bloß zum Ausrotten geschaffen sei«, mehr aus Mitleid als aus Wut getan hat. Seien wir ehrlich: er war immer viel gescheiter als ich – witziger, gebildeter, besser erzogen. Warum er immer noch bei McDonald's arbeitet, ist mir ein Rätsel.

Idee für eine Geschichte: Ein paar Biber übernehmen die Carnegie Hall und führen *Wozzeck* auf. (Heißes Thema. Wie werde ich es gliedern?)

Guter Gott, warum fühle ich mich so schuldig? Etwa, weil ich meinen Vater haßte? Wahrscheinlich war's die Sache mit dem Kalbsgulasch. Na ja, was suchte das aber auch in seiner Brieftasche? Wenn ich auf ihn gehört hätte, hätte ich mein Leben lang Hüte gepreßt. Ich höre ihn noch heute: »Hüte pressen – das ist die Hauptsache.« Ich erinnere mich an seine Antwort, als ich ihm sagte, daß ich dichten wolle. »Die einzige Dichtung, die du machen wirst, wirst du mit einem Uhu zuwegebringen.« Ich habe immer noch keine Ahnung, was er meinte. Was war er für ein trauriger Mann! Als mein erstes Stück, *Eine Zyste für Guste,* auf dem Gymnasium aufgeführt wurde, kam er in Frack und Gasmaske zur Premiere.

Heute sah ich einen rotgelben Sonnenuntergang und dachte: Wie unbedeutend bin ich doch! Natürlich dachte ich das gestern auch, und da hat's geregnet. Mich überkam Ekel vor mir selbst, und ich dachte wieder an Selbstmord – diesmal wollte ich direkt neben einem Versicherungsvertreter tief einatmen.

Kurzgeschichte: Ein Mann wacht am Morgen auf und stellt fest, daß er in seine eigene Plattfußeinlage verwandelt ist. (Dieser Einfall kann auf vielen Ebenen durchgearbeitet werden. Psychologisch gesehen ist er der Grundgedanke Krügers, des Freud-Schülers, der die Sexualität des Schinkenspecks entdeckte.)

Wie unrecht Emily Dickinson hatte! Die Hoffnung ist nicht »das Etwas mit Federn«. Das Etwas mit Federn hat sich als mein Neffe entpuppt. Ich muß zu einem Spezialisten in Zürich mit ihm.

Ich habe mich entschlossen, meine Beziehung zu W. abzubrechen. Sie begreift meine Schriftstellerei nicht und sagte gestern abend, meine *Kritik der metaphysischen Realität* erinnere sie an *Airport.* Wir zankten uns, und sie brachte wieder das Thema Kinder an, aber ich überzeugte sie, daß die zu jung wären.

Glaube ich an Gott? Bis zu Mutters Unfall tat ich es. Sie fiel auf einen Fleischklops, der ihr die Milz durchbohrte. Sie lag monatelang im Koma, zu nichts anderem imstande, als mit einem imaginären Hering »Granada« zu singen. Warum mußte diese Frau in der Blüte ihres Lebens so leiden – weil sie in ihrer Jugend dem Althergebrachten zu trotzen wagte und mit einer braunen Papiertüte auf dem Kopf heiratete? Und wie kann ich an Gott glauben, wenn sich erst letzte Woche meine Zunge in der Walze einer elektrischen Schreibmaschine verheddert hat? Zweifel plagen mich. Was ist, wenn alles bloß Illusion ist und nichts existiert? In dem Fall habe ich entschieden zuviel für meinen Teppich bezahlt. Wenn Gott mir doch irgendein klares Zeichen geben würde! Wie zum Beispiel, bei einer Schweizer Bank eine großzügige Einzahlung auf meinen Namen zu machen.

Trank mit Melnick Kaffee. Er erzählte mir von seiner Idee, alle Regierungsbeamten wie Hühner zu kleiden.

Idee für ein Stück: Eine Figur nach dem Vorbild meines Vaters, aber ohne die so stark hervorstechende große Zehe. Er wird zur Sorbonne geschickt, um Mundharmonika zu studieren. Am Ende stirbt er, ohne je seinen großen Traum zu verwirklichen – bis zur Taille in Soße zu sitzen. (Ich sehe einen brillanten Schluß für den zweiten Akt vor mir, wo zwei Zwerge in einer Ladung Fußbällen auf einen abgetrennten Kopf stoßen.)

Während meines Mittagsspaziergangs hatte ich wieder

Todesgedanken. Was *ist* das denn am Tod, was mich so beunruhigt? Wahrscheinlich die Todesstunde. Melnick sagt, die Seele ist unsterblich und lebt weiter, nachdem der Leib abgefallen ist, aber wenn meine Seele ohne meinen Körper existiert, dann bin ich überzeugt, daß ihr alle meine Sachen zu weit sein werden. Na ja, was soll's ...

Brauchte mit W. nicht zu brechen, denn wie es das Glück wollte, brannte sie mit einem echten Feuerschlukker vom Zirkus nach Finnland durch. Das ist die beste Lösung, nehme ich an, obwohl ich schon wieder so einen Anfall hatte, wo ich anfange, aus den Ohren zu husten.

Gestern abend habe ich alle meine Theaterstücke und Gedichte verbrannt. Als ich mein Meisterstück, *Dunkler Pinguin*, verbrannte, fing ironischerweise mein Zimmer Feuer, und jetzt bin ich Gegenstand einer Klage von irgendwelchen Leuten namens Pinchunk und Schlosser. Kierkegaard hatte recht.

Übersinnliche Erscheinungen – bei Licht betrachtet

Ganz ohne Frage gibt es eine Welt des Unsichtbaren. Das Problem ist, wie weit ist sie vom Stadtzentrum weg und wie lange hat sie offen? Unerklärliche Dinge ereignen sich ständig. Einer sieht Gespenster. Ein anderer hört Stimmen. Ein dritter wacht auf und stellt fest, daß er beim Epsom Derby mitläuft. Wie viele von uns haben nicht das eine oder andere Mal eine eiskalte Hand hinten im Genick gespürt, als sie allein zu Hause waren? (Ich nicht, gottseidank, aber viele haben's.) Was steckt hinter diesen Erlebnissen? Oder davor, nicht zu vergessen? Ist es wahr, daß einige Menschen die Zukunft voraussehen oder mit Geistern in Verbindung treten können? Und ist es nach dem Tode noch möglich zu duschen?

Glücklicherweise werden diese Fragen zu übersinnlichen Phänomenen in einem bald erscheinenden Buch beantwortet: *Buh!* von Dr. Osgood Mulford Twelge, dem bekannten Parapsychologen und Professor für Ektoplasma an der Columbia University. Dr. Twelge hat eine einzigartige Geschichte übernatürlicher Ereignisse zusammengetragen, von der Gedankenübertragung bis hin zu dem bizarren Erlebnis zweier Brüder in ganz verschiedenen Teilen der Erde, von denen einer ein Bad nahm, worauf der andere plötzlich sauber wurde. Was folgt, ist lediglich eine Probe der berühmtesten Fälle Dr. Twelges mit seinen Kommentaren dazu.

Geistererscheinungen

Am 16. März 1882 wurde Mr. J. C. Dubbs mitten in der Nacht wach und sah seinen Bruder Amos, der schon vierzehn Jahre tot war, am Fußende seines Bettes sitzen und Hühnchen rupfen. Dubbs fragte seinen Bruder, was er da tue, und sein Bruder sagte, er solle sich keine Gedanken machen, er sei tot und bloß zum Wochenende in der Stadt. Dubbs fragte seinen Bruder, wie es in der »anderen Welt« sei, und sein Bruder sagte, es sei so ähnlich wie in Cleveland. Er sagte, er sei zurückgekehrt, um Dubbs eine Botschaft zu überbringen, die laute, ein dunkelblauer Anzug und karierte Socken seien ein gewaltiger Mißgriff.

In dem Augenblick kam Dubbs' Dienstmädchen herein und sah Dubbs mit »einem formlosen milchigen Nebel« reden, der sie, sagte sie, an Amos Dubbs erinnert habe, jedoch ein wenig hübscher gewesen sei. Schließlich bat der Geist Dubbs, ihn bei einer Arie aus *Faust* zu begleiten, die die beiden mit großer Inbrunst sangen. Als es dämmerte, verschwand der Geist durch die Wand, und Dubbs, der ihm zu folgen versuchte, brach sich das Nasenbein.

Dies scheint ein klassischer Fall des Phänomens Geistererscheinung zu sein, und wenn man Dubbs glauben darf, kam der Geist noch einmal wieder und brachte Mrs. Dubbs dazu, sich von einem Stuhl in die Luft zu erheben und zwanzig Minuten über dem Eßtisch zu schweben, bis sie in die Soße fiel. Es ist interessant zu bemerken, daß Geister die Neigung haben, schadenfroh zu sein, was der englische Mystiker A.F. Childe auf ihr ausgeprägtes Minderwertigkeitsgefühl zurückführt, das sie haben, weil sie tot sind. »Erscheinungen« sind oft mit Personen verknüpft, die auf ungewöhnliche Weise zu Tode kamen. Amos Dubbs zum Beispiel war unter mysteriösen Umständen gestorben, als ein Bauer ihn aus Versehen zusammen mit ein paar Rüben auspflanzte.

Geistesabwesenheit

Mr. Albert Sykes berichtet folgendes Erlebnis: »Ein paar Freunde und ich saßen bei ein paar Keksen beisammen, als ich fühlte, wie mein Geist meinen Körper verließ und telefonieren ging. Aus irgendwelchen Gründen rief er die Moskowitz-Fiberglas-Gesellschaft an. Dann kehrte mein Geist in meinen Körper zurück und blieb ungefähr zwanzig Minuten, immer in der Hoffnung, niemand werde vorschlagen, Kreuzworträtsel zu lösen. Als die Unterhaltung zu Investitionsgeschäften überging, verschwand er wieder und spazierte in der Stadt herum. Ich bin davon überzeugt, daß er die Freiheitsstatue besichtigte und sich dann die Bühnenshow in der Radio City Music Hall ansah. Danach fuhr er zu Benny's Steakhaus und machte eine Rechnung von achtundsechzig Dollar. Dann entschloß sich mein Geist, in meinen Körper zurückzukehren, bekam aber einfach kein Taxi. Schließlich lief er die Fifth Avenue hoch und stieß gerade rechtzeitig wieder zu mir, um noch die Spätnachrichten mitzukriegen. Ich konnte feststellen, daß er wieder in meinen Körper einzog, weil ich plötzlich einen Schauder fühlte und eine Stimme sagte: ›Ich bin wieder da. Reichst du mir bitte mal die Rosinen rüber?‹

Dieses Wunder ist mir seitdem verschiedentlich widerfahren. Einmal fuhr mein Geist auf ein Wochenende nach Miami, und einmal wurde er eingesperrt, weil er versuchte, bei Macy's rauszugehen, ohne für einen Schlips zu bezahlen. Das vierte Mal war es wirklich mein Körper, der meinen Geist verließ, aber er handelte sich bloß eine Abreibung ein und kam gleich wieder.«

Geistesabwesenheit war um 1910 sehr verbreitet, als viele »Geister« auf der Suche nach dem amerikanischen Konsulat ziellos in Indien herumgewandert sein sollen. Das Phänomen ist der Transsubstantiation ganz ähnlich, dem Vorgang, bei dem eine Person plötzlich unsichtbar und woanders auf der Welt wieder sichtbar wird. Das ist keine üble Art zu reisen, auch wenn man gewöhnlich eine halbe Stunde aufs Gepäck warten muß. Der erstaunlichste Transsubstantiationsfall war der von Sir Arthur Nurney, der mit einem hörbaren »Pop« verschwand, als er gerade ein Bad nahm, und plötzlich bei den Streichern im Wiener Symphonischen Orchester auftauchte. Dort blieb er siebenundzwanzig Jahre als Erster Geiger, obwohl er bloß »Horch, was kommt von draußen rein« spielen konnte, und eines Tages verschwand er unerwartet mitten in Mozarts Jupiter-Symphonie und kreuzte im Bett bei Winston Churchill auf.

Das Zweite Gesicht

Mr. Fenton Allentuck schildert uns den folgenden prophetischen Traum: »Ich ging um Mitternacht schlafen und träumte, ich spielte mit einem Teller Schnittlauch eine Partie Whist. Plötzlich wechselte der Traum, und ich sah meinen Großvater, der gerade mitten auf der Straße, wo er mit einer Kleiderpuppe Walzer tanzte, von einem Lastwagen überfahren wurde. Ich versuchte zu schreien, aber als ich den Mund öffnete, kam als einziger Ton Glockenläuten heraus, und mein Großvater wurde überfahren.

Ich wachte schweißgebadet auf und lief zu meinem Großvater und fragte ihn, ob er vorhabe, mit einer Kleiderpuppe Walzer zu tanzen. Er sagte, natürlich nicht, obwohl er im Sinn gehabt habe, als Schafhirt aufzutreten, um seine Feinde zu foppen. Erleichtert ging ich heim und erfuhr später, der alte Herr sei auf einem Geflügelsalat-Brötchen ausgerutscht und vom Chrysler Building runtergefallen.«

Prophetische Träume sind zu verbreitet, als daß sie als reiner Zufall abgetan werden könnten. Hier träumt ein Mensch vom Tode eines Verwandten, und er tritt ein. Nicht jeder hat das Glück. J. Martinez aus Kennebunkport, Maine, träumte, er habe in der Irischen Lotterie gewonnen. Als er erwachte, schwamm sein Bett bereits auf hoher See.

Trance

Der Skeptiker Sir Hugh Swiggles berichtet von einem interessanten Erlebnis bei einer spiritistischen Sitzung:

> Wir besuchten Madame Reynaud, das bekannte Medium, wo wir alle angewiesen wurden, uns um einen Tisch zu setzen und bei den Händen zu fassen. Mr. Weeks konnte sich das Kichern nicht verkneifen, und Madame Reynaud schmetterte ihm eine Tafel mit Geisterschrift auf den Kopf. Das Licht wurde ausgeknipst, und Madame Reynaud versuchte, Verbindung mit Mrs. Marples Gatten aufzunehmen, der in der Oper gestorben war, als sein Bart Feuer fing. Das Folgende ist eine genaue Abschrift:
>
> MRS. MARPLE: Was sehen Sie?
> MEDIUM: Ich sehe einen Mann mit blauen Augen und einem Windrädchen am Hut.
> MRS. MARPLE: Das ist mein Mann!
> MEDIUM: Sein Name ist ... Robert. Nein ... Richard ...
> MRS. MARPLE: Quincy.
> MEDIUM: Quincy. Ja, genau!
> MRS. MARPLE: Was sehen Sie noch?
> MEDIUM: Er hat eine Glatze, legt sich aber normaler-

weise ein paar Blätter auf den Kopf, damit es niemand merkt.

MRS. MARPLE: Ja! Genau!

MEDIUM: Aus irgendeinem Grund hat er was in der Hand ... ein Eisbein.

MRS. MARPLE: Mein Geburtstagsgeschenk an ihn. Können Sie ihn sprechen lassen?

MEDIUM: Sprich, Geist. Sprich!

QUINCY: Claire, hier spricht Quincy.

MRS. MARPLE: O Quincy, Quincy!

QUINCY: Wie lange läßt du Hühnchen im Ofen, wenn du sie brätst?

MRS. MARPLE: Diese Stimme! Das ist er!

MEDIUM: Bitte alle konzentrieren!

MRS. MARPLE: Quincy, behandelt man dich gut?

QUINCY: Nicht schlecht, bloß dauert's vier Tage, bis die Wäsche aus der Reinigung kommt.

MRS. MARPLE: Quincy, vermißt du mich?

QUINCY: Was? O ... ääh ... sicher. Sicher, Kleines. Jetzt muß ich aber gehen ...

MRS. MARPLE: Ich verliere ihn ... Er schwindet ...

Ich fand, diese Séance könne die strengsten Glaubwürdigkeitsprüfungen bestehen, mit der geringfügigen Einschränkung, daß unter Madame Reynauds Kleid ein Tonbandgerät gefunden wurde.

Es besteht kein Zweifel, daß bestimmte, bei spiritistischen Sitzungen aufgenommene Vorkommnisse echt sind. Wer erinnert sich nicht des berühmten Vorfalls bei

Sibyl Seretsky, als ihr Goldfisch »I got Rhythm« sang – ein Lieblingslied ihres vor kurzem verstorbenen Neffen? Aber mit Toten in Kontakt zu treten, ist im besten Falle schwierig, weil die meisten Verstorbenen ungern laut sprechen, und die, die es tun, drucksen anscheinend erst herum, ehe sie zur Sache kommen. Der Autor hat mit eigenen Augen gesehen, wie ein Tisch in die Höhe schwebte, und Dr. Joshua Fleagle von der Harvard University wohnte einer spiritistischen Sitzung bei, in der ein Tisch nicht nur in der Luft schwebte, sondern sich entschuldigte und nach oben schlafen ging.

Hellsehen

Einer der erstaunlichsten Fälle von Hellseherei ist der des bekannten griechischen Spiritisten Achille Londos. Londos bemerkte etwa im Alter von zehn Jahren, daß er »ungewöhnliche Fähigkeiten« habe, weil er im Bett liegen und durch Konzentration seinem Vater die falschen Zähne aus dem Mund hopsen lassen konnte. Als der Mann einer Nachbarin schon drei Wochen vermißt wurde, sagte Londos, man solle doch mal im Ofen nachsehen, wo der Mann mit einem Strickzeug gefunden wurde. Londos konnte sich auf das Gesicht eines Menschen konzentrieren und das Bild zwingen, auf normalem Kodakfilm zu erscheinen; trotzdem gelang es ihm anscheinend nie, jemanden zum Lächeln zu bringen.

1964 wurde er hinzugezogen, um der Polizei zu helfen, den »Würger von Düsseldorf« zu fassen, einen Unhold, der stets eine überbackene Cassata auf der Brust seiner

Opfer zurückließ. Londos brauchte nur an einem Taschentuch zu riechen, und schon führte er die Polizei zu Siegfried Lenz, einem Faktotum an einer Schule für taube Puten, der sagte, er sei der Würger und ob er bitteschön sein Taschentuch wiederhaben könne.

Londos ist nur einer von vielen mit hellseherischen Fähigkeiten. C.N. Jerome, das Medium aus Newport, Rhode Island, behauptet, er könne jede Spielkarte erraten, an die ein Eichhörnchen denkt.

Weissagen

Zum Schluß kommen wir zu Aristonidis, dem Grafen aus dem 16. Jahrhundert, dessen Prophezeiungen noch heute auch die größten Skeptiker verblüffen und verwirren. Typische Beispiele sind:

»Zwei Nationen werden in den Krieg ziehen, aber nur eine gewinnt.«

(Fachleute meinen, wahrscheinlich beziehe sich das auf den Russisch-Japanischen Krieg von 1904/05 – eine erstaunliche Bravourleistung an Prophezeiung, wenn man bedenkt, daß sie schon 1540 gemacht wurde.)

»Ein Mann in Istanbul läßt seinen Hut pressen und bekommt ihn kaputt zurück.«

(Abu Hamid, ein ottomanischer Krieger, schickte 1860 seine Haube zum Reinigen und bekam sie fleckig zurück.)

»Ich sehe eine große Persönlichkeit, die eines Tages ein Kleidungsstück für die Menschheit erfinden wird, das beim Kochen zum Schutz über den Hosen getragen wird. Es wird ›Schurz‹ oder ›Schützer‹ genannt werden.«

(Aristonidis meinte natürlich die Schürze.)

»In Frankreich wird ein Führer auftreten. Er wird sehr klein sein und großes Unheil stiften.«

(Das ist entweder eine Anspielung auf Napoleon oder auf Marcel Lumet, einen Zwerg im 18. Jahrhundert, der ein Komplott anzettelte, Voltaire mit Sauce Béarnaise zu beschmieren.)

»In der Neuen Welt wird es eine Gegend namens Kalifornien geben, und ein Mann namens Joseph Cotten wird berühmt werden.«

(Keine Erklärung nötig.)

Ein Führer durch einige der unbedeutenderen Ballette

Dmitri

Das Ballett beginnt in einem Vergnügungspark. Man sieht Erfrischungsbuden und Karussells. Fröhlich buntgekleidet tanzen und lachen viele Leute zur Begleitung von Flöten und Schalmeien, während die Posaunen in einer tieferen Tonart spielen, um anzudeuten, daß bald die Erfrischungen zu Ende und alle tot sein werden.

Über den Jahrmarktsplatz wandert ein hübsches Mädchen namens Natascha, das traurig ist, weil sein Vater zum Kämpfen nach Khartoum geschickt wurde und dort kein Krieg ist. Ihm folgt Leonid, ein junger Student, der zu schüchtern ist, um Natascha anzusprechen, ihr aber jeden Abend einen gemischten grünen Salat vor die Tür stellt. Natascha ist von dem Geschenk gerührt und wünscht sich, sie könnte dem Mann begegnen, der ihn ihr schickt, besonders, weil sie die ordinäre Tunke haßt und lieber Roquefortsoße hätte.

Die beiden stoßen zufällig aufeinander, als Leonid beim Versuch, ein Liebesbriefchen an Natascha zu verfassen, aus dem Riesenrad fällt. Sie hilft ihm auf, und die beiden tanzen einen pas de deux, wonach Leonid versucht, Eindruck auf sie zu machen, indem er die Augen rollt, bis er zur Erste-Hilfe-Station getragen werden muß. Leonid entschuldigt sich überschwenglich und schlägt vor, zum Zelt Nr. 5 zu bummeln und sich ein Puppentheater anzusehen – eine Aufforderung, die bei Natascha die Idee bestärkt, daß sie es mit einem Idioten zu tun hat.

Das Puppentheater ist jedoch bezaubernd, und eine große lustige Puppe namens Dmitri verliebt sich in Natascha. Sie bemerkt, daß er, obwohl er nur aus Sägemehl besteht, eine Seele hat, und als er vorschlägt, sich als Mr. und Mrs. John Doe in einem Hotel einzumieten, ist sie entzückt. Sie tanzen einen pas de deux, obwohl sie eben schon einen pas de deux getanzt hat und wie ein Ochse schwitzt. Natascha gesteht Dmitri ihre Liebe und schwört, daß sie beide immer zusammenbleiben werden, auch wenn der Mann, der Dmitris Drähte bewegt, in einer Hängematte im Salon wird schlafen müssen.

Beleidigt darüber, für eine Puppe verlassen zu werden, schießt Leonid auf Dmitri, der jedoch nicht stirbt, sondern auf dem Dach der Handelsbank erscheint und großspurig eine Flasche Wick VapoRub austrinkt. Die Handlung wird undurchsichtig, und große Freude kommt auf, als sich Natascha den Schädel bricht.

Das Opfer

Ein melodisches Vorspiel schildert des Menschen Verhältnis zur Erde und warum er anscheinend schließlich immer in ihr begraben wird. Der Vorhang öffnet sich auf eine weite urzeitliche Einöde, bestimmten Teilen von New Jersey nicht unähnlich. Männer und Frauen sitzen in getrennten Gruppen und fangen dann an zu tanzen, aber sie haben keine Ahnung, warum, und setzen sich bald wieder hin. Kurz darauf kommt ein junger Mann in der Blüte seiner Jahre herein und tanzt eine Hymne an das Feuer. Plötzlich entdeckt man, daß er in Flammen steht, und nachdem er gelöscht ist, schleicht er davon. Jetzt wird die Bühne dunkel, und der Mensch fordert die Natur heraus – eine aufregende Begegnung, während der die Natur in den Hintern gebissen wird, mit dem Resultat, daß die nächsten sechs Monate die Temperatur nie über 13 Grad minus steigt.

Die zweite Szene beginnt, und der Frühling ist immer noch nicht da, obwohl schon Ende August ist und niemand ganz genau weiß, wann die Uhren auf die Sommerzeit umgestellt werden müssen. Die Alten des Stammes kommen zusammen und beschließen, die Natur mit dem Opfer eines jungen Mädchens zu besänftigen. Eine Jungfrau wird ausgewählt. Ihr werden drei Stunden Zeit gegeben, sich am Stadtrand einzufinden, wo, wie ihr gesagt wird, ein Würstchen-Grillfest stattfindet. Als das Mädchen am Abend erscheint, fragt sie, wo all die Frankfurter geblieben sind. Ihr wird von den Alten befohlen, sich zu Tode zu tanzen. Sie fleht um Mitleid und sagt ihnen, daß sie keine so gute Tänzerin sei. Die Dorfbewohner bestehen darauf, und als die Musik sich unbarmherzig steigert, dreht sich das Mädchen wie wahnsinnig im Kreise und entwickelt eine solche Fliehkraft, daß ihre Silberplomben quer über ein Fußballfeld fliegen. Alle freuen sich, aber zu früh, denn nicht nur bleibt der Frühling aus, sondern zwei von den Alten bekommen auch eine Vorladung wegen Steuerhinterziehung.

Der Zauberspruch

Die Ouvertüre beginnt frohgelaunt im Blech, während darunter die Kontrabässe uns zu warnen scheinen: »Hört nicht auf das Blech. Was zum Teufel weiß schon das Blech?« Bald darauf geht der Vorhang auf, und wir sehen Prinz Sigmunds Schloß, herrlich in seiner Pracht und mietpreisgebunden. Es ist der 21. Geburtstag des Prinzen, aber er wird ganz verzagt, als er seine Geschenke auspackt, weil sich herausstellt, daß es meistens Pyjamas sind. Nacheinander machen ihm seine alten Freunde seine Aufwartung, und er grüßt sie mit Handschlag oder einem Klaps auf den Po, je nachdem, wie herum sie stehen. Mit seinem besten Freund, Wolfschmidt, schwelgt er in Erinnerungen, und sie geloben sich, wenn einer von ihnen eine Glatze bekommen sollte, werde der andere ein Toupet tragen. Das Ensemble tanzt zur Einstimmung auf die Jagd, bis Sigmund sagt: »Welche Jagd denn?« Keiner weiß es genau, aber das Festgelage ist zu weit fortgeschritten, und als die Rechnung kommt, gibt es eine Menge Ärger.

Vom Leben angeödet, tanzt Sigmund zum Ufer des Sees hinunter, wo er vierzig Minuten auf sein makelloses Spiegelbild starrt, ärgerlich darüber, daß er sein Rasierzeug nicht mitgebracht hat. Plötzlich hört er Flügelschlagen, und ein Schwarm wilder Schwäne fliegt über den Mond hin, biegt in die erste Querstraße rechts ein und nimmt wieder Kurs auf den Prinzen. Sigmund ist überrascht, als er sieht, daß der Anführer halb Schwan, halb Frau ist – unglücklicherweise in der Länge geteilt. Sie bezaubert Sigmund, der darauf achtet, daß er keine Vogelwitze reißt. Die beiden tanzen einen pas de deux, der endet, als Sigmund sich den Rücken ausrenkt. Yvette, die Schwanenfrau, erzählt Sigmund, daß sie unter einem Bann steht, den ein Zauberer namens Von Epps ihr auferlegt hat, und daß es wegen ihres Äußeren fast unmöglich ist, einen Bankkredit zu kriegen. In einem besonders schwierigen Solo erklärt sie, in der Sprache des Tanzes, daß es nur dann möglich ist, den Fluch Von Epps' von ihr zu nehmen, wenn ihr Geliebter zur Büroschule geht und Steno lernt. Das ist Sigmund ein grauenhafter Gedanke, aber er schwört, daß er es tun wird. Mit einemmal taucht Von Epps in Gestalt der schmutzigen Wäsche von gestern auf und zaubert Yvette und sich weg. Damit endet der erste Akt.

Als der zweite Akt anfängt, ist eine Woche vergangen, und der Prinz soll gerade mit Justine verheiratet werden, einer Frau, die er vollkommen vergessen hatte. Sigmund wird von widerstreitenden Gefühlen hin- und hergerissen, weil er immer noch die Schwanenfrau liebt, aber Justine auch sehr schön ist und keine größeren Nachteile wie Federn oder Schnabel hat. Justine umtanzt Sigmund verführerisch, der zu überlegen scheint, ob er an der Heirat festhalten oder Yvette finden und dann sehen soll, ob die Ärzte nicht irgendwas machen können. Die Becken lärmen los, und Von Epps, der Große Zauberer, tritt auf. Eigentlich war er zur Hochzeit nicht eingeladen, aber er verspricht, nicht viel zu essen. Wutentbrannt zieht Sigmund das Schwert und sticht Von Epps ins Herz. Das wirft einen Schatten auf die Party, und Sigmunds Mutter befiehlt dem Küchenchef, ein paar Minuten zu warten, ehe das Roastbeef aufgetragen wird.

Unterdessen hat Wolfschmidt auf Sigmunds Geheiß die vermißte Yvette gefunden – keine schwere Aufgabe, erklärt er, »denn wie viele Leute halb Frau, halb Schwan hängen schon in Hamburg rum?« Trotz Justines Flehen eilt Sigmund zu Yvette. Justine rennt ihm nach und küßt ihn, als das Orchester einen Mollakkord spielt und wir bemerken, daß Sigmund sein Trikot verkehrt herum anhat. Yvette weint und erklärt, die einzige Möglichkeit für sie, den Zauber zu bannen, sei zu sterben. In einer der bewegendsten und schönsten Passagen aller Ballette überhaupt rennt sie mit ihrem Kopf gegen eine Ziegelmauer. Sigmund sieht, wie ihr Körper sich von einem toten Schwan zu einer toten Frau verwandelt, und wird gewahr, wie bittersüß das Leben sein kann, besonders für das Federvieh. Gramzerfetzt beschließt er, ihr zu folgen, und verschluckt nach einem zierlichen Trauertanz seine Hanteln.

Die Raubgierigen

Dieses berühmte elektronische Ballett ist vielleicht das dramatischste des ganzen modernen Tanzes. Es beginnt mit einer Ouvertüre aus Geräuschen von heute – Straßenlärm, tickende Uhren, einem Zwerg, der »Hora Staccato« auf einem Kamm und Seidenpapier spielt. Der Vorhang öffnet sich dann auf eine leere Bühne. Mehrere Minuten passiert gar nichts, schließlich fällt der Vorhang und es gibt eine Pause.

Der zweite Akt beginnt in absoluter Stille, während ein paar junge Männer hereintanzen und so tun, als wären sie Insekten. Der Anführer ist eine gemeine Hausfliege, wogegen die anderen verschiedenen Gartenschädlingen ähneln. Sie bewegen sich graziös zu der schrillen Musik, auf der Suche nach einem gigantischen Butterbrötchen, das langsam im Hintergrund auftaucht. Sie wollen es gerade essen, da werden sie von einem Aufzug von Weibchen unterbrochen, die eine große Dose »Fliegentod« bei sich haben. Von Panik erfaßt, versuchen die Männchen zu entwischen, aber sie werden in Drahtkäfige gesperrt, ohne daß sie was zu lesen bekommen. Die Weibchen tanzen orgiastisch um die Käfige herum und rüsten sich dazu, die Männchen in dem Augenblick zu verschlingen, wo sie ein bißchen Sojasoße auftreiben können. Während die Weibchen sich aufs Essen vorbereiten, bemerkt ein junges Mädchen ein einsames Männchen mit schlappen Fühlern. Sie fühlt sich zu ihm hingezogen, und die beiden tanzen langsam zu Waldhörnern, während er ihr ins Ohr flüstert: »Friß mich nicht!« Sie verlieben sich ineinander und machen eingehende Pläne für einen Hochzeitsflug, aber das Weibchen ändert ihren Sinn und frißt das Männchen, weil sie lieber mit einer Freundin in die neue Wohnung zieht.

Ein Tag im Leben eines Hirsches

Unerträglich liebliche Musik ist zu hören, als der Vorhang aufgeht, und wir sehen einen Wald an einem Sommernachmittag. Ein Faun tanzt herein und knabbert träge an ein paar Blättern. Faul läßt er sich durch das zarte Laubwerk treiben. Bald fängt er an zu husten und fällt tot um.

Die Schriftrollen

Wissenschaftler werden sich erinnern, daß vor mehreren Jahren ein Schafhirt beim Herumwandern am Golf von Akaba zufällig auf eine Höhle stieß, die mehrere große Tonkrüge und zwei Eintrittskarten für das Eisballett enthielt. In den Krügen wurden sechs Pergamentrollen mit alter unverständlicher Schrift entdeckt, die der Schafhirt in seiner Unwissenheit für 750000 Dollar pro Stück ans Museum verkaufte. Zwei Jahre später tauchten die Krüge in einer Pfandleihe in Philadelphia auf. Ein Jahr darauf tauchte der Schafhirt in einer Pfandleihe in Philadelphia auf, und auf beide erhob niemand Anspruch.

Ursprünglich setzten die Archäologen das Entstehungsdatum der Rollen bei 4000 v. Chr. an, oder sofort nach der Abschlachtung der Israeliten durch ihre Wohltäter. Der Text ist eine Mischung aus Sumerisch, Aramäisch und Babylonisch und scheint entweder von einem einzigen über eine lange Zeitspanne hin niedergeschrieben worden zu sein oder von mehreren, die nacheinander denselben Anzug trugen. Die Echtheit der Rollen unterliegt gegenwärtig großem Zweifel, besonders weil das Wort »Volkswagen« mehrere Male im Text erscheint, und die wenigen Fragmente, die endlich übersetzt worden sind, behandeln vertraute religiöse Themen in einer mehr als zweifelhaften Weise. Dennoch hat der Grabungsexperte A.H. Bauer bemerkt, daß, obwohl die Fragmente kompletter Schwindel zu sein scheinen, es sich bei ihnen wahrscheinlich um den bedeutendsten archäologischen Fund der Geschichte handelt, wenn man von der Wiederentdeckung seiner Manschettenknöpfe in einem Jerusalemer Grab absieht. Es folgen die übersetzten Fragmente.

Eins ... Und der Herr machte eine Wette mit Satan, Jobs Treue auf die Probe zu stellen, und der Herr schlug ihn, für Job aus keinem ersichtlichen Grund, auf den Kopf und wiederum aufs Ohr und stieß ihn in eine dicke Soße, um zu machen, daß Job klebrig und eklig sei, und dann tötete Er den zehnten Teil von Jobs Herde, und Job rief aus: »Warum tötest du meine Herde? Vieh ist schwer zu bekommen. Nun bin ich knapp an Vieh und weiß nicht einmal mehr genau, was Vieh ist.« Und der Herr zog zwei steinerne Tafeln hervor und schmetterte sie zusammen, und Jobs Nase war dazwischen. Da Jobs Weib dieses sah, weinte sie, und der Herr sandte einen Engel der Barmherzigkeit, der polierte ihr den Kopf mit einem Poloschläger, und von den zehn Plagen schickte der Herr die Nummern eins bis sechs inklusive, und Job ward sauer und sein Weib böse, und sie zerriß ihre Tracht, so gab es Zwietracht um die Mieterhöhung, weil sie nicht renovieren wollte.

Und alsbald verdorrten Jobs Weiden und seine Zunge klebte ihm am Gaumen fest, also konnte er das Wort »Weihrauch« nicht aussprechen, ohne daß er furchtbar lachen mußte.

Und als der Herr einst seine Zerstörungswut an seinem getreuen Knecht ausließ, kam Er ihm zu nahe und Job packte ihn im Genick und sagte: »Aha! Jetzt habe ich dich! Warum reitest du Job so auf den Nerven rum, was? Was? Rede!«

Und der Herr sprach: »Äh, sieh mal – das ist mein Genick, was du gepackt hast ... Könntest du mich loslassen?«

Job aber zeigte kein Mitleid und sagte: »Es ging mir sehr gut, bis du vorbeikamst. Ich hatte Myrrhe und Feigenbäume im Überfluß und einen bunten Rock mit zwei Paar bunten Hosen. Sieh dir das jetzt an.«

Und der Herr redete und seine Stimme donnerte: »Muß ich, der Himmel und Erde schuf, dir meine Wege erklären? Was hast du geschaffen, daß du mich zu verhören wagst?«

»Das ist keine Antwort«, sagte Job, »und als einem, der für allmächtig gehalten wird, laß mich dir sagen, Tabernakel wird bloß mit einem l geschrieben.« Dann fiel Job auf seine Knie und schrie zum Herrn: »Dein ist das Reich und die Macht und die Herrlichkeit. Du hast einen guten Job. Vermassel ihn dir nicht.«

Zwei... Und Abraham erwachte in der Mitte der Nacht und sprach zu seinem einzigen Sohn, Isaak: »Ich habe einen Traum gehabt, in dem die Stimme des Herrn sagte, daß ich meinen einzigen Sohn opfern solle, also zieh dir deine Hosen an.« Und Isaak zitterte und sprach: »Und was sagtest du da? Ich meine, als Er die ganze Sache zur Sprache brachte?«

»Nu, was soll ich fragen?« sagte Abraham. »Ich stehe da um zwei Uhr nachts in meinen Unterhosen vor dem Schöpfer des Universums. Sollte ich streiten?«

»Also, hat Er gesagt, warum Er mich geopfert haben will?« fragte Isaak seinen Vater.

Aber Abraham sagt: »Die Gläubigen fragen nicht. Laß uns jetzt gehen, denn morgen habe ich einen schweren Tag.«

Und Sarah, die von Abrahams Absicht hörte, wurde ärgerlich und sprach: »Weißt du denn, daß es der Herr war und nicht, sagen wir, dein Freund, der derbe Scherze liebt, denn der Herr haßt derbe Scherze, und wer immer auch jemanden durch den Kakao zieht, soll in die Hände seiner Feinde geliefert werden, ob sie die Zustellung bezahlen können oder nicht.« Und Abraham antwortete: »Weil ich weiß, es war der Herr. Es war eine tiefe, klangvolle, melodische Stimme, und niemand in der ganzen Wüste kann sie so zum Dröhnen bringen.«

Und Sarah sprach: »Und du bist willens, diese sinnlose Tat auszuführen?« Aber Abraham sagte zu ihr: »Offen gesagt, ja; denn das Wort des Herrn in Frage zu stellen, ist das schlimmste, was jemand tun kann, besonders bei der gegenwärtigen wirtschaftlichen Lage.«

Und also brachte er Isaak an einen gewissen Ort und bereitete sich vor, ihn zu opfern. Aber im letzten Augenblick hielt der Herr Abrahams Hand auf und sprach: »Wie konntest du solches tun?«

Und Abraham sprach: »Aber du hast doch gesagt ...«

»Kümmer dich nicht darum, was ich gesagt habe«, sprach der Herr. »Hörst du auf jede verrückte Idee, die dir über den Weg läuft?« Und Abraham schämte sich: »Äh – nicht richtig ... nein.«

»Ich mache aus Spaß den Vorschlag, daß du Isaak opferst, und du rennst sofort los und tust es.«

Und Abraham fiel auf seine Knie: »Sieh doch, ich weiß nie, wann du Spaß machst.«

Und der Herr donnerte: »Kein Sinn für Humor. Ich kann's nicht glauben.«

»Aber beweist das nicht, daß ich dich liebe, wenn ich willens war, meinen einzigen Sohn deiner Laune zum Geschenk zu machen?«

Und der Herr sprach: »Das beweist, daß einige Menschen jedem Befehl folgen, ganz egal, wie kreuzdämlich er ist, solange er von einer wohlklingenden, melodischen Stimme kommt.«

Und damit bat der Herr Abraham, sich etwas auszuruhen und ihn morgen wieder anzurufen.

Drei ... Und es geschah, daß ein Mann, der Hemden verkaufte, von schweren Zeiten heimgesucht ward. Weder lief irgend etwas von seinen Waren, noch hatte er Glück. Und er betete und sprach: »Herr, warum hast du mich aufgespart, um mich so leiden zu lassen? Alle meine Feinde verkaufen ihre Ware, nur ich nicht. Und wir sind mitten in der Saison. Meine Hemden sind gute Hemden.

Wirf nur einen Blick auf diese Kunstseide. Ich habe welche mit festgeknöpften Kragen, mit offenen Kragen, nichts verkauft sich. Dennoch habe ich deine Gebote gehalten. Warum kann ich nicht mein Brot verdienen, wenn mein jüngerer Bruder in der Kinder-Fertigkleider-Branche seinen Rebbach macht?«

Und der Herr erhörte den Mann und sprach: »Zu deinen Hemden ...«

»Ja, Herr«, sagte der Mann und fiel auf die Knie.

»Näh einen Alligator auf die Tasche.«

»Wie meinst du, Herr?«

»Tu nur, was ich dir sage. Dich wird's nicht reuen.«

Und der Mann nähte an alle seine Hemden ein kleines Alligatorzeichen, und siehe da!, plötzlich gingen seine Hemden wie die Feuerwehr, und es herrschte große Freude, während bei seinen Feinden war Heulen und Zähneklappern, und einer sprach: »Der Herr ist barmherzig. Er heißt mich, auf grünen Matten zu liegen. Das Problem ist, ich komm nicht hoch.«

Regeln und Sprüche

Gemeinheiten zu tun ist gegen das Gesetz, besonders, wenn die Gemeinheiten getan werden, wenn man ein Hummerlätzchen trägt.

Löwe und Kalb werden beisammenliegen, aber das Kalb wird nicht viel Schlaf kriegen.

Wer nicht durch das Schwert oder den Hunger umkommt, wird durch die Pest umkommen, warum sich also rasieren?

Die Gottlosen wissen wahrscheinlich im Grunde ihres Herzens irgendwas.

Wer die Weisheit liebt, ist redlich, aber wer Umgang mit Hühnern pflegt, ist seltsam.

Mein Gott, mein Gott! Was hast du getan, so in letzter Zeit?

Lovborgs große Frauen

Vielleicht hat kein Schriftsteller faszinierendere und vielschichtigere Frauengestalten geschaffen als der große skandinavische Dramatiker Jorgen Lovborg, der seinen Zeitgenossen als Jorgen Lovborg bekannt war. Durch seine quälenden Beziehungen zum anderen Geschlecht gepeinigt und verbittert, schenkte er der Welt so unterschiedliche und unvergeßliche Gestalten wie Jenny Angstrom in *Viele viele Gänse* und Frau Späring in *Das Zahnfleisch einer Mutter.* Geboren 1836 in Stockholm, begann Lovborg (ursprünglich Lövborg, bis er in späteren Jahren die beiden Pünktchen über dem o entfernte und sich über die Augenbrauen setzte) im Alter von vierzehn Jahren, Stücke zu schreiben. Sein Erstlingswerk, das auf die Bühne kam, als er einundsechzig war, hieß *Die sich krümmen* und rief unterschiedliche Beachtung bei den Kritikern hervor, obgleich die Offenheit des Themas (das Käsestreicheln) konservative Zuschauer zum Erröten brachte. Lovborgs Werk kann in drei Perioden unterteilt werden. Zuerst gab es eine Reihe von Stücken, die von

Schmerz, Verzweiflung, Angst, Furcht und Einsamkeit handeln (die Komödien); die zweite Gruppe dreht sich um gesellschaftliche Veränderungen (Lovborg war ein Wegbereiter sichererer Methoden, Heringe abzuwiegen); schließlich die sechs großen Tragödien, die er unmittelbar vor seinem Tode, 1902 in Stockholm, schrieb, als ihm die Nase infolge der Anspannung abfiel.

Lovborgs erste herausragende weibliche Gestalt war Hedvig Moldau in *Ich jodele lieber,* des Dramatikers ironische Anklage gegen das Schönschreiben in den höheren Kreisen. Hedvig weiß, daß Greger Norstad nicht den vorgeschriebenen Mörtel zum Decken des Hühnerstalls benutzt hat, und als er über Klavar Akdal zusammenstürzt, was diesen in derselben Nacht blind und kahl werden läßt, wird sie von Gewissensbissen gequält. Es folgt die entsprechende Szene:

HEDVIG: So – er ist eingestürzt.

DR. RORLUND *(nach langer Pause):* Ja. Er ist Akdal aufs Gesicht gefallen.

HEDVIG *(ironisch):* Was tat er eigentlich im Hühnerstall?

DR. RORLUND: Er liebte die Hühner. Oh, nicht alle Hühner, möchte ich Ihnen gestehen. Jedoch gewisse. *(Bedeutsam)* Er hatte seine Lieblinge.

HEDVIG: Und Norstad? Wo war er während des ... Unglücks?

DR. RORLUND: Er rieb seinen Körper mit Schnittlauch ein und sprang ins Bassin.

HEDVIG *(zu sich):* Ich heirate nie.

DR. RORLUND: Was heißt das?

HEDVIG: Nichts. Kommen Sie, Doktor. Es wird Zeit, Ihre Unterhosen zu waschen... Die Unterhosen von jedermann zu waschen...

Hedvig, eine der ersten wirklich »modernen« Frauengestalten, kann nur höhnisch lächeln, als Dr. Rorlund vorschlägt, sie solle auf der Stelle auf- und abhüpfen, bis Norstad einwillige, seinen Hut pressen zu lassen. Sie hat große Ähnlichkeit mit Lovborgs eigener Schwester Hilda, einer neurotischen, herrschsüchtigen Frau, die mit einem jähzornigen finnischen Seemann verheiratet war, der sie schließlich harpunierte. Lovborg vergötterte Hilda, und ihrem Einfluß ist es zu verdanken, daß er die Angewohnheit aufgab, mit seinem Spazierstock zu reden.

Die zweite große »Heroine« in Lovborgs Werk erscheint in seinem Leidenschafts- und Eifersuchtsdrama *Während wir drei leerbluten*. Moltvick Dorf, der Sardellendompteur, erfährt, daß die unaussprechliche Krankheit seines Vaters sein Bruder Eyowulf geerbt hat. Dorf geht vor Gericht und macht geltend, daß die Krankheit von Rechts wegen seine sei, aber Richter Manders unterstützt Eyowulfs Anspruch. Netta Holmquist, die schöne und anmaßende Schauspielerin, versucht Dorf zu überreden, Eyowulf mit der Drohung zu erpressen, er werde der Regierung erzählen, daß jener einstmals die Unterschrift eines Pinguins auf einer Versicherungsurkunde gefälscht habe. Dann, im zweiten Akt, in der vierten Szene:

DORF: Oh, Netta. Alles ist verloren! Verloren!

NETTA: Für einen schwachen Menschen vielleicht, nicht aber, wenn man – Mut hätte.

DORF: Mut?

NETTA: Parson Smathers zu sagen, er könne nicht hoffen, je wieder zu gehen, und daß er für den Rest seines Lebens überallhin seilspringen müsse.

DORF: Netta! Ich könnte es nicht!

NETTA: Ha! Natürlich nicht! Ich hätte es wissen sollen.

DORF: Parson Smathers vertraut Eyowulf. Einst teilten sie miteinander ihren einzigen Kaugummi. Ja, bevor ich geboren war. Oh, Netta ...

NETTA: Hör auf zu jammern. Die Bank wird die Hypothek auf Eyowulfs Brezel niemals verlängern. Und die Hälfte davon hat er schon gegessen.

DORF: Netta, was hast du vor?

NETTA: Nichts, was tausend Frauen nicht für ihre Ehemänner täten. Ich meine, Eyowulf in Salzlauge einzulegen.

DORF: Meinen eigenen Bruder pökeln?

NETTA: Warum nicht? Was schuldest du ihm denn?

DORF: Aber solch drastische Maßnahmen! Netta, warum ihn nicht Vaters unaussprechliche Krankheit behalten lassen? Vielleicht könnten wir einen Kompromiß finden. Vielleicht würde er mir die Symptome überlassen.

NETTA: Kompromisse, ha! Deine Mittelstandsmentalität widert mich an! Oh, Moltvick, mich langweilt diese Ehe so! Deine Einfälle langweilen mich, deine Art, deine Gespräche. Und deine Angewohnheit, zum Essen eine Federboa zu tragen.

DORF: Oh! Nicht auch meine Federn!

NETTA *(voll Verachtung):* Ich werde dir jetzt etwas sagen, was nur ich und deine Mutter wissen. Du bist ein Zwerg.

DORF: *Was?*

NETTA: Alles im Haus ist maßstabsgerecht verkleinert worden. Du bist bloß einszwanzig groß.

DORF: Nicht! Nicht! Die Schmerzen kommen wieder!

NETTA: Ja, Moltvick!

DORF: Meine Kniescheiben – sie pochen!

NETTA: Welch ein Weichling.

DORF: Netta, Netta, öffne die Fensterläden ...

NETTA: Ich werde sie schließen.

DORF: Licht! Moltvick braucht Licht ...

Für Lovborg stellte Moltvick das alte, dekadente, sterbende Europa dar. Netta auf der anderen Seite war das Neue – die lebenssprühende, grausame, Darwinsche Naturgewalt, die die nächsten fünfzig Jahre durch Europa fegen und ihren tiefsten Ausdruck in den Chansons von Maurice Chevalier finden sollte. Die Beziehung zwischen Netta und Moltvick spiegelte Lovborgs Ehe mit Siri Brackmann wider, einer Schauspielerin, die ihm beständig als Inspiration diente, die ganzen acht Stunden hindurch, die ihre Ehe währte. Lovborg heiratete danach noch mehrere Male, doch stets Kaufhausmannequins.

Sicherlich die am rundesten gelungene Frau in allen Stücken Lovborgs war Frau Sanstad in *Weiche Birnen*, Lovborgs letztem naturalistischem Drama. (Nach den *Birnen* experimentierte er an einem expressionistischen Stück, in dem alle Rollen den Namen Lovborg tragen, aber es fand keinen Beifall, und die verbleibenden drei Jahre seines Lebens konnte man ihn nicht überreden, aus dem Frühstückskorb herauszukommen.) *Weiche Birnen* zählt zu seinen bedeutendsten Werken, und das entscheidende Wortgefecht zwischen Frau Sanstad und der Frau ihres Sohnes, Berte, ist heute vielleicht gültiger denn je.

BERTE: Sag nur, dir gefällt, wie wir das Haus möbliert haben! Es war so schwierig, mit dem Gehalt eines Bauchredners.

FRAU SANSTAD: Das Haus ist – brauchbar.

BERTE: Was! Nur brauchbar?

FRAU SANSTAD: Wessen Idee war der rote Satin-Elch?

BERTE: Nun, deines Sohnes. Henrik ist der geborene Dekorateur.

FRAU SANSTAD *(plötzlich):* Henrik ist ein Narr!

BERTE: Nein!

FRAU SANSTAD: Wußtest du, daß er bis letzte Woche nicht wußte, was Schnee ist?

BERTE: Du lügst!

FRAU SANSTAD: Mein reizender Sohn! Ja, Henrik – eben derselbe, der ins Gefängnis kam wegen falscher Aussprache des Wortes »Diphthong«.

BERTE: Nein!

FRAU SANSTAD: Ja! Und mit einem Eskimo zur gleichen Zeit im Zimmer!

BERTE: Ich möchte nichts darüber hören!

FRAU SANSTAD: Doch, du wirst, meine kleine Nachtigall! Nennt dich Henrik nicht so?

BERTE *(weinend):* Er nennt mich Nachtigall! Ja, und manchmal Wiedehopf! Und Rhino!

(Beide Frauen weinen hemmungslos.)

FRAU SANSTAD: Berte, liebe Berte! ... Henriks Ohrwärmer sind nicht seine eigenen! Sie gehören einer Aktiengesellschaft.

BERTE: Wir müssen ihm helfen. Man muß ihm sagen, daß er nie wird fliegen können, indem er mit den Armen flattert.

FRAU SANSTAD *(plötzlich lachend):* Henrik weiß alles. Ich habe ihm von deinen Gefühlen gegenüber seinen Plattfußeinlagen erzählt.

BERTE: Aha! Du hast mich getäuscht.

FRAU SANSTAD: Nenn es, wie du willst. Er ist jetzt in Oslo.

BERTE: Oslo!

FRAU SANSTAD: Mit seiner Geranie ...

BERTE: Ich verstehe. Ich ... verstehe. *(Sie geht durch die Verandatür im Hintergrund der Bühne ab.)*

FRAU SANSTAD: Ja, meine kleine Nachtigall, endlich ist er aus deinen Klauen. Heute in einem Monat wird er seinen lebenslangen Traum verwirklicht haben – seinen Hut mit Asche zu füllen, und du dachtest, du könntest ihn hier gefangen halten! Nein! Henrik ist eine ungezähmte Kreatur, ein Geschöpf der Natur! Wie eine wunderschöne Maus – oder eine Zecke. *(Man hört einen Schuß. Frau Sanstad läuft ins Zimmer nebenan. Wir hören einen Schrei. Sie kommt bleich und wankend zurück.)* Tot ... Sie ist glücklich. Ich ... muß weitermachen. Ja, die Nacht sinkt ... sinkt schnell herab. So schnell, und ich muß noch all die Kichererbsen umordnen.

Frau Sanstad war Lovborgs Rache an seiner Mutter. Ebenfalls eine kunstverständige Frau, begann sie ihr Leben als Trapezartistin beim Zirkus; sein Vater, Nils Lovborg, war die menschliche Kanonenkugel. Die beiden trafen sich mitten in der Luft und waren verheiratet, ehe sie unten ankamen. Langsam schlich sich Bitterkeit in die Ehe, und als Lovborg schließlich sechs Jahre alt war, schossen seine Eltern täglich mit Pistolen aufeinander. Dieses Klima forderte seinen Tribut bei einem sensiblen Jüngling wie Jorgen, und bald begann er, an den ersten seiner berühmten »Launen« und »Ängste« zu leiden, was ihn einige Jahre lang unfähig machte, an einem Brathähnchen vorbeizugehen, ohne an seinen Hut zu tippen. In späteren Jahren erzählte er Freunden, während der ganzen Niederschrift von *Weiche Birnen* sei er nervös gewesen und habe bei verschiedenen Gelegenheiten geglaubt, die Stimme seiner Mutter zu hören, die ihn fragte, wie sie nach Staten Island komme.

Der Falke im Malteser

Eins hat man zu lernen, wenn man Privatschnüffler ist, nämlich sich auf seinen Ahnimus zu verlassen. Deswegen hätte ich damals, als ein zitterndes Klümpchen Butter namens Word Babcock in mein Büro gewackelt kam und seine Karten auf den Tisch legte, dem kalten Schauder vertrauen sollen, der mir das Rückgrat hochschoß.

»Kaiser?« sagte er, »Kaiser Lupowitz?«

»Genau das steht auf meiner Zulassung«, gestand ich.

»Sie müssen mir helfen. Ich werde erpreßt. Bitte!«

Er schlotterte wie der Leadsänger in 'ner Rumbatruppe. Ich schob ein Glas über den Schreibtisch und eine Flasche Whisky, die ich zu nichtmedizinischen Zwecken immer bereit habe. »Wie wär's, wenn Sie sich erst mal beruhigen und mir den ganzen Käse erzählen.«

»Sie ... Sie sagen's nicht meiner Frau?«

»Spucken Sie's aus, Word. Ich kann nichts versprechen.«

Er versuchte, einen Drink runterzukippen, aber man konnte das Scheppern bis über die Straße hören, und das meiste von dem Zeug lief ihm in die Schuhe.

»Ich bin'n Typ der arbeitet«, sagte er, »mechanische Reparaturen. Ich baue und repariere Summsumms. Sie wissen schon – diese lustigen kleinen Trickdinger, die den Leuten 'n elektrischen Schlag versetzen, wenn sie sich die Hände schütteln.«

»Ach?«

»'ne Menge von euren Bossen haben die gern. Besonders unten an der Wall Street.«

»Kommen Sie zur Sache.«

»Ich komm viel rum. Sie wissen, wie das ist – einsam. Oh, nicht, was Sie denken. Sehn Sie mal, Kaiser, im Grunde bin ich'n Intellektueller. Klar, ein Kerl kann alle Puppen haben, die er will. Aber die Frauen mit wirklich was aufm Kasten – die sind nicht so leicht zu finden auf die Schnelle.«

»Erzählen Sie weiter.«

»Also, ich hörte von diesem jungen Mädchen. Achtzehn Jahre. Studentin in Vassar. Für'n bestimmten Preis kommt sie und redet über jedes Thema – Proust, Yeats, Anthropologie. Gedankenaustausch. Sehen Sie, worauf ich hinauswill?«

»Nicht genau.«

»Ich meine, meine Frau ist 'ne Wucht, verstehen Sie mich nicht falsch. Aber sie will sich nicht mit mir über Pound unterhalten. Oder Eliot. Ich wußte das nicht, als ich sie heiratete. Sehen Sie, ich brauche eine Frau, die geistig anregend ist, Kaiser. Ich bin bereit, dafür zu zahlen. Ich brauche keine verwickelte Angelegenheit – ich will'n schnelles geistiges Erlebnis, und dann will ich das Mädchen nicht mehr sehen. Lieber Himmel, Kaiser, ich bin glücklich verheiratet.«

»Wie lange geht das jetzt schon?«

»Sechs Monate. Immer wenn ich'n Rappel kriege, rufe ich Flossie an. Sie ist 'ne Dame mit'm Magister in Vergleichender Literaturwissenschaft. Sie schickt mir 'ne Intellektuelle rüber, verstehen Sie?«

Er war also einer von den Burschen, die eine Schwäche für wirklich gescheite Frauen haben. Der arme Trottel tat mir leid. Ich stellte mir vor, daß 'ne Menge Schwachköpfe in seiner Lage wären, die nach'm kleinen intellektuellen *tête-à-tête* mit dem anderen Geschlecht hungerten und dafür gehörig bluten mußten.

»Jetzt droht sie, es meiner Frau zu sagen«, sagte er.

»Wer?«

»Flossie. Sie haben mir 'ne Wanze ins Hotelzimmer gesetzt. Sie haben Tonbänder von mir, wie ich gerade über *The Waste Land* und *Techniken des radikalen Willens* diskutiere und, na ja, wirklich ganz schön in Fahrt komme. Sie wollen zehn Riesen oder sie gehen zu Carla. Kaiser, Sie können mir helfen! Carla würde tot umfallen, wenn sie dahinterkäme, daß sie mich hier oben nicht auf Touren gebracht hat.«

Der alte Callgirl-Schwindel. Ich hatte Gerüchte gehört, daß die Jungs in der Zentrale an was dran waren, was mit 'ner Gruppe gebildeter Frauen zu tun hatte, aber bis jetzt wußten die auch nicht weiter.

»Holen Sie mir Flossie an die Strippe.«

»Was?«

»Ich übernehme Ihren Fall, Word. Aber ich kriege

fünfzig Dollar pro Tag, plus Spesen. Sie werden 'ne Menge Summsumms reparieren müssen.«

»Das wird mich aber nicht zehn Riesen kosten, da bin ich sicher«, sagte er mit einem Grinsen, hob den Hörer ab und wählte eine Nummer. Ich nahm ihm das Telefon ab und zwinkerte ihm zu. Ich fing an, ihn zu mögen.

Sekunden später antwortete eine seidenweiche Stimme, und ich erzählte ihr, was ich auf dem Herzen hätte. »Ich nehme an, du kannst mir behilflich sein, 'ne Stunde mit'm guten Plausch auf die Beine zu stellen«, sagte ich.

»Klar, Süßer. Was schwebt dir denn so vor?«

»Ich würde gerne über Melville reden.«

»*Moby Dick* oder die kleineren Romane?«

»Wo liegt der Unterschied?«

»Im Preis. Das ist alles. Symbolik geht extra.«

»Was kommt mich denn der Spaß?«

»Fünfzig, vielleicht hundert für *Moby Dick*. Willst du 'ne vergleichende Erörterung – Melville und Hawthorne? Das könnte man für hundert arrangieren.«

»Der Preis ist okay«, erklärte ich und gab ihr die Nummer eines Zimmers im Plaza.

»Willst du eine Blonde oder 'ne Brünette?«

»Überrasch mich«, sagte ich und legte auf.

Ich rasierte mich und goß schnell etwas schwarzen Kaffee runter, während ich ein paar Artikel im Literaturlexikon überflog. Es war kaum eine Stunde vergangen, als es an meiner Tür klopfte. Ich machte auf, und da stand da so ein junges Rotschöpfchen, das wie zwei dicke Kugeln Vanilleeis in seine Slacks gefüllt war.

»Hallo, ich bin Sherry.«

Die wußten wirklich, wie sie an deine Wunschträume appellieren mußten. Langes, glattes Haar, Lederhandtasche, silberne Ohrringe, kein Make-up.

»Mich wundert, daß sie dich nicht angehalten haben, wenn du in so'm Aufzug ins Hotel kommst«, sagte ich. »Der Hausdetektiv riecht normalerweise 'n Intellektuellen fünf Meilen im voraus.«

»Fünf Scheinchen kühlen ihn wieder ab.«

»Wollen wir anfangen?« sagte ich und schob sie rüber zur Couch. Sie zündete sich 'ne Zigarette an und legte gleich los.

»Ich denke, wir könnten damit beginnen, daß wir uns *Billy Budd* als Rechtfertigung der Wege Gottes zum Menschen nähern, *n'est-ce-pas?«*

»Interessant, doch nicht im Miltonschen Sinne.« Ich bluffte. Ich wollte mal sehen, ob sie darauf eingehen würde.

»Nein. Dem *Verlorenen Paradies* mangelt der pessimistische Unterbau.« Sie tat's.

»Richtig, richtig. Mein Gott, du hast recht«, murmelte ich.

»Ich denke, Melville stellte die Tugenden der Unschuld in einem naiven, doch raffinierten Sinne wieder her – meinst du nicht auch?«

Ich ließ sie weitermachen. Sie war knapp neunzehn, aber sie zeigte bereits die verhärtete Nachgiebigkeit der Pseudo-Intellektuellen. Sie ratterte ihre Sachen zungenfertig runter, aber es war alles Routine. Wenn ich 'ne tiefe Einsicht anbot, heuchelte sie 'ne Antwort drauf: »Oh ja, Kaiser. Ja, Kleiner, das ist tief. Ein platonisches Verständnis des Christentums – warum habe ich das nicht vorher erkannt?«

Wir redeten ungefähr 'ne Stunde, und dann sagte sie, sie müßte gehen. Sie stand auf, und ich stiftete ihr'n Hunderter.

»Danke, Süßer.«

»Wo der herkommt, da sind noch 'ne Menge.«

»Was willst du damit sagen?«

Ich hatte ihre Neugier erregt. Sie setzte sich wieder hin.

»Angenommen, ich würde gerne – 'ne Party machen?« sagte ich.

»Was für 'ne Party?«

»Angenommen, ich wollte, daß ich Noam Chomsky von zwei Mädchen beigebogen kriegte?«

»Oh, Mann!«

»Wenn du's lieber vergessen würdest ...«

»Du müßtest mit Flossie reden«, sagte sie, »das würde dich ganz schön was kosten.«

Jetzt war's Zeit, die Schrauben anzuziehen. Ich zückte meine Privatdetektiv-Marke und teilte ihr mit, daß das 'ne Verhaftung wäre.

»Was?«

»Ich bin'n Bulle, Süße, und über Melville für Geld zu quatschen, ist Paragraph 802. Du kannst dafür eingebuchtet werden.«

»Du Mistkerl!«

»Besser, du redest dir alles von der Leber, Baby. Es sei denn, du möchtest deine Geschichte unten in Alfred Kazins Büro loswerden, aber ich glaube, der wäre nicht allzu erfreut, sie zu hören.«

Sie fing an zu flennen. »Zeig mich nicht an, Kaiser«, sagte sie, »ich brauchte das Geld, um meinen Magister fertigzumachen. Die haben mir das Stipendium verweigert. Zweimal. Oh, mein Gott.«

Nun strömte alles aus ihr heraus – die ganze Geschichte. Jugend in Central Park West, die sozialistischen Sommercamps, Brandeis. Sie war das Fräulein Jedermann, das man vor dem »Elgin« oder dem »Thalia« in der Schlange warten sieht oder das »sehr richtig« in Büchern über Kant an den Rand kritzelt. Bloß hatte sie irgendwo die verkehrte Kurve gekratzt.

»Ich brauchte Bargeld. 'ne Freundin sagte, sie wüßte 'n verheirateten Typen, dessen Frau nicht sehr viel los hat. Er hatte sich an Blake festgefressen. Den hatte sie nicht auf der Pfanne. Ich sagte, klar, für'n bestimmten Preis würde ich mit ihm über Blake reden. Ich war zuerst nervös. Ich habe 'ne Menge zusammengesponnen. Er hat nichts gemerkt. Meine Freundin sagte, es gäbe noch welche. Oh, ich bin schon mal geschnappt worden. Ich wurde erwischt, wie ich Wilhelm Reich in einem geparkten Auto las, und einmal wurde ich in Tanglewood angehalten und gefilzt. Noch mal, und mein Punktekonto ist voll.«

»Dann bring mich zu Flossie.«

Sie knabberte auf ihrer Lippe rum und sagte: »Der Buchladen von Hunter College ist 'ne Deckadresse.«

»Ach?«

»Wie die Wettbüros, die vornedran zum Schein 'n Friseurgeschäft haben. Du wirst es sehen.«

Ich rief kurz im Hauptquartier an und dann sagte ich zu

ihr: »Okay, Süße, du bist aus dem Schneider. Aber verlaß die Stadt nicht.«

Sie hob ihr Gesicht dankbar an meines. »Ich kann dir Fotos von Dwight Macdonald besorgen, auf denen er liest«, sagte sie.

»Andermal.«

Ich spazierte in den Buchladen vom Hunter College. Der Verkäufer, ein junger Mann mit empfindsamem Blick, kam auf mich zu. »Kann ich Ihnen helfen?« sagte er.

»Ich suche nach 'ner Spezialausgabe von *Werbung für mich*. Ich habe erfahren, der Autor hat einige tausend Exemplare für Freunde auf Blattgold drucken lassen.«

»Das muß ich feststellen«, sagte er. »Wir haben eine telefonische Direktleitung zur zentralen Auslieferung.«

Ich nagelte ihn mit einem Blick fest. »Sherry schickt mich«, sagte ich.

»Oh, in dem Fall gehen Sie nach hinten«, sagte er. Er drückte auf einen Knopf. Eine Bücherwand öffnete sich und ich wanderte wie ein Dummerchen in diesen geschäftigen Freudentempel hinein, der als »Flossie's« bekannt war.

Rote Samttapeten und viktorianische Ausstattung gaben den Ton an. Blasse, nervöse Mädchen mit schwarzrandigen Brillen und kurzgeschnippeltem Haar fläzten sich auf Sofas rum und blätterten aufreizend in *Penguin-Classics*. Eine Blondine zwinkerte mir mit breitem Grinsen zu, nickte in Richtung eines Zimmers einen Stock höher und sagte: »Wallace Stevens, na?« Aber es gab nicht bloß geistige Erlebnisse – sie hökerten auch mit welchen fürs Herz. Für fünfzig Scheinchen, erfuhr ich, könnte ich »mit einer reden, ohne in Hitze zu geraten«. Für hundert würde dir ein Mädchen ihre Bartókplatten leihen, mit dir essen gehen und dich dann dabei zusehen lassen, wie sie einen Anfall nervöser Erregung kriegt. Für hundertfünfzig könnte man mit Zwillingen das 3. Programm im Radio hören. Für drei Hunderter kriegtest du alles, was sie zu bieten hatten: 'ne schlanke jüdische Brünette würde so tun, als gabelte sie dich zufällig im Museum of Modern Art auf, läßt dich ihre großen Lieblinge lesen, zieht dich im »Elaine's« in einen Mordskrach über Freuds Auffassung von der Frau rein und macht dir dann'n Selbstmord nach deiner Wahl vor – der perfekte Abend für manchen Burschen. Netter Nepp. Große Stadt, New York.

»Gefällt's dir hier?« sagte eine Stimme hinter mir. Ich drehte mich um und stand plötzlich Auge in Auge mit dem Mündungsloch einer 38er. Ich bin ein Kerl mit'm starken Magen, aber diesmal machte er 'n Salto rückwärts. Es war Flossie, okay. Die Stimme war dieselbe, aber Flossie war ein Mann. Sein Gesicht war hinter einer Maske versteckt.

»Du wirst es nie glauben«, sagte er, »aber ich habe nicht mal 'n Collegeabschluß. Ich wurde wegen schlechter Noten rausgeschmissen.«

»Trägst du deshalb die Maske?«

»Ich heckte einen komplizierten Plan aus, um *The New York Review of Books* zu übernehmen, aber das bedeutete, ich müßte für Lionel Trilling gehalten werden. Ich ging nach Mexico zu 'ner Operation. Es gibt da'n Arzt in

Juarez, der macht den Leuten Trilling-Gesichter – für'n bestimmten Preis. Irgendwas ging schief. Ich sah hinterher wie W.H. Auden aus, mit der Stimme von Mary McCarthy. Und da fing ich an, auf der anderen Seite des Gesetzes zu arbeiten.«

Schnell, bevor er den Finger am Drücker krumm machen konnte, trat ich in Aktion. Ich hechtete mich nach vorn, knallte ihm meinen Ellbogen über die Klappe und schnappte mir die Kanone, als er nach hinten fiel. Er ging zu Boden wie 'ne Tonne Backsteine. Er wimmerte immer noch, als die Polizei aufkreuzte.

»Gute Arbeit, Kaiser«, sagte Sergeant Holmes. »Wenn wir mit dem Burschen fertig sind, will sich der FBI mit ihm unterhalten. 'ne kleine Sache, die was mit 'n paar Zockern und 'ner kommentierten Ausgabe von Dantes *Inferno* zu tun hat. Schafft ihn weg, Jungs.«

Später am selben Abend nahm ich mir eine meiner alten Rechnungen namens Gloria vor. Sie war blond. Sie hatte *cum laude* promoviert. Der Unterschied war, sie hatte im Hauptfach Leibeserziehung. War'n tolles Gefühl.

Tod (Ein Stück)

Der Vorhang öffnet sich, und Kleinmann liegt schlafend in seinem Bett. Es ist zwei Uhr nachts. Jemand hämmert an die Tür. Schließlich steht er mit großer Mühe, aber entschlossen auf.

KLEINMANN: Ääh?

STIMMEN: Mach auf! He – mach schon, wir wissen, daß du da bist! Aufmachen! Komm schon, mach auf!...

KLEINMANN: Ääh? Was?

STIMMEN: Komm schon, mach auf!

KLEINMANN: Was? Augenblick! (*Macht Licht*) Wer ist da?

STIMMEN: Komm schon, mach auf! Wir wollen los!

KLEINMANN: Wer ist da?

EINE STIMME: Wir wollen los, Kleinmann – beeil dich!

KLEINMANN: Hacker – das ist Hackers Stimme. Hacker?

EINE STIMME: Kleinmann, machst du endlich auf?!

KLEINMANN: Komme schon, komme schon. Ich hab geschlafen – Moment! (*Alles stolpernd und sehr mühsam und schwerfällig. Er sieht auf die Uhr)* Mein Gott, halb drei ... Komme, Augenblick bitte! *(Er macht die Tür auf, und ein halbes Dutzend Männer kommt herein)*

HANK: Du liebe Güte, Kleinmann, bist du taub?

KLEINMANN: Ich hab geschlafen. Es ist halb drei. Was ist denn los?

AL: Wir brauchen dich. Zieh dich an.

KLEINMANN: Was?

SAM: Laß uns gehen, Kleinmann. Wir haben nicht ewig Zeit.

KLEINMANN: Was heißt das?

AL: Komm schon, beweg dich.

KLEINMANN: Wohin bewegen? Hacker, es ist mitten in der Nacht.

HACKER: Komm, wach auf.

KLEINMANN: Was ist denn los?

JOHN: Stell dich nicht dumm.

KLEINMANN: Wer stellt sich denn dumm? Ich hab tief geschlafen. Was meint ihr, was ich um halb drei morgens mache – tanzen?

HACKER: Wir brauchen jeden verfügbaren Mann.

KLEINMANN: Für was?

VICTOR: Was fehlt dir, Kleinmann? Wo bist du gewesen, daß du nicht weißt, was los ist?

KLEINMANN: Wovon redet ihr?

AL: Von Bürgerwachen.

KLEINMANN: Was?

AL: Bürgerwachen.

JOHN: Aber diesmal mit Plan.

HACKER: Und gut ausgearbeitet.

SAM: Ein großartiger Plan.

KLEINMANN: Äh, will mir mal jemand sagen, warum ihr hier seid? Mir ist nämlich kalt in meinen Unterhosen.

HACKER: Sagen wir einfach, wir brauchen jede Hilfe, die wir kriegen können. Jetzt zieh dich an.

VICTOR *(drohend)*: Und Beeilung.

KLEINMANN: Okay, ich zieh mich an ... Darf ich bitte wissen, was das alles soll? *(Er fängt an, sich ängstlich eine Hose anzuziehen)*

JOHN: Der Mörder ist gesichtet worden. Von zwei Frauen. Sie sahen ihn in den Park gehen.

KLEINMANN: Welcher Mörder?

VICTOR: Kleinmann, jetzt ist keine Zeit zum Schwatzen.

KLEINMANN: Wer schwatzt denn? Welcher Mörder? Ihr kommt hier reingeplatzt – ich bin in tiefem Schlaf –

HACKER: Richardsons Mörder – Jampels Mörder.

AL: Mary Quiltys Mörder.

SAM: Der Irre.

HANK: Der Würger.

KLEINMANN: Welcher Irre? Welcher Würger?

JOHN: Derselbe, der Eislers Jungen umbrachte und Jensen mit einer Klaviersaite erwürgt hat.

KLEINMANN: Jensen? ... Den dicken Nachtwächter?

HACKER: Jawohl. Er hat ihn von hinten erwischt. Ist leise herangeschlichen und hat ihm die Klaviersaite ums Genick gelegt. Er war blau, als sie ihn fanden. Die Spucke am Mundwinkel geronnen.

KLEINMANN *(sieht sich im Zimmer um): Tja, also, seht mal, ich muß morgen arbeiten ...*

VICTOR: Laß uns gehen, Kleinmann. Wir müssen ihn

aufhalten, bevor er wieder zuschlägt.

KLEINMANN: Wir? Wir und ich?

HACKER: Die Polizei scheint's nicht in den Griff zu kriegen.

KLEINMANN: Tja, dann sollten wir Briefe schreiben und uns beschweren. Ich werd das morgen früh als erstes tun.

HACKER: Sie tun, was sie können, Kleinmann. Sie stehen vor einem Rätsel.

SAM: Alle stehen vor einem Rätsel.

AL: Erzähl uns nicht, daß du von dem ganzen nichts gehört hast.

JOHN: Das ist schwer zu glauben.

KLEINMANN: Also, die Wahrheit ist – wir sind mitten in der Saison ... Haben viel zu tun ... *(Sie kaufen ihm seine Naivität nicht ab)* Machen nicht mal Mittagspause – und ich esse gern ... Hacker kann euch erzählen, daß ich gern esse.

HACKER: Aber diese gruselige Geschichte läuft doch schon eine ganze Zeit. Hörst du keine Nachrichten?

KLEINMANN: Ich hab keine Gelegenheit.

HACKER: Alle sind verängstigt. Man traut sich nachts nicht auf die Straße.

JOHN: Nicht bloß Straße. Die Geschwister Simon wurden in ihrer eigenen Wohnung umgebracht, weil sie nicht abgeschlossen hatten. Die Kehlen von einem Ohr zum anderen durchgeschnitten.

KLEINMANN: Ich dachte, ihr hättet »Würger« gesagt.

JOHN: Kleinmann, sei nicht so naiv.

KLEINMANN: W-w-weil ihr's gerade erwähnt, könnte ich

das Schloß in dieser Tür auswechseln lassen.

HACKER: Er ist schrecklich. Niemand weiß, wann er das nächste Mal zuschlägt.

KLEINMANN: Wann fing's denn an. Ich weiß nicht, warum man mir nichts gesagt hat.

HACKER: Erst eine Leiche, dann noch eine, dann noch mehr. Die Stadt ist in Panik. Alle, bis auf dich.

KLEINMANN: Also, ihr könnt euch beruhigen, jetzt bin ich auch in Panik.

HACKER: Es ist schwierig, wenn sich's um einen Verrückten dreht, weil's kein Motiv gibt. Nichts, woran man sich halten kann.

KLEINMANN: Keiner wurde beraubt oder vergewaltigt oder ein bißchen – gekitzelt?

VICTOR: Nur gewürgt.

KLEINMANN: Sogar Jensen ... Er ist so kräftig.

SAM: Er *war* kräftig. Gerade eben hängt ihm die Zunge heraus und er ist ganz blau.

KLEINMANN: Blau ... Eine häßliche Farbe für einen Mann von Vierzig ... Und es gibt keinen Hinweis? Ein Haar – oder einen Fingerabdruck?

HACKER: Ja. Sie haben ein Haar gefunden.

KLEINMANN: Na und? Heutzutage brauchen sie bloß ein einziges Haar. Legen's unter ein Mikroskop und eins, zwei, drei wissen sie die ganze Geschichte. Welche Farbe hat's?

HACKER: Deine.

KLEINMANN: Meine – sieh mich nicht so an ... Mir ist in letzter Zeit keins ausgegangen. Ich ... komm, laß uns nicht die Nerven verlieren ... Wichtig ist, logisch zu bleiben.

HACKER: Tja – ja.

KLEINMANN: Manchmal gibt's einen Hinweis bei den Opfern – zum Beispiel, alle sind Krankenschwestern oder alle sind glatzköpfig ... Oder glatzköpfige Krankenschwestern ...

JOHN: Kannst du uns sagen, wo der Zusammenhang liegt?

SAM: Genau. Zwischen Eislers Jungen und Mary Quilty und Jensen und Jampel –

KLEINMANN: Wenn ich mehr über den Fall wüßte ...

AL: Wenn er mehr über den Fall wüßte. Es *gibt* keinen Zusammenhang. Außer daß sie alle am Leben waren und jetzt alle tot sind. Das haben sie gemeinsam.

HACKER: Er hat recht. Keiner ist sicher, Kleinmann. Wenn du das etwa gedacht hättest.

AL: Wahrscheinlich will er sich selber Mut machen!

JOHN: Tjaa.

SAM: Es gibt kein Schema, Kleinmann.

VICTOR: Es sind nicht bloß Krankenschwestern.

AL: Keiner ist gefeit.

KLEINMANN: Ich hab nicht versucht, mir selber Mut zu machen. Ich habe nur eine simple Frage gestellt.

SAM: Also stellt nicht so viele verdammte Fragen. Wir haben zu tun.

VICTOR: Wir sind alle beunruhigt. Jeder kann der nächste sein.

KLEINMANN: Also, ich taug nicht zu solchen Sachen. Was versteh ich schon von Menschenjagd? Ich werde bloß im Weg stehen. Am besten, ich mache eine Geldspende. Das wird mein Beitrag sein. Laßt mich ein paar Dollar spendieren –

SAM *(findet bei der Kommode ein Haar)*: Was ist das denn?

KLEINMANN: Was?

SAM: Das. In deinem Kamm. Ein Haar.

KLEINMANN: Weil ich mir damit die Haare kämme.

SAM: Dieselbe Haarfarbe wie bei dem Haar, das die Polizei gefunden hat.

KLEINMANN: Bist du verrückt? Das ist ein schwarzes Haar. Millionen von schwarzen Haaren gibt's auf der Welt. Warum steckst du es in einen Umschlag? Was – das ist was ganz Normales. Hier – *(zeigt auf John)* er – hat auch schwarzes Haar.

JOHN *(packt Kleinmann)*: Wofür beschuldigst du mich, was, Kleinmann?

KLEINMANN: Wer beschuldigt hier?! Er hat mein Haar in einen Umschlag gesteckt. Gib mir das Haar wieder! *(Greift sich den Umschlag, aber John zieht ihn weg)*

JOHN: Laß ihn in Frieden.

SAM: Ich tue meine Pflicht.

VICTOR: Er hat recht. Die Polizei hat alle Bürger um Mithilfe gebeten.

HACKER: Ja. Jetzt haben wir einen Plan.

KLEINMANN: Was für einen Plan?

AL: Wir können doch auf dich zählen, nicht wahr?

VICTOR: Oh, auf Kleinmann können wir zählen. Er kommt im Plan vor.

KLEINMANN: Ich komme im Plan vor? Also, wie ist der Plan?

JOHN: Du wirst informiert, sei unbesorgt.

KLEINMANN: Er braucht mein Haar in dem Umschlag da?

SAM: Zieh dich einfach an und komm runter zu uns. Und beeil dich. Wir vertrödeln die Zeit.

KLEINMANN: Okay, aber gebt mir einen Wink, wie der Plan ist.

HACKER: Um Himmels willen, Beeilung, Kleinmann. Hier geht's um Leben und Tod. Du ziehst dich besser warm an. Draußen ist es kalt.

KLEINMANN: Okay, okay ... Erzählt mir nur den Plan. Wenn ich den Plan kenne, kann ich darüber nachdenken. *(Aber sie gehen und lassen Kleinmann allein, der sich nervös und ungeschickt anzieht)* Zum Kuckuck, wo ist mein Schuhanzieher ... Das ist doch lächerlich ... einen mitten in der Nacht zu wecken und mit so gräßlichen Neuigkeiten. Wozu bezahlen wir eigentlich die Polizei? Ich liege zusammengerollt in einem schönen warmen Bett und schlafe, und im nächsten Augenblick bin ich in irgendeinen Plan verwickelt, ein mordender Irrer, der hinter einem auftaucht und –

ANNA *(ein alter Hausdrachen, kommt unbemerkt mit einer Kerze herein, womit sie Kleinmann aus der Fassung bringt)*: Kleinmann?

KLEINMANN *(dreht sich um, zu Tode erschrocken)*: Wer ist da!!?

ANNA: Was?

KLEINMANN: Schleich dich um Gottes willen nicht so an mich ran!

ANNA: Ich hab Stimmen gehört.

KLEINMANN: Es waren ein paar Männer hier. Urplötzlich

bin ich in einem Selbstschutzkomitee.

ANNA: Jetzt?

KLEINMANN: Anscheinend ist ein Mörder los – es hat nicht Zeit bis morgen. Er ist eine Nachteule.

ANNA: Ach, der Irre.

KLEINMANN: Wenn du davon gewußt hast, warum hast du mir nichts erzählt?

ANNA: Weil du jedesmal, wenn ich dir davon zu erzählen versuche, nichts hören willst.

KLEINMANN: Wer will das nicht?

ANNA: Du bist immer zu beschäftigt mit deiner Arbeit – und deinen Hobbies.

KLEINMANN: Wundert's dich, wenn wir mitten in der Saison sind?

ANNA: Ich habe zu dir gesagt, es gibt einen ungelösten Mord, zwei ungelöste Morde, sechs ungelöste Morde – und alles, was du sagtest, ist: »Später, später!«

KLEINMANN: Wegen der Zeiten, die du dir aussuchst, um mir das zu erzählen.

ANNA: Jaa?

KLEINMANN: Meine Geburtstagsfeier. Ich amüsiere mich also, packe Geschenke aus, da kommst du mit so einem langen Gesicht angeschlichen und sagst: »Hast du's in der Zeitung gelesen? Einem Mädchen ist die Kehle durchgeschnitten worden?« Konntest du dir keine geeignetere Zeit aussuchen? Kaum hat man ein bißchen Spaß – schon ertönen die Stimmen des Jüngsten Gerichts.

ANNA: Wenn's nicht was Schönes ist, ist keine Zeit die richtige.

KLEINMANN: Wo ist übrigens mein Schlips?

ANNA: Wozu brauchst du einen Schlips? Gehst du nicht einen Irren jagen?

KLEINMANN: Stört's dich?

ANNA: Was ist das denn, eine Galajagd?

KLEINMANN: Weiß ich, wen ich treffe? Und wenn mein Chef da unten ist?

ANNA: Ich bin sicher, er ist salopp gekleidet.

KLEINMANN: Sieh dir an, wen sie engagieren, um einen Mörder aufzuspüren. Ich bin Verkäufer.

ANNA: Paß auf, daß er nicht hinter dir ist.

KLEINMANN: Danke, Anna, ich werd's ihm ausrichten, daß er immer vor mir bleiben soll.

ANNA: Ach, du mußt nicht so gehässig sein. Er muß doch gefangen werden.

KLEINMANN: Dann laß die Polizei ihn fangen. Ich hab Angst, da runter zu gehen. Es ist kalt und finster.

ANNA: Sei einmal in deinem Leben ein Mann.

KLEINMANN: Du hast gut reden, du gehst wieder ins Bett.

ANNA: Und was, wenn er zu diesem Haus findet und zum Fenster reinkommt?

KLEINMANN: Dann sitzt du in der Tinte.

ANNA: Wenn ich angefallen werde, blase ich ihm Pfeffer ins Gesicht.

KLEINMANN: Du bläst was?

ANNA: Ich schlafe immer mit etwas Pfeffer am Bett. Und wenn er mir nahe kommt, blas ich ihm den Pfeffer in die Augen.

KLEINMANN: Tolle Idee, Anna. Glaub mir, wenn er hier reinkommt, bist du und dein Pfeffer verratzt.

ANNA: Ich schließ alles zweimal rum.

KLEINMANN: Hhm, vielleicht nehm ich doch etwas Pfeffer mit.

ANNA: Nimm das hier. *(Sie gibt ihm ein Amulett)*

KLEINMANN: Was ist das?

ANNA: Ein Amulett, das Böses abwendet. Ich hab's von einem lahmen Bettler gekauft.

KLEINMANN *(sieht es sich an, unbeeindruckt)*: Sehr schön. Und nun noch ein bißchen Pfeffer bitte.

ANNA: Oh, sei unbesorgt, du bist da unten ja nicht allein.

KLEINMANN: Das stimmt. Sie haben einen sehr gescheiten Plan.

ANNA: Was für einen?

KLEINMANN: Weiß ich noch nicht.

ANNA: Wie kannst du dann wissen, daß er gescheit ist?

KLEINMANN: Weil die da die besten Köpfe unserer Stadt sind. Glaub mir, die wissen, was sie tun.

ANNA: Das hoff ich, um deinetwillen.

KLEINMANN: Okay, halt die Tür verschlossen und mach sie keinem auf – nicht mal mir, es sei denn, ich schreie zufällig: »Tür auf!« Dann mach sie schnell auf.

ANNA: Viel Glück, Kleinmann.

KLEINMANN *(wirft einen Blick aus dem Fenster in die schwarze Nacht)*: Sieh dir das da draußen an ... Es ist so finster ...

ANNA: Ich sehe niemanden.

KLEINMANN: Ich auch nicht. Man sollte meinen, da wären Scharen von Bürgern mit Fackeln oder irgendwas –

ANNA: Na ja, solange sie einen Plan haben. *(Pause)*

KLEINMANN: Anna –

ANNA: Ja?
KLEINMANN *(sieht in die Finsternis)*: Denkst du jemals ans Sterben?
ANNA: Warum sollte ich ans Sterben denken? Warum, tust du's?
KLEINMANN: Normalerweise nicht, aber wenn ich's tue, dann stelle ich mir nicht vor, erwürgt zu werden oder die Kehle durchgeschnitten zu bekommen.
ANNA: Das möchte ich nicht hoffen.
KLEINMANN: Ich denke schöner zu sterben.
ANNA: Glaub mir, es gibt viele schönere Arten.
KLEINMANN: Zum Beispiel?
ANNA: Zum Beispiel? Du fragst mich nach einer schöneren Art zu sterben?
KLEINMANN: Ja.
ANNA: Ich denke nach.
KLEINMANN: Tjaa.
ANNA: Gift.
KLEINMANN: Gift? Das ist schrecklich.
ANNA: Warum denn?
KLEINMANN: Machst du Witze? Man kriegt Krämpfe.
ANNA: Nicht unbedingt.
KLEINMANN: Weißt du, wovon du redest?
ANNA: Zyankali.
KLEINMANN: Oh ... meine Spezialistin. Du erwischst mich nicht mit Gift! Du weißt, wie das ist, wenn du nur eine schlechte Muschel ißt?
ANNA: Das ist nicht Gift, das ist eine Lebensmittelvergiftung.
KLEINMANN: Wer will schon was schlucken?

ANNA: Also, wie möchtest du sterben?

KLEINMANN: Im hohen Alter. Erst in vielen Jahren. Wenn ich die lange Reise des Lebens hinter mir habe. In einem bequemen Bett, von Verwandten umgeben – wenn ich neunzig bin.

ANNA: Aber das ist doch ein Traum. Ganz offensichtlich könnte dir jeden Augenblick ein blutrünstiger Mörder das Genick brechen – oder dir die Kehle durchschneiden ... Nicht wenn du neunzig bist, genau jetzt.

KLEINMANN: Es ist so tröstlich, mir dir darüber zu reden, Anna.

ANNA: Schön, ich mach mir Sorgen um dich. Sieh dir das an, da unten. Ein Mörder ist los, und es gibt viele Stellen, wo man sich in so einer finsteren Nacht verstecken könnte – Gassen, Toreingänge, unter der Eisenbahnbrücke ... Du würdest ihn im Dunkeln nie sehen – ein kranker Geist, der in der Nacht mit einer Klaviersaite auf der Lauer liegt –

KLEINMANN: Du hast mich überzeugt – ich geh wieder ins Bett!

(Man hört Klopfen an der Tür und eine Stimme)

STIMME: Los, gehen wir, Kleinmann!

KLEINMANN: Komme schon, komme schon. *(Er küßt Anna)* Bis später.

ANNA: Paß auf, wo du hingehst.

Er geht hinaus und stößt auf Al, der dagelassen worden ist, um dafür zu sorgen, daß Kleinmann alles richtig versteht)

KLEINMANN: Ich weiß nicht, warum ich plötzlich dafür verantwortlich bin.

AL: Wir stecken alle zusammen drin.

KLEINMANN: Es wird noch mein Glück sein, ich werde derjenige sein, der ihn findet. Oh, ich hab meinen Pfeffer vergessen!

AL: Was?

KLEINMANN: He, wo sind denn alle!

AL: Sie mußten weiter. Genaue Zeiteinteilung ist wichtig, wenn man den Plan einhalten will.

KLEINMANN: Also, was ist das denn für ein großartiger Plan?

AL: Das wirst du schon rauskriegen.

KLEINMANN: Wann wollt ihr mir ihn denn erzählen? Nachdem er gefangen ist?

AL: Sei nicht so ungeduldig.

KLEINMANN: Komm – es ist spät, mir ist kalt. Ganz zu schweigen von meinen Nerven.

AL: Hacker und die anderen mußten weg. Aber er hat gesagt, man sollte dir sagen, du bekämst so schnell wie möglich Bescheid, welche Rolle du im Plan spielst.

KLEINMANN: Hacker hat das gesagt?

AL: Ja.

KLEINMANN: Was soll ich denn jetzt machen, wo ich aus meinem Zimmer und aus meinem warmen Bett bin?

AL: Du wartest.

KLEINMANN: Auf was?

AL: Auf Bescheid.

KLEINMANN: Welchen Bescheid?

AL: Bescheid, welche Rolle du im Plan spielst.

KLEINMANN: Ich geh wieder heim.

AL: Nein! Wag das bloß nicht. Eine falsche Bewegung an

dem Punkt könnte unser aller Leben gefährden. Glaubst du, ich will als Leiche enden?

KLEINMANN: Dann erzähl mir doch den Plan.

AL: Ich kann ihn dir nicht erzählen.

KLEINMANN: Warum nicht?

AL: Weil ich ihn nicht kenne.

KLEINMANN: Schau mal, es ist eine kalte Nacht –

AL: Jeder von uns kennt nur einen kleinen Bruchteil des Gesamtplans und zu jedem bestimmten Augenblick – seine eigene Aufgabe – und keiner darf seine Funktion einem anderen mitteilen. Es ist eine Vorkehrung dagegen, daß der Irre den Plan rauskriegt. Wenn jeder seinen Teil genau ausführt, dann wird das ganze Programm zu einem erfolgreichen Abschluß gebracht. Bis dahin darf der Plan weder leichtfertig aufgedeckt noch unter Druck oder Drohungen aufgegeben werden. Jeder einzelne kann nur für ein winziges Teilchen Verantwortung tragen, das für den Irren keine Bedeutung hätte, sollte er Zugang dazu erlangen. Schlau?

KLEINMANN: Brillant. Ich weiß nicht, was vor sich geht, und gehe nach Hause.

AL: Ich kann nichts weiter sagen. Angenommen, du hast all die Leute umgebracht.

KLEINMANN: Ich?

AL: Jeder von uns könnte der Mörder sein.

KLEINMANN: Also, ich bin's nicht. Ich geh nicht mitten in der Saison in der Gegend rum und hacke Leute tot.

AL: Tut mir leid, Kleinmann.

KLEINMANN: Also, was soll ich tun? Was ist meine Aufgabe?

AL: An deiner Stelle würde ich versuchen, so gut ich könnte, meinen Beitrag zu leisten, bis mir meine Funktion klarer würde.

KLEINMANN: Wie meinen Beitrag zu leisten?

AL: Es ist schwierig, deutlicher zu werden.

KLEINMANN: Kannst du mir keinen Fingerzeig geben? Ich komm mir langsam wie ein Idiot vor.

AL: Manches mag chaotisch erscheinen, ist es aber nicht.

KLEINMANN: Aber es war so eilig, mich hier rauszukriegen. Jetzt bin ich hier und bereit, und alle sind weg.

AL: Ich muß gehen.

KLEINMANN: Was war denn so dringend? ... Gehen? Was meinst du damit?

AL: Hier ist meine Arbeit beendet. Ich muß woanders hin.

KLEINMANN: Das heißt, ich bleib hier alleine auf der Straße.

AL: Vielleicht.

KLEINMANN: Überhaupt nicht vielleicht. Wenn wir beide hier sind und du gehst weg, bleib ich allein. Das ist mathematisch.

AL: Gib acht.

KLEINMANN: Oh nein, ich bleib hier nicht allein! Du machst wohl Witze! Ein Verrückter ist in der Gegend! Ich vertrag mich nicht mit Verrückten! Dazu bin ich zu sehr Logiker!

AL: Der Plan erlaubt uns nicht, zusammenzusein.

KLEINMANN: Komm, wir wollen doch keine Liebesgeschichte daraus machen. *Wir* müssen ja nicht zusammen sein. Ich und irgendwelche zwölf starken Männer reichen.

AL: Ich muß gehen.

KLEINMANN: Ich will hier nicht alleine sein. Ich mein's ernst.

AL: Paß einfach auf.

KLEINMANN: Sieh mal, meine Hand zittert – und du bist noch nicht mal weg! Du gehst, und ich zitter von Kopf bis Fuß.

AL: Kleinmann, von dir hängt das Leben anderer ab. Enttäusche uns nicht.

KLEINMANN: Ihr solltet nicht auf mich zählen. Ich habe große Angst vorm Tod! Ich täte beinahe alles lieber als sterben!

AL: Viel Glück!

KLEINMANN: Und was ist mit dem Irren? Gibt's irgendwelche weiteren Neuigkeiten? Ist er wieder gesichtet worden?

AL: Die Polizei hat eine große, furchterregende Gestalt in der Nähe der Eisfabrik herumschleichen sehen. Aber niemand weiß etwas Bestimmtes. *(Geht ab. Wir hören seine Schritte immer leiser werden)*

KLEINMANN: Mir reicht's! Von der Eisfabrik halte ich mich fern! *(Allein – Windgeräusche)* Junge, Junge, nichts schöner als eine Nacht in der Stadt. Ich weiß nicht, warum ich nicht einfach zu Hause warten kann, bis mir eine bestimmte Aufgabe gegeben wird. Was war das für ein Geräusch!? Der Wind – der Wind ist auch nicht allzu aufregend. Er könnte mir ein Zeichen zuwehen. Na ja, ich muß Ruhe bewahren ... Die Leute zählen auf mich ... Meine Augen offenhalten, und wenn ich was Verdächtiges sehe, werd ich's den andern melden ... Außer es sind keine anderen da ... Ich muß dran denken, daß ich bei nächster Gelegenheit noch ein paar mehr Freundschaften schließe ... Wenn ich eine oder zwei Straßen weiterginge, würde ich vielleicht auf ein paar von den anderen stoßen ... Wie weit könnten sie gekommen ein? Es sei denn, das ist es, was sie wollen. Vielleicht ist das ein Teil des Plans. Vielleicht hat mich Hacker, wenn was Gefährliches passiert, irgendwie unter Aufsicht, und alle kämen mir zu Hilfe ... *(lacht nervös)* Ich bin sicher, sie haben mich nicht allein gelassen, damit ich ganz allein durch die Straßen wandere. Sie müssen sich klar sein, daß ich einem wahnsinnigen Mörder nicht gewachsen bin. Ein Irrer hat die Kräfte von zehn, und ich hab die Kräfte von einem halben ... Außer, sie benützen mich als Köder ... Meinst du, sie würden das tun? Mich wie ein Lamm hier draußen lassen? ... Der Mörder fällt über mich her, und sie brechen schnell hervor und ergreifen ihn – außer, sie brechen langsam hervor ... Ich hatte nie ein kräftiges Genick. *(Eine schwarze Gestalt läuft im Hintergrund vorbei)* Was war das? Vielleicht sollte ich zurückgehen ... Allmählich entferne ich mich zu weit vom Ausgangspunkt ... Wie sollen sie mich finden, um mir meine Anweisungen zu geben? Nicht nur das, ich gehe auf einen Teil der Stadt zu, in dem ich mich nicht auskenne ... und was dann? Ja – vielleicht kehr ich besser um und geh denselben Weg zurück, ehe ich mich völlig verirre ... *(Er hört langsame, drohende Schritte auf sich zukommen)* Oh, oh ... Das sind

Schritte – wahrscheinlich hat der Irre Füße ... Oh Gott, rette mich ...

ARZT: Kleinmann, sind Sie's?

KLEINMANN: Was? Wer ist da?

ARZT: Es ist bloß der Doktor.

KLEINMANN: Sie haben mir aber Angst gemacht. Sagen Sie, haben Sie irgendwas von Hacker oder einem der anderen gehört?

ARZT: Was Ihre Mitwirkung betrifft?

KLEINMANN: Ja. Zeit wird vertrödelt, und ich wandere wie ein Idiot in der Gegend herum. Ich meine, ich halte die Augen offen, aber wenn ich wüßte, was man von mir erwartet –

ARZT: Hacker erwähnte irgendwas über Sie.

KLEINMANN: Was?

ARZT: Ich kann mich nicht erinnern.

KLEINMANN: Fabelhaft. Ich bin der vergessene Mann.

ARZT: Ich glaube, ich habe ihn was sagen hören. Ich bin nicht sicher.

KLEINMANN: Kommen Sie, warum machen wir die Runde nicht zusammen? Für den Fall, daß es Schwierigkeiten gibt.

ARZT: Ich kann nur ein kurzes Stück mit Ihnen gehen, dann habe ich was anderes zu tun.

KLEINMANN: Es ist ulkig, einen Arzt mitten in der Nacht wach zu sehen ... Ich weiß, wie ihr Burschen Hausbesuche haßt. Ha-ha-ha-ha. *(Keine Reaktion)* Es ist eine sehr kalte Nacht ... *(Keine Reaktion)* Sie, äh – Sie meinen, wir werden ihn heute nacht sichten? *(Keine Reaktion)* Ich nehme an, Sie haben eine wichtige Aufgabe in dem Plan zu erfüllen? Sehen Sie, meine kenne ich noch gar nicht.

ARZT: Mein Interesse ist rein wissenschaftlich.

KLEINMANN: Davon bin ich überzeugt.

ARZT: Hier gibt es eine Chance, etwas über das Wesen seiner Verrücktheit zu erfahren. Warum ist er, wie er ist? Was treibt jemanden zu so einem antisozialen Verhalten? Hat er irgendwelche anderen ungewöhnlichen Eigenschaften? Gerade der Drang, der einen Irren zum Morden bringt, spornt ihn manchmal zu höchst schöpferischen Resultaten an. Das ist ein sehr kompliziertes Phänomen. Ich würde auch gern wissen, ob er schon seit Geburt verrückt ist, oder ob seine Verrücktheit durch irgendeine Krankheit oder einen Unfall verursacht wurde, die sein Gehirn beschädigt haben, oder von der Belastung durch widrige Umstände insgesamt herrührt. Es gibt eine Million Fakten zu studieren. Zum Beispiel: Warum zieht er es vor, seinem Drang im Akt des Mordens Ausdruck zu verleihen? Tut er es aus freiem Willen oder bildet er sich ein, Stimmen zu hören? Sie wissen, daß einst angenommen wurde, die Verrückten seien von Gott erleuchtet. All das ist wert, für den schriftlichen Bericht untersucht zu werden.

KLEINMANN: Klar, aber erst müssen wir ihn schnappen.

ARZT: Ja, Kleinmann, wenn ich meinen Willen durchsetze, wird man mir Muße geben, dieses Geschöpf peinlich genau zu untersuchen, es bis zum letzten Chromosom hinunter zu sezieren. Ich möchte jede seiner Zellen unters Mikroskop legen. Sehen, woraus er besteht. Seine Säfte analysieren, sein Blut auflösen, sein Gehirn gründlich erforschen, bis ich einen hundertprozentigen Begriff davon habe, was exakt er in jeder Hinsicht ist.

KLEINMANN: Können Sie jemals wirklich einen Menschen kennen? Ich meine, ihn kennen – nicht ihn erkennen, sondern ihn kennen – ich meine, ihn tatsächlich kennen – sofern Sie ihn kennen – ich spreche davon, einen Menschen zu kennen – Sie erkennen, was ich mit kennen meine? Kennen. Wirklich kennen. Kennen. Ihn kennen. Kennen können.

ARZT: Kleinmann, Sie sind ein Idiot.

KLEINMANN: Begreifen Sie, was ich sagen will?

ARZT: Sie tun Ihre Arbeit und ich meine.

KLEINMANN: Ich weiß nicht, was ich tun soll.

ARZT: Dann kritisieren Sie nicht.

KLEINMANN: Wer kritisiert denn? *(Ein Schrei ist zu hören. Sie schrecken auf)* Was war das?

ARZT: Hören Sie keine Schritte hinter uns?

KLEINMANN: Ich höre schon Schritte hinter mir, seit ich acht bin.

(Wieder ein Schrei)

ARZT: Es kommt jemand.

KLEINMANN: Vielleicht mochte er nicht das ganze Gerede darüber, wie er seziert wird.

ARZT: Man verzieht sich wohl besser, Kleinmann.

KLEINMANN: Mit Vergnügen.

ARZT: Schnell! Da lang!

(Geräusch von jemandem, der schwerfällig näherkommt)

KLEINMANN: Dieser Weg ist eine Sackgassse.

ARZT: Ich weiß, was ich tue.

KLEINMANN: Ja, ja, aber wir werden eingeschlossen und umgebracht!

ARZT: Wollen Sie etwa mit mir streiten? Ich bin Arzt.

KLEINMANN: Aber ich weiß, daß diese Gasse – sie ist eine Sackgasse. Da gibt's keinen Weg raus!

ARZT: Auf Wiedersehen, Kleinmann. Tun Sie, was Sie wollen! *(Er läuft in die Sackgasse)*

KLEINMANN *(ruft ihm nach)*: Warten Sie – es tut mir leid! *(Man hört jemand näherkommen)* Ich muß ruhig bleiben! Renn ich weg oder versteck ich mich? Ich renn weg und versteck mich! *(Er rennt los und stößt mit einer jungen Frau zusammen)* Uuuf!

GINA: Oh!

KLEINMANN: Wer sind Sie?

GINA: Wer sind Sie?

KLEINMANN: Kleinmann. Hörten Sie keine Schreie?

GINA: Ja, und ich bekam Angst. Ich weiß nicht, wo sie herkamen.

KLEINMANN: Das ist egal. Hauptsache ist, daß es Schreie waren, und Schreie sind nie was Gutes.

GINA: Ich fürchte mich!

KLEINMANN: Gehen wir doch von hier weg!

GINA: Ich kann nicht zu weit gehen. Ich hab was zu tun.

KLEINMANN: Sind Sie auch mit im Plan?

GINA: Sie nicht auch?

KLEINMANN: Noch nicht. Anscheinend kann ich nicht rausfinden, was ich tun soll. Sie haben nicht irgendwie zufällig was über mich gehört?

GINA: Sie heißen Kleinmann.

KLEINMANN: Genau.

GINA: Ich hab irgendwas über einen Kleinmann gehört. Ich weiß nicht mehr, was.

KLEINMANN: Sie wissen, wo Hacker ist?

GINA: Hacker ist ermordet worden.

KLEINMANN: Was!?

GINA: Ich glaube, es war Hacker.

KLEINMANN: Hacker ist tot?

GINA: Ich bin nicht sicher, ob sie gesagt haben, Hacker oder jemand anderer.

KLEINMANN: Keiner ist vor etwas sicher! Keiner weiß was! Das ist vielleicht ein Plan! Wir fallen wie Fliegen!

GINA: Vielleicht war's nicht Hacker.

KLEINMANN: Sehen wir zu, daß wir hier wegkommen. Ich bin da weggegangen, wo ich sein sollte, und sie suchen wahrscheinlich nach mir, und bei meinem Glück werden sie mir die Schuld geben, wenn der Plan mißlingt.

GINA: Ich kann mich nicht erinnern, wer tot ist. Hacker oder Maxwell.

KLEINMANN: Ich werd Ihnen sagen, wie's ist, es ist schwer, am Ball zu bleiben. Und was treibt eine junge Frau wie Sie draußen auf der Straße? Das ist Männersache.

GINA: Ich bin an die Straßen nachts gewöhnt.

KLEINMANN: Oh?

GINA: Ja, ich bin Prostituierte.

KLEINMANN: Spaß beiseite. Jessas, ich hab noch nie eine gesehen ... Ich dachte, Sie wären größer.

GINA: Ich bring Sie doch nicht in Verlegenheit, oder?

KLEINMANN: Um Ihnen die Wahrheit zu sagen, ich bin

sehr spießig.

GINA: Ja?

KLEINMANN: Ich, äh – ich bin um diese Zeit eigentlich nie wach. Ich meine, *nie*. Es ist mitten in der Nacht. Es sei denn, ich bin krank oder was – aber wenn mir nicht entsetzlich übel ist, schlaf ich wie ein Baby.

GINA: Na ja, auf jeden Fall sind Sie in einer klaren Nacht draußen.

KLEINMANN: Ja.

GINA: Man kann eine Menge Sterne sehen.

KLEINMANN: Eigentlich bin ich sehr nervös. Ich wär lieber zu Hause im Bett. Nachts ist es unheimlich. Alle Läden sind zu. Es gibt keinen Verkehr. Man kann auf der Straße spazieren ... Keiner hält einen an ...

GINA: Na, das ist doch schön, nicht wahr?

KLEINMANN: Äh – das ist ein ulkiges Gefühl. Es gibt keine Zivilisation ... Ich könnte mir die Hosen ausziehn und nackt die Hauptstraße runterlaufen.

GINA: Mmhmm.

KLEINMANN: Ich meine, ich würd's nicht machen, aber ich könnte.

GINA: Für mich ist die Stadt nachts so kalt und dunkel und leer. So ähnlich muß es im Weltraum sein.

KLEINMANN: Um den Weltraum hab ich mich nie gekümmert.

GINA: Aber Sie sind im Weltraum. Wir sind bloß dieser dicke runde Ball, der im Raum schwebt ... Man kann nicht sagen, wo oben ist.

KLEINMANN: Finden Sie das schön? Ich bin ein Mensch, der gerne weiß, wo oben und wo unten und wo das Bad ist.

GINA: Meinen Sie, daß es auf irgendeinem von den Billionen Sternen da draußen Leben gibt?

KLEINMANN: Persönlich weiß ich das nicht. Obwohl ich gehört habe, daß es Leben auf dem Mars geben könnte, aber der Bursche, der mir das erzählt hat, ist bloß in der Strickwarenbranche.

GINA: Und alles geht ewig weiter.

KLEINMANN: Wie kann es ewig weitergehen? Früher oder später muß es aufhören, nicht wahr? Ich meine, früher oder später muß es enden, und da ist dann, äh – eine Mauer oder was – denken Sie doch logisch!

GINA: Wollen Sie damit sagen, daß das Universum endlich ist?

KLEINMANN: Ich sage gar nichts. Ich möchte nicht reingezogen werden. Ich möchte wissen, was man von mir zu tun erwartet.

GINA *(darauf zeigend)*: Da können Sie die Gemini sehen ... die Zwillinge ... und Orion den Jäger ...

KLEINMANN: Wo sehen Sie denn Zwillinge? Die sehen sich doch kaum ähnlich.

GINA: Sehen Sie nur, der winzige Stern da draußen ... ganz allein. Man kann ihn kaum sehen.

KLEINMANN: Sie wissen, wie weit weg das sein muß? Ich würde es Ihnen nicht sagen wollen.

GINA: Wir sehen das Licht, das den Stern vor Millionen von Jahren verließ. Erst jetzt kommt's bei uns an.

KLEINMANN: Ich weiß, was Sie meinen.

GINA: Wußten Sie, daß das Licht 300000 Kilometer in der Sekunde zurücklegt?

KLEINMANN: Das ist zu schnell, wenn Sie mich fragen. Ich genieße gern die Dinge. Es gibt keine Gemütlichkeit mehr.

GINA: Soviel wir wissen, verschwand dieser Stern vor Millionen von Jahren, und das Licht hat mit seiner Geschwindigkeit von 300000 Kilometern pro Sekunde Millionen von Jahren gebraucht, um zu uns zu gelangen.

KLEINMANN: Wollen Sie damit sagen, daß der Stern gar nicht mehr da draußen sein könnte?

GINA: Genau.

KLEINMANN: Obwohl ich ihn mit eigenen Augen sehe?

GINA: Genau.

KLEINMANN: Das ist sehr beängstigend, denn wenn ich etwas mit eigenen Augen sehe, stelle ich mir gerne vor, daß es da ist. Ich meine, wenn das wahr ist, könnten sie alle, wie der da – alle verglüht sein, nur kriegen wir die Nachricht wirklich spät.

GINA: Kleinmann, wer weiß schon, was wirklich ist?

KLEINMANN: Wirklich ist, was man anfassen kann.

GINA: Oh? *(Er küßt sie; sie reagiert leidenschaftlich)* Das macht sechs Dollar, bitteschön.

KLEINMANN: Für was?

GINA: Sie hatten ein bißchen Spaß, nicht?

KLEINMANN: Ein bißchen, ja ...

GINA: Na also, ich bin geschäftlich hier.

KLEINMANN: Ja, aber sechs Dollar für ein kleines Küßchen. Für sechs Dollar könnte ich mir einen Schal kaufen.

GINA: Okay, geben Sie mir fünf Dollar.

KLEINMANN: Küssen Sie nie gratis?

GINA: Kleinmann, das ist ein Geschäft. Zum Vergnügen küsse ich nur Frauen.

KLEINMANN: Frauen? Was für ein Zufall ... Ich auch.

GINA: Ich muß gehen.

KLEINMANN: Ich wollte Sie nicht beleidigen –

GINA: Haben Sie ja nicht. Ich muß gehen.

KLEINMANN: Ist alles in Ordnung?

GINA: Ich habe meine Aufgabe auszuführen. Viel Glück. Ich hoffe, Sie kommen drauf, was man von Ihnen erwartet.

KLEINMANN *(ruft ihr nach)*: Ich wollte mich nicht wie ein Tier benehmen – ich bin wirklich einer der nettesten Menschen, die ich kenne! *(Und er ist allein, während ihre Schritte verhallen)* Also, jetzt reicht's mir. Ich geh heim und damit Schluß. Bloß werden sie dann morgen vorbeikommen und fragen, wo ich war. Sie werden sagen, der Plan ist schiefgegangen, Kleinmann, und das ist deine Schuld. Wieso ist es meine Schuld? Was macht das? Sie finden einen Weg. Sie brauchen einen Sündenbock. Das ist wahrscheinlich meine Rolle im Plan. Ich bin immer schuld, wenn nichts funktioniert. Ich – *(er hört Stöhnen)* Was? Wer ist das!?

ARZT *(schleppt sich auf die Bühne, zu Tode verwundet)*: Kleinmann –

KLEINMANN: Doktor!

ARZT: Ich sterbe.

KLEINMANN: Ich hole einen Arzt.

ARZT: Ich bin Arzt.

KLEINMANN: Ja, aber Sie sind ein sterbender Arzt.

ARZT: Zu spät – er hat mich erwischt ... Oh je ... Man konnte nirgendwo entwischen.

KLEINMANN: Hilfe! Hilfe! Kommt schnell!

ARZT: Schreien Sie nicht so, Kleinmann ... Sie wollen doch nicht, daß der Mörder Sie findet.

KLEINMANN: Hören Sie zu, mir ist das jetzt total schnuppe! Hilfe! *(Dann ruft er beim Gedanken, er könnte vom Mörder entdeckt werden, mit leiserer Stimme)* Hilfe ... Wer ist es denn? Haben Sie ihn sehen können?

ARZT: Nein, bloß plötzlich ein Stich im Rücken.

KLEINMANN: Zu schade, daß er Sie nicht von vorn erstochen hat. Da hätten Sie ihn sehen können.

ARZT: Ich sterbe, Kleinmann.

KLEINMANN: Nehmen Sie's nicht persönlich.

ARZT: Wie kann man bloß sowas Dämliches sagen.

KLEINMANN: Was soll ich sagen? Ich versuche bloß, Konversation zu machen –

(Ein Mann läuft herein)

MANN: Was ist los? Hat jemand um Hilfe gerufen?

KLEINMANN: Der Doktor stirbt ... Holen Sie Hilfe ... Warten Sie! Haben Sie irgend etwas über mich gehört?

MANN: Wie heißen Sie?

KLEINMANN: Kleinmann.

MANN: Kleinmann ... Kleinmann ... Irgendwas, ja ... Sie suchen nach Ihnen ... Es ist wichtig ...

KLEINMANN: Wer?

MANN: Es hat was mit Ihrer Aufgabe zu tun.

KLEINMANN: Endlich.

MANN: Ich sag ihnen, daß ich Sie gesehen habe. *(Rennt*

weg)

ARZT: Kleinmann, glauben Sie an die Wiedergeburt?

KLEINMANN: Was ist das?

ARZT: Wiedergeburt – daß ein Mensch als was anderes wieder auf die Welt kommt.

KLEINMANN: Als was denn?

ARZT: Äh ... ah ... als ein anderes Lebewesen...

KLEINMANN: Was meinen Sie? Zum Beispiel als Tier?

ARZT: Ja.

KLEINMANN: Sie meinen, Sie könnten als Frosch wieder zur Welt kommen?

ARZT: Vergessen Sie es, Kleinmann. Ich habe nichts gesagt.

KLEINMANN: Hören Sie, alles ist möglich, aber es ist schwer vorstellbar, wenn jemand in seinem Leben Direktor einer großen Aktiengesellschaft war, daß er als Eichhörnchen enden soll.

ARZT: Es wird finster.

KLEINMANN: Also, warum sagen Sie mir nicht, welche Rolle Sie im Plan spielen? Da Sie gleich außer Dienst sein werden, könnte ich sie ubernehmen, denn bis jetzt war ich nicht in der Lage, meine Aufgabe herauszufinden.

ARZT: Meine Aufgabe würde Ihnen nicht gut bekommen. Ich bin der einzige, der sie ausführen konnte.

KLEINMANN: Um alles in der Welt kann ich nicht sagen, ob wir zu gut organisiert sind oder nicht organisiert genug.

ARZT: Enttäuschen Sie uns nicht, Kleinmann, wir brauchen Sie. *(Er stirbt)*

KLEINMANN: Doktor! Doktor! Oh, mein Gott ... Was mach ich jetzt? Ach, zum Kuckuck. Ich geh heim! Sollen sie doch alle die ganze Nacht rumrennen wie verrückt. Mitten in der Saison. Keiner will mir was sagen. Ich will bloß nicht, daß sie mir für alles die Schuld geben. Nun, warum sollten sie mir die Schuld geben? Ich kam, als sie riefen. Sie hatten für mich nichts zu tun. *(Ein Polizist kommt mit dem Mann herein, der Hilfe suchen gegangen ist)*

MANN: Gibt's hier einen Sterbenden?

KLEINMANN: Ich sterbe.

POLIZIST: Sie? Was ist mit ihm?

KLEINMANN: Er ist schon tot.

POLIZIST: War er ein Freund von Ihnen?

KLEINMANN: Er hat mir die Mandeln rausgenommen.

(Der Polizist kniet sich hin, um die Leiche zu untersuchen)

MANN: Ich war schon mal tot.

KLEINMANN: Wie bitte?

MANN: Tot: Ich bin tot gewesen. Während des Krieges. Verwundet. Da lag ich auf einem Operationstisch. Chirurgen mühten sich, mein Leben zu retten. Plötzlich haben sie mich verloren – Puls weg. Es war alles aus. Einer von ihnen, wurde mir gesagt, hatte die Geistesgegenwart, mir das Herz zu masssieren. Dann fing's wieder an zu schlagen und ich blieb am Leben, aber einen winzigen Augenblick war ich offiziell tot ... Auch nach der Wissenschaft – tot ... Aber das ist lange her. Deshalb kann ich mitfühlen, wenn ich einen von diesen Burschen sehe.

KLEINMANN: Und wie war es?

MANN: Was?

KLEINMANN: Tot zu sein. Haben Sie was gesehen?

MANN: Nein. Es war einfach ... nichts.

KLEINMANN: Sie können sich an kein Leben nach dem Tode erinnern?

MANN: Nein.

KLEINMANN: Mein Name kam nicht vor?

MANN: Da war nichts. Es gab nichts danach, Kleinmann. Nichts.

KLEINMANN: Ich will nicht weg. Noch nicht. Nicht jetzt. Ich will nicht, daß mir passiert, was ihm passiert ist. In einer Gasse eingeschlossen ... erstochen ... die anderen erwürgt ... sogar Hacker ... von diesem Unhold.

MANN: Hacker wurde nicht von dem Irren ermordet.

KLEINMANN: Nein?

MANN: Hacker ist von Verschwörern umgebracht worden.

KLEINMANN: Verschwörer?

MANN: Die andere Partei.

KLEINMANN: Welche andere Partei?

MANN: Sie kennen die andere Partei nicht?

KLEINMANN: Ich weiß überhaupt nichts! Ich irre in der Nacht herum.

MANN: Gewisse Leute. Shepherd und Willis. Sie sind mit der Art, wie Hacker an das Problem ranging, nie einverstanden gewesen.

KLEINMANN: Was?

MANN: Na ja, Hacker hatte nicht gerade Ergebnisse vorzuweisen.

KLEINMANN: Na, die Polizei auch nicht.

POLIZIST *(steht auf)*: Wir werden's schon. Wenn sich die verdammten Zivilisten raushalten würden.

KLEINMANN: Ich dachte, ihr wolltet Hilfe.

POLIZIST: Hilfe, ja. Aber nicht eine Menge Verwirrung und Panik. Aber seien Sie unbesorgt, wir haben ein paar Anhaltspunkte und lassen Daten durch unsere Computer laufen. Diese Schätzchen sind die besten Elektronengehirne. Außerstande, sich zu irren. Mal sehen, wie lange er sich gegen sie behauptet. *(Kniet sich hin)*

KLEINMANN: Wer hat Hacker umgebracht?

POLIZIST: Es gibt eine Partei gegen Hacker.

KLEINMANN: Wer? Shepherd und Willis?

POLIZIST: Massenweise sind sie zu ihrer Seite übergelaufen. Glauben Sie mir. Ich habe sogar gehört, eine Gruppe hat sich von der neuen Gruppe abgespalten.

KLEINMANN: Noch eine Partei?

POLIZIST: Mit ein paar hübsch gescheiten Ideen, wie man diesen Unhold schnappen könnte. Das ist es, was wir brauchen, nicht? Verschiedene Ideen. Wenn ein Plan keine Ergebnisse bringt, tauchen andere auf. Das ist natürlich. Oder sind Sie gegen neue Ideen?

KLEINMANN: Ich? Nein ... Aber sie haben Hacker getötet.

MANN: Weil er nicht nachgeben wollte. Weil er hartnäkkig darauf bestand, daß dieser dämliche Plan der einzige sei. Trotz der Tatsache, daß nichts passierte.

KLEINMANN: Also gibt's jetzt mehrere Pläne, oder was?

MANN: Richtig. Und ich hoffe, Sie sind nicht mit Hackers Plan verheiratet, obwohl's viele noch sind.

KLEINMANN: Ich kenne Hackers Plan nicht mal.

MANN: Gut, dann können Sie vielleicht für uns von Nutzen sein.

KLEINMANN: Wer ist wir?

MANN: Spielen Sie nicht den Harmlosen.

KLEINMANN: Wer spielt hier?

MANN: Na, los.

KLEINMANN: Nein, ich weiß nicht, was los ist.

MANN *(zieht ein Messer gegen Kleinmann)*: Es stehen Menschenleben auf dem Spiel, du dämliche Laus, entscheide dich.

KLEINMANN: Äh ... Schutzmann ... Wachtmeister ...

POLIZIST: Jetzt brauchst du Hilfe, aber letzte Woche waren wir Idioten, weil wir den Mörder nicht schnappen konnten.

KLEINMANN: Ich hab nicht gemeckert.

MANN: Entschuldige dich, du Wurm.

POLIZIST: Niemand meckert mal darüber, daß wir rund um die Uhr arbeiten. Von Geständnissen Verrückter fast ersäuft. Ein Irrer nach dem anderen behauptet, der Mörder zu sein, und bittet um Bestrafung.

MANN: Ich hab nicht übel Lust, dir die Kehle durchzuschneiden, so wie du mal hüh, mal hott sagst.

KLEINMANN: Ich bin bereit, mich anzustrengen. Sagt mir bloß, was ihr von mir erwartet.

MANN: Bist du auf Hackers Seite oder auf unserer?

KLEINMANN: Hacker ist tot.

MANN: Er hat Anhänger. Oder vielleicht würdest du lieber irgendeine Splittergruppe unterstützen. Was?

KLEINMANN: Wenn mir bloß jemand mal erklären würde,

was jede Gruppe vertritt. Ihr wißt, was ich meine? Ich habe Hackers Plan nie gekannt. Ich kenne euren Plan nicht. Ich weiß nichts von Splittergruppen.

MANN: Ach, was ist er für ein Dummerchen, was Jack?

POLIZIST: Tjäää. Weiß alles, bis es ans Handeln geht. Du widerst mich an.

(Die Überreste von Hackers Gruppe treten auf)

HANK: Da bist du ja, Kleinmann. Zum Teufel, wo bist du denn gewesen?

KLEINMANN: Ich? Wo seid ihr denn gewesen?

SAM: Du bist gerade dann weggegangen, als wir dich brauchten.

KLEINMANN: Niemand hat mir ein Wort gesagt.

MANN: Kleinmann ist jetzt bei *uns*.

JOHN: Stimmt das, Kleinmann?

KLEINMANN: Stimmt was? Ich weiß nicht, was überhaupt noch stimmt.

(Mehrere Männer kommen herein, sie sind eine Gegengruppe)

BILL: He, Frank. Machen die Burschen hier dir Schwierigkeiten?

FRANK: Nein. Das könnten sie nicht, selbst wenn sie wollten.

AL: Nein?

FRANK: Nein.

AL: Wir könnten ihn schon geschnappt haben, Jungs, wenn ihr da wärt, wo ihr sein solltet.

FRANK: Wir waren uns mit Hacker nicht einig. Sein Plan funktionierte nicht.

DON: Ja. Wir werden diesen Mörder fangen. Überlaßt

ihn uns.

JOHN: Wir überlassen euch gar nichts. Gehen wir, Kleinmann.

FRANK: Du hältst doch nicht zu denen, oder?

KLEINMANN: Ich? Ich bin neutral. Ganz egal, wer den besten Plan hat.

HENRY: Es gibt keine Neutralen, Kleinmann.

MANN: Entweder wir oder sie.

KLEINMANN: Wie soll ich wählen, wenn ich die Alternativen nicht kenne? Sind die einen Äpfel und die anderen Birnen? Sind sie beide Apfelsinen?

FRANK: Legen wir ihn jetzt um.

SAM: Du legst jetzt überhaupt keinen mehr um.

FRANK: Nein?

SAM: Nein. Und wenn wir diesen Irren schnappen, wird jemand für Hacker bezahlen müssen.

KLEINMANN: Während wir rumstehen und streiten, kann der Irre jemanden umbringen. Der Sinn ist, zusammenzuarbeiten.

SAM: Sag das denen.

FRANK: Erfolge sind, worauf es ankommt.

DON: Nehmen wir uns jetzt mal diese Hurensöhne hier vor. Sonst stehen sie uns im Weg und bringen die Probleme durcheinander.

AL: Versuch's nur, du Schreihals.

BILL: Wir versuchen's nicht bloß.

(Messer und Totschläger werden gezogen und geschwungen)

KLEINMANN: Kameraden – Jungs –

FRANK: Jetzt wähle, Kleinmann, der Augenblick ist da!

Henry: Besser, du wählst richtig, Kleinmann. Es wird nur einen Sieger geben.

Kleinmann: Wir werden uns gegenseitig umbringen, und der Irre bleibt in Freiheit. Seht ihr das nicht? ... Sie sehen's nicht.

(Handgemenge beginnt. Plötzlich halten alle inne und schauen auf. Auf die Bühne schlängelt sich eine eindrucksvolle, kirchlich wirkende Prozession, die ein Helfer anführt)

Helfer: Der Mörder! Wir haben den Irren gefunden!

(Handgemenge hört auf, Gemurmel: »Was ist jetzt los?« Geräusch: Bong, bong. Es kommt eine Gruppe mit Hans Spüro herein, der riecht und schnüffelt)

Polizist: Das ist Spüro, das Medium. Wir haben ihn auf den Fall angesetzt. Er ist Hellseher.

Kleinmann: Wirklich? Er müßte auf der Rennbahn Erfolg haben.

Polizist: Er hat schon Morde für andere aufgeklärt. Alles, was er braucht, ist was zum Schnüffeln oder Befühlen. Er hat unten im Hauptquartier meine Gedanken gelesen. Er wußte, mit wem ich gerade im Bett gewesen war.

Kleinmann: Mit Ihrer Frau.

Polizist *(nach einem anzüglichen Blick auf Kleinmann)*: Seht ihn euch an, Jungs. Er hat übernatürliche Kräfte.

Helfer: Mr. Spüro, der Hellseher, ist nahe daran, den Mörder zu entdecken. Bitte geben Sie den Weg frei. *(Spüro bahnt sich schnüffelnd seinen Weg)* Mr. Spüro wünscht, Sie zu beschnuppern.

Kleinmann: Mich?

HELFER: Ja.
KLEINMANN: Wozu?
HELFER: Es reicht, wenn er es wünscht.
KLEINMANN: Ich möchte nicht beschnuppert werden.
FRANK: Was hast du zu verbergen? *(Andere stimmen extemporierend zu)*
KLEINMANN: Nichts, aber es macht mich nervös.
POLIZIST: Machen Sie weiter, schnuppern Sie drauflos.
(Spüro schnüffelt, Kleinmann fühlt sich unbehaglich)
KLEINMANN: Was macht er eigentlich? Ich hab nichts zu verbergen. Mein Jackett riecht wahrscheinlich ein bißchen nach Kampfer. Richtig? He, können Sie jetzt aufhören, an mir zu schnuppern? Es macht mich nervös.
AL: Nervös, Kleinmann?
KLEINMANN: Ich hab's nie gemocht, beschnuppert zu werden. *(Spüro steigert seine Intensität)* Was ist los? Wo seht ihr alle hin? Was? Ach, ich weiß. Ich hab mir etwas Salatsoße auf die Hose gegossen ... Drum riecht's schwach danach – nicht allzu grauenhaft ... Es war die übliche Soße drüben in Wilton's Steakhouse ... Ich mag Steak ... nicht blutig ... Also, ja, medium, ich meine, nicht roh ... Ihr wißt ja, man bestellt's medium und es kommt ganz rot.
SPÜRO: Dieser Mann ist der Mörder.
KLEINMANN: Was?
POLIZIST: Kleinmann?
SPÜRO: Ja. Kleinmann.
POLIZIST: Nein!
HELFER: Mr. Spüro hat's wieder gelöst!
KLEINMANN: Wovon reden Sie? Wissen Sie, wovon Sie

reden?

Spüro: Hier ist der Schuldige.

Kleinmann: Sie sind verrückt. Spüro ... dieser Kerl ist ein Wahnsinniger!

Henry: Also, du bist es die ganze Zeit gewesen, Kleinmann.

Frank *(schreit):* He – hierher! Hierher! Wir haben ihn!

Kleinmann: Was macht ihr bloß!?

Spüro: Es gibt keinen Zweifel. Es ist unbestreitbar.

Bill: Warum hast du's getan, Kleinmann?

Kleinmann: Was getan? Wollt ihr diesem Kerl etwa glauben? Weil er mich berochen hat?

Helfer: Mr. Spüros übernatürliche Fähigkeiten haben ihn noch nie getrogen.

Kleinmann: Der Kerl ist ein Schwindler. Was soll das mit dem Riechen?!

Sam: Also, Kleinmann ist der Mörder.

Kleinmann: Nein ... Leute ... Ihr kennt mich doch alle!

John: Warum hast du's getan, Kleinmann?

Frank: Tjä.

Al: Er hat's getan, weil er verrückt ist. Plemplem im Kopf.

Kleinmann: Ich bin verrückt? Seht doch, wie ich angezogen bin!

Henry: Denkt nicht, daß er vernünftig redet. Sein Geist ist perdu.

Bill: So ist es halt mit einem Verrückten. Sie können in jedem Punkt logisch sein, bis auf einen – ihren schwachen Punkt, den Punkt ihres Wahnsinns.

Sam: Und Kleinmann ist immer so verdammt logisch.

HENRY: Verdammt zu logisch.

KLEINMANN: Das ist ein Witz, gelt? Weil, wenn's kein Witz ist, fang ich sofort an zu schreien.

SPÜRO: Aufs neue danke ich dem Herrn für die besondere Gabe, die Ihm mir zu verleihen gefiel.

JOHN: Hängen wir ihn doch gleich auf! *(Allgemeine Zustimmung)*

KLEINMANN: Komm mir nicht zu nahe! Hängen liegt mir nicht!

GINA *(die Prostituierte)*: Er hat versucht, mich anzufallen! Plötzlich hat er mich gepackt!

KLEINMANN: Ich hab Ihnen sechs Dollar gegeben.

(Sie packen ihn)

BILL: Ich hab ein Stück Strick!

KLEINMANN: Was macht ihr denn?

FRANK: Wir machen diese Stadt ein für allemal sicher.

KLEINMANN: Ihr hängt den Verkehrten. Ich würde keiner Fliege ein Leid tun ... Okay, mag sein, einer Fliege –

POLIZIST: Wir können ihn nicht ohne Prozeß hängen.

KLEINMANN: Natürlich nicht. Ich habe gewisse Rechte.

AL: Wie stand's mit den Rechten der Opfer, was?

KLEINMANN: Welche Opfer? Ich will meinen Anwalt! Hört her! Ich will meinen Anwalt! Ich hab nicht mal einen Anwalt!

POLIZIST: Wie bekennen Sie sich, Kleinmann?

KLEINMANN: Nicht schuldig. Absolut nicht schuldig! Ich bin weder jetzt noch irgendwann ein Meuchelmörder gewesen. Es interessiert mich nicht mal als Hobby.

HENRY: Was hast du zur Ergreifung des Mörders beigetragen?

KLEINMANN: Du meinst den Plan? Keiner hat mir was darüber gesagt.

JOHN: Meinst du nicht, daß es deine Pflicht ist, das selber rauszukriegen?

KLEINMANN: Wie denn? Jedesmal, wenn ich gefragt habe, hab ich irgendeinen Quatsch gehört.

AL: Es ist deine Pflicht, Kleinmann.

FRANK: Das ist richtig. Es ist ja nicht so, als gäb's nur einen Plan.

BILL: Klar. Wir sind mit einem Alternativplan rausgekommen.

DON: Und es gab andere Pläne. Du hättest schon in was einsteigen können.

SAM: Ist es das, warum du Schwierigkeiten hattest, dich zu entscheiden? Weil du dich gar nicht entscheiden wolltest?

KLEINMANN: Zwischen was entscheiden? Nennt mir den Plan. Laßt mich helfen. Verwendet mich.

POLIZIST: Dafür ist es ein bißchen spät.

HENRY: Kleinmann, man hat dir den Prozeß gemacht und dich schuldig befunden. Du wirst hängen. Hast du irgendeinen letzten Wunsch?

KLEINMANN: Ja, ich würde lieber nicht hängen.

HENRY: Tut mir leid, Kleinmann. Da können wir nichts machen.

ABE *(kommt völlig aufgelöst herein):* Schnell – kommt schnell!

JOHN: Was ist denn?

ABE: Wir haben den Mörder hinter dem Lagerhaus ertappt.

AL: Das ist unmöglich. Kleinmann ist der Mörder.

ABE: Nein. Er wurde überrascht, als er gerade Edith Cox erwürgen wollte. Sie hat ihn wiedererkannt. Beeilt euch. Wir brauchen jeden, den wir kriegen können.

SAM: Ist es jemand, den wir kennen?

ABE: Nein. Es ist ein Fremder, aber er ist auf der Flucht!

KLEINMANN: Seht ihr! Seht ihr! Ihr wart alle bereit, einen Unschuldigen zu hängen.

HENRY: Vergib uns, Kleinmann.

KLEINMANN: Klar. Kommt einfach immer mit einem Strick zu mir rüber, wenn euch die Ideen ausgehen.

SPÜRO: Es muß irgendwo ein Fehler vorliegen.

KLEINMANN: Und Sie? Sie sollten sich eine künstliche Nase besorgen! *(Alle laufen weg)* Es ist gut zu wissen, wer deine Freunde sind. Ich geh jetzt nach Hause. Das hier ist nicht mehr mein Problem! ... Ich bin müde, mir ist kalt ... verdammte Nacht ... Wo bin ich denn jetzt? ... Jungejunge, für meinen Orientierungssinn würde ich keine zwei Cent geben ... Nein, das ist nicht richtig ... ich muß mich einen Moment ausruhen – die Richtung peilen ... Mir ist ein bißchen schlecht vor Angst ... *(Ein Geräusch)* Oh, Gott ... was jetzt?

IRRER: Kleinmann?

KLEINMANN: Wer sind Sie?

IRRER *(der Kleinmann ähnelt)*: Der Meuchelmörder. Darf ich mich setzen? Ich bin außer Puste.

KLEINMANN: Was?

IRRER: Jeder jagt mich ... Ich renne Gassen entlang und in Eingänge rein und wieder raus. Ich schleiche in der Stadt herum – und sie glauben, mir macht das Spaß.

KLEINMANN: Sie sind – der Mörder?

IRRER: Klar.

KLEINMANN: Ich muß hier weg!

IRRER: Regen Sie sich nicht auf. Ich bin bewaffnet.

KLEINMANN: Sie – Sie werden mich umbringen?

IRRER: Natürlich, das ist meine Spezialität.

KLEINMANN: Sie – Sie sind verrückt.

IRRER: Sicher bin ich verrückt. Meinen Sie, ein gesunder Mensch würde herumgehen und Leute umbringen? Und ich beraube sie nicht einmal. Das ist die Wahrheit. Ich habe bei keinem Opfer auch nur einen Penny verdient. Ich habe nie auch nur einen Taschenkamm genommen.

KLEINMANN: Warum tun Sie es dann?

IRRER: Warum? Weil ich verrückt bin.

KLEINMANN: Aber Sie sehen normal aus.

IRRER: Man kann nicht nach der äußeren Erscheinung gehen. Ich bin ein Irrer.

KLEINMANN: Tjaja, aber ich erwartete eine lange, schwarze, furchterregende Gestalt ...

IRRER: Das ist hier kein Film, Kleinmann. Ich bin ein Mensch wie Sie. Was sollte ich denn haben, Klauen und Giftzähne?

KLEINMANN: Aber Sie haben so viele große kräftige Leute umgebracht ... Zweimal so groß wie Sie ...

IRRER: Klar. Weil ich von hinten komme oder warte, bis sie schlafen. Hören Sie, ich bin nicht auf Scherereien aus.

KLEINMANN: Aber warum tun Sie es denn?

IRRER: Ich bin ein komischer Kauz.

KLEINMANN: Gefällt es Ihnen?
IRRER: Es ist keine Frage von *gefallen*, ich tue es.
KLEINMANN: Aber sehen Sie nicht, wie lächerlich das ist?
IRRER: Wenn ich das sehen könnte, wäre ich nicht verrückt.
KLEINMANN: Wie lange sind Sie schon so?
IRRER: Solange ich mich erinnern kann.
KLEINMANN: Kann man Ihnen nicht helfen?
IRRER: Wodurch?
KLEINMANN: Es gibt Ärzte ... Sanatorien ...
IRRER: Sie denken, Ärzte wissen etwas? Ich bin bei Ärzten gewesen. Sie haben mein Blut untersucht, mich durchleuchtet. Sie finden die Verrücktheit nicht. Die zeigt sich nicht auf dem Röntgenschirm.
KLEINMANN: Was ist mit Psychiatrie? Seelenärzten?
IRRER: Ich halte sie zum Narren.
KLEINMANN: Hä?
IRRER: Ich benehme mich normal. Sie zeigen mir Tintenkleckse ... Sie fragen mich, ob ich Mädchen mag. Ich sage ihnen, klar.
KLEINMANN: Das ist schrecklich.
IRRER: Haben Sie irgendwelche letzten Wünsche?
KLEINMANN: Das kann nicht Ihr Ernst sein!
IRRER: Wolln Se meine Wahnsinnslache hörn?
KLEINMANN: Nein. Wollen Sie nicht der Vernunft Gehör schenken? *(Der Irre läßt das Klappmesser dramatisch aufschnappen)* Wenn Sie nichts durchschauert, wenn Sie mich umbringen, warum's dann tun? Das ist nicht logisch. Sie könnten Ihre Zeit schöpferisch verbringen ... Mit Golf anfangen – ein irrer Golfspieler wer-

den!

IRRER: Auf Wiedersehen, Kleinmann!

KLEINMANN: Hilfe! Hilfe! Mord! *(Und er wird erstochen. Der Irre läuft weg)* Ohhh! Ohh!

(Eine kleine Menschenmenge sammelt sich. Wir hören: »Er stirbt. Kleinmann stirbt ... Er stirbt ...«)

JOHN: Kleinmann ... Wie sah er aus?

KLEINMANN: Wie ich.

JOHN: Was meinst du damit, wie du?

KLEINMANN: Er sah wie ich aus.

JOHN: Aber Jensen hat gesagt, er sehe wie Jensen aus ... Lang und blond, wie ein Schwede ...

KLEINMANN: Oooh ... Wollt ihr auf Jensen hören oder wollt ihr auf mich hören?

JOHN: Okay, werd nicht wütend ...

KLEINMANN: In Ordnung, dann red aber nicht wie ein Trottel ... Er sah wie ich aus ...

JOHN: Oder er ist ein Meister der Verkleidung ...

KLEINMANN: Na, von irgendwas ist er bestimmt ein Meister und besser, Leute, ihr seid auf Draht.

JOHN: Bring ihm etwas Wasser.

KLEINMANN: Was soll ich denn mit Wasser?

JOHN: Ich nahm an, du wärst durstig.

KLEINMANN: Sterben macht nicht durstig. Außer, man wird erstochen, nachdem man Hering gegessen hat.

JOHN: Hast du Angst zu sterben?

KLEINMANN: Es ist nicht, daß ich Angst zu sterben hätte, ich möchte einfach nicht dabei sein, wenn's passiert.

JOHN *(nachdenklich)*: Früher oder später kriegt er uns alle.

KLEINMANN *(phantasierend):* Haltet zusammen ... Gott ist der einzige Feind.

JOHN: Armer Kleinmann. Er phantasiert.

KLEINMANN: Oh ... Oh ... ugggmmmfff. *(Stirbt)*

JOHN: Kommt, wir müssen mit einem besseren Plan rauskommen.

(Sie gehen langsam weg)

KLEINMANN *(erhebt sich ein klein wenig):* Und noch etwas. Wenn es ein Leben nach dem Tode gibt und wir kommen alle an denselben Ort – ruft mich nicht an, ich melde mich schon! *(Er ist tot)*

MANN *(läuft herein):* Der Mörder ist an den Eisenbahngleisen gesichtet worden! Kommt schnell!

(Sie rennen alle hinter ihm her, und wir machen

DUNKEL)

Die frühen Essays

Es folgen einige der frühen Essays von Woody Allen. Es gibt keine späten Essays, weil ihm die Beobachtungen ausgingen. Mit dem Älterwerden wird Allen vielleicht mehr vom Leben verstehen und es niederlegen, und sich dann in sein Schlafzimmer zurückziehen und dort für unbestimmte Zeit niederlegen. Wie Bacons Essays sind Allens kurz und voll nützlicher Weisheiten, allerdings gestattet der verfügbare Platz nicht die Einbeziehung seiner tiefsten Abhandlung: »So ein Tag, so wunderschön wie heute.«

Über die Freude, einen Baum im Sommer zu betrachten

Von allen Wundern der Natur ist ein Baum im Sommer vielleicht das erstaunlichste, mit der denkbaren Ausnahme eines Elchs in Gamaschen, der »Halt ich dich in meinen Armen« singt. Sieh die Blätter, wie grün und blättrig sie sind (wenn nicht, ist was verkehrt). Schau, wie sich die Zweige gen Himmel recken, als wollten sie sagen: »Obwohl ich nur ein Zweig bin, würde ich doch so gerne die Sozialversicherung einkassieren.« Und die vielen Arten! Ist dieser Baum eine Fichte oder eine Pappel? Oder ein Riesen-Mammutbaum? Nein, ich fürchte, es ist eine stattliche Ulme, und schon wieder hat man sich restlos blamiert. Natürlich würde man alle Bäume im Augenblick erkennen, wenn man Mutter Naturs Geschöpf, der Specht, wäre, aber dann wäre alles zu spät, und man bekäme nie wieder sein Auto in Gang.

Aber warum ist ein Baum so viel ergötzlicher als, sagen wir, ein murmelndes Bächlein? Oder halt irgendwas, was murmelt? Weil seine prächtige Gestalt stummes Zeugnis ist einer Intelligenz, die weit größer als jede andere auf Erden ist, bestimmt in der augenblicklichen Regierung. Wie der Dichter sagt: »Gott allein kann einen Baum machen« – wahrscheinlich, weil's so schwierig ist rauszuknobeln, wie man die Borke festkriegt.

Einmal war ein Holzfäller drauf und dran, einen Baum umzuhacken, als er ein Herz bemerkte, das in seine Rinde geschnitzt war und das zwei Namen umschloß. Er legte die Axt beiseite und sägte den Baum um. Die Pointe dieser Geschichte ist mir entschlüpft, obwohl der Holzfäller sechs Monate darauf zu einer Geldstrafe verurteilt wurde, weil er einem Zwerg Römische Zahlen beigebracht hatte.

Über Jugend und Alter

Der wahre Maßstab der Reife eines Menschen ist nicht, wie alt er ist, sondern wie er darauf reagiert, wenn er mitten in der Stadt in seinen Unterhosen aufwacht. Was bedeuten schon Jahre, besonders wenn man eine mietpreisgebundene Sozialwohnung hat? Woran man immer denken sollte, ist, daß jede Zeit im Leben die entsprechenden Trostpflaster bereithält, wogegen es, wenn man tot ist, schwierig ist, den Lichtschalter zu finden. Das Hauptproblem beim Tod übrigens ist die Furcht, daß es kein Leben danach geben könnte – ein bedrückender Gedanke, besonders für diejenigen, die sich noch die Mühe gemacht haben, sich zu rasieren. Es gibt auch die Furcht, daß es ein Leben nach dem Tode gibt, aber niemand weiß, wo es stattfindet. Auf der Plusseite ist der Tod eins der wenigen Dinge, die leicht im Liegen erledigt werden können.

Überlegen wir ferner: Ist das hohe Alter wirklich so schrecklich? Nicht, wenn man sich gewissenhaft die Zähne geputzt hat! Und warum gibt es kein Mittel gegen den Ansturm der Jahre? Oder ein gutes Hotel im Zentrum von Indianapolis? Na schön.

Kurz, am besten ist, sich so zu benehmen, wie es dem Alter angemessen ist. Wenn du sechzehn oder darunter bist, versuch nicht, Glatze zu tragen. Wenn du andererseits über achtzig bist, ist es ein äußerst korrektes Verhalten, die Straße hinunterzuschlurfen, eine braune Papiertüte fest in der Hand, und zu murmeln: »Der Kaiser klaut mir meine Strippe.« Erinnern wir uns, alles ist relativ – oder sollte es sein. Wenn nicht, müssen wir wieder von vorn beginnen.

Über die Sparsamkeit

Wenn man durchs Leben geht, ist es äußerst wichtig, Kapital anzusammeln, und man sollte nie Geld für irgendeinen Quatsch ausgeben, wie zum Beispiel Birnennektar oder einen massiven Goldhut. Geld ist nicht alles, aber es ist besser als Gesundheit. Schließlich kann man nicht in einen Fleischerladen gehen und zum Fleischer sagen: »Schauen Sie meine schöne Sonnenbräune an, und außerdem bekomme ich nie eine Erkältung«, und erwarten, daß er dafür irgendwelche Würste rausrückt. (Es sei denn natürlich, der Fleischer ist ein Idiot.) Geld ist besser als Armut, wenn auch nur aus finanziellen Gründen. Nicht, daß es Glück erkaufen könnte. Nehmen wir das Beispiel von der Ameise und dem Grashüpfer: Der Grashüpfer spielte den ganzen Sommer, während die Ameise arbeitete und sparte. Als der Winter kam, hatte der Grashüpfer nichts, aber die Ameise klagte über Brustschmerzen. Das Leben ist schwer für Insekten. Und denkt bloß nicht, Mäuse amüsierten sich etwa besonders. Der springende Punkt ist: Wir brauchen alle einen Sparstrumpf, es sei denn, wir gehen barfuß.

Schließlich wollen wir im Gedächtnis behalten, daß es leichter ist, zwei Dollar auszugeben, als einen zu sparen. Und investiert um Gottes willen kein Geld bei irgendeiner Maklerfirma, in der einer der Partner Frenchy heißt.

Über die Liebe

Ist es besser, der Liebende oder der Geliebte zu sein? Weder – noch, wenn dein Cholesterinspiegel über sechshundert ist. Mit Liebe meine ich natürlich die romantische Liebe – die Liebe zwischen Mann und Frau, und weniger die zwischen Mutter und Kind oder einem Jungen und seinem Hund oder zwischen zwei Oberkellnern.

Was Wundervolles, wenn man verliebt ist, ist der Drang zu singen. Dem muß um jeden Preis widerstanden werden, und beachtet werden muß auch, daß das feurige Männchen die Schlagertexte nicht »spricht«. Geliebt zu werden ist sicher was anderes als verehrt zu werden, wie man ja aus der Ferne verehrt werden kann, aber um wirklich jemanden zu lieben, ist es unbedingt erforderlich, mit der Person im selben Zimmer zu sein, hinter den Gardinen versteckt.

Um ferner ein wirklich guter Liebhaber zu sein, muß man stark und doch zärtlich sein. Wie stark? Ich nehme an, es sollte reichen, wenn man fünfzig Pfund heben kann. Man erinnere sich auch, daß für den Liebenden die Geliebte immer das schönste ist, was er sich vorstellen kann. Auch, wenn sie für einen Außenstehenden von einer Büchse Ölsardinen nicht zu unterscheiden ist. Die Schönheit liegt im Auge des Betrachters. Sollte der Betrachter schlechte Augen haben, dann kann er ja denjenigen, der am nächsten steht, fragen, welche Mädchen gut aussehen. (Tatsächlich sind die Hübschesten fast immer die Langweiligsten, und deshalb haben einige Leute das Gefühl, es gibt keinen Gott.)

»Die Freuden der Liebe, sie dauern nur ein Hui«, sang der Troubadour, »doch ewig währen die Schmerzen der Liebe«. Das war mal fast ein Schlagerhit, aber die Melodie war dem Lied »I'm a Yankee Doodle Dandy« zu ähnlich.

Über das Vergnügen, durchs Gebüsch zu hüpfen und Veilchen zu pflücken

Das ist überhaupt kein Vergnügen, und ich würde zu fast jeder anderen Tätigkeit raten. Versuche, einen kranken Freund zu besuchen. Wenn das unmöglich ist, sieh dir eine Show an oder steige in eine schöne warme Badewanne und lies. Alles ist besser als mit so einem nichtssagenden Lächeln in einem Gebüsch aufzukreuzen und Blumen in einen Korb zu sammeln. Als nächstes würdest du bemerken, daß du hin- und herhüpfst. Was wirst du nun mit den Veilchen machen, wo du sie schon mal gepflückt hast? »Na, sie in eine Vase stellen«, sagst du. Was für eine blöde Antwort. Heutzutage ruft man den Blumenhändler an und bestellt per Telefon. Laß *ihn* doch durchs Gebüsch hüpfen, er wird dafür bezahlt. Auf diese Weise wird, wenn ein Gewittersturm aufkommt, oder man stößt zufällig auf einen Bienenschwarm, es der Blumenhändler sein, der ins Berg-Sinai-Krankenhaus geschafft wird.

Daraus ist übrigens nicht zu schließen, daß ich den Freuden der Natur gegenüber empfindungslos wäre, obwohl ich zu dem Schluß gelangt bin, daß es beschwerlich ist, zum schieren Vergnügen mitten in den Ferien achtundvierzig Stunden lang im Kaufhaus im Schaumgummi-Paradies rumzutoben. Aber das ist eine andere Geschichte.

Eine kurze, aber hilfreiche Anleitung zum bürgerlichen Ungehorsam

Um eine Revolution zu machen, sind zwei Dinge erforderlich: jemand oder etwas, gegen das zu revoltieren ist, und jemand, der wirklich erscheint und den Aufstand macht. Die Kleidung ist normalerweise salopp, und beide Parteien können über Zeit und Ort mit sich reden lassen, aber wenn eine von beiden Gruppen sich nicht einfindet, wird die ganze Unternehmung wahrscheinlich scheitern. In der Chinesischen Revolution von 1650 erschien keine von beiden Parteien, und die Anzahlung für den Festsaal ging flöten.

Die Leute oder Parteien, gegen die revoltiert wird, heißen die »Unterdrücker« und sind leicht zu erkennen, weil sie offenbar den ganzen Spaß auf ihrer Seite haben. Die »Unterdrücker« tragen im allgemeinen Anzüge, besitzen Land und spielen spät nachts Radio, ohne deswegen angeschrien zu werden. Ihre Aufgabe ist, den »status quo« aufrechtzuerhalten, ein Zustand, wo alles beim alten bleibt, wenn sie auch bereit sein mögen, alle zwei Jahre zu renovieren.

Wenn die »Unterdrücker« zu streng werden, haben wir das, was man als Polizeistaat kennt, in dem jede abweichende Meinung verboten ist, wie zum Beispiel in sich hineinzukichern, sich mit Fliege zu zeigen oder vom Bürgermeister als dem »Dickerchen« zu reden. Die bürgerlichen Freiheiten sind in einem Polizeistaat enorm eingeschränkt, und von Redefreiheit ist keine Rede, obwohl einem gestattet ist, zu einer Schallplatte den Mund auf und zu zu machen. Meinungen, die an der Regierung zu kritteln haben, werden nicht geduldet, insbesondere nicht Kritik an ihrem Tanzstil. Die Pressefreiheit ist ebenfalls beschränkt und die Regierungspartei »dirigiert« die Nachrichten und erlaubt den Bürgern lediglich, willkommenen politischen Ideen und Fußballergebnissen zuzuhören, die keine Unruhe stiften.

Die revoltierenden Gruppen werden die »Unterdrückten« genannt, und man sieht sie gewöhnlich sich herumprügeln und nörgeln oder über Kopfschmerzen klagen. (Man sollte anmerken, daß die Unterdrücker nie revoltieren und versuchen, die Unterdrückten zu werden, weil das ein Wechseln der Unterwäsche nach sich zöge.)

Einige berühmte Beispiele für Revolutionen sind:

Die Französische Revolution, in der das Volk mit Gewalt die Macht an sich riß und rasch alle Türschlösser in den Schloßtüren auswechselte, so daß die Adligen nicht mehr reinkonnten. Dann machten sie eine spendable Party und fraßen sich voll. Als die Adligen endlich das Schloß zurückeroberten, waren sie gezwungen sauberzumachen und fanden viele Dreckflecken und Brandlöcher von den Zigaretten.

Die Russische Revolution, die jahrelang vor sich hin brodelte und plötzlich ausbrach, als die Leibeigenen endlich bemerkten, daß der Russische Kaiser und der Zar dieselbe Person waren.

Es sollte bemerkt werden, daß, wenn eine Revolution vorbei ist, die »Unterdrückten« oft die Regierung übernehmen und anfangen, wie »Unterdrücker« aufzutreten. Natürlich ist es dann sehr schwer, sie ans Telefon zu bekommen, und an das Geld, das man ihnen während des Kampfes für Zigaretten und Kaugummi geborgt hat, mögen sie sich auch nicht mehr erinnern.

Methoden bürgerlichen Ungehorsams:

Hungerstreik. Hierbei verzichtet der Unterdrückte auf Nahrung, bis seine Forderungen erfüllt sind. Hinterlistige Politiker lassen dann Kekse in seiner Reichweite liegen oder vielleicht ein bißchen Cheddar-Streichkäse, aber ihnen muß man widerstehen. Wenn die Partei, die an der Macht ist, den Streikenden zum Essen bewegen kann, hat sie normalerweise wenig Mühe, den Aufstand niederzuschlagen. Wenn sie ihn dazu bringen, zu essen und auch noch die Rechnung kommen zu lassen, haben sie den Sieg in der Tasche. In Pakistan wurde ein Hungerstreik abgebrochen, als die Regierung ein über die Maßen leckeres Kalbs-Cordon-bleu herstellen ließ, das die breite Masse zu verführerisch fand, um es zurückgehen zu lassen, aber solche Feinschmeckergerichte sind selten.

Das Problem beim Hungerstreik ist, daß man nach ein paar Tagen ziemlich hungrig werden kann, besonders, seitdem Lautsprecherwagen aufgeboten werden, die durch die Straßen fahren und verkünden: »Mmmm ... ist das Hühnchen gut ... hmmm ... noch ein paar Erbsen ... hmmm ...«

Eine Spielart des Hungerstreiks für alle die, deren politische Überzeugungen nicht ganz so radikal sind, besteht im Verzicht auf Schnittlauch. Diese kleine Geste kann, wenn sie richtig genutzt wird, großen Einfluß auf eine Regierung ausüben, und es ist ja allseits bekannt, daß Mahatma Gandhis Beharren darauf, seinen Salat ohne Essig und Öl zu essen, die britische Regierung so beschämte, daß sie in vielen Dingen nachgab. Andere Dinge außer Essen, auf die man verzichten kann: Whist, Lächeln und auf einem Bein zu stehen und einen Kranich nachzumachen.

Sitzstreik. Begebt euch an den bezeichneten Punkt und setzt euch, aber setzt euch richtig hin. Sonst kauert ihr bloß, eine Haltung, die keinen politischen Wert hat, es sei denn, die Regierung kauert ebenfalls. (Das ist selten, obgleich sich eine Regierung gelegentlich bei kaltem Wetter hinhockt.) Der Sinn ist, so lange sitzen zu bleiben, bis Zugeständnisse gemacht werden, aber wie beim Hungerstreik wird die Regierung subtile Mittel anwenden, um die Streikenden zum Aufstehen zu bewegen. Sie können sagen: »Okay, alle aufstehen, wir schließen«, oder: »Könnten Sie mal eben einen Augenblick aufstehen, wir möchten bloß mal sehen, wie groß Sie sind.«

Demonstrationen und Umzüge. Der springende Punkt bei einer Demonstration ist, daß sie zu sehen sein muß. Daher der Begriff »Demonstration«. Wenn jemand privat in seinen eigenen vier Wänden demonstriert, heißt das genaugenommen nicht Demonstration, sondern bloß

»töricht handeln« oder »sich wie ein Esel benehmen«.

Ein schönes Beispiel für eine Demonstration war der Sturm auf die Bostoner Teeschiffe, wo beleidigte Amerikaner als Indianer verkleidet englischen Tee in den Hafen kippten. Später kippten als beleidigte Amerikaner verkleidete Indianer richtige Engländer in den Hafen. Darauf kippten die Engländer, als Tee verkleidet, sich gegenseitig in den Hafen. Zum Schluß sprangen deutsche Söldner, die lediglich mit Kostümen aus den »Trojanerinnen« bekleidet waren, aus keinem erkennbaren Grund in den Hafen.

Beim Demonstrieren empfiehlt es sich, ein Plakat mitzunehmen, auf dem der entsprechende Standpunkt angegeben wird. Einige Vorschläge für Standpunkte sind: 1. runter mit den Steuern, 2. rauf mit den Steuern, und 3. feixt nicht über Perser.

Verschiedene Methoden bürgerlichen Ungehorsams:

Vor dem Rathaus stehen und das Wort »Pudding« im Sing-Sang erschallen lassen, bis die Forderungen erfüllt sind.

Den Verkehr blockieren, indem man eine Schafherde in die Einkaufsgegend führt.

Mitglieder des »Establishments« anrufen und »Bess, You Is My Woman Now« ins Telefon singen.

Sich als Polizist anziehen und dann seilhüpfen.

So tun, als sei man eine Artischocke, und dann die Leute boxen, wenn sie vorbeigehen.

Knobeleien mit Inspektor Ford

Ein Mord unter den »Oberen Zehntausend«

Inspektor Ford platzte in das Herrenzimmer. Auf dem Boden lag die Leiche Clifford Wheels, der offensichtlich von hinten mit einem Krocketschläger erschlagen worden war. Die Lage des Körpers deutete darauf hin, daß der Ermordete überrascht worden war, als er seinem Goldfisch »Sorrento« vorsang. Die Spuren zeigten, daß es einen schrecklichen Kampf gegeben hatte, der zweimal durch Telefonanrufe unterbrochen wurde, einmal war's falsch gewählt und einmal wurde gefragt, ob das Opfer an Tanzstunden interessiert sei.

Bevor Wheel gestorben war, hatte er seinen Finger ins Tintenfaß gesteckt und eine Botschaft hingeschmiert: »Sommerschluß-Preise drastisch herabgesetzt – Alles muß raus!«

»Ein Geschäftsmann bis zum Schluß«, sann Ives, sein Diener, dessen hochhackige Schuhe ihn, seltsam genug, fünf Zentimeter kleiner machten.

Die Tür zur Terrasse stand offen, und Fußspuren führten von dort weg, durch die Halle und in eine Schublade.

»Wo waren Sie, als es passierte, Ives?«

»In der Küche. Beim Geschirrspülen.« Ives zog etwas Seifenwasser aus seiner Brieftasche, um seine Geschichte zu untermauern.

»Hörten Sie etwas?«

»Er war mit einigen Männern dort drin. Sie stritten darüber, wer am größten sei. Ich meinte zu hören, wie Mr. Wheel zu jodeln begann, und Mosley, sein Geschäftspartner, anfing zu schreien: ›Mein Gott, ich bekomme eine Glatze!‹ Als nächstes hörte ich ein Harfenglissando, und Mr. Wheels Kopf kam auf den Rasen herausgerollt. Ich hörte, wie Mr. Mosley ihn bedrohte. Er sagte, wenn Mr. Wheel noch einmal seine Pampelmuse berühre, würde er für ihn keine Bankanleihe unterzeichnen. Ich glaube, er hat ihn getötet.«

»Kann man die Terrassentür von innen oder von außen öffnen?« fragte Inspektor Ford Ives.

»Von außen. Warum?«

»Genau, wie ich es vermutete. Ich weiß jetzt, Sie waren es, nicht Mosley, der Clifford Wheel tötete.«

Wie kam Inspektor Ford darauf?

Aufgrund der Anlage des Hauses konnte Ives sich nicht hinter dem Rücken seines Arbeitgebers herangeschlichen haben. Er hätte sich vor ihm anschleichen müssen, wobei Mr. Wheel sofort aufgehört hätte, »Sorrento« zu singen, und seinerseits den Schläger gegen Ives benutzt hätte, ein

Zeremoniell, das sie oftmals ausprobiert hatten.

Ein seltsames Rätsel

Dem Anschein nach hatte Walker Selbstmord begangen. Eine Überdosis Schlaftabletten. Immer noch schien Inspektor Ford irgend etwas nicht zu stimmen. Vielleicht war es die Lage des Leichnams. Er guckte zum Fernseher heraus. Auf dem Fußboden lag ein rätselvoller Abschiedsbrief. »Liebe Edna, mein wollener Anzug kratzt mich, und so habe ich mich entschlossen, mir das Leben zu nehmen. Sorge dafür, daß unser Sohn alle seine Liegestütze macht. Ich vererbe dir mein ganzes Vermögen, mit Ausnahme meiner Melone, die ich hiermit dem Planetarium vermache. Bitte gräme dich nicht um mich, denn ich genieße es, tot zu sein, und habe es viel lieber als Miete zu zahlen. Adieu, Henry. P.S. Es mag nicht die rechte Zeit sein, davon zu sprechen, aber ich habe guten Grund zu glauben, daß dein Bruder ein Verhältnis mit einem Huhn aus Cornwall hat.«

Edna Walker biß sich nervös auf die Unterlippe. »Was halten Sie davon, Inspektor?«

Inspektor Ford sah auf das Fläschchen Schlaftabletten auf dem Nachttisch. »Wie lange litt Ihr Gatte schon an Schlaflosigkeit?«

»Jahrelang. Es war psychisch. Er hatte Angst, wenn er die Augen zumachte, würde ihm die Stadt Zebrastreifen aufmalen.«

»Ich verstehe. Hatte er irgendwelche Feinde?«

»Nicht ernsthaft. Bis auf ein paar Zigeuner, die in der

Vorstadt eine Teestube betrieben. Er beleidigte sie mal, indem er sich Ohrenschützer aufsetzte und an ihrem Sabbat vor dem Laden hin- und herhopste.«

Inspektor Ford bemerkte ein halb leergetrunkenes Glas Milch auf dem Schreibtisch. Es war noch warm. »Mrs. Walker, ist Ihr Sohn heute in die Universität gegangen?«

»Ich fürchte nein. Er wurde letzte Woche wegen unmoralischen Benehmens hinausgeworfen. Es kam völlig überraschend. Sie schnappten ihn, als er versuchte, einen Zwerg in Sauce tatar zu tauchen. Das ist etwas, was sie an einer Elite-Universität nicht dulden.«

»Und etwas, was ich nicht dulde, ist Mord. Ihr Sohn ist verhaftet.«

Wie kam Inspektor Ford auf den Verdacht, der Sohn hätte Mr. Walker umgebracht?

Mr. Walkers Leichnam wurde mit Bargeld in den Taschen aufgefunden. Ein Mensch, der im Begriff steht, Selbstmord zu begehen, würde sicher eine Kreditkarte mitnehmen und alles quittieren.

Das geraubte Juwel

Der Glaskasten war zertrümmert und der Bellini-Saphir war weg. Die einzigen im Museum zurückgelassenen Spuren waren ein blondes Haar und ein Dutzend Fingerabdrücke, alle vom kleinen Finger. Der Wächter erklärte, er habe dagestanden, und da habe sich eine schwarzgekleidete Gestalt hinter ihn geschlichen und ihm einige Redenotizen über den Kopf gehauen. Gerade ehe er das Bewußtsein verlor, meinte er eine Männerstimme haben sagen hören: »Jerry, ruf deine Mutter an«, aber er war nicht ganz sicher. Offensichtlich war der Dieb durch das Oberlicht hereingekommen und die Wand mit Saugschuhen hinuntergelaufen, wie eine menschliche Fliege. Die Museumswärter hielten eigentlich immer gerade für solche Fälle eine kolossale Fliegenpatsche bereit, aber diesmal hatte man sie hinters Licht geführt.

»Wieso konnte denn jemand den Bellini-Saphir haben wollen?« fragte der Museumsdirektor. »Wußten sie nicht, daß ein Fluch auf ihm liegt?«

»Was ist das denn für ein Fluch?«

»Der Saphir gehörte ursprünglich einem Sultan, der unter mysteriösen Umständen starb, als aus einer Suppentasse, aus der er gerade aß, eine Hand hervorlangte und ihn erwürgte. Der nächste Besitzer war ein englischer Lord, der eines Tages von seiner Frau gefunden wurde, wie er kopfüber in einem Blumenkasten steckte und Blüten trieb. Eine Zeitlang hörte man nichts von dem Stein; dann tauchte er Jahre später im Besitz eines Millionärs in Texas auf, der sich seine Zähne putzte, als er plötzlich Feuer fing. Wir erwarben den Saphir erst vorigen Monat, aber der Fluch scheint immer noch zu wirken, denn kurz nachdem wir ihn erhalten hatten, stellte sich das gesamte Kuratorium des Museums zu einer Polonaise auf und tanzte eine Felsenklippe hinunter.«

»Nun«, sagte Inspektor Ford, »er mag ja ein Unglücksjuwel sein, aber er ist wertvoll, und wenn sie ihn zurückhaben wollen, gehen Sie zu Delikatessen-Handelmann und lassen Sie Leonhard Handelmann verhaften. Sie werden sehen, er hat den Saphir in der Hosentasche.«

Wie konnte Inspektor Ford wissen,
wer der Juwelendieb war?

Am Tag zuvor hatte Leonhard Handelmann die Bemerkung gemacht: »Jungejunge, wenn ich nur hätte einen großen Saphir, könnte ich mich herausziehen aus dem Delikatessengeschäft.«

Der grausige Unfall

»Ich habe eben meinen Mann erschossen«, weinte Cynthia Freem, während sie an der Leiche des kräftigen Mannes im Schnee stand.

»Wie ist es denn passiert?« fragte Inspektor Ford, womit er direkt zur Sache kam.

»Wir waren jagen. Quincy liebte die Jagd, wie ich auch. Wir trennten uns für einen Moment. Das Gebüsch war völlig zugewachsen. Ich nehme an, ich dachte, er sei ein Murmeltier. Ich schoß. Es war zu spät. Als ich ihm das Fell abzog, merkte ich, daß wir verheiratet waren.«

»Hmm«, grübelte Inspektor Ford, während er einen flüchtigen Blick auf die Fußspuren im Schnee warf. »Sie müssen ein sehr guter Schütze sein. Es ist Ihnen gelungen, ihn genau zwischen den Augenbrauen zu treffen.«

»Oh, nein, das war Glück. Ich bin wirklich bloß ein Amateur in solchen Dingen.«

»Ich verstehe.« Inspektor Ford überprüfte die Habseligkeiten des Toten. Er hatte etwas Bindfaden in der Tasche, dazu einen Apfel von 1904 und Anweisungen, wie man sich verhält, wenn man neben einem Armenier aufwacht.

»Mrs. Freem, war das der erste Jagdunfall Ihres Gatten?«

»Sein erster tödlicher, ja. Allerdings entführte ihm einmal in den kanadischen Rockies ein Adler die Geburtsurkunde.«

»Trug Ihr Gatte ständig ein Toupet?«

»Eigentlich nicht. Er trug es gewöhnlich bei sich und nahm es hervor, wenn er bei einem Streit gefordert wurde. Warum?«

»Er macht einen exzentrischen Eindruck.«

»Er war exzentrisch.«

»Haben Sie ihn deshalb getötet?«

Wie konnte Inspektor Ford wissen,
daß es kein Unfall war?

Ein erfahrener Jäger wie Quincy Freem wäre nie in Unterhosen auf die Pirsch nach einem Hirsch gegangen. In Wirklichkeit hatte Mrs. Freem ihn zu Hause erschlagen, während er den Gockel spielte, und dann versucht, es wie einen Jagdunfall erscheinen zu lassen, indem sie seine Leiche in den Wald schleppte und eine Nummer von *Jagen und Angeln* neben ihm liegen ließ. In ihrer Eile hatte sie vergessen, ihn anzuziehen. Warum er in Unterhosen den Gockel gespielt hatte, bleibt ein ewiges Rätsel.

Die seltsame Kindesentführung

Halb verhungert taumelte Kermit Kroll ins Wohnzimmer seiner Eltern, wo sie voller Sorge mit Inspektor Ford warteten.

»Danke, daß ihr das Lösegeld bezahlt habt, ihr Lieben«, sagte Kermit, »ich hätte nie gedacht, daß ich dort lebend herauskäme.«

»Erzähl mir davon«, sagte der Inspektor.

»Ich war auf dem Weg in die Innenstadt, um meinen Hut bügeln zu lassen, als eine Limousine bremste und mich zwei Männer fragten, ob ich ein Pferd sehen wolle, das den Vertrag von Gettysburg hersagen kann. Ich sagte, klar, und stieg ein. Als nächstes wurde ich betäubt und wachte irgendwo mit verbundenen Augen an einen Stuhl gefesselt auf.«

Inspektor Ford untersuchte die Lösegeldforderung. »Liebe Mami, lieber Paps, legt in einer Tüte 50000 Dollar unter die Brücke an der Decatur Street. Wenn es an der Decatur Street keine Brücke gibt, baut bitte eine. Ich werde gut behandelt, bin gut untergebracht und bekomme gutes Essen, wenn gestern abend auch der Muschelauflauf zu lange gebacken hatte. Schickt das Geld schnell, denn wenn sie in ein paar Tagen nichts von Euch hören, wird mich der Mann, der mir das Bett macht, erdrosseln. Euer Kermit. P.S.: Das ist kein Scherz. Ich lege einen Scherz bei, da könnt ihr den Unterschied sehen.«

»Hast du irgendeine Idee, wo du gefangen gehalten worden bist?«

»Nein, ich hörte nur immer wieder vor dem Fenster ein

seltsames Geräusch.«

»Seltsam?«

»Ja. Kennen Sie das Geräusch, das ein Hering macht, wenn man ihn belügt?«

»Hmm«, überlegte Inspektor Ford. »Und wie bist du schließlich entwischt?«

»Ich habe ihnen gesagt, ich wollte zum Fußballspiel gehen, hätte aber bloß eine Karte. Sie sagten, es wäre okay, solange ich die Binde vor den Augen behielte und bis Mitternacht zurückkäme. Ich willigte ein, aber in der Mitte der zweiten Halbzeit lagen die Bears so stark in Führung, daß ich wegging und hierher zurückkam.«

»Sehr interessant«, sagte Inspektor Ford. »Jetzt weiß ich, daß diese Kindesentführung ein fauler Zauber war. Ich glaube, du mischst dabei mit und ihr teilt euch das Geld.«

Wie konnte Inspektor Ford das wissen?

Obwohl Kermit Kroll noch bei seinen Eltern lebte, waren sie achtzig und er sechzig. Wirkliche Kindesentführer würden nie ein sechzigjähriges Kind entführen, weil das nicht logisch ist.

Der irische Genius

Der Verlag Klebrig & Söhne hat die Veröffentlichung der *Kommentierten Gedichte von Sean O'Shawn*, dem großen irischen Dichter, angekündigt, der von vielen als der unverständlichste und daher hervorragendste Dichter seiner Zeit betrachtet wird. Da sein Werk reich an höchstpersönlichen Anspielungen ist, erfordert jedes Verständnis der Dichtung O'Shawns eine gründliche Kenntnis seines Lebens, die er, Wissenschaftlern zufolge, nicht einmal selber hatte.

Es folgt eine Probe aus diesem wundervollen Buch:

Jenseits von Ichor

Laßt uns segeln. Segeln mit
Fogartys Kinn nach Alexandria,
Während die Brüder Beamish
Kichernd zu dem Turme eilen,
Stolz auf ihr Zahnfleisch.
Tausend Jahre sind vergangen seit

Agamemnon sagte: »Macht nicht auf
Die Tore, wer zum Teufel braucht
Ein Holzpferd von der Größe?«
Wie ist der Zusammenhang? Nur
Daß Shaunnesy mit ersterbendem
Atem sich weigerte, einen Aperitif
Zum Essen zu bestellen, obwohl
Er einen Anspruch darauf hatte.
Und der tapfere Bixby konnte trotz
Seiner Ähnlichkeit mit einem Specht
Seine Unterwäsche von Sokrates
Nicht ohne Quittung wiederfordern.
Parnell hatte die Antwort, aber keiner
Keiner stellte ihm die Frage.
Keiner bis auf den alten Lafferty, dessen
Grober Spaß mit dem Lapislazuli eine ganze
Generation dazu brachte,
Sambaunterricht zu nehmen.
Sicher, Homer war blind und das
Erklärt, warum er diesen
Ungewöhnlichen Frauen Stelldicheins gab.
Doch Aegnus und die Druiden legen
Stummes Zeugnis ab für des Menschen Suche
Nach zwangloser Veränderung.
Auch Blake träumte davon, und
O'Higgins, dem sein Anzug
Gestohlen wurde, während er noch darin steckte.
Die Zivilisation hat die Form eines
Kreises und wiederholt sich, während
O'Learys Haupt die Form hat

Eines Trapezoids.
Freuet euch! Freuet euch! Und ruft eure
Mutter hin und wieder an!

Laßt uns segeln. O'Shawn segelte gern, allerdings hat er es nie auf dem Meer getan. Als Junge hatte er davon geträumt, Kapitän zu werden, hatte es aber aufgegeben, als ihm jemand erzählte, was auf See Haie sind. Sein älterer Bruder James jedoch ging zur englischen Marine, wurde aber unehrenhaft entlassen, weil er einem Bootsmann Krautsalat angeschmiert hatte.

Fogartys Kinn. Unzweifelhaft eine Anspielung auf George Fogarty, der O'Shawn dazu überredet hatte, Dichter zu werden, und ihm versicherte, er würde trotzdem noch zu Parties eingeladen werden. Fogarty gab einen Almanach neuer Dichter heraus, und obschon dessen Verbreitung auf seine Mutter beschränkt blieb, war seine Wirkung international.

Fogarty war ein spaßhafter rotgesichtiger Ire, dessen Vorstellung von Wohlergehen war, sich auf einen öffentlichen Platz zu legen und eine Pinzette zu imitieren. Zum Schluß erlitt er einen Nervenzusammenbruch und wurde verhaftet, weil er am Karfreitag ein Paar Lederhosen gegessen hatte.

Fogartys Kinn war die Zielscheibe ungeheueren Spottes, denn es war so winzig, daß es fast überhaupt nicht da war, und bei Jim Kellys Leichenschmaus sagte er zu O'Shawn: »Ich gäbe sonstwas für ein größeres Kinn. Wenn ich nicht bald eines finde, bin ich imstande, etwas Voreiliges zu tun.« Fogarty war übrigens ein Freund

Bernard Shaws und durfte einmal seinen Bart anfassen, vorausgesetzt, er scherte sich.

Alexandria. Verweise auf den Nahen Osten erscheinen überall im Werk O'Shawns, und sein Gedicht mit dem Anfang »Nach Bethlehem mit Seifenblasen ...« beschäftigt sich satirisch mit dem Hotelgewerbe, durch die Augen einer Mumie gesehen.

Die Brüder Beamish. Zwei einfältige Brüder, die versuchten, von Belfast nach Schottland zu kommen, indem sie sich mit der Post verschickten.

Liam Beamish ging mit O'Shawn auf die Jesuitenschule, wurde aber hinausgeworfen, weil er sich wie ein Biber anzog. Quincy Beamish war der Introvertiertere von den beiden und trug, bis er einundvierzig war, einen Möbelschoner auf dem Kopf. Die Brüder Beamish pflegten auf O'Shawn herumzuhacken und aßen gewöhnlich sein Mittagessen, bevor er es tat. Dennoch erinnert sich O'Shawn liebevoll ihrer, und in seinem besten Sonett: »Meine Liebe ist wie ein großer, großer Yak« erscheinen sie symbolisch als Beistelltischchen.

Der Turm. Als O'Shawn aus dem Haus seiner Eltern wegzog, wohnte er in einem Turm im Süden von Dublin. Es war ein sehr niedriger Turm, ungefähr ein Meter achtzig hoch, oder fünf Zentimeter kleiner als O'Shawn. Er teilte diese Wohnung mit Harry O'Connel, einem Freund mit literarischen Ansprüchen, dessen Versdrama *Der Moschusochse* abrupt aufhört, wenn alle Personen chloroformiert sind.

O'Connel hatte großen Einfluß auf O'Shawns Stil und überzeugte ihn letzten Endes davon, daß nicht jedes Gedicht mit »Rosen sind rot, Veilchen sind blau« anfangen muß.

Stolz auf ihr Zahnfleisch. Die Brüder Beamish hatten ungewöhnlich gutes Zahnfleisch. Liam Beamish konnte seine falschen Zähne herausnehmen und Erdnußkrokant essen, was er sechzehn Jahre lang jeden Tag tat, bis ihm jemand sagte, das wäre gar kein Beruf.

Agamemnon. O'Shawn war vom Trojanischen Krieg besessen. Er konnte nicht glauben, daß irgendeine Armee so dämlich wäre, während des Krieges vom Feind ein Geschenk anzunehmen. Besonders als sie nahe an das hölzerne Pferd herankamen und drinnen Kichern hörten. Diese Episode scheint den jungen O'Shawn seelisch zutiefst erschüttert zu haben, und sein ganzes Leben lang untersuchte er jedes Geschenk, das er bekam, sehr gründlich, was soweit ging, daß er mit einer Taschenlampe in ein paar Schuhe leuchtete, die er an seinem Geburtstag geschenkt bekommen hatte, und rief: »Ist da jemand drin? He? Los, kommt raus!«

Shaunnesy. Michael Shaunnesy, ein Mystiker und Verfasser okkulter Schriften, der O'Shawn davon überzeugte, daß es ein Leben nach dem Tode für diejenigen gebe, die Bindfaden aufheben.

Shaunnesy glaubte auch, der Mond beeinflusse unsere Tätigkeiten und daß sich während einer totalen Mondfinsternis die Haare schneiden zu lassen zu Sterilität führe. O'Shawn war von Shaunnesy sehr angetan und wendete ein gut Teil seines Lebens auf okkulte Studien, obwohl er nie sein eigentliches Ziel erreichte, nämlich ein Zimmer durchs Schlüsselloch zu betreten.

Der Mond spielt in O'Shawns späteren Gedichten eine enorme Rolle, und James Joyce erzählte er, eines seiner größten Vergnügen sei es, in einer mondhellen Nacht seinen Arm in Vanillesoße zu tauchen.

Die Anspielung auf Shaunnesys Weigerung, einen Aperitif zu bestellen, bezieht sich wahrscheinlich auf die Zeit, da die beiden Männer zusammen in Innesfree speisten und Shaunnesy durch einen Strohhalm Kichererbsen nach einer dicken Dame blies, die mit seinen Ansichten über das Einbalsamieren nicht einverstanden war.

Bixby. Eamon Bixby. Ein politischer Fanatiker, der das Bauchreden als Heilmittel für die Krankheiten der Welt verkündete. Er war ein bedeutender Sokratesforscher, unterschied sich aber von dem griechischen Philosophen in seiner Vorstellung vom »guten Leben« darin, daß Bixby es für unmöglich hielt, bis nicht alle dasselbe Gewicht hätten.

Parnell hatte die Antwort. Die Antwort, auf die O'Shawn sich bezieht, ist: »Zinn«, und die Frage ist: »Was ist der Hauptexportartikel Boliviens?« Daß niemand Parnell diese Frage stellte, ist verständlich, wenngleich er einmal aufgefordert wurde, den größten lebenden pelztragenden Vierfüßler zu nennen, und er sagte: »Das Hühnchen«, wofür er heftig kritisiert wurde.

Lafferty. John Millington Synges Fußpfleger. Ein faszinierender Charakter, der eine leidenschaftliche Liebesaffaire mit Molly Bloom hatte, bis er dahinterkam, daß sie eine literarische Gestalt sei.

Lafferty liebte derbe Späße und einmal panierte er mit Ei und etwas Mehl Synges Plattfußeinlagen. Synges lief von da an sonderbar, und seine Anhänger ahmten ihn nach in der Hoffnung, wenn sie seine Gehweise kopierten, würden sie ebenfalls ausgezeichnete Dramen schreiben. Daher die Zeilen: »eine ganze/Generation dazu brachte, / Sambaunterricht zu nehmen.«

Homer war blind. Homer war das Symbol für T.S. Eliot, den O'Shawn als einen Dichter von »kolossalem Ausmaß, aber sehr geringem Umfang« betrachtete.

Die zwei Männer begegneten einander in London bei Proben zu *Mord im Dom* (das damals den Titel *Fersengeld mit Millionen Dollars* hatte). O'Shawn überredete Eliot, sich die Koteletten abnehmen zu lassen und jeden Gedanken daran aufzugeben, Flamencotänzer zu werden. Beide Schriftsteller arbeiteten dann ein Manifest aus, das die Ziele der »Neuen Dichtung« darlegte, wovon eines war, weniger Gedichte über Kaninchen zu schreiben.

Aegnus und die Druiden. O'Shawn wurde von der keltischen Mythologie beeinflußt, und sein Gedicht, das mit den Worten beginnt: »Clooth na bare, na bare, na bare ...« erzählt, wie die Götter des Alten Irland zwei Liebende in zwanzig Bände Encyclopaedia Britannica verwandelten.

Zwanglose Veränderung. Bezieht sich wohl auf O'Shawns Wunsch, »die Menschenrasse zu verändern«, die er als von Grund auf entartet empfand, besonders die Jockeys. O'Shawn war unzweideutig ein Pessimist und fühlte, daß nichts Gutes von der Menschheit kommen könne, solange sie nicht einwillige, die Körpertemperatur von 37 Grad herabzusetzen, die er für übertrieben hielt.

Blake. O'Shawn war Mystiker und glaubte wie Blake

an unsichtbare Mächte. Darin wurde er bestätigt, als sein Bruder Ben vom Blitz getroffen wurde, als er gerade an einer Briefmarke leckte. Der Blitz tötete Ben nicht, was O'Shawn der Vorsehung zuschrieb, obwohl sein Bruder siebzehn Jahre brauchte, bis er die Zunge wieder in den Mund bekam.

O'Higgins. Patrick O'Higgins stellte O'Shawn Polly Flaherty vor, die nach einem zehnjährigen Liebeswerben, während dessen die beiden nichts weiter taten als sich heimlich zu treffen und gegenseitig anzukeuchen, seine Frau werden sollte. Polly wurde sich nie über das Ausmaß des Genies ihres Gatten klar und erzählte nahen Freunden, sie denke, er werde nicht so sehr wegen seiner Dichtung in Erinnerung bleiben wie wegen seiner Angewohnheit, unmittelbar vor dem Essen von Äpfeln ein durchdringendes Gekreische von sich zu geben.

O'Learys Haupt. Der Berg O'Leary, wo O'Shawn Polly den Heiratsantrag machte, unmittelbar bevor sie runterkullerte. O'Shawn besuchte sie im Krankenhaus und eroberte ihr Herz mit dem Gedicht »Über die Verwesung des Fleisches«.

Ruft eure Mutter an. Auf ihrem Sterbebett bat O'Shawns Mutter, Bridget, ihren Sohn, die Dichtung aufzugeben und Staubsauger-Vertreter zu werden. Das konnte O'Shawn nicht versprechen und litt den Rest seines Lebens unter Angst- und Schuldgefühlen, obwohl er auf der Internationalen Konferenz für Dichtung in Genf an W.H. Auden und Wallace Stevens je einen Hoover verkaufte.

Gott
(Ein Drama)

Szene: Athen. Ungefähr 500 v. Chr. Zwei aufgeregte Griechen in der Mitte eines riesigen leeren Amphitheaters. Sonnenuntergang. Einer ist der SCHAUSPIELER, *der andere der* AUTOR. *Beide sind nachdenklich und verwirrt. Sie sollten von zwei guten, derb-burlesken Clowns gespielt werden.*

SCHAUSPIELER: Nichts ... einfach nichts ...
AUTOR: Was?
SCHAUSPIELER: Bedeutungslos. Hohl.
AUTOR: Der Schluß.
SCHAUSPIELER: Natürlich. Worüber reden wir? Wir reden über den Schluß.
AUTOR: Wir reden immer über den Schluß.
SCHAUSPIELER: Weil er hoffnungslos ist.
AUTOR: Ich gebe zu, er ist unbefriedigend.
SCHAUSPIELER: Unbefriedigend? Er ist nicht mal glaubhaft. Der Trick ist, mit dem Schluß anzufangen, wenn

man ein Stück schreibt. Erfinde einen guten, starken Schluß und dann schreib von hinten nach vorn.

AUTOR: Das habe ich versucht. Ich bekam ein Stück ohne Anfang.

SCHAUSPIELER: Das ist absurd.

AUTOR: Absurd? Was ist absurd?

SCHAUSPIELER: Jedes Stück muß Anfang, Mitte und Schluß haben.

AUTOR: Warum?

SCHAUSPIELER *(überzeugt):* Weil alles in der Natur Anfang, Mitte und Schluß hat.

AUTOR: Und der Kreis?

SCHAUSPIELER *(denkt):* Okay ... Ein Kreis hat nicht Anfang, Mitte oder Schluß – er ist aber auch nicht sehr amüsant.

AUTOR: Diabetes, überleg dir einen Schluß. Wir spielen in drei Tagen.

SCHAUSPIELER: Ich nicht. Ich spiel nicht in diesem Sudeldrama. Ich habe einen Ruf als Schauspieler, eine Gemeinde ... Mein Publikum erwartet, mich in einem angemessenen Stoff zu sehen.

AUTOR: Darf ich dich erinnern, du bist ein verhungerter, arbeitsloser Schauspieler, dem ich großzügig gestatte, in meinem Stück aufzutreten im Bemühen, dich bei deinem Comeback zu unterstützen.

SCHAUSPIELER: Verhungert, ja ... Arbeitslos, vielleicht ... Mit Hoffnung auf ein Comeback, mag sein – aber ein Trunkenbold?

AUTOR: Ich habe nie gesagt, du wärst ein Trunkenbold.

SCHAUSPIELER: Ja, aber ich bin auch ein Trunkenbold.

AUTOR *(in einem Anfall plötzlicher Inspiration):* Wie wär's, wenn du einen Dolch aus einem Gewand zögst und ihn dir in einem Anfall wahnsinniger Enttäuschung in die Augen stießest, bis du blind wärst?

SCHAUSPIELER: Tjaja, ein großartiger Einfall. Hast du heute schon was gegessen?

AUTOR: Stimmt was nicht?

SCHAUSPIELER: Er ist niederschmetternd. Das Publikum wirft einen Blick drauf und –

AUTOR: Ich weiß – und macht dieses lustige Geräusch mit den Lippen.

SCHAUSPIELER: Es heißt Auspfeifen.

AUTOR: Bloß einmal möchte ich den Wettstreit gewinnen! Einmal, bevor mein Leben vorüber ist, möchte ich, daß mein Stück den ersten Preis gewinnt. Und es geht mir nicht um die Gratiskiste Ouzo, sondern um die Ehre.

SCHAUSPIELER *(plötzlich begeistert):* Und wenn der König sich auf einmal anders besänne? Da haben wir eine optimistische Idee.

AUTOR: Er würde es nie tun.

SCHAUSPIELER *(versucht ihn zu begeistern):* Wenn die Königin ihn überzeugte?

AUTOR: Sie tät's nicht. Sie ist eine Hure.

SCHAUSPIELER: Aber wenn sich das trojanische Heer ergäbe –

AUTOR: Sie würden bis zum Tode weiterkämpfen.

SCHAUSPIELER: Nicht, wenn Agamemnon sein Versprechen zurücknähme.

AUTOR: Das ist nicht seine Natur.

SCHAUSPIELER: Aber ich könnte plötzlich zu den Waffen greifen und Widerstand leisten.

AUTOR: Das ist gegen deinen Charakter. Du bist ein Feigling – ein unbedeutender, elender Sklave mit der Intelligenz einer Made. Was meinst du, warum ich dir die Rolle gegeben habe?

SCHAUSPIELER: Ich habe dir sechs mögliche Schlüsse vorgeschlagen!

AUTOR: Einer plumper als der andere.

SCHAUSPIELER: Es ist das Stück, das plump ist.

AUTOR: Menschliche Wesen benehmen sich nicht so. Es liegt nicht in ihrer Natur.

SCHAUSPIELER: Was heißt hier ihre Natur? Wir sitzen auf einem hoffnungslosen Schluß fest.

AUTOR: Solange der Mensch ein rationales Lebewesen ist, kann ich als Dramatiker eine Gestalt auf der Bühne nicht Dinge tun lassen, die sie im wirklichen Leben nicht täte.

SCHAUSPIELER: Darf ich dich daran erinnern, daß wir nicht im wirklichen Leben sind.

AUTOR: Was meinst du damit?

SCHAUSPIELER: Ist dir klar, daß wir eben jetzt Figuren in einem Stück in irgendeinem Broadway-Theater sind? Werd nicht wütend auf mich, ich hab's nicht geschrieben.

AUTOR: Wir sind Figuren in einem Stück und werden bald mein Stück sehen, das ein Stück in einem Stück ist. Und sie sehen uns zu.

SCHAUSPIELER: Ja. Es ist wahnsinnig metaphysisch, nicht wahr?

AUTOR: Nicht nur metaphysisch, es ist blöd!
SCHAUSPIELER: Wärst du lieber einer von denen?
AUTOR *(sieht ins Publikum):* Absolut nicht. Sieh sie dir an.
SCHAUSPIELER: Dann laß uns hiermit weiterkommen!
AUTOR *(murmelt):* Sie haben Eintritt bezahlt.
SCHAUSPIELER: Hepatitis, ich rede mit dir!
AUTOR: Ich weiß, das Problem ist der Schluß.
SCHAUSPIELER: Es ist immer der Schluß.
AUTOR *(plötzlich zum Publikum):* Leute, habt ihr irgendwelche Vorschläge?
SCHAUSPIELER: Hör auf, mit dem Publikum zu reden! Tut mir leid, daß ich sie erwähnt habe.
AUTOR: Es ist phantastisch, was? Wir sind zwei alte Griechen in Athen und im Begriff, ein Stück zu sehen, das ich schrieb und in dem du spielst, und die da sind aus Queens oder irgendeinem ähnlichen schrecklichen Ort und sehen uns in irgendeinem anderen Stück zu. Wie wäre es, wenn sie auch Figuren in einem anderen Stück wären? Und irgend jemand sieht ihnen zu? Oder was, wenn nichts existiert und wir leben alle bloß im Traum von jemandem? Oder, noch schlimmer, wenn bloß der fette Kerl da unten in der dritten Reihe existierte?
SCHAUSPIELER: Darauf will ich hinaus. Was ist, wenn das Universum nicht vernünftig und die Menschen keine logische Angelegenheit sind? Dann könnten wir den Schluß ändern und er brauchte gar keinen bestimmten Vorstellungen zu entsprechen. Kannst du mir folgen?
AUTOR: Natürlich nicht. *(Zum Publikum)* Könnt ihr ihm folgen? Er ist Schauspieler. Ißt bei Sardi.

Schauspieler: Die Figuren in den Stücken hätten keine festgelegten Charaktereigenschaften und könnten sich ihre Rollen selber aussuchen. Ich würde nicht der Sklave sein müssen, bloß weil du's so geschrieben hast. Ich könnte mir aussuchen, ein Held zu sein.

Autor: Dann gibt es kein Stück.

Schauspieler: Kein Stück? Gut, ich bin bei Sardi.

Autor: Diabetes, was du im Sinn hast, ist Chaos!

Schauspieler: Ist Freiheit Chaos?

Autor: Ist Freiheit Chaos? Hmm ... Das ist eine schwierige Frage. *(Zum Publikum)* Ist Freiheit Chaos? Hat irgend jemand von euch Philosophie studiert?

(Ein Mädchen aus dem Publikum antwortet)

Mädchen: Ja, ich.

Autor: Wer ist das?

Mädchen: Eigentlich habe ich Sport studiert, mit Philosophie im Nebenfach.

Autor: Kannst du hier raufkommen?

Schauspieler: Zum Teufel, was machst du?

Mädchen: Macht's was, wenn es das Brooklyn College war?

Autor: Brooklyn College? Nein, wir nehmen alles.

(Sie ist oben angekommen)

Schauspieler: Ich bin wirklich sauer!

Autor: Was ärgert dich denn?

Schauspieler: Wir sind mitten in einem Stück. Wer ist sie denn?

Autor: In fünf Minuten fängt das Athener Dramen-Festival an, und ich habe keinen Schluß für mein Stück!

Schauspieler: Na und?

AUTOR: Ernste philosophische Fragen sind aufgeworfen worden. Existieren wir? Existieren sie? *(Er meint das Publikum)* Was ist das wahre Wesen der menschlichen Natur?

MÄDCHEN: Hallo, ich heiße Doris Levine.

AUTOR: Ich bin Hepatitis und das ist Diabetes. Wir sind alte Griechen.

DORIS: Ich bin aus Great Neck.

SCHAUSPIELER: Schaff sie von der Bühne runter!

AUTOR *(betrachtet sie indessen von oben bis unten, weil sie reizend ist):* Sie ist sehr sexy.

SCHAUSPIELER: Was hat das damit zu tun?

DORIS: Die philosophische Grundfrage ist: Wenn ein Baum im Wald umfällt und niemand ist da und hört es – wie können wir dann wissen, daß es Lärm macht?

(Alle sehen sich verdutzt an)

SCHAUSPIELER: Was kümmert's uns? Wir sind in der 45. Straße.

AUTOR: Willst du mit mir ins Bett?

SCHAUSPIELER: Laß die Finger von ihr!

DORIS *(zum Schauspieler):* Kümmer dich um deinen eigenen Kram.

AUTOR *(ruft hinter die Bühne):* Können wir hier mal den Vorhang fallen lassen? Bloß für fünf Minuten ... *(Zum Publikum)* Bleibt sitzen. Es wird ein Schnellschuß.

SCHAUSPIELER: Das ist unerhört! Das ist absurd! *(Zu Doris)* Hast du eine Freundin?

DORIS: Klar. *(Zum Publikum)* Diane, möchtest du nicht hier raufkommen ... Ich hab hier was mit ein paar Griechen laufen. *(Keine Antwort)* Sie ist schüchtern.

SCHAUSPIELER: Also, wir haben hier ein Stück zu spielen. Ich werde das dem Autor berichten.

AUTOR: Ich *bin* der Autor!

SCHAUSPIELER: Ich meine den Originalautor.

AUTOR *(leise zum Schauspieler):* Diabetes, ich glaube, ich kann bei ihr landen.

SCHAUSPIELER: Was meinst du mit »landen«? Du meinst mit ihr bumsen – vor all den Leuten, die zusehen?

AUTOR: Ich laß den Vorhang runter. Ein paar von denen machen's auch. Nicht viele wahrscheinlich.

SCHAUSPIELER: Du Idiot, du bist erdichtet, sie ist Jüdin – kannst du dir überhaupt vorstellen, was das für Kinder gibt?

AUTOR: Komm schon, vielleicht können wir ihre Freundin hier raufbekommen. *(Der Schauspieler geht nach links ans Telefon)* Diane? Das ist eine Gelegenheit für eine Verabredung mit – – –. *(Er sagt den Namen eines tatsächlichen Schauspielers)* Er ist ein großer Schauspieler – viel im Reklamefernsehen ...

SCHAUSPIELER *(ins Telefon):* Gib mir 'ne Leitung nach draußen.

DORIS: Ich möchte keinen Trouble machen.

AUTOR: Das ist kein Trouble. Es hat bloß den Anschein, daß wir hier den Kontakt mit der Wirklichkeit verloren haben.

DORIS: Wer weiß schon, was wirklich Wirklichkeit ist?

AUTOR: Wie recht du hast, Doris.

DORIS *(philosophisch):* Wie oft denken die Leute nicht, sie hätten die Wirklichkeit im Griff, und worauf sie in Wirklichkeit reagieren, ist ein »fauler Zauber«.

AUTOR: Mich zieht's zu dir, da bin ich sicher, das ist wirklich.

DORIS: Ist Sex wirklich?

AUTOR: Selbst wenn er's nicht ist, ist er immer noch eine der besten fiktiven Tätigkeiten, die der Mensch fertigbringt. *(Er reißt sie an sich, sie löst sich)*

DORIS: Nein. Nicht hier.

AUTOR: Warum nicht?

DORIS: Ich weiß nicht. Es ist so meine Art.

AUTOR: Hast du's schon mal mit einer Dramenfigur gemacht?

DORIS: Am dramatischsten war's mit einem Italiener.

SCHAUSPIELER *(er ist am Telefon, wir hören gedämpft eine Party am anderen Ende):* Hallo?

TELEFON *(Stimme des Dienstmädchens):* Hallo, hier bei Mr. Allen.

SCHAUSPIELER: Hallo, kann ich Mr. Allen sprechen?

STIMME DES DIENSTMÄDCHENS: Wer ist dort, bitte?

SCHAUSPIELER: Eine der Figuren aus seinem Stück.

DIENSTMÄDCHEN: Einen Augenblick. Mr. Allen, eine Dramenfigur ist am Apparat.

SCHAUSPIELER *(zu den anderen):* Jetzt sehen wir, was mit euch verliebten Täubchen passiert.

WOODYS STIMME: Hallo.

SCHAUSPIELER: Mr. Allen?

WOODY: Ja?

SCHAUSPIELER: Hier spricht Diabetes.

WOODY: Wer?

SCHAUSPIELER: Diabetes. Ich bin eine Gestalt, die Sie geschaffen haben.

WOODY: Oh ja ... Ich erinnere mich, Sie sind eine ziemlich schlecht gezeichnete Gestalt ... sehr flach.

SCHAUSPIELER: Danke.

WOODY: He, – wird das Stück nicht jetzt gespielt?

SCHAUSPIELER: Deswegen rufe ich ja an. Wir haben ein fremdes Mädchen hier oben auf der Bühne und sie will nicht wieder runter und Hepatitis ist plötzlich scharf auf sie.

WOODY: Wie sieht sie denn aus?

SCHAUSPIELER: Sie ist hübsch, aber sie gehört nicht dazu.

WOODY: Blond?

SCHAUSPIELER: Brünett ... langes Haar.

WOODY: Hübsche Beine?

SCHAUSPIELER: Ja.

WOODY: Schöner Busen?

SCHAUSPIELER: Sehr nett.

WOODY: Behaltet sie da, ich bin gleich drüben.

SCHAUSPIELER: Sie ist Philosophiestudentin. Aber sie hat keine wirklichen Antworten ... Typisches Produkt der Cafeteria im Brooklyn College.

WOODY: Das ist lustig, ich habe dieselben Worte in *Mach's noch einmal, Sam* benutzt, um ein Mädchen zu charakterisieren.

SCHAUSPIELER: Ich hoffe, es ist dort mehr darüber gelacht worden.

WOODY: Holen Sie sie mal ran.

SCHAUSPIELER: Ans Telefon?

WOODY: Sicher.

SCHAUSPIELER *(zu Doris):* Es ist für dich.

DORIS *(flüstert):* Ich hab ihn im Kino gesehen. Sieh zu,

daß du ihn los wirst.

SCHAUSPIELER: Er hat das Stück geschrieben.

DORIS: Es ist affektiert.

SCHAUSPIELER *(ins Telefon):* Sie will Sie nicht sprechen. Sie sagt, Ihr Stück ist affektiert.

WOODY: Oh Gott. Okay, rufen Sie mich wieder an und erzählen Sie mir, wie das Stück endet.

SCHAUSPIELER: In Ordnung. *(Er legt auf, dann stutzt er, als er merkt, was der Autor gesagt hat)*

DORIS: Kann ich eine Rolle in eurem Stück bekommen?

SCHAUSPIELER: Ich begreife nicht. Bist du eine Schauspielerin, oder ein Mädchen, das eine Schauspielerin spielt?

DORIS: Ich wollte immer Schauspielerin werden. Meine Mutter hoffte, ich würde Krankenschwester. Paps war der Meinung, ich sollte in die gute Gesellschaft heiraten.

SCHAUSPIELER: Und wovon lebst du?

DORIS: Ich arbeite für eine Firma, die so trickige flache Servierschüsseln für Chinarestaurants herstellt.

(Ein Grieche kommt aus der Kulisse)

TRICHINOSIS: Diabetes, Hepatitis. Ich bin's, Trichinosis. *(Improvisierte Begrüßung)* Ich komme gerade von einer Diskussion mit Sokrates auf der Akropolis, und er hat mir bewiesen, daß ich nicht existiere, also bin ich ziemlich geknickt. Aber es heißt immer noch, ihr brauchtet einen Schluß für euer Stück. Ich glaube, ich habe genau das Richtige.

AUTOR: Wirklich?

TRICHINOSIS: Wer ist sie denn?

DORIS: Doris Levine.

Trichinosis: Doch nicht aus Great Neck?
Doris: Ja.
Trichinosis: Kennst du die Rappaports?
Doris: Myron Rappaport?
Trichinosis *(nickt):* Wir haben beide für die Liberale Partei gearbeitet.
Doris: Was für ein Zufall.
Trichinosis: Du hattest ein Verhältnis mit Bürgermeister Lindsay.
Doris: Ich wollte – aber er nicht.
Autor: Wie geht der Schluß?
Trichinosis: Du bist viel hübscher als ich dachte.
Doris: Wirklich?
Trichinosis: Ich hätte Lust, jetzt gleich mit dir zu schlafen.
Doris: Das ist mein Glücksabend heute. *(Trichinosis nimmt sie leidenschaftlich beim Handgelenk)* Bitte. Ich bin Jungfrau. Muß ich das noch sagen?
Der Souffleur mit Buch guckt aus der Kulisse, er trägt einen Sweater)
Souffleur: »Bitte. Ich bin Jungfrau.« Ja. *(Ab)*
Autor: Wie geht der verdammte Schluß?
Trichinosis: Hä? Oh – *(ruft hinaus)* Jungs!
(Ein paar Griechen rollen eine komplizierte Maschine heraus)
Autor: Was ist denn das, zum Kuckuck?
Trichinosis: Der Schluß für euer Stück.
Schauspieler: Begreif ich nicht.
Trichinosis: Diese Maschine, für deren Konstruktion ich sechs Monate im Laden meines Schwagers zuge-

bracht habe, enthält die Antwort.

AUTOR: Wie?

TRICHINOSIS: In der Schlußszene – wenn alles düster aussieht und Diabetes, der elende Sklave, in äußerst hoffnungsloser Lage ist –

SCHAUSPIELER: Ja?

TRICHINOSIS: – schwebt Zeus, der Göttervater, seine Blitze schleudernd dramatisch aus der Höhe hernieder und bringt einer dankbaren, aber hilflosen Schar Sterblicher die Rettung.

DORIS: *Deus ex machina.*

TRICHINOSIS: He – das ist aber ein toller Name für das Ding!

DORIS: Mein Vater arbeitet bei Westinghouse.

AUTOR: Ich kapier's immer noch nicht.

TRICHINOSIS: Warte, bist du das Ding in Aktion siehst. Es fliegt Zeus ein. Ich mache noch ein Vermögen mit dieser Erfindung. Sophokles hat für eine angezahlt. Euripides will zwei.

AUTOR: Aber das verändert den Sinn des Stücks.

TRICHINOSIS: Red nicht, bis du's vorgeführt siehst. Bursitis, leg dir das Fluggeschirr an.

BURSITIS: Ich?

TRICHINOSIS: Tu, was ich dir sage. Ihr werdet's nicht glauben wollen.

BURSITIS: Ich habe Angst vor dem Ding.

TRICHINOSIS: Er macht Witze ... Los, du Idiot, wir haben das Geschäft fast in der Tasche. Er wird's schon machen. Ha, ha ...

BURSITIS: Ich bin nicht schwindelfrei.

TRICHINOSIS: Steig ein! Beeil dich! Los! Steig in deinen Zeusanzug! Eine Vorführung!

(Geht ab, als Bursitis protestiert)

BURSITIS: Ich möchte meinen Agenten sprechen.

AUTOR: Aber du sagst doch, Gott kommt am Schluß und rettet alles.

SCHAUSPIELER: Mir gefällt's! Das gibt den Leuten was für ihr Geld!

DORIS: Er hat recht. Es ist wie in diesen Bibelfilmen aus Hollywood.

AUTOR *(baut sich etwas zu dramatisch in der Bühnenmitte auf):* Aber wenn Gott alles rettet, ist der Mensch nicht verantwortlich für seine Taten.

SCHAUSPIELER: Du wunderst dich, warum du zu keinen Parties mehr eingeladen wirst ...

DORIS: Aber ohne Gott ist das Universum sinnlos. Das Leben ist sinnlos. Wir sind sinnlos. *(Pause. Totenstille)* Ich habe plötzlich den überwältigenden Drang, gebumst zu werden.

AUTOR: Jetzt bin ich nicht in der Stimmung.

DORIS: Wirklich? Würde jemand im Publikum sich was draus machen, es mit mir zu treiben?

AUTOR: Hör auf damit! *(zum Publikum)* Sie meint's nicht ernst, Leute.

AUTOR: Ich bin deprimiert.

SCHAUSPIELER: Was plagt dich denn?

AUTOR: Ich weiß nicht, ob ich an Gott glaube.

DORIS *(zum Publikum):* Ich mein's ernst.

SCHAUSPIELER: Wenn es keinen Gott gibt, wer schuf dann das Universum?

AUTOR: Ich bin noch nicht sicher.

SCHAUSPIELER: Wer meinst du dann, wenn du noch nicht sicher bist!? Wann wirst du es denn wissen?

DORIS: Will da unten irgend jemand mit mir schlafen?

MANN *(erhebt sich im Publikum):* Ich werd mit dem Mädchen schlafen, wenn sonst keiner will.

DORIS: Wollen Sie, mein Herr?

MANN: Was ist denn mit denen allen los? Ein schönes Mädchen wie das da! Gibt's hier keine heißblütigen Männer im Publikum? Ihr seid alle bloß ein Haufen New Yorker linker, jüdischer, intellektueller Schickeria-Kommunisten –

(Lorenzo Miller kommt aus der Kulisse. Er trägt heutige Kleidung)

LORENZO: Setzen Sie sich. Wollen Sie sich bitte setzen!?

MANN: Okay, okay.

AUTOR: Wer sind Sie denn?

LORENZO: Lorenzo Miller. Ich habe dieses Publikum geschaffen. Ich bin Schriftsteller.

AUTOR: Wie meinen Sie?

LORENZO: Ich schrieb: Eine große Menge Leute aus Brooklyn, Queens, Manhattan und Long Island gehen ins Golden Theater und besehen sich ein Stück. Da sind sie.

DORIS *(zeigt aufs Publikum):* Sie meinen, die sind ebenfalls erfunden? *(Lorenzo nickt)* Ihnen steht nicht frei zu tun, was ihnen gefällt?

LORENZO: Sie denken, sie könnten's, aber sie tun immer das, was von ihnen erwartet wird.

(Eine Frau steht plötzlich ganz wütend im Publikum auf)

Frau: Ich bin nicht erfunden!

Lorenzo: Tut mir leid, gnädige Frau, Sie sind's.

Frau: Aber ich habe einen Sohn auf der Handelsschule in Harvard.

Lorenzo: Ich habe Ihren Sohn geschaffen. Er ist nicht nur fiktiv, er ist auch homosexuell.

Mann: Ich werd euch mal zeigen, wie erdichtet ich bin. Ich verlasse dieses Theater und hole mir mein Geld zurück. Das ist ein doofes Stück. In Wirklichkeit ist das gar kein Stück. Wenn ich ins Theater gehe, will ich was mit Handlung sehen – mit Anfang, Mitte und Schluß – und nicht so einen Mist. Gute Nacht. *(Geht beleidigt den Gang entlang ab)*

Lorenzo *(zum Publikum):* Ist er nicht eine fabelhafte Figur? Ich schrieb ihn sehr wütend. Später fühlt er sich schuldig und begeht Selbstmord. *(Geräusch: Schuß)* Später!!

Mann *(kommt mit einer rauchenden Pistole zurück):* Tut mir leid, hab ich's zu schnell gemacht?

Lorenzo: Hau hier ab!

Mann: Ich gehe zu Sardi. *(Ab)*

Lorenzo *(im Publikum, spricht verschiedene Leute des tatsächlichen Publikums an):* Wie heißen Sie, mein Herr? Aha. *(Improvisation, die davon abhängt, was das Publikum sagt)* Wo sind Sie her? Ist er nicht nett? Fabelhafte Gestalt. Muß dran erinnern, daß man ihn anders anzieht. Später verläßt diese Frau hier ihren Mann wegen dieses Burschen da. Schwer zu glauben, ich weiß. Oh – sehen Sie sich diesen Kerl an. Später vergewaltigt er diese Dame dort.

AUTOR: Es ist schrecklich, erdichtet zu sein. Wir sind alle so begrenzt.

LORENZO: Nur durch die Grenzen des Dramatikers. Unglücklicherweise bist du zufällig von Woody Allen geschrieben worden. Überleg mal, wenn du von Shakespeare geschrieben worden wärst.

AUTOR: Ich akzeptiere das nicht. Ich bin ein freier Mensch und hab's nicht nötig, daß Gott einfliegt und mein Stück rettet. Ich bin ein guter Schriftsteller.

DORIS: Du willst das Athener Dramen-Festival gewinnen, gell?

AUTOR *(plötzlich pathetisch):* Ja. Ich will unsterblich sein. Ich will nicht einfach sterben und vergessen werden. Ich will, daß meine Werke lange weiterleben, nachdem mein irdischer Leib vergangen ist. Ich will, daß zukünftige Generationen wissen, daß ich mal existierte! Laßt mich bitte kein sinnloses Pünktchen sein, das durch die Ewigkeit schwebt. Ich danke Ihnen, meine Damen und Herren. Ich nehme den »Goldenen Tony« gern an und danke David Merrick ...

DORIS: Mich kümmert nicht, was Sie alle sagen, ich bin wirklich.

LORENZO: Nicht wirklich wirklich.

DORIS: Ich denke, darum bin ich. Oder besser noch, ich *fühle* – ich habe einen Orgasmus.

LORENZO: Tatsächlich?

DORIS: Immerfort.

LORENZO: Wirklich?

DORIS: Sehr oft.

LORENZO: Ja?

Doris: Die meiste Zeit habe ich einen, ja.
Lorenzo: Ja?
Doris: Mindestens die Hälfte der Zeit.
Lorenzo: Nein.
Doris: Doch! Mit bestimmten Männern …
Lorenzo: Schwer zu glauben.
Doris: Nicht unbedingt durch Geschlechtsverkehr. Normalerweise geschieht es mündlich –
Lorenzo: Aha.
Doris: Natürlich mach ich da auch nur so, als ob. Ich möchte niemanden beleidigen.
Lorenzo: Hast du jemals einen Orgasmus gehabt?
Doris: Nicht wirklich. Nein.
Lorenzo: Weil keiner von uns wirklich ist.
Autor: Aber wenn wir nicht wirklich sind, können wir nicht sterben.
Lorenzo: Nein. Es sei denn, der Dramatiker beschließt, uns zu töten.
Autor: Warum sollte er sowas tun?
(Aus den Kulissen tritt Blanche Dubois auf)
Blanche: Weil, mein Süßer, das etwas befriedigt, was ihr – ästhetisches Feingefühl genannt wird.
(Alle drehen sich um und sehen sie an)
Autor: Wer sind Sie denn?
Blanche: Blanche. Blanche Dubois. Das bedeutet »weißes Gehölz«. Nicht aufstehen, bitte – ich komm bloß eben mal vorbei.
Doris: Was machen Sie denn hier?
Blanche: Zuflucht suchen. Ja – in diesem alten Theater … Ich konnte nicht umhin, Ihre Unterhaltung

mitzuhören. Könnte ich eine Cola mit etwas Bourbon haben?

SCHAUSPIELER *(erscheint. Wir haben nicht bemerkt, daß er entschlüpft war):* Ist ein Seven Up okay?

AUTOR: Wo warst du denn, zum Teufel?

SCHAUSPIELER: Ich war auf der Toilette.

AUTOR: Mitten im Stuck?

SCHAUSPIELER: In welchem Stück? *(Zu Blanche)* Wollen Sie ihm bitte mal klarmachen, daß wir alle begrenzt sind.

BLANCHE: Ich fürchte, das ist nur zu wahr. Zu wahr und zu grauenhaft. Deswegen bin ich auch aus meinem Stück weggelaufen. Geflüchtet. Oh, nicht daß Tennessee Williams kein großer Schriftsteller wäre, aber Herzchen – er hat mich mitten in einen Alptraum gesteckt. Das letzte, woran ich mich erinnere, ist, daß ich von zwei Fremden rausgeschafft wurde, einer hatte eine Zwangsjacke in der Hand. Einmal draußen aus der Wohnung von Kowalski, riß ich mich los und rannte weg. Ich muß unbedingt in ein anderes Stück rein, ein Stück, in dem Gott existiert … irgendwo, wo ich endlich ausruhen kann. Deswegen müßt ihr mich in euer Stück einbauen und Zeus, dem jungen hübschen Zeus, erlauben, mit seinen Blitzstrahlen zu triumphieren.

AUTOR: Du warst auf der Toilette?

TRICHINOSIS *(tritt auf):* Alles bereit zur Vorführung.

BLANCHE: Eine Vorführung. Wie wundervoll!

TRICHINOSIS *(ruft hinter die Bühne):* Fertig da draußen? Okay, das ist jetzt der Schluß des Stückes. Alles sieht für den Sklaven hoffnungslos aus … Alle weiteren

Möglichkeiten sind ihm verschlossen. Er betet. Macht weiter.

Schauspieler: Oh Zeus. Du großer Gott! Wir sind verwirrte und hilflose Sterbliche. Bitte sei barmherzig und ändere unser Leben. *(Nichts passiert)* Äh ... Großer Zeus ...

Trichinosis: Macht schon, Jungs! Jessasmaria.

Schauspieler: Oh, großer Gott. *(Plötzlich gibt es einen Donnerschlag und einen großartigen Blitz. Die Wirkung ist fabelhaft: Zeus steigt herab, majestätisch Blitzstrahlen schleudernd.)*

Bursitis *(als Zeus):* Ich bin Zeus, der Gott der Götter! Bewirker von Wundern! Schöpfer des Universums! Rettung bringe ich euch allen!

Doris: Wartet nur, wenn die von Westinghouse das sehen!

Trichinosis: Na, Hepatitis, was meinst du?

Autor: Toll! Es ist besser als ich's erwartete. Es ist dramatisch, es ist zündend. Ich werde das Festival gewinnen! Ich bin Sieger. Es ist so heilig. Guck mal, mich schaudert! Doris! *(Er packt sie)*

Doris: Nicht jetzt.

(Allgemeiner Abgang, Lichtwechsel ...)

Autor: Ich muß sofort einiges umschreiben.

Trichinosis: Ich vermiete dir meine Göttermaschine für sechsundzwanzig-fünfzig die Stunde.

Autor *(zu Lorenzo):* Würdest du mein Stück ansagen?

Lorenzo: Klar, geh nur. *(Alle ab. Lorenzo bleibt und tritt vor das Publikum. Als er zu sprechen beginnt, tritt ein griechischer Chor auf und setzt sich im Hintergrund des Amphitheaters hin. Weiß gekleidet, selbstverständlich.)* Guten Abend und willkommen beim Athener Dramen-Festival. *(Geräusch: Beifall)* Wir haben heute abend ein großes Schauspiel für Sie bereit. Ein neues Stück von Hepatitis von Rhodos, mit dem Titel »Der Sklave«. *(Geräusch: Beifall)* Es treten auf Diabetes als der Sklave, Bursitis als Zeus, Blanche Dubois und Doris Levine aus Great Neck. *(Beifall)* Das Schauspiel wird Ihnen offeriert von Gregory Londos' Lamm-Restaurant gleich gegenüber vom Parthenon. Seid keine Medusen mit Schlangen in *eurem* Haar, wenn ihr nach einem Restaurant sucht, wo man gut essen gehen kann. Versucht Gregory Londos' Lamm-Restaurant. Denkt daran, Homer liebte es – und war blind! *(Ab. Diabetes spielt den Sklaven namens Phidipides, und er kommt jetzt gerade mit einem anderen griechischen Sklaven herein, als der Chor die Sache in die Hand nimmt)*

CHOR: Sammelt euch in der Runde, ihr Griechen, und gebt acht auf die Geschichte von Phidipides – so weise, so feurig, so durchdrungen von den Herrlichkeiten Griechenlands.

DIABETES: Meine Frage ist, was sollen wir mit so einem großen Pferd?

FREUND: Aber sie wollen es uns umsonst geben.

DIABETES: Na und? Wer braucht es? Es ist ein großes Holzpferd ... Was zum Teufel sollen wir denn damit anfangen? Es ist nicht mal ein hübsches Pferd. Höre, was ich dir sage, Cratinus – als griechischer Staatsmann würde ich niemals den Trojanern trauen. Hast du bemerkt, daß sie sich nie einen Tag freinehmen?

FREUND: Hast du schon von Zyklops gehört? Er hat eine Mittelaugenentzündung.

STIMME *(von draußen):* Phidipides! Wo ist bloß dieser Sklave?

DIABETES: Komme schon, Meister!

MEISTER *(tritt auf):* Phidipides – da bist du ja! Es gibt zu tun. Die Trauben müssen gepflückt werden, mein Triumphwagen muß repariert werden, wir brauchen Wasser vom Brunnen – und du machst ein Schmus hier draußen.

DIABETES: Ich hab nicht gemacht ein Schmus, Meister, ich hab über Politik geredet.

MEISTER: Ein Sklave, der über Politik redet! Ha, ha!

CHOR: Ha, ha ... Das ist köstlich.

DIABETES: Tut mir leid, Meister.

MEISTER: Du und die neue hebräische Sklavin macht das Haus sauber. Ich erwarte Gäste. Dann macht mit euren anderen Aufgaben weiter.

DIABETES: Die neue Hebräerin?

MEISTER: Doris Levine.

DORIS: Ihr rieft?

MEISTER: Macht sauber! Los, beeilt euch.

CHOR: Armer Phidipides. Ein Sklave! Und wie alle Sklaven sehnte er sich nur nach einem.

DIABETES: Größer zu sein.

CHOR: Frei zu sein.

DIABETES: Ich will gar nicht frei sein.

CHOR: Nein?

DIABETES: Ich hab's *so* gern. Ich weiß, was man von mir erwartet. Ich bin versorgt. Ich brauche keine Entscheidungen zu treffen. Ich bin als Sklave geboren und werde als Sklave sterben. Ich habe keine Bange.

CHOR: Buh ... buh ...

DIABETES: Ach, was wißt ihr schon, ihr Chorknaben. *(Er küßt Doris, sie reißt sich los)*

DORIS: Nicht doch!

DIABETES: Warum nicht? Doris, du weißt, mein Herz ist von Liebe schwer – oder wie ihr Hebräer gerne sagt: ick ha'n Ding für dir ssu laufen.

DORIS: Das kann nicht gutgehen.

DIABETES: Warum nicht?

DORIS: Weil du gern Sklave bist und ich das hasse. Ich will meine Freiheit. Ich will reisen und Bücher schreiben, in Paris leben, vielleicht eine Frauenzeitschrift gründen.

DIABETES: Was soll das Geschrei um die Freiheit? Sie ist gefährlich. Wissen, wo man bleiben kann, das ist sicher. Siehst du nicht, Doris, Regierungen wechseln jede Woche, politische Führer bringen sich gegenseitig um, Städte werden geplündert, Menschen gefoltert. Wenn's einen Krieg gibt, was meinst du, wer getötet wird? Die freien Menschen. Aber wir sind sicher, denn ganz egal, wer an der Macht ist, sie brauchen alle jemanden, der den Dreck wegräumt. *(Er packt sie)*

DORIS: Bitte nicht. Solange ich noch Sklavin bin, kann ich niemals am Sex Gefallen finden.

DIABETES: Könntest du nicht so tun, als ob?

DORIS: Vergiß es.

CHOR: Und dann griff eines Tages der Zufall ein.

(Das Ehepaar Zufall tritt auf, das wie amerikanische Tou-

risten gekleidet ist, sie tragen grelle Hawaihemden, Bob hat eine Kamera um den Hals)

BOB: Hallo, ich heiße Bob Zufall, das hier ist meine Frau Wendy. Wir brauchen jemanden, der eine dringende Botschaft zum König bringt.

DIABETES: Zum König?

BOB: Du würdest der Menschheit einen großen Dienst erweisen.

DIABETES: Würde ich?

WENDY: Ja, aber es ist ein gefährlicher Auftrag, und selbst als Sklave kannst du nein sagen.

DIABETES: Nein.

BOB: Aber das gibt dir die Möglichkeit, den Palast in all seiner Pracht zu sehen.

WENDY: Und der Lohn ist deine Freiheit.

DIABETES: Meine Freiheit? Ja, gut, ich würde Ihnen gerne helfen, aber ich habe einen Braten im Ofen.

DORIS: Laß mich es machen.

BOB: Es ist zu gefährlich für eine Frau.

DIABETES: Sie ist eine sehr flotte Läuferin.

DORIS: Phidipides, wie kannst du dich nur weigern?!

DIABETES: Wenn man ein Feigling ist, kommt verschiedenes von selbst.

WENDY: Wir flehen dich an – bitte –

BOB: Das Schicksal der Menschheit hängt am seidenen Faden.

WENDY: Wir erhöhen die Belohnung. Freiheit für dich und jeden Menschen deiner Wahl.

BOB: Plus ein sechzehnteiliges Silberbesteck zur Verlobung.

DORIS: Phidipides, das ist unsere Chance.

CHOR: Mach schon, du Pflaume.

DIABETES: Eine gefährliche Aufgabe, auf die persönliche Freiheit folgt? Mir wird schlecht.

WENDY *(übergibt ihm einen Briefumschlag):* Bring diese Botschaft zum König.

DIABETES: Warum können Sie sie nicht hinbringen?

BOB: Wir reisen in ein paar Stunden nach New York ab.

DORIS: Phidipides, du sagst, du liebst mich –

DIABETES: Das tu ich.

CHOR: Komm, mach schon, Phidipides, das Stück hängt durch.

DIABETES: Entscheidungen, Entscheidungen ... *(Das Telefon klingelt, er geht ran)* Hallo?

WOODYS STIMME: Wirst du vielleicht die verdammte Botschaft zum König bringen? Wir möchten gerne hier alle weg, zum Teufel.

DIABETES *(legt auf):* Ich mach's. Aber nur, weil mich Woody drum gebeten hat.

CHOR *(singt):* Ach, Professor Higgins –

DIABETES: Das ist das verkehrte Stück, ihr Idioten!

DORIS: Viel Glück, Phidipides.

WENDY: Das wirst du wirklich nötig haben.

DIABETES: Was meinen Sie damit?

WENDY: Bob hier ist wirklich ein grober Witzbold.

DORIS: Wenn wir frei sind, gehen wir ins Bett, und vielleicht hab ich ausnahmsweise Spaß dran.

HEPATITIS *(platzt auf die Bühne):* Und manchmal ein bißchen Gras, bevor ihr's macht –

SCHAUSPIELER: Du bist der Autor!

HEPATITIS: Ich konnte nicht wiederstehen. *(Ab)*
DORIS: Geh doch!
DIABETES: Ich geh schon!
CHOR: Und so begab sich Phidipides auf seine Reise, um König Ödipus eine wichtige Botschaft zu überbringen.
DIABETES: König Ödipus?
CHOR: Ja.
DIABETES: Ich hab gehört, er wohnt bei seiner Mutter.
(Wind und Blitze, während der Sklave sich mühsam weiterschleppt)
CHOR: Über tiefe Berge, durch hohe Täler.
DIABETES: Hohe Berge und tiefe Täler. Wo haben wir bloß diesen Chor her?
CHOR: Den Erinnyen kann er nimmer entrinnien.
DIABETES: Die Erinnyen sind mit den Zufalls zusammen essen. Sie sind nach Chinatown gegangen. Zur Hong Fat Noodle Company.
HEPATITIS *(tritt auf):* Sam Wo ist besser.
DIABETES: Bei Sam Wo wartet immer 'ne Schlange davor.
CHOR: Nicht, wenn man nach Lee fragt. Er besorgt euch Platz, aber ihr müßt ihm Trinkgeld geben. *(Hepatitis ab)*
DIABETES *(stolz):* Gestern war ich noch ein lausiger Sklave, hatte mich noch nie aus dem Besitz meines Meisters gewagt, heute trage ich eine Botschaft zum König, zum König persönlich. Ich sehe die Welt. Bald bin ich ein freier Mann. Plötzlich eröffnen sich mir menschliche Möglichkeiten. Und infolgedessen – habe ich den unbändigen Drang, mich zu übergeben. Na, schön …
(Wind)

CHOR: Tage werden zu Wochen, Wochen zu Monaten. Immer noch kämpft sich Phidipides weiter.

DIABETES: Könnt ihr die verdammte Windmaschine mal abstellen?

CHOR: Armer Phidipides, du Sterblicher.

DIABETES: Ich bin müde, ich bin erschöpft, ich bin krank. Ich kann nicht weiter. Meine Hand zittert ... *(Der Chor beginnt, einen langsamen »Dixie« zu summen)* Überall um mich her sterben Menschen, Krieg und Elend, Bruder gegen Bruder; der Süden, reich an Traditionen; der Norden, hauptsächlich Industrie. Präsident Lincoln schickt das Unionsheer, um die Plantage zu zerstören. Das alte Gehöft. Baumwolle – kommt den Fluß herunter ... *(Hepatitis kommt und starrt ihn an)* Schlümm, schlümm, Fräulein Eva – Ich komm nicht übers Eis. Es sind General Beauregard und Robert E. Lee ... Ach – *(bemerkt Hepatitis, der ihn anstarrt)* ich – ich – ... es riß mich hin. *(Hepatitis packt ihn am Genick und zieht ihn zur Seite)*

HEPATITIS: Komm mal her! Zum Teufel, was machst du denn?!

DIABETES: Wo ist der Palast? Ich laufe tagelang herum! Was ist das denn bloß für ein Stück!? Wo zum Kukkuck ist der gottverdammte Palast? In Wanne-Eickel?

HEPATITIS: Du bist am Palast, wenn du bloß aufhören würdest, mir das Stück kaputtzumachen! Wache! Los, jetzt, erscheine.

(Eine mächtige Wache tritt auf)

WACHE: Wer bist du?

DIABETES: Phidipides.

WACHE: Was führt dich zum Palast?

DIABETES: Zum Palast? Bin ich schon da?

WACHE: Ja. Das ist der königliche Palast. Das schönste Bauwerk in ganz Griechenland, marmorn, majestätisch und mietpreisgebunden.

DIABETES: Ich bringe eine Botschaft für den König.

WACHE: Oh ja, er erwartet dich.

DIABETES: Meine Kehle ist ausgedörrt, und ich habe seit Tagen nichts gegessen.

WACHE: Ich werde den König rufen.

DIABETES: Wie wär's mit einem Roastbeefbrötchen?

WACHE: Ich hole den König und ein Roastbeefbrötchen. Wie möchtest du's?

DIABETES: Medium.

WACHE *(zieht einen Schreibblock hervor und schreibt):* Einmal Medium. Es wird mit Beilage serviert.

DIABETES: Was habt ihr da?

WACHE: Moment mal, heute ... Möhren oder gebackene Kartoffeln.

DIABETES: Ich nehme die gebackenen Kartoffeln.

WACHE: Kaffee?

DIABETES: Bitte. Und eine getoastete Frackschleife – wenn ihr eine habt – und den König.

WACHE: In Ordnung. *(Beim Abgehen)* Einmal Roastbeef für mich und Kaffee einfach.

(Zufalls gehen fotografierend über die Bühne)

BOB: Wie gefällt dir der Palast?

DIABETES: Ich find ihn toll.

BOB *(gibt seiner Frau die Kamera):* Mach mal eins von uns beiden.

(Während sie fotografiert:)

DIABETES: Ich dachte, Sie beide wollten nach New York zurück.

WENDY: Du weißt, wie der Zufall ist.

BOB: Unzuverlässig. Nimm's halt leicht.

DIABETES *(neigt sich vor, um an der Blume an Bobs Revers zu riechen):* Das ist aber eine hübsche Blume. *(Bekommt einen Wasserstrahl ins Auge, als Zufall lacht)*

BOB: Tut mir leid, ich konnte nicht widerstehen. *(Reicht ihm die Hand. Diabetes nimmt sie. Bekommt einen elektrischen Schlag von einem Summsumm)*

DIABETES: Ahhhh!

WENDY: Er spielt den Leuten gerne einen Schabernack. *(Zufalls lachend ab)*

DIABETES *(zum Chor):* Ihr wußtet, daß er mir eins auswischen wollte.

CHOR: Er ist ein irrer Schelm.

DIABETES: Warum habt ihr mich nicht gewarnt?

CHOR: Wir wollen nicht mit reingezogen werden.

DIABETES: Ihr wollt nicht mit reingezogen werden? Ihr wißt, eine Frau ist auf der Linie 5 erstochen worden, während sechzehn Leute zusahen und nicht halfen.

CHOR: Wir haben's in den *Daily News* gelesen, und es war die Linie 7.

DIABETES: Wenn ein einziger Mensch den Mumm gehabt hätte, ihr zu helfen, wäre sie vielleicht heute hier.

FRAU *(tritt auf mit Messer in der Brust):* Ich bin da.

DIABETES: Daß ich meinen Schnabel nicht halten kann!

FRAU: Da arbeitet eine Frau ihr ganzes Leben auf der Rue de Trappe. Ich lese die *Post,* sechs Rowdies – Hascher,

Fixer – packen mich und werfen mich um.

WACHE: Es waren nicht sechs, es waren drei.

FRAU: Drei, sechs – sie hatten ein Messer und wollten mein Geld.

DIABETES: Du hättest es ihnen geben sollen.

FRAU: Hab ich ja. Sie haben mich trotzdem erstochen.

CHOR: So ist New York. Du gibst ihnen das Geld und wirst trotzdem erstochen.

DIABETES: New York? So ist es überall. Ich spazierte mit Sokrates mitten in Athen rum, da kommen zwei Jünglinge aus Sparta hinter der Akropolis hervorgestürzt und wollen unser ganzes Geld.

FRAU: Und was passierte?

DIABETES: Sokrates bewies ihnen mittels einfacher Logik, daß das Böse bloß Unkenntnis des Wahren sei.

FRAU: Und?

DIABETES: Und sie brachen ihm das Nasenbein.

FRAU: Ich hoffe nur, deine Botschaft für den König ist eine gute Nachricht.

DIABETES: Das hoffe ich um seinetwillen.

FRAU: Um deinetwillen.

DIABETES: Richtig, und – wie meinst du das, um meinetwillen?

CHOR *(höhnisch)*: Ha, ha, ha!

(Das Licht wird bedrohlicher)

DIABETES: Das Licht verändert sich ... Was ist das? Was passiert, wenn's eine schlechte Nachricht ist?

FRAU: Wenn in alten Zeiten ein Bote einem König eine Botschaft brachte und die Nachricht war gut, dann erhielt der Bote eine Belohnung.

CHOR: Freikarten für das Kino in der 86. Straße.
FRAU: Aber wenn die Nachricht schlecht war ...
DIABETES: Sag's mir nicht.
FRAU: ... ließ der König den Boten gewöhnlich hinrichten.
DIABETES: Leben wir in alten Zeiten?
FRAU: Siehst du's nicht an dem, was du anhast?
DIABETES: Ich verstehe, was du sagen willst. Hepatitis!
FRAU: Manchmal bekam der Bote den Kopf abgeschlagen ... falls der König gnädig gestimmt war.
DIABETES: In gnädiger Stimmung schlägt er einem den Kopf ab?
CHOR: Doch wenn die Nachricht wirklich schlecht ist –
FRAU: ... dann wird der Bote zu Tode geröstet. –
CHOR: Über mäßigem Feuer.
DIABETES: Es ist schon so lange her, daß ich über mäßigem Feuer geröstet worden bin, ich weiß gar nicht mehr, ob's mir gefiel oder nicht.
CHOR: Unser Wort darauf – es würde dir nicht gefallen.
DIABETES: Wo ist Doris Levine? Wenn ich diese hebräische Sklavin aus Great Neck in die Finger kriege ...
FRAU: Sie kann dir nicht helfen, sie ist meilenweit weg.
DIABETES: Doris! Wo bist du, zum Teufel?
DORIS *(im Publikum):* Was willst du denn?
DIABETES: Was machst du da unten?
DORIS: Das Stück hat mich gelangweilt.
DIABETES: Was soll das heißen: hat dich gelangweilt? Los, rauf hier! Ich stecke deinetwegen bis zum Hintern im Schlamassel!
DORIS *(kommt herauf):* Das tut mir leid, Phidipides, wie

sollte ich wissen, was in der Geschichte der Antike passiert ist? Ich habe Philosophie studiert.

DIABETES: Wenn die Nachricht schlecht ist, muß ich sterben.

DORIS: Ich hab's gehört.

DIABETES: Ist das deine Vorstellung von Freiheit?

DORIS: Wie gewonnen, so zerronnen.

DIABETES: Wie gewonnen, so zerronnen? Bringen sie euch das auf dem Brooklyn College bei?

DORIS: He, Mann, geh mir nicht auf die Nerven.

DIABETES: Wenn die Nachricht schlecht ist, bin ich geliefert. Warte einen Augenblick! Die Nachricht! Die Botschaft. Hier hab ich sie! *(Fummelt herum, nimmt die Botschaft aus einem Umschlag, liest)* Als bester Darsteller einer Nebenrolle ist der Preisträger ---*(Er sagt den Namen des Darstellers des Hepatitis)*

HEPATITIS *(platzt auf die Bühne):* Ich nehme den »Goldenen Tony« mit Freuden an und danke David Merrick –

SCHAUSPIELER: Hau ab, ich hab die falsche Botschaft gelesen! *(Zieht die richtige hervor)*

FRAU: Beeil dich, der König kommt.

DIABETES: Guck mal nach, ob er mein Sandwich hat.

DORIS: Beeil dich, Phidipides!

DIABETES *(liest):* Die Botschaft ist nur ein Wort.

DORIS: Ja?

DIABETES: Wieso weißt du das denn?

DORIS: Weiß was?

DIABETES: Wie die Botschaft lautet, sie lautet »Ja«.

CHOR: Ist das gut oder schlecht?

DIABETES: Ja? Ja ist doch positiv? Nein? Oder doch? *(Er probiert es) Ja!*
DORIS: Was ist, wenn die Frage war: Hat die Königin den Tripper?
DIABETES: Ich verstehe, worauf du hinaus willst.
CHOR: Seine Majestät, der König!
(Fanfaren, großer Auftritt des Königs)
DIABETES: Sire, hat die Königin den Tripper?
KÖNIG: Wer hat das Roastbeef hier bestellt?
DIABETES: Ich, Sire. Sind das Möhren? Weil ich um gebackene Kartoffeln gebeten habe.
KÖNIG: Gebackene Kartoffeln sind alle.
DIABETES: Dann laß' ich's zurückgehen. Ich esse gegenüber.
CHOR: Die Botschaft. *(Diabetes macht Schscht zu ihnen)* Die Botschaft, er hat die Botschaft.
KÖNIG: Elender Sklave, hast du eine Botschaft für mich?
DIABETES: Elender König, äh ... ja, tatsächlich ...
KÖNIG: Gut.
DIABETES: Könnt Ihr mir die Frage sagen?
KÖNIG: Erst die Botschaft.
DIABETES: Nein, erst Ihr.
KÖNIG: Nein, du.
DIABETES: Nein, Ihr.
KÖNIG: Nein, du.
CHOR: Laß Phidipides zuerst reden.
KÖNIG: Ihn?
CHOR: Ja.
KÖNIG: Wie kann ich das denn?
CHOR: Caramba, du bist der König.

KÖNIG: Natürlich, ich bin der König. Wie lautet die Botschaft?

(Die Wache zieht das Schwert)

DIABETES: Die Botschaft lautet ... Ja – in – *(versucht, auf einen klugen Einfall zu kommen, ehe er's ausspricht)* Nei – ja – vielleicht ... vielleicht –

CHOR: Er lügt.

KÖNIG: Die Botschaft, Sklave.

(Die Wache setzt Diabetes das Schwert an den Hals)

DIABETES: Sie ist nur ein Wort, Sire.

KÖNIG: Ein Wort?

DIABETES: Verblüffend, gelle, denn fürs selbe Geld hätte er vierzehn gedurft.

KÖNIG: Ein einziges Wort als Antwort auf meine Fragen aller Fragen. Gibt es einen Gott?

DIABETES: Das ist die Frage?

KÖNIG: Das – ist die einzige Frage.

DIABETES *(sieht Doris an, erleichtert):* Dann darf ich Euch die Botschaft ausrichten. Das Wort ist Ja.

KÖNIG: Ja?

DIABETES: Ja.

CHOR: Ja.

DORIS: Ja.

DIABETES: Du bist dran.

FRAU *(lispelnd):* Scho ischt esch.

(Diabetes wirft ihr einen verärgerten Blick zu)

DORIS: Ist das nicht fabelhaft!

DIABETES: Ich weiß, woran Ihr denkt, eine kleine Belohnung für Euren treuen Boten – aber unsere Freiheit ist uns mehr als genug – wenn Ihr andererseits darauf besteht, Eure Anerkennung zu beweisen, meine ich, sind Diamanten immer geschmackvoll.

KÖNIG *(feierlich):* Wenn es einen Gott gibt, dann ist der Mensch nicht allein verantwortlich, und ich werde bestimmt für meine Sünden verurteilt.

DIABETES: Pardon?

KÖNIG: Verurteilt für meine Sünden, meine Verbrechen. Äußerst schreckliche Verbrechen, ich bin verdammt. Diese Botschaft, die du mir gebracht hast, verdammt mich in alle Ewigkeit.

DIABETES: Habe ich ja gesagt? Ich meinte nein.

WACHE *(nimmt den Briefumschlag an sich und liest die Botschaft):* Die Botschaft lautet Ja, Sire.

KÖNIG: Das ist die schlechtestmögliche Nachricht.

DIABETES *(fällt auf die Knie):* Sire, ich kann nichts dafür. Ich bin ein einfacher Bote. Ich habe mir die Botschaft nicht ausgedacht. Ich überbringe sie bloß. Es ist wie mit dem Tripper Eurer Majestät.

KÖNIG: Du wirst von wilden Pferden in Stücke gerissen.

DIABETES: Ich wußte, ihr würdet's begreifen.

DORIS: Aber er ist bloß der Bote. Ihr könnt ihn nicht von wilden Pferden in Stücke reißen lassen. Ihr röstet sie doch normalerweise über mäßigem Feuer.

KÖNIG: Zu gut für diesen Abschaum!

DIABETES: Wenn der Wetterprophet Regen voraussagt, bringt Ihr den Wetterpropheten um?

KÖNIG: Ja.

DIABETES: Ich verstehe. Tja. Ich hab's mit einem Schizophrenen zu tun.

KÖNIG: Ergreift ihn! *(Die Wache tut's)*

DIABETES: Wartet, Sire. Ein Wort zu meiner Verteidigung.

KÖNIG: Ja?

DIABETES: Das hier ist nur ein Theaterstück.

KÖNIG: Das sagen sie alle. Gib mir dein Schwert. Ich will das Vergnügen dieser Hinrichtung selber haben.

DORIS: Nein, nein – ach, warum habe ich uns bloß hier reingeritten?

CHOR: Keine Bange, du bist jung, du findest noch einen anderen.

DORIS: Das ist wahr.

KÖNIG *(hebt das Schwert):* Stirb!

DIABETES: Oh Zeus, Gott der Götter, erscheine mit deinen Blitzstrahlen und rette mich – *(alle sehen nach oben, nichts geschieht, große Verlegenheit)* Oh Zeus ... Oh Zeus!!!

KÖNIG: Und nun – stirb!

DIABETES: Oh Zeus – wo zum Teufel ist denn Zeus!

HEPATITIS *(kommt und sieht nach oben):* Um Himmels willen, vorwärts mit der Maschine! Laßt ihn runter!

TRICHINOSIS *(kommt von der anderen Seite):* Sie klemmt!

DIABETES *(gibt wieder das Stichwort):* Oh, großer Zeus!

CHOR: Alle Menschen gelangen ans selbe Ende.

FRAU: Ich steh doch hier nicht rum und laß zu, daß er erstochen wird, wie ich auf der Linie 5!

KÖNIG: Packt sie!

(Die Wache packt sie und ersticht sie)

FRAU: Das ist das zweite Mal diese Woche! Du Hurensohn.

DIABETES: Oh, großer Zeus! Gott, hilf mir!

(Blitz – Zeus wird sehr ungeschickt heruntergelassen, zuckt und zappelt, bis man sieht, daß der Draht, an dem er hängt, ihn stranguliert hat. Alle sehen zu, bestürzt)

TRICHINOSIS: Irgendwas stimmt nicht mit der Maschine! Sie ist kaputt!

CHOR: Endlich das Erscheinen Gottes! *(Aber er ist mausetot)*

DIABETES: Gott ... Gott? Gott? Gott, bist du okay? Ist hier ein Arzt im Hause?

ARZT *(im Publikum)*: Ich bin Arzt.

TRICHINOSIS: Die Maschine hat sich verheddert.

HEPATITIS: Psst. Hau ab. Du machst das Stück kaputt.

DIABETES: Gott ist tot.

ARZT: Ist er irgendwie versichert?

HEPATITIS: Freiwillig, improvisiert.

DIABETES: Was?

HEPATITIS: Improvisiert den Schluß!

TRICHINOSIS: Jemand hat am falschen Hebel gezogen.

DORIS: Sein Genick ist gebrochen.

KÖNIG *(versucht das Stück weiterzuspielen)*: Äh ... tja, Bote ... sieh nur, was du gemacht hast. *(Schwingt das Schwert. Diabetes ergreift es)*

DIABETES *(das Schwert packend)*: Ich nehme das jetzt.

KÖNIG: Zum Kuckuck, was tust du?

DIABETES: Mich umbringen, was? Doris, komm hier rüber.

KÖNIG: Phidipides, was machst du?

WACHE: Hepatitis, er ruiniert den Schluß.

CHOR: Was machst du, Phidipides? Der König sollte *dich* töten.

DIABETES: Wer sagt das? Wo steht das geschrieben? Nein – ich töte vielmehr den König. *(Ersticht den König, aber das Schwert ist aus Pappe)*

KÖNIG: Laß mich los ... Er ist verrückt ... Halt! ... Das kitzelt!

ARZT *(fühlt dem Leichnam Gottes den Puls):* Er ist absolut tot. Wir tragen ihn besser weg.

CHOR: Wir wollen da nicht reingezogen werden. *(Sie fangen an abzugehen, tragen Gott hinaus)*

DIABETES: Der Sklave beschließt, ein Held zu sein! *(Ersticht die Wache, das Schwert ist immer noch aus Pappe)*

WACHE: Was zum Teufel machst du?

DORIS: Ich liebe dich, Phidipides. *(Er küßt sie)* Bitte, in der Stimmung bin ich nicht.

HEPATITIS: Mein Stück ... Mein Stück! *(Zum Chor)* Wo geht ihr denn hin?

KÖNIG: Ich werde meinen Agenten bei der Agentur William Morris anrufen. Sol Mishkin. Er wird wissen, was zu tun ist.

HEPATITIS: Das ist ein sehr ernstes Stück mit einer Botschaft! Wenn es auseinanderfällt, kriegen sie niemals die Botschaft mit.

FRAU: Das Theater ist zur Unterhaltung da. Es gibt ein altes Sprichwort: Wenn ihr eine Botschaft übermitteln wollt, wendet euch an die Post.

POSTBOTE *(kommt mit einem Fahrrad):* Ich habe ein Telegramm fürs Publikum. Es ist die Botschaft des Autors.

DIABETES: Wer ist das?

POSTBOTE *(steigt ab, singt):* Happy birthday to you, happy birthday to you –

HEPATITIS: Das ist die falsche Botschaft!

BOSTBOTE *(liest das Telegramm):* Tut mir leid, das hier ist sie. Gott ist tot. Stop. Seht selber zu. Und sie ist unterschrieben – Moskowitz Billardkugel GmbH?

DIABETES: Natürlich, alles ist möglich. Ich bin jetzt der Held.

DORIS: Und ich weiß nur, daß ich gleich einen Orgasmus haben werde. Ich kenn das.

POSTBOTE *(liest immer noch):* Doris Levine kann endlich ihren Orgasmus haben. Stop. Wenn sie will. Stop. *(Er packt sie)*

DORIS: Stop. *(Im Hintergrund tritt ein ungeschlachter Mann auf)*

STANLEY: Stella! Stella!

HEPATITIS: Das ist keine Wirklichkeit mehr! Absolut nicht.

(Groucho Marx jagt über die Bühne Blanche hinterher. Ein Mann im Publikum steht auf)

MANN: Wenn alles moglich ist, fahre ich nicht heim nach Forest Hills! Ich hab's satt, in der Wall Street zu arbeiten. Mich kotzt die Autobahn nach Long Island an! *(Packt eine Frau im Publikum. Reißt ihr die Bluse auf, jagt sie den Gang hinunter. Das könnte auch eine Platzanweiserin sein)*

HEPATITIS: Mein Stück ... *(Die Figuren haben die Bühne verlassen, es bleiben die beiden Gestalten vom Anfang zurück, der Autor und der Schauspieler, Hepatitis und Diabetes)* Mein Stück ...

DIABETES: Es war ein gutes Stück. Alles, was ihm fehlte, war ein Schluß.

HEPATITIS: Aber was bedeutete es?

DIABETES: Nichts ... einfach nichts ...

HEPATITIS: Was?

DIABETES: Sinnlos. Hohl.

HEPATITIS: Der Schluß.

DIABETES: Natürlich. Worüber reden wir? Wir reden über den Schluß.

HEPATITIS: Wir reden immer über den Schluß.

DIABETES: Weil er hoffnungslos ist.

HEPATITIS: Ich gebe zu, er ist unbefriedigend.

DIABETES: Unbefriedigend?! Er ist nicht mal glaubhaft. *(Das Licht fängt an dunkler zu werden)* Der Trick ist, mit dem Schluß anzufangen, wenn man ein Stück schreibt. Erfinde einen guten, starken Schluß, und dann schreib von hinten nach vorn.

HEPATITIS: Das habe ich versucht. Ich bekam ein Stück ohne Anfang.

DIABETES: Das ist absurd.

HEPATITIS: Absurd? Was ist absurd?

(DUNKEL)

Fabelgeschichten und Sagentiere

(Das Folgende ist eine Probe einiger phantasievollerer Schöpfungen der Weltliteratur, die ich zu einer vierbändigen Anthologie zusammenfasse und die Ramsch & Söhne herausgeben will, wenn klar ist, was beim Streik der norwegischen Schafhirten herauskommt.)

Der Nörk

Der Nörk ist ein fünf Zentimeter langer Vogel, der sprechen kann, aber von sich selbst stets in der dritten Person redet, etwa: »Er ist ein großartiger kleiner Vogel, nicht wahr?«

Die persische Mythologie behauptet, wenn ein Nörk am Morgen auf dem Fensterbrett sitzt, kommt ein Verwandter entweder zu Geld oder bricht sich bei einer Tombola beide Beine.

Von Zarathustra wurde erzählt, er habe an seinem Geburtstag einen Nörk geschenkt bekommen, obwohl er eine graue Sporthose wirklich dringender gebraucht hätte. Der Nörk taucht auch in der babylonischen Mythologie auf, aber da ist er sehr viel sarkastischer und sagt dauernd: »Ach, hör doch auf!«

Einige Leser mögen eine weniger bekannte Oper von Holstein kennen, die *Tafelspitz* heißt und in der ein stummes Mädchen sich in einen Nörk verliebt, ihn küßt und dann beide im Zimmer herumfliegen, bis der Vorhang fällt.

Der fliegende Snoll

Eine Eidechse mit vierhundert Augen, zweihundert für die Ferne und zweihundert zum Lesen. Wenn ein Mann nach der Legende dem Snoll direkt ins Gesicht sieht, verliert er augenblicklich das Recht, in New Jersey Auto zu fahren.

Legendär ist auch der Snoll-Friedhof, von dem selbst die Snolle nicht wissen, wo er liegt, und sollte ein Snoll tot umfallen, muß er bleiben, wo er ist, bis er aufgesammelt wird.

In der nordischen Mythologie versucht Loki, den Snoll-Friedhof zu finden, stößt stattdessen aber zufällig auf ein paar badende Rheinjungfern und hat zu guter Letzt Trichinen.

...

Der Kaiser Ho Sin hatte einen Traum, in dem er einen größeren Palast als seinen für die halbe Miete erblickte. Als er durch die Tore des Bauwerks schritt, bemerkte Ho

Sin plötzlich, daß sein Körper wieder jung wurde, obwohl sein Kopf irgendwo zwischen fünfundsechzig und siebzig blieb. Als er eine Tür aufmachte, fand er eine weitere Tür, die zu noch einer Tür führte; bald wurde er gewahr, daß er durch hundert Türen gegangen war und nun im Hinterhof stand.

Als eben Ho Sin am Rande der Verzweiflung war, setzte sich ihm eine Nachtigall auf die Schulter und sang das allerschönste Lied, das er je gehört hatte, und dann biß sie ihn in die Nase.

Gedemütigt sah Ho Sin in einen Spiegel, und da sah er statt seines eigenen Spiegelbildes einen Mann namens Mendel Goldblatt, der bei der Klempnerei Wassermann arbeitete und ihn beschuldigte, ihm seinen Mantel weggenommen zu haben.

Daraus ersah Ho Sin das Geheimnis des Lebens, und das hieß: »Niemals jodeln!«

Als der Kaiser erwachte, war er in kaltem Schweiß gebadet und konnte sich nicht erinnern, ob er den Traum geträumt hatte oder jetzt in einem Traum war, den gerade sein Gläubiger träumte.

Das Friehn

Das Friehn ist ein Meeresungeheuer mit dem Leib eines Krebses und dem Kopf eines vereidigten Wirtschaftsprüfers.

Von Friehnen heißt es, sie besäßen hübsche Singstimmen, die Seeleute zum Wahnsinn trieben, wenn sie sie hörten, besonders mit Melodien von Cole Porter.

Ein Friehn zu töten bringt Unglück: in einem Gedicht von Sir Herbert Figg erschießt ein Seemann eines, und plötzlich schlägt sein Schiff in einem Sturm leck, was die Mannschaft veranlaßt, den Kapitän zu ergreifen und in der Hoffnung, sich über Wasser zu halten, seine falschen Zähne über Bord zu werfen.

Der große Roo

Der große Roo ist ein Sagentier mit dem Haupt eines Löwen und dem Körper eines Löwen, allerdings nicht desselben Löwen. Es heißt, der Roo schläft tausend Jahre und steht dann plötzlich in Flammen, besonders wenn er geraucht hat, als er einschlief.

Von Odysseus wird erzählt, er habe einen Roo nach sechshundert Jahren geweckt, ihn aber schlaff und nörgelig gefunden, und der Roo bat ihn, einfach noch zweihundert weitere Jahre im Bett bleiben zu dürfen.

Das Erscheinen eines Roos wird allgemein als unheilbringend angesehen und geht gewöhnlich einer Hungersnot oder der Einladung zu einer Cocktailparty voraus.

...

Ein indischer Weiser wettete mit einem Zauberer, daß dieser ihn nicht hereinlegen könne, worauf der Zauberer dem Weisen einen Klaps auf den Kopf gab und ihn in eine Taube verwandelte. Darauf flog die Taube zum Fenster hinaus nach Madagaskar und ließ das Gepäck nachkommen.

Die Frau des Weisen, die davon Zeuge war, fragte den Zauberer, ob er Dinge in Gold verwandeln könne, und wenn ja, ob er ihren Bruder nicht in drei Dollar in bar verwandeln könne, dann wäre wenigstens nicht der ganze Tag total verplempert.

Der Zauberer sagte, um diesen Trick zu lernen, müsse man zu den vier Ecken der Erde reisen, aber man solle in der Nachsaison fahren, weil drei von den Ecken normalerweise ausgebucht seien.

Die Frau dachte einen Augenblick nach und begab sich dann auf eine Pilgerfahrt nach Mekka, vergaß aber, ihren Herd auszuschalten. Siebzehn Jahre später kehrte sie zurück, nachdem sie mit dem Oberlama gesprochen hatte, und fiel auf der Stelle der Wohlfahrt zur Last.

(Obige Geschichte ist eine aus einer Reihe von Hindu-Sagen, die erklären, warum wir den Weizen besitzen. Der Verfasser.)

Die Wiele

Eine große weiße Maus mit den auf ihren Bauch gedruckten Liedtexten zu »Maske in Blau«.

Die Wiele ist einzigartig unter den Nagetieren insofern, als sie in die Hand genommen und wie eine Ziehharmonika gespielt werden kann. Der Wiele ähnlich ist die Lünette, ein kleines Eichhörnchen, das pfeifen kann und den Bürgermeister von Detroit persönlich kennt.

...

Die Astronomen erzählen von einem bewohnten Planeten namens Quelm, der so weit von der Erde entfernt ist, daß ein Mensch, wenn er sich mit Lichtgeschwindigkeit fortbewegte, sechs Millionen Jahre brauchte, um dorthin zu gelangen, allerdings wird eine neue Expreßroute geplant, die die Reise um zwei Stunden abkürzt.

Da die Temperatur auf Quelm dreizehnhundert Grad unter Null beträgt, ist das Baden nicht gestattet, und die Kurorte haben entweder geschlossen oder ziehen Live-Shows auf.

Wegen seiner Entfernung vom Mittelpunkt des Sonnensystems gibt es auf Quelm keine Schwerkraft, und ein ausgedehntes Mittagessen zu arrangieren, bedarf einer langen Planung.

Außer allen diesen Hindernissen gibt es auf Quelm keinen Sauerstoff, um Leben, wie wir es kennen, zu erhalten, und was an Lebewesen existiert, hat Schwierigkeiten, seinen Lebensunterhalt zu verdienen, ohne in zwei Jobs zu arbeiten.

Die Legende erzählt jedoch, daß vor vielen Billionen Jahren die Lebensbedingungen nicht gar so grauenhaft waren – oder zumindest nicht schlechter als in Pittsburgh – und daß es menschliches Leben gab. Diese Menschen – die uns Menschen in jeder Weise ähnelten, abgesehen vielleicht von dem großen Kopf Salat, den sie dort hatten, wo man normalerweise die Nase hat – waren allesamt Philosophen. Als Philosophen bauten sie stark auf die Logik und waren der Meinung, wenn Leben existiere, dann müsse es jemand haben entstehen lassen, und sie suchten nach einem dunkelhaarigen Mann mit einer Tätowierung, der eine Matrosenjacke von der Navy trüge.

Als sich nichts Konkretes ergab, hängten sie die Philosophie an den Nagel und warfen sich auf den Versandhandel, aber die Postgebühren stiegen, und sie starben aus.

Aber leise ... ganz leise

Fragen Sie einen Durchschnittsmenschen, wer die Dramen mit den Titeln *Hamlet, Romeo und Julia, König Lear* und *Othello* geschrieben hat, und in den meisten Fällen wird er voller Überzeugung zurückschnappen: »Der unsterbliche Barde aus Stratford-on-Avon«. Fragen Sie ihn nach dem Autor der Shakespeareschen Sonette und sehen Sie zu, ob Sie nicht dieselbe unlogische Antwort erhalten. Nun legen Sie diese Fragen gewissen Literaturdetektiven vor, die im Laufe der Jahre anscheinend von Zeit zu Zeit auftauchen, und seien Sie nicht erstaunt, wenn Sie Antworten bekommen wie: Sir Francis Bacon, Ben Jonson, die Königin Elisabeth und möglicherweise sogar die Habeas-Corpus-Akte.

Die allerneueste dieser Theorien ist in einem Buch zu finden, daß ich gerade gelesen habe und das schlüssig zu beweisen sucht, daß der wirkliche Verfasser der Werke Shakespeares Christopher Marlowe war. Das Buch führt sehr triftige Gründe dafür an, und als ich es durchgelesen hatte, war ich nicht mehr sicher, ob Shakespeare Marlowe war oder Marlowe Shakespeare oder was. Ich weiß nur, ich hätte von keinem von beiden Schecks in Zahlung genommen – und ich liebe ihre Werke.

Wenn ich nun die oben erwähnte Theorie im Gesamtzusammenhang zu betrachten versuche, so ist meine erste Frage: Wenn Marlowe Shakespeares Werke schrieb, wer schrieb dann Marlowes? Die Antwort liegt in der Tatsache, daß Shakespeare mit einer Frau namens Anne Hathaway verheiratet war. Davon wissen wir, daß es tatsächlich so war. Nach der neuen Theorie dagegen war nun tatsächlich Marlowe mit Anne Hathaway verheiratet, eine Heirat, die Shakespeare Kummer ohne Ende bereitete, weil sie ihn nicht ins Haus lassen wollten.

Eines verhängnisvollen Tages wurde bei einem Streit darüber, wer beim Bäcker als nächster bedient werden sollte, Marlowe erschlagen – erschlagen oder verkleidet fortgeschafft, um der Anklage der Ketzerei zu entgehen, eines äußerst schweren Verbrechens, das mit Erschlagen oder Fortschaffen oder beidem bestraft wurde.

Zu diesem Zeitpunkt geschah es, daß Marlowes junges Weib zur Feder griff und an den Dramen und Sonetten weiterschrieb, die wir alle kennen und heute meiden. Aber erlauben Sir mir ein Wort zur Klärung.

Wir wissen alle, daß Shakespeare (Marlowe) sich seine Stoffe von den Dichtern der Antike (Moderne) lieh; als jedoch die Zeit kam, die Stoffe wieder zurückzugeben, hatte er sie verbraucht und war gezwungen, unter dem falschen Namen William Barde außer Landes zu fliehen (seitdem der Ausdruck »unsterblicher Barde«) im Bestreben, dem Schuldgefängnis zu entgehen (seitdem der Begriff »Schuldgefängnis«). Hier betritt Sir Francis Bacon die Szene. Bacon war ein großer Neuerer seiner Zeit, der an fortschrittlichen Kühlkonzepten arbeitete. Die Legende berichtet, daß er beim Versuch, ein Hühnchen zu kühlen, starb. Anscheinend schubste das Hühnchen als erstes. Im Bemühen, Marlowe vor Shakespeare geheimzuhalten, wenn sich herausstellen sollte, daß sie ein und derselbe wären, hatte Bacon den fingierten Namen Alexander Pope angenommen, der in Wirklichkeit der Pope Alexander war, das Oberhaupt der römisch-katholischen Kirche und zu der Zeit gerade im Exil, wegen der Invasion Italiens durch die Barden, die letzte der Nomadenhorden (die Barden schenken uns den Ausdruck »unsterblicher Barde«), und der Jahre zuvor nach London geeilt war, wo Raleigh im Tower den Tod erwartete.

Das Geheimnis wird fortschreitend immer dunkler, denn Ben Jonson inszeniert für Marlowe ein Scheinbegräbnis, indem er einen unbedeutenderen Dichter überredet, dessen Platz bei der Bestattung einzunehmen. Ben Jonson darf nicht mit Samuel Johnson verwechselt werden. Er war Samuel Johnson. Samuel Johnson war es nicht. Samuel Johnson war Samuel Pepys. Pepys war in Wirklichkeit Raleigh, der aus dem Tower entwischt war, um *Das verlorene Paradies* zu schreiben, und zwar unter dem Namen John Milton, eines Dichters, der wegen seiner Blindheit blindlings in den Tower entwischte und unter dem Namen Jonathan Swift gehängt wurde. All das wird klarer, wenn wir uns vor Augen führen, daß George Eliot eine Frau war.

Wenn wir davon ausgehen, dann ist König Lear kein

Drama von Shakespeare, sondern eine satirische Revue von Chaucer, ursprünglich betitelt: »Nowbody's Parfait«, die einen Hinweis auf den Mann enthält, der Marlowe tötete, ein Mann, der zu Zeiten Elisabeths (Elisabeth Barret Browning) als Old Vic bekannt war. Old Vic wurde uns später bekannter als Victor Hugo, der den *Glöckner von Notre Dame* schrieb, wovon die meisten Literaturwissenschaftler den Eindruck haben, es sei lediglich *Coriolan* mit ein paar augenfälligen Änderungen. (Sprechen Sie beide Titel schnell aus.)

Wir fragen uns also, ob nicht Lewis Carroll die ganze Situation karikierte, als er *Alice im Wunderland* schrieb. Der Weiße Hase war Shakespeare, der Verrückte Hutmacher Marlowe und die Haselmaus Bacon – oder der Verrückte Hutmacher Bacon und der Weiße Hase Marlowe – oder Carroll, Bacon und die Haselmaus Marlowe – oder Alice war Shakespeare – oder Bacon – oder Carroll war der Verrückte Hutmacher. Wie schade, daß Carroll nicht heute lebt, um das zu klären. Oder Bacon. Oder Marlowe. Oder Shakespeare. Der springende Punkt ist, wenn Sie gerade umziehen sollten, melden Sie's Ihrem Postamt. Es sei denn, die Nachwelt ist Ihnen völlig schnuppe.

Wenn die Impressionisten Zahnärzte gewesen wären
(Ein Phantasiestück zur Erhellung von Gemütsveränderungen)

Lieber Theo,
wird das Leben mich niemals anständig behandeln? Ich gehe an Verweiflung zugrunde! Es hämmert in meinem Kopf! Frau Sol Schwimmer verklagt mich, weil ich ihre Brücke ganz nach meinem Gefühl und nicht zu ihrem lächerlichen Munde passend gemacht habe. Das stimmt! Ich kann nicht auf Bestellung arbeiten wie ein normaler Handwerker! Ich hatte beschlossen, ihre Brücke solle kolossal und brandend sein, mit wilden, streitsüchtigen Zähnen, die wie Feuer in alle Richtungen züngeln! Jetzt ist sie völlig fassungslos, weil sie nicht in ihren Mund paßt! Sie ist so bürgerlich und dumm, ich möchte sie am liebsten in tausend Stücke hauen! Ich versuchte, ihr die falschen Zähne in den Mund zu pressen, aber sie stehen ihr heraus wie ein venezianischer Kronleuchter. Ich finde sie trotzdem schön. Sie behauptet, sie kann nicht kauen! Was kümmert es mich, ob sie kauen kann oder nicht! Theo, ich kann so nicht mehr weiter! Ich fragte Cézanne, ob er mit mir zusammen eine Praxis betreiben wolle, aber

er ist alt und gebrechlich und außerstande, die Instrumente zu halten, und sie müssen ihm an den Handgelenken festgebunden werden, aber außerdem arbeitet er nicht sorgfältig, und einmal in einem Mund, ruiniert er mehr Zähne als er rettet. Was ist zu tun?

Vincent

Lieber Theo,
ich machte diese Woche ein paar Röntgenbilder, die mir gut schienen. Degas sah sie und war skeptisch. Er sagte, die Komposition sei schlecht. Alle Löcher würden sich in der Ecke links unten zusammendrängen. Ich erklärte ihm, so sähe Frau Slotkins Mund nun einmal aus, aber er wollte nicht hören. Er sagte, er hasse Einfassungen, und Mahagoni sei zu schwer. Als er wegging, riß ich sie in Fetzen! Als wäre das noch nicht genug gewesen, machte ich mich bei Frau Wilma Zardis an eine Wurzelbehandlung, aber halbwegs fertig, verließ mich der Mut. Mir wurde plötzlich klar, daß eine Wurzelbehandlung nicht das ist, was ich machen will! Mir wurde eng und schwindlig. Ich lief aus der Praxis ins Freie, wo ich atmen konnte! Ich war mehrere Tage nicht bei Sinnen und kam am Meer wieder zu mir. Als ich zurückkam, saß sie immer noch auf dem Stuhl. Ich vollendete den Mund ohne große Lust, brachte es aber nicht über mich, ihn zu signieren.

Vincent

Lieber Theo,
schon wieder bin ich mit Geld in Not. Ich weiß, welche Last ich für dich sein muß, aber an wen kann ich mich denn sonst wenden? Ich brauche Geld für Material! Ich arbeite jetzt fast ausschließlich mit Zahnseide, wobei ich während der Arbeit improvisiere, und die Ergebnisse sind aufregend. Gott! Ich habe nicht mal mehr einen Pfennig für Novokain! Heute zog ich einen Zahn und mußte den Patienten damit betäuben, daß ich ihm etwas Dreiser vorlas. Hilf mir!

Vincent

Lieber Theo,
habe beschlossen, die Praxis mit Gauguin zu teilen. Er ist ein ausgezeichneter Zahnarzt, der auf Brücken spezialisiert ist, und er scheint mich zu mögen. Er hat mir große Komplimente wegen meiner Arbeit an Herrn Jay Grünglas gemacht. Wenn du dich erinnerst, ich füllte ihm links unten Sieben, dann gefiel mir die Füllung nicht und ich versuchte, sie ihm wieder herauszunehmen. Grünglas war unnachgiebig, und wir gingen vor Gericht. Es bestand die Rechtsfrage um das Eigentum, und auf Anraten meines Anwalts klagte ich geschickt auf den ganzen Zahn und gab mich mit der Füllung zufrieden. Nun, jemand sah sie in meiner Praxis in der Ecke liegen und will sie in einer Ausstellung zeigen! Man spricht bereits von einer Retrospektive!

Vincent

Lieber Theo,
ich glaube, es war ein Fehler, die Praxis mit Gauguin zu teilen. Er ist ein kranker Mensch. Er trinkt in großen Mengen Zahnweiß. Als ich ihn beschuldigte, geriet er in Wut und riß mein Zahnarzt-Diplom von der Wand. In einem ruhigeren Augenblick schlug ich ihm vor, es mit dem Plombieren im Freien zu versuchen, und wir arbeiteten auf einer Wiese, umgeben von Grün und Gold. Er setzte Fräulein Angela Tonnato eine Krone ein, und ich machte Herrn Louis Kaufmann zur selben Zeit eine Füllung. Da arbeiteten wir also zusammen unter freiem Himmel! Reihen blendendweißer Zähne im Sonnenlicht! Dann kam ein Wind auf und blies Herrn Kaufmann das Toupet ins Gebüsch. Er stürzte ihm nach und riß Gauguins Instrumente um. Gauguin gab mir die Schuld und versuchte, mir einen Hieb zu versetzen, erwischte aber irrtümlich Herrn Kaufmann, worauf der sich auf den Schnellbohrer setzte. Herr Kaufmann ging wie eine Rakete im Steilflug an mir vorbei und nahm Fräulein Tonnato mit auf die Reise. Der Schluß, Theo, ist, daß Rifkin, Rifkin, Rifkin & Meltzer meine Einnahmen mit Beschlag belegt haben. Schick mir, was du kannst.

Vincent

Lieber Theo,
Toulouse-Lautrec ist doch der beklagenswerteste Mensch auf Erden. Er sehnt sich mehr als nach sonstwas danach, ein großer Zahnarzt zu sein, und er hat wirkliche Begabung, aber ist zu klein, um an den Mund seiner Pa-

tienten zu reichen, und zu stolz, sich auf irgendwas zu stellen. Die Arme über den Kopf gereckt, tastet er blindlings an ihren Lippen herum, und gestern hat er Frau Fistelton statt auf die Zähne eine Krone auf das Kinn gesetzt. Inzwischen weigert sich mein alter Freund Monet, an etwas anderem als sehr, sehr großen Mündern zu arbeiten, und Seurat, der sehr launisch ist, hat eine Methode entwickelt, immer nur jeweils einen einzigen Zahn zu putzen, bis er »einen vollen, frischen Mund« erhält, wie er es nennt. Das hat baukünstlerische Solidität, aber, ist es auch zahnkünstlerische Arbeit?

Vincent

Lieber Theo,
ich bin verliebt. Claire Memling kam letzte Woche zu einer Kontrolluntersuchung. (Ich hatte ihr eine Postkarte geschickt, auf der stand, daß sechs Monate seit der letzten Durchsicht vergangen seien, obwohl es erst vier Tage her war.) Theo, sie treibt mich zum Wahnsinn! Verrückt vor Verlangen! Ihr Gebiß! Ich habe nie so ein Gebiß gesehen! Ihre Zähne treffen perfekt aufeinander! Nicht wie die von Frau Itkin, deren untere Zähne über die oberen ungefähr drei Zentimeter vorragen, was ihr einen Unterbiß verleiht, der dem eines Werwolfs ähnelt! Nein! Claires Zähne schließen und passen! Wenn das geschieht, weiß man, es gibt einen Gott! Und doch ist sie nicht allzu vollkommen. Nicht so makellos, um uninteressant zu sein. Sie hat eine Lücke zwischen Neun und Elf unten. Nummer zehn hat sie in ihrer Jugend verloren. Plötzlich und

ohne Warnung hatte er ein Loch. Er wurde ziemlich leicht entfernt (das heißt, er fiel ihr beim Sprechen raus) und nie wieder ersetzt. »Nichts hätte Nummer zehn unten ersetzen können«, sagte sie zu mir, »er war mehr als ein Zahn, er war mein Leben bis dahin.« Über den Zahn wurde selten gesprochen, als sie älter wurde, und ich glaube, sie war nur deshalb gewillt, mit mir darüber zu sprechen, weil sie mir vertraut. Oh Theo, ich liebe sie. Ich sah ihr heute in den Mund und war wieder wie ein junger, nervöser Zahnarztstudent, so daß ich ihr Tupfer und Spiegelchen in den Hals rutschen ließ. Später hatte ich meine Arme um sie geschlungen und zeigte ihr die richtige Art, sich die Zähne zu bürsten. Die süße kleine Närrin war gewohnt, die Bürste stillzuhalten und den Kopf von einer Seite zur anderen zu bewegen. Nächsten Donnerstag gebe ich ihr etwas Gas und bitte sie, mich zu heiraten.

Vincent

Lieber Theo,
Gauguin und ich hatten wieder eine Auseinandersetzung, und er ist nach Tahiti abgereist! Er war mitten bei einer Extraktion, als ich ihn störte. Er hatte das Knie auf Herrn Feldmanns Brust und die Zange am rechten oberen Bakkenzahn des Mannes. Es gab den üblichen Ringkampf, und ich hatte das Pech, hereinzukommen und Gauguin zu fragen, ob er meinen Filzhut gesehen habe. Gauguin wurde abgelenkt und lockerte den Griff um den Zahn, und Feldmann nutzte diesen Fehler aus, um aus dem

Stuhl zu springen und aus dem Sprechzimmer zu fliehen. Gauguin bekam einen Tobsuchtsanfall! Volle zehn Minuten hielt er meinen Kopf unter den Röntgenapparat, und danach konnte ich mehrere Stunden lang nicht mit beiden Augen gleichzeitig zwinkern. Jetzt bin ich einsam.

Vincent

Lieber Theo,
alles ist aus! Da heute der Tag war, an dem ich vorhatte, Claire zu bitten, mich zu heiraten, war ich ein wenig nervös. Sie sah großartig aus mit ihrem weißen Organdykleid, dem Strohhut und dem Zahnfleischschwund. Wie sie so in dem Stuhl saß, den Absaugschlauch im Mund, brauste es mir im Herzen. Ich versuchte, romantisch zu sein. Ich machte das Licht dunkler und versuchte, das Gespräch auf fröhliche Themen zu lenken. Wir nahmen beide etwas Lachgas. Als der Augenblick richtig schien, sah ich ihr direkt in die Augen und sagte: »Bitte spülen.« Und sie lachte! Ja, Theo! Sie lachte mich aus und wurde dann wütend! »Meinen Sie, ich könnte für einen Mann wie Sie spülen!? Das soll wohl ein Witz sein!« Ich sagte: »Bitte, Sie verstehen nicht.« Sie sagte: »Ich verstehe sehr gut! Ich könnte niemals bei jemandem außer einem zugelassenen Zahnorthopäden spülen! Wahrhaftig, schon der Gedanke, ich könnte hier spülen! Lassen Sie mich!« Und damit lief sie weinend hinaus. Theo! Ich möchte sterben! Ich sehe mein Gesicht im Spiegel und möchte es zerschlagen! Es zerschlagen! Hoffe, dir geht es gut.

Vincent

Lieber Theo,
Ja, es ist wahr. Das Ohr im Schaufenster bei Gebrüder Fleischmann, Scherzartikel, ist meines. Ich nehme an, es war eine Torheit, aber ich wollte vorigen Sonntag Claire ein Geburtstagsgeschenk schicken, und alle Läden waren zu. Na ja. Manchmal wünsche ich, ich hätte auf Vater gehört und wäre Maler geworden. Das wäre nicht aufregend, aber wenigstens ein normales Leben.

Vincent

Kein Kaddisch für Weinstein

Weinstein lag unter seinen Decken und starrte in dumpfer Lethargie zur Decke hoch. Draußen stiegen in stickigen Wellen Schwaden feuchter Luft vom Pflaster auf. Der Verkehrslärm war zu dieser Stunde ohrenbetäubend, und zu all dem stand sein Bett in Flammen. Seht mich an, dachte er. Fünfzig Jahre alt. Ein halbes Jahrhundert. Nächstes Jahr werde ich einundfünfzig sein. Dann zweiundfünfzig. Indem er diesen Gedankengang fortsetzte, konnte er sein Alter für die nächsten fünf Jahre berechnen. So wenig Zeit bleibt mir, dachte er, und soviel noch zu tun. Vor allem wollte er Autofahren lernen. Sein Freund Adelmann, der mit ihm auf der Rush Street immer Dreideln spielte, hatte Autofahren an der Sorbonne studiert. Er konnte wunderschön mit einem Auto umgehen und war schon oft ganz allein gefahren. Weinstein hatte ein paar Versuche unternommen, mit dem Chevy seines Vaters zu fahren, war aber immer auf dem Bürgersteig gelandet.

Er war ein frühreifes Kind gewesen. Ein Intellektueller. Mit zwölf hatte er die Gedichte T.S. Eliots ins Englische übersetzt, nachdem irgendwelche Vandalen in die Bibliothek eingebrochen waren und sie ins Französische übersetzt hatten. Und als wenn ihn sein hoher I.Q. nicht schon genug isolierte, erlitt er unsägliche Ungerechtigkeiten und Verfolgungen wegen seines Glaubens, vor allem von seinen Eltern. Sicher, sein Alter Herr war Mitglied der Synagoge und seine Mutter auch, aber sie konnten sich nie mit der Tatsache befreunden, daß ihr Sohn Jude wäre. »Wie konnte das bloß passieren?« fragte sein Vater bestürzt. Mein Gesicht sieht semitisch aus, dachte Weinstein jeden Morgen beim Rasieren. Er war mehrere Male mit Robert Redford verwechselt worden, aber jedes Mal von einem Blinden. Dann war da noch Feinglas, sein anderer Jugendfreund: der typische Klassenerste. Ein Arbeitgeberspitzel, der zu den Arbeitern übergelaufen war. Dann sich zum Marxismus bekehrt hatte. Ein kommunistischer Agitator. Von der Partei im Stich gelassen, ging er nach Hollywood und wurde die Synchronstimme einer berühmten Zeichentrickmaus. Ironie des Schicksals.

Weinstein hatte ebenfalls mit dem Kommunismus geliebäugelt. Um Eindruck auf ein Mädchen in Rutgers zu machen, war er nach Moskau gegangen und in die Rote Armee eingetreten. Als er sie wegen einer zweiten Verabredung anrief, war sie schon mit jemand anderem verlobt. Auch sollte ihm später sein Rang als Unteroffizier bei der russischen Infanterie schaden, als er eine Sicherheitsbestätigung benötigte, um die kostenlose Vorspeise zu seinem Mittagessen in Longchamps zu bekommen. Außerdem hatte er in der Schule ein paar Versuchsmäuse politisch organisiert und bei einem Streik zur Verbesserung der Arbeitsbedingungen angeführt. Tatsächlich war es nicht so sehr die Politik wie die Poesie der marxistischen Theorie, die ihn faszinierte. Er war überzeugt, daß die Kollektivierung funktionieren könne, wenn alle die Liedtexte von »Ninotschka« lernen würden. »Das Wegschrumpfen des Staates« war eine Phrase, an der er festgehalten hatte, seitdem eines Tages die Nase seines Onkels bei Saks auf der Fifth Avenue weggeschrumpft war. Was, fragte er sich, ist über das wahre Wesen der sozialen Revolution zu erfahren? Nur, daß sie nie nach dem Genuß von mexikanischem Essen unternommen werden sollte.

Die Weltwirtschaftskrise vernichtete Weinsteins Onkel Meyer, der sein Vermögen unter der Matratze aufbewahrte. Als die Börse krachte, zog die Regierung alle Matratzen ein, und Meyer wurde über Nacht ein armer Mann. Alles was ihm blieb, war, aus dem Fenster zu springen, aber ihm fehlten die Nerven dazu, und so saß er von 1930 bis 1937 auf einem Fensterbrett im Empire State Building.

»Diese Kinder mit ihrem Hasch und Sex«, sagte Onkel Meyer gern. »Wissen Sie, was es heißt, sieben Jahre auf einem Fensterbrett zu sitzen? Da sieht man das Leben! Natürlich sehen alle aus wie Ameisen. Aber jedes Jahr richtete Tessie – sie ruhe in Frieden – den Sedertisch da draußen auf dem Gesims. Die Familie versammelte sich zu Pessach darum herum. Oy, Neffe! Wo kommt die Welt hin, wenn sie jetzt haben eine Bombe, die mehr

Leute töten kann als ein einziger Blick auf Max Rifkins Tochter?«

Weinsteins sogenannte Freunde hatten alle vor dem Ausschuß gegen Unamerikanische Umtriebe gekuscht. Blotnick war von seiner eigenen Mutter angezeigt worden. Scharfstein wurde vom Auftragsdienst angezeigt. Weinstein war von dem Ausschuß angerufen worden und hatte zugegeben, daß er der Russischen Kriegshilfe Geld gespendet hatte, und dann hinzugefügt: »Oh ja, ich habe Stalin ein Eßzimmer gekauft.« Er weigerte sich, Namen zu nennen, sagte aber, wenn der Ausschuß darauf bestünde, würde er die Körpergröße der Leute angeben, denen er auf Versammlungen begegnet sei. Am Schluß geriet er in Panik, und anstatt sich auf das fünfte Grundrecht zu berufen, berief er sich auf das dritte, das ihn in die Lage versetzte, sich sonntags in Philadelphia Bier zu kaufen.

Weinstein rasierte sich zu Ende und ging unter die Dusche. Er seifte sich, während dampfendheißes Wasser ihm den massigen Rücken hinuntersprudelte. Er dachte: »Hier steh ich an irgendeinem festgelegten Punkt in Raum und Zeit und nehme eine Dusche. Ich, Isaak Weinstein. Eines von Gottes Geschöpfen.« Und dann trat er auf die Seife und schlidderte über den Fußboden und rammte seinen Kopf in den Handtuchhalter. Es war eine schlechte Woche gewesen. Am Tag zuvor hatte man ihm einen schlechten Haarschnitt verpaßt, und er hatte immer noch nicht die Angst überwunden, die ihm jener verursachte. Zuerst hatte der Friseur sorgfältig geschnitten, aber bald war Weinstein klar, daß er zu weit gegangen war. »Tun Sie welche zurück!« schrie er wie von Sinnen.

»Ich kann nicht«, sagte der Friseur, »sie halten nicht.«

»Gut, dann geben Sie sie mir, Dominique! Ich nehme sie mit!«

»Wenn sie mal auf dem Fußboden in meinem Laden liegen, gehören sie mir, Mr. Weinstein.«

»Zum Teufel! Ich will meine Haare!«

Er tobte und wütete, fühlte sich schließlich schuldig und ging weg. »Gojim«, dachte er, »so oder so, sie kriegen dich.«

Jetzt trat er aus dem Hotel und ging die Eighth Avenue entlang. Zwei Männer raubten gerade eine ältere Dame aus. Mein Gott, dachte Weinstein, was waren das für Zeiten, als noch einer allein damit fertig wurde. Was für eine Stadt. Chaos überall. Kant hatte recht: Der Geist gebietet Ordnung. Er sagt einem auch, wieviel Trinkgeld man hinlegen muß. Wie wundervoll, bewußt zu sein! Ich frage mich, was die Leute in New Jersey machen.

Er war auf dem Weg, Harriet wegen der Alimente einen Besuch zu machen. Er liebte Harriet noch immer, obwohl sie, während sie verheiratet waren, systematisch versucht hatte, mit allen Rs im Telefonbuch von Manhattan Ehebruch zu begehen. Er vergab ihr. Aber er hätte etwas ahnen sollen, als sein bester Freund und Harriet sich für drei Jahre ein Haus in Maine mieteten, ohne ihm zu sagen, wo sie wären. Er *wollte* es nicht wahrhaben – das war es. Sein Sexualleben mit Harriet hatte rasch aufgehört. Er schlief mit ihr einmal in der Nacht, als sie sich zum erstenmal begegneten, einmal am Abend der ersten

Mondlandung und einmal, um zu testen, ob sein Rücken nach einer rausgerutschten Bandscheibe wieder in Ordnung sei. »Es funktioniert mit dir verdammt nicht gut, Harriet«, klagte er gewöhnlich, »du bist zu rein. Jedesmal, wenn ich einen Drang zu dir habe, sublimier ich ihn durchs Pflanzen eines Baums in Israel. Du erinnerst mich an meine Mutter.« (Molly Weinstein – sie ruhe in Frieden –, die sich für ihn plagte und die besten Würste machte in ganz Chicago – ein Geheimrezept, bis jedem klar war, daß sie Haschisch hineintat.)

Zum miteinander Schlafen hatte Weinstein jemand ganz anderen nötig. Wie LuAnn, die aus Sex eine Kunst machte. Der einzige Ärger war, sie konnte nicht bis zwanzig zählen, ohne die Schuhe auszuziehen. Er versuchte einmal, ihr ein Buch über Existentialismus zu geben, aber sie aß es. Sexuell hatte Weinstein sich immer als unzulänglich empfunden. Vor allem kam er sich klein vor. Er war einssechzig ohne Schuhe, allerdings konnte er ohne die Schuhe von jemand anderem einsfünfundsechzig sein. Dr. Klein, sein Therapeut, brachte ihn zur Einsicht, daß vor einen fahrenden Zug zu springen eher feindselig als selbstzerstörerisch sei, in jedem Fall aber seine Bügelfalten ruinieren würde. Klein war sein dritter Psychotherapeut. Sein erster war ein Jung-Schüler, der vorgeschlagen hatte, es mit spiritistischen Sitzungen zu versuchen. Davor hatte er Gruppentherapie gemacht, aber als er an die Reihe kam zu reden, wurde ihm schwindlig, und er konnte bloß die Namen aller Planeten hersagen. Sein Problem waren die Frauen, und das wußte er. Er war bei jeder Frau impotent, die vom College mit einer besseren Durchschnittsnote als 2 minus abgegangen war. Am wohlsten fühlte er sich bei Absolventinnen von Bürofachschulen, aber wenn die Frau schneller als hundert Silben in der Minute war, bekam er Panik und versagte im Bett.

Weinstein klingelte an Harriets Wohnung, und plötzlich stand sie vor ihm. »Sie plustert sich zu einer gefleckten Giraffe auf, wie üblich«, dachte Weinstein. Es war ein privater Scherz, den keiner von beiden verstand.

»Hallo, Harriet«, sagte er.

»Oh, Ike«, sagte sie. »Du mußt nicht so verdammt selbstgerecht sein.«

Sie hatte recht. Wie taktlos, so etwas zu sagen. Er haßte sich selber dafür.

»Wie geht's den Kindern, Harriet?«

»Wir hatten nie Kinder, Ike.«

»Darum dachte ich, vierhundert Dollar die Woche wäre eine Menge Kindergeld.«

Sie biß sich auf die Lippen. Weinstein biß sich auf die Lippen. Dann biß er ihr auf die Lippen. »Harriet«, sagte er, »ich ... ich bin pleite. Die Eierpreise sind parterre.«

»Verstehe. Und kann dir deine Schikse nicht helfen?«

»Für dich ist jedes Mädchen, das keine Jüdin ist, eine Schikse.«

»Können wir das lassen?« Ihre Stimme erstickte an der Beschuldigung. Weinstein hatte plötzlich den Drang, sie zu küssen, oder wenn nicht sie, dann irgend jemanden.

»Harriet, was haben wir falsch gemacht?«

»Wir haben der Wirklichkeit nie ins Gesicht gesehen.«

»Das war nicht mein Fehler. Du sagtest, sie läge im Norden.«

»Die Wirklichkeit *liegt* im Norden, Ike.«

»Nein, Harriet. Inhaltlose Träume liegen im Norden. Die Wirklichkeit im Westen. Falsche Hoffnungen liegen im Osten, und ich glaube, Louisiana liegt im Süden.«

Sie hatte immer noch die Fähigkeit, ihn zu erregen. Er streckte die Hände nach ihr aus, aber sie schlüpfte weg, und seine Hand landete in etwas saurer Sahne.

»Hast du darum mit deinem Therapeuten geschlafen?« platzte er schließlich heraus. Sein Gesicht war wutverzerrt. Er hatte das Gefühl, ohnmächtig zu werden, konnte sich aber nicht mehr erinnern, wie man richtig umfällt.

»Das gehörte zur Therapie«, sagte sie kalt. »Nach Freud ist Sexualität der goldene Weg zum Unbewußten.«

»Freud hat gesagt, die *Träume* sind der Weg zum Unbewußten.«

»Sexualität, Träume – willst du Haarspaltereien betreiben?«

»Leb wohl, Harriet.«

Es war zwecklos. *Rien à dire, rien à faire.* Weinstein ging fort und wanderte über den Union Square. Plötzlich brachen heiße Tränen hervor, als wäre ein Damm gebrochen. Heiße, salzige Tränen, Ewigkeiten zurückgehalten, entströmten ihm in einer schamlosen Woge von Gefühl. Das Problem war, sie kamen ihm aus den Ohren. »No na«, dachte er, »nicht mal richtig weinen kann ich.« Er tupfte sich die Ohren mit einem Kleenextuch und ging nach Hause.

Herrliche Zeiten: Memoiren aus dem Kassettenrekorder

Das Folgende sind Auszüge aus den bald erscheinenden Memoiren von Flo Guiness. Big Flo, wie ihre Freunde sie nannten (viele Feinde nannten sie ebenfalls so, meistens aus Bequemlichkeit), gewiß die schillerndste aller Wirtinnen verbotener Pinten während der Prohibition, erscheint in diesen Tonbandinterviews als eine Frau mit einem kräftigen Lebenshunger, wie auch als gescheiterte Künstlerin, die ihren ein Leben lang gehegten Wunsch, eine begnadete Geigerin zu werden, aufgeben mußte, als sie bemerkte, daß das heißen würde, Violine zu studieren. Hier nun spricht Big Flo zum ersten Male selber.

Ursprünglich tanzte ich im Jewel Club in Chicago für Ned Small. Ned war ein gewiefter Geschäftsmann, der sein ganzes Geld damit machte, was wir heute »Stehlen« nennen würden. Natürlich war das damals ganz was anderes. Ja, mein Herr, Ned hatte viel Charme – einen, den's heute nicht mehr gibt. Er war berühmt dafür, daß er einem beide Beine brach, wenn man nicht derselben Meinung war wie er. Und er tat's auch, Jungs. Er brach noch *mehr* Beine! Ich würde sagen, er brachte es im Durchschnitt auf seine fünfzehn, sechzehn Beine die Woche. Aber Ned war in mich vernarrt, vielleicht weil ich ihm immer direkt ins Gesicht sagte, was ich von ihm hielt. »Ned«, sagte ich einmal beim Dinner zu ihm, »du bist ein hinterfotziger Gauner mit der Moral eines Straßenköters.« Er lachte, aber später am Abend sah ich, wie er »hinterfotzig« im Wörterbuch nachschlug. Na ja, wie ich schon sagte, tanzte ich in Ned Smalls Jewel Club. Ich war seine beste Tänzerin, Jungs – eine Tanz*darstellerin.* Die anderen Girls hopsten bloß rum, aber ich tanzte ne kleine Geschichte. Zum Beispiel, wie Venus aus ihrem Bad kommt, natürlich Broadway und 42. Straße, und sie zieht durch die Nightclubs und tanzt bis zum Morgen und hat dann ne zünftige Herzattacke und verliert die Kontrolle über ihre Gesichtsmuskeln linksseitig. Traurige Sache, Jungs. Aber wegen solcher Sachen schätzte man mich.

Eines Tages ruft mich Ned Small in sein Büro und sagt: »Flo.« (Er nannte mich immer Flo, außer wenn er richtig wütend auf mich war. Dann nannte er mich Albert Schneidermann – ich bin nie dahintergekommen, warum. Sagen wir, das Herz geht seltsame Wege.) Also Ned sagt: »Flo, ich will, daß du mich heiratest.« Na, man hätte mich auch mit der Muffe puffen können. Ich fing an zu heulen wie ein Baby. »Ich mein's ernst, Flo«, sagt er, »ich liebe dich sehr innig. Es ist nicht leicht für mich, so was auszusprechen, aber ich möchte, daß du die Mutter meiner Kinder wirst. Und wenn du das nicht willst, breche ich dir beide Beine.« Zwei Tage später, auf die Minute, gaben Ned Small und ich uns das Jawort. Drei Tage darauf wurde Ned von Capones Gang mit einem Maschinengewehr durchlöchert, weil er ihm Rosinen auf den Hut geschüttet hatte.

Danach war ich natürlich reich. Als erstes kaufte ich Mama und Papa die Farm, von der sie immer gesprochen hatten. Sie behaupteten, sie hätten niemals von einer Farm gesprochen und wollten in Wirklichkeit ein Auto und ein paar Pelze, aber sie ließen es auf einen Versuch ankommen. Mochten auch das Landleben, obwohl Daddy auf den nördlichen Plantagen vom Blitz getroffen wurde und danach sechs Jahre, wenn er nach seinem Namen gefragt wurde, bloß »Kleenex« sagen konnte. Was mich betrifft, drei Monate später war ich pleite. Schlechte Geldanlage. Ich finanzierte auf den Rat von Freunden eine Walfangexpedition nach Cincinnati.

Ich tanzte für Big Ed Wheeler, der Schmuggelschnaps machte, der so stark war, daß er nur durch ne Gasmaske genippelt werden konnte. Er zahlte mir dreihundert Dollar die Woche für zehn Shows, das war damals ne Masse Geld. Teufel, mit Trinkgeld machte ich mehr als Präsident Hoover. Und er mußte zwölf Shows abziehen. Ich trat um neun und elf auf, und Hoover um zehn und zwei. Hoover war ein guter Präsident, aber in seiner Garderobe saß er bloß immer rum und summte. Das machte mich wahnsinnig. Dann sah der Besitzer vom Apex Club eines Tages meinen Auftritt und bot mir fünfhundert Dollar die Woche, wenn ich da tanzte. Ich legte Big Ed die Karten auf den Tisch: »Ed, ich hab ein Angebot über fünfhundert Scheinchen von Bill Hallorhans Apex Club gekriegt.«

»Flo«, sagte er, »wenn du fünfhundert die Woche kriegen kannst, will ich dir nicht im Weg stehen.« Wir gaben uns die Hand, und ich ging zu Bill Hallorhan, um ihm die gute Nachricht zu überbringen, aber ein paar von Eds Freunden waren vor mir dagewesen, und als ich Bill Hallorhan wiedersah, hatte seine Körperbeschaffenheit eine Veränderung durchgemacht, und er war jetzt bloß noch ne Fistelstimme, die aus einer Zigarrenkiste kam. Er sagte, er hätte beschlossen, sich aus dem Showbusiness zurückzuziehen, von Chicago wegzugehen und sich irgendwo näher am Äquator niederzulassen. Ich tanzte weiter für Big Ed Wheeler, bis die Caponebande ihn auskaufte. Ich sage: »ihn auskaufte«, Jungs, aber die Wahrheit ist, daß »Narbengesicht« Al ihm ne nette Summe bot, aber Wheeler sagte nein. Später am selben Tag aß er im Würstel- und Kuttelhaus zu Mittag, als plötzlich sein Kopf zu brennen anfing. Niemand weiß, warum.

Ich kaufte das »Drei Zweier« von meinem Ersparten, und in Nullkommanix war es der heiße Tip in der Stadt. Die kamen alle – Babe Ruth, Jack Dempsey, Jolson, Torpe Doboot. Torpe Doboot war jeden Abend da. Mein Gott, was konnte das Roß saufen! Ich erinnere mich, wie Babe Ruth mal von nem Showgirl namens Kelly Swain schwärmte. Er war so verrückt nach ihr, daß er keine Lust mehr auf Baseball hatte und zweimal seinen Körper mit Fett einrieb, weil er dachte, er wäre ein berühmter Kanalschwimmer. »Flo«, sagte er zu mir, »ich bin verschossen in diesen Rotschopf Kelly Swain. Aber sie haßt Sport. Ich hab gelogen und ihr erzählt, ich hielte ein Seminar über Wittgenstein ab, aber ich glaube, sie wittert was.«

»Kannst du ohne sie nicht leben, Babe?« fragte ich.

»Nein, Flo. Und das wirkt sich nachteilig auf meine Konzentration aus. Gestern machte ich vier Treffer und gewann zweimal den Matchball, aber wir haben Januar und es sind überhaupt keine Spiele angesetzt. Ich hab's in meinem Hotelzimmer gemacht. Kannst du mir helfen?«

Ich versprach ihm, mit ihr zu reden, und am nächsten Tag machte ich am »Goldenen Schlachthaus« halt, wo sie tanzte. Ich sagte: »Kelly, der Bambino ist verrückt nach dir. Er weiß, du liebst die Kultur, und er sagt, wenn du ihm ein Rendezvous gibst, hängt er den Sport an den Nagel und schließt sich der Balletttruppe von Martha Graham an.«

Kelly sah mir fest in die Augen und sagte: »Erzähl dem jämmerlichen Rasentreter, ich wär nicht extra ganz von Chippewa Falls hergekommen, um bei irgendm aufgeblasenen Rechtsaußen zu enden. Ich habe große Pläne.« Zwei Jahre später heiratete sie Lord Osgood Wellington Tuttle und wurde Lady Tuttle. Ihr Gatte gab seinen Botschafterposten auf, um als Vorstopper bei den »Tigers« zu spielen. Joe »Salto« Tuttle. Er hält den Rekord darin, in der ersten Spielhälfte die meisten Bälle an den Kopf gekriegt zu haben.

Glücksspiel? Jungs, ich war dabei, als Nick der Grieche seinen Namen bekam. Es gab einen drittklassigen

Spieler namens Jake der Grieche, und Nick rief mich an und sagte: »Flo, ich wäre gerne der Grieche.« Und ich sagte: »Tut mir leid, Nick, du bist doch gar kein Grieche. Und nach den New Yorker Spielstatuten ist das verboten.« Und er sagte: »Weiß ich, Flo, aber meine Eltern wollten immer, daß ich ›der Grieche‹ genannt werde. Meinst du, daß du mit Jake ein Treffen zum Mittagessen arrangieren kannst?« Ich sagte: »Klar, aber wenn er weiß, warum, läßt er sich nicht blicken.« Und Nick sagte: »Versuch's doch, Flo. Es würde mir sehr viel bedeuten.«

Also trafen sich die beiden im Grillroom von Montys Steakhaus, wo keine Frauen reindurften, aber ich kam da rein, weil Monty n dicker Freund von mir war und mich weder als männlich noch als weiblich ansah, sondern, wie er wörtlich sagte, »als undefinierbares Protoplasma«. Wir bestellten die Spezialität des Hauses, Rippchen, die Monty so zubereitete, daß sie wie Menschenfinger schmeckten. Schließlich sagte Nick: »Jake, ich würde gerne ›der Grieche‹ heißen.« Und Jake wurde blaß und sagte: »Sieh mal, Nick, wenn's das ist, weshalb du mich hergeholt hast –« Na schön, Jungs, es wurde ziemlich unangenehm. Die beiden gerieten sich in die Haare. Da sagte Nick: »Ich werd dir sagen, was wir machen. Wir heben jeder ne Karte ab. Wer die höchste zieht, heißt ›der Grieche‹.«

»Aber was ist, wenn ich gewinne?« sagte Jake, »ich heiße doch schon ›der Grieche‹.«

»Wenn du gewinnst, kannst du das Telefonbuch durchgehen und dir jeden Namen aussuchen, der dir gefällt. Viel Glück!«

»Kein Bluff?«

»Flo ist Zeuge.«

Also, man konnte die Spannung im Saal spüren. Ein Stapel Karten wurde gebracht, und sie hoben ab, Nick zog ne Königin, und Jake zitterte die Hand. Dann zog Jake ein As! Alle schrien hurrah, und Jake ging das Telefonbuch durch und suchte sich den Namen Grover Lembeck aus. Alle waren glücklich, und von dem Tag an durften Frauen bei Monty rein, vorausgesetzt, sie konnten Hieroglyphen lesen.

Ich erinnere mich, es gab mal im Wintergarten eine große Musical-Revue, »Sternglitzerndes Geschmeiß«. Jolson war der Hauptdarsteller, aber er hörte auf, weil sie wollten, daß er ein Lied sang, das »Kasha für zwei« hieß, und er haßte es. Darin kam die Zeile vor: »Liebe ist mein Ideal, wie das Pferd im Pferdestall.« Na ja, schließlich wurde es von einem jungen unbekannten Sänger namens Felix Brompton gesungen, der später in seinem Hotelzimmer mit ner daumengroßen Anziehpuppe von Helen Morgan verhaftet wurde. Es stand in allen Zeitungen. Also, Jolson kommt eines Abends mit Eddie Cantor ins »Drei Zweier« und sagt zu mir: »Flo, ich höre, George Raft hat letzte Woche hier seinen Stepabend gegeben.« Und ich sagte: »Nein, Al. George ist nie hier gewesen.« Und er sagte: »Wenn du ihn steppen läßt, möchte ich singen.« Und ich sagte: »Al, er war nie hier.« Und Al sagte: »Hatte er Klavierbegleitung?« Und ich sagte: »Al, wenn du einen einzigen Ton singst, schmeiß ich dich eigenhändig raus.« Und damit ließ sich Jolie auf ein Knie nieder und legte los mit: »Tuut-Tuut-Tuutsie.« Während er sang, verkaufte ich das Lokal, und als er fertig war, war es schon der Waschsalon »Wing Ho«. Jolson kam nie drüber weg oder vergaß es mir. Als er rausging, fiel er über einen Stapel Hemden.

*Slang Origins**

How many of you have ever wondered where certain slang expressions come from? Like "She's the cat's pajamas," or to "take it on the lam." Neither have I. And yet for those who are interested in this sort of thing I have provided a brief guide to a few of the more interesting origins.

Unfortunately, time did not permit consulting any of the established works on the subject, and I was forced to either obtain the information from friends or fill in certain gaps by using my own common sense.

Take, for instance, the expression "to eat humble pie." During the reign of Louis the Fat, the culinary arts flourished in France to a degree unequaled anywhere. So obese was the French monarch that he had to be lowered onto the throne with a winch and packed into the seat it-

* Die einzige Geschichte in diesem Buch, die Woody Allen auf Deutsch geschrieben hat. Der Übersetzer hat sie mühevoll ins Amerikanische übertragen, damit auch Woody über sie lachen kann. (A.d.Ü.)

self with a large spatula. A typical dinner (according to DeRochet) consisted of a thin crêpe appetizer, some parsley, an ox, and custard. Food became the court obsession, and no other subject could be discussed under penalty of death. Members of a decadent aristocracy consumed incredible meals and even dressed as foods. DeRochet tells us that M. Monsant showed up at the coronation as a weiner, and Etienne Tisserant received papal dispensation to wed his vavorite codfish. Desserts grew more and more elaborate and pies grew larger and larger until the minister of justice suffocated trying to eat a seven-foot "Jumbo Pie." *Jumbo* pie soon became *jumble* pie and "to eat a jumble pie" referred to any kind of humiliating act. When the Spanish seamen heard the word *jumble,* they pronounced it "humble," although many preferred to say nothing and simply grin.

Now, while "humble pie" goes back to the French, "take it on the lam" is English in origin. Years ago, in England, "lamming" was a game played with dice and a large tube of ointment. Each player in turn threw dice and then skipped around the room until he hemorrhaged. If a person threw seven or under he would say the word "quintz" and proceed to twirl in a frenzy. If he threw over seven, he was forced to give every player a portion of his feathers and was given a good "lamming." Three "lammings" and a player was "kwirled" or declared a moral bankrupt. Gradually any game with feathers was called "lamming" and feathers became "lams." To "take it on the lam" meant to put on feathers and later, to escape, although the transition is unclear.

Incidentally, if two of the players disagreed on the rules, we might say they "got into a beef." This term goes back to the Renaissance when a man would court a woman by stroking the side of her head with a slab of meat. If she pulled away, it meant she was spoken for. If, however, she assisted by clamping the meat to her face and pushing it all over her head, it meant she would marry him. The meat was kept by the bride's parents and worn as a hat on special occasions. If, however, the husband took another lover, the wife could dissolve the marriage by running with the meat to the town square and yelling, "With thine own beef, I do reject thee. Aroo! Aroo!" If a couple "took to the beef" or "had a beef" it meant they were quarreling.

Another marital custom gives us that eloquent and colorful expression of disdain, "to look down one's nose." In Persia it was considered a mark of great beauty for a woman to have a long nose. In fact, the longer the nose, the more desirable the female, up to a certain point. Then it became funny. When a man proposed to a beautiful woman he awaited her decision on bended knee as she "looked down her nose at him." If her nostrils twitched, he was accepted, but if she sharpened her nose with pumice and began pecking him on the neck and shoulders, it meant she loved another.

Now, we all know when someone is very dressed up, we say he looks "spiffy." The term owes its origin to Sir Oswald Spiffy, perhaps the most renowned fop of Victorian England. Heir to treacle millions, Spiffy squandered his money on clothes. It was said that at one time he owned enough handkerchiefs for all the men, women and children in Asia to blow their noses for seven years without stopping. Spiffy's sartorial innovations were legend, and he was the first man ever to wear gloves on his head. Because of extra-sensitive skin, Spiffy's underwear had to be made of the finest Nova Scotia salmon, carefully sliced by one particular tailor. His libertine attitudes involved him in several notorious scandals, and he eventually sued the government over the right to wear earmuffs while fondling a dwarf. In the end, Spiffy died a broken man in Chichester, his total wardrobe reduced to kneepads and a sombrero.

Looking "spiffy," then, is quite a compliment, and one who does is liable to be dressed "to beat the band," a turn-of-the-century expression that originated from the custom of attacking with clubs any symphony orchestra whose conductor smiled during Berlioz. "Beating the band" soon became a popular evening out, and people dressed up in their finest clothes, carrying with them sticks and rocks. The practice was finally abandoned during a performance of the *Symphonie fantastique* in New York when the entire string section suddenly stopped playing and exchanged gunfire with the first ten rows. Police ended the melee but not before a relative of J.P. Morgan's was wounded in the soft palate. After that, for a while at least, nobody dressed "to beat the band."

If you think some of the above derivations questionable, you might throw up your hands and say, "Fiddlesticks." This marvelous expression originated in Austria many years ago. Whenever a man in the banking profession announced his marriage to a circus pinhead, it was the custom for friends to present him with a bellows and a three-year supply of wax fruit. Legend has it that when Leo Rothschild made known his betrothal, a box of cello bows was delivered to him by mistake. When it was opened and found not to contain the traditional gift, he exclaimed, "What are these? Where are my bellows and fruit? Eh? All I rate is fiddlesticks!" The term "fiddlesticks" became a joke overnight in the taverns amongst the lower classes, who hated Leo Rothschild for never removing the comb from his hair after combing it. Eventually "fiddlesticks" meant any foolishness.

Well, I hope you've enjoyed some of these slang origins and that they stimulate you to investigate some on your own. And in case you were wondering about the term used to open this study, "the cat's pajamas," it goes back to an old burlesque routine of Chase and Rowe's, the two nutsy German professors. Dressed in oversized tails, Bill Rowe stole some poor victim's pajamas. Dave Chase, who got great mileage out of his "hard of hearing" specialty, would ask him:

CHASE: Ach, Herr Professor. Vot is dot bulge under your pocket?

ROWE: Dot? Dot's de chap's pajamas.

CHASE: The cat's pajamas? Ut mein Gott?

Audiences were convulsed by this sort of repartee and only a premature death of the team by strangulation kept them from stardom.

R&B

Woody Allen

Wie du dir, so ich mir

Rogner & Bernhard

Aus dem Amerikanischen von Benjamin Schwarz

Umschlagfoto Brian Hamill, Photo Reporters Inc., New York
Titel der Originalausgabe: Getting Even

Teile des Werkes wurden zuerst von *The New Yorker* veröffentlicht.
Diese Ausgabe erscheint in Zusammenarbeit mit Random House, Inc., New York

Satz: IBV Lichtsatz KG, Berlin
Druck: Mohndruck Graphische Betriebe GmbH, Gütersloh
Printed in Germany
ISBN 3 8077 0098 6

Inhalt

Die Metterling-Listen

Der Verlag Feil & Söhne hat endlich den langerwarteten ersten Band der Wäschelisten Metterlings *(Die gesammelten Wäschelisten Hans Metterlings*, Band I, 437 Seiten, XXXII Seiten Einleitung, Register, DM 39,50) mit dem fundierten Kommentar des bekannten Metterlingschülers Günther Eisenbud veröffentlicht. Die Entscheidung, dieses Werk getrennt und vor Abschluß des gewaltigen vierbändigen *Œuvres* herauszubringen, ist so erfreulich wie vernünftig, wird doch dieses eigensinnige und schillernde Buch im Nu die ekelhaften Gerüchte aus der Welt schaffen, Feil & Söhne wollten, nachdem sie mit den Romanen, dem Theaterstück und den Notizen, Tagebüchern und Briefen Metterlings guten Gewinn gemacht hätten, bloß versuchen, weiter Gold aus derselben Ader zu schlagen. Wie unrecht diese Intriganten hatten! Fürwahr, schon die erste Wäscheliste Metterlings

Liste Nr. 1
6 Unterhosen
4 Unterhemden
6 Paar blaue Socken
4 blaue Oberhemden
2 weiße Oberhemden
6 Taschentücher
Bitte nicht stärken!

macht uns auf vollkommene, geradezu totale Weise mit diesem geplagten Genie bekannt, das seinen Zeitgenossen als der „Irre von Prag" ein Begriff war. Die Liste wurde lose skizziert, als Metterling an den *Bekenntnissen eines monströsen Käses* schrieb, jenem Werk von überwältigender philosophischer Bedeutung, in dem er nicht nur nachwies, daß Kant sich über das Universum geirrt hatte, sondern daß er sich im Restaurant auch immer um die Rechnung drückte. Metterlings Abneigung gegen Wäschestärke ist typisch für die Zeit, und als das bewußte Paket zu sehr gestärkt zurückkam, wurde Metterling verdrießlich und schwermütig. Seine Wirtin, Frau Weiser, teilte Freunden mit, daß „Herr Metterling tagelang in seinem Zimmer bleibt und darüber weint, daß man seine Unterhosen gestärkt hat". Selbstverständlich hat bereits Breuer auf den Zusammenhang zwischen gestärkter Unterwäsche und Metterlings beständigem Gefühl, es werde von Menschen mit Doppelkinn über ihn getratscht, hingewiesen (Metterling, die paranoid-depressive Psychose und die frühen Listen; Zeiss Verlag). Das Thema nicht befolgter Anweisungen spielt auch in Metterlings einzigem Theaterstück, *Asthma*, eine Rolle, wenn Nadelmann den verdammten Tennisball aus Versehen nach Walhall bringt.

Das offenbare Rätsel der zweiten Liste

LISTE NR. 2
7 Unterhosen
5 Unterhemden
7 Paar schwarze Socken
6 blaue Oberhemden
6 Taschentücher
Bitte nicht stärken!

sind die sieben Paar schwarzer Socken, denn es war seit langem bekannt, daß Metterling von Blau zutiefst angetan war. Tatsächlich brachte ihn jahrelang die Erwähnung irgendeiner anderen Farbe in Wut, und einmal stippte er Rilke in den Honig, weil der Dichter geäußert hatte, er bevorzuge Frauen mit braunen Augen. Anna Freud zufolge („Metterlings Socken als Ausdruck der phallischen Mutter", Psychoanalytische Rundschau, Nov. 1935) hat sein plötzlicher Wechsel zu dunklerer Fußbekleidung mit seiner Niedergeschlagenheit über den sogenannten „Bayreuther Vorfall" zu tun. Dort nämlich passierte ihm, daß er während des ersten Akts des *Tristan* niesen mußte und einem der reichsten Gönner der Oper das Toupet vom Kopf pustete. Das Publikum war erschüttert, aber Wagner verteidigte ihn mit der mittlerweile klassischen Bemerkung: „Jeder muß mal niesen!" Darauf brach Cosima Wagner in Tränen aus und bezichtigte Metterling, das Werk ihres Gatten zu sabotieren.

Daß Metterling auf Cosima Wagner ein Auge geworfen hatte, ist nicht zu bezweifeln, und wir wissen, daß er in Leipzig einmal ihre Hand ergriff und vier Jahre später, im Ruhrtal, noch einmal. In Danzig machte er während eines heftigen Platzregens eine indirekte Anspielung auf ihr Schienbein, und sie hielt es fürs beste, ihn nicht wiederzusehen. Als Metterling im Zustand völliger Ermattung nach Hause kam, schrieb er *Nachtgedanken eines Hühnchens* und widmete Wagners das Originalmanuskript. Als sie es unter ein Bein ihres wackelnden Küchentisches schoben, war Metterling tief getroffen und stellte sich auf dunkle Socken um. Seine Wirtschafterin flehte ihn an, bei seinem geliebten Blau zu bleiben oder es wenigstens mit Braun zu versuchen, aber Metterling verfluchte sie mit den Worten: „Schlampe! Warum nicht karierte, wie?"

In der dritten Liste

Liste Nr. 3
6 Taschentücher
5 Unterhemden
8 Paar Socken
3 Bettlaken
2 Kopfkissenbezüge

wird zum ersten Mal Bettwäsche erwähnt. Metterling hatte für Bettwäsche eine besondere Vorliebe, speziell für Kissenbezüge, die er und seine Schwester sich als Kinder immer über den Kopf stülpten, wenn sie Gespenst spielten, bis er eines Tages in ein Felsloch fiel. Metterling schlief sehr gern in frischer Bettwäsche, und auch seine Romanfiguren tun das. Horst Wassermann, der impotente Schlosser in *Heringsfilet*, mordet dafür, daß seine Laken gewechselt werden, und Jenny in *Der Finger des Schäfers* ist bereit, mit Kleinmann ins Bett zu gehen (den sie haßt, weil er sich seine Fettfinger immer an ihrer Mutter abwischt), „wenn das bedeutet, zwischen weichen Laken zu liegen". Tragisch ist, daß die Wäscherei die Bettwäsche nie so wusch, daß Metterling damit zufrieden war, aber zu behaupten, wie es Pfaltz getan hat, daß der Ärger darüber ihn gehindert habe, *Wohin du auch gehst, Kretin* zu beenden, ist absurd. Metterling genoß den Luxus, seine Laken zum Waschen wegzugeben, aber er war nicht darauf angewiesen.

Was Metterling hinderte, sein lange geplantes Lyrikbuch abzuschließen, war eine unglückliche Liebesgeschichte, die in der „Berühmtem Vierten“ sichtbar wird:

LISTE NR. 4
7 Unterhosen
6 Taschentücher
6 Unterhemden
7 Paar schwarze Socken
Bitte nicht stärken!
24-Stunden-Schnelldienst!

1884 begegnete Metterling Lou Andreas-Salomé, und sofort, so erfahren wir, verlangte er, daß seine Wäsche jeden Tag frisch gewaschen werde. In Wirklichkeit waren die beiden von Nietzsche miteinander bekannt gemacht worden, der Lou erklärte, Metterling sei entweder ein Genie oder ein Idiot, und sie solle mal sehen, ob sie nicht herausbekäme, was. Damals wurde der 24-Stunden-Schnelldienst in Europa, besonders bei den Intellektuellen, gerade ziemlich populär, und die Neuerung wurde von Metterling begrüßt. Vor allem war das pünktlich, und Metterling liebte Pünktlichkeit. Zu Verabredungen erschien er immer zeitig – manchmal mehrere Tage zu früh, so daß man ihn solange in einem Gästezimmer unterbringen mußte. Auch Lou liebte die täglich frischen Wäschesendungen. In ihrer

Freude darüber war sie wie ein Kind, und oft überredete sie Metterling dazu, mit ihr Spaziergänge in den Wald zu unternehmen und da das letzte Paket auszupacken. Sie liebte seine Unterhemden und Taschentücher, aber am meisten verehrte sie seine Unterhosen. Sie schrieb an Nietzsche, Metterlings Unterhosen seien das Erhabenste, was ihr je begegnet sei, einschließlich *Also sprach Zarathustra*. Nietzsche nahm das wie ein Gentleman, aber auf Metterlings Unterwäsche war er immer eifersüchtig, und engen Freunden erzählte er, daß er sie „extrem hegelianisch" finde. Lou Salomé und Metterling trennten sich nach der Großen Sirupnot von 1886, und während Metterling Lou vergab, sagte sie ihm stets nach, „sein Geist sei wie ein Spitalkorridor".

Die fünfte Liste

Liste Nr. 5
6 Unterhemden
6 Unterhosen
6 Taschentücher

hat den Forschern seit je zu denken gegeben, besonders wegen des völligen Fehlens von Socken. (Und wirklich wurde Thomas Mann Jahre später von dem Problem so in Anspruch genommen, daß er ein ganzes Theaterstück darüber verfaßte, *Die Strümpfe*

Moses, das er aus Versehen in einen Gully fallen ließ.) Warum strich dieser Literaturgigant plötzlich die Socken von seiner wöchentlichen Wäscheliste? Nicht, wie einige Gelehrte meinen, als Ausdruck seines nahenden Wahnsinns, obwohl Metterling inzwischen gewisse wunderliche Verhaltensweisen angenommen hatte. Vor allem glaubte er, er werde entweder verfolgt oder verfolge selber jemanden. Er erzählte engen Freunden von einer Verschwörung der Regierung mit dem Ziel, ihm sein Kinn zu stehlen, und einmal, in den Ferien in Jena, konnte er vier Tage hintereinander nichts als das Wort „Eierpflanze" sagen. Noch traten diese Anfälle nur vereinzelt auf und erklären nicht die fehlenden Socken. Noch tut dies der Umstand, daß Kafka sein Vorbild war, der für kurze Zeit seines Lebens aufgehört hatte, Socken zu tragen, und zwar aus Schuldbewußtsein. Aber Eisenbud versichert uns, daß Metterling weiterhin Socken trug. Er hörte nur auf, sie in die Wäscherei zu geben! Und warum das? Weil er in dieser Phase seines Lebens eine neue Haushälterin bekam, Frau Milner, die ihm versprach, seine Socken mit der Hand zu waschen – eine Geste, die Metterling so rührte, daß er der Frau sein ganzes Vermögen hinterließ, das aus einem schwarzen Hut und etwas Tabak bestand. Sie erscheint auch als Hilda in seiner komischen Allegorie *Mutter Brandts Eiter*.

Allem Anschein nach begann Metterlings Persönlichkeit um 1894 zu zerfallen, falls wir aus der sechsten Liste irgend etwas schließen dürfen:

LISTE NR. 6
25 Taschentücher
1 Unterhemd
5 Unterhosen
1 Socke

und man ist nicht überrascht, wenn man erfährt, daß das genau die Zeit war, als er mit der Behandlung bei Freud begann. Er hatte Freud Jahre zuvor in Wien getroffen, als sie beide einer Inszenierung des *Oedipus* beiwohnten, aus der Freud in kaltem Schweiß gebadet herausgetragen werden mußte. Ihre Sitzungen verliefen stürmisch, wenn wir Freuds Aufzeichnungen glauben dürfen, und Metterling war oft aggressiv. Einmal drohte er, er werde Freud den Bart stärken, und oft sagte er, er erinnere ihn an seinen Wäschemann. Nach und nach kam Metterlings ungewöhnliches Verhältnis zu seinem Vater zutage. (Metterling-Forschern ist sein Vater bereits vertraut, ein kleiner Beamter, der Metterling öfters dadurch lächerlich machte, daß er ihn mit einem Würstchen verglich.) Freud schreibt von einem Schlüsseltraum, den Metterling ihm schilderte:

Ich bin mit ein paar Freunden auf einer Abendgesellschaft, als plötzlich ein Mann mit einer Suppenterrine an einer

Hundeleine hereinkommt. Er beschuldigt meine Unterwäsche des Landesverrats, und als mich eine Dame verteidigt, fällt ihr die Stirn ab. Im Traum finde ich das amüsant und lache. Bald lacht jeder, nur mein Wäschemann nicht, der ernst aussieht und dasitzt und sich Grießbrei in die Ohren stopft. Mein Vater kommt herein, grapscht nach der Stirn der Dame und läuft damit weg. Er rennt auf einen Platz und schreit: „Endlich! Endlich! Eine eigene Stirn! Jetzt brauch ich mich nicht mehr auf meinen dämlichen Sohn zu verlassen!“ Das macht mich im Traum ganz traurig, und ich werde von dem Drang erfaßt, die Wäsche des Bürgermeisters zu küssen. (Hier bricht der Patient in Tränen aus und vergißt den Rest des Traums.)

Mit den Erkenntnissen, die er aus diesem Traum gewann, war Freud in der Lage, Metterling zu helfen, und die beiden wurden außerhalb der Behandlung recht gute Freunde, wenn Freud auch nie zuließ, daß Metterling hinter ihm stand.

In Band II, so ist zu hören, wird Eisenbud sich den Listen 7 bis 25 zuwenden, die die Jahre der „Geheimwäsche“ Metterlings sowie das ergreifende Mißverständnis mit dem Chinesen an der Ecke umfassen.

Ein kurzer Blick auf das organisierte Verbrechen

Es ist kein Geheimnis, daß das organisierte Verbrechen Amerikas jedes Jahr über vierzig Milliarden Dollar einnimmt. Das ist eine ganz beträchtliche Summe, vor allem, wenn man bedenkt, daß die Mafia sehr wenig für Bürobedarf ausgibt. Verläßliche Quellen weisen darauf hin, daß die Cosa Nostra letztes Jahr nicht mehr als sechstausend Dollar für persönliches Briefpapier und noch weniger für Büroklammern ausgegeben hat. Außerdem haben sie bloß eine Sekretärin für alle Tipparbeiten und drei kleine Zimmer als Hauptquartier, die sie mit der Ballettschule Fred Persky teilen.

Im letzten Jahr war das organisierte Verbrechen für mehr als hundert Morde direkt verantwortlich, und indirekt waren *mafiosi* an mehreren hundert weiteren beteiligt, indem sie den Killern entweder das Taxigeld liehen oder ihnen die Mäntel hielten. Weitere ungesetzliche Aktivitäten, an denen Cosa-

Nostra-Leute beteiligt waren, umfaßten Glücksspiel, Rauschgifthandel, Prostitution, Flugzeugentführungen, Wuchergeschäfte und das Schmuggeln eines großen Weißfischs zu unzüchtigen Zwecken über die Staatsgrenze. Die Fühler dieses korrupten Imperiums reichen sogar bis in die Regierung selber hinein. Erst vor wenigen Monaten verbrachten zwei Bandenchefs, nach denen im ganzen Land gefahndet wird, die Nacht im Weißen Haus, und der Präsident mußte auf dem Sofa schlafen.

Die Geschichte des organisierten Verbrechens in den Vereinigten Staaten

1921 versuchten Thomas („Der Fleischer") Covello und Ciro („Der Schneider") Santucci, vereinzelte Volksgruppen der Unterwelt zu organisieren und damit Chicago an sich zu reißen. Das wurde dadurch vereitelt, daß Alberto („Der Logische Positivist") Corillo Kid Lipsky umlegte, indem er ihn in ein Klo einschloß und die ganze Luft durch einen Strohhalm raussaugte. Lipskys Bruder Mendy (alias Mendy Lewis, alias Mendy Larsen, alias Mendy Alias) rächte die Ermordung Lipskys, indem er Santuccis Bruder Gaetano (auch bekannt als Little Tony oder Rabbi Henry Scharfstein) entführte und ein paar Wochen später in siebenundzwanzig einzelnen Keramiktöpfchen zurückschickte. Das war der Startschuß zu einem Blutbad.

Domenico („Der Krokodilfachmann“) Mione knallte Lucky („Glückspilz“) Lorenzo (der diesen Spitznamen hatte, weil eine Bombe, die in seinem Hut hochging, ihn nicht tötete) vor einer Bank in Chicago ab. Dafür setzten Corillo und seine Leute Mione bis nach Newark nach, wo sie seinen Kopf in ein Blasinstrument umarbeiteten. Zur selben Zeit war die Vitale-Bande, die von Giuseppe Vitale (eigentlicher Name Quincey Baedecker) geführt wurde, drauf und dran, den gesamten Schnapsschmuggel in Harlem Larry Doyle (dem „Iren“) abzujagen – einem Schieber, der so mißtrauisch war, daß er niemals irgend jemanden in New York hinter seinem Rücken duldete und deshalb, wenn er eine Straße langging, ständig Pirouetten tanzte und sich im Kreise drehte. Doyle wurde umgebracht, als die Squillante Baugesellschaft beschloß, ihre neuen Büros auf seinem Nasenbein zu errichten. Doyles Stellvertreter, Little Petey („Big Petey“) Ross, übernahm jetzt das Kommando: er blockte die Übernahme durch die Vitales ab und lockte Vitale selber in eine leere Garage im Stadtzentrum unter dem Vorwand, dort fände ein Kostümfest statt. Arglos ging Vitale, als Wanderratte verkleidet, in die Garage und wurde sofort von Maschinengewehrkugeln durchsiebt. Treulos gegen ihren gekillten Chef liefen Vitales

Leute sofort zu Ross über. Desgleichen Vitales Verlobte, Bea Moretti, Showgirl und Star am Broadway in dem Musicalhit *Hast du zur Nacht gebetet*, die schließlich Ross heiratete, obwohl sie ihn später mit der Beschuldigung, er hätte sie mal mit einer ekligen Salbe eingerieben, auf Scheidung verklagte.

Vincenzo Columbraro, der Buttertoast-König, fürchtete das Eingreifen der Regierung und forderte Waffenstillstand. (Columbraro hat eine so straffe Kontrolle über alle Bewegungen der Buttertoaste innerhalb und außerhalb New Jerseys, daß ein Wort von ihm genügt, um zwei Dritteln der Bevölkerung das Frühstück zu vermiesen.) Alle Mitglieder der Unterwelt wurden in einem Restaurant in Perth Amboy zusammengetrommelt, wo Columbraro ihnen sagte, der interne Krieg müsse aufhören und sie sollten sich von jetzt ab anständig anziehen und aufhören, verdächtig in der Gegend herumzuschleichen. Briefe, die man früher mit einer schwarzen Hand unterzeichnet hätte, sollten in Zukunft „Mit freundlichen Grüßen" schließen, und das ganze Revier würde nun gleichmäßig aufgeteilt werden, wobei Columbraros Mutter New Jersey bekäme. So entstand die Mafia oder Cosa Nostra (wörtlich „meine Zahnpasta" oder „unsere Zahnpasta"). Zwei Tage später stieg Columbraro in eine herrlich heiße Wanne, um ein Bad zu nehmen, und wurde die letzten sechsundvierzig Jahre nicht mehr gesehen.

Bandenstruktur

Die Cosa Nostra ist wie jede Regierung oder große Firma – oder wie jede Gangstertruppe, um beim Thema zu bleiben – aufgebaut. An der Spitze steht der *capo di tutti capi* oder „der Boss aller Bosse". Zusammenkünfte finden bei ihm statt, und er ist dafür verantwortlich, daß kalter Aufschnitt und Eiswürfel da sind. Läßt er's daran fehlen, bedeutet das den sofortigen Tod. (Übrigens ist der Tod eins der schlimmsten Dinge, die einem Mitglied der Cosa Nostra passieren können, und viele zahlen lieber einfach eine Geldbuße.) Unter dem Boss der Bosse stehen seine Stellvertreter, von denen jeder mit seiner „Familie" einen Stadtteil regiert. Mafiafamilien bestehen nicht aus einer Mutter und Kindern, die immer brav zu solchen schönen Sachen wie Zirkus und Picknick gehen. In Wirklichkeit sind das Gruppen ziemlich ernster Männer, deren größte Freude im Leben darin besteht, zu sehen, wie lange es gewisse Leute im East River unter Wasser aushalten, ehe sie zu blubbern anfangen.

Die Aufnahme in die Mafia ist ziemlich kompliziert. Einem zukünftigen Mitglied werden erst die Augen verbunden, dann wird er in ein dunkles Zimmer geführt. Hier werden ihm Honigmelonenstückchen in die Taschen gesteckt, und er wird aufgefordert, auf einem Bein herumzuhopsen und „Kukkuck! Kuckuck!“ zu schreien. Als nächstes ziehen ihm alle Mitglieder des Ausschusses oder der *commissione* die Unterlippe lang und lassen sie wieder zurückschnippen; manche können auch verlangen, es zweimal zu machen. Dann werden ihm ein paar Haferflocken auf den Kopf gelegt. Wenn er sich beklagt, scheidet er aus. Wenn er jedoch sagt: „Prima, ich liebe Haferflocken auf dem Kopf!“ wird er in der Bruderschaft willkommen geheißen. Das geschieht, indem man ihn auf die Wange küßt und die Hand schüttelt. Von dem Augenblick an ist ihm nicht mehr gestattet, Chutney zu essen, seine Freunde damit zu amüsieren, daß er ein Huhn imitiert, oder irgend jemanden umzulegen, der Vito heißt.

Schlußfolgerungen

Das organisierte Verbrechen liegt wie ein Gifthauch über unserer Nation. Während viele junge Amerikaner sich durch die Aussicht auf ein bequemes Leben zu einer Verbrecherlaufbahn verlocken lassen, müssen Gangster in Wirklichkeit viel arbeiten, oft in Häusern ohne Klimanlage. Verbrechern auf die Schliche kommen kann jeder von uns. Normalerweise erkennt man sie an ihren protzigen Manschettenknöpfen und daran, daß sie nicht zu essen aufhören, wenn der Mann, der neben ihnen sitzt, von einem herunterfallenden Amboß erschlagen wird.

Die besten Methoden, das organisierte Verbrechen zu bekämpfen, sind:

1. Sagen sie den Verbrechern, daß Sie nicht zu Hause sind.

2. Rufen Sie immer dann die Polizei, wenn eine ungewöhnlich große Anzahl Männer der Sizilianischen Wäschereigesellschaft in Ihrem Hausflur anfängt zu singen.

3. Telefone anzapfen.

Das Anzapfen des Telefons läßt sich nicht wahllos anwenden, aber die Wirksamkeit wird durch die folgende Abschrift einer Unterhaltung zwischen zwei Gangsterbossen in New York unterstrichen, deren Telefone der FBI angezapft hatte.

Anthony: Hallo? Rico?
Rico: Hallo?
Anthony: Rico?
Rico: Hallo.
Anthony: Rico?
Rico: Ich kann dich nicht hören.
Anthony: Bist du's, Rico? Ich kann dich nicht hören.
Rico: Was?
Anthony: Kannst du mich hören?
Rico: Hallo?
Anthony: Rico?
Rico: Wir haben eine schlechte Verbindung.
Anthony: Kannst du mich hören?
Rico: Hallo?

Anthony: Rico?
Rico: Hallo?
Anthony: Fräulein, wir haben eine schlechte Verbindung.
Fräulein von der Vermittlung: Legen Sie auf und wählen Sie bitte noch einmal.
Rico: Hallo?

Aufgrund dieses Beweismaterials wurden Anthony („Der Fisch“) Rotunno und Rico Panzini überführt, und im Augenblick sitzen sie wegen illegalen Besitzes von Scheuerpulver fünfzehn Jahre in Sing-Sing.

Die Schmidt-Memoiren

Die anscheinend unerschöpfliche Flut von Literatur über das Dritte Reich setzt sich unvermindert fort mit den Memoiren Friedrich Schmidts, deren Veröffentlichung bald zu erwarten ist. Schmidt, der bekannteste Friseur Deutschlands während des Krieges, leistete Hitler und vielen hohen Persönlichkeiten aus Regierung und Militär seine haarkünstlerischen Dienste. Wie beim Nürnberger Prozeß treffend bemerkt wurde, schien Schmidt nicht nur stets im richtigen Augenblick an der richtigen Stelle zu sein, er besaß auch „mehr als ein absolutes Erinnerungsvermögen", und war somit in einzigartiger Weise dazu berufen, diesen eindrucksvollen Leitfaden des Seeleninneren Nazi-Deutschlands niederzuschreiben. Es folgen nun einige kurze Auszüge:

Im Frühjahr 1940 hielt ein großer Mercedes vor meinem Frisiersalon in der Königsstraße 127 und

Hitler kam herein. „Nur ein bißchen versäubern", sagte er, „und nehmen Sie oben nicht zu viel weg." Ich erklärte ihm, daß er wohl etwas warten müsse, denn Herr von Ribbentrop sei noch vor ihm dran. Hitler sagte, er habe es eilig, und fragte Ribbentrop, ob er nicht als nächster drankommen könne, aber Ribbentrop betonte, daß es im Außenministerium einen schlechten Eindruck machte, wenn man ihn überginge. Hitler rief darauf rasch irgendwo an, Ribbentrop wurde auf der Stelle zum Afrikakorps versetzt und Hitler bekam seinen Haarschnitt. So ging es mit den Rivalitäten die ganze Zeit weiter. Einmal ließ Göring Heydrich unter Vorspiegelung falscher Tatsachen verhaften, um den Stuhl am Fenster zu bekommen. Göring war hemmungslos und wollte zum Haarschneiden öfters auf dem Schaukelpferdchen sitzen. Die Naziführung geriet dadurch in Verlegenheit, konnte aber nichts machen. Eines Tages aber forderte Heß ihn heraus. „Heute möchte ich das Schaukelpferdchen haben, Herr Feldmarschall", sagte er.

„Unmöglich. Ich habe es für mich reservieren lassen", giftete Göring zurück.

„Ich habe Anweisungen direkt vom Führer. Sie besagen, daß mir gestattet werden soll, zu meinem Haarschnitt auf dem Schaukelpferd zu sitzen." Und Heß holte einen entsprechenden Brief Hitlers hervor. Göring erbleichte. Das verzieh er Heß nie und sagte, daß er sich in Zukunft von seiner Frau die Haare zu Hause mit einem Topf auf dem Kopf schneiden lassen werde. Hitler lachte, als er das hörte, aber Göring meinte es ernst und hätte seine Drohung auch wahrgemacht, wenn der Kriegsminister seinen Antrag auf eine Ausdünnschere nicht abgelehnt hätte.

Ich bin gefragt worden, ob ich mir der moralischen Tragweite meines Handelns bewußt war. Wie ich dem Gericht in Nürnberg schon sagte, wußte ich nicht, daß Hitler Nazi war. Die Wahrheit ist, daß ich jahrelang dachte, er arbeite für die Post. Als ich schließlich dahinterkam, was für ein Ungeheuer er war, war es zu spät, noch etwas zu tun, weil ich eine Anzahlung für ein paar Möbel geleistet hatte. Einmal, gegen Ende des Krieges, überlegte ich, ob ich die Halsbinde des Führers nicht lockern und ihm ein paar kurze Härchen den Rücken runterrutschen lassen sollte, aber im letzten Augenblick machten meine Nerven nicht mit.

In Berchtesgaden wandte sich Hitler eines Tages an mich und fragte: „Wie würde ich mit Koteletten aussehen?" Speer lachte, und Hitler war beleidigt. „Ich meine es todernst, Herr Speer", sagte er, „ich glaube, mir könnten Koteletten stehen." Göring, dieser schleimende Hanswurst, stimmte sofort zu und sagte: „Der Führer mit Koteletten – welch hervorragende Idee!" Speer widersprach noch immer.

Er war wirklich der einzige, der integer genug war, es dem Führer gleich zu sagen, wenn dieser einen Haarschnitt nötig hatte. „Zu auffallend", sagte Speer nun. „Koteletten sind etwas, was ich eher mit Churchill in Verbindung bringen würde." Hitler wurde wütend. Ob denn Churchill Koteletten in Erwägung zöge, wollte er wissen, und wenn ja, wie viele und wann? Himmler, angeblich der Leiter der Spionageabteilung, wurde sofort herbeizitiert. Göring ärgerte sich über Speers Haltung und flüsterte ihm zu: „Warum machen Sie denn so einen Aufstand? Wenn er Koteletten haben will, lassen Sie ihn doch!" Speer, der sonst immer bis zum Gehtnichtmehr taktvoll war, nannte Göring einen Heuchler und „Kräuterquark in deutscher Uniform". Göring schwor Rache, und später erzählte man sich, er habe von einer SS-Spezialeinheit Speers Bett bespitzeln lassen.

Himmler kam völlig aufgelöst angerast. Er war mitten in einer Steptanzstunde gewesen, als das Telefon klingelte und er nach Berchtesgaden beordert wurde. Er fürchtete, es handle sich um die fehlgeleitete Ladung einiger Tausend spitzer Karnevalhütchen, die Rommel für seine Winteroffensive zugesagt worden waren. (Himmler war es nicht gewohnt, nach Berchtesgaden zum Abendessen eingeladen zu werden, denn er konnte schlecht sehen, und Hitler ertrug es nicht, ansehen zu müssen, wie Himmler die Gabel an sein Gesicht führte und sich dann das Essen irgendwo an die Backe klebte.) Himmler wußte, daß irgendwas nicht stimmte, denn Hitler nannte ihn Brillenschlange, was er nur tat, wenn er verärgert war. Plötzlich wandte sich der Führer an ihn und brüllte: „Läßt sich Churchill Koteletten stehen?“

Himmler wurde rot.

„Na, was ist?“

Himmler sagte, es habe die Nachricht gegeben, daß Churchill Koteletten in Erwägung zöge, aber das sei alles inoffiziell. Was Größe und Anzahl betreffe, erklärte er, so seien es wahrscheinlich zwei mittlerer Länge, aber niemand wolle was sagen, bevor man nicht ganz sicher sein könne. Hitler schrie und schlug mit der Faust auf den Tisch. (Das war für Göring ein Triumph über Speer.) Hitler zog eine Landkarte hervor und erläuterte uns, wie er glaube, England vom Nachschub heißer Handtücher abschneiden zu können. Mit der Blockade der Dardanellen könne Dönitz verhindern, daß die Handtücher an Land gebracht und den Engländern über die ängstlich wartenden Gesichter gebreitet würden. Aber die grundsätzliche Frage blieb: Konnte Hitler bei den Koteletten Churchill den Rang ablaufen? Himmler sagte, Churchill habe einen Vorsprung, und es wäre vielleicht unmöglich, ihn noch einzuholen. Göring, dieser gedankenlose Optimist, sagte, dem Führer könnten die Koteletten möglicherweise schneller wachsen, wenn es uns gelinge, die ganze

Kraft Deutschlands zu einer geballten Anstrengung zusammenzuraffen. Von Rundstedt erklärte jedoch auf einer Generalstabssitzung, es wäre ein Fehler zu versuchen, die Koteletten auf zwei Seiten gleichzeitig in Angriff zu nehmen, und riet, daß es klüger wäre, alle Anstrengungen auf eine gelungene Kotelette zu konzentrieren. Hitler sagte, er schaffe es auf beiden Backen gleichzeitig. Rommel stimmte von Rundstedt zu. „Sie werden niemals gleichmäßig, mein Führer", sagte er. „Nicht, wenn Sie sie drängen." Hitler wurde wütend und sagte, das wäre seine Angelegenheit und die seines Friseurs. Speer versprach, daß er unsere Rasiercreme-Produktion bis zum Herbst verdreifachen könne, und Hitler wurde übermütig. Im Winter 1942 leiteten die Russen dann eine Gegenoffensive ein, und die Koteletten kamen zum Stillstand. Hitler wurde immer verzweifelter, denn er fürchtete, Churchill könne bald fabelhaft aussehen und er noch immer nur „durchschnittlich", aber wenig später erreichte uns die Nachricht, Churchill habe den Kotelettenplan als zu kostspielig aufgegeben. Wieder einmal hatte sich gezeigt, daß der Führer recht hatte.

Nach der Invasion der Alliierten wurde Hitlers Haar trocken und widerspenstig. Das lag zum Teil am Erfolg der Alliierten und zum Teil am Rat Göbbels', der ihm gesagt hatte, er solle es jeden Tag waschen. Als General Guderian das hörte, kehrte er sofort von der Ostfront zurück und sagte dem Führer, er dürfe sein Haar nicht öfter als dreimal die Woche waschen. Dieses Verfahren habe der Generalstab in zwei vorangegangenen Kriegen mit großem Erfolg angewandt. Aber Hitler setzte sich wieder einmal über seine Generäle hinweg und wusch es weiterhin jeden Tag. Bormann war Hitler beim Nachspülen behilflich und schien ständig mit einem Kamm zur Stelle zu sein. Schließlich wurde Hitler von Bormann abhängig, und bevor er in einen Spiegel sah, ließ er Bormann immer als ersten hineinsehen. Als die alliierten Truppen nach Osten vorstießen, wurde der Zustand von Hitlers Haaren immer schlechter. Sie waren trocken und ungekämmt, und oftmals wütete er stundenlang, wie schön er sich die Haare schneiden und sich rasieren und vielleicht sogar die Schuhe putzen ließe, wenn Deutschland erst den Krieg gewonnen hätte. Heute ist mir klar, daß er nie die Absicht hatte, alles das zu tun.

Eines schönen Tages nahm Heß die Haarwasserflasche des Führers und begab sich in einem Flugzeug nach England. Die deutsche Führung geriet in Zorn. Man hatte das Gefühl, Heß plane, die Flasche den Alliierten im Tausch gegen seine Amnestierung auszuhändigen. Hitler war besonders wütend, als er die Nachricht hörte, weil er gerade unter der Dusche gewesen war und sich jetzt kämmen wollte. (Heß erklärte später in Nürnberg, daß er, im Bestreben, den Krieg zu beenden, den Plan hatte, Churchill eine Kopfmassage zu verabreichen. Er hatte schon erreicht, daß Churchill sich über das Waschbecken beugte, da wurde er verhaftet.)

Gegen Ende 1944 ließ sich Göring einen Schnurrbart wachsen, und es kam das Gerücht auf, er solle Hitler bald ablösen. Hitler war wütend und beschuldigte Göring der Untreue. „Es darf nur einen Schnurrbart bei den Führern des Reichs geben, und das ist meiner!" schrie er. Göring wandte ein, daß zwei Schnurrbärte dem deutschen Volk ein größeres Gefühl der Hoffnung im Krieg geben könnten, um den es schlecht stand, aber Hitler meinte, nein. Dann, im Jahre 1945, schlug eine Verschwörung mehrerer Offiziere fehl, die Hitler im Schlaf den Schnurrbart abschneiden und Dönitz zum neuen Führer ausrufen wollten, weil von Stauffenberg im Dunkeln in Hitlers Schlafzimmer dem Führer aus Versehen eine Augenbraue abrasierte. Es wurde der Ausnahmezustand verkündet, und plötzlich erschien Göbbels in meinem Laden. „Eben ist ein Attentat auf den Schnurrbart des Führers verübt worden, jedoch ohne Erfolg", sagte er zitternd. Göbbels veranlaßte, daß ich im Radio eine Ansprache an das deutsche Volk hielte, was ich mit einem Minimum an Notizzettelchen auch tat. „Der Führer ist wohlauf", versicherte ich. „Er hat noch seinen Schnurrbart. Ich wiederhole. Der Führer hat noch seinen Schnurrbart. Eine Verschwörung, ihn zu rasieren, ist gescheitert.“

Kurz vor dem Ende kam ich zu Hitler in den Bunker. Die alliierten Armeen umzingelten Berlin, und Hitler fühlte, daß, wenn die Russen als erste kämen, er einen Radikalschnitt nötig haben würde, wenn es aber die Amerikaner wären, es bei einem leichten Versäubern bleiben könne. Alle stritten sich. Da wollte Bormann mittendrin plötzlich rasiert werden, und ich versprach ihm, einige Vorschläge dazu auszuarbeiten. Hitler wurde immer mürrischer und einsamer. Er sprach davon, daß er sich das Haar von Ohr zu Ohr scheiteln wolle, und behauptete dann, die Entwicklung des Elektrorasierers werde den Krieg für Deutschland entscheiden. „Wir werden in der Lage sein, uns in wenigen Sekunden zu rasieren, was Schmidt?“ murmelte er. Er erwähnte andere wilde Pläne und sagte, daß er sich eines Tages die Haare nicht schneiden, sondern ondulieren lassen werde. Von absoluter Größe besessen wie üblich, schwor er, er werde schließlich noch eine gewaltige Pompadourfrisur tragen, „die die Welt erzittern lassen wird und eine ganze Ehrengarde zum Frisieren erfordert.“ Endlich schüttelten wir uns die Hand, und ich schnitt ihm ein letztes Mal die Haare. Er gab mir einen Pfennig Trinkgeld. „Ich wollte, es wäre mehr“, sagte er, „aber seit die Alliierten Europa überrannt haben, bin ich etwas knapp bei Kasse.“

Meine Philosophie

Die Entstehung meiner Philosophie ging folgendermaßen vor sich: Als meine Frau mich von ihrem ersten Soufflé kosten lassen wollte, ließ sie aus Versehen einen Löffel voll auf meinen Fuß fallen, was mir mehrere kleine Knochen brach. Ärzte wurden zugezogen, Röntgenaufnahmen gemacht und gesichtet, und ich mußte einen Monat fest im Bett liegen. Während meiner Genesung wandte ich mich den Werken einiger der bedeutendsten Denker der abendländischen Gesellschaft zu – ein Stapel Bücher, den ich extra für so eine Gelegenheit beiseite getan hatte. Ohne auf die chronologische Ordnung zu achten, fing ich mit Kierkegaard und Sartre an und ging dann schnell zu Spinoza, Hume, Kafka und Camus über. Das langweilte mich gar nicht so, wie ich gedacht hatte; im Gegenteil, ich war fasziniert von der Munterkeit, mit der diese großen Geister entschlossen der Moral, Kunst, Ethik, dem Leben und dem Tode zu

Leibe rückten. Ich erinnere mich an meine Reaktion auf eine der typischen glänzenden Erkenntnisse Kierkegaards: „Eine solche Beziehung, die sich selbst auf das eigene Selbst bezieht (das heißt, ein Selbst), muß sich entweder selbst entwickelt haben oder von einem anderen entwickelt worden sein." Diese Einsicht trieb mir die Tränen in die Augen. Mein Gott, dachte ich, so gescheit müßte man sein! (Ich bin jemand, der Mühe hat, zwei vernünftige Sätze zum Thema „Ein Tag im Zoo" zu schreiben.) Gewiß, diese Passage war mir absolut unverständlich, aber was sagte das, solange Kierkegaard Spaß daran gehabt hatte. Plötzlich überzeugt davon, daß die Metaphysik genau das wäre, was ich schon immer hätte tun sollen, nahm ich meinen Federhalter und fing sofort an, meine eigenen Betrachtungen zu notieren. Die Arbeit ging flott voran, und in nur zwei Nachmittagen – die Zeit für das Nickerchen und die Versuche, dem Bär die beiden kleinen Kügelchen in die Augen kullern zu lassen, nicht gerechnet – hatte ich das philosophische Werk vollendet, das, hoffe ich, bis nach meinem Tode oder bis zum Jahre 3000 (egal, was zuerst eintrifft) nicht veröffentlicht wird, und von dem ich in aller Bescheidenheit glaube, daß es mir einen Ehrenplatz unter den bedeutendsten Denkern der Geschichte sichern wird. Hier nun nur eine kleine Kostprobe aus der Masse geistiger Kostbarkeiten, die ich für die Nachwelt aufbewahre, oder so lange, bis die Putzfrau kommt.

I. Die Kritik des Reinen Schreckens

Bei der Darlegung jeder Philosophie muß die erste Überlegung immer die sein: Was können wir erkennen? Das heißt, wovon können wir sicher sein, daß wir es kennen, oder sicher sein, daß wir wissen, wir kannten es, wenn es überhaupt wirklich erkennbar ist. Oder haben wir es bloß einfach vergessen und sind zu verlegen, irgendwas zu sagen? Descartes wies auf das Problem hin, als er schrieb: „Mein Geist kann niemals meinen Körper erkennen, obgleich er mit meinen Beinen auf ziemlich freundschaftlichem Fuße steht.“ Mit ‚erkennbar‘ meine ich nebenbei nicht, was durch die Wahrnehmung der Sinne erkannt oder vom Geist erfaßt werden kann, sondern eher das, wovon man sagen könnte, daß es bekannt ist oder Kenntnis oder Erkenntnis besitzt oder wenigstens etwas ist, was man einem Freund mitteilen kann.

Können wir das Universum wirklich ‚kennen‘? Mein Gott, es ist doch schon schwierig genug, sich in Chinatown zurechtzufinden. Der springende Punkt ist doch: Gibt es da draußen irgendwas? Und warum? Und muß man so einen Lärm darum machen? Schließlich kann es keinen Zweifel darüber geben, daß das einzig Charakteristische der ‚Wirklichkeit' ihr Mangel an Substanz ist. Das soll nicht heißen, daß sie keine Substanz besitzt, sie fehlt ihr bloß. (Die Wirklichkeit, von der ich hier spreche, ist dieselbe, die Hobbes beschrieb, nur ein bißchen kleiner.) Darum könnte das Diktum Descartes': „Ich denke, also bin ich" besser mit „Guck mal, da geht Edna mit einem Saxophon" ausgedrückt werden. Um also ein Wesen oder eine Idee zu erkennen, müssen wir sie anzweifeln, um auf diese Weise, durch das Zweifeln nämlich, dahin zu kommen, die Qualitäten, die sie in ihrer Begrenztheit besitzen, zu verstehen, und die genau „im Ding an sich" oder „aus dem Ding an sich" oder aus etwas oder nichts bestehen. Wenn das begriffen worden ist, können wir die Erkenntnislehre für einen Augenblick verlassen.

II. Die eschatologische Dialektik als Mittel gegen die Gürtelrose

Wir können sagen, daß das Universum aus einem Stoff besteht, und diesen Stoff wollen wir ‚Atome' nennen, sonst nennen wir ihn eben ‚Monaden'. Demokrit nannte ihn Atome, Leibniz nannte ihn Monaden. Glücklicherweise sind diese beiden Männer einander nie begegnet, sonst hätte es sicher sehr törichte Streitereien gegeben. Diese ‚Partikel' wurden durch irgendeine Ursache oder ein Grundprinzip in Bewegung gesetzt, vielleicht fiel auch bloß irgendwas irgendwohin. Der springende Punkt ist, daß es jetzt zu spät ist, in dieser Angelegenheit noch etwas zu unternehmen, außer möglicherweise viel rohen Fisch zu essen. Das erklärt selbstverständlich nicht, warum die Seele unsterblich ist. Noch sagt es irgend etwas über ein Leben nach dem Tode aus, oder über das Gefühl meines Onkels Sender, von Albaniern verfolgt zu werden. Der Kausalzusammenhang zwischen dem Grundprinzip (d. h. Gott oder einem heftigen Wind) und jedem teleologischen Begriff des Seins (Das Sein) ist Pascal zufolge „so lächerlich, daß er nicht einmal komisch ist“ (Das Komische). Schopenhauer nannte dies den „Willen“, aber sein Arzt diagnostizierte es als Heuschnupfen. In seinen späteren Jahren wurde er darüber verbittert, oder noch wahrscheinlicher über seinen wachsenden Verdacht, er sei nicht Mozart.

III. Der Kosmos für fünf Dollar pro Tag

Was also heißt „schön“? Die Verschmelzung der Harmonie mit dem Geraden oder die Verschmelzung der Harmonie mit etwas, was gerade so klingt wie „das Gerade“? Möglicherweise hätte die Harmonie mit „dem Gerede“ verschmolzen werden sollen, und das ist es nun, was uns solche Scherereien macht. Die Wahrheit freilich ist die Schönheit – oder „das Notwendige“. Das heißt, was gut ist oder die Qualitäten des „Guten“ besitzt, läuft auf die „Wahrheit“ hinaus. Wenn es das nicht tut, kann man wetten, daß die Sache nicht schön ist, obgleich sie dennoch wasserdicht sein kann. Ich fange an zu glauben, daß ich von Anfang an recht hatte und daß alles mit dem Gerede hätte verschmolzen werden sollen. Na gut.

Zwei Parabeln

Ein Mann nähert sich einem Palast. Der einzige Eingang wird von ein paar grimmigen Teutonen bewacht, die nur Leute namens Julius reinlassen wollen. Der Mann versucht, die Wachen zu bestechen, indem er ihnen anbietet, sie ein Jahr lang mit den delikatesten Brathähnchen-Spezialitäten zu versorgen. Sie weisen sein Angebot weder zurück, noch nehmen sie es an, sie fassen ihn bloß bei der Nase und drehen sie, bis sie wie ein Korkenzieher aussieht. Der Mann sagt, es sei dringend notwendig, daß er in den Palast hineinkäme, weil er dem Kaiser frische Unterwäsche bringe. Als die Wachen das weiter ablehnen, beginnt der Mann, Charleston zu tanzen. Sie scheinen Spaß an seinem Getanze zu haben, verlieren aber bald die Laune wegen der schlechten Behandlung der Navajos durch die Bundesregierung. Außer Atem bricht der Mann zusammen. Er stirbt, ohne jemals den Kaiser gesehen zu haben, und mit sechzig Dollar Schulden bei Steinway für ein Klavier, das er im August von ihnen gemietet hatte.

•

Man übergibt mir eine Botschaft, die ich einem General überbringen soll. Ich reite und reite, aber das Hauptquartier des Generals scheint sich weiter und weiter zu entfernen. Schließlich springt ein riesenhafter Panther auf mich und verschlingt mein Herz und meinen Verstand. Das vermurkst mir vollkommen den schönen Abend. Wie sehr ich mich auch bemühe, den General kriege ich nicht zu fassen; ich sehe ihn in der Ferne in seinen Unterhosen herumrennen und seinen Feinden das Wort „Muskatnuß" zuflüstern.

Aphorismen

Es ist unmöglich, unvoreingenommen seinen eigenen Tod zu erleben und ruhig weiterzusingen.

•

Das Universum ist bloß eine flüchtige Idee im Geiste Gottes – ein ziemlich unbehaglicher Gedanke, besonders, wenn man gerade die Anzahlung für ein Haus geleistet hat.

•

Das ewige Nichts ist O.K., wenn man entsprechend gekleidet ist.

•

Wenn doch Dionysos noch lebte! Wo würde er essen?

•

Es gibt nicht nur keinen Gott, sondern versuch mal, am Wochenende einen Klempner zu kriegen.

Ja, aber kriegt die Dampfmaschine das denn fertig?

Ich blätterte gerade in einer Illustrierten herum, während ich darauf wartete, daß Josef K., mein Beagle, aus seiner regelmäßigen Donnerstags-Dreiviertelstunden-Sitzung bei einem Therapeuten an der Park Avenue rauskäme – einem Tiermediziner der Jung-Schule, der für fünzig Dollar pro Sitzung heldenhaft daran arbeitet, ihn davon zu überzeugen, daß Halsfalten keine soziale Unterlegenheit bedeuten – als ich ganz unten auf der Seite auf einen Satz stieß, der mir ins Auge fiel wie die Mitteilung der Bank, ich hätte mein Konto überzogen. Es war eine Meldung wie viele andere auch in einem von diesen Blättern aus der Gerüchteküche, die Überschriften wie „Unglaublich, aber wahr" oder „Wetten, das wußten Sie nicht" haben, aber die Bedeutung dieser Meldung erschütterte mich mit der Macht der Eingangsklänge von Beethovens Neunter. „Das Sandwich", lautete sie, „wurde vom Grafen Sandwich erfunden." Überwältigt von dieser Nachricht, las ich sie noch einmal und brach unwillkürlich in Zittern aus. Meinem Geist schwindelte, als er sich die unerhörten Träume, Hoffnungen und Hindernisse zu vergegenwärtigen begann, die in die Erfindung des ersten Sandwichs eingegangen sein mußten. Meine Augen wurden feucht, als ich aus dem Fenster auf die schimmernden Türme der Stadt sah, und ich empfand einen Hauch Ewigkeit, als ich über die unauslöschliche Stellung des Menschen im Universum staunte. Der Mensch, der Erfinder! Da Vincis Notizhefte tauchten vor mir auf – mutige Pläne zu den hochfliegendsten Vorhaben der Menschheit. Ich dachte an Aristoteles, Dante, Shakespeare. Die erste Folio. Newton. Händels Messias. Monet. Den Impressionismus. Edison. Den Kubismus. Strawinsky. $E = mc^2$ . . .

Ein geistiges Abbild des ersten Sandwichs fest vor Augen, wie es in seiner Vitrine im Britischen Museum liegt, verbrachte ich die folgenden drei Monate damit, eine kurze Biografie seines großen Erfinders, Seiner durchlauchtigsten Durchlaucht des Grafen, auszuarbeiten. Obwohl mein Verständnis von Geschichte ein bißchen wacklig ist, und obwohl mein Sinn für Übertreibungen den eines durchschnittlichen LSD-Schluckers weit in den Schatten stellt, hoffe ich doch, letztlich das Wesen dieses nicht genugsam gewürdigten Genies eingefangen zu haben, und wünsche ich, daß diese kümmerlichen Notizen einen wahren Historiker dazu inspirieren möchten, hieraus zu schöpfen.

1718: Geburt des Grafen von Sandwich, die Eltern gehören der Oberschicht an. Der Vater hat das Vergnügen, Bestallter Ober-Rosse-Schuhmacher seiner Majestät des Königs zu sein – eine Stellung, an der er mehrere Jahre großen Gefallen hat, bis er dahinterkommt, daß er Hufschmied ist und erbittert resigniert. Die Mutter ist eine einfache Hausfrau deutscher Herkunft, deren ereignislose Speisekarte vor allem Schweineschmalz und Haferschleim enthält, wenn sie auch einen Hang zu kulinarischer Phantasie in ihrer Fähigkeit beweist, eine passable Weincreme zusammenzumixen.

1725–35: Besucht die Schule, wo er Unterricht in Reiten und Latein erhält. In der Schule kommt er zum ersten Mal mit Aufschnitt in Berührung und er legt ein ungewöhnliches Interesse an dünn geschnittenen Roastbeef-Streifen und Schinkenscheiben an den Tag. Bis zum Schulabschluß wächst sich das zur Besessenheit aus, und obwohl seine Abschlußarbeit über „Analyse und Begleitphänomene der Zwischenmahlzeiten“ in der Lehrerschaft auf Interesse stößt, halten seine Klassenkameraden ihn für überspannt.

1736: Tritt auf Geheiß seiner Eltern in die Universität Cambridge ein, um Rhetorik und Metaphysik zu studieren, zeigt aber für beides wenig Begeisterung. Er lehnt sich gegen alles Akademische auf und wird beschuldigt, Brotlaibe gestohlen und damit widernatürliche Experimente gemacht zu haben. Anklagen der Ketzerei führen zu seinem Rausschmiß.

1738: Enterbt macht er sich auf den Weg nach Skandinavien, wo er drei Jahre mit intensiven Käsestudien verbringt. Er ist von den vielen Sardinensorten, denen er begegnet, sehr begeistert und schreibt in sein Tagebuch: „Ich bin überzeugt, daß es jenseits von allem, was der Mensch bereits erreicht hat, eine bleibende Wirklichkeit in der Zusammenstellung von Nahrungsmitteln gibt. Vereinfachen! Vereinfachen!" Bei seiner Rückkehr nach England lernt er Nell Smallbore kennen, die Tochter eines Gemüsehändlers, und die beiden heiraten. Von ihr wird er alles lernen, was er jemals über Salat wissen wird.

1741: Sie leben auf dem Lande von einer kleinen Erbschaft, und er arbeitet Tag und Nacht, oft am Essen sparend, um Geld für Lebensmittel zu erübrigen. Sein erstes vollendetes Werk – eine Scheibe Brot, eine weitere Scheibe Brot auf dieser und eine Scheibe kalte Pute auf den beiden Brotscheiben – fällt kläglich durch. Bitter enttäuscht kehrt er in sein Arbeitszimmer zurück und fängt wieder von vorne an.

1745: Nach vier Jahren irrsinniger Arbeit ist er überzeugt, an der Schwelle des Erfolges zu stehen. Er stellt vor seinen Zeitgenossen zwei Scheiben Pute mit einer Scheibe Brot dazwischen aus. Sein Werk wird von allen abgelehnt, außer von David Hume, der fühlt, daß etwas Großes bevorsteht, und ihn ermutigt. Durch die Freundschaft des Philosophen wieder aufgerichtet, begibt er sich mit neuer Tatkraft an die Arbeit.

1747: Völlig verarmt, kann er es sich nicht mehr leisten, mit Roastbeef und Pute zu arbeiten, und wendet sich dem Schinken zu, der billiger ist.

1750: Im Frühjahr stellt er eine Kreation aus drei aufeinandergelegten Scheiben Schinken aus und erläutert sie; das erregt einiges Interesse, vor allem in intellektuellen Kreisen, aber das allgemeine Publikum bleibt unbeeindruckt. Drei Brotscheiben aufeinander tragen zu seinem Ansehen bei, und obgleich ein reifer Stil noch nicht erkennbar ist, schickt Voltaire nach ihm.

1751: Reise nach Frankreich, wo der Dramatiker und Philosoph einige interessante Ergebnisse mit Brot und Mayonnaise erzielt hat. Die beiden Männer freunden sich an und beginnen einen Briefwechsel, der erst abrupt endet, als Voltaire die Briefmarken ausgehen.

1758: Seine zunehmende Wertschätzung bei den Meinungsmachern der Nation bringt ihm einen Auftrag der Königin ein, „etwas Besonderes" für ein Zweites Frühstück mit dem spanischen Botschafter anzurichten. Er arbeitet Tag und Nacht und zerreißt

Hunderte von Entwürfen, aber endlich – am 27. April 1758, morgens 4 Uhr 17 – schafft er ein Werk, das aus mehreren Schinkenstreifen besteht, die oben und unten von zwei Scheiben Roggenbrot umschlossen sind. In einem plötzlichen Anfall von Begeisterung garniert er das Werk mit Mostrich. Das ist augenblicklich eine Sensation, und er wird beauftragt, für den Rest des Jahres alle Samstagsfrühstücke zuzubereiten.

1760: Er häuft Erfolg auf Erfolg, indem er aus Roastbeef, Hühnchen, Zunge und nahezu jedem erdenklichen Aufschnitt „Sandwiches" herstellt, wie sie ihm zu Ehren nun genannt werden. Da er nicht bereit ist, ausprobierte Rezepte zu wiederholen, sucht er nach neuen Ideen und erfindet das Kombisandwich, wofür er den Hosenbandorden erhält.

1769: Er lebt auf einem Landsitz und wird von den bedeutendsten Männern seines Jahrhunderts besucht: Haydn, Kant, Rousseau und Benjamin Franklin halten sich in seinem Haus auf, von denen einige seine bemerkenswerten Schöpfungen bei Tisch genießen, andere sie sich einpacken lassen.

1778: Obwohl er physisch altert, strebt er noch immer nach neuen Formen und schreibt in sein Tagebuch: „Ich arbeite bis spät in die kalten Nächte hinein und toaste jetzt alles in dem Bestreben, mich warm zu halten." Im weiteren Verlauf des Jahres erregt sein aufgeklapptes heißes Roastbeef-Sandwich durch seine Offenheit einen Skandal.

1783: Um seinen fünfundsechzigsten Geburtstag feierlich zu begehen, erfindet er den Hamburger und unternimmt höchstpersönlich eine Rundreise durch die großen Hauptstädte der Welt, um in Konzertsälen vor großen, andächtigen Auditorien Hackfleischklopse zu braten. In Deutschland schlägt Goethe vor, sie auf Semmeln zu servieren – eine Idee, die den Grafen entzückt, und vom Autor des Faust sagt er: „Dieser Goethe, der ist vielleicht ein Kerl!" Diese Bemerkung entzückt wiederum Goethe, obwohl sie sich im Jahr darauf über die Begriffe „englisch", „medium" und „durch" intellektuell entzweien.

1790: Anläßlich einer Retrospektive seiner Werke in London erkrankt er plötzlich an Brustschmerzen, und man nimmt an, er werde sterben, er erholt sich aber hinreichend, um die Herstellung eines Helden-Sandwichs durch ein Team begabter Nachfolger zu überwachen. Die Enthüllung in Italien bewirkt einen Volksaufstand, und es bleibt von allen Kritikern, abgesehen von wenigen, mißverstanden.

1792: Er bekommt O-Beine, die er nicht rechtzeitig behandeln läßt, und erliegt ihnen im Schlaf. Er wird in der Westministerabtei zur letzten Ruhe gebettet, und Tausende betrauern sein Hinscheiden. Bei seiner Beerdigung faßt der große deutsche Dichter Hölderlin seine Leistungen mit unverhüllter

Ehrerbietung zusammen: „Er befreite die Menschheit vom warmen Mittagessen. Wir schulden ihm so viel.“

Der Tod klopft

(Das Stück spielt im Schlafzimmer von Nat Ackermanns zweistöckigem Haus irgendwo in Kew Gardens. Teppichboden von Wand zu Wand. Ein breites Doppelbett und ein großer Toilettentisch. Das Zimmer ist geschmackvoll mit Möbeln und Gardinen ausgestattet, und an den Wänden hängen mehrere Gemälde und ein nicht eben hinreißendes Barometer. Beim Aufgehen des Vorhangs ertönt leise Musik. Nat Ackermann, ein glatzköpfiger, dickbäuchiger, siebenundfünfzigjähriger Kleiderfabrikant, liegt auf dem Bett und liest die Abendausgabe der Daily News zu Ende. Er trägt einen Morgenmantel und Pantoffeln und liest im Licht einer Bettlampe, die am weißen Kopfteil des Bettes festgeklemmt ist. Es ist kurz vor Mitternacht. Plötzlich hören wir ein Geräusch, Nat setzt sich auf und sieht zum Fenster.)

Nat: Was zum Kuckuck ist das denn?

(Durch das Fenster klettert ungeschickt eine

dunkle, mit einem Cape bekleidete Gestalt. Der Eindringling trägt eine schwarze Kapuze und hautenge schwarze Kleider. Die Kapuze bedeckt den Kopf, nicht aber sein Gesicht, das mittleren Alters und schneeweiß ist. In seiner Erscheinung ähnelt er irgendwie Nat. Er pustet hörbar, stolpert dann über die Fensterbank und fällt ins Zimmer.)

Tod: *(denn es ist niemand anderer)* Jessas, ich habe mir fast das Genick gebrochen.

Nat: *(betrachtet ihn verwirrt)* Wer sind denn Sie?

Tod: Der Tod.

Nat: Wer?

Tod: Der Tod. Hör mal – darf ich mich vielleicht setzen? Ich hab mir fast das Genick gebrochen. Ich zittere wie Espenlaub.

Nat: *Wer* sind Sie?

Tod: Der *Tod*. Hast du vielleicht ein Glas Wasser?

Nat: Der Tod? Was meinen Sie damit: der Tod?

Tod: Was ist denn los mit dir? Du siehst den schwarzen Dress hier und mein weißgeschminktes Gesicht?

Nat: Sicher.

Tod: Ist vielleicht Karneval?

Nat: Nein.

Tod: Also bin ich der Tod. Kann ich jetzt 'n Glas Wasser bekommen – oder vielleicht 'ne Limo?

Nat: Wenn das ein Witz sein soll...

Tod: Wieso denn Witz? Du bist siebenundfünfzig? Nat Ackermann? Pacific Street 118? Wenn ich'n jetzt bloß nicht verbaselt habe – wo habe ich denn den Einberufungsbefehl? *(Er kramt in der Tasche herum und zieht schließlich eine Karte mit einer Adresse heraus. Sie scheint zu stimmen.)*

Nat: Was hast du mit mir vor?

Tod: Was ich vorhabe? Na, was meinst du wohl?

Nat: Du willst mich wohl veräppeln? Ich bin absolut gesund.

Tod: *(unbeeindruckt)* Jaja. *(Sieht sich um)* Hübsch hier. Selbst gemacht?

Nat: Wir hatten einen Dekorateur, aber wir haben auch was beigetragen.

Tod: *(betrachtet ein Bild an der Wand)* Ich mag solche Knirpse mit großen Augen.

Nat: Ich möchte noch nicht gehen.

Tod: *Du* möchtest nicht gehen? Überlaß mir doch das bitte. Mir dreht sich sowieso noch alles vom Aufstieg.

Nat: Von welchem Aufstieg?

Tod: Ich bin an der Regenrinne raufgeklettert. Ich wollte 'n hochdramatischen Auftritt landen. Ich sehe die großen Fenster, und du bist wach und liest. Ich denke, das lohnt doch'n Knalleffekt. Ich stelle mir vor, ich klettere hoch und komm rein mit so'm kleinen – du weißt schon ... *(Er schnipst mit dem Finger)* Inzwischen bleibe ich mit dem Absatz an irgendwelchen Weinranken hängen, die Regenrinne bricht ab und ich hänge am seidenen Faden. Dann fängt auch noch mein Cape an zu reißen. Ach komm, laß uns doch einfach gehen. Die Nacht war schon mühselig genug.

Nat: Du hast meine Dachrinne kaputtgemacht?

Tod: Kaputtgemacht? Sie ist nicht kaputt. Bloß ein bißchen verbogen. Hast du nichts gehört? Ich bin doch auf die Erde geknallt.

Nat: Ich habe gelesen.

Tod: Da mußt du aber wirklich vertieft gewesen sein. *(Hebt die Zeitung auf, die Nat gelesen hat)* „STUDENTINNEN BEI HASCHORGIE ERWISCHT“. Kann ich das mal ausleihen?

Nat: Ich bin noch nicht fertig.

Tod: Äh – Ich weiß nicht, wie ich's dir beibringen soll, amigo...

Nat: Warum hast du eigentlich nicht unten geklingelt?

Tod: Ich sag dir ja, ich hätte gekonnt, aber wie sieht das aus? So ist doch ein bißchen mehr Pep in der Sache. Irgendwie. Hast du nicht Faust gelesen?

Nat: Was?

Tod: Und wenn du in Gesellschaft gewesen wärst? Du sitzt da mit wichtigen Leuten. Ich bin der Tod – sollte ich vielleicht klingeln und so ohne weiteres reinspaziert kommen? Wo denkst du hin?

Nat: Hören Sie mal zu, Mister, es ist sehr spät.

Tod: Ja. Okay, du möchtest gehen?

Nat: Gehen? Wohin?

Tod: In den Tod. Weg für immer. Ins Jenseits. In die ewigen Jagdgründe. *(Besieht sich sein Knie)* Junge, Junge, das ist aber 'ne ziemlich böse Schramme. Mein erster Job, und nun kriege ich auch noch den Brand ins Bein.

Nat: Warte doch einen Augenblick. Ich brauche Zeit. Ich bin noch nicht bereit zu gehen.

Tod: Tut mir leid. Da kann ich dir nicht helfen. Ich tät's gerne, aber der Augenblick ist gekommen.

Nat: Wie kann denn der Augenblick gekommen sein? Ich habe mich doch gerade erst mit ‚Dernier Cri & Co' zusammengeschlossen.

Tod: Was macht das schon, ein paar Kröten mehr oder weniger.

Nat: Sicher, was interessiert das dich? Euch Burschen werden wahrscheinlich alle Spesen gezahlt.

Tod: Willst du jetzt mitkommen?

Nat: *(sieht ihn aufmerksam an)* Tut mir leid, aber ich kann's nicht glauben, daß du der Tod bist.

Tod: Warum denn? Was hast du erwartet – vielleicht Rock Hudson?

Nat: Nein, es ist nicht das.

Tod: Tut mir leid, wenn ich dich enttäuscht habe.

Nat: Reg dich nicht auf. Ich weiß halt nicht, ich dachte immer, du wärst... äh... größer.

Tod: Ich bin einsfünfundsiebzig. Das ist der richtige Durchschnitt bei meinem Gewicht.

Nat: Du siehst ein bißchen wie ich aus.

Tod: Wem sollte ich denn sonst ähnlich sehen? Ich bin dein Tod.

Nat: Gib mir etwas Zeit. Noch einen Tag.

Tod: Ich kann doch nicht. Was soll ich dir denn sagen?

Nat: Noch einen Tag. Vierundzwanzig Stunden.

Tod: Wozu willst du die? Das Radio hat für morgen Regen gemeldet.

Nat: Kann man da nichts machen?

Tod: Nämlich was?

Nat: Spielst du Schach?

Tod: Nein, tue ich nicht.

Nat: Ich habe mal ein Bild von dir gesehen, da spielst du Schach.

Tod: Das bin ich nicht gewesen, weil ich nicht Schach spiele. Kutscherrommé vielleicht.

Nat: Du spielst Kutscherrommé?

Tod: Ob ich Kutscherrommé spiele? Ist Paris 'ne Stadt?

Nat: Du bist da gut drin, was?

Tod: Sehr gut.

Nat: Ich sag dir, was ich mache...

Tod: Versuch nicht, mit mir zu handeln.

Nat: Ich spiele Kutscherrommé mit dir. Wenn du gewinnst, komme ich sofort mit. Wenn ich gewinne, gibst du mir noch etwas Zeit. Ein kleines bißchen... einen Tag noch.

Tod: Wer hat denn schon Zeit zum Rommméspielen!?

Nat: Na los. Du bist doch so gut da drin.

Tod: Andererseits hätte ich schon mal Lust zu ’m Spielchen...

Nat: Komm schon. Sei kein Frosch. Wir spielen ’ne halbe Stunde.

Tod: Ich sollte das wirklich nicht.

Nat: Ich habe die Karten hier. Mach doch keinen Aufstand.

Tod: In Ordnung, also los. Wir spielen ein bißchen. Das wird mich beruhigen.

Nat: *(holt Karten, Notizblock und Bleistift)* Du wirst es nicht bereuen.

Tod: Red nicht wie ein Hausierer. Nimm die Karten und gib mir ’ne Limo und stell was Schönes zum Knabbern hin. Du lieber Himmel, da platzt dir’n Fremder ins Haus, und du hast keine Kartoffelchips oder Brezeln da.

Nat: Unten auf einer Schüssel liegen Gummibärchen.

Tod: Gummibärchen. Und was, wenn der Präsident käme? Bekäme der auch Gummibärchen?

Nat: Du bist nicht der Präsident.

Tod: Teil aus.

(Nat teilt aus und deckt eine Fünf auf.)

Nat: Möchtest du um ein Zehntel Cent pro Punkt spielen, damit es interessanter ist?

Tod: Ist es für dich noch nicht interessant genug?

Nat: Ich spiele besser, wenn's um Geld geht.

Tod: Wie du meinst, Newt.

Nat: Nat. Nat Ackermann. Weißt du denn meinen Namen nicht?

Tod: Newt, Nat – ich habe solches Kopfweh.

Nat: Willst du die Fünf?

Tod: Nein.

Nat: Dann nimm.

Tod: *(mustert die Karten in seiner Hand, während er nimmt)* Lieber Gott, ich habe bloß Luschen.

Nat: Wie ist er eigentlich?

Tod: Wie ist wer eigentlich?

(Während des Folgenden nehmen sie Karten auf und legen sie ab.)

Nat: Der Tod.

Tod: Wie sollte er schon sein? Du fällst um.

Nat: Ist irgendwas danach?

Tod: Aha, du sammelst Zweien!

Nat: Ich fragte etwas. Ist etwas danach?

Tod: *(geistesabwesend)* Das wirst du sehen.

Nat: Oh, dann werde ich tatsächlich etwas sehen?

Tod: Naja, vielleicht hätte ich's nicht so ausdrükken sollen. Spiel aus.

Nat: Von dir 'ne Antwort zu kriegen, ist ganz schön schwierig.

Tod: Ich spiele Karten.

Nat: Okay, spiel nur, spiel nur.

Tod: Unterdessen lege ich dir eine Karte nach der anderen hin.

Nat: Du darfst die abgelegten Karten nicht durchsehen.

Tod: Ich guck sie mir ja nicht an. Ich mach sie nur gerade. Welches war die Klopfkarte?

Nat: Vier. Kannst du denn schon klopfen?

Tod: Wer sagt denn, daß ich schon klopfen möchte? Alles, was ich gefragt habe, war, welches die Klopfkarte war.

Nat: Und alles, was ich gefragt habe, war, ob es für mich was gibt, worauf ich hoffen kann.

Tod: Spiel doch.

Nat: Kannst du mir denn gar nichts sagen? Wo gehen wir hin?

Tod: Wir? Um dir die Wahrheit zu sagen, *du* klappst zu einem krumpeligen Häufchen auf dem Fußboden zusammen.

Nat: Oje, ich kann's nicht abwarten. Wird's wehtun?

Tod: Es ist in einer Sekunde vorbei.

Nat: Na, fabelhaft! *(Seufzt)* Das fehlte mir noch. Da schließt man sich mit ‚Dernier Cri & Co' zusammen...

Tod: Wie ist es mit der Vier?

Nat: Klopfst du?

Tod: Reichen vier Punkte?

Nat: Nein, ich habe zwei mehr.

Tod: Du bluffst.

Nat: Nein, du verlierst.

Tod: Maria und Josef, und ich dachte, du sammelst Sechsen.

Nat: Nein. Du teilst aus. Zwanzig Punkte und zwei Kästchen. Fang an! *(Der Tod teilt aus)* Ich muß also auf den Fußboden fallen, wie? Ich kann nicht am Sofa stehen, wenn's passiert?

Tod: Nein. Spiel!

Nat: Warum denn nicht?

Tod: Weil du auf den Fußboden fällst! Laß mich in Ruhe. Ich versuche, mich zu konzentrieren.

Nat: Warum muß es denn bloß auf den Fußboden sein? Das ist ja alles, was ich sage! Warum kann das Ganze nicht passieren, wenn ich direkt neben dem Sofa stehe?

Tod: Ich werde mein Bestes tun. Können wir jetzt spielen?

Nat: Das ist ja alles, was ich wissen will. Du erinnerst mich an Moe Lefkowitz, der ist auch so stur.

Tod: Ich erinnere ihn an Moe Lefkowitz. Ich bin eine der schrecklichsten Gestalten, die man sich nur vorstellen kann, und ihn erinnere ich an Moe Lefkowitz. Was ist der denn? Pelzhändler?

Nat: So ein Pelzhändler solltest du sein! Der ist seine achtzigtausend im Jahr wert. Posamentierwaren. Er hat 'ne eigene Fabrik. Zwei Punkte.

Tod: Was?

Nat: Zwei Punkte. Ich klopfe. Was hast du in der Hand?

Tod: Ich hab' mehr Miese als 'ne Korbballmannschaft.

Nat: Und alles Pik.

Tod: Wenn du bloß nicht so viel reden würdest.

(Sie geben wieder Karten und spielen weiter.)

Nat: Was meintest du vorhin, als du sagtest, das wäre dein erster Job?

Tod: Wie hört sich das denn an?

Nat: Willst du damit sagen – daß niemand jemals vorher wegmußte?

Tod: Natürlich mußten sie. Aber ich habe sie nicht geholt.

Nat: Und wer dann?

Tod: Andere.

Nat: Es gibt noch andere?

Tod: Klar. Jeder hat seine eigene ganz persönliche Art abzutreten.

Nat: Das wußte ich nicht.

Tod: Warum solltest du das auch wissen. Wer bist du schon?!

Nat: Was meinst du, wer ich bin? Warum – bin ich nichts?

Tod: Nicht nichts. Du bist Kleiderfabrikant. Woher hast du eigentlich deine Kenntnisse von den ewigen Mysterien?

Nat: Wovon sprichst du? Ich mache 'ne schöne

Menge Dollars. Meine zwei Kinder waren auf dem College. Mein Sohn ist bei der Werbung, meine Tochter verheiratet. Ich habe ein eigenes Haus. Ich fahre einen Chrysler. Meine Frau hat, was sie will. Hausmädchen, Nerzmantel, Ferien. Gerade eben ist sie am Eden Roc. Fünfzig Dollar pro Tag, weil sie in der Nähe ihrer Schwester sein möchte. Ich soll nächste Woche auch hinkommen, also, was denkst du, wer ich bin – irgendein Nebbich von der Straße?

Tod: Okay, okay. Sei bloß nicht so empfindlich.

Nat: Wer ist denn hier empfindlich?

Tod: Und wie würde es dir gefallen, wenn man *dich* so ohne weiteres beleidigte?

Nat: Habe ich dich beleidigt?

Tod: Hast du nicht gesagt, du wärst von mir enttäuscht?

Nat: Was erwartest du denn? Möchtest du, daß ich für dich das ganze Viertel zu 'ner Party einlade?

Tod: Davon rede ich ja nicht. Ich meine mich persönlich. Ich bin zu klein, ich bin dies, ich bin jenes.

Nat: Ich sagte, du sähest wie ich aus. Es ist wie ein Spiegelbild.

Tod: Okay, teil aus, teil aus.

(Sie spielen weiter, während langsam Musik aufklingt und die Lichter dunkler werden, bis es völlig duster ist. Langsam werden die Lichter wieder heller, es ist nun später, und das Spiel ist aus. Nat prüft das Ergebnis.)

Nat: Achtundsechzig... eins-fuffzig... Tja, du hast verloren.

Tod: *(guckt enttäuscht den Kartenstapel durch)* Ich wußte 's ja, daß ich die Neun nicht abwerfen dürfte. Verdammt noch mal.

Nat: Also dann, bis morgen.

Tod: Was meinst du mit „bis morgen"?

Nat: Ich habe den Extratag gewonnen. Laß mich jetzt allein.

Tod: Du hast das ernst gemeint?

Nat: Wir hatten doch 'ne Abmachung.

Tod: Ja, aber...

Nat: Komm mir nicht mit „Aber". Ich habe vierundzwanzig Stunden gewonnen. Komm morgen wieder.

Tod: Ich wußte nicht, daß wir wirklich um Zeit spielen.

Nat: Tut mir leid für dich. Du solltest besser aufpassen.

Tod: Wo gehe ich denn jetzt für vierundzwanzig Stunden hin?

Nat: Was geht mich das an? Hauptsache, ich habe einen Tag gewonnen.

Tod: Was meinst du, was ich tun soll – durch die Straßen spazieren?

Nat: Nimm dir ein Hotelzimmer und sieh dir'n Film an. Geh in die Sauna. Aber mach bloß keine nationale Sache daraus.

Tod: Zähl die Punkte noch mal zusammen.

Nat: Außerdem schuldest du mir achtundzwanzig Dollar.

Tod: Waaaas?

Nat: Das ist schon in Ordnung, Freundchen. Hier hast du's – lies.

Tod: *(sucht in seinen Taschen)* Ich hab 'n paar Dollar, aber keine achtundzwanzig.

Nat: Ich nehm auch 'n Scheck.

Tod: Und von welchem Konto?

Nat: Da kann man mal sehen, mit wem ich 's zu tun habe.

Tod: Verklag mich doch. Wo bitte soll ich denn ein Girokonto unterhalten?

Nat: Okay, gib mir, was du hast, und wir wollen annehmen, wir sind quitt.

Tod: Hör mal, ich brauche das Geld.

Nat: Wofür solltest du Geld brauchen?

Tod: Weißt du, wovon du redest? Du sollst ins Jenseits.

Nat: Und?

Tod: Und – weißt du, wie weit das ist?

Nat: Und?

Tod: Und wovon bezahle ich das Benzin? Und die Autobahngebühren?

Nat: Wir fahren also mit dem Auto?

Tod: Du wirst es schon erfahren. *(Beunruhigt)* Schau mal – ich komme morgen wieder, dann gibst du mir aber die Chance, das Geld zurückzugewinnen. Sonst sitze ich wirklich in der Tinte.

Nat: Alles, was du willst. Wir spielen ums Doppelte oder gar nicht. Ich muß eine Extrawoche oder einen ganzen Monat gewinnen. Und so wie du spielst, vielleicht Jahre.

Tod: So lange sitze ich auf dem Trockenen.

Nat: Bis morgen.

Tod: *(der von Nat langsam zum Ausgang gedrängt wird)* Wo finde ich ein gutes Hotel? Was rede ich von einem Hotel, ich habe ja kein Geld. Ich setzte mich in den Bahnhofswartesaal. *(Er greift nach der Zeitung)*

Nat: Raus. Raus! Das ist meine Zeitung. *(Er nimmt sie ihm wieder ab.)*

Tod: *(beim Hinausgehen)* Warum konnte ich ihn nicht einfach mitnehmen und gehen! Aber ich mußte mich auf Rommé einlassen.

Nat: *(ruft ihm hinterher)* Und sei vorsichtig, wenn du die Treppe runtergehst. Bei der einen Stufe ist der Teppich lose!

(Und wie aufs Stichwort hört man ein schreckliches Krachen. Nat seufzt, dann geht er an den Nachttisch hinüber und telefoniert.)

Nat: Hallo, Moe? Ich bin's. Hör mal, ich weiß nicht, ob mir jemand einen Streich spielt, oder was, aber der Tod war eben hier. Wir haben ein bißchen Rommé gespielt... Nein, der *Tod*. Persönlich. Oder jemand, der behauptet, er ist der Tod. Aber, Moe, der ist so *meschugge*!

Vorhang

Das Frühjahrsprogramm

Die vielen Hochschulprogramme und Angebote der Erwachsenenbildung, die ich ewig in meinem Briefkasten finde, beweisen mir, daß ich in einer Spezial-Adressenkartei für Schulversager stehen muß. Nicht, daß ich mich darüber beklagen wollte, so eine Liste von Volkshochschulkursen hat etwas, was mein Interesse so heftig erregt, wie das bisher nur ein Katalog für Flitterwochen-Utensilien aus Hongkong gekonnt hat, der mir mal aus Versehen zugeschickt wurde. Jedesmal, wenn ich das letzte Programm der Volkshochschule durchlese, nehme ich mir auf der Stelle vor, alles aufzugeben und wieder zur Schule zu gehen. (Ich bin vor vielen Jahren vom College geflogen, das Opfer ungefähr derselben unbewiesenen Anschuldigungen, die mal gegen Yellow Kid Weil erhoben worden sind.) Bis jetzt bin ich also noch immer ein ungebildeter Mensch ohne jeden Schimmer und habe mir angewöhnt, ein nur gedachtes, hübsch gedrucktes Kursusprogramm durchzublättern, das mehr oder weniger typisch für alle ist:

Sommersemester

Wirtschaftstheorie: Eine systematische Untersuchung und kritische Bewertung der analytischen Grundbegriffe der Wirtschaftskunde mit besonderer Betonung des Geldes und warum es so eine feine Sache ist. Mit Produktionsfunktionen nach festen Faktoren, Kosten- und Bedarfskurven und der Nichtkonvexität befaßt sich das erste Semester, während das zweite Semester sich vor allem mit Geldausgeben, Geldwechseln und damit beschäftigt, wie man seine Brieftasche in Ordnung hält. Das Bundesbanksystem wird analysiert, und fortgeschrittene Studenten werden in der richtigen Methode, einen Einzahlschein auszufüllen, ausgebildet. Andere Themen umfassen: Inflation und Depression – wie ziehe ich mich für beides richtig an? Das Geldverleihen – Wie erhalte ich Wucherzinsen – Wie bringe ich andere Leute um ihr Geld.

Europäische Kulturgeschichte: Seit der Entdekkung eines versteinerten Urpferdes in der Herrentoilette in Siddons Cafeteria in East Rutherford, New Jersey, ist vermutet worden, daß Amerika und Europa einstmals durch einen Streifen Land miteinander verbunden waren, der entweder später versank oder East Rutherford, New Jersey, wurde, oder beides. Das wirft ein neues Licht auf die Entwicklung der europäischen Gesellschaft und setzt die Historiker in die Lage, darüber Vermutungen anzustellen, warum diese Gesellschaft in einer Gegend aufkam, die aus Asien was viel Besseres gemacht hätte. In dem Kursus wird auch der Beschluß untersucht, die Renaissance in Italien zu lassen.

Einführung in die Psychologie: Die Theorie menschlichen Verhaltens. Warum es ein paar Menschen gibt, die man „reizende Personen“ nennt, und warum es andere gibt, die man am liebsten kneifen möchte. Gibt es eine Trennung zwischen Leib und Seele, und wenn ja, was ist günstiger zu besitzen? Aggression und Rebellion werden erörtert. (Studenten, die an diesen Aspekten der Psychologie besonders interessiert sind, wird empfohlen, einen der folgenden Kurse im Wintersemester zu belegen: Einführung in die Feindseligkeit; Feindlichkeit der Mittelstufe; Fortgeschrittener Haß; Theoretische Grundlagen des Anekelns.) Der besonderen Beachtung empfohlen wird eine Untersuchung des Bewußten im Gegensatz zum Unbewußten mit vielen hilfreichen Hinweisen, wie man bei Bewußtsein bleibt.

Psychopathologie: Setzt sich zum Ziel, fixe Ideen und Ängste besser zu begreifen, ebenso die Furcht, plötzlich entführt und mit Krabbenfleisch gemästet zu werden, die Abneigung, ein Volleyball-Zuspiel zu erwidern, und die Unfähigkeit, in der Gegenwart von Damen das Wort »Schottenrock« auszusprechen. Der Drang, die Gesellschaft von Bibern zu suchen, wird analysiert.

Philosophie I: Alles von Plato bis Camus wird gelesen, und die folgenden Themen werden behandelt:

Ethik: Der Kategorische Imperativ und sechs Möglichkeiten, ihn sich zunutze zu machen.

Ästhetik: Ist die Kunst der Spiegel des Lebens, oder was?

Metaphysik: Was passiert mit der Seele nach dem Tode? Wie wird sie damit fertig?

Erkenntnislehre: Ist das Wissen wißbar? Wenn nicht, wie können wir das wissen?

Das Absurde: Warum das Dasein oft als lächerlich betrachtet wird, besonders von Männern, die weißbraune Schuhe tragen. Vielheit und Einheit werden in ihrem Verhältnis zur Andersheit untersucht. (Studenten, die die Einheit begriffen haben, steigen zur Zweiheit auf.)

Philosophie XXIXb: Einführung in Gott. Eine Begegnung mit dem Schöpfer des Universums mit

Hilfe zwangsloser Lektüre und Exkursionen.

Neuere Mathematik: Die elementare Mathematik hat sich seit kurzem durch die Entdeckung als überholt erwiesen, daß wir jahrelang die Zahl Fünf verkehrt herum geschrieben haben. Das hat zu einer Neubewertung des Zählens als einer Methode, von eins bis zehn zu gelangen, geführt. Die Studenten werden in den höheren Begriffen Boolescher Algebra unterwiesen, und an früher unlösbare Gleichungen wird mit der Drohung von Repressalien herangegangen.

Grundlagen der Astronomie: Eine detaillierte Untersuchung des Universums samt seiner Pflege und Reinhaltung. Die Sonne, die aus Gas besteht, kann jeden Augenblick explodieren und unser gesamtes Planetensystem in die Vernichtung stürzen. Die Studenten werden darin unterwiesen, was der normal sterbliche Bürger in solch einem Fall tun kann. Außerdem wird ihnen beigebracht, wie man verschiedene Sternbilder erkennt, zum Beispiel den Großen Bären, Cygnus den Schwan, Sagittarius den Schützen und die zwölf Sterne, die Lumides, den Hosenverkäufer bilden.

Moderne Biologie: Wie der Körper funktioniert, und wo man ihn normalerweise findet. Das Blut wird analysiert, und man erfährt, warum es das allerbeste Zeugs ist, was einem durch die Adern rinnen kann. Ein Frosch wird von den Studenten seziert und sein Verdauungssystem mit dem des Menschen verglichen, wobei der Frosch ganz gut abschneidet, außer bei Curryreis.

Schnell-Lesen: Dieser Kursus soll die Lesegeschwindigkeit jeden Tag bis zum Schluß des Semesters ein wenig steigern, wo dann vom Studenten erwartet wird, daß er „Die Brüder Karamasow“ in einer Viertelstunde liest. Die Methode besteht darin, daß man die Seite überfliegt und alles außer den Fürwörtern aus dem Gesichtsfeld verdrängt. Bald werden dann auch die Fürwörter weggelassen. Nach und nach wird der Student ermutigt, auch mal ein Nikkerchen einzulegen. Ein Frosch wird seziert. Der Frühling kommt, die Leute heiraten und sterben. Pinkerton kehrt nicht zurück.

Musikwissenschaft III: Die Blockflöte. Dem Studenten wird beigebracht, wie er auf dieser an ihrem oberen Ende zu blasenden hölzernen Flöte den „Yankee Doodle“ spielt, um dann rasch zu den Brandenburgischen Konzerten fortzuschreiten. Dann geht es langsam wieder zum Yankee Doodle zurück.

Richtiges Musikverständnis: Um ein bedeutendes Musikstück richtig ‚hören' zu können, muß man (1) den Geburtsort des Komponisten kennen und (2) imstande sein, ein Rondo von einem Scherzo zu unterscheiden und mit Gebärden zu begleiten. Die Einstellung ist wichtig. Lächeln gehört sich nicht, es sei denn, der Komponist hat die Musik lustig gemeint, wie zum Beispiel *Till Eulenspiegel*, der von musikalischen Witzen strotzt (wenn auch die Posaune die besten Pointen hat). Auch das Ohr muß trainiert werden, denn es ist das Organ, das sich am leichtesten täuschen läßt und durch eine schlechte Plazierung der Stereolautsprecher zur Annahme verleitet werden kann, es sei eine Nase. Andere Themen sind: Die viertaktige Pause und ihre Möglichkeiten als politische Waffe. Der Gregorianische Gesang – Welche Mönche hielten den Takt?

Schreiben für die Bühne: Jedes Drama heißt Konflikt. Charakterentwicklung ist auch sehr wichtig. Auch, was sie sagen. Die Studenten lernen, daß lange, geistlose Reden nicht so wirkungsvoll sind, während kurze, „lustige" gut anzukommen scheinen. Eine vereinfachte Publikumspsychologie wird untersucht: Warum ist im Theater ein Stück über einen liebenswerten alten Sonderling namens Gramps oft nicht so interessant, wie jemandem auf den Hinterkopf zu starren und ihn dazu zu bringen, sich umzudrehen? Auch werden interessante Aspekte der Bühnengeschichte untersucht. Zum Beispiel wurden vor der Erfindung des Kursivdrucks Bühnenanweisungen oft als Dialoge mißverstanden, und es kam häufig vor, daß große Schauspieler sagten: „John steht auf und geht nach links hinüber." Das führte natürlich zu Verwirrungen und bei einigen Gelegenheiten zu entsetzlichen Kritiken. Das Phänomen wird im einzelnen analysiert, und die Studenten werden dazu angeleitet, solche Fehler zu vermeiden. Erforderlicher Text: A. F. Schulte: *War Shakespeare vier Frauen?*

Einführung in die Sozialarbeit: Der Kursus soll dem Sozialarbeiter, der daran interessiert ist, sich „ins Gefecht" zu begeben, Orientierungshilfe leisten. Die zu behandelnden Themen umfassen: wie organisiert man eine Straßenbande zu einer Korbballmannschaft um, oder umgekehrt? Der Sportplatz als ein Mittel, der Jugendkriminalität zu begegnen, und wie man potentielle Mörder dazu bringt, es mit Schliddern auf dem Eis zu probieren. Die Diskriminierung. Das kaputte Elternhaus. Was muß man tun, wenn man mit einer Fahrradkette niedergeschlagen wird?

Yeats und die Hygiene (Eine vergleichende Untersuchung): Die Dichtung William Butler Yeats' wird vor dem Hintergrund gründlicher Zahnpflege betrachtet. (Der Kursus ist nur einer begrenzten Anzahl Studenten zugänglich.)

Chassidische Geschichten Mit einer Anleitung zu ihrem Verständnis von einem anerkannten Gelehrten

Ein Mann reiste nach Chelm, um den Rat des Rabbi Ben Kaddisch zu suchen, der der heiligste aller Rabbis des neunten Jahrhunderts und vielleicht der größte *nûdnik* des Mittelalters war.

„Rabbi", fragte der Mann, „wo kann ich Frieden finden?"

Der Chassid musterte ihn und sagte: „Schnell, schau dich um!"

Der Mann drehte sich um, und Rabbi Ben Kaddisch schmetterte ihm einen Kerzenleuchter auf den Hinterkopf. „Ist dir das friedlich genug?" kicherte er und rückte sich seine *jarmulke* zurecht.

In dieser Geschichte wird eine bedeutungslose Frage gestellt. Und nicht nur die Frage ist bedeutungslos, auch der Mann, der nach Chelm reist, um sie zu stellen. Nicht nur, daß er so weit von Chelm entfernt wohnt, um damit anzufangen, warum bleibt er denn nicht einfach dort, wo er ist? Warum belästigt er den Rabbi Ben Kaddisch – hat der Rebbe nicht schon genug Kummer? Denn die Wahrheit ist, der Rabbi steckt bis zum Hals in Spielschulden, und von einer gewissen Frau Hecht ist sein Name bei einer Vaterschaftsklage genannt worden. Nein, der springende Punkt dieser Geschichte ist, daß dieser Mann nichts Besseres zu tun hat, als in der Weltgeschichte herumzureisen und den Leuten auf die Nerven zu gehen. Deswegen schlägt ihm der Rabbi den Schädel ein, was nach der Tora eine der feinsinnigsten Methoden ist, seine Betroffenheit zu zeigen. In einer ähnlichen Version dieser Geschichte hüpft der Rabbi dem Mann in seiner Wut auf den Kopf und schnitzt ihm mit einem Stichel die Geschichte Ruths in die Nase.

•

Rabbi Raditz aus Polen war sehr klein und hatte einen langen Bart, und von ihm wurde gesagt, er habe mit seinem Sinn für Humor viele Pogrome ausgelöst. Einer seiner Schüler fragte ihn: „Wer von beiden kannte Gott besser: Moses oder Abraham?"

„Abraham", sagte der Zaddik.

„Aber Moses führte die Israeliten zum Gelobten Land", sagte der Schüler.

„Na schön, dann Moses", antwortete der Zaddik.

„Ich verstehe, Rabbi. Es war eine dumme Frage.“

„Nicht nur das, auch du bist dämlich, deine Frau ist mies, und wenn du nicht endlich von meinem Fuß runtergehst, wird du exkommuniziert.“

Hier wird der Rabbi gebeten, ein Werturteil über Moses und Abraham abzugeben. Das ist keine leichte Sache für einen Mann, der nie die Bibel gelesen und immer nur so getan hat. Und was ist unter dem hoffnungslos relativen Begriff „besser“ zu verstehen? Was für den Rabbi „besser“ ist, muß nicht unbedingt auch für den Schüler „besser“ sein. Zum Beispiel schläft der Rabbi gern auf dem Bauch. Aber auch der Schüler schläft gern auf dem Bauch – vom Rabbi. Hier wird das Problem offenbar. Es sollte auch bemerkt werden, daß einem Rabbi auf den Fuß zu treten (was der Schüler in der Geschichte tut), nach der Tora eine Sünde ist, vergleichbar der, die Mazze mit anderer Absicht zu streicheln, als sie zu essen.

•

Ein Mann, der seine häßliche Tochter nicht verheiraten konnte, besuchte Rabbi Schimmel von Krakau. „Mein Herz ist schwer“, sagte er zum Rebbe, „weil Gott mir eine häßliche Tochter gegeben hat.“

„Wie häßlich?“ fragte der Heilige.

„Wenn sie zusammen mit einem Hering auf einem

Teller läge, wäre man nicht imstande, die beiden auseinanderzuhalten."

Der Rabbiner dachte lange nach und fragte endlich: „Welche Art Hering?"

Der Mann, von der Frage überrascht, dachte schnell nach und sagte! „Äh – Bismarck."

„Zu schade", sagte der Rebbe, „wenn es Matjes wäre, hätte sie bessere Chancen."

Das hier ist eine Geschichte, die die Tragik vergänglicher Eigenschaften, wie zum Beispiel der Schönheit, illustriert. Ähnelt das Mädchen tatsächlich einem Hering? Warum nicht? Haben Sie heutzutage noch nie solche Geschöpfe rumlaufen sehen, besonders an Badestränden? Und selbst wenn sie es täte, sind nicht in Gottes Augen alle Kreaturen schön? Vielleicht, aber wenn ein Mädchen sich in einem Topf mit Essigmarinade wohler fühlt als in einem Abendkleid, hat sie schwere Probleme. Seltsam, auch von Rabbi Schimmels Frau wurde gesagt, sie sehe einem Tintenfisch ähnlich, allerdings nur im Gesicht, und sie mache es durch ihren trockenen Husten wieder mehr als gut – aber den Zusammenhang begreife ich nicht.

•

Rabbi Zwi Chaim Yisroel, ein orthodoxer Toragelehrter und ein Mann, der das Klagen zu einer im Westen beispiellosen Kunst entwickelte, wurde von seinen Mitjuden, die ein sechzehntel Prozent der Bevölkerung ausmachten, übereinstimmend als der weiseste Mann der Renaissance gerühmt. Einmal, als er gerade auf dem Weg zur Synagoge war, um den heiligen jüdischen Feiertag zu begehen, an dem man aller von Gott nicht gehaltenen Versprechen gedenkt, hielt ihn eine Frau an und stellte ihm folgende Frage:

„Rabbi, warum dürfen wir kein Schweinefleisch essen?"

„Dürfen wir denn n i c h t?" fragte der Rabbi ungläubig. „Ojeoje!"

Dies ist eine der wenigen Geschichten in der ganzen chassidischen Literatur, die sich mit dem Jüdischen Gesetz befassen. Der Rabbi weiß, daß er kein Schweinefleisch essen sollte; er kümmert sich aber trotzdem nicht darum, weil er Schweinefleisch *liebt*. Aber er liebt nicht nur Schweinefleisch, er hat auch großen Spaß an den kullernden Ostereiern. Kurz, er kümmert sich sehr wenig um die traditionelle Rechtgläubigkeit und betrachtet Gottes Bund mit Abraham als „genauso ein Gequatsche".

Warum Schweinefleisch durch das Jüdische Gesetz verboten wurde, ist immer noch unklar, und einige Gelehrte glauben, daß die Tora bloß empfahl,

Schweinefleisch nur in bestimmten Restaurants nicht zu essen.

•

Rabbi Baumel, der Weise von Vitebsk, beschloß, in Hungerstreik zu treten, um gegen das ungerechte Gesetz zu protestieren, das den russischen Juden verbot, außerhalb des Ghettos Slippers zu tragen. Sechzehn Wochen legte sich der heilige Mann auf eine nackte Pritsche, starrte an die Decke und verweigerte jede Art von Nahrung. Seine Schüler fürchteten um sein Leben, da kam eines Tages eine Frau an sein Lager, beugte sich zu dem Weisen hinab und fragte: „Rabbi, von welcher Farbe waren Esthers Haare?“ Der Rebbe drehte sich schwach herum und sah sie an. „Schau doch einer an, was sie sich für eine Frage an mich herausgepickt hat!“ sagte er. „Du kannst dir doch denken, was ich nach sechzehn Wochen ohne einen Happen Essen für Kopfschmerzen habe.“ Darauf geleiteten die Schüler des Rabbis sie persönlich in die *sukka*, wo sie reichlich aus dem Füllhorn aß, bis ihr die Rechnung gebracht wurde.

Diese Geschichte ist eine scharfsinnige Behandlung des Problems von Stolz und Eitelkeit und scheint zu besagen, daß das Fasten ein großer Fehler ist. Besonders auf leeren Magen. Der Mensch soll sein Unglück nicht selber herbeiführen, denn Leiden sind wirklich Gottes Wille, aber warum Er so großen Spaß daran hat, geht mir nicht in den Kopf. Gewisse orthodoxe Kreise glauben, Leiden sei die einzige Möglichkeit, die Erlösung zu erlangen, und die Gelehrten schreiben von einer Sekte, die Essener hießen und in der Gegend herumliefen und absichtlich mit dem Kopf an die Wand bumsten. Gott ist, den späteren Büchern Moses zufolge, gütig, obwohl es dort noch eine Menge Themen gibt, über die er ziemlich wenig nachgedacht hat.

•

Rabbi Jekel aus Zans, der die beste Aussprache der Welt hatte, bis ihm ein *goj* seine Resonanzunterwäsche klaute, träumte drei Nächte hintereinander, daß er, wenn er nur nach Vorki reise, dort einen großen Schatz fände. Er sagte seiner Frau und den Kindern Lebewohl und machte sich mit dem Versprechen auf den Weg, nach zehn Tagen wieder da zu sein. Zwei Jahre später fand man ihn, wie er gerade den Ural durchwanderte und eine platonische Beziehung zu einem Pandabären hatte. Kalt und ausgehungert wurde der Rebbe heimgebracht, wo er mit dampfender Suppe und Hammellendchen kuriert wurde. Dann bekam er erst mal was zu essen. Nach dem Essen erzählte er seine Geschichte:

Als er drei Tage von Zans weg war, wurde er von

wilden Nomaden verfolgt. Als sie herausbekamen, daß er Jude sei, zwangen sie ihn, alle ihre Sportjakkets zu ändern und die Hosen enger zu machen. Wie wenn das noch nicht demütigend genug gewesen wäre, schmierten sie ihm saure Sahne in die Ohren und siegelten sie mit Wachs zu. Schließlich entkam der Rabbi und steuerte auf die nächste Stadt zu, aber statt dessen landete er im Ural, weil er zu schüchtern war, nach dem Weg zu fragen.

Nachdem er seine Geschichte erzählt hatte, erhob sich der Rabbi und ging in sein Schlafzimmer, um zu schlafen, und siehe da! unter seinem Kopfkissen lag der Schatz, den er zu Anfang gesucht hatte. Verzückt fiel er nieder und dankte Gott. Drei Tage später war er wieder zum Wandern im Ural, diesmal jedoch in einem *rabbit*-Habit.

Das vorstehende kleine Meisterwerk illustriert hinlänglich die Absurdität des Mystizismus. Der Rabbi träumt *drei* Nächte hintereinander. Wenn man die *fünf* Bücher Moses von den *Zehn* Geboten abzieht, bleiben *fünf*. Minus die Brüder Jakob und Esau, macht *drei*. Ähnlich verliefen die Überlegungen, die den Rabbi Yitzok Ben Levi, den großen jüdischen Mystiker, dazu brachten, zweiundfünfzig Tage hintereinander die Große Einlaufwette in Aqueduct zu gewinnen und trotzdem von der Fürsorge zu leben.

Der Briefwechsel zwischen Gossage und Vardebedian

Mein lieber Vardebedian,

ich war mehr als nur etwas verärgert, als ich heute morgen die Post durchsah und entdeckte, daß mein Brief vom 16. September, der meinen zweiundzwanzigsten Zug enthielt (Springer nach E fünf), aufgrund eines geringfügigen Adressierungsfehlers ungeöffnet wieder zurückgekommen war – genau gesagt, ich hatte vergessen, Ihren Namen und die Anschrift auf das Kuvert zu setzen (vielleicht auch das eine Freudsche Fehlleistung?) und obendrein versäumt, Briefmarken daraufzukleben. Daß ich kürzlich durch einige Gehässigkeiten an der Börse ein wenig aus der Fassung gebracht worden bin, ist kein Geheimnis, und obwohl an dem oben erwähnten 16. September der Tiefstpunkt einer seit langem währenden Abwärtsbewegung die „Vereinigte Antimaterie AG" ein und für allemal aus den Börsennotierungen warf, was meinen Finanzmakler sich plötzlich wieder auf die gute alte Linsensuppe besinnen ließ, biete ich Ihnen dies nicht etwa als Entschuldigung meiner Nachlässigkeit und kolossalen Ungeschicklichkeit an. Ich habe einfach geschlafen. Vergeben Sie mir. Daß Sie das Fehlen des Briefes überhaupt nicht bemerkt haben, beweist mir eine gewisse Desorientiertheit Ihrerseits, die ich Ihrem Eifer zuschreibe, aber weiß der Himmel, wir machen alle Fehler. So ist das Leben – und das Schachspiel.

Gut, nachdem also der Irrtum aufgeklärt ist, folgt eine einfache Berichtigung. Wenn Sie so gut wären, meinen Springer nach E fünf zu ziehen, könnten wir, glaube ich, mit unserem kleinen Spielchen korrekter fortfahren. Die Ankündigung, ich sei bald schachmatt, die Sie in Ihrem Brief von heute morgen machen, ist, fürchte ich in aller Fairneß, falscher Alarm, und wenn Sie die Positionen im Lichte der heutigen Entdeckung noch einmal überprüfen, werden Sie finden, daß *Ihr* König beinahe matt ist, frei und ungeschützt, wie er dasteht, ein unbewegliches Ziel für meine beutegierigen Läufer. Welche Ironie doch in den Wechselfällen dieses Kleinkrieges liegt! Das Schicksal in Gestalt des Amtes für unzustellbare Briefe wird zur Allmacht und – voilà! – alles wird auf den Kopf gestellt. Noch einmal ersuche ich Sie, die aufrichtigste Bitte um Vergebung meiner unseligen Nachlässigkeit entgegenzunehmen, und erwarte voll Sorge Ihren nächsten Zug.

Beiliegend mein fünfundvierzigster Zug: mein Springer schlägt Ihre Dame.

Ergebenst,
Gossage

Gossage,

habe heute morgen Ihren Brief mit Ihrem fünfundvierzigsten Zug erhalten (Ihr Springer schlägt meine Dame??), außerdem Ihre weitschweifigen Erklärungen, die Unterbrechung unserer Korrespondenz Mitte September betreffend. Wir wollen sehen, ob ich Sie richtig verstehe. Ihr Springer, den ich Ihnen schon vor Wochen genommen habe, soll sich nun also aufgrund eines vor dreiundzwanzig Zügen verlorengegangenen Briefes auf E fünf befinden. Ich habe nicht bemerkt, daß sich ein derartiges Unglück ereignet hätte, und erinnere mich deutlich Ihres zweiundzwanzigsten Zuges, in dem Sie, meine ich, Ihren Turm nach D drei zogen, wo er bei einem Ihrer Gambits, das tragisch fehlschlug, hingemetzelt wurde.

Im Augenblick ist E fünf von *meinem* Turm besetzt, und da Sie gar keinen Springer mehr besitzen, und zwar trotz des Amtes für unzustellbare Briefe, begreife ich nicht ganz, welche Figur Sie dazu benutzen wollen, meine Dame zu schlagen. Ich glaube, was Sie meinen, ist, daß Sie, da Ihre meisten Figuren ja blockiert sind, mit Ihrem König auf B fünf rücken möchten (Ihre einzige Möglichkeit) – eine Berichtigung, die vorzunehmen ich mir die Freiheit genommen habe, um mit dem heutigen Zug, meinem sechsundvierzigsten, dann den Gegenzug zu machen, mit dem ich Ihre Dame schlage und Ihrem König Schach biete. Nun wird Ihr Brief klarer.

Ich denke, die letzten noch verbleibenden Züge der Partie können nun glatt und schnell zu Ende gespielt werden.

Ergebenst,
Vardebedian

Vardebedian,

eben habe ich Ihre letzte Mitteilung erhalten, die den grotesken sechsundvierzigsten Zug enthält, mit dem Sie meine Dame auf einem Feld schlagen wollen, auf dem sie schon seit elf Tagen nicht mehr steht. Nach sorgfältiger Überlegung meine ich, auf die Ursache Ihrer Verworrenheit und Ihres Mißverständnisses der tatsächlichen Gegebenheiten gestoßen zu sein. Daß Ihr Turm auf E fünf steht, ist so unmöglich, wie zwei Schneeflocken je einander gleichen können; wenn Sie auf den neunten Zug unserer Partie zurückblicken, werden Sie deutlich erkennen, daß ich Ihren Turm schon lange geschlagen habe. In der Tat geschah das bei den gewagten, opferreichen Spielzügen, die Ihre Mitte aufrissen und Sie Ihre *bei-*

den Türme kosteten. Was suchen sie also jetzt auf dem Schachbrett?

Ich möchte Ihrer geneigten Betrachtung unterbreiten, daß wohl das Folgende geschehen ist: das Ungestüm des unbarmherzigen und ruinösen Figurentauschs bei meinem zweiundzwanzigsten Zug und in seiner unmittelbaren Folge ließ Sie im Zustand leichter Demoralisierung zurück, und in Ihrer Sorge, in diesem Augenblick standzuhalten, entging es Ihrer Aufmerksamkeit, daß mein gewohnter Brief nicht eintraf, und statt dessen bewegten Sie Ihre Figuren zweimal, womit Sie sich einen ziemlich unfairen Vorteil verschafften, nicht wahr? Das ist jetzt aber aus und vorbei, und unsere Schritte langwierig zurückzuverfolgen, wäre schwierig, wenn nicht gar unmöglich. Deshalb finde ich, der beste Weg, die ganze Angelegenheit richtigzustellen, wäre, mir die Möglichkeit einzuräumen, jetzt auch zweimal hintereinander zu ziehen. Was dem einen recht ist, ist dem anderen billig.

Zunächst also schlage ich Ihren Läufer mit meinem Bauer. Dann, weil dadurch Ihre Dame ungedeckt bleibt, schlage ich auch sie. Ich denke, nun können wir mit den letzten Zügen ungehindert fortfahren.

Ergebenst,
Gossage

P. S.: Ich lege zu Ihrer Unterrichtung für Ihre letzten

Züge eine Zeichnung bei, die exakt zeigt, wie das Brett jetzt aussieht. Wie Sie sehen, sitzt Ihr König, ungedeckt und allein in der Mitte, in der Falle. Ihnen alles Gute.

G.

Gossage,

erhielt heute Ihren letzten Brief, und da er geradezu jeglicher Logik entbehrt, meine ich sehen zu können, wo Ihre Verwirrung liegt. Aus Ihrer beigelegten Zeichnung ist mir deutlich geworden, daß wir die vergangenen sechs Wochen zwei vollkommen verschiedene Partien gespielt haben – ich getreu unserem Briefwechsel, Sie jedoch mehr im Einklang mit einer Welt, wie Sie sie gern hätten, als mit irgendeiner vernünftigen Methode oder Ordnung.

Der Springerzug, der angeblich bei der Post verlorenging, wäre beim zweiundzwanzigsten Zug auch gar nicht möglich gewesen, weil die Figur in dem Moment an der Ecke hinten in der letzten Reihe stand, und so, wie Sie den Zug beschreiben, wäre sie auf dem Kaffeetisch direkt neben dem Schachbrett gelandet. Was Ihren Wunsch angeht, Ihnen zwei Züge hintereinander zuzugestehen, um einen angeblich auf der Post verlorengegangenen Zug wettzumachen – da machen Sie sicher einen Witz, Alterchen. Ich will Ihren ersten Zug akzeptieren (Sie nehmen meinen Läufer), aber den zweiten kann ich nicht gestatten, und weil ich jetzt an der Reihe bin, revanchiere ich mich, indem ich Ihre Dame mit meinem Turm schlage. Daß Sie mir erzählen, ich hätte gar keine Türme mehr, bedeutet in Wahrheit wenig, denn ich brauche nur auf das Schachbrett hinunterzublicken, um zu sehen, wie geschickt und energisch sie auf demselben umherziehen.

Schließlich zeigt mir Ihre Zeichnung, von der Sie phantasieren, so sehe jetzt das Schachbrett aus, daß Sie eher unbekümmert und wie die Marx Brothers an das Spiel herangehen, und das spricht, so amüsant es ist, kaum dafür, daß Sie sich *Nimzowitsch über Schach* richtig angeeignet haben, den Sie letzten Winter unter Ihrem Alpaka-Sweater versteckt aus der Bibliothek entwendeten – ich habe Sie gesehen. Ich empfehle Ihnen, sich die Zeichnung, die ich beilege, genau anzusehen und Ihr Schachbrett entsprechend neu zu ordnen, damit wir wenigstens einigermaßen korrekt zu Ende spielen können.

Voller Zuversicht,
Vardebedian

Vardebedian,

da ich eine bereits verfahrene Angelegenheit nicht noch weiter in die Länge ziehen möchte (ich weiß, Ihre Krankheit neulich hat Ihre normalerweise kräftige Konstitution ziemlich ruiniert und durcheinandergebracht, auch einen leichten Riß gegenüber der realen Welt, wie wir sie kennen, entstehen lassen), ergreife ich diese Gelegenheit, unser verfilztes Tatsachengewirr aufzulösen, ehe es unwiderruflich auf einen kafkaesken Schluß zuläuft.

Wenn ich gewußt hätte, daß Sie nicht Gentleman genug wären, mir einen ausgleichenden zweiten Zug zu gestatten, dann hätte ich bei meinem sechsundvierzigsten Zug auch nicht mit meinem Bauer Ihren Läufer geschlagen. Ihrer eigenen Zeichnung zufolge standen diese beiden Figuren in Wahrheit auch so, daß das gar nicht möglich war, an die vom Weltschachverband und nicht von der New Yorker Boxervereinigung aufgestellten Regeln gebunden, wie wir sind. Ohne bezweifeln zu wollen, daß Ihre Absicht, meine Dame zu schlagen, originell war, möchte ich hinzufügen, daß es nur zu einer Katastrophe führen kann, wenn Sie sich eine derartig despotische Entscheidungsgewalt anzumaßen und den Diktator zu spielen beginnen, indem Sie taktische Fehler mit Doppelzüngigkeit und Aggression zu kaschieren versuchen – eine Angewohnheit, die Sie vor einigen Monaten in Ihrem Aufsatz über „De Sade und die Nicht-Gewaltsamkeit" an den Regierenden unserer Welt tadelten.

Da das Spiel ohne Unterbrechung weitergegangen ist, war ich unglücklicherweise nicht in der Lage, genau zu berechnen, auf welches Feld Sie meinen gestohlenen Springer zurückstellen müßten, und so schlage ich vor, wir überlassen es den Göttern, indem ich die Augen schließe und ihn auf das Schachbrett werfe, und wir stimmen zu, jede Stelle, auf der er landen könnte, zu akzeptieren. Das sollte unserem kleinen Gefecht ein Element der Würze geben. Mein siebenundvierzigster Zug: mein Turm schlägt Ihren Springer.

Ergebenst,
Gossage

Gossage,

wie seltsam war doch Ihr letzter Brief! Wohlmeinend, prägnant, alle Elemente enthaltend, von denen man sagen möchte, sie machen das aus, was unter bestimmten Bezugsgruppen als verbindende Kraft verstanden wird, und dennoch durch und durch von etwas durchzogen, was Jean-Paul Sartre so gern als das „Nichts" bezeichnet. Man wird auf der Stelle von einem tiefen Gefühl der Verzweiflung erfaßt und lebhaft an die Tagebücher erinnert, die manchmal von am Pol verirrten und dem Verderben anheimgegebenen Forschern zurückgelassen werden, oder an die Briefe deutscher Soldaten aus Stalingrad. Es ist faszinierend, wie die Sinne sich spalten, wenn sie gelegentlich mit einer unangenehmen Wahrheit konfrontiert werden, und Amok laufen, wodurch sie ihre Täuschungen nur bestätigen und einen fragwür-

digen Puffer gegen den Ansturm einer allzu er-
schreckenden Wirklichkeit errichten.

Sei dem, wie ihm sei, mein Freund, ich habe gerade
den größeren Teil dieser Woche darauf verwandt,
das Miasma der aberwitzigen Alibis zu sichten, als
das Ihre Briefe bekannt sind, um die Dinge wieder
richtigzustellen und damit unser Spiel ein für allemal
einfach beendet werden kann. Ihre Dame ist weg.
Schreiben Sie sie ab. Desgleichen Ihre beiden Türme.
Vergessen Sie auch vollkommen einen Läufer, denn
ich habe ihn genommen. Der andere steht machtlos
so weit vom Hauptgeschehen des Spiels entfernt, daß
Sie besser nicht mit ihm rechnen, oder es bricht Ih-
nen das Herz.

Was den Springer betrifft, den Sie längst haushoch
verloren hatten, aber aufzugeben sich weigern, so
habe ich ihn an die einzige denkbare Stelle gestellt,
an der er überhaupt nur auftauchen konnte, womit
ich Ihnen das unglaublichste Maß an Entgegenkom-
men gezeigt habe, seitdem die Perser diesen kleinen
Zeitvertreib erfunden haben. Er steht auf F sieben,
und wenn Sie lange genug Ihre mittlerweile zur
Neige gehenden Geisteskräfte zusammennehmen,
um das Brett zu begutachten, werden Sie bemerken,
daß dieselbe Figur, auf die Sie so scharf waren, nun
die einzige Möglichkeit Ihres Königs, sich meiner
erstickenden Umklammerung zu entziehen, blok-
kiert. Wie gerecht es doch ist, daß Ihr habgieriger

Anschlag sich zu meinen Gunsten gewendet hat! Der Springer torpediert dadurch, daß er sich wieder ins Spiel zurückgestohlen hat, nun das Ende Ihrer Partie!

Mein Zug ist: Dame auf B fünf, und ich sage Ihnen Matt in einem Zug voraus.

Herzlich,
Vardebedian

Vardebedian,

offensichtlich hat die dauernde Anspannung, in die Sie durch die halsstarrige Verteidigung einer Reihe von haltlosen Schachpositionen geraten sind, die empfindliche Maschinerie Ihrer Seelenapparatur rostig werden lassen und Ihr Verständnis äußerer Erscheinungen ein bißchen geschwächt zurückgelassen. Sie lassen mir keine andere Wahl, als den Kampf rasch und gnädig zu beenden und so den Druck von Ihnen zu nehmen, bevor dieser bei Ihnen für immer Schäden hinterläßt.

Springer – jawohl, Springer! – auf D sieben. Schach!

Gossage

Gossage,

Läufer auf D fünf. Schach matt.

Tut mir leid, daß das Turnier sich als zu viel für Sie erwiesen hat, aber wenn es Sie tröstet: einige lokale Schachmatadoren sind, als sie meine Technik beobachteten, völlig aus dem Häuschen geraten. Sollten Sie ein Revanchespiel wünschen, dann schlage ich vor, wir versuchen es mit Scrabble, einem relativ neuen Faible von mir, mit dem ich begreiflicherweise nicht so leicht gewinnen würde.

Vardebedian

Vardebedian,

Turm auf B acht. Schach matt.

Bevor ich Sie weiter mit Einzelheiten meines Mattsieges quäle, und da ich glaube, daß Sie im Grunde ein ganz netter Mensch sind (ein Heilverfahren wird mir darin eines Tages recht geben), nehme ich Ihre Einladung zum Scrabble heiteren Sinnes an. Nehmen Sie Ihr Spiel vor. Da Sie beim Schach mit den weißen Steinen gespielt haben und sich des Vorteils des ersten Zuges erfreuen konnten (wenn ich Ihre Grenzen gekannt hätte, hätte ich Ihnen genauer auf die Finger gesehen), werde ich jetzt mit dem Spiel beginnen. Die sieben Buchstaben, die ich soeben aufgedeckt habe, sind O, A, E, J, N, R und Z – eine aussichtslose Mischung, die auch den Argwöhnischsten von der Redlichkeit meines Spielens überzeugen sollte. Zum Glück aber hat mich ein ausführliches Wörterbuch, sowie meine Neigung zu Esoterika in den Stand gesetzt, eine etymologische Ordnung in dieses Tohuwabohu, als welches es einem weniger Gebildeten erscheinen könnte, hineinzubringen. Mein erstes Wort heißt „ZANJERO“. Schlagen Sie es nach. Nun legen Sie es aus, waagerecht, mit dem E im Kästchen in der Mitte. Zählen Sie sorgfältig zusammen, und übersehen Sie dabei bitte nicht den doppelten Wortwert für den Eröffnungszug, sowie den Zuschlag von fünfzig Punkten dafür, daß ich alle sieben Buchstaben ausgelegt habe. Die Rechnung steht jetzt 116:0.

Sie sind an der Reihe.

Gossage

Bekenntnisse eines Vollgefressenen (nach der Lektüre Dostojewskis und der neuen „Gewichtswacht“ auf derselben Flugreise)

Ich bin fett. Ich bin schauerlich fett. Ich bin der fetteste Mensch, den ich kenne. Ich habe überall an meinem Körper nichts als Übergewicht. Meine Finger sind fett. Meine Handgelenke sind fett. Meine Augen sind fett (Können Sie sich Fettaugen vorstellen?). Ich wiege Hunderte von Pfunden zu viel. Das Fleisch träuft von mir herunter wie heiße Soße vom Vanilleeis. Mein Umfang ist bei allen, die mich sahen, auf Unglauben gestoßen. Da gibt's gar keine Frage, ich bin ein richtiges Pummelchen. Nun mag sich der Leser fragen, ist es ein Vorteil oder Nachteil, wenn man wie eine Weltkugel gebaut ist. Ich glaube nicht, witzig zu sein oder mich in Widersprüchen zu ergehen, aber ich muß antworten, daß das Fett an sich über den bürgerlichen Werten steht. Es ist einfach Fett. Daß Fett einen Wert haben könnte, daß es, sagen wir, böse oder mitleiderregend sein könnte, ist natürlich ein Witz. Absurd! Denn was ist Fett schließlich anderes als eine Ansammlung von Pfunden? Und was sind Pfunde? Einfach eine Anhäufung von Zellen. Kann eine Zelle moralisch sein? Ist eine Zelle jenseits von Gut und Böse? Wer kann das wissen – sie ist ja so klein. Nein, mein Freund, wir dürfen niemals zwischen gutem Fett und schlechtem Fett zu unterscheiden versuchen. Wir müssen uns bemühen, an die Fettleibigkeit vorurteilslos heranzugehen, ohne zu denken, daß das Fett dieses Mannes erstklassiges Fett und das jenes armen Teufels Schmierfett ist.

Nehmen Sie den Fall K. Dieser Bursche war derart beleibt, daß er ohne Zuhilfenahme eines Stemmeisens durch keinen normalen Türrahmen paßte. Und wirklich konnte K. überhaupt nicht daran denken, in einer ganz gewöhnlichen Wohnung von einem Zimmer ins andere zu gehen, ohne sich erst nackt auszuziehen und von oben bis unten mit Butter einzuschmieren. Mir sind die Beschimpfungen nicht fremd, die K. von vorbeikommenden Banden junger Rowdys ertragen mußte. Wie oft wird er von Zurufen wie „Tönnchen!“ oder „Fettsack!“ gekränkt worden sein. Wie muß es ihn geschmerzt haben, als sich der Provinzgouverneur am Vorabend von Michaelis vor vielen Würdenträgern an ihn wandte und sagte: „Du massiger *Schalet*-Topf!“

Eines Tages endlich, als K. das nicht mehr ertrug, hielt er Diät ein. Ja, er machte Diät! Zuerst ließ er die

Bonbons weg. Dann Brot, Alkohol, Knödel, Soßen. In kurzer Zeit fiel von K. das ganze Zeug ab, das einen Mann unfähig macht, sich die Schnürsenkel ohne Hilfe der Brüder Santini zuzubinden. Langsam fing er an, schlank zu werden. Ganze Fleischrollen fielen von seinen Armen und Beinen ab. Wo er einst rund und drall gewesen war, erschien er plötzlich in der Öffentlichkeit ganz normal gebaut. Ja, sogar attraktiv gebaut. Er schien der glücklichste Mensch zu sein. Ich sage „schien", denn achtzehn Jahre später, als er im Sterben lag und das Fieber durch seinen schlanken Körper tobte, hörte man ihn laut schreien: „Mein Fett! Bringt mir mein Fett! O bitte! Ich muß mein Fett haben! Oh, irgend jemand hat ein Kilogewicht auf mich gelegt! Was für ein Narr bin ich gewesen! Mich von meinem Fett zu trennen! Ich muß mit dem Teufel im Bunde gewesen sein!" Ich denke, die Pointe der Geschichte ist klar.

Nun denkt der Leser möglicherweise, warum also, wenn du schon so ein Fettberg bist, warum bist du dann nicht zum Zirkus gegangen? Weil – und ich bekenne das mit nicht geringer Verlegenheit – ich das Haus nicht verlassen kann. Ich kann nicht hinausgehen, weil ich meine Hosen nicht ankriege. Meine Beine sind zu dick zum Anziehen. Sie sind das leibhaftige Ergebnis von mehr Corned Beef, als es auf der ganzen Second Avenue gibt – ich würde sagen, von ungefähr zwölftausend Sandwiches pro Bein. Und nicht bloß magere, auch wenn ich's extra bestellte. Eines ist gewiß: wenn mein Fett reden könnte, würde es wahrscheinlich von der tiefen Einsamkeit des Menschen sprechen – mit, ach, vielleicht ein paar zusätzlichen Hinweisen darauf, wie man aus Papier ein Schiffchen faltet. Jedes Pfund an meinem Körper möchte gehört werden, auch meine Kinne vier bis zwölf inklusive. Mein Fett ist ein komisches Fett. Es hat eine Menge gesehen. Allein meine Waden haben ein ganzes Leben hinter sich. Mein Fett ist kein glückliches Fett, aber es ist wirkliches Fett. Es ist kein falsches Fett, kein Fettersatz. Fettersatz ist das schlechteste Fett, das man haben kann, obwohl ich nicht weiß, ob's im Laden noch zu haben ist.

Aber lassen Sie mich Ihnen erzählen, wie es kam, daß ich fett wurde. Denn ich war nicht immer fett. Die Kirche ist es, die mich dazu gemacht hat. Einst war ich dünn – ganz dünn. Tatsächlich so dünn, daß mich fett zu nennen, ein Begriffsirrtum gewesen wäre. Ich blieb auch dünn, bis ich eines Tages – ich glaube, es war mein zwanzigster Geburtstag – mit meinem Onkel in einem feinen Restaurant bei Tee und Brezeln saß. Plötzlich stellte mir mein Onkel eine Frage. „Glaubst du an Gott?" fragte er mich. „Wenn ja, was meinst du, wieviel Er wiegt?" Mit diesen Worten nahm er in seiner von sich überzeugten, selbstbewußten Art, die er kultiviert hatte, einen langen, genießerischen Zug aus seiner Zigarre und bekam einen so heftigen Hustenanfall, daß ich dachte, ihn träfe der Schlag.

„Ich glaube nicht an Gott", sagte ich zu ihm. „Denn wenn es einen Gott gäbe, sag mir doch, Onkel, warum gibt es dann Armut und Glatzen auf der Welt? Warum gehen einige Menschen immun gegen tausend Todfeinde der Gattung durchs Leben, und andere kriegen eine Migräne, die Wochen dauert? Warum sind unsere Tage gezählt und nicht, sag doch, buchstabiert? Antworte mir, Onkel. Oder habe ich dich schockiert?"

Ich wußte, daß ich ihm das getrost sagen konnte, weil nichts diesen Mann je schockiert hatte. In der Tat hatte er gesehen, wie die Mutter seines Schachlehrers von den Türken vergewaltigt wurde, und er würde die ganze Angelegenheit lustig gefunden haben, wenn sie nicht so lange gedauert hätte.

„Lieber Neffe", sagte er, „es gibt einen Gott, trotz allem, was du denkst, und Er ist überall. Ja! Überall!"

„Überall, Onkel? Wie kannst du das sagen, wenn du nicht mal sicher weißt, ob wir existieren? Gewiß, ich berühre in diesem Augenblick deine Warze, aber könnte das nicht Illusion sein? Könnte nicht das ganze Leben Illusion sein? Wirklich, gibt es nicht gewisse Sekten heiliger Männer im Osten, die überzeugt sind, daß außerhalb ihres Geistes *nichts* existiert, bis auf die Austernbar in der Grand Central

Station? Könnte es nicht einfach so sein, daß wir verdammt sind, allein und ziellos in einem teilnahmslosen Universum herumzuirren, ohne Hoffnung auf Erlösung, ohne jede Aussicht, außer auf Elend, Tod und die leere Wirklichkeit eines ewigen Nichts?"

Ich konnte sehen, daß ich auf meinen Onkel damit tiefen Eindruck machte, denn er sagte zu mir: „Du wunderst dich, warum du zu keiner Party mehr eingeladen wirst. Lieber Himmel, du bist entsetzlich!" Er beschuldigte mich, ein Nihilist zu sein, dann sagte er in dieser geheimnisvollen Art, die senile Leute haben: „Gott ist nicht immer da, wo man Ihn sucht, sondern ich versichere dir, lieber Neffe, Er ist überall. In diesen Brezeln zum Beispiel." Damit ging er weg und ließ mir seinen Segen und einen Scheck da, der so hoch war, daß ich damit einen Flugzeugträger hätte bezahlen können.

Ich kehrte nach Hause zurück und fragte mich, was er wohl mit der schlichten Behauptung: „Er ist überall. In diesen Brezeln zum Beispiel!" gemeint haben könnte. Schläfrig und schlechter Laune legte ich mich auf mein Bett und machte ein kurzes Nikkerchen. Da hatte ich einen Traum, der mein Leben für immer ändern sollte. Im Traum schlendere ich auf dem Lande umher, als ich plötzlich merke, daß ich hungrig bin. Ausgehungert, wenn Sie wollen. Ich komme zu einem Restaurant und gehe hinein. Ich bestelle ein Roastbeef-Sandwich und französischen

Salat dazu. Die Kellnerin, die meiner Zimmerwirtin ähnlich sieht (eine vollkommen nichtssagende Frau, die einen sofort an irgendwelche haarigen Flechten erinnert), versucht, mich dazu zu überreden, den Hühnersalat zu bestellen, der nicht frisch aussieht. Wie ich mich so mit der Frau unterhalte, verwandelt sie sich in ein vierundzwanzigteiliges Silberbesteck. Ich drehe bald durch vor Lachen, das plötzlich in Tränen umschlägt und dann in eine ernste Ohrenentzündung. Das Zimmer wird von strahlendem Glanz durchflutet, und ich sehe eine schimmernde Gestalt auf einem weißen Roß herannahen. Es ist mein Fußpfleger, und ich falle voll Schuldbewußtsein zu Boden.

Das war mein Traum. Ich erwachte mit einem ungeheuren Wohlgefühl. Mit einemmal war ich optimistisch. Alles war mir klar. Die Behauptung meines Onkels strahlte auf den Kern meiner ganzen Existenz zurück. Ich ging in die Küche und fing an zu essen. Ich aß alles, was mir vor die Augen kam. Kuchen, Brote, Haferflocken, Fleisch, Obst. Köstliche Schokoladen, Gemüse in Soßen, Wein, Fisch, Pudding und Nudeln, Eclairs und Wurst im Gesamtwert von mehr als sechzigtausend Dollar. Wenn Gott überall ist, hatte ich gefolgert, dann ist er im Essen. Je mehr ich äße, desto göttlicher würde ich werden. Von dieser neuen frommen Inbrunst getrieben, überfraß ich mich wie ein Fanatiker. In sechs Monaten war ich der Heiligste aller Heiligen, mit einem

Herzen, das vollkommen meinem Gebet verschrieben war, und einem Magen, der von ganz allein über die Staatsgrenze hinauswucherte. Meine Füße sah ich zuletzt eines Donnerstagmorgens in Vitebsk, obgleich nach allem, was ich weiß, sie immer noch da unten sind. Ich aß und aß und wuchs und wuchs. Eine Abmagerungskur zu machen, wäre der größte Blödsinn gewesen. Sogar eine Sünde! Denn wenn wir zwanzig Pfund verlieren, lieber Leser (und ich nehme an, Sie sind nicht so dick wie ich), könnten wir am Ende die besten zwanzig Pfund verlieren, die wir haben! Wir könnten die Pfunde verlieren, die unser Genie enthalten, unsere Menschlichkeit, unsere Liebe und Ehrlichkeit oder, wie in dem Fall eines Generalinspekteurs, den ich kannte, gerade eben nur ein paar unansehnliche Fettpölsterchen um die Hüften.

Nun, ich weiß, was Sie sagen. Sie sagen, das steht in direktem Widerspruch zu allem – ja, allem – was ich bisher gesagt hätte. Mit einemmal rechne ich alle Werte zum kalten Kaffee. Ja, und was macht das? Ist denn das Leben nicht auch so ein Widerspruch? Seine Einstellung zum Fett kann genauso wechseln wie die Jahreszeiten, wie unser Haar, ja, wie das Leben selber sich verändert. Denn Leben ist Veränderung, und Fett ist Leben, und Fett ist auch der Tod. Sehen Sie das nicht ein? Fett ist alles! Vorausgesetzt natürlich, man wiegt nicht zu viel.

Erinnerungen an die Zwanziger Jahre

Ich kam in den zwanziger Jahren das erstemal nach Chicago, um mir einen Boxkampf anzusehen. Ich war mit Ernest Hemingway zusammen, und wir wohnten beide in Jack Dempseys Trainingslager. Hemingway hatte gerade zwei Kurzgeschichten über das Preisboxen fertig, und Gertrude Stein und ich fanden sie ziemlich gut, wenn wir auch einer Meinung waren, daß man noch eine Menge an ihnen feilen müsse. Ich zog Hemingway mit seinem Roman auf, der gerade erscheinen sollte, und wir lachten viel und hatten solchen Spaß, und dann zogen wir irgendwelche Boxhandschuhe über, und er schlug mir die Nase platt.

Diesen Winter mieteten wir, Alice Toklas, Picasso und ich, uns eine Villa in Südfrankreich. Ich arbeitete an etwas, von dem ich das Gefühl hatte, es wäre ein maßgeblicher amerikanischer Roman, aber der Druck war mir zu klein und ich kam nicht durch.

Nachmittags gingen Gertrude Stein und ich gewöhnlich auf Antiquitätenjagd in die Läden am Ort, und ich erinnere mich, wie ich sie einmal fragte, ob sie meine, ich solle Schriftsteller werden. In ihrer typisch rätselvollen Art, von der wir alle so bezaubert waren, sagte sie: „Nein." Ich faßte das als Ja auf und reiste nächsten Tag nach Italien. Italien erinnerte mich in sehr vielem an Chicago, besonders Venedig, weil beide Städte Kanäle haben und ihre Straßen voller Statuen und Kathedralen der bedeutendsten Bildhauer der Renaissance sind.

In diesem Monat fuhren wir zu Picasso ins Atelier nach Arles, was früher einmal Rouen oder Zürich geheißen hatte, bis es die Franzosen unter Ludwig dem Zerstreuten 1589 wieder umbenannten. (Ludwig war ein Bastardkönig des sechzehnten Jahrhunderts, der zu jedermann wirklich gemein war.) Picasso war gerade dabei, mit einer Periode zu beginnen, die später als seine „blaue" bekannt wurde, aber Gertrude Stein und ich tranken erst einmal Kaffee mit ihm, und so fing sie zehn Minuten später an. Sie dauerte vier Jahre, also machten die zehn Minuten wirklich nicht viel aus.

Picasso war ein kleiner Mann, der eine lustige Art zu gehen hatte. Er setzte einen Fuß vor den anderen, bis er das gemacht hatte, was er „Schritte" nannte. Wir lachten über seine entzückenden Einfälle, aber gegen Ende 1930, als der Faschismus hochkam, gab es nur noch sehr wenig zu lachen. Gertrude Stein und ich betrachteten uns Picassos neueste Werke sehr genau, und Gertrude Stein war der Meinung, daß „Kunst, alle Kunst, lediglich ein Ausdruck von etwas ist". Picasso war anderer Ansicht und sagte: „Laßt mich in Ruhe. Ich war gerade beim Essen." Mein Gefühl war, daß Picasso recht hatte. Er war wirklich gerade beim Essen.

Picassos Atelier war dem von Matisse ganz unähnlich insofern, als Picasso liederlich und Matisse in allem furchtbar ordentlich war. Kurioserweise war aber genau das Gegenteil wahr. Im September dieses Jahres bekam Matisse den Auftrag, eine Allegorie zu malen, aber wegen der Krankheit seiner Frau konnte er sie nicht malen, und so wurde sie schließlich einfach tapeziert. Ich rufe mir die Ereignisse so deutlich in Erinnerung, weil das genau vor dem Winter war, in dem wir alle in dieser billigen Wohnung im Norden der Schweiz wohnten, wo es manchmal ganz plötzlich zu regnen anfängt, und dann genauso plötzlich aufhört. Juan Gris, der spanische Kubist, hatte Alice Toklas überedet, ihm für ein Stilleben zu sitzen, und mit seiner typisch abstrakten Auffassung von den Dingen begonnen, ihr Gesicht und ihren Körper in die geometrischen Grundformen zu zerlegen, bis die Polizei kam und ihn von ihr fortriß. Gris war spanischer Herkunft, und Gertrude Stein pflegte zu sagen, daß nur ein echter Spanier sich so benehmen könne wie er, das heißt, er sprach Spanisch und fuhr manchmal zu seiner Familie nach Spanien. Das zu beobachten, war wirklich ganz wunderbar.

Ich erinnere mich eines Nachmittags, wir saßen in einer lustigen Bar in Südfrankreich und hatten unsere Füße bequem auf Hockern in Nordfrankreich liegen, als Gertrude Stein plötzlich sagte: „Mich kotzt es an!" Picasso hielt das für sehr ulkig, aber Matisse und ich faßten das als Wink auf, nach Afrika abzudampfen. Sieben Wochen später, in Kenia, stießen wir auf Hemingway. Braungebrannt und jetzt mit Bart, begann er bereits, jenen allseits bekannten faden Prosastil um Augen und Mund zu entwickeln. Hier, in dem unerforschten schwarzen Kontinent, war Hemingway wohl tausendmal aufgeplatzten Lippen mannhaft entgegengetreten.

„Wie geht's denn so, Ernest?" fragte ich ihn. Er kam ins Plaudern über Tod und Abenteuer, wie nur er das konnte, und als ich wieder wach wurde, hatte er ein Lager aufgeschlagen und saß an einem großen Feuer und bereitete für uns alle feine Appetithäppchen aus Affenhaut zu. Ich uzte ihn wegen seines neuen Bartes, und wir lachten und süffelten Cognac, und dann zogen wir irgendwelche Boxhandschuhe über, und er schlug mir die Nase platt.

In diesem Winter ging ich ein zweites Mal nach Paris, um mich mit einem dünnen, nervösen europäischen Komponisten mit Adlerprofil und bemerkenswert raschen Augen zu unterhalten, der eines Tages Igor Strawinsky sein sollte und später dann sein bester Freund. Ich wohnte bei Man und Sting Ray, und Salvador Dali kam mehrere Male zum Abendessen, und Dali beschloß, eine Ein-Mann-Show zu veranstalten, was er auch tat, und es war ein Riesenerfolg, weil tatsächlich ein Mann ins Theater kam, und es war ein so lustiger und schöner französischer Winter.

Ich erinnere mich, wie Scott Fitzgerald und seine Frau eines Abends von ihrer Silvesterparty nach Hause kamen. Es war im April. Sie hatten die verflossenen drei Monate nichts als Champagner zu sich genommen und auf eine Wette hin einige Wochen zuvor in voller Abendkleidung ihre Limousine von einer dreißig Meter hohen Klippe ins Meer kutschiert. Etwas jedoch war real an den Fitzgeralds: ihre Ansprüche waren bescheiden. Sie waren so anspruchslose Leute, und als Grant Wood ihnen später zusetzte, sie sollten ihm unbedingt für seine „Amerikanische Gotik" sitzen, erinnere ich mich noch, wie geschmeichelt sie waren. Und in allen Sitzungen, erzählte mir Zelda, ließ Scott immerfort die Mistgabel fallen.

In den folgenden paar Jahren freundeten Scott und ich uns immer mehr an, und die meisten unserer Freunde glaubten, er habe die Hauptfigur seines letzten Romans nach mir, und ich mein Leben nach seinem vorletzten Roman gestaltet, bis es mir schließlich passierte, daß ich von einer Romanfigur verklagt wurde.

Scott hatte große Probleme mit seiner Arbeitsdisziplin, und obwohl wir alle Zelda vergötterten, waren wir doch darin einig, daß sie gegenüber seinem Werk Abneigung empfand und seine Produktion von einem Roman pro Jahr auf ein gelegentliches Fischrezept und eine Reihe Kommas zurückschraubte.

1929 gingen wir schließlich alle zusammen nach Spanien, wo Hemingway uns Manolete vorstellte, der so sensibel war, daß man ihn fast feminin nennen konnte. Er trug enge Torerohosen, machmal auch Knickerbocker. Manolete war ein großer, großer Künstler. Wäre er kein Stierkämpfer geworden, dann hätte er bei seiner ungeheuren Grazie auch ein weltberühmter Buchhalter werden können.

Wir hatten dies Jahr in Spanien so viel Spaß, und wir reisten und schrieben, und Hemingway nahm mich zum Thunfischfang mit, und ich fing vier Dosen, und wir lachten, und Alice Toklas fragte mich, ob ich mich in Gertrude Stein verliebt hätte, weil ich ihr ein Buch mit Gedichten gewidmet hatte, obwohl sie von T. S. Eliot waren, und ich sagte ja, ich liebte sie, aber es könne niemals gutgehen, weil sie viel zu intelligent für mich sei, und Alice Toklas stimmte mir zu, und dann zogen wir irgendwelche Boxhandschuhe über, und Gertrude Stein schlug mir die Nase platt.

Graf Dracula

Irgendwo in Transsylvanien liegt Dracula, das Ungeheuer, in seinem Sarg und schläft und wartet, daß die Nacht hereinbricht. Und weil, wenn er sich den Strahlen der Sonne aussetzte, er mit Sicherheit zugrunde ginge, bleibt er im Schutze seiner mit Satin ausgeschlagenen Gruft, die in Silberbuchstaben den Namen seiner Familie trägt. Dann kommt der Augenblick, wo es dunkel ist, und von einem geheimnisvollen Instinkt getrieben, kriecht der Unhold aus der Sicherheit seines Verstecks hervor und streift, nachdem er die gräßliche Gestalt der Fledermaus oder des Wolfs angenommen hat, durch das Land und trinkt das Blut seiner Opfer. Endlich, bevor die ersten Strahlen seiner Erzfeindin, der Sonne, einen neuen Tag verkünden, eilt er in den Schutz seiner verborgenen Gruft zurück und schläft, und der Kreislauf beginnt von neuem.

Jetzt fängt er an, sich zu rühren. Das Zucken seiner Augenlider ist die Reaktion auf ein uraltes, unerklärliches, instinktives Gefühl, daß die Sonne beinahe untergegangen und seine Zeit nahe ist. Heute abend ist er besonders hungrig, und wie er da so liegt, hellwach jetzt, mit seinem rotgefütterten Inverness-Cape und dem Frack bekleidet, und darauf wartet, daß er mit seinem angsterregenden Wahrnehmungsvermögen genau den Augenblick der Dunkelheit spürt, bevor er den Deckel hebt und hervorkommt, entscheidet er, wer diesen Abend die Opfer sein werden. Der Bäcker und seine Frau, denkt er bei sich. Saftig, zugänglich, arglos. Der Gedanke an dieses unbedachte Paar, dessen Vertrauen er sorgfältig gezüchtet hat, erregt seine Blutgier bis zur Fieberglut, und er kann sich die letzten Sekunden kaum zurückhalten, bevor er aus dem Sarg steigt, um sich seine Beute zu suchen.

Plötzlich weiß er, daß die Sonne untergegangen ist. Wie ein Engel der Hölle erhebt er sich geschwind, verwandelt sich in eine Fledermaus und fliegt voll Ungeduld zum Dorf seiner gepeinigten Opfer.

„Ach, Graf Dracula, was für eine nette Überraschung“, sagt die Bäckersfrau, als sie die Tür aufmacht und ihn hereinläßt. (Er hat wieder menschliche Gestalt angenommen, als er das Haus betritt, womit er auf ganz bezaubernde Weise seine raubgierige Absicht verbirgt.)

„Was bringt Sie denn so früh hierher?“ fragt der Bäcker.

„Unsere Verabredung zum Abendessen“, antwortet der Graf. „Ich hoffe, ich habe mich nicht geirrt. Sie haben mich doch für heute abend eingeladen, nicht wahr?“

„Ja, heute abend, aber das ist noch sieben Stunden hin.“

„Wie bitte?“ fragt Dracula und sieht sich verwirrt im Zimmer um.

„Oder sind Sie vorbeigekommen, um sich mit uns die Sonnenfinsternis anzusehen?“

„Sonnenfinsternis?“

„Ja, wir haben heute totale Sonnenfinsternis.“

„Was?“

„Ein paar Momente Dunkelheit von Mittag bis zwei Minuten danach. Sehen Sie doch zum Fenster hinaus.“

„Oh, oh – ich bin in großer Verlegenheit.“

„Wie?“

„Und wenn Sie mich jetzt entschuldigen würden…“

„Was denn, Graf Dracula?“

„Muß gehen, oje, du liebe Güte…“ Außer sich tappt er nach der Türklinke.

„Sie gehen? Sie sind doch eben erst gekommen.“

„Ja – aber – ich glaube, ich habe mich völlig vertan…“

„Graf Dracula, Sie sind blaß!“

„Wirklich? Ich habe etwas frische Luft nötig. Es war nett, Sie zu sehen...“

„Kommen Sie. Setzen Sie sich. Wir trinken etwas.“

„Trinken? Nein, ich muß mich beeilen. Äh – Sie treten mir aufs Cape.“

„Sicher doch. Ruhen Sie sich aus. Ein bißchen Wein!“

„Wein? O nein, habe ich aufgegeben – die Leber und all das, wissen Sie? Und jetzt muß ich aber wirklich abschwirren. Mir ist soeben eingefallen, ich habe im Schloß das Licht brennen lassen – das gibt ja eine enorme Stromrechnung...“

„Bitte“, sagt der Bäcker und legt den Arm in aufrichtiger Freundschaft um den Grafen. „Sie stören doch nicht. Seien Sie doch nicht so höflich. Auch wenn Sie zu zeitig hier sind.“

„Wirklich, ich würde gerne bleiben, aber es gibt da ein Treffen alter rumänischer Grafen drüben in der Stadt, und ich bin für den Aufschnitt verantwortlich.“

„Eilen Sie, eilen Sie. Ein Wunder, wenn Sie keinen Herzanfall bekommen.“

„Ja, richtig – na dann...“

„Ich mache heute abend Hühnerpilaw“, bemerkt die Bäckersfrau. „Ich hoffe, Sie mögen das.“

„Wunderbar, wunderbar“, sagt der Graf lächelnd,

als er sie zur Seite in einen Kübel Wäsche schubst. Dann öffnet er aus Versehen die Tür zur Toilette und geht hinein.

„Jesusmaria, wo ist denn die verdammte Eingangstür?"

„Ach je", lacht die Bäckersfrau, „so ein lustiger Mann, der Graf!"

„Ich wußte, Ihnen gefällt das", sagt Dracula mit gekünsteltem Gekicher, „aber gehen Sie mir jetzt aus dem Weg." Endlich macht er die Haustür auf, aber die Zeit für ihn ist abgelaufen.

„Oh, guck mal, Mutti", sagt der Bäcker, „die Sonnenfinsternis muß vorbei sein. Die Sonne kommt wieder."

„Ganz recht", sagt Dracula und knallt die Eingangstür wieder zu. „Ich habe beschlossen zu bleiben. Ziehen Sie schnell die Jalousien runter – schnell! Beeilung bitte!"

„Welche Jalousien?" fragt der Bäcker.

„Es gibt keine, was? Konnte ich mir ja denken. Haben Sie wenigstens einen Keller in diesem Schuppen?"

„Nein", sagt die Frau freundlich, „ich habe Jarslav immer gesagt, er sollte einen bauen, aber er hört ja nicht. Das ist vielleicht ein Jarslav, mein Mann!"

„Ich muß ganz dringend. Wo ist denn das Klo?"

„Da waren Sie doch schon mal drin, Graf Dracula. Und Mutti und ich haben darüber gelacht."

„Ach, so ein lustiger Mann, der Herr Graf."

„Also, ich bin auf dem Klo. Klopfen Sie um halb acht." Und mit diesen Worten geht der Graf in die Toilette und schlägt die Tür zu.

„Hihi – er ist so lustig, Jarslav."

„Aber, Herr Graf. Kommen Sie doch aus dem Klo. Hören Sie mit dem Blödsinn auf." Aus der Toilette tönt dumpf Draculas Stimme.

„Kann nicht – bitte – nehmen Sie mein Wort darauf. Lassen Sie mich nur hier drin. Mir geht's gut. Wirklich."

„Graf Dracula, hören Sie mit dem Unsinn auf. Wir können schon nicht mehr vor Lachen."

„Darf ich Ihnen sagen, daß ich dieses Klosett liebe?"

„Ja, aber..."

„Ich weiß, ich weiß... es macht einen komischen Eindruck, und doch bin ich hier drin und habe Spaß dran. Ich sagte gerade neulich zu Frau Heß, gebt mir ein gutes Klosett, und ich kann stundenlang darin zubringen. Süße Frau, Frau Heß. Fett, aber süß... Aber warum scheren Sie sich jetzt nicht weg und melden sich bei Sonnenuntergang wieder bei mir? Ramona la da da de da da de, Ramona..."

Nun erscheinen der Bürgermeister und seine Frau Katia. Sie sind gerade vorbeigekommen und haben beschlossen, ihren guten Freunden, dem Bäcker und seiner Frau, einen Besuch zu machen.

„Hallo, Jarslav. Ich hoffe, Katia und ich stören nicht?"

„Natürlich nicht, Herr Bürgermeister. Kommen Sie heraus, Graf Dracula! Wir haben Gäste!"

„Ist der Graf hier?" fragt der Bürgermeister überrascht.

„Ja, und Sie raten nie, wo", sagt die Bäckersfrau.

„Es ist selten, daß man ihn so früh unterwegs sieht. Wirklich, ich kann mich überhaupt nicht erinnern, ihn je tagsüber gesehen zu haben."

„Tja, er ist aber hier. Kommen Sie raus, Graf Dracula!"

„Wo ist er denn?" fragt Katia, die nicht weiß, ob sie lachen soll oder nicht.

„Na, nun kommen Sie schon raus! Na los!" Die Frau des Bäckers wird ungeduldig.

„Er ist auf dem Klo", sagt der Bäcker zur Verteidigung.

„Wirklich?" fragt der Bürgermeister.

„Vorwärts", sagt der Bäcker mit nur scheinbar guter Laune, als er an die Toilettentür klopft. „Genug ist genug. Der Bürgermeister ist da."

„Los, kommen Sie raus, Dracula", schreit Seine Gnaden, „lassen Sie uns einen trinken."

„Nein, sehen Sie zu, daß Sie weiterkommen. Ich habe hier was zu erledigen."

„Auf dem Klo?"

„Ja, ich möchte Ihnen den Tag nicht verderben.

Ich kann hören, was Sie sagen. Ich melde mich, wenn ich was dazu zu sagen habe.“ Alle sehen einander an und zucken die Achseln. Man schenkt Wein ein, und alle trinken.

„Schöne Sonnenfinsternis heute“, sagt der Bürgermeister und nippt an seinem Glas.

„Ja“, stimmt der Bäcker bei, „unglaublich.“

„Ja, spannend“, hört man eine Stimme aus der Toilette.

„Was, Dracula?“

„Nichts, nichts. Lassen Sie nur.“ Und so vergeht die Zeit, bis es dem Bürgermeister zu bunt wird, er die Tür zur Toilette aufbricht und schreit: „Los, Dracula. Ich dachte immer, Sie sind ein erwachsener Mensch. Hören Sie mit diesem Schwachsinn auf.“

Das Tageslicht strömt herein und läßt das schreckliche Ungeheuer aufkreischen und dann sich vor den Augen der vier Umstehenden erst langsam zu einem Skelett und dann zu Staub auflösen. Die Frau des Bäckers beugt sich zu dem Häufchen weißer Asche auf dem Toilettenboden hinab und ruft: „Soll das heißen, das Abendbrot ist heute abend gestorben?“

Ein bißchen lauter, bitte!

Führt euch vor Augen, daß ihr's mit einem Mann zu tun habt, der *Finnegans Wake* auf der Achterbahn in Coney Island verschlungen hat und mühelos Joyces abstruses Geheimnis ergründete, obwohl es so wahnsinnig schlingerte, daß mir fast die Silberplomben rausgeflogen wären. Macht euch auch klar, daß ich zu den wenigen Auserwählten gehöre, die in dem zusammengeknautschten Buick im Museum of Modern Art auf der Stelle jene genaue Wechselwirkung von Nuance und Tönung witterten, die Odilon Redon erzielt haben könnte, wenn er den subtilen Doppelsinn der Pastellfarbe aufgegeben und statt dessen mit einer Schrottpresse gearbeitet hätte. Und als einer, Jungs, der obendrein mit seinem ungeheuren Sachverstand als erster den vielen verwirrten Theatergängern über den *Godot* das richtige Licht aufgesteckt hat, wenn sie in der Pause im Foyer träge und mit ihrer Wut im Bauch rumtrotteten, daß sie dem Kartenschieber ihre Kohlen für so'n Quark ohne ein richtiges Lied zum Mitsingen oder wenigstens mit 'ner Nutte im Flitterfummel in den Rachen geworfen hatten, muß ich euch sagen, daß meine Beziehungen zu den sieben Allgewaltigen von der Kulturfront ganz schön solide sind. Dem ist noch hinzuzufügen, daß die acht Radios, die neulich synchron in der Stadthalle dirigiert wurden, mich in den siebenten Himmel schossen und daß ich jetzt noch bei Gelegenheit nach Mitternacht an meinem alten Philco im Keller in Harlem sitze, wo wir noch'n bißchen späten Wetterbericht und Nachrichten scheppern lassen und wo mal ein maulfauler Landarbeiter namens Jess, der nie in seinem Leben 'ne Schule von innen gesehen hatte, mit viel Gefühl die Börsenschlußberichte trompetete. Das war wie richtiger Soul. Schließlich, um mit meinem Fall zum Ende zu kommen, nehmt bitte zur Kenntnis, daß meine Visage zum festen Stamm bei Happenings und Underground-Filmpremieren gehört, und daß öfters Artikel von mir in *Sight and Stream* zu lesen sind, einer zerebralen Vierteljahresschrift, die auf moderne Konzeptionen im Kino und Süßwasserfischen eingespielt ist. Wenn das nicht Empfehlungen genug sind, um mir den Titel Joe den Empfindungsreichen zu geben, Kumpels, dann geb' ich auf. Und trotzdem, bei dieser ungeheuren Sensibilität, die mir aus den Poren quillt, wie der Apfelsirup vom Pfannkuchen, wurde ich vor kurzem wieder drauf gestoßen, daß ich bildungsmäßig eine Achillesferse besitze, die mir vom Fuß bis zum Genick geht.

Es fing eines Tages im letzten Januar an, da stand ich in McGinnis' Bar am Broadway, spachtelte an 'nem Trumm des opulentesten Käsekuchens der Welt rum und erlitt plötzlich die schuldbewußte und cholesterinausschüttende Halluzination, ich könnte meine Aorta hören, wie sie gerade zu einem Hokkeypuck gefriert. Gleich neben mir stand eine nervenzermürbende Blondine, die unter ihrem schwarzen Hemdchen dermaßen herausfordernd Ebbe und Sturmflut machte, daß selbst einem Pfadfinder der Wahn kommen mußte, ein Vampir zu sein. Die vergangenen fünfzehn Minuten war mein „Darf ich mal um den Senf bitten" das Zentralthema unserer Beziehung gewesen, trotz verschiedener Versuche meinerseits, ein bißchen *action* zu entwickeln. Wie die Dinge lagen, *hatte* sie mir den Senf rübergeschoben, und ich war gezwungen. einen Klecks davon auf meinen Käsekuchen zu löffeln, um die Ehrlichkeit meiner Bitte zu beweisen.

„Ich höre, die Eiertermine steigen", wagte ich schließlich zu äußern und tat so gleichgültig wie jemand, der im Nebenberuf Großkonzerne fusioniert. Weil ich nicht mitgekriegt hatte, daß ihr Typ von der Güterverladestation im Hafen genau auf Klapp wie in 'nem Dick-und-Doof-Film reingekommen war und direkt hinter mir stand, schoß ich einen durstigen und ausgehungerten Blick auf sie ab und erinnere mich noch, ungeheuer kluges Zeug über Krafft-Ebing losgelassen zu haben, bevor ich das Bewußtsein verlor. Das nächste, was ich wieder weiß, ist, daß ich die Straße runterrannte, um mich vor dem Zorn in Sicherheit zu bringen, mit dem ein Club sizilianischer Cousins hinter mir her zu sein schien, die darauf versessen waren, die Ehre des Mädchens zu rächen. Ich suchte Zuflucht im kühlen Dunkel eines Wochenschau-Kinos, wo die Gewaltkur von Donald Duck und drei Librium mein Nervenkostüm wieder auf seine normale Zitterfrequenz runterbrachte. Der Hauptfilm fing an und stellte sich als ein Reisebericht über den Urwald in Neu-Guinea heraus – ein Thema, das mit „Moose unserer Heimat" und „Das Leben der Pinguine" um meine Auffassungsgabe rang. „Die Primitiven", dröhnte der Erzähler, „die heutzutage keinen Deut anders leben als der Mensch vor Millionen von Jahren, schlachten den wilden Keiler (dessen Lebensstandard auch nicht wahrnehmbar gestiegen zu sein schien) und sitzen nachts ums Feuer und führen sich die Jagdbeute pantomimisch vor." Pantomime! Das traf mich mit einer Klarheit, die meine Nebenhöhlen sauberputzte! Hier klaffte ein Riß in meiner Bildungswehr – der einzige Riß natürlich, aber einer, der mich seit meiner Kindheit schmerzte, als eine pantomimische Fassung von Gogols *Mantel* sich meinem Verständnis völlig entzog und mich überzeugt hatte, einfach vierzehn Russen bei Turnübungen zuzusehen. Pantomime war mir immer ein Geheimnis – das ich wegen der Verlegenheit, die es bei mir hervorrief, auch lieber vergaß. Aber jetzt trat dieser Mangel wieder zutage, und zu meinem Ärger genauso schlimm wie immer. Ich verstand das rasende Gefuchtel des Anführers der Ureinwohner Neu-Guineas genausowenig, wie ich je Marcel Marceau in irgendeiner seiner kleinen Parodien verstanden habe, die riesenhafte Menschenhaufen mit so ungehemmter Bewunderung erfüllen. Ich wand mich in meinem Kinosessel, als der dilettierende Dschungel-Thespis seine Mit-Primitiven stumm belustigte, und als er schließlich mit starker Pranke von den Stammesältesten seine Geldforderungen eintrieb, da schlich ich mich niedergeschmettert aus dem Kino.

Zu Hause setzte mir den ganzen Abend meine Unzulänglichkeit zu. Es war die grausame Wahrheit: trotz meiner affenartigen Schnelligkeit in anderen Bereichen künstlerischen Strebens reichte ein einziger Pantomimenabend hin, um mich eindeutig als Markhams ‚Mann mit der Hacke' erscheinen zu lassen – dumpf, vom Donner gerührt, der Bruder eines riesengroßen Ochsen. Ich fing an, haltlos zu toben, aber mein Oberschenkel krampfte sich hinten zusammen, und ich mußte mich erst mal hinsetzen. Letzten Endes überlegte ich, welche elementarere Kommunikationsform gibt es? Warum war diese universale Kunstform in ihrer Bedeutung allen zugänglich, nur nicht mir? Ich versuchte noch mal, haltlos zu toben, und diesmal schaffte ich's, aber meine Nachbarschaft ist sehr ruhig, und ein paar Minuten später guckten zwei rotnackige Kerle vom Neunzehnten Distrikt bei mir vorbei, um mich zu informieren, daß haltloses Toben eine Fünfhundert-Dollar-Strafe oder sechs Monate Gefängnis oder beides bedeuten könnte. Ich dankte ihnen und ging schnurstracks auf meine Ottomane, wo meine Bemühung, meine monströse Schwäche einfach wegzuschlafen, auf acht Stunden nächtliche Beklemmung rauslief, die ich nicht mal Macbeth an den Hals wünschen würde.

Ein weiteres Beispiel meiner pantomimischen Minderbemitteltheit, das mir durch Mark und Bein ging, nahm nur wenige Wochen später seinen Lauf, als zwei Freikarten fürs Theater zu meinem Briefschlitz reintrudelten – der Preis dafür, daß ich die Singstimme Mama Yanceys vor vierzehn Tagen im Radio richtig erkannt hatte. Der erste Preis war ein Bentley gewesen, und in der Aufregung, rechtzeitig mit meinem Anruf beim Discjockey durchzukommen, war ich nackt aus der Badewanne geschossen, hatte das Telefon mit der einen nassen Hand gepackt und versucht, mit der anderen das Radio abzudrehen, als ich auch schon im Prallschuß an die Decke ging, während die Lichter im Umkreis mehrerer Meilen dunkler wurden, wie damals, als Lepke auf dem Elektrischen Stuhl saß. Meine zweite Umrundung des Kronleuchters wurde durch die offene Schublade eines Louis-Quinze-Schreibtischs unterbrochen, an der ich frontal landete, wobei ich eine vergoldete Zierleiste quer über den Mund geknallt kriegte. Eine schmückende Markierung auf dem Gesicht, die jetzt so aussah, als wäre sie mir mit einer Rokoko-Törtchenform hingestanzt worden, dazu ein Knoten auf dem Kopf von der Größe eines Schwaneneis erzeugten bei mir den logischen Durchblick, mit dem ich auf den zweiten Platz hinter Mrs. Sleet Mazursky kam, und weil meine Träume vom Bentley ausgeträumt waren, fand ich mich für ein paar Freikarten mit einem Off-Broadway-Theaterabend ab. Daß ein berühmter internationaler Pantomime auf dem Programm stand, kühlte meine Glut auf die Temperatur einer Polkappe ab, aber in der Hoffnung, den Bann endlich zu brechen, beschloß ich hinzugehen. Ich war nicht imstande, auf eine Voranmeldung von bloß sechs Wochen hin ein Mädchen für den Abend aufzutreiben, und so benutzte ich die zweite Karte, sie meinem Fensterputzer, Lars, als Trinkgeld zu geben, einem dösigen Kuli mit der geballten Empfindungsfähigkeit der Berliner Mauer. Zuerst dachte er, die kleine orangefarbene Pappkarte wäre eßbar, aber als ich ihm erklärte, daß sie für einen Pantomimenabend gelte – eines der wenigen Zuschauerereignisse, von dem er, von einem Großfeuer abgesehen, hoffen konnte, daß er es versteht – dankte er mir überschwenglich.

Am Abend der Vorstellung platzten wir zwei beiden – ich in meiner Opernmantille und Lars mit seinem Eimer – voll Zuversicht aus unserem Taxi, strömten ins Theater und drängten uns auf unsere Plätze, wo ich mir das Programm genau ansah und mit einer gewissen Nervosität erfuhr, daß die erste Nummer eine kleine stumme Lustbarkeit mit dem Titel „Ein Picknick" sein sollte. Es ging los, als ein dürres Männchen mit mehlweißem Make-up und in engem schwarzen Trikot auf die Bühne kam. Die übliche Picknickkleidung – ich habe sie selber letztes Jahr bei einem Picknick im Central Park getragen, und außer bei ein paar jugendlichen Provos, die das als Vorwand werteten, meine tollen Kurven zur Schau zu stellen, ging sie unbemerkt unter. Der Mime machte sich jetzt daran, eine Picknickdecke auszubreiten, und sofort ging's wieder mit meiner alten Verwirrung los. Entweder breitete er eine Picknickdecke aus oder melkte eine kleine Ziege. Darauf zog er sich umständlich seine Schuhe aus, wenn man davon absieht, daß ich absolut nicht sicher bin, daß es seine Schuhe waren, weil er einen trank und den anderen mit der Post nach Pittsburgh schickte. Ich sage „Pittsburgh“, aber in Wirklichkeit ist es schwer, den Begriff Pittsburgh zu mimen, und wenn ich mir es recht überlege, glaube ich jetzt, daß das, was er mimte, ganz und gar nicht Pittsburgh war, sondern ein Mann, der mit seiner Golfkarre durch eine Drehtür fahren wollte – oder möglicherweise zwei Männer, die eine Druckpresse auseinandernahmen. Wieso das zu einem Picknick gehörte, kapier' ich nicht. Der Pantomime begann dann, eine unsichtbare Sammlung rechteckiger Gegenstände zu sortieren, die zweifellos schwer waren, wie eine komplette Reihe der *Encyclopedia Britannica*, von denen ich den Verdacht hatte, er hole sie aus seinem Picknickkorb raus, obwohl sie nach der Art, wie er sie hielt, auch das Budapester Streichquartett hätten sein können, schön gebunden und geknebelt.

Zugleich bemerkte ich, daß ich zur Überraschung der Leute, die in meiner Nähe saßen, wie üblich versuchte, dem Mimen die Einzelheiten seiner Darbietung klären zu helfen, indem ich laut riet, was er gerade tat. „Kissen ... großes Kissen. Polster? *Sieht aus* wie ein Polster ...“ Diese wohlmeinende Teilnahme bringt den wahren Liebhaber des stummen Theaters oft aus der Fassung, und ich habe bei solchen Gelegenheiten bei den Umsitzenden eine Neigung bemerkt, Unbehagen in verschiedener Form auszudrücken, das geht von einem bedeutungsvollen Räuspern bis zu einem Löwenprankenhieb auf den Hinterkopf, den ich einmal von einem Mitglied des Hausfrauen-Theatervereins aus Manhasset einstekken mußte. Bei dieser Gelegenheit jetzt klatschte mir eine würdige Dame, die wie Oscar Wilde aussah, ihre Lorgnette wie eine Reitpeitsche über die Fingerknöchel und warnte mich: „Komm zu dir, Junge!" Dann wisperte sie mir in der geduldig-langsamen Art von Leuten, die mit einem bombengeschädigten Infanteristen reden, leise ins Ohr, daß der Mime es jetzt spaßhaft mit den verschiedenen Dingen zu tun habe, die üblicherweise den Picknickteilnehmer in Verlegenheit brächten – Ameisen, Regen und der vergessene Korkenzieher, der immer für einen Lacher gut ist. Vorübergehend aufgeklärt, schüttelte ich mich vor Lachen, als ich mir den Mann vorstellte, dem das Fehlen eines Korkenziehers Kummer macht, und staunte über die grenzenlosen Möglichkeiten.

Schließlich fing der Mann an, Glas zu blasen. Entweder blies er Glas, oder er tätowierte die gesamte Studentenschaft der Northwestern University. Es sah wie die Studentenschaft der Northwestern University aus, aber es hätte auch ein Männerchor sein können – oder eine Wärmemaschine – oder jeder große, ausgestorbene Vierfüßler, oft amphibisch und gewöhnlich pflanzenfressend, dessen versteinerte

Überreste im Norden bis zur Arktis gefunden wurden. Unterdessen krümmte sich das Publikum vor Lachen über die Albernheiten auf der Bühne. Sogar der dämliche Lars wischte sich die Freudentränen mit seinem Gummiwischer vom Gesicht. Aber für mich war es hoffnungslos: je mehr ich's versuchte, desto weniger verstand ich. Eine verzagte Müdigkeit bemächtigte sich meiner, ich schlüpfte aus meinen Galoschen und gab's auf. Das nächste, was in mein Bewußtsein drang, waren zwei Putzfrauen, die im Rang an der Arbeit waren und sich über die Pros und Contras der Schleimbeutelentzündung in den Haaren hatten. Ich kramte beim matten Schein der Theater-Arbeitsbeleuchtung meine Sinne zusammen, zog meinen Schlips gerade und machte mich zu Riker's auf den Weg, wo ein Hamburger und eine Malzschokolade mir im Hinblick auf ihren Sinn überhaupt keine Schwierigkeiten machten, und da warf ich zum ersten Male an diesem Abend die Last meines Schuldbewußtseins von mir. Bis zum heutigen Tage bin ich bildungsmäßig unvollkommen, aber ich arbeite daran. Wenn ihr mal einen Schöngeist bei einer Pantomime schielen, sich winden und mit sich selber reden seht, kommt ruhig näher und sagt Hallo – aber ihr müßt mich frühzeitig in der Vorstellung erwischen: ich werde nicht gerne belästigt, wenn ich mal schlafe.

Gespräche mit Helmholtz

Das Folgende sind ein paar Kostproben von Gesprächen, die dem in Kürze erscheinenden Buch *Gespräche mit Helmholtz* entnommen sind.

Dr. Helmholtz, jetzt an die Neunzig, war ein Zeitgenosse Freuds, ein Pionier der Psychoanalyse und Begründer der psychologischen Schule, die seinen Namen trägt. Am bekanntesten ist er vielleicht durch seine Verhaltensforschungen geworden, in denen er nachwies, daß der Tod ein erworbener Charakterzug ist.

Helmholtz wohnt mit seinem Diener Rolf und seiner Dänischen Dogge Rolf auf einem Landsitz in der Schweiz. Die meiste Zeit verbringt er mit Schreiben, und augenblicklich ist er dabei, seine Autobiographie so umzuarbeiten, daß er selber darin vorkommt. Die „Gespräche" wurden über einen Zeitraum von mehreren Monaten zwischen Helmholtz und seinem Schüler, dem Helmholtzforscher

Fürchtegott Hoffnung, geführt, den Helmholtz unbeschreiblich verabscheut, jedoch erträgt, weil er ihm Nougat mitbringt. Ihre Unterhaltungen berührten viele verschiedene Themen, von der Psychopathologie und Religion bis zur Frage, warum Helmholtz es nicht gelingt, eine Scheckkarte zu bekommen. „Der Meister", wie Hoffnung ihn nennt, erscheint als ein warmherziger, aufmerksamer Mensch, der behauptet, er gäbe mit Freuden die Erfolge seines ganzen Lebens daran, wenn er sich nur die Krätze vom Halse schaffen könnte.

1. April: Kam pünktlich um 10 Uhr morgens bei Helmholtz an, wo mir das Dienstmädchen sagte, der Doktor sei in seinem Zimmer und sichte Adressen. In meiner Ängstlichkeit meinte ich, sie hätte gesagt, der Doktor sei in seinem Zimmer und sichte das Essen. Wie sich herausstellte, hatte ich richtig gehört, und Helmholtz sichtete tatsächlich das Essen. Beide Hände hatte er voll Haferflocken, die er zu beliebigen Häufchen ordnete. Als ich ihn darüber befragte, sagte er: „Ach – wollten doch nur mehr Menschen das Essen sichten!" Seine Antwort gab mir zu denken, aber ich hielt es für das beste, die Angelegenheit nicht weiter zu verfolgen. Als er sich in seinen Ledersessel zurücklehnte, fragte ich ihn nach den frühen Tagen der Psychoanalyse.

„Als ich Freud das erste Mal traf, arbeitete ich bereits an meinen Theorien. Freud stand in einer Bäkkerei. Er versuchte, sich ein paar *Schnecken* zu kaufen, brachte es jedoch nicht fertig, sie mit ihrem Namen zu verlangen. Freud hatte zu große Hemmungen, das Wort ‚Schnecken' auszusprechen, wie Sie wahrscheinlich wissen. ‚Geben Sie mir ein paar von diesen kleinen Kuchen', sagte er und zeigte mit dem Finger darauf. Der Bäcker sagte: ‚Meinen Sie die *Schnecken*, Herr Professor?' Da wurde Freud puterrot, floh zur Tür hinaus und murmelte: ‚Äh, nein, nichts – schon gut!' Ich erstand die Kuchen ohne jede Mühe und brachte sie Freud als Geschenk. Wir wurden gute Freunde. Ich habe von jeher gemeint, daß bestimmte Leute sich schämen, bestimmte Wörter zu sagen. Gibt es irgendwelche Wörter, die Sie in Verlegenheit setzen?"

Ich erklärte Helmholtz, daß ich in einem bestimmten Restaurant keinen Hummato (eine mit Hummer gefüllte Tomate) bestellen könne. Helmholtz fand, daß das auch ein besonders dämliches Wort sei und wünschte, er könne dem Mann, der es erfand, das Gesicht zerkratzen. Das Gespräch kam wieder auf Freud zurück, der jeden Gedanken Helmholtzens zu beherrschen scheint, obwohl sich die beiden Männer nach einer Auseinandersetzung über etwas Petersilie haßten.

„Ich erinnerte mich an einen Fall Freuds. Edna S. Hysterische Nasenlähmung. Sie konnte kein Kaninchen imitieren, wenn sie dazu aufgefordert wurde.

Das machte ihr unter Freunden große Angst, die oft grausam waren. ‚Komm, Liebchen, zeig uns, wie du ein Kaninchen machst.' Dann wackelten sie ausgiebig mit ihren Nasenlöchern, sehr zu ihrem gegenseitigen Vergnügen.

Freud empfing sie zu einer Reihe analytischer Sitzungen in seinem Arbeitszimmer, aber irgend etwas ging schief, und anstatt ihre Zuwendung auf Freud zu übertragen, übertrug sie sie auf einen Kleiderständer, ein großes, hölzernes Möbel, das im Zimmer stand. Freud war beunruhigt, weil die Psychoanalyse damals mit Skepsis betrachtet wurde, und als das Mädchen mit dem Kleiderständer zu einer Kreuzfahrt durchbrannte, schwor Freud, nie wieder zu praktizieren. Und wirklich spielte er eine Zeitlang ernsthaft mit dem Gedanken, Akrobat zu werden, bis ihn Ferenczi davon überzeugte, daß er es niemals lernen würde, einen richtig guten Purzelbaum zu schlagen."

Ich sah, daß Helmholtz nun müde wurde, weil er aus seinem Sessel auf den Fußboden unter den Tisch gerutscht war, wo er schlief. Ich wollte seiner Güte nicht weiter zur Last fallen und ging auf Zehenspitzen hinaus.

5. April: Ich traf Helmholtz dabei an, wie er gerade seine Geige spielte. (Er ist ein wunderbarer Amateurgeiger, obwohl er keine Noten lesen und auch nur einen Ton spielen kann.) Wieder setzte mir Helmholtz einige Probleme der frühen Psychoanalyse auseinander.

„Alle versuchten, Freuds Gunst zu gewinnen. Rank war auf Jones eifersüchtig. Jones beneidete Brill. Brill ärgerte sich über Adlers Besuche bei Freud dermaßen, daß er Adlers ‚Kreissäge' versteckte. Einmal hatte Freud ein paar Sahnebonbons in der Tasche und gab Jung einen davon. Rank wurde wütend darüber. Er beklagte sich bei mir, Freud würde Jung bevorzugen. Besonders bei der Verteilung von Süßigkeiten. Ich ignorierte das, weil ich mir aus Rank nicht besonders viel machte, denn er hatte kurz zuvor meinen Aufsatz über „Die Euphorie bei Schnecken" als „den Gipfel mongoloiden Denkens" bezeichnet.

Jahre später brachte Rank den Vorfall noch einmal zur Sprache, als wir eine Autofahrt durch die Alpen machten. Ich erinnerte ihn daran, wie dumm er damals gehandelt habe, und er gestand, er habe unter einer ungewöhnlichen Spannung gestanden, weil sein Vorname, Otto, von vorn genauso buchstabiert wird wie von hinten, und das habe ihn bedrückt."

Helmholtz lud mich zum Abendessen ein. Wir saßen an dem großen Eichentisch, von dem er behauptet, er sei ein Geschenk von Greta Garbo, obwohl sie leugnet, ihn wie auch Helmholtz überhaupt zu kennen. Ein typisches Helmholtz-Abendbrot bestand aus: einer großen Rosine, großzügigen Portionen Speck und einer Dose Salm für jeden. Nach dem Essen gab es Pfefferminzbonbons, und Helmholtz holte seine Sammlung Lackschmetterlinge hervor, die ihn in gereizte Stimmung versetzten, als er merkte, daß sie gar nicht fliegen konnten.

Später ruhten Helmholtz und ich uns im Wohnzimmer bei ein paar Zigarren aus. (Helmholtz vergaß, seine Zigarre anzuzünden, zog aber so heftig daran, daß sie wirklich kleiner wurde.) Wir diskutierten einige der berühmtesten Fälle des Meisters.

„Da war zum Beispiel Joachim B. Ein Mann von etwa Mitte Vierzig, der kein Zimmer betreten konnte, in dem ein Cello war. Was schlimmer war, als er sich einmal mit einem Cello in einem Zimmer befand, konnte er es nicht verlassen, bevor er nicht von einem Rothschild dazu aufgefordert wurde. Außerdem stotterte Joachim B. Aber nicht beim Sprechen, sondern nur beim Schreiben. Wenn er das Wort ‚aber' schrieb, erschien es als ‚a-a-a-a-ber' in seinen Briefen. Er wurde mit dieser Behinderung oft gehänselt und versuchte Selbstmord zu begehen, indem er sich in einen großen Eierkuchen wickelte und sich zu ersticken versuchte. Ich behandelte ihn mit Hypnose, und er war wieder in der Lage, ein normales, gesundes Leben zu führen, wenn er auch in späteren Jahren fortwährend phantasierte, ein Pferd getroffen zu haben, das ihm riet, sich der Architektur zuzuwenden."

Helmholtz sprach über den berüchtigten Frauenschänder V., der einstmals ganz London in Schrekken versetzt hatte.

„Ein höchst ungewöhnlicher Fall von Perversion. Er hatte eine periodisch wiederkehrende Sexualphantasie, in der er von einer Gruppe Anthropologen gedemütigt und gezwungen wurde, o-beinig herumzugehen, was, wie er gestand, ihm großes sexuelles Vergnügen bereitete. Er rief sich in Erinnerung, wie er als Kind die Wirtschafterin seiner Eltern, eine Frau von lockerer Moral, dabei überrascht hatte, wie sie gerade ein Sträußchen Wasserkresse küßte, was er erotisch fand. Als Teenager wurde er dafür bestraft, seinem Bruder den Kopf bemalt zu haben, obwohl sein Vater, Anstreicher von Beruf, mehr von der Tatsache aus der Fassung gebracht war, daß er den Jungen nur einmal gestrichen hatte.

V. machte sich mit achtzehn an die erste Frau heran, und danach vergewaltigte er jahrelang ein halbes Dutzend pro Woche. Das Geeignetste, was ich bei der Therapie mit ihm machen konnte, war, eine sozial annehmbarere Gewohnheit an die Stelle der alten zu setzen, um seine aggressiven Neigungen zu unterdrücken; später, wenn er zufällig auf eine ahnungslose Frau stieß, zog er, anstatt sie zu überfallen, einen großen Heilbutt aus seiner Jacke und zeigte ihn ihr. Während dieser Anblick bei einigen Bestürzung hervorrief, verschonte er die Frauen doch vor jeder Gewalttat, und einige gestanden sogar, ihr Leben sei durch diese Erfahrung unermeßlich bereichert worden."

12. April: Diesmal fühlte sich Helmholtz nicht allzu gut. Er war am Tage zuvor auf einer Wiese verlorengegangen und auf ein paar Birnen gefallen. Er war ans Bett gefesselt, saß aber aufrecht darin und lachte sogar, als ich ihm erzählte, ich hätte einen Abszeß.

Wir erörterten seine Theorie der Gegenpsychologie, auf die er kurz nach Freuds Tod gekommen war. (Freuds Tod war, Ernst Jones zufolge, dasjenige Ereignis, das den endgültigen Bruch zwischen Helmholtz und Freud nach sich zog, und die beiden haben danach nur noch selten miteinander gesprochen.)

Damals hatte Helmholtz einen Versuch entwikkelt, bei dem er mit einer Glocke läutete und eine Gruppe weißer Mäuse daraufhin Mrs. Helmholtz zur Tür hinausbrachte und auf dem Bordstein absetzte. Er machte viele solcher Verhaltensexperimente und hörte erst damit auf, als ein Hund, der darauf abgerichtet war, aufs Stichwort Speichel abzusondern, sich weigerte, ihn die Ferien über im Hause zu behalten. Ihm wird nebenbei immer noch der klassische Aufsatz über „Unmotiviertes Kichern beim Rentier" zugeschrieben.

„Ja, ich gründete die Schule der Gegenpsychologie. Wirklich ganz zufällig. Meine Frau und ich hatten uns gerade gemütlich ins Bett gelegt, als ich plötzlich Lust auf einen Schluck Wasser hatte. Zu faul, es mir selber zu holen, bat ich Mrs. Helmholtz, es mir zu bringen. Sie weigerte sich und sagte, sie sei von der Kichererbsenernte zu erschöpft. Wir diskutierten darüber, wer es holen solle. Schließlich sagte ich: ‚Ich möchte auf gar keinen Fall ein Glas Wasser. Wirklich, ein Glas Wasser ist das letzte, was ich mir auf der Welt wünsche.' Darauf sprang meine Frau auf und sagte: ‚Ach, du willst gar kein Wasser, wie? Das ist aber zu dumm!' Und sie schlüpfte schnell aus dem Bett und holte mir welches. Ich versuchte, den Vorfall mit Freud bei dem Analytikerspaziergang in Berlin zu erörtern, aber er und Jung waren Teilnehmer am Großen Preis der Dreibeinigen und waren durch die Festlichkeiten zu sehr in Anspruch genommen, um zuzuhören.

Erst Jahre später fand ich einen Weg, dieses Prinzip für die Behandlung von Depressionen nutzbar zu machen, und war in der Lage, den großen Opernsänger J. von der krankhaften Furcht zu heilen, eines Tages in einem Frühstückskorb zu enden."

18. April: Als ich ankam, fand ich Helmholtz beim Beschneiden einiger Rosenbüsche. Er sprach viel über die Schönheit der Blumen, die er liebt, weil „sie nicht immer gleich Geld borgen wollen".

Wir sprachen über die heutige Psychoanalyse, die

Helmholtz für ein Märchen hält, das von der Couch-Industrie am Leben gehalten wird.

„Diese modernen Analytiker! Sie verlangen so viel. Zu meiner Zeit hätte Sie für fünf Mark Freud selber behandelt. Für zehn Mark hätte er sie behandelt und Ihre Hosen geplättet. Für fünfzehn Mark hätten Sie *ihn* behandeln dürfen, und obendrein konnten Sie auch noch zwischen zwei beliebigen Gemüsebeilagen wählen. Dreißig Dollar pro Stunde! Fünfzig Dollar pro Stunde! Der Kaiser bekam bloß zwölf Mark fünfundzwanzig dafür, daß er Kaiser war. Und er mußte zu Fuß zur Arbeit gehen! Und die Behandlungsdauer! Zwei Jahre! Fünf Jahre! Wenn einer von uns einen Patienten nicht in einem halben Jahr heilen konnte, gaben wir ihm sein Geld wieder, nahmen ihn zu irgendeiner Musicalrevue mit und spendierten ihm entweder eine Mahagoni-Obstschale oder einen Satz Schnitzmesser aus rostfreiem Stahl. Ich erinnere mich, daß man die Patienten, mit denen Jung nicht zu Rande gekommen war, gut erkennen konnte, weil er ihnen große ausgestopfte Pandas zu schenken pflegte."

Wir spazierten auf den Gartenwegen entlang und Helmholtz ging zu anderen interessanten Themen über. Er war ein wahres Erkenntnisbündel, und es gelang mir, einige seiner Kernsprüche zu bewahren, indem ich sie rasch notierte.

Über die Situation des Menschen: „Wäre der

Mensch unsterblich, können Sie sich vorstellen, wie hoch dann seine Fleischerrechnungen wären?"

Über Religion: „Ich glaube an kein Leben nach dem Tode, obwohl ich immer Unterwäsche zum Wechseln bei mir habe."

Über Literatur: „Die ganze Literatur ist eine Fußnote zum Faust. Ich habe keine Ahnung, was ich damit meine."

Ich bin überzeugt, Helmholtz ist ein sehr bedeutender Mann.

Viva Vargas! Auszüge aus dem Tagebuch eines Revolutionärs

3. Juni: Viva Vargas! Heute haben wir uns in die Berge geflüchtet. Von der Ausbeutung unseres kleinen Landes durch das korrupte Arroyo-Regime empört und angewidert, hatten wir Julio mit einer Liste unserer Beschwerden und Forderungen in die Stadt geschickt, von denen keine vorschnell und, meiner Meinung nach, keine übermäßig war. Wie sich herausstellte, ließ Arroyos besetzter Stundenplan es nicht zu, daß von der Zeit, in der er gefächelt wird, ein bißchen abgezweigt würde, um mit unserem geliebten Rebellenemissär zusammenzutreffen; statt dessen übertrug er die ganze Geschichte seinem Minister, der sagte, er lasse unseren Bittgesuchen seine ganze Sorgfalt angedeihen, wolle aber als erstes nur eben mal sehen, wie lange Julio lächeln könne, wenn er den Kopf unter flüssiger Lava hätte.

Wegen vieler schimpflicher Behandlungen wie dieser haben wir schließlich unter der begnadeten

Führung Emilio Molina Vargas' beschlossen, die Angelegenheit selber in die Hand zu nehmen. Wenn das Verrat ist, schrien wir an den Straßenecken, dann laßt uns das beste daraus machen.

Ich rekelte mich unglücklicherweise gerade in einer heißen Badewanne, als die Meldung kam, daß die Polizei binnen kurzem da wäre, um mich zu hängen. Ich hüpfte mit begreiflicher Munterkeit aus meinem Bad, trat auf ein nasses Stück Seife und schoß von meiner Vorderterrase herunter, wobei ich den Sturz zum Glück mit meinen Zähnen abfangen konnte, die über den Fußboden kullerten wie Liebesperlen. Nackt und zerschunden wie ich war, erforderte es das Überleben, daß ich schnell handelte, und ich sprang auf El Diablo, meinen Hengst, und stieß den Rebellenschrei aus. Das Pferd scheute und warf mich ab, und ich brach mir ein paar kleine Knochen.

Als wäre das alles nicht schon verheerend genug gewesen, hatte ich kaum zwanzig Fuß zu Fuß zurückgelegt, als mir meine Druckpresse einfiel, und weil ich so eine gewaltige politische Waffe (und so ein gewaltiges Beweisstück) nicht zurücklassen wollte, machte ich kehrt, um sie zu retten. Wie es der Zufall wollte, war das Ding schwerer als es aussah, und es hochzuheben, war eine Sache, für die ein Ladebaum geeignet gewesen wäre, bloß kein Collegestudent von einem Zentner Lebendgewicht. Als die Polizei eintraf, verfing sich meine Hand in der Maschine, als sie unkontrolliert losratterte und mir längere Passagen Marx auf das nackte Hinterteil druckte. Fragt mich nicht, wie ich es geschafft habe, mich loszureißen und aus einem Fenster zu schwingen, das nach hinten rausging. Zum Glück entkam ich der Polizei und brachte mich in Vargas' Lager in Sicherheit.

4. Juni: Wie friedlich es hier in den Bergen ist! Draußen unter den Sternen zu leben. Eine Gruppe hingebungsvoller Männer, die alle auf ein gemeinsames Ziel hinarbeiteten. Obwohl ich gehofft hatte, ein Wörtchen bei der eigentlichen Planung der Kampagne mitreden zu können, hatte Vargas das Gefühl, meine Dienste könnten als Kompaniekoch besser gebraucht werden. Das ist kein leichter Job, wenn die Lebensmittel knapp sind, aber irgendeiner muß es ja machen, und wenn man alles recht bedenkt, war mein erstes Menü ein großer Erfolg. Klar, nicht alle Männer sind schrecklich scharf auf Feuersalamander, aber wir können nicht wählerisch sein, und von ein paar kleinlichen Essern abgesehen, die gegen alle Reptilien Vorurteile haben, lief das Essen ohne Zwischenfälle ab.

Ich belauschte heute Vargas, und er ist ganz zuversichtlich über unsere Aussichten. Er hat das Gefühl, uns wird die Kontrolle über die Hauptstadt irgendwann im Dezember zufallen. Aber sein Bruder

Luis, ein von Natur aus nach innen gekehrter Mann, hält es bloß für eine Frage der Zeit, bis wir verhungert sind. Die Gebrüder Vargas zanken sich unablässig über militärische Strategie und politische Philosophie, und man kann sich kaum vorstellen, daß diese beiden großen Rebellenführer noch letzte Woche Wärter in der Herrentoilette im hiesigen Hilton waren. Unterdessen warten wir ab.

10. Juni: Den Tag mit Exerzieren verbracht. Wie wunderbar wir uns doch von einer schäbigen Bande Guerilleros zu einer hartgesottenen Armee gemausert haben. Diesen Morgen praktizierten Hernandez und ich den Einsatz der Machete, unseres rasiermesserscharfen Zuckerrohrmessers, und aufgrund eines Anfalls von Übereifer meines Kollegen kam ich dahinter, daß ich Blutgruppe 0 habe. Das Schlimmste ist das Warten. Arturo hat eine Gitarre, kann aber bloß ‚Cielito Lindo' spielen, das die Männer zunächst ziemlich gern hörten, aber jetzt wird der Wunsch danach nur noch selten geäußert. Ich versuchte, Feuersalamander auf eine neue Art zuzubereiten, ich glaube, den Männern hat's Freude gemacht, obwohl ich bemerkt habe, daß einige mühsam kauten und den Kopf nach hinten werfen mußten, um's runterzukriegen.

Ich belauschte Vargas heute wieder. Er und sein Bruder diskutierten ihre Pläne für die Zeit, wenn die

Hauptstadt eingenommen ist. Ich möchte wissen, welchen Posten er für mich aufhebt, wenn die Revolution beendet ist. Ich bin voll Zuversicht, daß sich meine unbändige Treue, die man nur als hündisch bezeichnen kann, auszahlen wird.

1. Juli: Eine Gruppe unserer besten Männer hat heute ein Dorf überfallen, um Lebensmittel aufzutreiben, und sie hatten die Möglichkeit, viele der Taktiken anzuwenden, die wir uns erworben haben. Die meisten der Rebellen machten sich ausgezeichnet, und obwohl die Gruppe niedergemetzelt wurde, sieht Vargas es als moralischen Sieg an. Diejenigen von uns, die an dem Streifzug nicht beteiligt waren, saßen im Lager herum, während Arturo uns mit ein bißchen ‚Cielito Lindo' erfreute. Die Moral bleibt hoch, auch wenn Nahrung und Waffen im Grunde genommen nicht vorhanden sind und die Zeit langsam vergeht. Zum Glück haben wir etwas Zerstreuung durch die Hitze von über vierzig Grad, die, glaube ich, die vielen lustigen Gurgellaute erklärt, die die Männer machen. Unsere Zeit wird kommen.

10. Juli: Es war heute im Grunde ein guter Tag, trotz der Tatsache, daß wir von Arroyos Leuten in einen Hinterhalt gelockt und schrecklich dezimiert wurden. Das war zum Teil mein Fehler, weil ich unsere Stellung dadurch verriet, daß ich aus Versehen die Namen der christlichen Dreieinigkeit brüllte, als mir eine Tarantel über das Bein kroch. Einige Augenblicke konnte ich die hartnäckige kleine Spinne nicht vertreiben, weil sie sich in die inneren Verstecke meiner Garderobe zurückgezogen hatte, was mich veranlaßte, krampfhaft zuckend zum Fluß zu wirbeln, wo ich vielleicht so fünfundvierzig Minuten herumplanschte. Kurz darauf eröffneten Arroyos Soldaten das Feuer auf uns. Wir kämpften mannhaft, obwohl der Schock, überrascht worden zu sein, eine leichte Verwirrung hervorrief und unsere Leute die ersten zehn Minuten auf einander schossen. Mit knapper Not entging Vargas der Katastrophe, als ihm eine Handgranate vor die Füße fiel. Er befahl mir, mich auf sie zu werfen, sich dessen bewußt, daß allein er für unsere gerechte Sache unentbehrlich sei, und ich tat es. Wie es das Schicksal wollte, explodierte die Granate nicht, und ich kam unverletzt davon, wenn man von einem leichten Zucken absieht und der Unfähigkeit einzuschlafen, ohne daß mir jemand die Hand hält.

15. Juli: Die Moral der Männer scheint sich zu halten, trotz gewisser kleinerer Dämpfer. Erstmal klaute Miguel ein paar Boden-Boden-Raketen, hielt sie aber irrtümlich für Boden-Luft-Raketen, und als er damit ein paar von Arroyos Flugzeugen abschießen wollte, jagte er unseren ganzen Lastwagenpark in die Luft. Als er versuchte, das ganze von der heiteren Seite zu betrachten, wurde José böse, und sie kamen sich in die Haare. Dann schlossen sie wieder Frieden und desertierten. Das Desertieren könnte, nebenbei gesagt, zu einem Hauptproblem werden, aber im Moment haben Optimismus und Kameradschaftsgeist den Prozentsatz auf drei von vier Männern zurückgeschraubt. Ich bleibe natürlich treu und koche das Essen, nur scheinen die Männer immer noch nicht die Schwierigkeit dieser Aufgabe richtig zu würdigen. Tatsache ist, daß mir mit dem Tode gedroht worden ist, falls ich mir nichts anderes einfallen ließe als Feuersalamander. Soldaten können manchmal so unvernünftig sein! Aber vielleicht werde ich sie in diesen Tagen mit etwas Neuem überraschen. Unterdessen sitzen wir im Lager herum und warten. Vargas läuft in seinem Zelt hin und her, und Arturo sitzt da und spielt ‚Cielito Lindo‘.

1. August: Trotz allem, für das wir dankbar sein müssen, gibt es keinen Zweifel, daß sich eine gewisse Spannung hier im Rebellenhauptquartier eingestellt hat. Kleine Dinge, die nur dem aufmerksamen Auge erkennbar sind, lassen eine Neigung zu innerer Unruhe vermuten. Zum einen gibt es jetzt unter den Männern eine ganze Menge Messerstechereien, aber auch die Streitigkeiten werden immer häufiger. Auch ein Versuch, ein Waffendepot zu überfallen und uns wieder mit Waffen zu versorgen, endete im Chaos, weil Jorges Leuchtkugel in seiner Hosentasche zu früh explodierte. Alle unsere Männer wurden in die Flucht gejagt, bis auf Jorge, der gefangengenommen wurde, nachdem er zwischen zwei Dutzend Häusern hin und her gescheppert war wie eine Flipperkugel. Als am Abend alle im Lager zurück waren und ich die Feuersalamander anbrachte, meuterten die Männer. Ein paar von ihnen hielten mich fest, während Ramon mich mit meinem Kochlöffel verprügelte. Ich wurde durch ein Gewitter gnädig errettet, das drei Todesopfer forderte. Schließlich, auf dem Gipfel der Ernüchterung, stimmte Arturo ‚Cielito Lindo' an, und ein paar von der Gruppe, die weniger Sinn für Musik haben, nahmen ihn hinter einen Felsen mit und zwangen ihn, seine Gitarre zu verspeisen.

Auf der Habenseite unseres Kontos ist es Vargas' diplomatischem Abgesandten nach vielen erfolglosen Versuchen gelungen, einen interessanten Handel mit dem CIA abzuschließen, in dem sie sich gegen unsere ewige unverbrüchliche Treue gegenüber ihren politischen Grundsätzen verpflichten, uns mit nicht weniger als fünfzig gegrillten Hähnchen zu versorgen.

Vargas hat nun das Gefühl, mit seiner Voraussage, daß wir bis Dezember erfolgreich wären, vielleicht etwas voreilig gewesen zu sein, und deutet an, daß ein Endsieg zusätzlich Zeit erfordern könnte. Merkwürdigerweise ist er von seinen Gebietskarten und Meßtischblättern abgekommen und baut jetzt stärker auf astrologische Deutungen und Vogeleingeweide.

12. August: Unsere Lage hat sich verschlechtert. Wie es der Zufall wollte, stellten sich die Pilze, die ich so umsichtig gesammelt hatte, um eine Abwechslung in den Speiseplan zu bringen, als giftig heraus, und obwohl der einzige wirklich berunruhigende Nebeneffekt ein paar kleinere Krämpfe waren, an denen die meisten Männer litten, schienen sie doch über die Maßen erbittert zu sein. Obendrein hat der CIA über unsere Aussichten, eine Revolution zustande zu bringen, nochmals nachgedacht und als Ergebnis für Arroyo und sein Kabinett einen Versöhnungs-Brunch bei Wolfie's in Miami Beach veranstaltet. Dies samt einem Geschenk von 24 Jagdbombern deutet Vargas als eine geringfügige Verlagerung ihrer Sympathien.

Die Moral scheint noch immer leidlich hoch zu sein, und obgleich die Desertionsrate gestiegen ist, beschränkt sie sich doch immer noch nur auf die, die gehen können. Vargas selbst wirkt ein bißchen niedergeschlagen und hat angefangen, Bindfäden zu sammeln. Er hat nun das Gefühl, daß das Leben unter dem Arroyo-Regime doch vielleicht nicht so ganz unerfreulich ist, und fragt sich, ob wir die Männer, die noch übrig sind, nicht umstimmen sollten, die Ideale der Revolution aufzugeben und eine Rumba-Truppe zu bilden. In der Zwischenzeit sind durch starke Regenfälle Steinlawinen von den Bergen heruntergekommen und haben die Brüder Juarez im Schlaf in den Abgrund gerissen. Wir haben einen Abgesandten mit einer geänderten Liste unserer Forderungen zu Arroyo geschickt, wobei wir nicht vergaßen, den Teil zu streichen, wo wir seine bedingungslose Kapitulation forderten; statt dessen haben wir ein preisgekröntes Rezept für *Guacamole* eingesetzt. Ich frage mich, wie das alles enden wird.

15. August: Wir haben die Hauptstadt genommen. Hier folgen die unglaublichen Einzelheiten:

Nach langer Beratung hatten die Männer abgestimmt und beschlossen, wir sollten unsere letzten Hoffnungen auf ein Selbstmordkommando setzen, mit der Vermutung, daß das Überraschungselement das Richtige sein könnte, gegen Arroyos Übermacht anzukommen. Als wir durch den Dschungel auf den Palast zu marschierten, machten Hunger und Erschöpfung langsam einen Teil unserer Entschlossenheit zunichte, und wie wir uns langsam unserem Ziel näherten, beschlossen wir, die Taktik zu ändern und zu sehen, ob wir nicht weiterkämen, wenn wir dem

Diktator die Füße leckten. Wir ergaben uns der Palastwache, die uns mit ihren Gewehren im Anschlag vor Arroyo brachte. Der Diktator zog den mildernden Umstand in Betracht, daß wir freiwillig aufgegeben hatten, und während er plante, Vargas nur den Bauch aufzuschlitzen, sollte der Rest von uns damit wegkommen, bei lebendigem Leibe gehäutet zu werden. Als wir unsere Lage angesichts dieser neuen Vorstellung noch einmal überdachten, brachen wir in Panik aus und stürzten in alle Himmelsrichtungen davon, während die Wachen das Feuer eröffneten. Vargas und ich rannten ein Stockwerk höher und platzten auf der Suche nach einem Versteck in das Boudoir von Mrs. Arroyo, die wir in einem Moment verbotener Leidenschaft mit Arroyos Bruder überraschten. Beide wurden nervös. Dann zog Arroyos Bruder seinen Revolver und gab einen Schuß ab. Ohne daß er davon etwas wußte, gab er damit das Signal für eine Söldnertruppe, die der CIA angeheuert hatte und die behilflich sein sollte, die Berge von uns zu säubern, und zwar als Gegenleistung für Arroyo, der den Vereinigten Staaten das Recht eingeräumt hatte, Orangensaftbuden zu eröffnen. Die Söldner, die wegen der wochenlangen widersprüchlichen amerikanischen Außenpolitik mit ihren Loyalitäten völlig durcheinander waren, griffen aus Versehen den Präsidentenpalast an. Arroyo und sein Stab argwöhnten plötzlich ein Doppelspiel des CIA und richteten ihre Gewehre auf die Eindringlinge. Zur selben Zeit flog eine schon seit langem schwelende Verschwörung auf, Arroyo von ein paar Maoisten umbringen zu lassen, weil eine Bombe, die sie in einem Schinkenbrötchen deponiert hatten, zu zeitig explodierte, wodurch der linke Flügel des Palastes in die Luft ging und Arroyos Frau und sein Bruder durch eine Balkendecke geschleudert wurden.

Arroyo griff nach einem Koffer mit Schweizer Sparbüchern und steuerte auf die Hintertür und seinen stets startbereiten Lear-Jet zu. Sein Pilot hob mitten im Gewehrkugelhagel ab, knipste aber, von den hektischen Ereignissen einen Augenblick durcheinandergebracht, am verkehrten Schalter und schickte das Flugzeug auf Steilkurs nach unten. Augenblicke später krachte es in das Lager der Söldnerarmee, verwüstete ihre Linien und zwang sie zur Aufgabe.

In dieser ganzen Zeit wandte Vargas, unser geliebter Anführer, auf brillante Art die Taktik aufmerksamen Wartens an, indem er reglos an einem Kamin hocken blieb und sich das Aussehen eines dekorativen Porzellannegers gab. Als die Luft rein war, stieß er auf Zehenspitzen in die Hauptdienststelle vor und ergriff die Macht, wobei er nur eine kleine Pause einlegte, um den königlichen Kühlschrank zu öffnen und sich hastig ein pikantes Schinken-Sandwich zusammenzuraffen.

Wir feierten die ganze Nacht, und alle waren sehr betrunken. Ich sprach hinterher mit Vargas über das schwierige Geschäft, ein Land zu regieren. Wenn er auch meint, freie Wahlen seien wesentlich für jede Demokratie, zieht er es doch vor, noch zu warten, bis das Volk ein bißchen reifer geworden ist, bevor er Wahlen zuläßt. Bis dahin hat er sich ein brauchbares Regierungssystem aus dem Ärmel geschüttelt, das auf dem Gotteskönigtum basiert, und meine Treue hat er damit belohnt, daß er mir erlaubt, beim Essen an seiner rechten Seite zu sitzen. Außerdem bin ich dafür verantwortlich, daß das Klo immer schön sauber ist.

Von der Entdeckung und dem Gebrauch des falschen Tintenkleckses

Es gibt keinen Beweis dafür, daß ein falscher Tintenklecks irgendwo im Abendland bereits vor 1921 aufgetaucht wäre, obwohl von Napoleon bekannt war, daß er viel Spaß am Summsumm hatte, einer Vorrichtung, die man in der Hand versteckte und die bei Berührung eine Art elektrischer Vibration erzeugte. Napoleon pflegte seine königliche Hand freundschaftlich einem ausländischen Würdenträger zu reichen, die Hand des arglosen Opfers vibrieren zu lassen und dann vor kaiserlichem Gelächter zu bersten, wenn zur Freude des Hofes der Angeführte mit rotem Gesicht einen unvorhergesehenen Hüpfer vollführte.

Das Summsumm machte viele Veränderungen durch, von denen die bekanntesten nach der Einführung des Kaugummis durch den General Santa Anna aufkamen (ich glaube, das Kaugummi war uspründlich ein Nachtisch der Frau des Generals, den man einfach nicht herunterbekam) und die Form einer Spearmint-Kaugummi-Packung annahmen, die mit einem sinnreichen Mausefallenmechanismus ausgestattet war. Der Gefoppte, dem ein frischer Streifen Kaugummi angeboten wurde, spürte einen durchdringenden Stich, wenn die Eisenklammer auf seine ahnungslosen Fingerspitzen niedersauste. Die erste Reaktion war normalerweise ein Schmerz, dann ansteckendes Gelächter und schließlich eine Art allgemeiner Volksweisheit. Es ist kein Geheimnis, daß der Gag mit dem bissigen Kaugummi die Umstände bei der Schlacht von Alamo beträchtlich heiterer gestaltete, und obwohl es dabei keine Überlebenden gab, haben die meisten Beobachter das Gefühl, die Dinge hätten ohne diesen listigen kleinen Trick wesentlich schlechter verlaufen können.

Als der Bürgerkrieg begann, versuchten die Amerikaner mehr und mehr, den Schrecknissen einer sich spaltenden Nation zu entfliehen: während die Generäle der Nordstaaten sich lieber mit dem tropfenden Weinglas amüsierten, brachte Robert E. Lee so manchen kritischen Moment mit seiner brillanten Anwendung der Spritzblume hinter sich. In der ersten Zeit des Krieges gelang es niemandem, der an der anscheinend „wunderschönen Nelke" an Lees Rockaufschlag roch, keinen herzhaften Spritzer Wasser aus dem Suwanee River aufs Auge zu bekommen. Als aber die Dinge für den Süden schlecht standen, verzichtete Lee auf den einstmals so schikken Trick und verließ sich einfach darauf, den Leuten, die er nicht mochte, einen Teppichnagel auf den Stuhl zu legen.

Nach dem Krieg und bis ins frühe zwanzigste Jahrhundert und die sogenannte Ära der „Räuberbarone" hinein machten das Niespulver und eine kleine Blechdose der Marke MANDELBAUM, aus der mehrere riesenhafte Spiralschlangen dem Opfer ins Gesicht sprangen, alles aus, was im Bereich der Albernheit wertvoll war. Es heißt, J. P. Morgan zog ersteres vor, während Rockefeller d. Ä. sich beim letzteren mehr in seinem Element fühlte.

Dann entdeckte 1921 eine Gruppe von Biologen, die in Hongkong zusammentrafen, um sich Anzüge zu kaufen, den falschen Tintenklecks. Er war lange der Hauptinhalt des orientalischen Vergnügungsrepertoires gewesen, und mehrere der späteren Dynastien blieben durch ihre geniale Handhabung dessen an der Macht, was wie eine ubergelaufene Flasche und ein häßlicher Tintenfleck aussah, in Wirklichkeit aber ein Klecks aus Blech war.

Die ersten Tintenkleckse, so war zu erfahren, waren noch sehr unfertig, hatten einen Durchmesser von drei Metern fünfzig und legten niemanden rein.

Aber mit der Entdeckung der Idee der kleineren Größen durch einen Schweizer Physiker, der bewies, daß ein Objekt bestimmter Größe in seiner

Größe einfach dadurch reduziert werden könne, daß man „es kleiner macht“, kam der Tintenklecks voll zu seinem Recht.

Und er blieb in seinem Recht bis 1934, als Franklin Delano Roosevelt ihn daraus vertrieb und in die Rechte von jemand anderem einsetzte. Roosevelt verwandte ihn geschickt zur Beendigung eines Streiks in Pennsylvanien, dessen Einzelheiten amüsant sind. Verstörte Anführer der Arbeiter wie des Managements waren überzeugt, daß jemand eine Tintenflasche ausgegossen habe, wodurch das unbezahlbare Empiresofa von irgend jemandem ruiniert worden sei. Stellen Sie sich vor, wie erleichtert alle waren, als sie erfuhren, daß alles nur ein Scherz war. Drei Tage später wurden die Stahlwerke wieder geöffnet.

Mr. Big

Ich saß in meinem Büro, räumte den Dreck aus meiner Achtunddreißiger und fragte mich, woher mein nächster Fall käme. Ich bin gerne Schnüffler, und wenn ich auch dann und wann das Zahnfleisch mit einem Wagenheber massiert kriege, überzeugt mich doch der süße Duft der Scheinchen davon, daß sich die ganze Chose lohnt. Von den Mädels nicht zu reden, die mein geringeres Interesse beanspruchen, das etwa so als nächstes vor dem Atmen kommt. Das ist der Grund, weshalb, als die Tür zu meinem Büro aufschwang und eine langhaarige Blondine namens Heather Butkiss reingeschritten kam und mir erzählte, sie wäre Nacktmodell und brauchte meine Hilfe, meine Speicheldrüsen in den Dritten schalteten. Sie trug einen kurzen Rock und einen engen Pullover, und ihre Figur beschrieb eine Reihe von Kurven, die bei einem Ochsen einen Herzstillstand hervorgerufen hätten.

„Was kann ich für dich tun, Puppe?"

„Ich möchte, daß Sie jemanden für mich finden."

„Vermißte Person? Hast du's schon bei der Polizei versucht?"

„Das ist es nicht, Mr. Lupowitz."

„Nenn mich Kaiser, Puppe. Okay, um was für 'n Schwindel geht's?"

„Um Gott."

„Gott?"

„Ja, richtig, Gott. Der Schöpfer, das Grundprinzip, der Urgrund aller Dinge, der Allumfassende. Ich möchte, daß Sie Ihn für mich finden."

Ich hatte früher schon mal 'n paar beknackte Typen in der Bude, aber wenn sie so gebaut sind wie die, hörst du einfach zu.

„Und warum?"

„Das ist meine Angelegenheit, Kaiser. Sie finden ihn nur."

„Tut mir leid, Puppe. Du hast dir den verkehrten Knaben geangelt."

„Aber wieso denn?"

„Oder ich erfahre alle Tatsachen", sagte ich und stand auf.

„Okay, okay", sagte sie und biß sich auf die Unterlippe. Sie zog die Naht ihrer Strümpfe gerade, was genau auf mich gezielt war, aber im Augenblick fuhr ich nicht drauf ab.

„Nu komm mal rüber mit der Schmalzstulle, Puppe.“

„Gut, die Wahrheit ist – ich bin nicht wirklich Nacktmodell.“

„Nein?“

„Nein. Mein Name ist auch nicht Heather Butkiss. Ich heiße Claire Rosenzweig und studiere in Vassar. Ältere Philosophie. Geschichte des abendländischen Denkens und all das. Ich muß bis Januar eine Arbeit fertighaben. Über die Religion des Abendlands. All die anderen Gören im Kursus werden spekulative Ergüsse abliefern. Aber ich möchte *wissen*. Professor Granier hat gesagt, wenn jemand was ganz sicher herausfindet, für den ist es 'ne Spielerei, glatt durchs Examen zu kommen. Und mein Daddy hat mir 'n Mercedes versprochen, wenn ich 'ne glatte Eins kriege.“

Ich machte eine Packung Luckies und einen Pack Kaugummi auf und steckte mir je einen in den Mund. Die Story fing an, mich zu interessieren. Verwöhnte Unimieze. Hoher IQ und ein Körperchen, das ich näher kennenlernen wollte.

„Wie sieht Gott denn aus?“

„Ich habe Ihn nie gesehen.“

„Ja, aber wie weißt du dann, daß Er existiert?“

„Das sollen Sie rausfinden.“

„Oh, Klasse. Dann weißt du nicht, wie er aussieht? Oder wo man mit dem Suchen anfangen soll?“

„Nein. Nicht richtig. Obwohl ich den Verdacht habe, Er ist überall. In der Luft, in jeder Blume, in Ihnen und in mir – und in diesem Stuhl."

„Oijoijoi!" Also war sie Pantheistin. Ich notierte mir das im Geiste und sagte, ich würd's mit ihrem Fall auf 'n Versuch ankommen lassen – für hundert Eier pro Tag, Spesen und 'ne Verabredung zum Abendessen. Sie lächelte und stimmte dem Handel zu. Wir fuhren zusammen im Fahrstuhl runter. Draußen war es dunkel. Vielleicht existierte Gott und vielleicht tat er's auch nicht, aber irgendwo in dieser Stadt gab's sicher 'ne Menge Burschen, die versuchen würden, mich dran zu hindern, was rauszukriegen.

Meine erste Station war Rabbi Itzhak Weismann, ein Geistlicher von hier, bei dem ich was gut hatte, weil ich mal rausgefunden hatte, wer ihm immer Schweinefleisch auf den Hut schmierte. Ich wußte, irgendwas stimmte nicht, als ich mit ihm redete, denn er war erschrocken. Richtig erschrocken.

„Natürlich gibt es einen Sie-wissen-schon-was, ich darf nicht mal Seinen Namen aussprechen oder Er schlägt mich tot, was ich niemals begriffen habe, warum jemand so reizbar darüber ist, wenn jemand Seinen Namen sagt."

„Sehen Sie Ihn denn mal?"

„Ich? Wollen Sie einen Witz machen? Ich bin glücklich, wenn ich meine Enkel zu sehen kriege."

„Wie wissen Sie denn dann, daß Er existiert?"

„Wie ich das weiß? Was ist denn das für eine Frage? Könnte ich für vierzehn Dollar einen Anzug wie diesen bekommen, wenn es da oben niemanden gäbe? Hier, fühlen Sie mal, diesen Gabardine – wie können Sie da zweifeln?"

„Haben Sie weiter nichts dazu zu sagen?"

„He – und was ist das Alte Testament? 'n Kack? Was meinen Sie, wie Moses die Israeliten aus Ägypten rausgekriegt hat? Mit 'm Lächeln und einem Steptänzchen? Glauben Sie mir, man teilt das Rote Meer nicht mit irgend so einem Dingsbums aus dem Supermarkt. Das braucht Macht."

„Ist also 'n zäher Bursche, was?"

„Ja, sehr zäh. Man sollte denken, bei solchen Erfolgen müßte er viel sanfter sein."

„Wie kommt's, daß Sie so viel wissen?"

„Weil wir das auserwählte Volk sind. Am meisten von allen Seinen Kindern sorgt er sich um uns, was ich auch mal irgendwann gern mit Ihm diskutieren würde."

„Was zahlen Sie dafür, auserwählt zu sein?"

„Fragen Sie nicht." So also verhielt es sich. Die Juden waren gegen Bezahlung Gottes Spezis. Es war die alte Schutzerpressung. Sich um sie zu kümmern gegen 'ne Belohnung. Und so wie Rabbi Weismann darüber sprach, schröpfte Er sie reichlich. Ich nahm 'n Taxi und kutschte rüber zu Dannys Billard an der

Zehnten Avenue. Der Geschäftsführer war ein schleimiger kleiner Bursche, den ich nicht mochte.

„Ist Chicago-Phil da?"

„Wer will 'n das wissen?"

Ich packte ihn bei den Revers und nahm gleichzeitig 'n bißchen Haut mit dazwischen.

„Was, du kleiner Dreckskerl?"

„Hinten", sagte er, seine Umgangsformen hatten sich gebessert. Chicago-Phil. Fälscher, Bankräuber, Gewaltverbrecher und erklärter Atheist.

„Den Kerl hat's nie gegeben, Kaiser. Das ist die schlichte Wahrheit. Alles ein großer Beschiß. Es gibt keinen Mr. Big. Das ist ein Syndikat. Meistens Sizilianer. Ist international. Aber 'n richtigen Boß haben die nicht. Außer vielleicht den Papst."

„Ich möchte den Papst treffen."

„Kann arrangiert werden", sagte er und zwinkerte.

„Sagt dir der Name Claire Rosenzweig was?"

„Nein."

„Heather Butkiss?"

„Oh, wart' mal 'ne Sekunde. Klar. Das ist die blondierte Tante mit den dicken Titten aus Radcliffe."

„Radcliffe? Sie sagte mir, Vassar."

„Na, dann lügt sie. Sie ist Lehrerin in Radcliffe. War 'ne Zeitlang mit 'm Philosphen liiert."

„Pantheist?"

„Nein. Empirist, wenn ich mich richtig erinnere. Übler Bursche. Lehnte Hegel oder jede dialektische Methodik vollkommen ab.“

„Ach, so einer.“

„Tja. War früher Drummer in ’m Jazztrio. Dann verbiß er sich in den Logischen Positivismus. Als es damit nicht klappte, versuchte er’s mit Pragmatismus. Zuletzt hörte ich, daß er ’ne Menge Geld geklaut hat, um in Columbia ’n Schopenhauer-Seminar mitzumachen. Die Mafia würde ihn gerne ausfindig machen – oder ihm wenigstens seine Bücher abjagen, um sie weiterzuverkaufen.“

„Danke, Phil.“

„Laß’s gut sein, Kaiser. Da oben gibt es niemand. Da ist Leere. Ich könnte nicht die ganzen faulen Schecks losschlagen oder die Gesellschaft so übers Ohr hauen, wie ich’s tue, wenn ich imstande wäre, eine Sekunde lang einen glaubwürdigen Sinn im Dasein zu erkennen. Das Universum ist streng phänomenologisch. Nichts ist ewig. Alles ist bedeutungslos.“

„Wer hat das fünfte Rennen in Aqueduct gewonnen?“

„Santa Baby.“

Ich trank bei O’Rourke’s ein Bier und versuchte, das alles zusammenzuzählen, es ergab aber überhaupt keinen Sinn. Sokrates war ein Selbstmörder – oder man sagte das. Christus wurde umgebracht.

Nietzsche wurde verrückt. Wenn es da irgend jemanden gab, dann wollte er todsicher nicht, daß irgend jemand das wüßte. Und warum belog Claire Rosenzweig mich über Vassar? Konnte Descartes recht gehabt haben? War das Universum dualistisch? Oder traf Kant den Nagel auf den Kopf, als er die Existenz Gottes aus moralischen Gründen voraussetzte?

Den Abend war ich mit Claire zum Essen verabredet. Zehn Minuten, nachdem die Rechnung gekommen war, waren wir im Bettchen und, Kumpel, du kannst dir deine abendländischen Gedanken machen. Sie vollführte die Sorte Bodenturnen, die bei den Olympischen Spielen in Tia Juana 'ne Goldmedaille gebracht hätte. Hinterher lag sie auf dem Kissen neben mir, ihr langes blondes Haar war darüber ausgebreitet. Unsere nackten Körper noch eng umschlungen. Ich rauchte und starrte an die Decke.

„Claire, was wäre, wenn Kierkegaard recht hätte?"

„Was meinst du?"

„Wenn man nie wirklich *wissen* kann. Nur glauben."

„Das ist absurd."

„Sei nicht so rational."

„Niemand ist rational, Kaiser." Sie zündete sich 'ne Zigarette an. „Werd jetzt bloß nicht onthologisch. Nicht jetzt. Ich könnte's nicht ertragen, wenn du onthologisch zu mir wärst."

Sie war ganz aus dem Häuschen. Ich beugte mich über sie und küßte sie, und das Telefon klingelte. Sie nahm ab.

„Ist für dich."

Die Stimme am anderen Ende gehörte Sergeant Reed von der Mordkommission.

„Suchen Sie immer noch Gott?"

„Ja."

„Ein allmächtiges Wesen? All-Einheit? Schöpfer des Universums? Urgrund aller Dinge?"

„Genau den."

„Jemand mit der Beschreibung ist gerade im Leichenschauhaus aufgekreuzt. Sie kommen besser gleich mal vorbei."

Okay, was soll ich sagen, Er war's, und so, wie Er aussah, hatten's Profis gemacht.

„Er war tot, als sie Ihn herbrachten."

„Wo habt ihr Ihn gefunden?"

„In einem Lagerhaus in der Delancey Street."

„Irgendwelche Anhaltspunkte?"

„Das ist das Werk eines Existentialisten. Da sind wir sicher."

„Wie könnt ihr das wissen?"

„Willkürlich, wie's gemacht ist. Scheint kein System dabei verfolgt zu haben. Blinder Trieb."

„Verbrechen aus Leidenschaft?"

„Sie haben's erfaßt. Was bedeutet, Sie sind verdächtig, Kaiser."

„Wieso ich?"

„Jeder unten im Präsidium weiß, was Sie für Jaspers empfinden."

„Das macht mich doch nicht zum Mörder."

„Noch nicht, aber Sie sind verdächtig."

Auf der Straße draußen sog ich die Luft in meine Lungen und versuchte, 'n klaren Kopf zu kriegen. Ich nahm 'n Taxi rüber nach Newark, stieg aus und ging einen Block weiter bis zu Giordinos italienischem Restaurant. Da saß an einem der hinteren Tische Seine Heiligkeit. Es war der Papst, okay. Er saß da mit zwei Burschen, die ich 'n halbes Dutzend Mal bei polizeilichen Gegenüberstellungen gesehen hatte.

„Setz dich", sagte er und sah von seinen Fettucini auf. Er hielt mir seinen Ring hin. Ich lächelte ihn mit allen zweiunddreißig Zähnen auf einmal an, küßte den Ring aber nicht. Das ärgerte ihn, und ich war fröhlich. Ein Punkt für mich.

„Möchtest du ein paar Nudeln?"

„Nein, danke, Heiligkeit. Aber machen Sie nur weiter."

„Gar nichts? Nicht mal einen Salat?"

„Habe gerade gegessen."

„Wie du willst, aber sie machen hier eine fabelhafte Roquefort-Tunke. Nicht wie im Vatikan, wo man kein anständiges Essen kriegen kann."

„Ich komme sofort zur Sache, Pontifex. Ich suche Gott."

„Damit bist du zum Richtigen gekommen."

„Dann existiert Er also?" Sie fanden das alle sehr amüsant und lachten. Der Strolch gleich neben mir sagte: „Ach, das ist lustig. Das helle Bürschchen möchte wissen, ob Er existiert."

Ich schob meinen Stuhl zurück, um's mir bequem zu machen, und stellte ihm das Stuhlbein auf den kleinen Zeh. „Entschuldigung." Aber er war auf Achtzig.

„Klar existiert Er, Lupowitz, aber ich bin der einzige, der mit Ihm Verbindung hat. Er spricht nur durch mich."

„Wieso Sie, amigo?"

„Weil ich das rote Gewand trage."

„Diesen Fummel?"

„Mach dich nicht lustig darüber. Jeden Morgen stehe ich auf, ziehe dieses rote Gewand an und plötzlich bin ich 'n dicker Maxe. Es steckt alles in dem Putz. Ich meine, überleg dir doch mal, wenn ich in Jeans und 'ner Sportjacke rumliefe, würde mich niemand in der Religion ernst nehmen."

„Also ist es Beschiß. Es gibt keinen Gott."

„Ich weiß es nicht. Aber was soll's? Geld stinkt nicht."

„Haben Sie nie Angst, die Wäscherei könnte Ihr rotes Gewand mal nicht rechtzeitig fertig haben, und

Sie wären dann wie alle?“

„Ich benutze den 24-Stunden-Schnelldienst. Ich denke, die paar Lire ist das wert, um sicher zu sein.“

„Der Name Claire Rosenzweig sagt Ihnen was?“

„Klar. Sie ist in der naturwissenschaftlichen Fakultät in Bryn Mawr.“

„Naturwissenschaften, sagen Sie? Danke.“

„Wofür?“

„Für die Antwort, Pontifex.“ Ich schnappte mir’n Taxi und schoß damit über die George-Washington-Brücke. Auf dem Weg hielt ich an meinem Büro und guckte schnell ’n paar Sachen nach. Auf der Fahrt zu Claires Wohnung setzte ich die Teile zusammen, und zum ersten Mal paßten sie. Als ich ankam, hatte sie einen durchsichtigen Morgenmantel an, und irgendwas schien sie zu beunruhigen.

„Gott ist tot. Die Polizei war hier. Sie suchen nach dir. Sie glauben, ein Existentialist hat’s getan.“

„Nein, Puppe. Du warst es.“

„Was? Mach keine Witze, Kaiser.“

„Du hast es getan.“

„Was sagst du da?“

„Du, Baby. Nicht Heather Butkiss oder Claire Rosenzweig, sondern Dr. Ellen Shepherd.“

„Wie hast du meinen Namen rausgekriegt.“

„Professorin der Physik in Bryn Mawr. Die Jüngste, die dort je eine Fakultät geleitet hat. Beim Faschingsball verguckst du dich in einen Jazzmusiker, der schwer in die Philosophie verschossen ist. Er ist verheiratet, aber das hält dich nicht ab. Ein paar Nächte im Heu, und es fühlt sich wie Liebe an. Aber es funktioniert nicht, weil etwas zwischen euch tritt. Gott. Nicht wahr, Süße, er glaubte, oder wollte es wenigstens, aber du mit deinem netten kleinen Naturwissenschaftlergemüt mußtest absolute Gewißheit haben."

„Nein, Kaiser, ich schwör's dir."

„Also tust du so, als studiertest du Philosophie, weil dir das die Chance gibt, bestimmte Hindernisse zu beseitigen. Sokrates wirst du noch leicht los, aber Descartes gewinnt die Oberhand, also benutzt du Spinoza, um Descartes loszuwerden, und als Kant keinen Erfolg hat, mußt du ihn dir auch noch vom Halse schaffen."

„Du weißt nicht, was du sagst."

„Aus Leibniz hast du Gehacktes gemacht, aber das war nicht gut genug für dich, weil du wußtest, wenn irgend jemand Pascal glauben würde, wärst du 'ne tote Frau, also mußtest du ihn auch loswerden, aber das ist der Punkt, wo du'n Fehler gemacht hast, weil du Martin Buber vertrautest. Abgesehen davon, Puppe, war er ein Gefühlsdusel. Er glaubte an Gott, also hattest du Gott selber loszuwerden."

„Kaiser, du bist wahnsinnig."

„Nein, Baby. Du spieltest dich als Pantheistin auf, was dir Zutritt zu Ihm verschaffen sollte – *falls* Er existierte, was er tat. Er ging mit dir zu Shelbys Party, und als Jason mal nicht hinsah, tötetest du Ihn."

„Wer zum Teufel sind Shelby und Jason?"

„Wen interessiert das? Das Leben ist schon absurd genug."

„Kaiser", sagte sie und zitterte plötzlich, „du läßt mich doch nicht in der Tinte sitzen?"

„O doch, Baby. Wenn das Höchste Wesen erledigt wird, muß *irgend jemand* bestraft werden."

„O Kaiser, wir könnten zusammen weggehen. Gerade wir zwei. Wir könnten die Philosophie vergessen. Uns häuslich einrichten und vielleicht mit Semantik beschäftigen."

„Tut mir leid, Puppe. Es hat keinen Zweck."

Sie schwamm jetzt in Tränen, als sie anfing, die Träger ihres Morgenmantels runterzustreifen, und ich stand da plötzlich mit 'ner nackten Venus, deren ganzer Körper zu sagen schien: Nimm mich – ich gehöre dir. Eine Venus, deren rechte Hand mir das Haar zerwühlte, während ihre linke sich eine Fünfundvierziger gegriffen hatte und mir in den Rücken hielt. Ich ließ eine Kugel aus meiner Achtunddreißiger raus, ehe sie den Abzug drücken konnte, und sie ließ ihre Kanone fallen und knickte ganz ungläubig zusammen.

„Wie konntest du nur, Kaiser?"

Sie machte schnell schlapp, aber ich bekam es hin,

ihr noch rechtzeitig alles beizubiegen.

„Die Offenbarung des Universums als einer komplexen Idee seiner selbst im Gegensatz zum Sein in oder außerhalb des wahren Seins von sich ist in sich ein begriffliches Nichts oder ein Nichts in Beziehung zu jeder abstrakten Form des Seienden oder Sein-Sollenden oder in Ewigkeit Existiert-Habenden, und den Gesetzen des Physikalischen oder der Bewegung oder der Vorstellungen in bezug auf die Nicht-Materie oder das Fehlen objektiven Seins oder objektiven Andersseins nicht unterworfen."

Das war ein subtiler Gedanke. Aber ich glaube, sie verstand, bevor sie starb.